John Updike

TASTE

I have, alas, no taste—
taste, that Talleyrand; that ally of the marginal;
between the draped and the drape
that [illegible] intricate
of harmonious twist the drape and the draped,
distrust the drape, the drape, and the draped;
that advocate of the right as it recedes
in its [illegible] to the abyss of excess,
beneath the airy heritage of not quite enough.

My first wife had taste; walls,
where she [illegible]
white walls were all around, and, like that
to the attic. Nothing pleased her, quite,
but Cézanne and emptiness,
and a [illegible] Oriental rug so full
of dust and virtue it made me sneeze,
received as it was from her ancestors,
exemplary in piety and in the China trade.
Yet she was right, I knew she was right, in all things,
and draped herself in cocktail dresses
of white and black, her arms exquisitely white.
(perfect as bones?)

I know a man with taste
who lives alone on the floor of a warehouse
and designs machines that make nothing
but vivid impressions of whirling,
of [illegible], dazzle, and flow.
He works on a single [illegible],
how many [illegible] will [illegible]

厄普代克作品

夫妇们

John Updike

Couples

〔美〕约翰·厄普代克 著 苏福忠 译

上海译文出版社

图书在版编目(CIP)数据

夫妇们/(美)厄普代克(John Updike)著;苏福忠译.
—上海:上海译文出版社,2017.8
(厄普代克作品)
书名原文:Couples
ISBN 978-7-5327-7526-2

Ⅰ.①夫… Ⅱ.①厄… ②苏… Ⅲ.①长篇小说—美
国—现代 Ⅳ.①I712.45

中国版本图书馆CIP数据核字(2017)第104017号

夫妇们
[美]约翰·厄普代克/著 苏福忠/译
策划/冯涛 责任编辑/宋玲 装帧设计/张志全工作室

上海世纪出版股份有限公司
译文出版社出版
网址:www.yiwen.com.cn
上海世纪出版股份有限公司发行中心发行
200001 上海福建中路193号 www.ewen.co
浙江新华数码印务有限公司印刷

开本890×1240 1/32 印张16.75 插页6 字数365,000
2017年8月第1版 2017年8月第1次印刷
印数:0,001—5,000册

ISBN 978-7-5327-7526-2/I·4598
定价:65.00元

淫乱，一种富足生活的外延

一、东方的体验

二〇〇七年二月十二日《文学故事报》转载《南方人物周刊》的一篇报道——《苏秀：一个女民警的另类体验》——以下摘录几段：

> 在凤凰网这个名叫“性情解码”的栏目中，苏秀面对镜头，平静地说出了埋藏已久的一个惊天秘密：她，曾经两次参加了一种叫做“换偶”的成人性游戏，还创办了一个拥有近七万会员、国内最大的“夫妻交友”网站！
>
> 一位女子公开自己的换偶经历，无疑给二〇〇六年岁末的新闻界投下了一颗重磅炸弹，这条新闻瞬间被全国各大网站转载、放大；苏秀的照片也随即出现在各大门户网站；这条新闻也引发了全国网友的大辩论。
>
> ……
>
> 苏秀的做法也将整个家族推上了道德的风口浪尖，面对巨大的舆论压力，家庭内部出现了分化。一个亲戚讥讽地说：“苏秀缺钱告诉我啊，我可以介绍她去一些宾馆。”苏秀的父母对这件事情一直保持沉

默……也有苏秀的朋友说,苏秀的行为的确让整个家族蒙羞,让这个家族里的所有人都陷入了尴尬中,并且受到了极大的伤害……

这之后不久,苏秀的工作单位——礼泉县公安局对苏秀作出停职检查的决定,要求她“随叫随到、接受审查”,对于她的“违犯请假程序规定”、“涉嫌传播淫秽物品”等问题展开调查。在苏秀的自述中,那段时间是她“一生中最黑暗的日子”。

……

由于无法承受巨大的压力,苏秀于去年十一月向单位提出辞职,县公安局对苏秀作出辞退决定。小小的礼泉县再也没有这个性道德的异教徒的容身之地了。

……

苏秀丝毫不掩饰自己最初听到“换偶”二字时的吃惊和质疑。“当时我和我的先生还在北京的一所大学进修,他偶然向我提起了这个事情。我听到以后的第一反应,与你们现在的反应一模一样,我说他是不是疯了。违背了家庭的伦理,有悖于世俗的道理常规。同时心里的确在想,真的有人在这么做吗?”苏秀不太愿意多说自己究竟是如何被丈夫说服的。

……

二、西方的记录

这篇人物报道所讲述的事情发生在中国二十一世纪初的一个小县城。《夫妇们》这部小说讲述的是美国二十世纪六十年代一个小镇上几对夫妇的生活。相同之处是“换偶”性游戏;不同之处是:前者是真实报道(只有名字是化名),后者是虚构小说。作为新闻报道,前者具备了足够的新闻效应,而作为小说写作,后者要表达、描写、挖掘和突破的东西却是太多了。

全书共分五章，直接描写夫妇“换偶”全过程的文字，当是第二章——《阿普尔-史密斯夫妇及其他游戏》。“史密斯”在书中是指“小史密斯夫妇”，而“阿普尔”则是“阿普尔比夫妇”，作者把两个姓氏简化后组合在一块儿，称作“阿普尔-史密斯夫妇”，很巧妙，是个很好的构思，既可以作为个案解剖，又是全书夫妇们换偶性生活的参照。在“阿普尔-史密斯夫妇”个案中，四个人有三个——哈罗德、弗兰克和马西娅——是受过大学教育的，没有受过教育的一个，珍妮特，原来做过应召女郎，因此在外人看来，换偶性事儿一定是应召女郎珍妮特带了头，事实上马西娅是始作俑者；而马西娅带头，并非她性欲过旺或者对性事本身过于好奇，而是她在与弗兰克和珍妮特，即阿普尔比夫妇的亲密交往中，被弗兰克的两只大手迷住了，觉得能和那双大手有肌肤之亲，是求之不得的。于是，她主动出击，和弗兰克勾搭成奸后，暗中的奸情如鱼得水，其乐无穷，一发而不可收。凭借女人的敏感，而且是应召女郎出身的敏感，珍妮特首先感觉到了自己的丈夫弗兰克出轨了，但没有和丈夫正面解决，却去找马西娅的丈夫哈罗德睡觉，寻找平衡，或说报复。但是，哈罗德要她拿出证据才会相信，才肯配合。寻找证据，不论什么样的，都是一个不大容易的过程，因此马西娅和弗兰克的换偶性事儿本来很有写头，应该多写，作者却惜墨如金或一带而过，重点写珍妮特寻找证据并设法让哈罗德相信的全过程。没有令人着迷的情节，却吊足了读者的胃口，两对夫妇换偶性交的社交生活写得曲里拐弯，令看客雾里看花，不能不信又不可全信。他们饱受他们父母古板的婚姻与拘泥形式的遁词之苦，避开一种基本的忠贞，提倡一种夫妇间随意和公开的陪伴关系。偷鸡摸狗的享乐主义正当其时，一个国家还完全没有受到残忍的自我糟践的威胁，时代的氛围介于恒定不变和逐日变化之间，所有的判断，即使是消极的判断，在这种氛围里都似乎缺乏智慧。他们有人认为“我们真的腐败了。我们四个都腐败了”，而有人则说“如果我们彼此尊重，算不上多么腐败”；有人认为“公开交换配偶睡觉，那很可怕，一团糟……就算别人都不在乎，可孩子们还是要想一想的”，有人则认为“这事儿在月亮上还算事儿吗”？开始阶段，他们似乎很开心，彼此寻找快活。他们的换偶性游戏可以随意到“我困了，头晕，谁带我上床睡去？”“我们来吧！我们就在同一间屋子里干吧！快日我这头白光光的母羊儿吧，我想看见她快活得咩咩叫唤！”然而交换配偶的事情一旦公开并频频发生，这种事情的好奇之处却在渐渐淡出。还是做过应召女郎的珍妮特，首先感觉到躺在自己粗俗的丈夫身边睡觉，“感觉另一个男人的精液仍然在自己的大腿间湿漉漉的”不是一种正常滋味，因此首先认为马西娅“上完了大学，所以她就比你知道更多的淫乱技巧”，进而“怀疑马西娅、哈罗德和弗兰克都上过大学，深解其中的奥秘，把她当枪使了”，可“在某种程度上想摆脱，某种程度上又不想摆脱”，轰轰烈烈的换偶性事儿终于成了她的一种病态，她因而去求助他人，求助心理医生，使得他们的换偶活动不了了之。

三、另类男女主人公

《夫妇们》的主人公皮特的出场很色情，但是很难和自己的妻子把色情进行到如鱼得水，只好干了“未免有那指头告了消乏等事”的把戏。在所有的夫妇们社交的圈子里，他是唯一一个进教堂的男人，而从一个建筑工程师的眼光审视塔博科斯这座小镇唯一最古老最高大最宏伟的教堂，“一只金灿灿的公鸡在塔博科斯高空翻飞”令他神往；也正是在这样的心境下，他第一次在太阳光下仔细从旁审视了女主人公福克茜的出场。男女主人公的故事从这里开始。第一章是全书最长的，但是真正写到男女主人公的接触和来往的文字并不多，因为他们各有自己的家庭生活。毕竟，在人类“饮食男女”的三元素中，男女之事排在最后。

皮特三十多岁，身量不高，胆小如鼠，一张茶盘子脸，一头红发，与别人合开了一家房地产公司，他建筑师出身，监管公司的建筑项目和质量。妻子安杰拉则是淑女风范。她的一举一动令人羡慕，抬手动脚多姿多态，还有一股令人难以接近的高贵气质。她做姑娘时当过老师,娘家小有资产,处于养尊处优的地位。皮特是荷兰移民的后裔,凭手艺在社会上谋生,在给安杰拉家修理房子时把安杰拉搞到了手,因此一直处于被人屈尊俯就的地位。在夫妇们的社交圈子里,所有的男人都把安杰拉当作梦中情人。除了这样令人垂涎的妻子,皮特还有两个性格不同却同样可爱的女儿。尽管没有生养儿子是心病,但是皮特对两个女儿充满父爱,把大女儿送到教堂唱诗班去感受氛围,他因此每个星期日都到教堂陪伴女儿,坐在讲堂里想心事儿。为了让小女儿摆脱死亡观念的纠缠,他先后买来两只仓鼠给她做宠物,而且为了做仓鼠笼子费尽心思。在他看来,家庭是他生活中最重要的部分。

女主人公福克茜二十六七岁,碧眼金发,高个子,漂亮,不仅自己有学历,丈夫肯也是一表人才、一流头脑、在大学里进行尖端科学研究,她在他们夫妻生活进入七年之痒时怀了孩子,应该说是为这个家庭增添了一个稳定因素。为了孩子,他们来到了塔博科斯,在盐沼地上买下了一栋临海的房子。

从传统的写作看,男女主人公在塔博科斯小镇相遇,看似不可能有什么结果。男女主人公的所有活动都在为各自的家庭忙碌,都在经营自己的婚姻。长相、地位、性格都有很大差异。两个人始终没有往一起结合的心思,他们似乎很难摆脱各自的婚姻,重组为另一对夫妇。然而,正是这种离间写作,单单把一个很有吸引力的诱饵——性——突出来,吊起读者"看看他们到底怎么走在一起"的胃口,成为本书最大的特色。

四、性事儿的地位

皮特的职业是建筑师,一家房地产公司的老板之一,新来的惠特曼夫妇因购置了临海的房子,福克茜因此有了和皮特接触的理由。出于商业利润的考虑,皮特对改建惠特曼夫妇的房子一开始并不热心,但是受好感和好奇心的驱使，皮特最终还是接受了惠特曼夫妇的雇佣。皮特和福克茜开始了交往。一个是雇主，一个是雇工，皮特恪守雇佣关系的规矩，竭力为顾客着想：节约、节俭而保证质量。在一个精益求精的建筑师职业的外表下，皮特的内心世界很卑微，很黑暗。皮特的父母在一起车祸中丧生，给他造成了一辈子的阴影。移民的身份，自从孩提时代起就总被人呵斥，成长的岁月是一个把大脑锻炼得麻木的过程。这个世界能够在广袤无垠的表面的任何一点上不待见他，已经成了一个数学上的悖论，成了他的一种折磨。虽然在婚姻上攀了高枝儿，但是老婆冷落他，雇员看不起他，他的朋友都是他老婆的朋友，他怎么奋斗都是一个孤儿，一个被社会遗弃的人。在这样的心理状态下，传统上算作一见钟情范围的好感和吸引力等因素，很难让男女主人公碰撞出火花。福克茜的主动出击一再受挫，只有要求皮特上床求欢这招最灵。这是皮特的强项，一点就着，地位、身份、心理阴影和生活层面在性交面前都不在话下，性事儿成了男女主人公碰撞的火花。夫妇们换偶性游戏是一种氛围，但是男女主人公的性事儿不是换偶性事儿。他们的交媾有传统上的严肃性，那就是导致一种重新选择，重新组合。一如作者给出的理由："造化以性为诱饵，让我们走向悬崖，掉下悬崖的人受到亲切的对待。大人物都有私生子。"小人物皮特的婚外情也有了私生子，这看似可以成为他们走在一起的理由，皮特却坚决地把它消灭在了萌芽状态。为了打胎，他甚至不得已把自己的老婆拱手送到别的男人床上。

男女主人公都没有把他们的通奸当作重新组合的基础，都想适可而止，为此他们作出了各种努力，但是造化弄人，性是人类最基本的活动之一，刻骨铭心的鱼水之欢不是说了就了的。他们的通奸结束之时，却是他们重新组合的开始。历尽波折，在他们终于组成另一对夫妇时，读者才明白过来自己读了一个爱情故事，只是这个爱情故事的基础不再只是以爱情、地位、经济基础以及共同的情趣为主要因素，而是把性提高到了最高的地位。

确实，如果人类能把一切世俗社会的条件看轻，甚至"郎才女貌"也不是择偶条件，而把性作为男女婚姻的首要标准，也许人类社会真的就到了一个从未有过的平等状态了。《夫妇们》一书的最大价值也许就在这里。

五、人物象征的作用

《夫妇们》一书近四十万字，除了男女主人公这条主线占去的约一半篇幅，另一半篇幅是留给"夫妇们"的。上文提到的"阿普尔-史密斯夫妇"看似占了近一章的篇幅，但是写的是夫妇们换偶性生活的共同之处，他们的不同点则写得惜墨如金，却又有内在联系。比如"索-丁夫妇"，即索尔兹夫妇和康斯坦丁夫妇，他们的换偶性游戏和阿普尔-史密斯夫妇基本一样，却因为没有遵循"男女私通的本质本来是互相独立"的原则，陷入太深，以致有一方最终丢掉了工作。又比如索恩夫妇和加拉格尔夫妇，前者的妻子几乎是明目张胆地把皮特拉到了床上，丈夫表面上讹诈皮特，实际上却在隔岸观火，而后者的丈夫一贯表现得洁身自好，对妻子十分放心，其实妻子借口学习鲁特琴和陶艺，早已红杏出墙了。又比如格林夫妇和约翰夫妇只写了夫妇生活的不幸的对比：格林夫妇不能生育，而约翰夫妇是丈夫患癌症而死。《夫妇们》的写作，彼此都有象征性质，或说参照系数。

夫妇们的饮食生活写得最多的是他们的夜生活。他们在晚宴上跳舞，聊天，喝酒，做游戏，猜字谜，而在这些活动中作者以写人物性格为主，而他们的性格往往用他们的名字作部分象征，例如皮特的名字和福克茜初恋的彼得相近；福克茜的英文名字和英语单词"狐狸"相似，暗示她身上的动物性元素；例如安杰拉的名字就是"天使"的意思，表明她的高洁和性冷淡等等。不过，谁都没有弗雷迪·索恩这个人物更具象征性质。不仅"弗雷迪"与"弗洛伊德"两个名字相近，他的所有活动也实在和别的男性相去甚远，给人半人半仙的印象。在小说中，他是牙科医生，而在家中的卧室内则摆满了有关性的文学书籍和社会科学书籍，并以弗洛伊德的《释梦》为代表。一方面，他活生生的，他不仅对异性恋习以为常，对同性恋也很着迷。他认定多数夫妇的换偶活动不仅是彼此满足换偶的娱乐，更与同性恋的娱乐有关系。他又像一个小丑，给所有聚会带来欢乐。他一直在写一个剧本，令朋友望眼欲穿，但是最终看到的却只是一个剧本的人物表，可细究起来，人物表里的名字，在英语里都和男女性器官有关系。另一方面，他像一个跳大神的，喜欢为人指点迷津，还每每以性学家的面目出现，书中最辩证的一段话出自他的口：

“很早很早以前，我还是个小男孩儿，对我的妈妈和爸爸一直琢磨，我认为这个世界有两种人：A. 日人的人；B. 被日的人。你老兄有趣的东西是，皮特你这浪子，你认为你是 A，而实际上你是 B。”

“你老兄有趣的是，”皮特说，“你既不是 A，也不是 B。”

他的 AB 角色，实际上就是“雌雄同体。这边迎奉性乐，那边享受雌雄之快”，为此他在书中把三四个不同的单词生拉硬扯在一起，弄出了一个书中最长的英文单词，Androdextrorogerogynous，一共二十三个字母，翻译出来不是一个词儿，而是一个大句子。他对安杰拉垂涎已久，通过要挟皮特，终于和安杰拉睡在一个被窝里时，他却怎么也坚挺不起来，安杰拉使出浑身解数引诱，得到的还是“软塌塌，蔫儿蔫儿的，他的一套家伙事儿在她的手里像三个鸡蛋，煮熟了，剥皮了，烹饪了，她端上了餐桌”而已。安杰拉备受打击，昏沉沉睡了过去，他倒硬撅撅来了劲，对着安杰拉的肚脐眼儿手淫了一把，给小说营造了最幽默、最诙谐、最意味深长的一景。

从现代社会学的角度看，弗雷迪是作家笔下的弗洛伊德式的人物；从传统的文学上追根溯源，他是罗马神话里的蒂利希阿斯。关于这个神话人物，有必要在这里交代几句。罗马神话中的主神朱庇特饮酒时和妻子朱诺谈论两性交合的快感。朱庇特认为女人能从中得到更大的快感，而朱诺不以为然。两个人争执不下，决定要蒂利希阿斯来作评判。因为蒂利希阿斯原为男子，只因一天在林中看见两条蛇交尾，举杖击打，伤了蛇，变为女人。七年后，他又看见两条蛇交合，心想上次击蛇变了性别，这次再打也许可以变回来。于是再打蛇，果真变了回来。他因此有了两性的体验，被选来作评判是最合适的人。他听了双方的说辞，立刻表示朱庇特说得有理，即女人在性交中更有快感；然而，朱诺听了大怒，报复他，让他成了瞎子。朱庇特想帮助他，可是改变不了妻子的决定，只好赐予他预言的能力，作为补偿。

由此看来，读懂了书中弗雷迪这个虚构人物，可以说就读懂了《夫妇们》一书要表达的一半内容。

六、物质象征的意义

如同厄普代克的所有长篇小说写作，所有的社会因素和政治因素都在《夫妇们》一书里得以表现。本书的背景是上世纪六十年代初，种族歧视、酗酒、堕胎、人分三六九等、职业有高低贵贱；美苏冷战对峙、古巴导弹危机、越南战争泥淖、肯尼迪总统遇刺……都在正确的时间和背景里得到表达。然而，作为社会因素之一的宗教因素在《夫妇们》一书里，远远超出了政治因素。象征塔博科斯小镇的教堂在书里一开始的亮相，堪称最细致、最专业的描写，而在结尾部分，这座教堂在暴风雨中被雷电击中而燃起大火，大火燃烧的过程，又成了最细致、最专业的描写。在教堂无比壮丽时，教堂顶上有“一只金灿灿的公鸡在塔博科斯高空翻飞”；当教堂付之一炬时，“那个风向标公鸡，亮闪闪的，仿佛烟熏和雨淋都奈何不了它，一动不动地站在窄窄的尖顶上”。书中那所壮丽宏伟的白色教堂是为人崇拜的上帝的象征，是清教徒礼拜的上帝，它的另一种意义是指万能的力量的上帝，就是那只风向标雄鸡。教堂作为宗教信仰的标志，在一场火与水的毁灭中，由抽象的宗教信仰转化成了对雄性性器官的具象崇拜，从此阐明了厄普代克的一段名言：

关于一般意义上的性交，让我们尽一切手段按细节所需要的，不过还要按它在社会上和心理上的种种更逼近真实的联系写进小说之中吧。让我们把性交移出密室，取下圣坛，放在人类举止的连续统一体之上吧。亨利·米勒的一些情节具有人类的共鸣；《洛丽塔》一书中的性交，在那个疯子装腔作势后面回响着真实；我发现D·H·劳伦斯从女人观点上写的性交，相当令人信服。在个人意识的微观世界里，性的事件是巨大而毫不逊色的；让我们努力把它们的分寸写出来吧。

“它们的分寸”，究竟“分”有多大，“寸”有多小，说来轻松，把握起来谈何容易。据说，D·H·劳伦斯的《查特莱夫人的情人》在西方长期遭禁，其中一个很主要的原因是有关性事儿的表达过于直白，尤其是对男女生殖器的名字直呼其名。这实在是个有趣的现象。祖先已经把那些字眼造出来了，但是写作却必须避开，否则就是犯忌，犯禁，有碍风化。然而，人类就是在制造禁区和突破禁区的反复中发展的，方向则是更有利于人类生活的自由、舒适与博爱。在《夫妇们》一书中，厄普代克像是豁出去了，性事儿的表达异常直白、直接，不管书中人物什么身份，何种性格，只要事关性事儿，表达一概到位，对男女生殖器不仅直呼其名，而且叫法多种多样——普通的，高雅的，粗俗的，隐晦的，隐喻的……好在汉语这方面的表达历史悠久，不仅仓颉这位造字大手笔给我们留下了丰富遗产，历代祖先们在写作中早已发扬光大，雅俗结合，更别说当今的网络语言在大众语言的开发上各显神通了。如果本书性事儿的汉语表达不够理想，那是译者笔拙，别无理由可说。

七、厄普代克的语录

一九六七年，厄普代克在接受《巴黎评论》时说：“我写了《夫妇们》，这是因为我的生命节律和我的作品需要它，不是为了迎合引起幻觉的批评的声音。"从中我们看得出，厄普代克写作《夫妇们》用心的程度。为了体现"生命节律"，作者不仅用心塑造人物形象，构思故事情节，还经常通过人物之口或者在适当的上下文中，造出一些类似语录的精彩句子，而且一定和性事儿有密切关系，以下摘录一些：

大自然，这个悲伤的折磨人的好东西，有种子，也有稗子。

所有的女人都喜欢做爱，所有的女人都美丽，如同一个你用得着的马桶。

每一桩婚姻都往往由一个贵族和农夫构成。

但是红杏想要出墙，图的就是在这个世界风光一把。什么行为都不是绝对私密，寻求点掌声在情理之中。

为什么不能和朋友上床呢？总比和敌人上床好吧？我总也不明白，为什么人们一听说有人和自己最好的朋友的老婆上了床，就会大惊小怪。多明白的事儿，他最好的朋友的老婆是他看见得最多的嘛。

人家说男人会在自己的老婆怀孕时结交上第一个情妇。

女性的性器官愚不可及，那玩意儿让我们一次次进入一种上瘾的状态，而我们的头脑又要我们摆脱出来。

如果人们不能暗中私通，那生活可就太没劲了。

我们都是动物，我们身上携带着死亡。

对我来说，那事儿不过是他多上了几次厕所而已。

我们不是在将来一个特定时刻死去，而是我们所有时间都在死去，全方位死去。

没有什么能左右人类，只有性、禁欲主义和星辰。

女人是温柔的有成果的存在物，她们出现在我们中间会让罪过繁衍。

那种事儿从来就算不上事儿，不是吗？人们需要了，就借事儿说事儿,还都是因为我们那些愚弄人的清规戒律。

他如同扎猛子,一下子看见人死是多么貌似有理,死神一点不像彗星撞向地球的东西,而是在同一平面上发生的必然现象,如同出生、婚姻和每天到来的邮件。

飞黄腾达,名声远播:这才是真实的东西。

性事如同金钱,多多为善。

我们爱恋的第一个目标是母亲的胸脯。我们送给亲人的第一批礼物是屎巴巴,一个婴儿的屎巴巴。

女人皮肤过热,通常在床上都妙不可言。

这么多年来,我只是他一星期发泄一次的婊子。

不管哪个男人,脱掉所有的衣服,你和人家上床,都会怜香惜玉的。

从教育的观点看,婚姻是夫妇自己管理的一顿圣餐。

也许,男人喜欢新女人,而女人与她们认识的男人才能进入最佳状态。

某种可悲的事实是,在性交活动中,女人的人格没有男人的人格显得重要。

八、小说的风格

厄普代克一直是美国写实主义的领军人物,《夫妇们》也不例外。除了现实主义写作的种种特征,本书中男女主人公没有用引号的对话,作者用异体字特别表达,既是他们的话语,也是他们的心理流露、暗中勾通和剪不断理还乱的回忆,是本书的特色之一。男主人公皮特的意识流式的心理活动,在书中占了更大的篇幅,他的机灵、胆小、性意识等特点都是通过这种写作得以表现的。他的一些心理活动的表达,有长有短,内容跳跃,不讲语法,算得上出类拔萃,堪称这部小说的精华,不妨欣赏下面一段比较长的文字：

那把中国餐刀掠过眼前。那把一尘不染的电椅就在那间有人看守的屋子里。地震震断了大教堂的檐头。饱含矿物质的海洋。打结的丝带。突击队的钢琴丝。肠子里的螃蟹。气管里的鸡骨头。滑溜溜的冬天的马路。误读的测高仪。消防队扑灭了烤焦的泥土院子里的西班牙香烟，又一个无聊的黎明，散发出世故的气息。爱奥尼亚来的男孩。童床里闷死的缺胳膊短腿的婴儿。坏死的肾把皮肤变成了金黄色。手枪打开花的天灵盖。大堆的冠状动脉。断头台。破损的电梯电缆。冰层轰隆隆开裂并快速坍塌：在密执安的湖上，渔民会驾驶他们的破车到气泡底上，屏住呼吸上升到有缺口的光线下。打谷机。乱闯的鲨鱼。舌头松软的脱水。脸色发黑的窒息。溃烂的麻风病。耶稣钉死在十字架上。切腹自杀。大火。浴室的煤气。剥头皮刽子手舞动刮刀。刽子手那修表匠面色般的专注。肢解架的拉动。大海的吮吸。狮子那猫一样的啃啮。松动的岩石，滑溜的靴子，梦境般的坠落。帝王的震怒。子弹，炸弹，瘟疫，船难，疏忽的感染，错误的回应。粉碎的挡风玻璃。醉酒医生愚蠢地耸肩而去。冰上脆弱的阴影，一筹莫展的冷冻的星星之下：闷声闷气的塌陷，晦涩的大口喘气，不可阻拦地栽下。

九、人类富足的表达

一九六三年《夫妇们》出版后引发的反响，远比中国的苏秀接受网络采访后引起的反响热闹。“波士顿的报纸用轰动的调子对它大喊大叫”，“《大西洋》杂志登载了戴安娜·特里林发怒的女妖精式的呼叫”，《时代》周刊把厄普代克印上了封面，但他的形象是一副“露出歪牙”的样子。厄普代克因此处于“人们能看见我几乎每天早上拖着沉重步子走向我的办公室”的状态。亏得厄普代克当时只有三十来岁，体力和精力处于鼎盛期，随着他每本书对人类性事儿的深入探讨，人们发现《夫妇们》一书不过是他探讨人类性事儿的里程碑而已。

平心而论，作家打破任何一个禁区都是一件非常危险的写作。性的禁区又非同寻常。如果说写小偷的作家，不必要非有偷窃的经历的话，那么写性事儿的作家同样不必要非有丰富多彩的性经历。然而，行窃是外在的行动，而性事儿是内在的行为；行窃是公开场合下的暗事儿，而性事儿是密室里的明事儿。行窃是少数人的犯罪行径，而性事儿是每个健康人都有的行为。行窃是一种偷偷摸摸的不爽之事，而性事儿却是人类的最高享受形式之一。更何况，性事儿关乎人类的繁衍和生存。然而，令人信服的性描写往往会让公众发生误会，以为作者本人即便不是淫乱之人，也算得上性经历非常丰富的人物。事实上，厄普代克生性内向，为人随和，和妻子玛丽相伴一生，从未有过什么绯闻。如果厄普代克关于性的写作令人信服，只能说明他的创作力、想象力和探讨精神非同一般。禁区就是禁区，闯得进禁区的人终归是少数，因此可借鉴的东西寥寥无几。厄普代克说："《夫妇们》的部分描写，是自从《兔子，跑吧》一九五九年后期发表以来所发生的性行为的变化。"而"性行为的变化"与美国社会的变化密切相关。按照"饮食男女"的顺序，人类有吃有穿之后，男女之事必会盛行。换句话说，性事儿是人类社会富足后的必然现象。无论中国文学还是世界文学，性事儿的经典之作都是富足社会的一种写照。英国的《范尼·希尔》如此，中国的《金瓶梅》也如此。莎士比亚如此，曹雪芹也如此。厄普代克所处的时代是美国物质生活逐渐走向富足的时期，美国人的享受之风渐成燎原之势。英国一九六三年《查特莱夫人的情人》一案的胜诉，宣告了西方社会性开放在法律上的解禁。避孕药物和避孕措施的发明，给性生活创造了更为宽松和自由的条件，解除了思想和精神上的压力。上帝创造人类的神话被科学一一破解，宗教信仰因此完全边缘化。性交不再只是传宗接代的唯一用途，成了更多的人追求最具刺激的享受的一种方式。诸多元素表明,《夫妇们》是应运而生的一本书,是人类认识自身的不可多得的参考书目之一。

二〇〇九年一月二十七日,约翰·厄普代克的心脏停止跳动,给世界文坛留下了五十多部作品,其中大多数都对性事儿“津津乐道”,而《夫妇们》只是他对性事儿“津津乐道”比较多的一本。认真阅读和体会他的作品,认识我们今天渐渐富足起来的世界,认识人这种高级动物的肉体、心理和精神的活动,应是怀念这位勤奋多产的作家的最好方式。

苏福忠

二〇〇九年十二月于太玉园二人居

献给　玛丽

普通市民，哪怕在职业上级别很高，身上都会有一种倾向，认为有关他所属的社会生活的种种决定，是一个他无法左右的命运问题——正如同罗马帝国时期所有帝国版图上的罗马臣民一样，这是一种有利于宗教复活的情绪，却是一种不利于维护现行的民主的情绪。

——保罗·蒂利希[①]

引自《宗教的未来》

我们爱恋肉体：它的味道，它的色调，
它的停尸房的腐臭味，从死神的下巴散发出来。……
如若你易碎的骨头在我们沉重而温柔
的下巴下破裂了，那能怪我们吗？

——亚历山大·布洛克[②]

引自《锡西厄人》

2

① 蒂利希(Paul Tillich,1886—1965),德裔美国基督教神学家、哲学家,主张从哲学及人文科学的角度研究神学问题,曾在纽约协和神学院(1933—1955)、哈佛大学(1955—1962)任教,著有《存在的勇气》、《系统神学》等。

② 布洛克(Alexander Blok,1880—1921),俄国诗人,生于彼得堡,著有多种诗集,一些诗篇很有象征意义。

章　目

第一章　欢迎到塔博科斯来

“你怎么看这对新来的夫妇?”

哈尼马夫妇，皮特和安杰拉，在宽衣解带。他们的卧室是一间矮顶棚的殖民地时期的屋子，木结构刷上了淡白色，市场上叫蛋壳色。春天的夜气紧紧地贴在寒冷的窗户边。

“哦，”安杰拉有一搭没一搭地回答，“他们俩看样子还年轻。”安杰拉是一个细软棕色头发的女人，三十四岁了，臀部和腰间不停地加重，可是脚脖子却还像女孩子的一样修长结实，走起路来脚步轻盈矫捷，仿佛纯净的空气胀满了碍手碍脚的衣服。年龄只是在她的下巴柔和的线条和两只手上触摸过，尤其手背青筋毕露，指尖发红了。

“有多年轻，准确一点好吗?”

“哦，我说不准。男的三十多四十了。女的要年轻得多。二十八岁了?二十九岁了?你是想做人口普查吗?”

皮特敷衍地一笑了之。这个男的长了一头红头发，身体结实；他不比安杰拉高，却显得个儿高。他那与生俱来的大同小异的荷兰人相貌，因为一种后天的美国人元素——一种心虚的幽默的贪婪，一种无言的质问——而格外扎眼。他妻子的慵懒总是出人意外，一种源自高贵的自信的不同新鲜感，仍然令他着迷。他认为自己粗糙，看见妻子纤巧，是那么婀娜多姿，一举一动都好像是优雅和诚实的刻意流露，他真的自愧不如。他和她，安杰拉·汉密尔顿，相遇的时候，她已是一个青春期刚过的年轻女子，她的活力渐趋迟缓，看人视物摆出一种做张做致的款款的样子，她裸露的脖子侧影，有一种无法言说的无可挑剔的美；这样一位美人儿在学校教书打发日子，和父母亲住在修女湾，而他在给她父亲打工，一起打工的还有军队里交下的朋友，他们首批活儿之一是修建一座凉亭，可以眺望大海，也可以看见一块巨大的巧克力色的岩石，因为稍稍调整角度便看见它像一尊女人侧影，修女头巾轮廓清晰可见。那里有一处悬崖，一片丰沛的绿莹莹的草坪，灌木丛修剪得像桌面一样平整。住房里摆了许多座钟，例如落地大座钟、船舰钟、镀金钟、黑漆钟、做工精细的四球钟摆的银匣钟。他们的求爱活动匆匆而过，很快忘在脑后，如同一次魔法，或者一次错误。时间不声不响地来了。所有的时钟匆匆旋转，滴滴答答，把他们的疑虑匆匆冲淡，一切从简，不拘小节。安杰拉的父亲是一个智慧融于笑容的人，一身剪裁合体的灰色套装，不同意他们的婚事却也无济于事。安杰拉本是一个娇宠中长大的女儿，享尽百般呵护，一辈子做老姑娘才是理所当然的。生儿育女要不惜任何代价。他在女儿的婚事上听任女婿摆布。哈尼马夫妇的第一个孩子是个女儿，在他们的婚礼之夜过去九个月便出生了。九年过去了，皮特仍然觉得安杰拉身上浸透了一种雇佣他的优越的力量。他似乎用一种自卫的口气说："我只是在琢磨他们处在什么样的婚姻阶段。男的看样子相当冷淡，孑然一身的样子。"

"你希望他们处在我们的婚姻阶段吗?"

她这种冷淡寡薄的口气让他很生气，怎么说他此时此刻相信，他们身置这间包围在四月夜幕中的卧室，灯火明亮，亲密无间，将会集结起足够的热烈的力量，让他们过渡到同床共寐。他觉得充当了一个傻子。他说："没错。处在幸福的七重天上呢。"

"这么说我们就在幸福的七重天上吗?"她的话音听起来很遥远，欣然相信这样的说法。

他们站在各自的衣柜门前,衣柜面对着一个没有启用的镶嵌松木板的壁炉,灰泥涂成了天蓝色。这住宅是一座优美的十八世纪农舍,内设八间屋子。另有一个仓房、一个四四方方的院落和一道紫丁香树篱,都算资产。过去的几任业主都养过活蹦乱跳的男孩儿,在仓房一侧添置了一个篮球圈和一个小沥青篮球场。在这两英亩的另一个角落,伫立了一片弧形的树林,与一个紧邻的果园接壤。再往远处是牛奶场。沿了那条大路走出七英里,一片难得一见的去处,是修女湾小镇;向北再行二十英里,就到了波士顿。皮特论专业是一个建筑工,对舒适的方方正正的东西情有独钟,他已经爱恋上这所住宅,长方形的低矮屋子啦;手工打造的护壁板和椅子扶手啦;窗户秀气的窗棂及其古旧的窗格玻璃点缀的椭圆形、淡紫色泡泡啦;如同煤烟日久天长向上拥塞形成的入口,壁炉前的砖清扫得凹陷的地面啦;他用银色绝缘纸把阁楼糊裱得看起来像拱形珠宝盒或者阿拉丁①的岩洞啦;还有那个添置得满满当当的殷实的地下室,他们五年前搬进来时只是一个满地狼藉的地窖呢。他喜爱这所房子迎接太阳那柠檬色菱形光斑的样子,每个季节都来者不拒,听任太阳光白天里慢慢地转圈儿移动,如同一艘在弧线上行驶的船只的船室。所有的房子,房子里的一切,都让皮特惬意,但是他那谦卑的荷兰人观念,对他究竟应该被允许占有这世界多大地盘,因为拥有这片平整的地块而得到了恰到好处的满足,从那条大路算起两百英尺,距离镇子中心一英里,距离大海四英里。

安杰拉则是海盗船"新贝德福"号的捕鲸首领的后裔,想要一处可以眺望大西洋的家产。镇子上新来的夫妇,惠特曼两口子,通过加拉格尔&哈尼马房地产代理公司,把她惦记的那座房子买下来时,她心痛至极,尽管那房子坐落在老罗宾逊区,只是一所需要大修的仓促建成的避暑去处。可是房

---

① 《一千零一夜》中获得神灯的青年的名字。

子面向一大片盐碱沼泽地，通风良好，位置孤立也不在话下。去年冬天，她和皮特到那里去了好几趟。它是一九〇〇年左右修建的一层农舍。二十年代初，它被吊起来固定在柱子上，下面新建了一层地面，外加了一道遮棚长廊，把起居室遮暗了。后来，新房主们接出来一间仆人用的厢房，比主体建筑的水平低了两个台阶。皮特向安杰拉指出了拙劣的木匠活儿，例如斑驳的石膏墙壁，锈迹斑斑的铁管，一碰即碎的橡胶绝缘旧电线，动物和雨水啃噬的哗啦作响的门窗框。主卧室的一道亮光泻下来。唯一的热气从起居室地上的一个圆节气门送进来，下面是一眼安装在无墙土坑里的人工续煤的火炉。满满当当的地窖还需要清理出来。结实的内墙和配套的供暖设备是必须配置的。房顶也必须更换。排水沟、门窗框也必须换掉。还有顶棚。厨房很少见，不能使用；仆人们只是在夏天使用厨房，制作龙虾沙拉。在两边临风的侧面，杉木板已经翘起来，风化了，吹掉了。房子要价四万，最低也要立即支付一万二。让皮特掏这笔钱不堪承受。站在宽大的石板排水沟上，看得见冬日景致下的横向水道沼泽与山楂树、桤木遍地的海岛，远处是金属蓝的海峡与盐碱般煞白的沙丘，再往远处便是大海那磨盘一样的边缘了。安杰拉最后同意了他的看法。房价确实不堪承受。

眼下，皮特想起这座房子他当初及时缩手，没有购买，却从房子的买卖中坐收了一份合伙人的好处，因而对他已经拥有的住房便倍加喜欢了。他感觉周遭的一切都轻巧地维持了对称。他想象到他的两个圆脸蛋的女儿睡在屋子里的小样儿。他死死盯着他妻子的肌体的曲线，她那优美的成熟。

安杰拉把晚会上戴的珠宝卸下来，从头顶往下脱衣服，那件黑色的露肩裙装。柔软的毛线挂住了她的发卡。她用力拽时，灯光照见了她衬裙上一溜火星，静电使衬裙的尼龙紧紧贴在她的两侧。衬裙提起来时，露出了袜端和袜带。她的头套在裙子里，她的体态万方，悦目，瓷实。

爱欲蠢蠢欲动，他责备她说："你和我一起生活不幸福。"

她解开了夹住的衣服，向他侧过身来。灯光从桌子上的皱褶亚麻灯罩照射过来，把她的下巴照出了阴影。她在变老。一年前，她会反驳这样的责备。“你怎么能，”她问道，“一见女人就吊膀子呢？”

“一见女人就吊膀子？我吊了吗？”

“当然你吊了。你知道你吊了。大个儿的，小个儿的，年老的，年轻的，你都恨不得吃了她们。甚至黄脸婆子，像贝尔纳黛特·安，你也不放过，就是可怜的小醉鬼比阿·格林，你也一样往上贴，全然不顾她已经麻烦多多了。”

“你好像也很投入，整个晚上都和弗雷迪·索恩窃窃私语。”

“皮特，我们不能背对背地不断去参加晚会。我回到家觉得肮脏。我不喜欢这样，不喜欢我们这种生活方式。”

“你愿意我们肚皮对肚皮地去吗？告诉我。”——他已经脱光了上身，她讨厌紧绷赤裸的皮肤像盾一样矗在那里，上面长满了十字架状的黄毛毛——“你和弗雷迪一谈就几个小时，都在说些什么？你们俩像孩子一样躲在角落里玩游戏。”他向前跨了一步，眼睛眯了起来，红红的，透出一股杀气。她强忍住没有往后退步，知道他这种咄咄逼人的情绪需要性交才能平息，他是在求欢。

她没有俯就，自管从衬裙下解开她的袜带。她这个动作很容易被逼就范，反倒让他先败下阵来；皮特在壁炉前停下来，他的光脚踩在炉边光滑的砖上凉气袭人。

“他是个半吊子，”她漫不经心地评说弗雷迪·索恩。她的下巴这时压在胸前，声音低了许多；她向下探去的两臂把乳房夹起来，黑黢黢拢成一堆儿。“不过，他净说些女人有兴趣的话。食物啦。心理学啦。孩子的牙齿啦。”

“心理学的话，他都说了些什么？”

“我们今天晚上各自看见的，他都谈论了。”

“说谁了？”

“你知道。我们俩。每对夫妇。”

“弗雷迪·索恩眼里的我，是个不掏钱喝酒的人。他眼里的你呢，是一个受用的大屁股女人。”

她对这样的恭维并不领情。“他认为我们是一个圈子。一个许多脑袋围起来的魔圈儿，把夜晚打发过去。他跟我说，他一个周末看不见我们，就会惶惶不安。他认为我们彼此组成了一座教堂。”

“那是因为他不到真正的教堂去。”

“哦，皮特，只有你一个人到教堂去。不算天主教教徒。”他们在圈子里知道的天主教教徒，是加拉格尔夫妇和贝尔纳黛特·安。康斯坦丁夫妇已经不信教了。

“我精力充沛，让人惊讶，这是根子，”皮特说，“一种罪过不断加深的感觉。”他穿着白色条纹短裤，猛地向前跃去，全身的重量便落在了那两只粗指节的手上，倒立在那里。他绷直的脚趾头直指他投射在顶篷上的锥形影子；他脖子上和手臂上的青筋暴突起来。安杰拉向别处看去。她过去看他这样子都看烦了。他又干净利落地双脚落了地；他的妻子默然以对，让他有些难堪。“我主圣明，”他说，两手拍打起来，为自己鼓掌。

“嘘，你会吵醒孩子们的。”

“嗨，我干吗不能吵醒她们，她们老是吵醒我嘛，这两个小吸血鬼。”他跪下来，挪动着膝盖走到了床边。“爸爸，爸爸，醒醒了，爸爸。周末报纸来了，猜猜登载了什么？杰姬·肯尼迪①怀孩子了！”

“你好狠心，”安杰拉说，还在有条不紊地脱衣服，两只手把看不清的障碍一一排除。她打开了她的衣橱的门，这样一来她的丈夫就看不见她的身体了。她的声音飘忽不定：“弗雷迪对另一件事情也有看法，认为这件事情让孩子们受罪。”

---

① 肯尼迪总统的妻子杰奎琳·肯尼迪的昵称。

“因为哪件事情?”

“我们的社交生活。”

“得了,你要是不给我性生活,那我不得不寻求一种社交生活嘛。”

“如果你以为那种态度就是接近女士的途径,那你还有很多东西要学。”他厌恶她的这种口气;这种口气让他想起过去的日子,那时她还在教孩子。

他问她道:“孩子们为什么在受罪呢? 那是你认为他们在受罪。不吃苦中苦,怎么知道后天的甜?”他觉得,只要是谈论吃苦受罪的事儿,他比她懂得多,没有他,她只会按照她父母养活她的方式养活他们的女儿,生活在一个不复存在的世界里。

她下决心很严肃地回答他,用她的耐性把他蠢蠢欲动的念头打消掉。“那是正面的受苦受罪,”她说。“可我们所给与她们的,是潜移默化的忽略,她们根本注意不到。我们不动声色,只是能躲就躲。比如说,弗兰基·阿普尔比是一个很聪明的孩子,但是他却在浪费年华,他只是乔纳森·小史密斯的出气筒,因为他们的父母老是在一起缠绵。”

“活见鬼。我们大家生活在这个愚昧无知的乡镇,一半原因就是为了孩子们。”

“可是我们是那些生活有乐趣的夫妇。孩子们只是跟着大人的节奏。去年冬季,她们并不喜欢那些滑雪旅行,站在那个 T 型围栏滑道冻得直哆嗦,活受罪。女儿们整个冬天都想在星期天参观博物馆,一个暖暖和和的博物馆,里面到处是鸟儿,但是我们没有带她们去,因为我们不得不全家出动,我们的朋友没有我们加入就会大惊小怪,搬弄是非。最后艾琳·索尔兹带她们去了,多亏了她,要不然她们整个冬天都去不成了。我喜欢艾琳;她是我们中间唯一保持了自由的人。她的自由是懂得放弃的结果。”

“你今天晚上喝了多少酒?”

“只是弗雷迪不让我多说话才多喝了些。”

“他是个半吊子,”皮特说;他模糊地感觉到遭到了拒绝,有些憋气,就很想起码能得到彻底拒绝的讨价还价的条件，于是跳过磨损得像戴尔夫特精陶通道一样的炉边砖地，一脚踢开挡住安杰拉的衣柜门，差一点打中她。她赤身裸体。

他也赤身裸体。皮特的手、脚、头、生殖器和体格高大的人的一样，仿佛造物主看出来那具冷却的肉体捏弄得太小了点，于是抢注了最后一波血浆，血浆便一股脑儿窜到这些肢体末端来了。他绷着身体，工具磨损的手掌握起来，杂技演员一样的背有点驼，仿佛感觉到了一种潜在的重负。

安杰拉本来躲起来了，这下僵住了，一条胳膊护着她的奶子。一片有光泽的花粉状苍白，是夏天泳装在她身上留下的影子，凸显了她那激人欲火的肥嘟嘟的外阴。她的腹部向前松弛，是她两次怀孕的结果。她厚实的大腿根的两条腿，看得见静脉曲张。然而，她那上粗下细的两条胳膊，光溜溜的，很对称，看上去如同少女的玉臂；她那雪白的双脚高高拱起，两根小脚趾都没有着地。她的脖子、手腕和三角形阴毛丛，因为那个掩饰不住的逃避架势，看起来像三个支点。但是，好似门廊上的夏娃，她羞赧地收缩着身子，像尊石雕。她僵直地呆着。她那两只蓝眼睛浅浅地蓄了两汪猫儿一样的目光。她的肌肤透出憎恨的气息。他没有敢触摸她，尽管她的娇媚近在咫尺，令他口干舌燥。他们俩的裸体像衣服一样各领风骚，让对方极度渴望。皮特觉得壁炉的气流吹在他的脚脖子上，对安杰拉收缩的肩膀后面的夜晚敏感起来，那是一团膨胀的夜气，紧紧地贴在泡泡玻璃窗格和单薄的窗棂上；那又是一团黑色的夜气，饱含了第一次成长的渴望和处女座、狮子座和双子座的悬浮空间的轮廓。

她说："真霸道。"

他说："你迷人。"

"这真的很糟糕。我要去穿我的睡衣呢。"

叹气，在光亮和色彩的撞击中此起彼伏，哈尼马夫妇穿了睡衣，爬到床上，困顿疲乏。

如同惯常，皮特参加晚会后总是迟迟睡不着。孩提时代，等他参加的晚会不多，现在参加晚会令他不胜兴奋，生殖器都会增大。他触摸自己的那话儿，让自己进入梦乡。很快，他的妻子在他身边睡得死沉。她说过，她一向不做梦。他顿生爱怜，把手伸进那件小棉睡衣，映现出他的触动，只见他抚摸着她温暖背部的大块肌肤，希望她在沉睡中能够梦见一个蜿蜒流动的自己讲得出来的寓言，第二天一早还记得起来。她在寓言中是一条峡谷，而他是一场风暴。他是一头温和的雄狮，在她的河边洗浴。他不能相信她从来都不做梦。他昨天晚上梦见自己做了一个出访的老牧师。走在乡间，他穿过一条高速公路，在路中间的隔离带上等待了很长时间。等待的工夫，他俯瞰一条乡村峡谷，只见小小的房屋的烟囱在冒烟。他必须在那里进行家访。他穿过剩余的马路，如释重负，这时一名警察骑了摩托车赶来，讲着德语，把他逮捕了。

这次晚会是阿普尔比夫妇为了欢迎那对新来的夫妇——惠特曼夫妇——而举行的。弗兰克过去在埃克塞特或者哈佛就认识特德，或者丹。埃克塞特，哈佛：在皮特看来，那就是在打量窗格上涂了石灰水遮挡阳光的暖房。他闭上眼睛不再打量暖房。他不希望记住暖房。那是一道崖壁。

他的手指发硬，懒得抚摸，不再试图让他妻子做一个美梦了：一个她自己峡谷溪流上的婴儿，尼罗河畔的早上发现截住了裹在沙沙响的纸莎草里的摩西，还有埃及少女，绿柳如烟的河岸，独枝的荷花，方便的通道。基督出生前大自然的性器官。真霸道。母狗。把床的四分之三霸占了，仿佛在尽什么责任似的。松懈的嘴唇呼气吸气。话语进去又出来。处女通过耳朵怀孕。跟我谈论什么心理学。他再次优先抚摸自己那话儿。软塌塌的。枯萎的山茶花瓣。他青春的一根任意摆弄的象牙棍。想起一道裂缝或者在班级里一道阳光落在了他的大腿上：坚持背诵：有个人灵魂早死，却仍在呼吸。全班同学趴在课桌上冲他窃笑。邻桌的女孩儿穿件亚麻衬衫，很薄，她的乳罩带子清晰可见,袖子短得露了胳肢窝。腋毛可见,剃过。沃伊特。安娜贝勒·沃伊特。一个男人,一个沃伊特。自在的荷兰风俗习惯。嫁给了一个来自大拉皮兹的家禽农场主。她的舌尖儿妙不可言,有点儿方,很灵活。有一次,一次舞会后,车停在采石场旁法国式亲吻向他袭来,他在裤襟后射了出来。那时候更剧烈,眼儿更窄小,射速更迅猛。可不是他女友,而是他的内裤光溜溜的,远处泥炭味儿,裙衬布窸窣作响,正式舞会。眨眼的工夫,她暗中的舌头生生地压在了他的舌头上面。他身体把这消息一一传递给神经。瞬间僵直。触摸。展开的蜡制花瓣用作枕头立即吱吱作响。醒来。液体。罪恶的呆滞的东西。致使血液跳动缓慢,致使肌肉失去活力。他翻了个身,推了推枕头,躺平身体,躺直身体,试图让自己与一种看不见的纹理保持一条线,这世界的纹理,命运的纹理。放松。想象晚会的情景。

扭动。秃顶的弗雷迪·索恩,露出了潮湿的痴笑,放上了唱片。鼓鼓的。Huooff: cummawn naioh evvribuddi less .[①]扭曲!治疗,把他们折腾得很可怕。他们在变老,在各自的家里很可怕。只有卡罗尔有点女人味儿,她盆骨的各个点儿构成了整洁的八字形状,手张开像温柔的刀,体重一只脚换到另一只脚,一双静静的熨帖的穿袜子的脚,单薄,饥饿,她那种骨感棱棱的中学美人儿,比他社会地位高,动作,很酷很好看,忘掉的脚丫,眼皮优雅却微闭,使得弗兰克·阿普尔比在眼前跳动起来,腰胯没有逻辑,牙齿向外破碎,口香糖赤裸,棕色的呼气,讨厌的唾沫星儿。人人扭曲。小史密斯黑黑的发笑的脚。乔治妮的下巴坚定不移,仿佛再次就餐。安杰拉过分温柔,有点摇摆。加拉格尔活脱一个抽动的牵线木偶。约翰·安清醒地观看,一声不吭,笑眯眯的,在吸烟。转向皮特时,他友好地高声喧哗,好像喧闹出一串元音;皮特知道这个朝鲜人在这群摇摇晃晃的人中间,一个人顶得上一群人,可是怎么也听不懂他在说什么:谁也永远不光对自己诉说。贝尔纳黛特

---

① 荷兰人的"洋泾浜"英语,大意为:哎,这下好了,大家都这样了。

走过来，宽阔扁平的女人，两个人的尺寸，一半日本人，一半天主教徒，来自巴尔的摩，问皮特：扭一扭？在拥挤的摇动的屋子，阿普尔比家孩子们的游戏室，墙上挂满粉色的鸭子，贝尔纳黛特不断地碰撞他，用她那丝绸肥胖身体碰撞他，十字架在两个奶子中间蹦跳，大腿，手腕，碰撞他，这个黄脸妖婆子。Whoofwheeieu.①哇塞。来狐步舞更来劲。他们都在卖傻，折腾得热气腾腾，这里越折腾越土气了。窗户刷过油漆，关上了。四壁摆了书籍。

皮特，这个莽撞的小个子荷兰小伙，觉得这镇上他的朋友面临一次浪潮般扑来的危险，他被这个镇子接纳是因为安杰拉来自汉密尔顿家族。男人们已经停止了事业，女人们不再生养孩子。剩下了酒和情爱。他们两个舞向康妮·弗朗西斯时，比阿·格林醉得四肢软绵绵，趴在他身上吊来吊去，累得他的腿和脖子酸痛，她那汗淋淋的奶子紧贴在他的衬衫上，好像在发问：他为什么不想操她。他不敢肯定她说过这种话，但是这话听起来很像荷兰语里的 fokker，in de fuik lopen②，他父母当初在暖房后屋里互相嘀咕的话，传到了他耳边就像这个样子。小皮特，美国小子，听不懂是什么意思。但是，他喜欢和父母呆在非常暖和的地方，观看父亲厚实的很脏的大拇指摆弄苔藓，他母亲苍白的纤细的手指把很多钱用锡纸包起来，插在一个个绿色的钱插上。还有一次，皮特用孩子的眼光看见了纸带卷成的线轴；还看见了箱子装了彩色粗砂和卵石，用来做小花盆艺术图案，再把仙人掌、紫罗兰、瓷器屋和鼻子上反射光点的动物塑像置放在花盆上；还看见了抽屉里到处都是礼物卡，上面写了凸起的银色字体"哈尼马"，他的名字，他自己，把他的一切命运用字母组成星座：我，一个男人，阿门。在妈妈摆弄花盆、爸爸付账单的后屋办公室旁边，是一道道冷飕飕的露水点点的门，堆满了修剪过的玫瑰、正在染色的康乃馨、喜人的蝴蝶花和冷冻过的斜插的死唐菖蒲。皮特绷

---

① 荷兰人的"洋泾浜"英语，意为：哎呀。

② 荷兰语，意为：养狗的反被狗咬了。

直身子，换了个姿势，从脑海里抹掉了暖房，又回到了晚会。

那对新来的夫妇。他们看样子自抬身价，自我爱怜，如同唐菖蒲。从坎布里奇移居过来的，高大，优良。新来的两个人颇让皮特恼火。这里的土壤不那么肥沃，却拥挤不堪。特德？肯。动不动就咧嘴露笑，实际上阴郁消沉，表现正确时总少不了冷嘲热讽。对科学上有点研究，但是不像安那样倾心数学，也不像索尔兹那样热衷微型化。他研究生物化学。爸爸不信任无机肥料，开了大卡车去家禽农场拉鸡粪：这是我自己的，我的故土。她名字叫得古怪，福克茜，一个娘家姓吗？菲尔福克斯·弗吉尼亚？她像南方人的样子。高挑个儿，橡树与红花草杂色的头发，两颊一直红扑扑的，如同风吹出来的或者正在发烧。她好像肚子里憋得厉害，两次在楼上的卫生间呆了很长时间。第二次下了楼，她把长筒袜口露在外面让皮特看见了，杂技演员似的向下斜仰身子。裙子倒放钟似的阴影里露出了袜子浅褐色的边缘。她看见他在窥视，便对他打量起来。好一双琥珀色眼睛。眼睛长了小刷子一样的睫毛，金色衬托着。

比阿。你说了些什么？我一定聋了。

和蔼的皮特，你听见了。我一定醉得不行了。原谅我。

你跳舞像神仙一样。

别逗乐了。我知道我不能跟你等同，你有乔治妮，我哪能比啊。她可不得了。她打网球可不得了。

你很能奉承人嘛。你真的认为我看得上乔治妮吗？

那还用说，凝视着模糊的远处，说话像唱歌。别费劲儿否认了，可是皮特——皮特？

我吗？我在这里。你还没有交换过舞伴吧。

你拿我逗乐。这不像话啊，你不应该拿人逗乐，皮特。皮特？

嘿，嘿。

我会好好待你的。总有一天，你会需要有人好好待你的，因为——可别恼了——你被心地不善的人包围着。

举例说出来是谁？可怜的安杰拉吗？

你恼了。我在你的身子里感觉得到，你恼了。

没有，他说，站开了一点，这样她那吊来吊去的四肢就不能死趴在他身上了，她一下子软瘫了，赶紧挺直身子，眨了眼睛，很受伤害的样子，可他继续说，我每次都尽量对喝醉的人温和些，可每次都会受到侮辱。

哦！——一声上气不接下气的叫喊，仿佛她挨了打。我本意是要表现得温和的呀。

粉刷的墙面经过两三场雨就会被淋掉，但是战后各家化学公司研制出了混合涂料，墙面坚持到冬季没有一点问题。在冬季，光照不是特别充足。密执安的雪把玻璃墙周围的地层堆得厚厚的，暖房里面响着催眠般的滴水声，水管弯弯曲曲地铺设在星星点点的苜蓿草的地面上，锈迹斑斑很脏，水在里面咕咕噜噜很难听。一个孩子在睡梦中喊叫起来。仿佛在梦中被卡住了喉咙。听声音，他猜测是南希。南希在三岁上就能够把鞋带系上了，现在刚五岁，已经开始吮吸大拇指，谈论死亡了。我永远长不大，我这辈子永远都不会死的。露丝，南希的姐姐，去年十一月份九岁整，很不喜欢听她说这样的话。你会死去的，大家都会死掉，连树木都会死掉。皮特拿不定主意是否去南希的房间里看看，但是喊叫没有再传出来。他倾听的真空地带里，均匀的、刺耳的、持续不断的呼吸声在流动。像一根针在深夜里干活儿。露丝的生日，他买了一只仓鼠；这个小动物，样子像袋子，黄褐色，白天老是打瞌睡，夜里却在供它活动的轮子上旋转一宿。皮特打定主意去给那个小轮子膏油，与此同时却努力听着轮子的转速计算他呼吸的时间。太快了；他的心脏跳得太快了，好像一下子鼓起来，仿佛猛地塞进去两种在这夜深人静的黑夜冒出来的可怕的念头：很快，他必须在印第安山上修建多所平房，而安杰拉却不想再要孩子了。他永远不会有儿子了。放松、放松、放松、放松，放松吧。明天是星期天。

一辆卡车在马路上驶过，他侧耳聆听卡车的声音，细心捕捉卡车渐渐远去的尾声。他小的时候，听见夜里有东西奔驰而过就心情起伏，自己从中得到安慰，比如汽车和火车，轰隆隆的声音由远及近，在瞬间的高原上持续奔驰，然后渐渐远去，留下他无人理睬，无人触摸，继续奔向芝加哥或者底特律、卡拉马祖或者巴特尔克里克，或者开往相反的方向，奔向动物踩下足印的雪地，奔向北方只有船只能够到达的半岛。后来建起来一座桥。他想象自己成了超人，胸膛是钢筋铁骨，火车头带箍的轮子碾过去也碾不瘪。平地火车远去的鸣笛好像用一根削得过分精细的铅笔画出来的，在实际中稍一触动便碎了。在大自然中，这样的东西不会成为一个点，不会成为一个完美的圈儿，不会成为无限之物，不会成为来世。卡车已经消失了。但是，一定还在，一定的。一定的。还在什么地方。

在新英格兰这个角落，介于普利茅斯和昆西之间，介于修女湾和雷斯敦之间，车流量很稀，他花了很长时间等待下一列火车开过来安慰他。安杰拉动了动，懒懒地避开了妨碍她好好睡觉的东西，一个想要出生的梦，他记起来他们上次做爱是一个星期以前，另一个季节，冬季。尽管他耐心地滑动，等待她的皮肤从深处获得快感，她最后却对性高潮的到来深感失望，要他速战速决算了。事毕，她转过身去，他的胳膊搂抱她的胸膛时，他的手指却抚摸到了意外的可悲的硬奶头。

安杰拉，你的奶头已经硬了。

硬了吗？

你有快感了，能达到高潮的。

我可不这样想。这只能说明我冷淡。

我来让你来高潮吧。用我的嘴。

不。我那里稀透了。

不过那是我搞的，是我的精液。

我就想睡觉。

可是这很可悲，你过去喜欢我跟你做爱的。

我看这没有什么可悲的。我们另一个夜晚再来就是了。

他仰躺在床上，像一个悬在屋坡上的小镇。他感觉到脸上掠过了他的舒适的房子什么地方吹来的微风，也许是来自松动的外重窗①，也许是来自阁楼叶形饰物的裂口，也许是来自一个溜进门来的凶手。他滚动身子趴在床上，那座暖房在脑海浮动。桌子如同硕大的木盘子，鲜花生出花蕾，竞相开放，垂下花瓣，没有人购买。小小年纪，他对没有卖出去的花儿感到难过，祈求灰蒙蒙的暖房的光线保住鲜花希望的花冠和袭人的香气。他把聚会睃巡一遍，找个女人带回家里，于是选中了比阿·格林。亲爱的比阿，我当然想操你，瞧你汗淋淋的小身子骨，累得有气无力，娇小，温婉，我怎么能不想操你呢？就像所有的百合，难道不是吗？来吧，快把你的腿叉开吧。这事儿容易得很。啊。暖房的湿气和光线恒定不变，杂草繁衍不息；哪怕皑皑白雪堆满玻璃墙，好似一个学校课本里的一个切开的十字架部分，苜蓿草不知从什么地方蓬蓬勃勃地长出来，把桌子腿和锈迹斑斑的水管团团围住；脏兮兮的地上生出了绿莹莹的苔藓，浸透在出奇的安静的芳香中，坚固而深邃。他看见了他们，他的父亲和母亲，vader en moeder②，在潮湿的大自然切割出来的多面体凹心光块里轻轻地活动，他们的身体是透明的，而他的脑海来到了悬崖边——脚下一滑，随后向下滑落。左拳紧紧握在自己身上，他在脑海里寻找那次晚宴，但是晚宴不在脑海里了。

上帝帮帮我吧，快帮帮我，把我从这里救出去。Eek ik，eeik ik. 可亲可爱的上帝，让我入睡吧。阿门。

一只金灿灿的公鸡在塔博科斯高空翻飞。公理会教堂，一座希腊式圆

---

① 用来阻挡风雨的外层窗户。

② 荷兰语：父亲和母亲。

顶尖塔庙堂，坐落在一片高地上，这里曾经是一块公共牧场，有一道棒球场网栏和一座铸铁带饰的大亭子，只是在阵亡将士纪念日①用来为祈祷者遮风避雨，或者在圣诞节期间摆放基督诞生像。三处大建筑物接替了第一个礼拜堂，那原本是一个茅草屋顶的城堡，最后分别于一八九六年和一九三九年改造修建，一只镀金的风标②足足向空中升高了一百多英尺，那是从旧教堂拯救下来的古董，此物可以追溯到殖民时期。风标鸡的眼睛是一枚英国一便士铜币。因为飓风、闪电或者修理，每一代人都要把风标鸡更换一次，尽管弯折和焊接很多，但总是能够修复如初。风标鸡在风中旋转，在太阳下闪耀，让马萨诸塞湾的渔民看见了陆地标志。镇上的孩子们长大成人，感觉那个风向鸡就是上帝。也就是说，如果上帝在塔博科斯活灵活现地现身，那就是这个到处可以看见却触摸不到的风标鸡。而且，如果它的便士眼可以看东西，那它可以一览无余，下面展现的像一张活动的地图。塔博科斯中心广场方圆一英里，包括一家由针织厂改造而成的塑料玩具制造厂，三四十家商店，几英亩大的停车场，数百座带有小院子的住房。住房杂七杂八：存留下来的十七世纪的盐箱形楼房③，是最早的金博尔家族、休厄尔家族、塔博科斯家族和科格斯维尔家族沿了弯弯曲曲的放牧小径修建起来的，小径在绿色中展现，因此别出心裁地取了“盐箱房”的名字；另外还有联邦主义者④的表皮剥落的望夫台式⑤方形小楼；见证纺织工业繁荣几十年的华丽的大宅子；用来安置从波兰招来的纺织工的小巷砖房；大萧条之前中产阶级的住宅，粗短的游廊，窄窄的烟囱，杂色的合成折叠板——芥末色、欧芹色、石墨色和葡萄酒色；新开拓的房舍如同彩色的牙齿正在啃咬远处的印第安山上

① 美国一个节日，大多数定为5月份最后一个星期一。

② 即前文提到的“金灿灿的公鸡”。

③ 17至19世纪初美国新英格兰地区盛行的楼房样子，类似斜盖盐箱。

④ 美国历史上的北部联邦同盟盟员，主张联邦制。

⑤ 可以眺望远处的楼顶平台。

的树林。再往远处，几条交错的公路；一段延伸的废弃的铁轨线；一条清澈的河流，下游的工厂把黄色污水哗哗排入，河水变成了咸的；一个点缀了圆形沙坑的高尔夫球场；一些固执的农场和星罗棋布的果园；一座修建在修女湾路旁的闪闪发光的牛奶仓库；一块正在奔跑的马远远望去像缓缓移动的黑点的田野；被海岛和水湾阻隔的平展开阔的盐沼，天气如今天这般晴朗，盐沼弯曲的地平线由于紫色的烟雾而犬牙交错，那里便是科德角的端头，东边的大海。风标鸡把它那便士眼直接向下俯视，在晃眼的视角中，看得见赶往教堂的信徒们斑点一样的头，而在灰色小路上匆匆行走的，正是皮特·哈尼马那颗红色的头，一个迟到者。

教堂的内部是白色的。雪花石膏的效果用木头惟妙惟肖地模仿出来。漂亮的圆拱顶在悬浮的灰浆天花板映衬下美轮美奂。露台的陶立克式①凹槽装饰加深了突出的栏杆的垂直感，仿佛这所圣堂侧面以及殿堂后墙的维多利亚时期的油漆风琴下面伸出来的露台都轻飘飘的。陈旧的箱式条凳座位的木工活儿，依然令人赞叹不已。皮特一进教堂便会想到，那些修建这座教堂的木工们早已作古，可是他们个个出手不凡，没有人能取代他们。他在教堂左边后面的一排条凳上坐惯的座位上坐下，把座位镶板门插上，独自一人占用了一个边缘磨破的葡萄紫坐垫——一笔推动更换这些磨破的垫子的基金只筹集了一半——一对儿粉蓝色朝圣者赞美诗集和一个固定在旧松木上丑陋的胡桃木圣餐杯托架。皮特老是独自一人坐在那里。他的朋友们都不上教堂。他把坐垫调整了一下，从两本赞美诗集中挑选了一本不太破烂的。风琴手是一个雷斯敦来的紫红色头发的老处女，一丝不苟地弹奏一支巴赫②的前奏曲。第一首赞美诗是一百九十五号曲③：《为掌权天使欢呼》。皮特站起来唱歌。他的声

---

① 纯朴、古老的希腊建筑风格。

② 巴赫(Johann Sebastian Bach，1685—1750)，德国作曲家，管风琴家，出身于爱森纳赫的音乐世家，一生作品丰富，多用复调音乐写成，把巴洛克音乐风格推向了顶峰，对西方音乐发展有深远影响。

③ 《圣经》只有一百五十首诗，这里的“195号”应是巴赫作曲的序号。

音，怯生生的，常常跑调，他自己的耳朵却时不时听得见：“……在这个地球上……令天使们匍匐拜倒……为他加冠，终生的主啊……。”皮特按照要求坐下来祈祷。对他来说，祷告是一种心神游荡的状态。一旦进入这种状态，他似乎在断断续续的时刻里，钻进了一个深洞的最遥远的角落，变成了一个可爱的毛茸茸的动物，团作一团仿佛在冬眠。在这样的状态中，他觉得接近了一个庞大的暖和的秘密去处，如同地心的熔岩的中心。瞬间，他的存在似乎躲开了腐朽。但是，教堂太吵闹了，光线很足，音乐很响，祈祷很难达到效果，他的脑子游离了正在吟唱的词句，滑过他关注的几处财产，擦过他认识的女人的面孔和肢体，脱离他女儿们的形象，直奔他的父母而去，因为他们死得是那么不公道，一个接一个。

他们是一起死去的，他的母亲几分钟内丧命，而他的父亲在医院里三个小时后咽气，那是一九四九年圣诞节前的一个黄昏时分发生的一起公路车祸所致。他们参加了格兰奇的一次聚会，开车回大拉皮兹的家。二十一号公路有一段几乎笔直的路段，经常冰层覆盖。一条河流在公路附近奔流。天开始下雪了。一辆林肯汽车直冲他们而来；那位司机，一个爱奥尼亚的小伙子，多处受伤却活了下来。从两辆车的位置来看，很难说清楚是谁滑离了车道，然而皮特，深知自己的父亲如何驾车，一贯如同他在花盆里侍弄天竺葵似的尽心尽意，一英里接一英里从不懈怠，毫无疑问是那个小伙子的过错。可是——黄昏模糊视线，他的父亲上了岁数；也许，刹那间没有看清楚那段骗人的平直的路段，在向前探照的车灯光的幻象误导下，车轮突然打滑，老人家慌了神。这位平和的好园丁，已经装了假牙，步子沉重，呆板的短粗的睫毛，难道还会爆发一阵要命的不理智情绪，把两条无故的性命摧毁吗？把那些积累的家庭收支预算、满心的希望、耐心栽培出果实的种子，统统摧毁吗？皮特想象到公路上满地的碎玻璃，看见雪还在飘飞，在警车旋转的光线下或明或灭。他当时在密执安州上大学一年级，正在攻读建筑师文凭，这下觉得靠借钱和这个世界的宽容，无法再继续上学了。他脑子里出现的颤抖现象，他无法抹去。他让他的弟弟乔纳——朱普——很便宜地买下了他的暖房股份，并且让他自己应征入伍了。这次事故以后，这世界对皮特来说穿上了一层滑溜溜的表皮；他站在各种东西的皮上，摆出了一个人的姿势，试探新形成的冰层，竖起脑袋警惕冰层开裂，他的脊梁骨弯下来让自己变得轻飘。

“……我们为那些死去的人提升心扉，他们在成熟的时间到达了另一个世界……”皮特衷心希望他的父母亲永垂不朽，看见他们在云间影影绰绰，穿了平日在暖房里穿的衣服；他认识到如果他们永垂不朽，对他来说也是陌生人了，他再难看得清楚，至多像海洋脱离了大地的种种羁绊，他也挣脱了种种世俗烦恼——婴儿、小孩、男孩、开始的男人——哪怕挣脱一个也好。Kijk，daar is je vader. Pas op，Piet，die bond bijt. Naa kum，①外面天气更加寒冷。讲礼貌，别和那些你羞于结婚的女孩子外出啊。他祈祷的心灵脱离了他父母死亡的独特的事实，飘回到了他自己独特的实在的存在，可这白色的天衣无缝的木板和他身边光亮的高高的窗户似乎将之虚化了。

皮特曾在一个更加严厉的教堂接受熏陶，那就是荷兰改革派教会，他周围都是清漆橡木和深暗的彩画玻璃，玻璃上的牧羊人在铁窗格里一副有气无力的样子。他加入了这个姐妹教会，加尔文教的一个比较温和的女儿，这是向安杰拉妥协的结果。皮特不明白是什么东西妨碍了他与那些不相信任何宗教的有福之人为伍。是勇气，他猜想。他的父母死于横祸后，他的神经垮掉了。若和一种信仰决裂，那需要巨大的勇气，而勇气却是我们内心里的一种余地，他的父母横死之后，皮特内心没有了余地。他紧紧地依附皮肤活着，他扁平的脸上多了一种紧张的神色。还有，他那种欧洲裔的意识坚持他把自己的孩子交给基督教调教。现在，他的女儿露丝，扁平的脸蛋像他自己的，而傲气的无意识的身体像她母亲的，在儿童唱诗班里唱歌。看见女儿顺

① 荷兰语，意为：瞧，你父亲在这儿。当心，皮特，别让狗咬了。

从地张开嘴唇，他的血液在高喊上帝，而他的死神倚在他的上空，像一块透明清澈的玻璃板。

儿童唱诗班的歌声，像一种旋律不稳定的失窃，随着管风琴渐渐息声，也停止了。安静中，引座员们继续募集窸窣的纸币和叮当的铜币。今天来教堂礼拜的人很多，因为赶上了棕榈主日①。皮特把脸向前探去，笑嘻嘻的，这样他的女儿便很容易看见他了，而且不出他所料，他女儿果真在教徒们中间寻找。她看见了他，笑脸相迎，红扑扑的，在审视长衫下的膝盖。和南希在一起，他的男人气颇具威慑，可和露丝在一起，他的男人气仅仅表现得有些尴尬。那些引座员走上了红地毯，走完了台阶。跨过一座天桥。颤悠悠的。牧师张开天使翅膀一样的双臂，把他们接受住了。金色的盘子堆满了募集来的钱币。赞美诗曰："我们在上雅各的梯子②。"置身像奴隶使劲唱歌的扬基佬中，皮特几乎哭出来了，因为他知道荷兰改革教派怎么也不会低头哈腰地求助于这样的基督教尝试。"罪人，你爱你的耶稣吗?"废奴主义。光明的孩子们。"天梯一级比一级高，一级比一级高……"四个引座员其中的两个侧身走进皮特前面的条凳，有一个长了扇风耳，耳朵眼儿里生出硬刷刷的毛发。他的脖子后面因为岁月流逝皮纹纵横，斑斑点点的。数分钟。流星。轰击我们。布道开始了。

霍勒斯·佩德里克大人六十来岁，干瘦，愚昧。他心心念念想到的就是钱。他自己对钱从来没有满足过。他来自缅因州的一个渔民家庭，他加入牧师行列是因为两次生意失败，原因都是他自己谨小慎微，惧怕贫穷。生性胆小，年纪也不小了，已很难得到一个城市教堂的位置，终归只是在新英格兰几个镇上磕磕碰碰了五年，他以为他的全体教民都是"讲究实际的人"，也就是经营活动具有自然过程的范围和艰辛的商人。在布道坛上，他那白发

---

① 指复活节前的星期日。

② 《圣经》雅各梦中看见的天梯。

直楞楞竖起，好像水在头发上干了一样，他本人也站得笔直，做出一种想象中的牧师样子，而他的布道因为他时不时弯腰九十度而格外不着调，一心把基督教义的枯竭的形式变换成金融术语。“耶稣这个人”——他最喜欢的一个术语——“耶稣这个人并不要求我们玩弄轻率的冒险。他不会来和我们说：‘这是一只投机股票。花八块挂零买进，你在迦南[1]能以一百块抛售。’不，他赐予我们现实的安全，每一刻钟都能增加四块半！现在，我知道我在对精明实际的人讲话，对那些在这个圣堂以外的不讲情感的世界里作出富有远见的决定的生意人讲话……”

皮特弄不清他耳朵前面翘起来的头发是不是修剪过。一种修剪灌木丛的样子：一把电动推子修剪的，快刀斩乱麻。他用指头挖自己的鼻子眼儿，因为鼻子痒得浑身难受；他终于忍不住打了个喷嚏。他仔细端详那个金灿灿的圣坛，说不清弗雷迪·索恩所说的话有没有道理，因为他说耶稣是钉死在一个X形状的架子上，教会因为这个形状很不雅观，所以改成了十字架。基督是有腹股沟的。不完全是一个童男：《圣经》里都提到了吗？不可能的，阿拉伯男孩到了十二岁，按照乡村文化，会有鸡奸行为，造化的一部分，说来就来了，如同埃及的忘忧果。在非洲，他们在田地里劳作时就会交媾：如同喝了一口水。说来有趣，性交能让一个女人目光有神。基督的腹股沟是阿拉伯人的，不过清新的空气是在他注视的教堂拱形天花板下的。皮特害怕弗雷迪·索恩，他对肮脏的真相像鬣狗一样追逐。害怕归害怕，但是已经和他绑在一块儿了，已经给他当了人质，叉开的X形，红裂口湿湿的。弗雷迪的聪明劲儿闪现了。他脑袋后面剃过的脖子纹路纵横，皮特眼看着扭了过来，那只耳朵眼儿变成了圆圆的棕色眼睛。佩德里克还在布道，耶稣的小路上铺陈的棕榈叶变成了绿色美钞，偷窃骆驼仔[2]则成了财产权利的麻烦的

---

① 《圣经》中上帝答应给亚伯拉罕的土地；转义为福地等意。

② 专指《圣经》中的小公骆驼。

专题论题。佩德里克在自圆其说，但是漏洞百出。上帝是多么愉快啊，是多么无忧无虑：这句出乎意料的结论鼓励皮特生活下去。“所以，先生们，金钱以外是存在一些东西的，相信也好，不相信也罢：有一种力量把财富看得很轻，能够接受一瓶昂贵的药膏而蔑视价格，敢把像你们一样受尊敬的银行家和生意人的账桌掀翻。但愿我们今天得到灵光，用和散那[①]的力量欢迎这种力量进入我们的心田。阿门。”

他们唱起《抬起你们的头，你们强大的会众》，随后坐下来祈祷。祈祷和手淫长期以来在皮特的脑子里混在一块儿，他听见祷告时不仅想象他的情妇赤裸裸的样子，她奶子间有一片反射的阳光，她拘谨的下巴颏儿，她稍稍凸出的凝视而清澈的绿眼睛。皮特躲躲闪闪走下甬道，穿过点头示意的老妇人们瓷器店般混乱的人群，进入湿纸气味的教堂门厅，路过向空中紧紧握手致意的佩德里克，一路上不停地打招呼，言语中浸满了色情的热烈。

在门口，皮特接住了一个穿了灯芯绒短裤的头发梳理过的孩子送过来的棕榈叶。

等待他的女儿从教堂里出来的工夫，他倚靠在一个温暖的白色柱子上，左手拿着那片棕榈叶，右手拿了一本《云雀》诗集。来到教堂外面，白天无比多情：桦树和树液散发出淡淡的香气，婆娑的影子，落叶的树木，隔板房周围多石的草地白垩点点。那个刷上绿漆的大亭子，突出了舞台背景的快活景象。天空蔚蓝，一层深似一层。头顶上方，一只海鸥凌空临风，一动不动，两只爪子如平行的 U 字钉收缩起来，翱翔的姿势在翼尾的映衬下一片黑色。教堂门廊旁的每一块鹅卵石、草皮、脚印以及泥污中的腐蚀性水沟，都有中午时分精确的阴影。皮特从小就讨厌硬土地，但是十多年来他已经变得热爱这片土地了。每一英亩土地都是一种优势。加拉格尔喜欢说他们不是出售房子，是出售观念。他居高临下地注视那个商业区，它们的制高点是神力

---

① 《圣经》中赞美上帝的用语。

街和慈善街在科格斯维尔杂货店的交汇点，拐了个直角向山上延伸，皮特目力所至是一片白色，由于某种无意识的和谐而盯住不放了。谁？他知道是谁。那个走动的人影头上戴了撩起的纱巾，行走起来像新娘婚纱硬硬地飘起来。在一年中的这种早春季节，那种白色显得很怪异，因为除了银色枫树，万物都还没有发芽。也许像皮特，她来自这个国家春天来得更早的地方。她一只戴着长手套的手拿着一本黑色的赞美诗集，脸上粉嘟嘟的很艳丽，仿佛她羞得脸红了。他知道是谁。那个新来的女人。惠特曼。一眼就看得出，她是圣公会教徒。圣斯蒂芬圣公会教堂，没有尖塔，卵石修建，坐落于山脚下。脚步快捷，惠特曼太太走向停放在远离教堂的草地旁边的黑色MG牌小车。也许如同皮特一样，她习惯晚来一步。一种微妙的怠慢吧。以为没有人看见，她猛烈而不失雅致地坐进车里，收拢裙子，向后靠在座位上，一下子把车门砰然关上。那个生动的动作做出好一会儿，砰然关门的响声才传到了皮特这里。远处的发动机发动起来了。MG牌小车的重量波及到了外胎上，她绕过乱石堆，离开草地，向盐沼地她的家那边驶去。皮特认识的女人们多数都开着旅行车。安杰拉开一辆标致牌车。他向后仰起头，又开始注视天空。那只凌空临风一动不动的海鸥不见了。头顶上蓝色的火焰，是吞没的星光一层又一层积聚起来的，被一条化开的喷气带凌空划开。他闭上了眼睛，想象树液在他周围的模糊的三角洲催发。树液催发着一棵棵梣树。一种白垩一样的温暖。一种好闻的新娘一样的味道。怯生生的，担心惊醒他，他的大女儿触摸了一下他垂下的手掌，那只手拿着欢迎耶稣去耶路撒冷的棕榈叶。

福克茜似乎觉得鸡尾酒会的时间拖得太长了，男人们都在讨论他们的股票、滑雪以及新的建议——通过与MBTA订立市政合同恢复瘫痪的火车服务；肯开着MG小车去过波士顿大学，坐在人堆儿里一脸不屑，深感厌烦，一只脚脖子搭在他的膝盖上，对着鞋带的活襻儿做沉思状，仿佛那里可以解读出一个密码似的，而比阿作为女主人在犹豫是否请他们男人开始晚餐：“晚餐啦。过来吧。如果你们喜欢，把你们的饮料拿上，不过餐桌上有葡萄酒啊。”格林夫妇住在节俭街一座古朴的盐箱房里，木结构和主壁炉起码可以追溯到一六八〇年。这所住房非常昂贵，里里外外都改进过，在福克茜看来和一所新房子修造得毛糙一样不可思议；福克茜和没有生养孩子的夫妇息息相通，把装修像婴儿一样对待。

男人们站起来，把饮料放下，向餐厅走去，穿过一道低矮的油漆过的门道，看见他们的外衣和帽子堆放在一条做工毛糙的板凳上，如同一堆被冷落了的人群。福克茜深深感觉到，这个夫妇组成的圈子——格林夫妇、阿普尔比夫妇、大家都称之为“小史密斯”的史密斯夫妇，以及索恩夫妇——构成了这个小社会的“更亲近”的一半，正在下功夫把她和肯也拉拢进去。为了让自己随和，她喝下去过多的酒。紧拧着两道眉毛的女主人劝了一杯又一杯，她已经喝下了两杯马提尼，随后带着傻傻的姑娘家的样儿喝下了第三杯；觉得一股酒劲往上撞，她赶紧进了厨房寻找稀释的味美思酒，把自己想吐的秘密告诉了女主人，一种喝醉的傻姑娘家的表现，肯要是见了一准会生气，可是她感觉这种傻样儿正是这伙人希望她做出来的。比阿·格林嗔怪一声，一只飞快的颤抖的手放在了福克茜的小臂上，说：你真不得了啊。目前为止，比阿在福克茜看来好像也不行了，难免行为古怪，摇摇晃晃的，穿了一件有点过裸的红色天鹅绒帝国装[①]，胸下方有个松松的结，换了福克茜一准会立即剪掉，这时却显然成了更加老道的女人，很内行地把马提尼倒进了洗涤槽，用手指留住了杯中的柠檬片儿，把杜松子酒换成了新鲜的味美思酒。你不想喝了，千万别逞能，非要喝。烤炉很有意思，我们把它放在壁炉里，烟囱来的风不停地吹灭信号灯，新手不懂其中奥妙，明白时一切都晚了，原因就在这里。令福克茜深感有趣

① 指拿破仑三世治下第一、第二帝国流行的女性服装样式。

的是，尽管罗杰很富有，在别人看来花钱如同开玩笑，咋咋呼呼地假装到波士顿去工作，实际上多数情况是去吃午餐，玩一玩壁球，但是比阿仍然自己动手做饭，而且对此乐此不疲。珍妮特·阿普尔比曾经告诉过她，他们和朋友们之所以喜爱塔博科斯，就是因为这里没有乡村俱乐部，不使用仆人；生活简单就是最大的奢侈。比阿打开烤炉门，小心谨慎地往里看了看，做出一副惊吓的样子把门又关上。她的上臂的肉上有一块椭圆形紫青色，也许是一道伤痕。她哈哈大笑时，门牙间有一个可爱的缝隙。我亲爱的，你真了不得，我羡慕死了。羡慕死了。这次，因为处理杯子里的酒，她触动的手是湿的。福克茜离开了厨房，还是觉得胃里不平静。

四月是她怀孕的第二个月，她希望开始阶段的呕吐逐渐消失。呕吐让她受罪，从肚子里翻上来的那些抽动和排斥感觉不堪忍受。她早就想怀孕，抱怨她的丈夫故意拖拉，没完没了地上学，现在便纳闷儿，到了二十八岁这个年龄，是不是一个更年轻的女人身体怀孕会反应小一些。她原来以为，怀孕如同花朵不可抗拒地胀满，像一朵藏红花从雪地里往上拱。

烛光摇曳，一张铺了绣花桌布的长长的餐桌随之摇晃。福克茜打起精神，集中注意力；她的胃在往上翻，仿佛她在这个摆了瓷器、酒杯以及摇曳着橘黄色光点的银烛台的热气缭绕的微型城市上空飞行。名片用清丽的正楷圆体写成，已经摆好了。罗杰·格林拉她进入座位，动作有点过分用劲和一丝不苟。她本想会被随和地领入座位，却转而觉得很久以前在一次事故中她伤害了罗杰，所以罗杰的动作有点敌意，好在那次事故根本不是她的错，她只是枉担了一个罪名。清炖肉汤的袅袅热气遮挡了她的脸，她把身姿调整了一下。饮料里漂着一片柠檬，如同胎儿一样平静。福克茜坐等在桌子旁，本能地做出优雅的神态。餐桌旁那种常有的心照不宣的推让没有出现，大家都始终大气儿不出，保持高度的安静。然后，比阿把平静的汤匙放进肉汤里，这种宁静的气氛才打破，晚餐开始了。

坐在右边的罗杰问福克茜道："你的新房子，罗宾逊老宅。你住得惯吗?”她的男主人脸色黝黑,指甲长长的光光的,看样子比他的实际年龄要老;他浓浓的眉毛竖起来,把他脸上别的地方牢牢牵制住了。他的嘴是她见过的男人中最小的,跟蜗牛的圆足差不多。

她回答说:“住得惯。住宅很原始,也许对我们来说非常合适。”

坐在她左边的是牙医索恩,说:“原始吗? 解释一下这话什么意思。”

肉汤很好,清凌凌的却味道很足,一道欧芹装饰菜,一杯远望地平线的雪利酒:她想好好享用一番,近来很少津津有味地品尝食物了。她说:“就是原始的意思啊。那是一座古老的歇暑别墅。住宅里很冷。我们在卧室里和厨房添置了几台电暖器,可是它们的真正用处是把你的脚脖子烤一烤。你能看见我们早上起来一蹦一跳的样子就好了;跟跳民间舞蹈差不多。这个时候我们还没有小孩,我放心多了。”餐桌上一下子安静下来,都在聆听。她没有打算多嘴,却说了很多话。她不由得脸红了,赶快低下头,面对浅浅的琥珀色玻璃杯底,看见那片柠檬片儿像胎儿一样浮动。

“我明白‘原始’这个词儿,”弗雷迪·索恩追问说,“我的意思是,你可以解释一下为什么你们认为那住宅对你们有好处。”

“哦,我认为吃苦受累都对锻炼性格有好处。你不认为吗?”

“请把‘性格’界定一下。”

“请界定一下‘性格’。”她把弗雷迪的苏格拉底式的追问视为一种策略,一种他发明出来对付女人的方法,把女人们牢牢牵住。每问过一句话,他的嘴唇都会像鱼儿一样往里收缩,仿佛在演示一番如何把诱饵吞下去。他的嘴没有露出过牙齿。这张嘴张开一个裂口,等待她走进去。作为一张嘴,不男不女的,也一点不像婴儿的。他的鼻子很不起眼。他两只眼睛藏在烛光闪闪的眼镜片后面。他的头发也许曾经是棕色的,或者是淡黄色的,但是已经变成了几绺稀疏的辨别不出颜色的毛毛,耳朵上面的一圈儿影子;和所有的秃顶一样,他的头顶明晃晃的,好像在有意夸耀。弗雷迪分明令人十分厌恶,偏偏做出很吸引人的男人的那种轻易上手的样子。

史密斯在餐桌对面听见了她的婉拒，说："给他解释一下，姑娘，"仿佛为了说得更明白一些，补充说："Le donnez-lui①."这显然是一种说话习惯，一种语言上的嗜好。

罗杰·格林开了口。福克茜感觉到他渴望在这个装模作样的人群里维护一种起码的姿态。他问她说："你雇到承包人了吗?"

"没有。我们认识的唯一一个承包人，是卖给我们罗宾逊老宅那个人的合伙人。皮——特……"

"皮特·哈尼马，"史密斯的女人从弗雷迪·索恩另一边喊叫道，因为向前探着身子人们能看见她。她生得娇小，头发漆黑，不偏不倚地从中间分开，耳环不停地晃动，在她的脸上一闪一闪地发光。"赞美诗唱得很好听。"

"很不好听，"弗雷迪·索恩说。

福克茜问道："你们都认识他吗?"

整个餐桌大笑起来。

"他是镇上最神经质的人，"弗雷迪·索恩解释说。"十多年前，一次撞车事故发生后他成了孤儿，他走到哪里都掐人家的屁股，因为他仍然摆脱不了阴影。老天在上，你可别雇用他。他一沾上就甩不掉，花掉你大把钱。他的合伙人加拉格尔也不是善主，倒不妨一试。"

"弗雷迪别乱说。"他的妻子坐在福克茜对面，说。她身量不高，看上去很健壮，下巴结实，生有雀斑，窄条鼻子像出自多那太罗②之手。

"弗雷迪，我认为你说话太不公道，"弗兰克·阿普尔比从桌子那头喊道，在马西娅·小史密斯下手。弗兰克长了一口大板牙，说话时牙床裸露，一道吐沫星子在烛光里闪现。他的头精心梳理过，眼睛经常红红的。他长

---

① 法语：告诉他。

② 多那太罗(Donatello，1386？—1466)，意大利文艺复兴初期佛罗伦萨雕塑家，写实主义雕塑的奠基人之一，研究过人体结构，所做人物形象逼真，代表作有《大卫》和《格达梅拉骑马像》等。

了两只形状很好的大手。福克茜喜欢他，把一种用心良善的表达当作了他的笑话。“我以为，上次镇政会议上已经把救火队长推举为最神经质的人了。要是你另有人选，你应该当场讲出来。”弗兰克向福克茜解释说：“救火队长名叫布兹·卡皮奥蒂斯，是当地希腊正教会会员，他的祖先们拥有这个镇子。他的妻子开一家最高规格的洗衣店，她自己也是最高规格的，比珍妮特还胖呢。”他的妻子对他吐了吐舌头。“他对超速限度害怕得出奇，云梯消防车一拐弯他就会大喊大叫。”

哈罗德·小史密斯上翘的鼻子展示出一个亮亮的双鼻尖儿，说：“他还恐高、恐热、恐水，还恐狗。L’eau et les chiens.[①]”

阿普尔比继续说：“在这个镇上，你能给你的房子上保险的唯一办法是让自由互助保险会享有均等的机会。”

小史密斯补充说：“只要警报响起，镇上的小孩会带着棉花软糖和爆米花跑向现场。”

罗杰·格林对福克茜说：“没错，在普利茅斯县，镇上的火警频率是最高的。可是话说回来，我们拥有太多的木结构房子啊。”

“你家的房子是修复得很美丽，”福克茜对他说。

“就家具的情况来看，我们觉得房子还不够宽敞。实际上，皮特·哈尼马就是承包人。”

珍妮特·阿普尔比坐在肯和小史密斯中间，浓妆的忧愁的胖脸，浓黑的眼睑，多情的嘴唇，喊叫说：“真是该死的火警！”倾身向福克茜解释的当儿，她把奶子尖儿像奶油一样露在了烛光下。“你在盐沼地那边听不见火警声，可是我们住在河对岸，那响声绝对要命，是我在镇上听到过的最刺耳的声音。镇上的孩子们叫火警声是‘要死的奶牛’。”

“我们都成了拍卖的奴隶了，”罗杰·格林继续说。从他那方形脑袋的

---

① 法语：水和狗。

样子,福克茜猜测他的祖先是瑞士人,不是法国人。

福克茜觉得肋侧有人触了一下,弗雷迪·索恩跟她说:“罗杰认为拍卖如同垄断游戏。新罕布什尔和罗德岛两地儿都知道他是塔博科斯来的‘发疯的叫牌人’。高脚柜,低脚柜,餐厅柜,来者不拒。他尤其对五斗橱疯狂。”

“弗雷迪夸大其词,”罗杰说。

“他很能分出高低贵贱,”比阿从餐桌这头喊道。

“我听说人家不是这样称呼的,”哈罗德·小史密斯对珍妮特说。

“你听说什么了,亲爱的?”珍妮特回应说。

哈罗德用手指在高脚酒杯里蘸了酒,向她的脸上弹去;三四点酒,每滴酒映照出一个亮点,出现在她裸露的肩膀上。“Femme mèchante①,”他说。

弗兰克·阿普尔比插进来,对肯和福克茜说:“孩子们听见火警车响时的叫法,翻译成雅一点的话,是‘上帝正在释放气体’。”

马西娅说:“孩子们经常从学校往家里带些挖苦的笑话。前天,乔纳森回到家和我说:‘妈妈,州长在马萨诸塞州用他的名字为两座城市命名,一座叫皮薄地②,另一个叫什么?’”

“抹布儿和地③,”珍妮特说。“弗兰基④说这是他听到过的最好玩的笑话。”

比阿·格林和弗雷迪·索恩那少言寡语的妻子站了起来,把汤盘撤去。福克茜只喝了一半汤。索恩太太很客气,有些犹豫。福克茜放下汤匙,把手放在了怀里。肉汤取走了。哦谢谢啦。比阿绕着餐桌,拖着嗓子歌唱般道:“我最喜欢的镇上居民是拥有《国家地理》的那个老妇人。”

小史密斯意识到肯还没有说一句话,客气地向他转过身去;在烛光的映

---

① 法语:坏女人。

② 英文为 Peabody,字面意思可译为“豌豆身子”。

③ 英文为 Marblehead,字面意思可译为“石头脑袋”。

④ 弗兰克的昵称。

照下,他的鼻尖儿露出一些凶巴巴的东西,好像一只开裂的脚丫。"弗兰克跟我说,你是一个地理学家,或者是地质学家?"

"从事生物化学的,"肯说。

"他应该和本·索尔兹会一会,"珍妮特说。

"命运坏过死神啊,"弗雷迪说,"如果你不介意我对犹太人不敬的话。"

福克茜对着烛光下的空气说:"拥有《国家地理》?"

"她收藏了所有的《国家地理》,"小史密斯的女人说,隔着餐桌向肯而不是福克茜探着身子。从福克茜的角度看,她成了一个侧影,她的下嘴唇识趣地收了回去,耳环在她的下巴处瑟瑟抖动,像一个小小的机器。肯突然笑起来。他笑得像一个孩子,又突然又高声又不合场合。和福克茜私下相处,他很少大笑。

受到鼓励,别人接着话题说了下去。那个老妇人是真正的塔博科斯人,硕果仅存,住在前往消防站的神力街维多利亚时期的大壳式建筑里,占了一两间屋子,周围到处是商店,斜对面是邮政局和弗雷迪的办公室,而她的父亲是一个期刊订阅者,曾经拥有的针织品厂现在改成了制造塑料洗澡盆和小儿磨牙环的工厂。那些杂志整齐地码在墙壁周围,每年十二期,一八八八年以来期期不落。

"镇上的那位工程师算了算,"弗兰克·阿普尔比宣称说,"等到一九八四年十一月号到来,她会被杂志压死的。"

"像爱伦·坡笔下的人物,"小史密斯说,随后故意对着妻子说,"马西娅,是哪个短篇来着?不是《陷坑和钟摆》吧。"

"哈罗德,你和《厄舍屋的倒塌》弄混了,"她提醒他说。

"Non,non,tu es confuse,[①]"他说,而福克茜觉得若不是餐桌隔在他们中间,他们没准儿会互相抓挠起来。"反正是讲一个故事,说墙壁倒塌挤死了人。"

---

① 法语:不,不,是你弄混了。

珍妮特说："这种事情在电视上经常有，"随后又泛泛地说："我们的孩子们总看这样的故事，我们能有什么好法子吗？弗兰基正在成为一只十足的呆鹅。"

弗兰克·阿普尔比说："那故事是《墙壁向里挤压的那天》，是讲给吉姆·毕少普听的。"

肯接着说："是由I·M·福莱特[①]讲述的，一个扁平的幸存者，"随后大笑起来，笑得很厉害，把蜡烛的火苗都带动起来了。

马西娅说："说到电视，你知道我刚刚读到了什么吗？到了一九九〇年，每个人都能在电视上露面了，那篇文章还说，"她一时语塞，随后又赶紧接着说："谁都不必承认自己有过奸情。"一个天使在头上飞过。

"天哪，"弗兰克说。"他们会毁掉婚姻机制的。"

福克茜认为，肯的大笑是在发泄什么。

弗雷迪·索恩小声对她说："你家老公很机灵嘛。他不像我原来以为的，只是一个榆木疙瘩。I·M·福莱特是扁平式人物。我喜欢这样的说法。"

哈罗德·小史密斯并不认为这种说法有趣。他把话题转移了一下，说："喂，长尾鲨惨剧[②]够震动的，不是吗？"

"你从中受到了什么样的震动？"弗雷迪问道，口气含糊却带刺儿。因此看得出，这种口气不只是对女人讲话他才使用。

"我认为它挺令人震动的，"小史密斯强调说，"在所谓的和平年代，我们派遣了一百个年轻人到海底找死嘛。"

弗雷迪说："他们应征入伍了嘛。我们都是这样过来的，胡闹的年轻人嘛。我们也不失时机地和山姆大叔度过蜜月，他们也一样。Che sarà sarà[③]，

---

① "I. M. Flat"，连起来就成了"我是扁的"，哪怕墙壁向里挤压也挤不死他。

② "长尾鲨"是美国海军的核动力潜艇，在1963年的一次深潜实验中失事。

③ 意大利语：顺其自然吧。

如同多多·戴[1]非常狡猾地提倡过的。”

珍妮特问哈罗德说：“为什么说‘所谓的’？”

哈罗德怒气冲冲地说：“我们和中国打了五年仗。我们现在还在和中国较劲。肯尼迪在老挝押赌注，不过是为了让经济增长。我们在老挝真正需要的是另一个吴庭艳[2]而已。”

珍妮特说：“哈罗德，这是反动的屁话。我听弗兰克说这样的话太多了。”

罗杰·格林对福克茜说：“别把他们的话太当真。塔博科斯这地儿没有浪漫情调，也没有耸人听闻的事儿。清教徒试图把这地儿经营成一个安全港，可是他们先掉进去了。如同新英格兰的所有事情，都过时了，只能更加过时。”

“罗杰，”珍妮特表示不满说，“跟这个女孩子家讲这种话，都是陈词滥调，瞧瞧我们可爱的教堂、古老的房子、盐沼地和绝对一流的海滩。我认为我们是美国最没有自我意识的小镇。”她说话的当儿，没有在乎哈罗德·小史密斯用食指尖儿把他刚才弹在她肩膀上的小酒滴一一抹掉了。

弗兰克·阿普尔比提高嗓门儿说：“你们两个想要一条毛巾吗？”

一条羊腿和一盆蔬菜端上来了。男主人站起来把羊腿切开。他手上长长的指甲打磨得很光溜，操作的样子可以写进烹饪图解书里：先插入餐刀，然后顺着里面的骨头横向切开，一条条羊肉如同花瓣儿，一个碟子里放两片。一碟又一碟从餐桌这头传向另一头，交给比阿，由比阿加上青豌豆、小土豆和薄荷冻。福克茜想，简单清淡的乡下饭菜；她和肯在坎布里奇生活了

---

① 即多丽斯·戴（1924—　），美国有史以来最受欢迎的女歌手之一。“Che sarà sarà”即她演唱的一首极为流行的金曲。

② 吴庭艳（1901—1963），越南政治领袖，1955年起直至被杀，一直任美国一度支持的越南共和国（南越）的独裁总统。

六年，那个地方时兴复杂的焙盘菜、匈牙利菜炖牛肉、蒜茸沙拉、充鸭①以及嫩煎甜面包。在这些不大讲究饮食的食客中，福克茜觉得她自己倒成了一个口味细腻的人，一位千金小姐。弗兰克·阿普尔比接到两瓶酒打开盖子，是当地贮藏的波尔多葡萄酒，已经在餐桌上倒过两巡，一次给女士们斟酒，一次给男士们斟酒。在坎布里奇餐桌上饮用其安蒂牌葡萄酒，互相传递自己倒，没有什么客套。

弗雷迪·索恩提议干杯。“为了‘长尾鲨’潜艇里我们勇敢的小伙子们。”

“弗雷迪，太残忍了！”马西娅·小史密斯叫道。

“弗雷迪，真的太残忍了，”珍妮特说。

弗雷迪耸了耸膀子，说：“发自肺腑。喝也罢，不喝也行。Mea culpa，mea culpa. ②”

福克茜看出来，弗雷迪习惯众人的反对；他从中品尝滋味，仿佛隐藏的诊断得到了证实。福克茜还感觉到，弗雷迪遭到谴责，是其他在座的人共谋的目的，让他们得到了共同的身份，好像夫妇们容忍了弗雷迪·索恩夫妇。福克茜好奇地瞅了瞅索恩的老婆。觉察福克茜在窥视她，她回看了一眼。她的眼睛是一种惊人的淡绿色，有点儿突出，深凹的瞳孔，如同罗马半身雕像的眼睛。福克茜心想，弗雷迪的老婆一定是用某种非常坚硬的东西捏成的，没有表现出婚姻留下的伤痕。

“弗雷迪，我认为你不是当真的，”珍妮特继续说，“一点也不当真。你只是心怀侥幸，觉得是他们死了，而不是你死了。”

“你算说对了。你也是的。我们都是幸存者。一帮逐渐减少的幸存者。我利用过我的机会。我和上帝和山姆大叔打发过时光。”

“你坐在一张钢制桌子旁边，阅读日本的色情作品，”哈罗德讽刺弗雷

---

① 做成鸭子形状的羊肩肉或猪肩肉。

② 这是一个常用的拉丁语短语，意为：我的错，我的错。

迪说。

弗雷迪看上去大惊失色，他那没形没状的嘴巴耷拉下来。“大家不是都在阅读吗？我们大家听你和艺妓勾搭的事儿，都听腻了。可怜的食不果腹的小姑娘们，一包香烟和半块甜脆的巧克力就上手了。”

他老婆那双绿莹莹的眼睛盯住了这个男人，仿佛他属于别人的老公。

“你们说不清她们想什么，”弗雷迪接着说，向一旁游去，尽力不让自己淹死在众人的蔑视之下，他那黑魆魆的嘴巴抬了起来。“该死的测量仪开始旋转，操蛋的管子开始破裂，可是——为了什么？母亲吗？星条旗吗？耶稣基督吗？你的最后一片屁股吗？”

男人们出现了一阵轻视的沉默。

“我觉得非常有趣的是，”比阿·格林吞吞吐吐地说，“是补给船取名字的方式——是叫补给船吧？”

“水下补给船，是的，”她的老公说。

“——那艘补给船取名‘天空云雀’。整个上午它呼叫和巡航，在海里，从下往上看像天空，巡航和呼叫，没有人回答。可怜的‘天空云雀’。”

弗兰克·阿普比尔站起来。“你饮水太多，可怜的奥菲莉娅[1]。我提议，为新来的惠特曼夫妇干杯。”

“说得对，”罗杰·格林说，一脸阴沉。

“但愿你们长久支持我们的税收法案，税率高，利益却是零。”

“听着，听着。”小史密斯说。“Écoutez.[2]”

“谢谢你们，”福克茜说，脸一下红了，感觉到胃里一股恶心劲儿往上撞。她迅速放下叉子。羊腿做得太嫩了。

小史密斯再次和肯交谈。“你是生物学家，具体做什么工作呢？”

---

① 莎士比亚名剧《哈姆雷特》中的台词。

② 法语：听啊。

“我做各种各样的事情。我现在研究光合作用。我过去是把海星切成极薄的片儿，研究它们的新陈代谢。”

珍妮特·阿普尔比又向前探过身子，把她那奶油般的乳房的奶尖儿露在了温暖的光线中，问道：“这么说，海星切成了扁平的片儿，还能活着吗？”强忍住胃里旋转的恶心劲儿，福克茜看见她的老公正在受到珍妮特的飞眼。

肯忍不住大笑起来。“不，它们死了。这正是我的研究领域遇到的麻烦。生命很不情愿被解剖。”

比阿问道：“化学很复杂吗？”

“很复杂。令人难以置信。如果一个聪明的神学家能把化学如何复杂讲清楚了，那么那套理论足以让我们再次相信上帝。”

比阿抢走了话题，珍妮特便转向了大伙儿。“话说到这个分儿上，”她说，“那么这个老约翰教皇还打扰我们干什么？他到处活动，仿佛他是我们大家投票选出来的。”

“我喜欢他，”哈罗德说。“Je l'adore.①”

马西娅跟他说：“可是你也喜欢赫鲁晓夫啊。”

“我喜欢老人。他们能够充当好玩的讨厌鬼，因为他们没有东西可以失去了。世上能够保持自己本色的人，只有婴儿和老讨厌。”

“呵，”珍妮特说，“我费很大劲阅读，*Pacem in Terris*②，可是它像联合国文件一样枯燥乏味。”

“喂，罗杰，”弗雷迪隔着福克茜喊道，他的牙齿很整齐，“你对联什么国在刚果痛打冲伯③有何高见？利用黑鬼打黑鬼。”

---

① 法语：我敬仰他。

② 意大利语，意为《尘世的和平》，是教皇约翰二十三世（1881—1963）于 1963 年 4 月 11 日颁布的教谕。

③ 冲伯（Moise Tshombe，1919—1969），刚果政治家，非洲分离主义国家加丹加的总统。这里说的是 1963 年联合国武装干涉加丹加，击败冲伯的军队，冲伯逃往西班牙的事。

"我认为这事儿很有趣，"比阿一字一顿地对肯说，还轻轻拽了拽他的袖子，"这事儿错综复杂，我都不忍心让人费神去弄懂它。"

肯说："幸运的是，各个过程基本上就是生命王国的同样过程。比如说，你通过一模一样的八个细菌转变过程，一块酵母可以让葡萄糖转变成丙酮酸。"肯的这一面，福克茜很少看见，年纪轻轻的一个人说什么"生命王国"。难道他认为他就是国王吗？

比阿说："啊，亲爱的。有时候我真的觉得我发霉了。"

尽管罗杰的小嘴已经闭得紧紧地不予理睬，但是弗雷迪还是紧追不舍。"哈马舍尔德[①]的麻烦在于，"他说，"他太像你和我了，罗杰。都是好样儿的。"

马西娅·小史密斯对老公喊道："亲爱的，谁不让你充当好玩的老讨厌了？是可怕的我吗？"

"实际上是哈斯，"弗兰克·阿普尔比说，"我把你看作我们当地的伯特兰·罗素[②]了。"

"我看他更属于施韦策[③]一类人，"弗雷迪·索恩说。

"你们这些讨厌鬼，我是认真的。"在众人的攻击下他把他的鼻尖儿翘起来，如同鼹鼠花儿一样的鼻子。"瞧瞧肯尼迪吧。有人想从那个机器人里钻出来，但是没有那个胆量，因为他太年轻了。他迟早会被钉在十字架上的。"

珍妮特·阿普尔比说："我们还是谈论新闻吧。我们总是谈论人物。弗

---

① 哈马舍尔德(Dag Hammarskjold，1905—1961)，瑞典经济学家和政治家、联合国第二任秘书长(1953—1961)，参与中东危机，调解刚果内部冲突，在飞往刚果途中，死于空难，被追授1961年诺贝尔和平奖。

② 罗素(Bertrand Russell，1872—1970)，英国著名哲学家、数学家和逻辑学家，分析哲学主要创始人，世界和平运动的倡导者，获1950年诺贝尔文学奖，主要作品有《数学原理》、《哲学问题》、《数理哲学导论》等。

③ 施韦策(Albert Schweitzer，1875—1965)，德国神学家、哲学家、管风琴家，赤道非洲传教医师，获1952年诺贝尔和平奖，著有《文化哲学》、《使徒保罗的奥秘》等。

兰克阅读莎士比亚的时候，我一直看报纸。为什么埃及和那些别的阿拉伯国家结合起来？难道他们不知道他们中间夹了个以色列吗？这像我们和阿拉斯加之间夹的许多东西一样糟糕。”

“我爱你，珍妮特，”比阿隔着肯喊道。“英雄所见略同呀。”

“那些国家就不能算国家，”哈罗德说。“它们只是美孚石油公司的子公司。L’huile étendarde.[①]”

“快跟我们多讲些莎士比亚的东西，弗兰克，”弗雷迪说。

弗兰克说：“我们一起笑着，看那些船帆因淫荡的风而怀孕，一个个挺起了肚子。《仲夏夜之梦》里的句子。这难道不是一个绝妙的比喻形象吗？我多少天来都在脑子里琢磨这个形象。看那些船帆因淫荡的风而怀孕，一个个挺起了肚子。”他站起来，又倒了一轮葡萄酒。福克茜把手挡在了酒杯的口上。

弗雷迪·索恩向福克茜靠近身子，说：“你没有怎么吃嘛。肚子不舒服吗？”

“说真的，”罗杰·格林在福克茜另一边说。“我会毫不犹豫地叫哈尼马来，起码把修复工程估算一下。他干活儿很踏实。他这样的承包人不多见了，比如说，他往墙上抹灰就从来不马虎。他为我们干的活儿，尽管干了好长时间，但是真的是非常过硬。修复房子也许是他坚守的堡垒了。”

比阿接上说：“他是一个可爱的有点老派的人。”

“你们会后悔的，”弗雷迪·索恩说。

弗兰克·阿普尔比喊道：“你可以请他为你建起一道堤坝，肯就可以在盐沼地上务农了。种植盐草是可以致富的。盐草能够用来覆盖洋蓟。”

福克茜向冷嘲热讽说话的弗雷迪转过身来。“你为什么不喜欢他？”她突然记起来哈尼马是谁了。在弗兰克家的晚宴上，一个矮个子红头发的男

① 法语：美孚石油。

人，小丑一样躺在楼梯的脚下，打量她的穿戴。

“我才喜欢他呢，”弗雷迪·索恩跟她说。“我喜爱他。我爱他像爱兄弟。”

“他爱你也像爱兄弟。”小史密斯紧追了一句。

索恩说：“说真的，我迷上了他，都想搞同性恋了。”

“弗雷迪，”索恩的老婆用拉平的声音说，简直就是不想让人家听见。

“他有一个可爱的妻子，”罗杰说。

“她确实可爱，”比阿·格林大声说。“淑女风范。她一举一动都让我羡慕，瞧那个多姿多彩的样子。你不认为吗，乔治妮？”

“安杰拉真是个机器人，”弗兰克·阿普比尔说，“连杰奎琳·肯尼迪都附在她身上，正在使劲儿往外钻呢。”

“我看不出来她真的就那么完美无缺了。我认为她没有带给皮特多少东西。”

“她给了他社交上的自信啊，”哈罗德说。

弗雷迪说：“我敢说，她还经常给他快感呢。她是凡人。嗨，大家都是凡人。这就是我的理论。”

福克茜问他：“他干过什么神经质的事情？”

“那话只是罗杰形容他的形容举止而已。他连屁股都擦得干干净净的。还有，他还上教堂呢。”

“可是，我也上教堂啊。我不上教堂生活得都不安生。”

“弗兰克，”弗雷迪喊道，“看来我找到了第四个了。”福克茜猜测他是说，她是这个镇子上第四个神经质的人，首先是消防队长，然后是荷兰裔承包人，第三个是那位注定会被杂志挤压死的老妇人。

福克茜来自马里兰，生就南方女子那种凡事追查到底的脾气。“你一定要告诉我，你所谓‘神经质’到底是什么意思。”

索恩莞尔一笑。他那在烛光下病态的嘴请她往里钻呢。“你还没有告诉我,你所谓‘性格’是什么意思呢。”

“也许,”福克茜说,嘲讽的口气很活泼,“我们所指的是同一个意思。”她不喜欢这个男人,记忆中还从来没有碰上过比他更讨厌的男人呢,她胃里一直在往上撞,她挖空心思寻求一句可以把这层意思表达清楚的话。

他向她倾斜过去,小声说:“尝尝比阿的烤羊腿吧,尽管做得太嫩,可起码的礼貌得有啊。”随后他从她身边转开,仿佛在故意冷落一个不懂礼貌的人,主动给马西娅点上了香烟。他一边干这些事儿,一边把自己的大腿故意磨蹭在福克茜的大腿上。福克茜心下一惊,深觉可笑,很是反感。这个傻瓜以为他占便宜上手了。她感觉出他有一种占有欲,让她接纳他,然后就担心她以后的命运。他的大腿越来越使劲,在朦胧的烛光下她感觉不如一走了之,好好睡一觉去。她环视餐桌,寻求摆脱。她的女主人的两条眉毛在鼻梁上专横地拧起来,专心致志地在往下切更多的羊肉。餐桌对面她的丈夫,她需要睡觉的可靠之人,却在比阿·格林和珍妮特·阿普尔比中间呵呵大笑。珍妮特伸出手来强调听不清楚的句子时,她那肉感的奶子短刀一样的影子改变了形状。葡萄酒又倒上了。福克茜点了点头,表示同意向她提出问题,因为她以为有人还有问题要问,坐直身子醒醒神儿,害怕稍一放松就打瞌睡。她的大腿又被磨蹭了一次。没有人会和她说话。罗杰·格林一直在和乔治妮·索恩嘟嘟哝哝地说话,表示一些慰藉。肯的高亢的、生硬的笑声在回响,他的脸平常一副苦行僧的表情,这时看去灰不溜秋,假面具似的,仿佛被探照灯光照了个正着。他这个晚上过得很开心;她离上床睡觉还有好几个小时呢。

他们开车回家的路上,黑夜让她醒过劲儿来。新鲜的空气很凉爽,夜空如同坍塌下来的大浪,繁星当空。他们的车灯照射在一个个邮箱、一排排树篱和一条沟的一堆堆干燥的雪上。肯的MG小车在弯弯曲曲的海滨路上逶迤而行。他问她:“你累得要命吗?”

“现在我没事儿了。我们坐在餐桌边时，我能不能把晚宴对付过去，心里没有一点底。”

“我感觉糟透了。”

“他们似乎很开心，彼此寻找快活。”

“一群快活人。”仿佛心下过意不去，他找补说：“可怜的福克茜，坐在那里哈欠连连，挺着一个大肚子。”

“我表现得太愚蠢了吗？我告诉比阿了。”

“老天爷，为什么？”

“我想要一杯冒充的马提尼。你对我怀孕感到羞耻吗？”

“不，不过也用不着广播出去吧？肚子很快就显出来了。”

“她不会告诉任何人的。”

“没关系。”

福克茜心想：对你来说当然没有什么关系。路边的树向后飞去，又一团团迎面扑来，树木的间隔里看得见月光下盐沼地的冷冷的延伸。邮箱越来越少了。人家灯火也越来越少了。福克茜把外衣裹裹紧，那是一件仿俄罗斯将军大氅做的毛里子的华达呢服。她想到了他们房子的样子，墙壁精薄，火炉老旧。她说：“我们一定要找个承包人。我们应该请那个叫哈尼马的人给我们估算一下吗？”

“索恩说他是一个爱捏女人屁股的人。”

“那叫心理投射。”

“珍妮特告诉我，他自己差一点把那座房子买下来。他的妻子对那里的风景显然很喜欢。”

珍妮特，是吗？

福克茜说：“你觉察到弗兰克和小史密斯之间的对立情绪了吗？”

“他们不是同行相斥吗？也许他们在较劲呢。”

“肯，你研究专业走火入魔了吧。我觉得这与性——事儿有点关系。”

“和珍妮特吗?”

“哦,她确实一直在亮她的胸脯,生怕人家看不见。”

肯格格地笑起来。福克茜却想:别傻笑,又不是亮给你看的。“亮出两个大波儿,”他说。

“我早知道你会说这种话,”她说。

道路出现了上坡,是因为冰冻鼓胀形成的,上了这段坡大海首先进入视野。她看见月光映在水面上,泻银一般,很稳定,随着他们的汽车行走而滑行,但是带出来无数猛烈的波光,就好像,她认为,物质本身。肯开车向下俯冲,质子在这里从分子甩向分子,各种元素交结成了一条漫长的螺旋梯子形链。一个个沙堆一晃而过:如同漂白过的骨头。汽车冲进了一个低洼地带。在废弃的、木板围起的冰淇淋零售亭和他们的道路之间,一共有四处这样上坡和下坡的路段。他们住在这条路的尽头附近,冬季便成了前哨了。福克茜猛然间渴望夏季的轻松,夏季的自由。

肯说:“你的朋友索恩对哈尼马评价很低啊。”

“他不是我的朋友。他是一个令人讨厌的人,我不明白为什么大家那么喜欢他。”

“他是牙科医生啊。大家都需要牙医嘛。珍妮特跟我说,他本来想做一个精神病医生,但是没有考上医科学校。”

“他很可怕,腻腻乎乎,献殷勤,我一直感觉他想把他的手塞进我的手里去。我阻止了他,他却以为我不讲礼貌。他用膝盖一次又一次磨蹭我。”

“可是,他坐在你身边啊。”

“是在侧面瞎蹭呢。”

“我认为蹭蹭膝盖没有什么。”

“我认为他不足为凭的评价只是有比没有强。”

肯没有说话。

福克茜接着说:“罗杰·格林说他是一个很好的承包人。他给罗杰家装修的房子。他们不缺钱,雇得起任何承包人的。”

“我们再想想吧。我宁愿找个谁都不认识的承包人。我不想让咱们俩和这里这小群人物交往得太深。”

“可我认为我们搬家的原因之一,是我们的友谊不会过多受到你那些专业熟人的恩惠。”

“什么意思?”

“你知道我的意思。我没有自己的朋友,只是些化学妻子。”

“福克茜,我们都是化学。各种化学成分。”他知道她不相信这样的说法,为什么他还要说呢?什么时候他才能让她明白些事理?

一个邮箱被扫雪机撞了,在月光下空荡荡地斜向一边。这个邮箱是为避暑的游人设置的,没有几个月不会有人来把它扶正。福克茜把大衣又裹了裹紧,这样把她自己的身体裹紧了,也把她子宫里正在养育的小小麻烦之物裹紧了,一个外来的小生命偷偷地吮吸她自己的生命。她觉得很丑陋,被使用了。她说:“那些女人戴着隆胸的乳罩,浪声浪气地格格傻笑,你真的很喜欢她们,不是吗?”他们在坎布里奇认识的女人,有的只是打算做朴素的贵格会教徒、平静地嫁给努力向上的大学生的女孩子,有的是自身就出类拔萃、触动不得的吉卜赛女郎一样的女人,她们激烈地认为古巴拥有主权,德国犯有罪过。福克茜仿佛听天由命地叹息一声:“嗨,人家说男人会在自己的老婆怀孕时结交上第一个情妇。”

他扭头看着她,惊讶得说不出话来,她意识到他不可能背叛她,失望之情竟然让她深有感触。她自己迷惑起来;他们结婚以来,她从来没有这样更加依赖他,也没有更多的理由感激他。然而,一个不安的化学元素在她的身体里诞生,她很恼火他和这个小化学元素分开了。因为她总是觉得、现在更觉得她含含糊糊担当的属于生命的罪责,应该由他义不容辞地承担起来;可他却让她承担了双份的罪责。

他终于说:“你有什么高见吗?我们得到了邀请。我们便去了。我们可以开开心心地享受晚宴的。我对普通的老百姓没有什么成见,只要我用不着不得已教授他们什么东西就好。”

肯三十二岁了。他们认识时他是一个大学毕业生,教授“生物学10”课程,而她还是一个拉德克利夫学院的四年级学生,还需一门科学成绩。福克茜大学上到二年级,便和一个美术主修学生产生恋情,一个来自底特律的大胡子犹太人小伙子,名叫彼得。他后来成了雕塑家,用厚重的金属废料拼接成的雕塑,偶尔会在杂志上发表。那时候,他身上就有一种牛哄哄的东西,一种自我标榜的傲慢的膨胀的神气,假发一样的乱发,直板板向前披着,一个鼻子钩得厉害,鼻尖儿看上去触到了下嘴唇。他脸上的纹路紧缩成了某种蔑视的神情。他很能嚼舌。吃了我吧,小姑娘,我是一个邋遢的老人。我打喷嚏都是黑色的。我用预防剂牙刷捅咕我的大板牙。他对她担心害怕的任何东西都嘲讽。他教她口交。他的阴茎在她的嘴里特别硕大,她觉得她对他的爱如同起伏的波浪,轻轻地撕裂了她内心的面纱。他还没有把她接纳过来,她却已经感到苍白、过分、僵直、冰冷、无用。他的背上黑毛成片,肌肉疙瘩在肩部凸起,一块接一块,仿佛鼹鼠造成的灾祸。

她的父母采取一种比粗暴的禁止更有破坏作用的手段,逐渐让她的爱奇形怪状,节节败退。她不知道他们是怎样实现的:仿佛她的父母亲和彼得通过她进行了沟通,她却不知道他们到底说了些什么,最后双方却都说出了“不行”,在她的两肋发生碰撞。那是女孩子家的心痛,只好抽烟消解。她在拉德克里夫学院的四年级那年,老天一场接一场地下雪;她记得自行车在小路上碾出的咯吱声,没有搭扣的高筒雨鞋踏雪声,潮湿的围巾围在脖子上,佛格艺术博物馆高高的安静的窗户上冰花澌澌消融,如同逆来顺受的念头。她记起来每天早上苍白的光线充斥了她的房间,随后她才体会到自己胸中的灼痛。

肯出现了,个子比她高,想要她,可以接受,便方方面面全都接受下来了;同样地,难解的数学问题也突然迎刃而解了。福克茜在肯身上挑不出毛病，这倒对她提出了挑战，把她固执的挑衅的倾向也触动了。她感觉到，肯英俊，智慧，这两者之间的矛盾也许会发展成她那个犹太人那复杂的脾性。肯看样子像一个富有的小伙子，工作起来却像穷人家的孩子。他来自法明顿，一个哈特福德从未败诉过的律师的独生子。福克茜不由得想到，就连他的出生都是冷静的，无痛苦的，没有眼泪，没有喊叫。什么事情都不会让他迷惑。世上有未曾了解的东西，但是没有秘密可言。福克茜经受了自己低劣的计算失误后——正因为她第一次爱情计算失误，才以这样一连串的痛苦告终——一头钻进了肯不怕风雨的端庄品行下寻求庇护。他相貌更俊朗，思想更清晰，堪称一台运转更加良好的机器。如果根据她的高个子摆出来的冷静姿势，肯便认为她同样出身不错而接受了她，却是犯下了错误。

她来自贝塞斯达，名叫伊莎贝拉·福克斯①，自己开口闭口喜欢说压抑的热情。值得赞扬的是，她花样年华的心过去一直关注流浪动物、迷失的儿童、被抛弃的女人以及那家新成立的医院周围缠了绷带的伤员，尽管医院的一排排丑陋的高窗像开口的拉链。他们是从东边搬迁过来的。这所医院正在施工，一九四一年春天来到了华盛顿。她父亲是职业海军，少校军衔，懂得一些工程，对自己的门第感觉过分良好。他的一位祖先曾在弗吉尼亚州当兵；还有一位是新泽西州的牧师。他觉得自己是一个绅士，跟福克茜说，她十二岁上一心想做护士时来到了他身边，他鼓励说她聪颖过人，有朝一日能够上大学。在拉德克里夫学院，回首往事，她认定她那偏离温情的感觉是她父亲在第二次世界大战期间不在家造成的；全球战争爆发剥夺了她对没有奴役的异性关系的顺从的过渡，剥夺了那种她驱使彼得对抗的各种补偿的屈从。现在，她自己结婚了，她的分析看来更温和，更不精确，她还是说不清她成长过程中的那种断裂和不完整的悲哀情绪，是不是与更早的战争无关，而是大萧条造成的，因为大萧条那种百废待兴的阴影氛围，比如那些无

---

① 福克茜是昵称。

轨电车和鼻窦炎，在她探望她的母亲时依然在华盛顿办公大厦里挥之不去。也许，麻烦仅仅是因为她的母亲尽管精明而一度楚楚动人，其实算不上一个淑女，不过是一个马里兰州杂货商的女儿而已。

福克茜刚刚结婚，她的父母亲就离婚了。她父亲服役三十年后退役，离退休年龄还很早，在造船工业谋得一个赚钱的顾问职位，搬到圣地亚哥去了。她母亲仿佛迎接挑战似的表明她也能在赚钱致富的大波大浪中扬帆前进，毅然改嫁了：一个富有的乔治城的鳏夫，一个叫罗斯的先生，拥有连锁洗衣店的老板，家家洗衣店都开在黑人居住区的边缘。福克茜的母亲现在悉心捯饬自己，就是去采购也会把束腰戴上，还养了一只卷毛狗，抽着高档过滤嘴香烟，她的亲朋好友都叫她“康妮”，而且总是称她丈夫“罗斯”。

福克茜父母亲这对夫妇已经消失了。罗斯戴尔街窄窄的百叶窗的房子。没有使用的前廊。把热力随时挡开的棕黄色遮棚。像弱智喋喋不休骂人那样来回慢慢摇晃脑袋的厨房电扇。传出洛威尔·托马斯[①]声音的菲尔科牌收音机。通过令人惊悚的信件口进来的V邮递[②]。每周来一次的名叫格蕾丝琳的黑女人，她那围裙兜有一股橘子皮和“宝贝面包卷”味儿。维罗妮卡家紧张兮兮的阉了的短毛狗，后面跟着“么儿”——一条流淌哈拉水的黑舌头中国家犬。伊丽莎白经常搜寻瓶盖和“线索”的没有花开的干灌木丛，漫长的新闻纸色的冰淇淋夜晚，那块厨房餐桌上红格子台布，两头都磨掉了颜色，因为她母亲会在夜间听完新闻、把女儿送上床后坐在餐桌头，吸一根切斯特菲尔德牌香烟，把凝视的眼睛下面的皮，一下又一下机械地按摩一会儿。这些映像已经无处寻找，只在福克茜的心间存在。她到教堂是想挽回一些东西。圣公会教堂主义——教堂的隆隆的男中音赞美诗飘向大海，长凳座位上闪烁着军人肩章的光亮——已经属于爹爹朋友们的豪爽的

---

① 洛威尔·托马斯(1892—1981)，美国作家、著名的广播评论员、旅行探险家，多年主持播出晚间新闻节目。

② 第二次世界大战中把军邮制成胶片，到达目的地后再放大发送的服务。

俱乐部，为首的是打赢这场战争的爱穿斗篷的罗斯福先生。

她毕业于一九五六年六月，结婚于一九五六年六月。

每一桩婚姻都是一种双刃剑式的赌注。福克茜走进自己的婚姻，不管他们夫妇的命运如何，期望某些伤害永远不会在她丈夫那里发生。他和那些伤害沾不上边儿，正如多数美国男人永远不必担心被挖掉眼睛、被掏掉内脏一样。她是正确的。他表现得足够温存，却又没有过分得让人难以承受。她没有很多正当的抱怨，只有一个不够正当的抱怨，那就是等待肯完成博士学业再怀孕，拖的时间过长了。由于他的博士论文做得很苦，研究课程预计四年完成，延长到了五年；美国公共卫生部批准他再花两年时间进行博士后的深造；于是肯又虚度了另一个两年在同样具有磁力的哈佛神化人物周围做一名大学讲师，福克茜如今一听那些神话人物的名字就恨从中生。而她呢，倒也一直有事可做，比如在舒服的多尘的哈佛地下室做些佛兰芒版画和中生代蕨类植物化石的助理研究，比如在大学办公大楼当接待员，主要参与弱智儿童的辅导项目，由此她考虑在社会工作方面有所作为，随意选修了一些研究生课程，力争拿个硕士学位，在波士顿做了两个学期写生，休息假期，甚至打情骂俏：然而，什么事情都有始无终，没有成果。七年够长的，按月计算，付出的是每月的流血税①，按周计算，周末的快活又从来摆脱不了避孕丸的小小机关，因此比打一次战争还要长啊。她早想给肯怀一个孩子，把他的出类拔萃在她的温柔乡里孵化出来。这似乎是她能奉献给他的最好的礼物，因为她随着年龄增大，知道她自己的一些东西她阻止了。一个孩子，一个他们夫妇的化学成分的结合体，会是她的羡慕和信任的一种诚实的承诺，会一劳永逸地脱离那个诸多感情可能被怀疑的阶段。现在，这一礼物终被获准了。肯是河对面那所大学的助理教授，生物化学系在那里更具加速推进的前景。他们幸福的理由如同他们新购买

---

① 指女主人公的月经。

的房子的景色一样一望无际。

这所房子是肯挑选的。她原想他们应该住得离波士顿更近一些，也许在莱克星顿，生活在像他们自己一样的居民当中。塔博科斯算是外围，一个小时的开车路程，但是必须来往颠簸的肯就是抓住这座房子不放，仿佛他这辈子就是在等待一幕景色，像这些盐沼地、那些瘦骨伶仃的远远的沙丘、那道海岸线一样的空旷和纯粹。也许，福克茜推测，这是一个比例问题吧：肯进行显微镜下的工作，需要这样一个辽阔的视野舒缓一下。有利的一面是，他和那个房地产经纪人加拉格尔彼此有好感。尽管福克茜提出了很有理由的反对意见，但是看见他经过长期安分守己的学生生活后，终于想一些新的东西了，一些真正的物质了，心下感到很受用。具有内在的那种温和的奇怪心态的他，还需要坚持买下一所罕见的不实惠的房子，看来是有希望了（仿佛一直是个绝望的问题）。

这个夜晚，这所房子很冷，到处都寒气袭人。他们的猫儿“棉花”从黑黢黢的起居室向他们啪嗒啪嗒走了过来，因为睡得身子发木，开始伸展身子。这是一只蹄子沉重的酱色公猫，多年来一直是他们的宠物，获得了狗儿一样的伴侣兼婴儿一样的傲气的双重身份。它在他们面前客客气气地点头哈腰，尾巴高高地卷起来，前爪深深地抓进罗宾逊夫妇丢弃在前厅里的那条镶边的地毯里。棉花的爪子抓挠出刷拉刷拉作响的声音，呼噜噜叫着邀宠，期待福克茜把它抱起来。福克茜把它抱起来，棉花喉咙里像摩托一样嘟嘟鸣响，拱在福克茜的下巴里，如同一个孩子希望福克茜自己能魔术般地钻进它的皮毛里。

肯把起居室的灯打开。光光的墙壁一下子毕露无遗，暴露的饰钉，断断续续的清漆，翘起的抹灰墙板，镶框的陈旧的避暑纪念品——扇形贝壳收藏精品和排列成行的海边植物——这些都是罗宾逊夫妇留下的。他们始终没有和罗宾逊夫妇碰面，但是福克茜看出来他们是一个邋遢的大家庭，互相之间都喜欢胡闹，乱起绰号，各有嗜好，做母亲的能画水彩画（她的作品挂满了整个二楼），大一些的男孩在盐沼地玩帆船，女孩疯狂地收集唱片并受到取笑，小男孩和父亲在海边仔细搜索各种各样的生命标本。屋子里有味道，仿佛夏季尘封在里面，还没有释放出去。面向侧面花园的玫瑰花和牡丹花的落地窗用木板钉上了。上了百叶窗的那些窗户面向门廊和盐沼地。棱角分明的坎布里奇带来的家具，具有储物和展物双重作用，看上去凌乱而零落；这个起居室很宽敞，四四方方的。它具备多种可能性。需要粉刷、隔墙板、安装灯光、温馨布置以及样式设计。她说："我们必须着手做一些事情了。"

肯用手摸了摸地板上的节气门。"火炉又灭了。"

"明天早上再说吧。楼上不会暖和多少。"

"我不喜欢东西和我捣乱。我要学会封这个混账火炉。"

"我倒是担心我睡觉时会被煤气熏死。"

"在这样筛子一样的房子里是不可能的。"

"肯，快给哈尼马打个电话吧。"

"你给他打吧。"

"你是这房子的主人。"

"我没把握他是一个合适的人。"

"你喜欢加拉格尔。"

"他们不尽相同，却是合伙人。"

"那就找别人好了。"

"如果你想让他来做，你给他打电话吧。"

"我真会打的。"

"那就打吧。也好。"他走向一扇门，这里通向一间地下室的狭窄的出入口。节气门开始咔啦作响，放出一股难闻的气味儿。福克茜抱着棉花走进厨房，插上了电暖器，倒了两碗牛奶。一碗放在地上喂猫儿；另一碗她往里面放了一些咸饼干自己喝。棉花闻了闻，看不上这点吃的，发问似的喵喵叫了几声。福克茜没有搭理棉花，自顾用勺一口接一口地喝起来。牛奶泡饼干是小时候播送新闻和上床睡觉之间的待遇;她享用这种吃法时,如同发烧突然好起来,浑身觉得舒坦。电暖器在发热,猫儿在她的腿上换着姿势磨蹭恳求,她只顾在暄腾的白面包上厚厚地抹黄油,掰开,掂了掂分量,一块接一块吃了三块,一副饕餮样儿,懒得烤一烤,像醉汉一样。她的指头上沾上了发亮的黄油。

把两手洗了,她倚靠在板石洗涤槽上,从窗户往外看。海潮很高;月亮照射出了银子般的光辉,在长条沟壑上闪动。与月光呼应的,是一个长满灌木丛的没有住房的小岛的侧影。远处,沿了塔博科斯湾的长臂,另一个镇的灯火在地平线上一片灿烂,只是她还不知道那个小镇叫什么名字。一道旋转的探照灯光节奏均匀地掠过海面。那灯光却是时有时无地照在她的脸上。她开始数数:五道,两道,五道,两道。两股光芒。分分秒秒在流失,一去不复返;五道,两道。她一下子转过身来,卷起玻璃面包纸;无绪的惆怅从夜幕里挖出来,向她袭来。已经是午夜时分。今天是复活节。她必须早早起来上教堂。

肯从炉子边返回来,看见她因为饿而留下的种种迹象笑起来——挖去一块的黄油,乱抓过的面包屑,空空的碗。

她说:“没错,我馋的就是这种便宜面包,不是什么培珀莉庄园[①]的高档货。那种老派的橡胶似的东西,什么化学成分都有。”

“钙丙酸盐,”肯说。“我们的孩子将来就是个粘成一块的怪物了。”

“你真的说话当真,我应该给那个荷兰人打电话吗?”

“为什么不打?看看他怎样讲。他一定了解这座房子,如果他的妻子打算要过的话。”

但是,她从他不温不火的声音中听出来疑虑,便换了话题。“你知道今天晚上那些人为什么让我烦吗?”

---

① “培珀莉庄园”(Pepperidge Farm)是美国一个著名的高品质面包、西点品牌,创立于 1931 年。

“他们是共和党人。”

“别卖傻，我才不关心那些呢。让我感到厌烦的是，他们想让我们热爱他们。可他们不可爱，他们偏偏想装得可爱。”

他笑起来。他为什么笑得这样难听呢？“也许这才是你想要的呢，”他跟她说。

他们上楼就寝，走在一架他们压根儿没有看见的孩子们搞得疤痕累累、划痕多多的楼梯上。福克茜心想，随着她的胃口恢复，她的睡眠会好起来，肉体上会得到休息。肯在她的肩上亲吻了一下，表示他们这个月不能做爱的遗憾，翻过身子，很快安静下来。他的呼吸很难听见，再也没有翻身。他的身体一动不动，营造了一种她难以穿透的紧张氛围，如同一根银针漂浮在水面上。楼下，棉花沉重的爪子心怀不满地来回走动，把整座房子都震动了。月亮太亮了，脸盘儿都看不见，被夜色分割成方块，一个小时的失眠，像一颗珍珠在她的脑门儿中央燃烧。

星期一早上：去了又来，来了又去。撒了白粉似的蓝天，像赞美诗的颜色。积云在翻腾，在张帆，太阳忽隐忽现像密电码似的。索恩家的日光浴室——他们家车库的油毡平屋顶，柔软的高高的落叶松挡住了风，从卧室的滑动玻璃门进来——把温暖存住了。每年，乔治妮都会抢在别人前面把皮肤晒黑。今天，她看上去已经有了晒斑，晒得很苦，那健康样子令人难以企及。

她在角落铺开她的方格呢毯子，她已经在这里的栏杆上钉上了铝箔烘烤反光纸。皮特脱掉他的杏黄色绒面革防风夹克，沉沉地坐下来。这时的太阳对有名望的人来说温暖如微风，却把他那宽脸的皮肤晒得黑了，连他的视网膜都晒红了。“好福气啊，”他说。

她在毯子上重新坐了坐位子，她的胳膊碰上了他的胳膊：这种触碰的感觉如同精细的砂纸轻轻摩擦了一下，还有点暖和。她只穿了内衣内裤。他用胳膊肘支起身子，亲吻了她的肚皮，平滑，柔软，热乎乎的，因此想起了他母亲的熨衣板，母亲总是会让他把耳朵贴上去感受那种舒服的温暖；他把耳朵贴在乔治妮的肚皮上，听见了消化系统传出来的那种神秘的蠕动。她还在一心一意晒太阳，一边用手指触摸他的头发，随后摸摸索索地丈量他的肩膀。她说："你穿的衣服太多了。"

他终于把话说出来，使了些勇气，却也在祈求。"宝贝儿，我没有时间了。我应该在印第安山上干活儿。我们正在清理那些树木。"他直耳静听他的电锯传来的剧烈的、刺耳的声音；印第安山在一英里之外。

"求求了，再呆一会儿。别来了逗弄一下我就走。"

"我们不能做爱。我没有逗弄你。我来向你问好，告诉你我整个周末都在想你。我们没有在同一个晚会上会面。加拉格尔夫妇邀请我们和安夫妇一起去。真是乏味透了。"

"我们星期六晚上在格林夫妇家的宴会上谈论到你。一听人说起你我就觉得满脑子相思。"她坐起来，开始解开他的衬衫。她的下嘴唇在舌头下弯起来。安杰拉扣风雪外衣的扣子时也是这个样子。天下的女人在干小小不言的活儿时，都会做出一本正经的样儿，这让他窃喜，让他心头涌动，一下子明白过来这全天下向前滑行，竟然是因了女性对体力活儿的不苟言笑——解扣子、熨衣服、太阳浴、烹饪、做爱。这世界由于这样的活儿紧紧地缝纫在一起了。他听任她抚摸，亲吻他那只有在太阳光下才看得见的稀少的连鬓胡子，就在她的耳朵前面。在这地方还看得见一个雀斑。种子。在荆棘丛中。倒下了。她解开了他的衬衫排扣，使劲从肩头往下脱他的衬衫，这样一使劲让他贴住了稍稍隆起的胸罩和上面温和的裸露的如愿骨。她脖颈的角度似乎很柔和。他脱掉了衬衫，脱掉了背心；如同水蜘蛛一样轻飘，从铝箔反射过来的尘埃，在白白的皮肤和他胸上的黄绒毛上滑行。

皮特把乔治妮拉进了他肩膀投下的紫色阴影里。她内衣下面的肉体有一种男孩般的骨感，不像安杰拉是那种令人难以捉摸的肥硕感。触摸安杰拉，安杰拉消失了。触摸乔治妮，乔治妮在手边。这种简单的现象有时候会让皮特觉得他们的爱欲有一种乱伦的罪过感，因为他们的爱欲毕竟是一种过于直接的联系。他怀疑，她的忍耐增强了他身上已经存在的软弱和纤长。所有的爱都是背叛，在背叛中它胜过生命。没有爱的人刀枪不入。一个嫉妒的上帝。她张大了她的嘴，把他的舌头吸进了无形的湿漉漉的空间；震动着融化进了一个遗忘的围场；他觉得迷失了，拉回来舌头，清醒过来。她的嘴唇看上去模糊了，撕裂了。她眼睛里的绿色由于阴影变深了。他问她："都说了些什么？"

注视着他身后的地方，她边想边说："惠特曼夫妇在犹豫——随便说一句，她怀上了孩子——惠特曼夫妇在犹豫你是否应该做他们房子的承包人。弗兰克说你很可怕，罗杰说你了不得。"

"阿普尔比说我的坏话吗？这个狗娘养的，我怎么他啦？我从来没有跟珍妮特睡过觉。"

"也许是小史密斯吧，我忘记了。也就是随便说了一句，开开玩笑，真的。"

她的脸色立时静止了，下巴一动不动，嘴角拉下来，露出了非常讲究的悲情。粗大的树枝的阴影在他们身上晃来晃去。他猜测是她丈夫背后说他的坏话，于是把话题换了一下："那个金黄头发、桃花红脸蛋、冷冰冰的高个子女人怀孕了吗？"

"她在厨房告诉了比阿。我得说，她似乎很无礼呢。弗雷迪整晚上都对她像摇尾乞怜的小狗儿，她却不为所动，冷冰冰的。她是南方来的。南方的女人都害怕被搞了吗？"

"上个星期天我看见她从教堂开车走了。那个女人身上有一些正在改造的东西。"

"那是怀孕引起的。"她的下巴变得坚定，出现了纹缕。她补充说："我认为他们作为一对夫妇不会跟上潮流走。我就坐在餐桌对面，正好对着她，我得说，她那双棕色的大眼睛从来没有停下活动。她把什么都看在眼里了。那是在侮辱人。弗雷迪就是平常那个样子，我看出来她在琢磨我究竟是怎样的人。”

“我们谁都不知道你是怎样一个人。”

皮特感觉出来，乔治妮因为他对惠特曼夫妇产生兴趣，装着受到了伤害，实际上也真的受了伤害，因此从他的怀里挣脱出来，又在那条毯子上四仰八叉躺下来。太阳自有露脸的时候：婊子。反光的铝箔在她的脸上折射出抛物线形状的点儿、星云和喷射流：好似太阳的精液。皮特来了醋劲，三下两下脱掉鞋子、袜子和裤子，只穿了内裤，佩斯利牌[①]内裤。他是一个暗地里的花花公子。他在她身边躺下来，等她把脸扭向他时，他伸过手去，把她的乳罩摘了下来，解释道：“这下成了双胞胎了，”意思是说，他们两个应该穿戴得一样，都只穿了内裤。

她的奶子要比安杰拉的小一些，乳头儿瘪瘪的，没有乳罩保护，似乎在呼唤保护。他把自己的胸膛靠上去掩蔽起来，他们两个就这样静静地躺在如泣如诉的树下，如同被赶出家门的汉塞尔和格蕾特尔[②]。落叶松落下的松针在油毡上堆积成了条状和堆状，沿着木头栏杆和活动玻璃门的底槽上形成了赭色的堆积物。皮特抚摸着她背上那条没有间断的曲线，他的大拇指从她脖子后颈的几块关节一样的骨头顺着脊梁骨一路下行，摸着了陌生的突出的尾骨上。乔治妮的尾骨具有一个很好的开端。她可比安杰拉更有骨感。她的身子依偎在他身上似乎极其自然，如同姐妹，他竟然没有挺拔起来，而即便安杰拉的脚丫搭在他的脚背上，他也会一下子勃起，因此平躺在苍天大穹下，树木高耸，鸟儿在歌唱，他不知道他真正爱恋上了哪种东西。

---

① 高档内裤，后有详注。

② 英国一则童话里的兄妹俩，被狠心的继母赶出了家门。

他们没有勾搭成奸之前,他心里根本没有乔治妮。她没有引起他的注意,是因为他看不起她的丈夫。他看不起弗雷迪·索恩,安杰拉也看不起弗雷迪·索恩,几乎都是随即而来的,尽管他们刚来塔博科斯的那几年索恩夫妇曾经想跟他们套套近乎。应该作出回应的哈尼马夫妇则表现得极其不近人情,几次拒绝邀请,连个理由也没有,甚至不予回答。当时,他们没有觉得需要朋友。皮特还没有意识到他和安杰拉在一起不幸福,只是模模糊糊梦想和别的女人做爱,比如和珍妮特或者一头吉卜赛女郎发型的特丽·加拉格尔,胡思乱想一些引诱上床的心旌摇荡的场面。但是,两年前,安夫妇修建了一个网球场,他们看见乔治妮比过去多了;去年夏季以前,皮特的那些梦想成真了,连他自己都不知道怎么回事便疏远了安杰拉,成了一个公开的问题,正是乔治妮在一次晚宴上经过他身边时碰了碰他,表面上不约而同地共同坐一辆车来回网球场,她在一厢情愿了,显然期待有一个回答。她说,她等他已经好几年了。

"还有别的什么吗?"他问道。

"什么别的什么?"她的脸在太阳照射的面具下,她的各种感官都在感受他的那只手。

"你还有别的什么没有说? 惠特尼的感冒怎么样了?"

"可怜的小惠特[1]。他昨天发高烧了,可是我为了你来狠心把他打发到学校去了。"

"你不应该这样干。"

"他会好起来的。谁都难免在春天感冒。"

"你就不感冒。"

她使用了一争高下的口气。"皮特,你这是什么意思,一分钟前我说弗兰克对你吹毛求疵,你说你从来没有和珍妮特睡过觉?"

---

① 惠特尼的昵称。

“我是从来没有睡过嘛。多年前我倒是一直想来着。”

“可是，你认为——先把你的手停下来一会儿，你把人家弄痒痒了——这就是弗雷迪不喜欢你的原因吗？你知道，我撒谎了。是弗雷迪告诉惠特曼夫妇，你是一个不怎么样的承包人。”

“那是了。那个半吊子。”

“你不应该记恨他。”

“记恨让我保持年轻。”

“可是你认为他真的知道我们的事儿吗？弗雷迪。”

她的好奇心让他受辱；他想要她彻底别多搭理弗雷迪。他说：“事实上他并不知道。不过也许捕风捉影？比阿·格林前些天晚上话中有话地说，大家都知道了。”

“你承认了吗？”

“当然不能承认。怎么回事？他知道了吗？”

她的脸上没有表露什么。一片薄薄的阳光正好掠过她的眼皮，索索抖动；一阵小风把铝箔纸吹得窸窣作响，像是造成了吓人的缩小的雷声。她字斟句酌地说：“他跟我说我一定有人了，因为我不像过去那样想跟他做爱了。他觉得受到了威胁。如果他非要开列出一张谁可能是那个人的名单，我猜测你是首当其冲的。但是，不知道怎么回事，他还没有作出最后的结论。也许他知道了，但是他想留一手以后派用场吧。”

这让他很心虚，连自己的身体都改变了格调。她感觉到了这点，把眼睛睁开了；眼睛那种可乐瓶子绿一下子黯淡了许多。她的眼仁儿在太阳下如同铅笔芯儿那样小。

他问她：“是分手的时候了吗？”

乔治妮本是一个费城银行家的女儿，受到挑衅之际，便会使用一种开玩笑的移民口气，既像女店员，又像勾引男人的荡妇。“别像受惊的兔子，伙伴儿，”她说，猛然向上靠了靠，把自己的骨盆对准他的骨盆，这下他隔着他的棉裤头感觉到了她的绸裤头。她把他紧紧地抱住，仿佛抓到了一个俘虏。她光滑的两条胳膊很结实；在网球场上，她能够打赢他一局。他和她扭在一起较劲，在争斗中她的奶子挣脱出来，圆鼓鼓地在他的上方晃动，随后他用膝盖顶在她的大腿上，两只手按住她的手腕，把她压在了身下，她的奶子也给压扁了。柏油纸。她那闪亮的皮肤像目光一样在注视。他赢得颇受伤害，他低下了头，用渴求的嘴唇含住了一个奶穗儿，有点咸味儿，有点酸味儿。突然间她觉得全是圆圈，可以分出来的圆圈，产生更多的圆圈。把他牢牢裹住的圆圆的湿湿的切线的彩虹沿儿上，鸟儿们在歌唱。她的手，羽毛般轻软，牢牢握成了另一个切线，与他的要害正好处在同一位置。如果她的触动可以相信，那么他的卵子便都是天鹅绒，他的阴茎就是纯银。

他很客气地问道："我们穿了太多的衣服吧？"

这种客气是真实的。虽然没有婚姻关系，没有任何约定，他们却已经在互相之间发展出来一种共同当回事儿的密码。他们的奸情准确地对半分开。既然胆敢提出来分手，用这种可能性把她推开，那么皮特就已经要求乔治妮跨过这条界线了。现在，该她提出问题了，该他跨过这条界线了。她问道："印第安山上的那些树怎么样了？"

"没有我在场，它们也照样倒下，"他说。太阳把毛毯附近他的脸周围的一溜松针晒出了一股发霉的苹果酒味儿。柏油纸亮晶晶的。好质量啊：鲁波洛依德牌卷装屋顶毡，矿化处理过的，一九六〇年每卷标价四块二十五分。他给这房子铺的屋顶。他补充说："我不敢保证你能不倒。"

"哦，我不会倒下的，"乔治妮说，一下子翻身坐起来，而且，继而跪起来，夸张地把胳膊伸向了天空的角落。她这个有良心的爱交往的女人、响当当的母亲，具有一种可爱的意想不到的天赋。她的性行为没有罪过感。她和弗雷迪结成婚姻的早些年形成的性行为，像吃饭一样直接，像跑步一样放松。她的种种内在是不谙世故的。她过去从来没有过越轨行为，尽管皮特不理解她在他身上感觉到的道德，他怀疑她过去有过另一个情人。她没有罪过的爱欲。开始时，决定和她通奸，皮特已经让自己做好准备，承担可怕的后悔的情感冲击，如同一个置身半空中的跳水者预计到水下的拍打和轰响。恰恰相反，第一次——那是九月份：厨房里摆放了苹果，孩子们上学去了，只有朱迪在家还睡着了——乔治妮用一根手指轻轻地领他上了楼来到她的床上。他们麻利地脱掉衣服，她脱他的，他脱她的。他在为避孕丸着急时，她忍不住笑起来。难道安杰拉没有使用伊诺韦德[①]吗？她说：*欢迎到事后服药的天堂来*，一句心情轻松的亵渎言辞立即让他如释重负。和安杰拉做爱的行动变得过分沉重，总是忘不了他的笨拙和她对尚可容忍的笨拙不予容忍，他需要表现得老练一些，可她偏偏对老练的祈求的暗示感到恼火，对他穿了睡衣的求欢看不上，对他裸体求欢也看不上，他的无助明摆着，可她的冷漠却包裹着。乔治妮只用了二十分钟就把那种互相误解的层层阻碍剥得精光，向他展露了一些最原始的东西。现在，她跪在太阳下，皮特起身迎合她，极尽曲意之能事儿，仿佛把手表的水汪汪的最后几个齿轮组装得严丝合缝，亲吻她左肩胛骨光溜溜的骨节，随后又亲吻右肩胛骨。她身上哪里都是成双成对的，只有嘴是单个儿的。所有的东西都是双份的。没有双重性，便没有平均信息量。宇宙上帝的镜子。

她说："你照在我的太阳里面了。"

"晒黑皮肤太早了点吧。"他很客气地问道："你喜欢到屋子里面去吗？"

滑动玻璃门把晒太阳的装置关在了外面，穿过一间儿童游戏室，走进了他们的大卧室里，这间屋子装饰了中国灯笼、非洲面具和好几个国家的雕刻过的动物犄角。他们的房子，一座斜折线屋顶的维多利亚时代晚期风格的建筑，俗艳的檐头和壁架，卷曲的避雷针，波浪形瓦坡，白铁皮流水管，玫瑰色瓦片屋顶一层接一层，一层比一层低，装修成了一种有趣的杂乱的风

---

① 一种女用避孕药，性交后服。

格——几件茁实的黑色西班牙衣柜，奇彭代尔式[①]的小片对比鲜明的果木拼接的高脚柜，难以描述的钢管木板希奇科克式无横档椅子，现代风格，却像殖民地时期的古董，几把新艺术风格的摇椅，日本版画，硕大的灯芯绒枕头，菲律宾编织粗糙的玫瑰花纹的地毯。像一个妓院一样总是人来人往，这房子确实是个聚会的好场所。皮特多次大上午前来偷鸡摸狗，知道这些房间另有好处，因为作为孩子们居住的房间，他们急急忙忙跑下车道去乘校车时，往往会把早餐吃剩的面包渣弄得到处都是，打开滑稽连环画专栏的《波士顿环球报》还扔在地上。渐渐地，那些装饰——新奇的灯笼和圆眼大睁的面具——学会了迎接他，一个时不时光临这所房子的男人。大模大样地，他躺在索恩夫妇的大号双人床上，他的光脚丫够不着脚端栏板，静等乔治妮在准备前的淋浴。出于好奇，他总是右手指匆匆翻阅索恩夫妇床边的架子上的书——亨利·米勒[②]破旧的巴黎版小说、西格蒙德·弗洛伊德[③]的“现代图书馆”丛书、格罗夫出版社新版的《花心夫人》和《风情女子的回忆》，门宁格父子[④]撰写的灵感心理学，一本浅灰色催眠术手册，教科书式的《性心理学》，一本从京都走私过来的暖色的硬页相册，彼得·波佩出版社出版的萨福[⑤]诗集，两卷本未删节的盒装本《天方夜谭》，西奥多·里克和威廉·赖希[⑥]的作品，以及各种眼花缭乱的平装

---

① 以线条优美和装饰华丽为特色。

② 米勒(Henry Miller，1891—1980)，美国小说家，其作品富有哲理，关注社会，代表作品《北回归线》和《南回归线》中多有性描写，20 世纪 60 年代以前在美国和英国被列为禁书，只在法国出版过。

③ 弗洛伊德(Sigmund Freud，1856—1939)，奥地利精神病学家、精神分析学派心理分析的创始人，提出潜意识理论，认为性本能冲动是行为的基本原因，主要著作有《释梦》、《精神分析引论》等。

④ 门宁格(Charles Frederick Menninger，1862—1953)，美国精神病医师，与其子 Karl A. Menninger 和 William C. Menninger 首创精神病专家诊所，建立门宁格基金会(1942)，培养精神病治疗专门人才和精神病学研究工作者。

⑤ 萨福(Sappho，约前 612—约前 570)，古希腊女诗人，作品有抒情诗 9 卷，哀歌 1 卷，仅有残片传世。

⑥ 赖希(Wilhelm Reich，1897—1957)，奥地利心理学家，结合弗洛伊德和马克思学说，研究心理学、医学等问题，认为被压抑的性紧张是神经症的根源，后移居美国，著有《性高潮的功能》等。

书。然后，乔治妮便会带着浴室的热气走进来，一条紫色毛巾裹在头上。

她回答得让他大感吃惊："我们到屋外换换样子吧。"

皮特感觉他正在受到惩罚。"我们不会让上帝难堪吗？"

"你没有听说过，上帝是个女人吗？没有什么事情会让上帝难堪的。"她拽住他的裤头的松紧带把他拉近，把裤头顺势拉下来。她两眼看得喜上眉梢。一块云彩飘过，把太阳遮住了。皮特觉得有人会看见，心里害怕，抬头看去，着实吓了一跳，仿佛因为飘动的淡青色的云彩不停地向前翻滚造成某种说不清楚的东西，像船舰驶向唯一的目的地。这块小小的遮挡的云彩，飘浮的云头和云尾烧得金闪闪的。一朵大炮射出的彩虹，缓缓而过。从他头上安全地过去了。太阳复出了，道道金光照射在开裂的四月的大地上，照射在湿透的秋天的叶子上，照射在白桦树的新芽子和落叶松枝的暗黄色上，照射在干干的落地的松针上，照射在柏油纸上，也照射在他们的衣服上。在她的裤头的折边的窟窿之间，有一块淡淡的蜂蜜一样的污渍。在她的奶子之间，汗点儿亮亮的，咸咸的。他把她搂抱在怀里，手指和舌头不停地触摸和舔食她那随时会滑掉的阴核，细长的裂缝里一粒小核儿。太阳和唾沫在她的阴毛上映照出来一种云雾状的泡沫：皮特想象出一只小猫从碟子里舔食牛奶的样子。他加快了动作，寻求她的宽恕，为了他对她的爱，冲刺在即，已经接受了一个阴影，已经变得懊悔，已经追悔莫及。他扒开了她笔直的大腿，按她允许的单刀直入方式把她占有。一点点抵抗力度，随后易如反掌地深入进去，一步步地滑动。他增大力度的进入缓缓地惊动了她的眼睛。害怕看见她就范的脸平静下来，他闭上了自己的眼睛。树枝在他们上面哝哝细语。遥远的锯声在鸣响。微风轻拂着他那使劲的屁股蛋蛋；他很讨厌他身后的那些聆听的鸟儿，索恩雇来的唱诗班，正在监视他们偷情。

"哦，钻心啊。哦，钻心穿肺啊，"乔治妮哼哼道。皮特索性睁开眼睛，看见她痴迷的眼睛布满了红红的血丝儿，她的一边嘴角溢出了小小的唾液泡泡儿。他遭受了一种晕晕乎乎的消耗的压力。尽管心在怦怦跳动，却升起了悲哀之情。他啃咬她的肩膀,在太阳下如同一个光溜溜的橘子,顺着一个裹住的碗状物飞驰,她就是那红红的暖暖的墙壁,在墙壁的端头她也在等待。她的脸甩向一边;湿透的羽毛扯动他的阴茎尖儿;啊。多么好的一个妞儿,躺在这里让他享用,不管他多么笨拙,总是能自得其乐。在她奇怪的空间里,他跳跃,再跳跃。她说:"哦,天哪。"

她躺在他的阴影里发出一股薰衣草味儿,她的嘴角起了小斑点。皮特客气地问她说:"摇荡了吗?"

"亲爱的,别问。"

"我有点别扭。我不习惯在室外搞现行。"

乔治妮在他身下耸了耸身子。她的喉咙和肩膀都很光滑。一粒黑色的建筑灰尘,一颗柏油粒,从头发上落下,粘在了她的脸颊上。"你就是你。我爱你。我发自内心地爱你。"

皮特想哭出来,把大滴的泪水垂落在她那紧缩的奶子上。"我刚才感觉够大吗?"

她大笑,露出了完美的牙齿,不愧是一个牙科医生的妻子。"不,"她说。"你感觉像滑溜溜的小虾米。"看见他真的焦虑样子,立即会相信她的话,她便认真地解释说:"你弄疼了我,你知道。事毕我觉得疼痛。"

"我弄疼了吗?你疼了吗?真是美妙极了。你说出这样的话真是美妙极了。不过你应该诉诉苦的。"

"有苦就有乐。现在你从我身上下去吧。快到印第安山去吧。"

一下子滚在她身边,他觉得像一个孩子一样虚弱,享尽了好处。触动的需求煽动了他的手指和嘴巴。他在她身边问道:"弗雷迪说了我些什么不中听的话?"

"他说你要价高,干活儿慢。"

"嗯。我看这倒是真话。"

他开始穿戴起来。鸟儿的鸣叫已经变成了钟表的滴答声。如同黄油抹在了明亮的窗台上,她的裸体开始冒出了酸臭味儿。她像平常必须躺在那里的样子,尽情地接受太阳的恩惠。浴衣的种种界线在她身上一点也看不出来,不像安杰拉穿了睡衣风情万种。她那小猫一样的下巴透出一股精神气儿。方格呢毯子已经用得皱巴巴的,从她头下抽了出来,一些落叶松针粘在她的头发上,黑发中夹杂了一些灰发。因为年轻的岁月在转变她的头发,她便把头发剪成短短的卷羽发型。

"乖乖,"他说,在他穿戴之际没话找话,"我不在乎弗雷迪说什么。我不想干惠特曼夫妇的工作。接手那种古老的房子,你根本不知道会遇到什么麻烦。加拉格尔认为我们为朋友们、我们朋友的朋友,浪费了过多的时间修复老房子。他想在秋季到来之前在印第安山上修建三座新的农场房子。战争婴儿们在长大。那里才是来钱的地方。"

"钱,"她说。"你说话听起来开始像他们大家一样了。"

"嗯,"他跟她说。"我不能总是做童男啊。腐败已经向我这样的人逼近了。"

他穿戴起来了。冷飕飕的空气把他的肩膀裹挟得紧紧的,他把他的杏黄色风衣穿上了。他们之间很少省去迎来送往的礼节,她照样把他送出了自己的家门。他赞赏却又有点难堪的是,她竟然能够赤身裸体地自如行走,穿过一道门又一道门,还走过了儿童游戏室和她丈夫的书架,走下一级级楼梯,从一个清洁用品的架子下穿过,走进她那光洁的厨房,一直来到侧门边。房子的这侧,堆了劈柴,一棵大榆树投下了温和的花花点点的阴凉,颇有几分乡村的味道,和房子主体那种粗野的风格有点异样。这里没有砖或石头铺的路,只是一条踩踏的草径,现在泥歪歪的,一直通向车库的那个角落,皮特把他的敞篷小货车停放在隐蔽的通道上;他的车是一辆灰尘扑扑的橄榄绿雪弗兰牌车,后挡板上一个孩子在上面写了"洗洗我"三个字。乔治妮光着脚,没有走出家门口,只是静静地依傍在门旁,在敞开的门道里微笑,给皮特脑海里留下了一个复杂的印象:一只家庭动物,一个被操过的女人,一个嘲笑的男孩，一个依依惜别的人儿。

接下来的星期天，刚刚过了中午，福克茜从教堂回到家里不一会儿，长叹一声把面纱帽子摘下来扔在折叠桌子上，桌子上的电话猛然间响起来。她知道电话里的声音：皮特·哈尼马。她一个星期以来一直在想给他打电话，因此有思想准备，尽管他们两个从来没有真正搭上话，听得出他的声音，比起其他当地人，他说话更犹豫，更尊重对方，只是西部人的发音有些扁平单调。他要求和肯讲话。她走进厨房，有意躲开，实际上她想听听说些什么。

整整一个星期，她对肯按兵不动，拖着不给这个承包商打电话，一直无可奈何，现在她的两手索索发抖，仿佛犯了什么过失。她给自己倒了一杯味美思。真的，教堂变成了一种牺牲了，因为天气越来越好转了。木兰花随着天气变暖花蕾膨胀，斜斜地伸向天空，被纪念性彩绘玻璃的斜开的通风窗映照出来，鸟儿在教堂和河流之间的那片维多利亚时代晚期的小墓地里啁啾，讲道拖沓，那些长凳子不停地吱嘎作响。肯接完电话过来说："他请我两点钟在他家打篮球。"

篮球是肯过去唯一关心的一项运动；他曾经为埃克塞特队和哈佛校队打过篮球，他早跟她坦露了这点，可这项运动已经不那么时尚了。福克茜说："真是有意思。"

"他家仓库墙上倒是真有一个篮球圈儿，还有一小片柏油场地。他说春天来了，滑雪和打网球都不行，一些人想打打篮球。他们需要我凑成六个人，三个人为一方。"

"你说你要去吗？"

"我原来想，你想到沙滩上去散散步。"

"我们散步什么时候都行。我自己也能去散步。"

"别充当殉难者了。那是什么，味美思吗？"

“是啊。我在格林夫妇家喜欢上这种酒了。”

“别忘了，我们今天晚上还要招待内德和格蕾琴呢。”

“他们要到八点以后才来这里，你知道坎布里奇的人是多么爱要架子。给他回电话，告诉他你要去打篮球，这对你有好处。”

肯坦露说：“嗯，我留了活话，说我可能去。”

福克茜笑起来，很高兴自己被欺骗了。“嗨，既然你告诉他会去，你为什么这么躲躲闪闪的？”

“我不应该整个下午都把你一个人留在家里。”

言外之意是：你怀孕了。他那种压抑的忧虑把他心里所想的暴露出来了。他们没有生养孩子拖得太久了；他因为害怕这种变化，压力倍增。福克茜表现得很轻快，露出一副快活的神色。“难道我不可以去观战吗？我原以为这是一座妻子们的小镇呢。”

福克茜是唯一到场观看篮球的妻子，安杰拉·哈尼马专门出门来陪她。天气很好，适合到户外呆着。另一个女人的举止没有什么需要请求原谅的。她们一起把一条风雨侵蚀的发潮的窄靠背长凳椅，从仓房旁抬到了现场，放在了那条沙砾车道上，这样她们既可以观看男人们打篮球，晒晒太阳，又可以看住许多孩子在那个大方院子里跑来跑去捉迷藏，还能瞭望远处发芽的树木营造的花边屏障。

福克茜问道：“那些都是谁家的孩子？”

“两个是我们家的，两个姑娘。你能看见那个站在鸟池边吃大拇指的姑娘。她叫南希。”

“吃大拇指不好吗？”这也许是一个天真的问题，另一个母亲是不会问这种问题的，但是福克茜好奇，觉得她自己和安杰拉在一起不会感到难堪，因为安杰拉看上去是那么优雅，那么娴静喜人。

“吃大拇指怎么说都不雅观吧，”她说。“她不是婴儿了，还吃大拇指，去年冬天刚刚吃起来了。她害怕死亡。我不知道她是从哪里得到这种念头的。皮特坚持带她们去主日学校,也许那里的人谈论死亡了。”

“我猜测他们觉得他们应该谈论吧。”

“我想也是的。别的孩子,你看——那几个高兴得大声嚷嚷的孩子,是我们邻居的,几家邻居都在经营牛奶农场,其余几个孩子是跟他们骄傲的老爹们来的。”

“我还不认识所有的当爹的呢。我看见了哈罗德——为什么叫他小史密斯呢?”

“这种戏称没有谁能避免得了。这镇上曾经有别人也叫史密斯,不过他们早就搬走了。”

“那个挺魁伟的大高个子,是我们的房子经纪人。”

“马特·加拉格尔。我丈夫的合伙人。那个活蹦乱跳的红头发的人,是我家老公。”

福克茜心想:他好有趣啊。她说:“在阿普尔比夫妇家为我们举行的晚宴上,他露过面。”

“我们都去了。留胡子的那个,龇牙咧嘴的样子,是本·索尔兹。索——尔——兹。我想这名字是从什么东西上缩写出来的吧。”

“他看去凶巴巴的样子,”福克茜说。

“我看不出他凶巴巴的样子啊。我想那种凶相是胡子拉碴造成的,实际上他很正经的。那把胡子是为了把疤痕遮挡住;我们刚搬到这个镇子时,那把胡子乱蓬蓬的,现在修剪得有模有样了。这把胡子害了他,因为他是一个非常和蔼、惧内的男人。艾琳是俱乐部联合会和公平住房集团的活跃分子,只要对镇上有好处的事情,她都很热心。本在一百二十八号一带的一家工厂上班,那些工厂看样子都在做冰淇淋。”

“我想那个人是一个中国人吧。”

“朝鲜人。他叫约翰·安。他打篮球不行。他玩得好的唯一一样东西是象棋，打网球也很差。不过，弗雷迪·索恩告诉我，他的象棋下得很好。他是一个核物理学家，在麻省理工学院上班。是在麻省理工学院吗？我想他是在麻省理工学院下属的单位工作吧，实际上是一家巨大的地下车间，你需要口令才能进入。”

福克茜问道：“是从事回旋加速器的工作吗？”

安杰拉说：“我忘记了你家老公也是一个科学家了。我对这方面一窍不通。他和本都绝不能谈论他们的工作，因为全都是为政府干事儿的。大家排斥在外，都感到很别扭。我想在某种飞往月球上的东西上安装一个微型开关，是本的主意。他是从事微型化工作的。有一次，他让我们看一个收音机，像指甲盖那么大。”

“在上次晚宴上，我试图和——叫什么来着，安？——你们的名字都很有意思。”

“不过，除非你习惯的名字，所有的名字难道不是都很有趣吗？想想莎士比亚和丘吉尔。想想皮尔斯伯里这样的名字，更好玩。”

“不管如何，我尽量和他交谈，但是就是听不懂一个词儿。”

“我知道。他使用的辅音是你预想不到的。他可以说是朝鲜战争的战利品；我不相信他是开小差过来的，他似乎没有那种开小差的观念。我猜测他当时在那边是个大人物；有一段时间，他在约翰·霍普金斯教过书，在巴尔的摩遇到了贝尔纳黛特。如果他们向塔博科斯扔下一个原子弹，那准是因为他。如同沃特顿的军火库。不过你是对的。他没有性感。”

她的口气流露了对性的蔑视，同时也表明别人也许根本还不会提及性的话题呢。福克茜仔细观察这个女人的嘴唇，在太阳光下没有血色，故意露出了一些微笑，觉得仿佛她福克茜本人正在仰视一个放纵的超然的王国，那里的种种言论和印象漂流而去，像溜达的贵族们互相点头那样。每一桩婚姻都往往由一个贵族和农民构成。一个教师和一个学生构成。福克茜虽然比安杰拉高出一英寸，却觉得在安杰拉之下，像一个学生，受到庇护也受到了挑战。发觉自己的脸热乎乎的，她急忙问道：“那个幽灵一样的眼睛的人是谁？手脚很灵活。”

“我看那双眼睛也像幽灵的。我总是把它们想得像钢铁一样硬，但是根本不对。他的名字叫艾迪·康斯坦丁。他是一个飞行员。他们大概一年前刚刚搬来，住进了草场那边一所难看的大房子里。那个高个子小青年，看上去像望楼的阿波罗[①]，是邻居家的男孩儿，是为了怕凑不够六个人叫他来的。皮特不知道你家老公来不来。”

“哦。肯来了反倒打破平衡了。”

“根本不会的，他们很高兴多来一个打球的。篮球不是随便什么人都能打的，女人上场玩不起来。他打得非常棒。你家老公。”

福克茜观看起来。那个邻居家的男孩儿，即便不打球也很有样子，站在一边，而那六个大人累得气喘吁吁，忽而快跑，忽而运球。他们看上去动作不灵活，在那块柏油场地上挤挤抗抗的，场地边沿就是软乎乎的泥土，踩满了帆布胶底运动鞋印子。肯和加拉格尔是个子最高的，她看见肯打球的动作简洁有力，她很多年都没有看见了，把球高高地举到脑门一带，投了出去。篮球在篮筐沿儿上转了几下，歪向一边，没有投中。这让她感到有趣：为什么呢？他看上去信心满满，他整个漂亮的身姿表达出了这种信心，球出手便会命中。康斯坦丁抓住了篮板球，低位运球，用一只外拐的胳膊肘护着球。福克茜觉得他是在城市里长大的。他的眼睛幽灵一样贼亮，好像在演示照相纸，一会儿银闪闪的，一会儿黑乎乎的，现在则是清澈的，全看那双眼睛处在什么角度。他的五官见棱见角，红扑扑的，小史密斯在不停地跺脚，仿佛在制造混乱。他没有做清晰的打球动作，福克茜纳闷儿他干吗来打篮球。索尔兹是她随时会另眼相看的一个，在球场边谨慎地运动，弓起身子，脸上挂了微笑，仿佛承认他是在玩男孩子的游戏。他虎背熊腰的样子，没有穿帆

---

① 太阳神阿波罗的著名大理石雕像复制品。

布胶底运动鞋，却穿了一双黑色镶边鞋，好像是僧侣袍子下面露出来的。福克茜看得入神，却见哈尼马突然发飙，从康斯坦丁手里抢断到了球，胳膊肘使劲，把肯推到了一边，动作一定是犯规的，左冲右突，把球投了出去。篮球入筐而进，他跳向加拉格尔背上搞笑。那个爱尔兰人加拉格尔，下巴颏儿很宽大，一张脸因此成了五角形状，很温顺地背着他的伙伴在柏油场地上缓缓地走了一圈。

"暂停一下，"索尔兹抗议说。

"你对新手犯规了，"康斯坦丁说。"你真是个无耻的讨厌鬼。"

他们声音像小青年一样吱哇乱叫。"好了好了，吱哇乱叫的娃娃们，我不打了，"哈尼马说，向那个一旁等待的男孩子招手，请他顶替他上场。"我打电话叫索恩来，打四人对抗怎么样？"

没有人答话；球早已打起来了。哈尼马往脖子上搭了一件运动衫，走过来站在两个正在看球的女人身边。福克茜不能细看他的脸，一个背对着太阳的紫红的大圆盘子。一股男人味道，热汗，在他身上流淌。他用粗哑的客气的声音问他的妻子："我来给索恩打电话，还是你想去打？他可是你的朋友。"

安杰拉回答说："这么晚才叫他很粗鲁，他会琢磨你为什么不早一点叫他。"她的声音，对男人讲话提高了许多，福克茜听来却降低了一些，让她感到害怕。

他说："你对索恩不会粗鲁的。如果粗鲁的态度让他不快，他早就离开这个镇子了。再说了，谁都知道他星期天吃午餐要喝五杯马提尼，早了他还来不了呢。"

"那就叫他好了，"安杰拉说。"和福克茜打个招呼啊。"

"请原谅。你好啊，惠特曼太太？"

"嗯，谢谢你，哈尼马先生。"她决心不再害怕了，而且她觉得也确实不害怕了。

太阳给他的脑袋镶上了彩色的细丝。他站在她面前保持笔直的姿势，散发着热气，但是他的声音变了，是她身上的什么东西起了作用。“太好了，”他说，接着重复道：“你来看球太好了。我们需要一个观众。”他突然发飙，把肯抗开，跳上加拉格尔的背上，现在想想都是因为她在看球的缘故。他专门做给她看的。

“你们大家好像都很有精神头，”福克茜说。“我看得很带劲。”

他问她道：“你喜欢打打球吗？”

“我不行，”她回答道，纳闷儿他是不是知道她怀孕了，想起来他打量了她的裙子，猜测他已经知道了。他打听这种事情很在行。

“那我只好打电话给索恩了，”他说着，走向了自己的住房。

安杰拉，她那种漫不经心的劲头又来了，跟福克茜说：“女人有时也打打球。珍妮特和乔治妮还真的打得不错呢。至少她们在我看来在球场知道该干些什么。”

福克茜说：“曲棍球是我唯一可以玩玩的运动。”

“你打什么位置呢？我是打前卫中锋的。”

“你上场打过吗？我通常是打右内锋。有时打边锋。”

“曲棍球是一项很可爱的运动，”安杰拉说。“打曲棍球是我一生中享受进攻的仅有时刻。男人打曲棍球一定会花大量时间。”安杰拉说话一气呵成，很流畅，又带了权威口气，福克茜因此颇有同感，不住地点头，而太阳下滑了一点，藏进了一块橙色的云彩里。她们这两个女人，苍白的脸向着苍白的光线，她们谈起了曲棍球（“我之所以喜欢打前卫，”安杰拉说，“是因为你既可以进攻，又可以防守，还没有人会抱怨你无所作为。”）；还泛泛地谈起了体育（“很好啊，”福克茜说，“看见肯玩什么体育都好。我认为老是和学生们在一起，会让你觉得老得很快。我在坎布里奇觉得回到了古时候。”）；又谈到了肯的专业（“他再也不会跟我谈论他究竟在干什么了，”福克茜说。“过去是研究海星，倒还有些意思，一年夏天我们去了伍兹霍尔；但是现在可能和叶绿素有些关系，近来别的领域都有一些突破，例如 DNA 什么的。”）；接着谈到了皮特的房子（“他喜欢那所房子，”安杰拉说，“因为房子的什么东西都是四方的。我也很喜爱现在你买下的那所房子。得到它你可以干很多事情，瞧它就漂浮在盐沼上！皮特担心有蚊子。住在这里呢，我们又饱受牛奶厂马蝇的骚扰，很讨厌。你知道，他是从内地来的。我想是大海把他吓住了。他认为大海很有破坏性。可我想我就是喜欢一些东西没有形状才好。皮特喜欢有模有样的东西。”）；最后谈起了孩子，他们或隐或现地出入树林，跑来让她们看伤痕，或者告状，或者送来一件礼物：

“哎呦，富兰克林，谢谢你啊！你认为这是什么东西？”

“呱呱蛋呀，”那男孩说。“猫头鹰或者鹰下的。”那男孩子八九岁的样子，很聪明，就是长得慢，瘦得要命。那个蛋放在安杰拉手里，比高尔夫球还小，攥在纤细弯曲的手骨间，看上去像一个小小的干干的瘤子什么的。

“这小蛋的样子多俊啊，”安杰拉说。“你放在我这里要我怎么办呢？”

“替我保管着，等他们带我回家再给我。别让露西[1]拿去。她说是她的，因为树林是她的，可是我想开始搞收藏了，尽管是她捡起来的，不过是我先看见的。”一口气讲了这么多话，这孩子因此都快流出泪来了。

安杰拉说：“弗兰基，快去告诉露丝来见我。”富兰克林眨了眨眼睛，转身跑走了。

福克茜说：“这就是弗兰基·阿普尔比吗？可是弗兰克本人并不在这里。”

“哈罗德带他来的。他和乔纳森是朋友嘛。”

“我觉得史密斯的孩子要大好几岁。”

“他是大一些，不过他们当然会往一起凑的。”

---

① 露丝的小称。

当然?

三个孩子从树林里返回来了——四个,算上小南希·哈尼马,她一直呆在鸟池旁边,大拇指含在嘴里,另外几根小指头扇动着,仿佛把她的小脸遮挡起来,不让福克茜打量。

露丝是一个结实的团团脸姑娘。她的身体猛地一甩,气哼哼地使劲跺脚。“妈妈,他说是他先看见,但是他直到我捡起蛋来他才看见的。然后,他就说是他的,因为他先看见的。”

个子比较高的男孩做出一种机灵的闪烁的表情,说:“这是真的,哈尼马太太。富兰克林·芬克这家伙什么东西都想占了。”

小阿普尔比没有争辩,一下子抽噎起来。“我才不是呢,”他说,看样子还想多说几句,但是他的喉咙哽咽住了。

“啊呸,丢人,弗兰基,”史密斯的孩子说。

“妈妈,”露丝说,在铺石路上跺脚,吸引安杰拉的注意。“去年夏天,我们发现了一个鸟窝,弗兰基说他要收藏就说成是自己的,从我手里抢夺,结果鸟窝扯破了,什么都不是了,全都是因为他!”她把身子甩得很厉害,只见她那直溜溜的头发向空中撒去。

乔纳森·小史密斯说:“快看啊,弗兰基又哭鼻子了。啊呸,丢人,哦,天哪,我可算长了见识了。”

那个年纪小点的男孩喉咙还在哽咽,却抡起拳头向他的朋友打去。乔纳森大笑起来;他的胳膊一下子抽出来,把那张怒气冲冲的小脸推向一边;他根本不把对方当回事儿,推搡过去。安杰拉赶紧站立起来,把他们扯开,福克茜则想,她看样子多么优雅,多么结实,想象她打曲棍球,站在石灰画的场地中央,蓝色的灯笼裤,犹疑不定却难以穿越。她的身体在转动时看得出中年妇女体形转变的痕迹,很容易身体发福,两腿变细,看上去在想方设法做出一种平衡的动作。

“喂,乔纳森,”安杰拉说,同时抓住了两个孩子的手,“弗兰基想开始一种收藏。你也想开始搞什么收藏吗?”

“我对扔掉的破鸟窝根本就不稀罕。本来是露西的,是他偷走了。”

“露西什么时候都在这里,我知道她还能在树林里找到一个。我想让你们都帮助她。每天夜里都有一只猫头鹰在树林里叫唤,如果你们能找到它的树,我敢打赌,你们能找到更多更多的鸟蛋。你也要帮忙,南希。”

南希已经走近了一些。“老鼠死了,”她说,大拇指还在嘴里含着。

“是的,”露丝说,身子猛地一转,头发像翅膀一样扇起来,“如果你不小心,这只老大的猫头鹰就会来,把你吃掉,你的大拇指将会从一只长了眼睛的鸟蛋里戳出来!”

“露丝!”安杰拉喊道,可是已经晚了。露丝已经跑回了树林里,她那两条长腿在飘动的裙子下面摆动着。两个男孩子也一心想找鸟蛋,不谋而合地追去了。南希走到她母亲的膝盖边,被母亲心不在焉地抚摸着。“这些事情你以后都会遇上的,”安杰拉对福克茜说。

这么说,她怀孕一事为人共知了。她发现她不在乎了。她说:“我很高兴走到这一步。我有一半时间感到害怕,另一半时间觉得害怕也没有用。”

“再过一段时间就什么事情也没有了。”安杰拉说。“你会和这个世界相安无事的。然后,这个小包袱就到来了,完全依赖人,这些非常明确的需要你都能满足了!它想要的你都有。我喜欢怀孩子。不过,怀了孩子你就得把他们养大成人。”半倚在她膝盖上的小南希在聆听,眼睛睁得大大的。她的嘴唇在她的大拇指周围弄出了神秘的、湿漉漉的声音。

“你对待孩子非常好,”福克茜跟她说。

“我喜欢教人,”安杰拉说。“教人比学习容易得多。”

石头路上传来刷拉刷拉的响声,一辆车篷敞开的黄色的保时捷开过来,拐上了车道,在她们坐的板凳的一码远处停下来。叫索恩的那个男人开来的;他红红的脑袋从车壳儿里伸出来,如同软体动物的肉。站在后座上的是一个有几分病相的男孩，很像索恩，小一点的姑娘六七岁的样子，那双绿色的眼睛微微向外突出。福克茜见安杰拉立即站起来迎接他们感到有些不愉快。她们在一块儿同坐一条板凳过去一个小时了，太阳照在她身上，她有些嫉妒。安杰拉把孩子作了介绍："惠特尼·索恩和玛莎·索恩，快向惠特曼太太问好。"

"我认识你，"男孩子跟她说。"你搬到我们家下面那条路的鬼宅去了。"他的脸色苍白，鼻子和眼睛似乎都在发炎。他可能在发烧。他的妹妹胖得厉害。她发觉她被这两个孩子触动了，抬起眼睛来看他们的父亲，甚至也有所动。

"是个鬼宅吗？"

"他的意思是说，"安杰拉插话说，"那所房子空的时间太长了。孩子们在海滩上能看见它。"

"门窗都关着，"惠特尼说，"烟囱一直在冒烟。"

"这孩子产生了幻觉，"他父亲说。"他早餐嚼了仙人掌。"

惠特尼不服气，为自己辩护。"伊基·卡皮奥蒂斯说过，他和一些人有一次偷偷溜到门廊去，听见里面有响动。"

"完全是不懂事的小孩子家胡闹，"弗雷迪·索恩说，眯起眼看了看浅黄的春天的日头。在白天的光线下，他那种无形的软绵绵劲儿显得不那么要命，倒是有些可怜。他穿了一件有一道软绸丝带的暗红色绒运动T恤衫，一双阴晴都可以穿的高腰皮靴子，如同儿童脚脖子不好爱穿的那种。

"喂，大个子弗雷迪，"哈罗德·小史密斯在篮球场上喊叫道。场上砰砰啪啪打篮球的声音一下子停了下来。

"鲍勃·库西来了！"哈尼马从门廊里喊道。

"我看更像古斯·塔图穆，"加拉格尔说。"光看大胆的眼睛的眼白就能知道是谁。"

"什么白？"哈尼马问道。他三步两步赶过去，拉住索恩的胳膊肘，宣布说:“这个人就是活生生的杜松子酒。”

“那双鞋可不是球场上穿的帆布胶底运动鞋,”本·索尔兹抗议说。

“这是弗兰肯斯坦[①]的鞋,”艾迪·康斯坦丁说。他做出僵硬的模仿动作,摇摇晃晃地径直向索恩的胸膛撞去。他闻了闻索恩的胸脯,卡住他自己的喉咙,尖叫道:“啊哈!熏人!熏人!”

索恩莞尔一笑,抹了抹嘴巴。“我只是来看看,”他说。“你们不需要我,你们人数足够了。你们为什么还要打电话给我呢?”

“我们很需要你,”哈尼马执意说,又拉住了索恩的胳膊肘,似乎为他相对的简短言辞感到得意。“四个人一队。你防我。你和马特、艾迪、本组成一队。”

“亏得是一帮很能舔屁股的人。”康斯坦丁说。

“你们让我们多少分?”加拉格尔问道。

“一分不让,”哈尼马说。“弗雷迪上场就行了。他是难得的人才。他打哪个位置都行。投几下篮热热手,弗雷迪。”他把篮球扔到柏油场地,弹到了索恩的肚子上。“看看他是不是什么都行?”

看见索恩僵硬的手指处理球的样子,福克茜知道他不是运动员的料子;他摇摆得厉害,脚步拖沓,她无心再看,把目光扭向一边。

安杰拉在一旁说:“我猜测那座房子也许有几个年轻人闯进去过。这里的年轻人没有什么地方可去。”

“房子过去的主人是干什么的?”

“罗宾逊夫妇。我们对他们也不太了解。他们只是在那里避暑,过过周末。一对中年夫妇,养了一大堆孩子,突然就离婚了。我过去看见她在镇子上走动,脖子上挂了一个望远镜。很漂亮的一个女人,头发束起来,风吹得皮肤像花呢。男的又丑又矮,嗓门儿很大,开口闭口威胁说,如果人家不把

---

① 英国著名诗人雪莱的妻子玛丽·雪莱创作的同名小说中的一个人形怪物。

路拓宽到海滨，他就要起诉镇政府。但是，贝尔纳黛特·安和他们熟，说要求离婚的就是男的。他倒是真会拉大提琴，她会拉小提琴，他们和达克斯伯里来的一些人组成了一个四重奏小乐队。他们夫妇从来没有维修过那座房子。”

福克茜脱口说：“你丈夫愿意给我们看看房子吗？帮我们估计一下，出出主意，看看怎么开始改造？”

安杰拉向树林那边望去，只见一长条模糊地带，孩子们的身影都藏在里面。“马特，”她字斟句酌地说，“想让皮特专心修建新房子。”

“那么也许他能推荐另一个承包人。我们必须动手修缮了。肯似乎很喜欢那所房子原来的样子，但是到了冬天，房子实在住不得。”

“确实住不得。”安杰拉直言不讳，福克茜听了很吃惊。安杰拉望着那片树林，犹豫怎么往下讲，仿佛她字斟句酌时因为许多看不见的植物鲜花盛开而分心。“你的丈夫——也许他和皮特可以谈谈。今天打完球怕是不行了。大家都要留下来喝啤酒。”

“今天不行，很好。我们必须赶回去，我们有些朋友要从坎布里奇来。”

这样，她们之间产生了温和的分歧。她们两个面向不同的目标，安杰拉在瞭望孩子们在其中玩耍的树林，而福克茜在看男人们打篮球。四人对抗打半场显得挤挤抗抗的。球场这时笼罩在仓房的影子里，你挤我抗的，索恩高高撅起屁股，惶惶然不知道怎么运动，把大家的路线都挡住了。哈尼马控着球。在索恩身边不停地拍球，试图在一片大呼小叫中运球突破，皮特把球从地面反弹给康斯坦丁邻居家的那个男孩；在传球的同时，他伸出一只脚钩住了索恩的脚脖子，利用身体重量向后一使劲，把个头更大的索恩放倒了。索恩一个动作接一个动作倒下，先是伸出去胳膊，然后脸碰上了灰尘扑扑的柏油球场，手压在了他的身下。

球赛停了下来。福克茜和安杰拉向男人们跑过去。哈尼马跪在了索恩身边。其他人一下子把他们围了起来。索恩满脸灰尘地笑着，紫红的T恤衫沾满了泥土，坐了起来，向大伙儿伸出一只抖动的手，煞白的小拇指向外拐去。“错位了，”他说，从声音里听得出他很疼，伸缩性全都没有了。

哈尼马跪在地上，脱口说道：“天哪，弗雷迪，对不住。看这事惹得怪可怕的。都怪我。”

“过去也发生过，”索恩说。他用没有受伤的手抓住那只受伤的手，龇牙咧嘴地用力拉去。比一根小树枝断裂的声音温和一些，更像豆子崩裂的声音，把静静地围观的人群吓了一跳。弗雷迪站了起来，还握着那只手，小拇指现在归位了，摆在胸前，好像某种娇嫩的害羞的东西，谁都触摸不得。他问安杰拉：“你有绷带和做夹板的东西——一个舌头压板，或者一根冰棍棍子吗？勺子也行。”

和索恩一起站起来，哈尼马问道：“弗雷迪，你还能上班吗？”

索恩看着哈尼马焦急的脸做出一副笑脸。福克茜觉得他占了上风；她想只有女人才利用自己的疼痛当武器。“哦，”他说，“要养一个多月吧。我总不能把打了石膏的手伸进病人的嘴里，是吧？”

“都怪我，”哈尼马说。他那张雀斑和灰白混合起来的脸，怪怪地拉得很长，因为打球很热，也因为内疚。其他打球者已经分成了表示同情的两拨人。弗雷迪·索恩把受伤的手捧在胸前，领着安杰拉、康斯坦丁、邻居的男孩和索尔兹走进了住房，一副凯旋的样子。但是，福克茜得到的印象依然是：在他利用疼痛占上风之前，他显然是不以疼痛为意的。

“你是故意干的吧，”小史密斯问哈尼马道。福克茜琢磨，他作为索恩的朋友，过错在他这边，为什么不跟进屋子里去。媾和的方式很多嘛。

“我就是故意干的，”皮特说。“我故意把那个可怜的半吊子绊倒了。他老用肚皮阻挡的方式把我惹急了。”

加拉格尔说：“他根本就不会打球，”加拉格尔本来相貌不错，可惜他的嘴巴哪里窄了一点，凸显嘴角那些支架一样的纹路，好像预先确定和就近表达了什么东西：多种拘谨的藏掖行径。在星期天整理过的有须的嘴头下，他的下巴刮得光溜溜的；他去做过弥撒。

福克茜说："我看你始终很粗野，对谁都不客气。"

"C'est la guerre，"①小史密斯跟她说。

肯不动声色，还在练习投篮，提高自己的技术。福克茜见他在一边高高在上，不予搭理，空空的，飘飘的，不免觉得自己笼罩在阴影里，掉进了横流里。他运球，把篮筐边沿砸得震颤，让她很受伤害，如同听人喋喋不休。

哈尼马在她身边。出人意外，他说："我不喜欢臭大粪，所以就不断弄出这样的结果。我请他来打篮球，然后把他绊倒。"

这一半是在忏悔，一半在吹牛皮。福克茜心里乱糟糟的，担心他会给她带来这样的麻烦，仿佛他的脑袋就倚靠在她的怀里。她胆怯了，没有讲话，感到恼怒，从一种出乎意外的角度感觉了他的力量，他孤儿身份需要的公开，她已经像安杰拉一样小心翼翼了。

石子路车道上又响起了刷拉刷拉的响声。一辆栗色双座小轿车开进来，挡风玻璃映现出很多树枝和云朵。珍妮特·阿普尔比从司机座上钻出来。她拿了两个六瓶装的啤酒。乔治妮·索恩从另一个门钻出来，怀里抱着一个笨重的孩子，衣服穿得乱七八糟，两条小腿杵了出来，像一个 H 字母似的。从孩子那烧烤一样红红的腮帮看，这孩子是阿普尔比家的。

小史密斯和哈尼马立即过去迎接她们。加拉格尔去和肯一起练习投篮了。福克茜本来不想掺和进去，但是一想她是女人，应该和女人扎堆儿，便慢慢走下车道去迎接她们，正好听见小史密斯笑嘻嘻地描述弗雷迪那根倒霉的小拇指——"le doigt disloqué.②"

乔治妮说："哦，我告诉过他，叫他喝了酒别来打球的。"她的上嘴唇粉嘟嘟的，仿佛她刚晒过太阳不久。

---

① 法语：这是对抗。
② 法语：错位的指头。

皮特·哈尼马告诉她说:“不过是我特地请他来的,为的是我们可打四人对抗。”长了那样一张扁锅脸,活到老也不会有什么智慧,还算机警,绷得紧紧的。

“哦,他一准会来的。你都想不到他怎么会整整一个星期天和我独守在家中。”

“为什么不能呢?”皮特问道,福克茜感觉他打量她时眼中有敌意。“难道你不想进屋去吗?去看看他怎么样了。”

“他不会有事儿的,”她说。“安杰拉不是和他在一起吗?让他们单独呆着吧。他很高兴。”

珍妮特和哈罗德在热烈地交谈,嘀嘀咕咕的。他们的交谈似乎很有逻辑,涉及一些日程安排、安置车辆和孩子问题。阿普尔比的娃娃在草地上逮住一只猫,抓着后腿使劲往高提时,仿佛是在把一袋糖蛋儿往外倾倒,小史密斯见了赶紧过去帮着把猫放走了,而珍妮特却没事人一样抬头看太阳。那只花猫带着受惊的眼神,落荒而逃,藏进了紫丁香树篱里去了。福克茜问哈尼马道:“是你家的吗?”

“猫还是孩子?”他问道,仿佛也意识到那个孩子的父母亲似乎在流动中似的。

“那只花猫。我们也有只猫,名字叫棉花。”

“下次来看篮球比赛一定把棉花带来,”乔治妮·索恩说。她把自己运动员似的胳膊向树林那边甩去,找补说:“有那些树挡着,我看不见孩子们,”仿佛这话是在解释第一句话的唐突,言外之意也表示对福克茜在场极端不满。

哈尼马解释说:“花猫是路下面那家牛奶厂的,孩子们有时喂它东西吃。他们让那该死的东西进家去,弄得到处都是跳蚤,现在我都有跳蚤了。”

弗雷迪·索恩从房子里走出来。他的小拇指缠上了一个绿色的塑料勺。小拇指尖儿的垫子正好搁在勺头里,与勺把子弯曲的部分正好吻合得天衣无缝。安杰拉临时包扎成这个样子,福克茜感觉到这两个人之间有不正当的感情。弗雷迪一副自得的样子。

"哦,弗雷迪,"珍妮特说,"包扎得好气派呀。"她穿了白色的运动裤,紧绷绷的,骨盆出现了横向的褶皱。她那件藏蓝色运动衫的前胸变了颜色,因为她的奶子撑出了曲线;她走起路来时,她的前胸构成了一道电火花的影子。脖子周围的头发剪短了,露出来一片红红的皮肤。她的嘴唇涂抹得幽会情人似的,但是她的煞白的脸显然缺觉。如同她的儿子,她皮肤很薄,还在发育成长似的。

弗雷迪说:"这小伙子给我包扎的。"

康斯坦丁的年轻邻居解释说:"去年夏天在夏令营,我们都得带急救包。"他的声音从一个成年人的躯干里发出来,显得尖细,清浅:一只耗子呆在一个雕像底座上。

艾迪·康斯坦丁说:"他常到我家给卡罗尔按摩脊背。"

弗雷迪问道:"哦。她的背经常酸痛吗?"

"只要我在家呆得时间长了,她一准后背难受。"

肯和加拉格尔不再打球,加入了人群。

六听一捆的啤酒都打开了包装,啤酒罐被分发给了众人。"我一向看不上这些新玩意儿,"小史密斯说着,用劲儿拉去。"凡是我认识的人,都被拉环划破过大拇指。这才是新的神圣疤痕呢。"福克茜觉得他在琢磨"神圣疤痕"的法文词儿怎么说。

珍妮特说:"我干这种事儿就不行,我手上没力,拉不动。你行吗?"她把她的啤酒罐递给了——肯!

所有的眼睛都看见了。哈罗德·小史密斯的鼻子翘起来,声音神经兮兮地升高了:"弗雷迪·索恩,"他奚落说。"勺子指头。塑料手指。Le doigt plastiqure. ①"

---

① 法语:一根塑料指头。

“弗雷迪，说实在的，真是找上麻烦了，”乔治妮说，福克茜觉得这话后面隐藏着轻蔑的同情。

“说真的，”康斯坦丁说，“你是怎么进到那里的？人们的牙齿之间就那么点缝隙？”他坦率地做出好奇的样子，福克茜看见他的眼睛一时间消失了智慧，全都是铝一样的颜色，刮风扬起的灰色，高纬度的天空里低垂的珍珠似的宽度。他曾经到过那里，在翻腾的云块上金属般的广袤空间，对弗雷迪如何不得不在一张嘴巴的空间里操作感到好奇。

“利用激光嘛，”索恩说，那把绿色的勺变成了一束他操纵的死亡的光，从他的牙齿间挤出了嗞嗞声，先对着康斯坦丁，后对着哈尼马，最后对着自己。“嗞嗞。死了。嗞嗞。你们死了。”

他跟前的人都大笑不已。他们成了下臣，弗雷迪成了国王，混沌之王：尽管触及死亡，福克茜仍然忍住不笑。在她的背后，乔治妮和皮特，不把弗雷迪放在眼里，用他们正经的简洁的言辞，交换一些令人费解的话：

“你可好？”

“还行，亲爱的。”

“你呆在你的日光浴室里吧。”

“是。”

“怎样？享受吗？”

“孤独。”

福克茜都听见了，有点痴迷，如同孩提时代听见她的父母亲在一扇紧闭的门后时断时续地嘀咕，亲密无间，普普通通的话语听起来有一种超乎寻常的魔力。

本·索尔兹的声音在言过其实地讲话；他的嘴唇在动弹，却有一种隔离的气氛，仿佛它们被胡子里隐藏的电池提供了电力。他说：“别净说些没正经的话，弗雷迪，现在真的可以用无接触牙疗术治疗各种大牙病吗？”

“得了，”弗雷迪·索恩说，“真那样的话，我这样的接触治疗法就没有用了,”他拍了一下珍妮特紧绷的白裤子紧裹的屁股。珍妮特舒舒服服地倚在肯身上,这时转过身来,瞅了一眼弗雷迪,不是吃惊,而是警告,福克西觉得这个不得已的动作与拍打无关,倒是让人看见她挨了一下。

索尔兹趁机与肯说话了。“如果能借用你一两分钟,跟我说说,你觉得激光的作用在生物领域怎么样吗?几个星期前我在《波士顿环球报》上看见他们在白鼠身上用激光治疗癌症,获得了一些成功。”

“谁在白鼠身上都能制造奇迹,”肯一本正经地说,沮丧地盯着珍妮特的脊背。福克西多年前就注意到,他跟犹太人说话觉得不舒服;他过去和许多犹太人较劲都没有成功。

“劳驾,”索尔兹紧接着说,“再跟我说说DNA。就我的思考方式而言,那样复杂的结构,怎么从混沌中自发地产生那种东西呢?”

“物质并不混沌,”肯说。“物质有法则,不可能发生的东西确立了种种法则。”

“我明白了,”索尔兹说,“我们西部各州,比如说,那条大峡谷[1]就是最好的例子,一块石头竟然能被侵蚀成一座大教堂的模样。可是,如果我观察内部,看见了一排排安置整齐的长凳子,如同一行行苹果馅儿饼,我就,这么说吧,闻见了一只老鼠[2]的味道。”

“可能,”肯说,“你自己把那些长凳子安置在那里的嘛。”

本·索尔兹咧了咧嘴。“我喜欢这话,”他说。“我喜欢这个答案。”他咧嘴是一种令人眩晕的返祖现象,脸上突然出现了一块太阳光点,把他的眼睛变成了闪烁的眯缝,把他的整个脸占据了,如同亚述人的浅浮雕里的狮子脸上的浮凸花纹。“我相当喜欢这个回答。你指的是‘宇宙无意识’。你知道,耶和华原本是火山神。我想,信奉宗教的人们害怕宇宙的威仪和力量,是很

① 指美国科罗拉多大峡谷。

② 原文:smell a rat,嗅觉可疑之意;这里照字面意思译出。

可笑的。”

安杰拉在门廊里喊道:“我觉得天凉了,还有人觉得天冷吗? 快进家里来吧,谁冷谁进来。”

听到招呼,有人走了,有人留了下来。艾迪·康斯坦丁把啤酒罐捏瘪了,交给了珍妮特·阿普尔比。她把它放在了她的胸上,仿佛是一个铁皮装饰花。艾迪穿过去,走向他的维斯帕牌小车,路过福克茜时拍了拍她的肚子。“把肚子吸进去一些啊。”这就是他的话。那个邻居男孩上了那辆维斯帕牌小车,坐在他后面,像只页鼠一样形影不离。康斯坦丁启动了车,顺车道开出去,拐上了丁香树篱那边的马路,后轱辘带起了一溜小石子,路旁的丁香褪去了透明层,花蕾胀满。那只猫从树篱里蹿出来,惊慌失所的样子,悄无声息地穿过了那片草坪,身子拉得长长的。孩子们从暗下来的树林里走了出来。一半孩子在哭。真正哭泣的却只有弗兰基·阿普尔比。乔纳森·史密斯和惠特尼·索恩用弗兰基自己的鞋带把他捆绑在树上,后来却解不开了,于是他们只好把鞋带剪断,这下他没了鞋带,过错不在他。他趿拉着两只鞋,磕磕绊绊的,谁都看得见,哈罗德·小史密斯跑了过去,而珍妮特身为母亲却冷冰冰地站在门廊里,丰满而多姿,遥望太阳,一个网状的橘子,悬垂在寡薄的树林上方。草坪那边走来了哈尼马家两个红扑扑的女孩和一个漂亮的男孩子,那男孩如同沐浴在庚斯博罗[1]笔下浪漫渐暗的光线里,拳曲的黑头发,一种柔和的自我焦虑的神情。用力点了点头,加拉格尔拉起这个奢华的男孩的手,领着他向他们家的车走去,那是一辆灰色的奔驰车,福克茜就是从这辆车高高的明亮的车窗第一次看见塔博科斯的。索尔兹和索恩夫妇起身走向屋里。在窄窄的农舍门道里,这两个男人,一个留了胡子,一个秃了顶,碰在了一起,索恩出人意料地伸出那条受伤的绿指尖的

---

① 庚斯博罗(Thomas Gainsborough,1727—1788),英国肖像画和风俗画家,画风清新,富有诗意,代表作为《蓝衣少年》、《清晨漫步》等。

手的胳膊，搂住了这位犹太人，从侧面使劲搂了他几下。索尔兹仰脸如同狮子一样咧了咧嘴，说了些什么，索恩因此回答道："我是一根不可摧毁的刺棒。让我来教你牙科催眠术吧。"温馨的住宅接纳了他们。福克茜和肯起身离去。

"别一个个都走掉啊，"安杰拉祈求道。"你们两个喜欢真的来一杯吗？"

福克茜说："我们必须赶回去，"口气真的很伤感。她经受这样的伤感很多次了，这种星期天向晚时分感受到的顽固的伤感，这时候夫妇们因为体育活动而精疲力竭，不管打篮球还是海滩散步还是打网球还是打橄榄球，看见夜晚向他们重重地压来——一个没有娱乐的夜晚，一个在闪烁的灯光中打发走的夜晚，一个吵闹的孩子、残留的饭菜、草草阅读的咄咄怪事无奇不有的唠叨的报纸的夜晚，一个婚姻如同没有太阳照耀的花朵对他们自己关闭的夜晚，一个像模糊的窗户带来星期一和长长的一周的夜晚，而新的一周里他们必须再次履行他们上班族的身份，比如经纪人、牙科医生、工程师、母亲、主妇、不是世界的客人而是主人的成年人。

珍妮特和哈罗德悄声争辩着什么。珍妮特一下子转过身去，嚷嚷说："亲爱的，我们不能够。我们必须挽救马西娅和弗兰克，他们也许交谈得愈发热火呢。"她和小史密斯招呼他们自己散乱的孩子们，启动她的栗色小车离去了。他们从车道背道而驰时，西下的日头瞬间穿过挡风玻璃，把他们的两张脸照得凹陷进去，如同玻璃里面的圣像。

"再见，"皮特·哈尼马在门廊里客客气气地说。福克茜早已经把他忘了。他似乎因为手指事件深感罪过，她由不得对他喊道："打起精神来呀。"

在他们的GM小车里坐好，肯说："嗬，明天我会浑身发僵的。"

"那不是很好玩吗？"

"是锻炼。你感到非常无聊吗？"

"没有。我喜欢安杰拉。"

"为什么？"

“说不清楚。她很优雅,不急不躁,同时又很超然。她不要求你这样那样,不像其他人。”

“她过去一定是一个令人倾倒的美人儿。”

“现在就不是了吗?我得说,你那位涂脂抹粉的朋友珍妮特,穿了一条裹包屁股的水手裤子,我看来一点美感都没有。”

“你对她的印象怎么样,福克西?”

“我看她不像她应有的活得那么幸福吧。她本来应该成为一个快活的胖乎乎的女人,却不知怎么没有达到那样的境界。”

“你觉得她和史密斯有暧昧关系吗?”

福克西呵呵笑起来。“男人就是有眼力。很显然,有关系也成为往事了。我认为她和史密斯在一段时间有过暧昧关系,但是现在正和索恩打得热火,将来会把你当作如意算盘的。”

他得意的懒散的表示回答的大笑让她很恼火。“我要坦白一件事儿,”她说。

“你和索尔兹正在酝酿好事儿。天哪,犹太人实在是无聊。他们操心的事情太多了。‘宇宙无意识’,天哪。”

“没有的事儿。不过差不多一样糟糕。我跟安杰拉说,我们想让她的老公来看看我们的房子。”

他的声音低下去很多,达到了一种判断性的冷静的效果。“你定了日期了吗?”

“没有,可是我想我们这下应该定个日期了。你应该打电话。她认为不管怎样他都不会有兴趣的。”

肯快速地驾车走在他们了然于心的道路上,因此两个人在拐弯前稍稍往后仰了仰身子。“哦,”他沉默了一会儿,说:“但愿他邀请人来打篮球,不是在为他如何修建房子穿针引线。他打球相当粗鲁。”

露丝站在床边几乎是一个成熟女人的样子，正在哭泣，说话的当儿把他从梦中唤醒，因他梦见一个一身素装的高个儿侧身女人在一道弯曲的过道里等他。“爸爸，南希说那只牛奶厂的猫在楼下逮住了一只动物，仓鼠不在笼子里了，我害怕下楼去看。”

皮特记起来他念叨着“安逸安逸”哄自己进入梦乡，这下从床上溜下来，一边还在担心肚子的赘肉。安杰拉湿漉漉地叹了口气，但是没有起身。地上和楼梯都很冰冷。南希穿了粉色的睡衣团蜷在起居室那张棕色的沙发里，映现在没有阴影的晨曦里，从嘴里取出大拇指，对他说：“我不是有意的，我不是有意的，只是‘赌一下’看看！”

他的嘴感觉锈住了一般。“什么不是有意的？那只动物在哪里？”

南希看着他，眼睛很清澈，很大，好像这低矮顶棚的屋子都无法盛下似的。家具表面还笼罩在一片黑暗中，尽管起不了什么作用，却似乎意识到了什么。

他坚持问道：“你告诉露西的那只动物在哪里，南希？”

她说：“我不是故意的，”忍不住流下了眼泪；她光光的脸变了样，如同防腐的怪物突然暴露在空气里，皮特面对她那张脸在灰蒙蒙的光线里形成的窟窿流动的力量，一时不知所措。

露丝说：“哭闹的小孩子，哭闹的小孩子，坐在那里想些小孩子家的事儿。”南希又把大拇指塞进嘴里，罩住了脸。

那种小动物，像布袋的样子，肚皮朝上躺在厨房油地毡的中央。牛奶厂的那只猫在远处守着，一副战战兢兢、正义凛然的样子，躲在厨房椅子的横档后面。它敏捷的本能的捕捉表现得无可挑剔。尽管没有明显的迹象，但仓鼠一定死了。它的身体经皮特的手指捅了捅，陷进去又反弹起来；它的上嘴唇翘起来，牙齿露出来，如同梳子的齿儿，而它的眼睛虽有人类一样的尊严，却已经闭上了。还看得见一绺小睫毛。四只弯曲的小爪子。一个小面团鼻子。

露丝虽然站在厨房门口，自己看不见，还是问道："是仓鼠吗？"

"是的。亲爱的，仓鼠死了。"

"我知道。"

这种冒险活动倒也容易想象得到。露丝觉得她的宠物需要更多跑动的空间，怀疑没完没了地蹬着那个轮子玩很残酷，毕竟脑子还没有发育成熟，不相信任何动物都不会有智力，对这样的关押会感到不满，于是她用存放在阁楼里等待夏天用的窗纱，在仓鼠的小笼子周围改建了一个大笼子。她用绳子捆扎起了架子，皮特一直没有把承诺兑现，给她做个更结实的笼子。好几次，仓鼠都从笼子里拱出来，在她房间里到处跑动。昨天夜里，仓鼠跑到了楼下，发现在月光渗入的黑暗中竟然有做梦也想不到的大陆、家具腿森林、散发海洋气息的巨大的地毯；拂晓时分，一个身穿睡服的天真的巨人把一只灰色眼仁儿的狮子放进了屋子。仓鼠从来没有体会过害怕的教训，一定什么都没有感觉到，从天上突如其来的芬芳中刚刚闻到了老鼠、奶牛和露水的气息，两只爪子就扑上来了。

安杰拉穿着蓝色的浴衣从楼上走下来，皮特却无法向她说明白，为什么他发觉这次灾祸格外凄凉，一只小仓鼠迷迷糊糊的小小探险活动，竟然会以惊雷般的死亡袭击而结束。厨房的油地毡，绿草的颜色，在他的脚下感觉滑溜溜的。室外的晨曦看上去灰蒙蒙的，无情而冷冽，新英格兰徒有虚名的春天的许多白天的一天又来了。安杰拉打量了他和露丝还有仓鼠的尸体一眼后，真正担忧的是南希；她把南希从起居室抱到了厨房相对明亮的地方。皮特忍住呕吐，把那具土黄色的尸体用报纸包起来，心神不定地感觉到硬撅撅的，血糊糊的肚子还松松的，软软的。南希要求看看仓鼠的尸体。

皮特看了看安杰拉，得到允许后又把报纸打开了。报纸上有"肯尼迪赞赏钢铁禁运"的字样。南希盯着仓鼠尸体，缓缓地问道："仓鼠不会醒来了吗？"

露丝强忍着眼泪说："别卖傻了，仓鼠不会醒来了，因为它死了，死去的东西是永远永远永远不会醒来的。"

“它什么时候上天堂去?”

在场的三个人都在等待皮特的回答。他说:“我不知道。也许它已经在天堂了,在轮子上转啊转啊。”他模仿仓鼠的唧唧叫声说;露丝大笑起来,他的本意也是想逗笑她的。南希急不可待的好奇心搜寻到了一些东西,他埋藏在心里了,他不喜欢小孩子家探索那种东西。安杰拉抱着南希,似乎和南希的心思是一样的,揭穿他,剥开他男人的表皮,暴露羞耻的秘密,孩子的信仰,他正是从他孩子的信仰里获得男人气的。

他不客气地问南希道:“你看见整个事情发生了吗?”

安杰拉说:“别这样,皮特。她不愿意回想这件事情了。”

但是南希看见了;南希盯着曾经发生事件的空空的地板说:“猫咪和仓鼠在一起玩耍,仓鼠想退出,猫咪不让它走。”

“你知道仓鼠下了楼,又让猫咪进来了吗?”

南希的大拇指又塞进了嘴里。

“我敢肯定,她不知道,”安杰拉说。

“让我再看它一眼吧,”露丝说;皮特把像一颗变硬的心脏的缩小的尸体递给她看时,他自己也看见了这小宠物竟然长出了雄性仓鼠那方方的底盘儿,一个有希望的性别标志,到头来这样完结,在皮特看来似乎是一种解脱。他知道露丝现在怪怪的内心在干枯,一种柔和的炙烤,接下来就是最坏的情况,将会不可否认地成为真实。她上学去了,身穿那件黄色的复活节外套,走下了咔咔响的车道,去乘黄色的校车,把眼泪留在了身后,天空有云块,但是云彩没有下雨的迹象。

皮特已经答应再给她弄一只仓鼠,做一个更好的笼子。他把死去的仓鼠埋在了树林的边上,附近有散生的绵枣儿,还有蓝盈盈的小百合花儿,这里的土松软,泥炭一样。一铲挖下去就是仓鼠的坟墓;两铲挖下去就很深了。树木开始长出叶子,矮灌木林像草图,细条是绿色的,其中掺和了冬天褪色的柔软的死主干,比如草莓,好像鸟儿的骨头般纤细。一次空气活动,没有激情的空气，顺从地吹下山来，春天的恐惧把他清洗了一遍。他感觉到了万物生长的缓慢的拥挤，像一种纠缠在一起匆匆赶路的死亡。胆怯的绿色尖儿形如娇小的武器，挥舞出去却没有敌手。如同他父亲绿色般深情的触摸。如同不领情的大地容纳万物。仓鼠冷却一个小时后，没有了仓鼠的重量，没有了仓鼠的形状。这一切已经和仓鼠连接起来，成了一种值得哀悼的存在物，曾几何时，露丝把它放在她的毯子上，把整张床都掀动得微微颤动，那四只类人的小爪子，那个好奇的抖动的小鼻子，便会东闻闻西嗅嗅，而现在已经沉入了一个巨大的空无之处。仓鼠的尸体鼻子朝下滑落进了铲子挖出来的洞穴。皮特三下两下掩埋了它，感到一种罪过。他们在这里住了近五年了，一个小小的墓地在树林边上由少积多：他们徒劳呵护的受伤的鸟儿，软化的、白化的、死去的廉价店买来的海龟，纱门挤死的小猫咪，某种被不计后果的猛禽从喉咙撕裂到肚子的花栗鼠，一息尚存，还是在一个长长的六月下午抽动着死去了。去年秋天，赶上旅鸫迁徙，南希在仓房边发现了一只背部断掉的旅鸫，在柏油篮球场上爬行，挣扎着起飞，加入其他兄弟姐妹的行列。仅仅由于心脏还在跳动，它一路挣扎到了草坪中央，哈尼马一家四口围在一起，期望看见它展翅起飞，相安无事。然而，旅鸫身体裂开了，如同皮特的父亲，胸部粉碎，脊椎断掉，只有肺让他一息尚存；孩子们看见鸟儿可怜的挣扎发生不了奇迹，感到厌烦，溜到一边去了。于是，只有皮特，站在一旁无能为力，仿佛站在一个拒绝离去的晚宴客人旁边，目睹了鸟儿最后的挣扎，粘了泥土的翅膀无法平衡扇动，吃力地叹息一声后旅鸫的嘴直直地插进了有点甜味的草秆婆娑的草丛里。那鸟儿发出了一声高亢的哀鸣，声音的尖点儿如同星星一样渺小，随后软瘫下来。只有皮特听见了这声哀叫。只有皮特，如同现在，出席了安葬。

安杰拉穿过草坪向他走来，他则扶着铁铲站在那里。她穿了一件很英国味道的黑白点相间的呢外衣；今天，星期二，是她在南希的幼儿园做老师的日子。“多么不幸，”她说，“我们一家人，偏偏是南希看见了那件事情的发生。现在她想让我带她去天堂,那样她就能亲自看看那里有她的位置,还有一个小转轮。我真的不懂,皮特,宗教是不是没有把事情搞得比本来的样子更加复杂。她看得出来,我自己都不相信这一套。”

他站在铁铲旁,做出一个老农的样子。“啊,”皮特说,“对像你这样贤淑的夫人是再好不过的,太太,可是我们农民需要一点圣水祛除风湿病,以及那种邪恶的目光。”

“我很不喜欢这种模仿人的口音,不管是你模仿,还是乔治妮·索恩模仿。我很不喜欢被置于那种力图把天堂兜售给我的孩子的位置。”

“可是,安杰拉,我们大家认为你是从来没有离开天堂的人啊。”

“别总想拿我说事儿,护着孩子。她总是想到死亡。她不明白为什么她只有外祖父外祖母,别人的孩子却有爷爷奶奶,还有外祖父外祖母。”

“听你说话的口气,仿佛嫁给了一个只有一条腿的男人。”

“我只是说明情况,没有抱怨谁。不像你,我没有把那次事故记在你的头上。”

“啊,谢谢你的美意,太太,我今天就去做一个更好的仓鼠笼子,为那可怜的姑娘弄一只新的仓鼠。”

“不是说露丝,”安杰拉说,“我不为她着急。”这些就是划定的线路。安杰拉的心在设法庇护那个小女儿的天真;皮特更喜欢大女儿勇敢地堕入尘世,敢进唱诗班唱歌,敢莽撞地推开惧怕的门槛,而南希却睁大眼睛站在那里。

安杰拉和南希随后一起去了幼儿园。皮特开着那辆轻型货车进了塔博科斯商业区,来到了斯皮罗斯兄弟建筑木材供应店,买了五码镀锌笼子网,一块三英尺宽、四英尺长、四分之三公分厚的胶合板,二十英尺两公分厚的上等无结松木板,半磅一公分半的铁钉,同样数量的上好标准家禽 U 型钉。杰里·斯皮罗斯,兄弟俩中的弟弟,告诉皮特他的胸部问题,因为自从圣诞节以来,胸部有了淤血,在牙买加休养了十天还是没有清除干净。“那些该死的黑淤点会把你手腕上的手表偷走，”杰里说着，便一口接一口咳嗽起来。

“听你咳嗽，像是你在清理黏痰，”皮特跟他说，然后把仓鼠笼子的材料费划入加拉格尔＆哈尼马公司的账上，随后把那些材料扔到了卡车的后面，砰然关上了涂有“洗洗我”字样的后挡板，驱车前往印第安山，选择了那条绕行的长路线。他拐过办公室，看了看加拉格尔灰色的奔驰在不在那里。他们的办公室是类似小木屋的侧房，两层楼，柏油铺瓦屋顶，多数房间空闲，位于希望街，离博爱大街咫尺之遥，抄近路去火车站很方便。博爱大街是主要的商业街，和神力街直角交叉，神力街一直通到了印第安山，只路过科格斯维尔药店。教堂在草坪上耸立，白色一片。

巨大的高耸的建筑物。每半扇窗户都有二十四个窗格，上下窗户共有四十八个窗格，佩德里克牌货车在路上爬行时，他经常数这些窗格，由于当时美国没有很多州，例如亚利桑那州、俄克拉何马州和印第安地区，因此那些窗格也没有什么象征意义。当时人们的堆积物。为了烧掉。浪费吗？赋予这个镇子本身意义。否则是很凄凉的。在这个繁重的没有爱的日子里，所有的东西看上去都需要一层涂抹。咸咸的空气破坏了。在密执安州，仓房历来都是红色的。

草坪像沙漏的样子，一条踩出来的小径把它分开了，教堂有些部分和棒球场拦网以及跑垒相距咫尺。皮特沿着草坪中间左边行驶，向康斯坦丁夫妇家的侧院望去，希望看见卡罗尔晾晒洗刷物品，胳膊伸不直，胸脯瘪瘪的。在学生联谊会员的舞会上，那个邻居男孩在领舞，头发飘逸拳曲，轻便舞鞋的脚拇指向外撇出，用一条手绢儿和她连起来，轻快地跳动。低年级的班级有这种轻快舞蹈课。祖祖辈辈忍饥挨饿。把你们的贫穷给我吧。马西娅脆弱，珍妮特肥胖。安杰拉飘动，那个惠特曼腼腆，一种微妙的矜持，在抗拒什么东西，空气吧。艾迪的维斯帕牌小车，不过没有卡罗尔的福特车。他在家，她去购物了。购买背部涂抹剂了。我事后会疼痛。殡仪馆家用车道上有一辆凯迪拉克灵柩车，一个学龄前的孩子在玩石子。在防腐剂的气味中成长，而不是鲜花中成长，冰箱里的尸体，一个更好的暖房，学会热爱美，但是也许能让一些惧怕显得发傻。死亡。仓鼠。打碎的玻璃。他踩在汽车加速器上自在起来。

连翘花儿在后院里宛如舞动的黄色雾霭，围栏边，树篱边，还有车库边，都是黄色的雾，连续不断，从院子舞动到院子，到处乱闯。原谅我们吧。皮特开车下到谨慎街，路过了格林夫妇家。房子修复很到位，六千块钱，是他们在塔博科斯接手的第一批活儿中的一桩，当时加拉格尔还不那么贪婪，亚当斯和科莫把收尾的活儿全都干了，六十岁以下的人都不知道如何把门吊起来。整个房架已经倾斜了。干燥的腐烂。山坡上的那座房子依然埋在湿土里。他们沿着大梁穿了一根十八米长的加固杆，通过一间小房间，接到了阁楼里的A型屋顶的铁棍上。结实是结实了，但是仍然抵不上原来的样子。你为什么不想操我呢？问得很好啊。对乔治妮一心一意，分枝儿式的一心一意，去年还是小枝儿，今年成了大枝儿，情妇当上了妻子。定型。乔治妮的下巴有力地定型了。不老是令人倾心。可乐瓶子似的眼睛，裸体像酸腐的黄油，柏油毡上的沙粒，弗雷迪的探子。皮特的思绪里没好意思想到那个绿色塑料勺的样子。

下坡的路上，一个邮差轻轻地把斜挎的背包往后推了推。蓝色的邮递服，按时按点的钟点，行走数英里，肌肉结实，生命不息。在拐角处两只狗在打招呼。汪汪。汪汪。

他开车到了马斯科诺米尼街，沿河行驶，潮涨时海水淹到了工厂排水的高度，潮落时，比如现在，黑色的盐沼泥污亮闪闪的，一片片宽阔的浮渣的水域，生命的源头。跨过河流便是树冠高耸的榆树街，家家户户的窗户都是椭圆形，铅质扇形窗，是在载冰货车叮当行走的时代修建的。灯笼裤，蓄胡子，赛璐珞领子：怀恋他从来没有经历过的岁月。皮特看不到一个人。现在没有人走路。银枫树拱出来红红的小花儿，榆树则长出了浅黄的榆钱儿。淡紫色的天空出现了丝丝缕缕的云彩。大自然，这个悲伤的折磨人的好东西，有种子,也有稗子。

他路过新教徒公墓时,精神有点缓过来,数英亩大的扇形墓地延伸出去,近处是一个清教徒楔形斜立的板石,上面雕刻了带翼的骷髅和环形的苔藓。墓碑纵横成行。墓地很快过去,接下来是高尔夫球场,绿草如茵。拥挤的饥饿的储藏窖,印第安人的粮食所在。高尔夫球场上,他看到了孤零零两个人。天色还早,泥泞,沉重的谎言,尖铁扎进了草地,业主贪婪地收费,赞扬克制,大地本身饥肠辘辘,他已经向大地扔了一块面包片。宠物。土坑。他开车穿过柔和的新发展区,荒芜的草坪,拼凑的门面,开上了泥泞的小道,按照镇公所的规定,路旁已经安装了消防龙头和排水道,一直延伸到了印第安山上他的工地。

推土机已经开来了。他应该高兴,可毕竟是一台机器,框架建筑大王,液压后挖土斗,液压前装载厢,其恼人的重量和惊人的租金,让他喘不过气来。请它开进工地二十五块,每小时算上马瑟来的身穿工作服的大个子黑人司机二十二块五十分。坐在不停闪动的司机宝座上,黑人司机给人的印象是推土机的力量就是他的力量,如果整个装置停止工作,他自己就会跳下来,徒手便可以把那些树桩从遭到破坏的红土地里拔出来。用不着发挥想象力,皮特相信正是他从中帮忙,才使得这个黑人和推土机在这里鸣响,飞转,吐气,喘息,吓走了过去藏在这里的鸟儿和孩子。然而,那个黑人和他打招呼了,而且他手下的年轻监工莱昂·贾津斯基穿过那片坑坑洼洼的泥潭,急匆匆向他走来,工作进展顺利。根须沾满了干土的树桩,埋在地下千万年的大石头,已经堆得像山似的,急需用卡车运走。这时,那个黑人正在把推土机往下开,一英尺又一英尺,开进了第一个地窖坑,那里用绳子和红头杆标界出来了。这座房子会拥有最好的视野,看得见面向镇子的扇形墓地和教堂高耸的塔尖和闪亮的钟表。另外两座房子朝向比较偏南,面向莱斯顿,一片乱石坑、偏远的地块和没有经济价值的树林,颜色却异常强烈,紫色和紫铜色相融;房价应该减少一两千块吧。皮特站在房子旁边,想见第一座房子的样子，松木镶上花纹红木边，地板计划 C 级，种草的台阶草坪，通过五级石头台阶通向厨房下的车库的硬面车道，漂亮的板石门廊和三套谐音的前门按铃，护壁板燃油供暖暖气装置，房子后面用砖修建一个夏季就餐的室外餐棚，也可以晒日光浴，铝合金四季适宜的窗框，变阻天花板固定冲洗装置，“珍珠雾”玻璃的实用的厨房，瑟莫潘双层隔热窗玻璃绘画窗户，标价应在一万九千块，或者如果加拉格尔担心价高的话，折扣到一万八千五百块，付清包括他自己在内的工资后还有利润，每周工资一百五十块，一月三周或者四周，取决于他和手下工人相处的和谐程度，突然间觉得利润也不怎么样，难以让加拉格尔满足，难以抵消背后的怒气和辱骂，这个好去处哦，只有不需要房子的讲究浮华的胆怯的人群才觉得像天堂一样金贵。建筑工人在埋葬上帝创造的世界。那辆前后两头忙的推土机，校车一样的颜色，进进退退，挖挖铲铲，突突吼叫，横冲乱撞。地窖坑冒上来一股又一股的蓝烟。那个驾驶推土机的黑人，只穿了一件背心，俨然一条骑着滴油的龙的食人大王，冲皮特怪笑，嚷嚷，发泄他的快活，显然他还没有挖到岩层上。

“还是这座山石头少的这一面，”皮特吆喝道，但是黑人司机没有听见。他感觉他和那个有色人之间相隔着一个大陆般的大沟，这条大沟位于不求任何怜悯的莽林和一片从大海哄骗来的娇宠的直线陆地之间。黑人在这里无拘无束，任凭推起的石头碰撞得哗啦响，任凭推土机来回转向和更换排挡，吭吭吼叫，黑烟翻滚，内燃轰鸣，这是自由的土地。他就是拙劣的表演者，将会一如既往表演下去。皮特竭力想象那对也许会住在这座不久成形的房子里的年轻夫妇的样子，他并不喜欢他们。他的朋友没有人会住在这样一所房子里。他弯下腰，从推土机履带碾过的土里捡起来一根骨头，好奇地递给贾津斯基。

“牛骨头，”莱昂说。

“似乎过于细了点吧？”

“鹿骨头吗？”

“人们不是说南坡这边有过一个印第安人的乱葬坟吗？”

贾津斯基耸了耸肩膀。“蒙我吧。”莱昂是一个瘦弱的塌胸的年轻人，老家是新罕布什尔州的纳休阿。加拉格尔&哈尼马房地产公司常年工资表上只有三个人的名字，他是其中之一。另外两个是资深的木工，亚当斯和科莫，是皮特从艾德·拜德手里接过来的，而艾德·拜德早在一九五七年就破产了。贾津斯基是皮特于两年前的夏天在十几个夏季临时工里挑选出来的。莱昂很有眼力，脑子好使，一眼就能看得出立方角度和大概土方，一种唬人的有节奏的混合感觉，猜得出一个小经营者如何充分利用人力、设备、租赁机械和各种承诺，节省时间，而时间就是金钱。去年冬季，加拉格尔挖空心思作假——乙烯基壁板取代木头，密度板取代灰泥——打算把贾津斯基解雇了；皮特请求他把这个小伙子留下来，不惜把自己的工资降到了一百二十五块，担心如果他们不能把莱昂对实在的东西、牢固的东西和必要的东西无师自通的本能多开发一下，那么他自己就会失去一些东西，年轻的自我。

皮特觉得他手里的骨头是人骨。他问莱昂说：“你看见过挖出来的箭头什么吗？珠子，或者陶瓷片？”

莱昂摇了摇他那迟钝的皮包骨的脑袋。“就是些乱七八糟的东西，”他说。“大地母亲嘛。”

皮特感到尴尬，说：“嗯，睁大眼睛盯着点。我们也许就在神圣的土地上。”他把骨头扔掉了，太小，不像大腿骨，也许是胳膊上的骨头。莱昂的脸上掉下来一绺浅黄色头发，皮特看得出来莱昂在暗中讥笑。皮特失去了热情，用有事说事的口气问道：“我们什么时候可以灌浆？下星期初行吗？”

“要看情况。”这男孩没好气地说。“就我一个人在这里，如果亚当斯和科莫能停下来挖车库的话……”

“他们的活儿不能催。”

“防水的活儿起码要用一个星期。”

“防水不得不做。”

“如果不做，谁还能知道吗？”

皮特看出来他现在必须点拨一下，否则这孩子会成为一骗再骗的骗子，立即说：“我们知道啊。这房子住进人去几年后，地下室漏水，那时大家就都知道了。我来跟你说说修房盖屋的事情。什么事情都会败露。欺骗，偷工减料，都会败露的。我要地基做防水，我要混凝土下面铺聚乙烯材料，我要排水管下面和上面都铺上大量的石子，我要你在各个连接处都包裹上油毡，否则它们不堵塞才怪呢。别以为因为你把一些东西掩盖上了，问题就不存在了。若要人不知，除非己莫为。臭事儿传遍天下，如果你是个建筑师，这种臭气会跟你一辈子的。现在我们一起去看看图纸吧。”

听了这通说教，莱昂扭向一边的脸红了。他望着在土中渐渐扩大的地窖坑，说：“那两个老家伙一个车库就用了一个月，换了我跟两个小孩儿，一个星期就完工了。”

皮特要说的话都说过了。他不耐烦地说：“他们正在收尾。我过去看看他们能不能明天到这里来。我下午要去叫一车石子，看看我们能不能下星期一把混凝土搅拌机弄到北马瑟，三件事儿要立即办成，每件事儿只能用一天时间，如果我们不能从加拉格尔手下挖来几个职业学校的学生，我只好自行其是了。”他和莱昂花了一个小时，用一块大石头当桌子，在一棵也许能给室外就餐带来阴凉的大橡树低垂的树枝底下，分析芝加哥的一家建筑工厂寄来的蓝图。皮特感觉到这个更年轻的人在他的脑子上找漏洞，试探，不满。他渐渐明白过来，由于他们一起制订计划，莱昂就有些看不起他，因为莱昂已经听够了有关他的生活，认定他是一个饭桶，一个酒鬼，一个镇子上社交圈子里的移民小丑，对妻子不忠，烦透了自己的营生。皮特用宽大的拇指甲寻找图纸上的线条和尺寸，用铅笔修改这道斜坡工地上的调整区域，这种看法凉丝丝地甩在了他的脸上。莱昂探着身子，不住点头，然而并没有把这种凉丝丝的压力收回去，似乎就是这些树林的真相的一部分，后起之秀必须掠夺昔日黄花,有野心的必会排挤过气的。皮特失去了耐心,怏怏不快地离去了。

离开前,他朝那个黑人看了一会儿,见他停下活儿在推出来的山边享用一盒午餐和一暖瓶水。推出来的山侧露出来条纹清晰的地层。如同一本没有翻开的书的书页。又如压紧的蔬菜叶子。皮特问道:"你发现过印第安人的坟墓吗?"

"你都看见骨头了。"

"你看见了骨头,你会怎么办?"

"老兄,我一直把推土机开下去。"

皮特大笑,觉得释放了,宽恕了,感动了,庆幸了,一些人性来自遥远的地方,不由得想象到那些随意话语的背后,有一种哲学,一种夜生活。

但是,黑人的嘴唇张开了,仿佛说笑声不再能给他这种人当一片面包吃了。他肩膀上的肌肉疙瘩比足球都硕大。他的上嘴唇上起了一层汗珠子。一阵淡淡的柏油的猛虎的气味。

原谅我,马丁·路德·金博士。

皮特把这两个人留在了林中空地,驱车下山,来到了节制大街的远端,亚当斯和科莫正在一座房子的宅第后面修建车库。科莫瘦,亚当斯肥,但是经过多年的合作,他们亦步亦趋,如同两个同步行星,哪怕处在旋转的车库相反的角落,背对着背,都彼此有一种无言的引力。到工具箱边取工具,在锯床之间的木板上走动,小路上相遇,都不会碰撞。两个人都没有意识到皮特的到来。他站在等待悬空轨道弹簧开启的车库门的空空的长方形空间里;他闻到了刨木头的味道,感觉到了安全的空间。除了门,车库结构似乎都完工了。皮特清了清喉咙,问道:"你们二位先生认为我们什么时候可以撤离这里?"

亚当斯说:"干完就走人。"

"什么时候可以干完呢?我看这里用不了一天时间了,只有一扇门还没有安装吧。”

“还有些零碎的活儿，”科莫跟他说。他正在给窗框找水平面，尽管窗框是工厂做的。亚当斯在两个饰钉中间的L型架子上拧螺丝。亚当斯抽着烟，穿了一身围裙工作装，口袋多得如同五金店才有的抽屉；科莫的蓝色衬衫总是烫洗得令人耳目一新，纸烟把他的手熏黄了。他找补说：“一旦我们干完了，那个寡妇就只能自己对付了。”这车库是一个年轻女人的，她的丈夫，一名士兵，已经被汉堡他的一个女友的男友杀死了，用刀砍死的。

“应该收拾利落才离开，”亚当斯说。

皮特东看看西看看，在装框架的一个细节处停住了。一个两英尺厚、四英寸宽的对角支架上安装一个垂直的饰钉，尽管角度不容易对付，这又是粗活儿，但是那个饰钉装得严丝合缝，如同一整块薄板。浪费。皮特觉得仿佛他接到手里的是一朵鲜花；但是他还是开口说：“莱昂在山上需要你们一起把地下室的模壳儿弄出来。”

“杰克鬼心眼儿多，”老科莫说，甩灭了一根火柴。“杰克”是贾津斯基的绰号。

“车库门还没从马瑟运来呢，”亚当斯说。

皮特说：“我给他们打电话了。如果今天下午还运不过来，那么明天上午无论如何先到山上去吧。对一个寡妇来说，这车库很美，但是每小时六块五十分，足可以交代过去了。她会有许多男朋友来给她安装架子的。我必须赶回山上去。”

他走过车库来到了车上，听见科莫说：“贪婪的加拉格尔趴在他背上了。”

皮特开车回家去了。四方的院子和房子欢迎他归家，家里没有别人。他把购置的木头和铁丝拿进了地下室工作间，他整个冬季都没有在这里干活儿了。他从二公分厚的松木板上锯下几块，却发现圈起来的铁丝结构过分有力，笼子架子不需要捆扎成直角面。于是，他开动脑子，寻求另一种方案，利用铁丝弯曲的力量，把网子的抛物线弯度用家禽 U 型卡钉固定在胶合板上，然后剪下一块椭圆形铁丝把笼子定型。但是，有一端不得不留出一个门。他从衣服架上取下几个铰链，为了必要的硬度安在木棍上。他干活的当儿，他的两只手因为激动不停地发抖，因为这是别出心裁而心情澎湃，自从孩提时代起这种激动情绪便往往令他的各种计划——鸟屋、手推车、沙堡——在最后颤抖的触动中功亏一篑。笼子终于做完了，他看来似乎够美丽的，一个通透的大罩子，根据其内部发现的规则制作而成，精巧，新颖，皮特自己的杰作。他想见得到露丝喜不胜收的惊讶神色，安杰拉悭吝的赞扬。南希欢天喜地，却非要爬进这孩子般大小的庇护所。他把笼子拿到了一楼的厨房里，需要分享别人恭维的喜悦，于是拨通了索恩夫妇家的电话号码。“是瑞典面包屋吗?”这是他们两个人之间通话的暗号，她接了电话便会说“不是”。

乔治妮大笑。“喂，皮特，你好啊?”

“痛苦啊。”

“为什么?”

他告诉乔治妮仓鼠的事儿和印第安山的工期不顺利，但是并没有特别说明他痛苦的原因以及他在出类拔萃和一败涂地之间的感受。缺乏阳光和阴凉。安杰拉的冷淡。黑人司机的怠慢。春天姗姗来迟。

乔治妮说：“可怜的皮特。我好可怜的小情郎啊。”

他说：“不大适合晒日光浴吧，对吗?”

“我一直在家里整理家务呢。我今天晚上有俱乐部联合会，艾琳吓了我一跳，她无所不能，令人仰慕啊。”

“弗雷迪的指头怎么样了?”

“哦，还好。他昨天把那个勺子取下来了。”

“我觉得于心不安啊。我真不知道为什么要伤害他，不管怎样他在某种程度上让我得到了你，尽管并不知情。”

“你真的这样看问题吗？我原以为我让你得到我的。”

“是你，是你。谢谢你啦。可是你为什么对他那么不喜欢呢？”

“我也不知道。”一打电话，他们总是有一种不能够触摸的陌生感受，还总能听出来她那坚定的、快速的声音在挑起争论。

他客气地问道：“我能——你愿意我过去看看你吗？只是打个招呼，我们没有时间做爱了。我必须回到山上去。”

她停了片刻，其间他们两个无法触摸，陌生得不认识似的。“皮特，”她说，“我爱你——”

“可是呢？”

“可是我不清楚今天中午你来是不是合适。我出现了一些情况。”

怀孕了。是谁的？电话上方有一面镜子，他在镜子里看得见自己，一个苍白的刻板的父亲，地板在他下面露出一个角来。

她吞吞吐吐地接着说，她过去和他有什么说什么，比如她姑娘一样的爱情，她和弗雷迪第一次性交，他们两个现在做爱，她的每月来经，她对别的男人一闪即逝的短暂渴望，什么都说。“我想，我发现弗雷迪在和珍妮特幽会。我往洗衣店送一套外衣时，我在口袋里发现了一封信。”

“他可真够大意的。也许他就想让你看见那封信呢，信上都说了些什么？”

“没有很多内容。上面说：‘让我们分手吧，别再打电话了，’诸如此类，有些意思还是很明白的。言外之意可能是说，她在施加压力，要他把我甩了。”

“她为什么想嫁给弗雷迪呢？”他意识到这话太直白，赶紧问了第二个问题打遮掩。“你肯定就是珍妮特吗？”

“相当肯定。她在信尾写了‘珍’，再说了，她的笔迹一看就认出来了，字大，笔粗，歪歪扭扭。你看见过她在圣诞卡上的字。”

“嗯。不过亲爱的，弗雷迪和珍妮特相好有好长时间了。这封信真的让你震动吗?”

“恐怕是的,”乔治妮说,“有些东西叫做女人自尊。不过还不只是自尊。让我震动的是把我甩掉的主意。如果到了那一步,我不想让他有什么把柄要挟我,免得孩子们在报纸上看到什么消息。甩掉我对弗雷迪没什么,可对我就很不一样了。”

“这么说,这事儿对我们两个会有什么影响吗?”

“我看没有什么,只要我们多加小心就是了。”

“怎么小心就是小心了呢?”

“皮特。我无法跟你说明,你对我是多么重要。我通过一个女人在很多方面都无法作假的方式,这样的话说过很多次了。我只是认为今天我不能与你相会,我不想让你空跑一趟。再说,中午马上就到了。”

“你和弗雷迪对质过你的发现吗?”镜子里的那个男人早已经眯起眼睛,因为他心跳紧张的时刻已经放松下来,这时开始要点狡黠了。

乔治妮也越来越坦率了,说:“我太胆小怕事。他会告诉珍妮特,然后珍妮特会知道我知道了,除非我有什么行动计划,我宁愿心中有数就行了。”

“弗雷迪对你来说这么重要,我听了很感动。”

“哦,亲爱的,他毕竟是我的丈夫啊。”

“那是的。你挑选了他,他就是你的一切。只是我不明白,因为弗雷迪搞外遇,我就必须充当牺牲品。”

“也许他是因为我有了外遇才搞外遇的。因为我们两个相好了。不管如何,你的话音听起来仿佛你甘心充当牺牲品似的。”

“告诉我多会儿能见到你。”

“哦,亲爱的,多会儿都行,只是今天不行。我好像不是我自己了。”

“亲爱的乔治妮,原谅我。我一直在卖傻气,全是受到威胁的利己主义。”

“我喜爱你的利己主义。啊,天哪。你要是想来,你就过来吧,孩子十二点半才从幼儿园往家走。”

“不了，当然不去添乱了。除非你觉得心安理得，我是不想去的。你觉得内疚。你觉得你把可怜的敬畏上帝的忠贞专一的老弗雷迪送进了那个娼妇怀里。”

“我喜欢珍妮特。我认为她很有趣，风风火火的。我认为弗兰克让人受不了，她红杏出墙是有考虑的。”

皮特喜欢弗兰克；他压住了拌嘴的火气儿。乔治妮每新说一句话都会把他的火气多逼一步，因为她知道他肯定不会来了，放松下来。“不管怎样，”他说，“我听到中午的哨声吹响了。我不想让朱迪从学校回家来就说：‘妈妈，被子下隆起的那块是什么？闻起来像是南希爸爸的气味。’”闻得见的气味：树林、土地、黑人皮肤，车库刨平的松木板的气味，比阿·格林呼出来的威士忌酒气。

“皮特。我在惹你生气吗？我真的很想你啊。”

“我知道。快别说什么客气话了。你一直是个可爱的情妇。”

她没有顾及他的感受。“我发现那张纸条时，我想做的第一件事情就是给你打电话——为什么？趴在你肩膀上哭一顿。和你钻进被窝去。那是星期一晚上，弗雷迪去了雄狮酒店。突然间我害怕极了。我呆在这丑陋的大房子里很孤独，手里拿了一张不会走开的纸条。”

“别害怕。你是一个双重的可爱的搭档，是弗雷迪可爱的好妻子。谁能忍受得了他呢？如果他失去了你，那对他来说是落榜医学校以来最糟糕的事情了。”她注意到他失口把她和牙科医学等同起来了吗？——二者都实用、干净、简单，二者都是一种求助对象。按照这种等同关系，安杰拉莫非就是某种他皮特过去难以割舍的东西吗？“不管怎样，”他接着说，“我认为不管弗雷迪还是珍妮特，这些日子他们都没有把自己过多地托付出去。”

她说：“这才可悲呢。你给我打电话来是求得心安，说来说去却是让我宽心。哦，老天爷啊。贝尔纳黛特的大众轿车已经开上车道了。幼儿园放学很早。今天是假日吗?”

“四月二十三号吗?报纸上说是莎士比亚的生日。他三百九十九岁了。”

“皮特。我必须跑出去了。我们说了很多话了。我们很快见一面吧。”

“好吧。”皮特说,她亲吻的声音传过来时他把听筒正往座机上放去。镜子里的那个男人拱起了身子,一个随时跳起来的身影,没有太阳的日光潜入了他身后的房间。他认为,他看上去还年轻,他的眼尾纹和眼袋在阴影下消失了。他和乔治妮成为情人的第一次谈话的一个片段袭上了他的心头。她当时那么快活,那么磊落,领着他上楼,到了她床边,那个心清气爽的九月天,他简直不敢相信他竟然成了她的第一个情人。折射的秋天的灿烂阳光闯进了她的房子,与她家异国情调的竹子家具、圆花窗、蜡纺印花布以及未漂白的帆布融在一起。花里胡哨的危地马拉枕头堆放在大号床头,让他感到惊诧。这里吗?就在弗雷迪的床上吗?

也是我的床呀。你倒愿意在地上来吗?

不,不。就是很奢侈。这些都是谁的书?

弗雷迪的色情小说,真让人受不了。快把注意力放在我身上吧。

我在你身上呢,天哪。可是……难道我们不应该采取些办法,别搞出小宝宝来吗?

亲爱的。你这样天真。你以为安杰拉不吃伊诺韦德避孕药吗?

你服吗?管用吗?

当然管用,神奇得很。欢迎到事后服药的天堂来,乔治妮说。

站在他家低矮的顶棚的屋子里,这里的墙纸对西斜的来访者太阳表示悲哀,闲置的干净的家具反映了他和安杰拉好奇的相同的简朴的趣味,皮特记起来乔治妮说这句广告笑话时,她那因为太阳浴出现了晒斑的脸颊怎样出现了干巴巴的皱纹。她的态度随和,逗人,让他突突跳动的心渐趋平稳,直到现在,她总是给他们的偷情带来这种轻松气氛,这种无罪感觉,宛如童真饰带的嫁妆。倘若她现在因为弗雷迪拈花惹草而受辱，而糟蹋，那么他在哪里寻找这样送上门来的解罪方式呢？他们第一次交媾时，她洗过澡吗？没有，是在他表明他喜欢在她的大腿之间亲吻以后，她才养成了洗澡的习惯。她那轻松平静的快活劲头，是一种她设计出来适应他表达爱意的态度中的某种束缚的方式，也许就是一种威胁到她的婚姻的固执的严肃性吗？他的赞扬令她开心；她总是回答说，所有的女人都喜欢做爱，所有的女人都美丽，如同一个你用得着的马桶。但是借着日光，他发现她那痴迷的罗马人的脸上，有一种比婴儿熟睡还安静的表情，而这种表情在黑色的夜晚从来没有在他的妻子脸上发现过。身为丈夫却好似偷偷摸摸的嫖客，他对安杰拉的了解，从来不像了解他上午经常温馨地轻松地明明白白地躺在床上的感受。她的窄窄的高鼻子的线条如同双层花叶饰。她的发白的头发抵消了她胴体的青春气息。她的骨干有点像一条尾巴。

她退出了他的脑海，使得乏味的中午变得空洞。尖尖的光束在没有太阳的灰色的空中寻求更宽广的光亮。他做的午餐萨拉米香肠碎糟糟的。他最终去了办公室。他打电话的声音变得沙哑，沮丧。急需的那种车库门在马瑟没有存货了，正从阿克伦订购。石子的价格每吨涨到了两块，星期五以前连一卡车石子都无法运来。波士顿郊区翻新工程已经把这个地区的木工都招走了，打了六个电话才从二十英里远的一所职业学校弄到两个木工。春季建筑已经开始了，他已经落后了。加拉格尔的谈话尽管不乏同情，但是多次沉默还是流露了责怪。

皮特是在一九五一年冲绳服役期间认识马特的。那地方，那种时候，身处军营和黄沙的没有河流的平地，除了喝单调的罐装啤酒，就是数不清的琉球人妓女，打仗死人的危险如同家乡一样遥不可及，只有家乡的商业音乐在军营小卖铺里回响，皮特被马特唱诗班男孩一样爱玩闹的性格、他的派头、他的黑头发和黑眼睛、他绝口不讲脏话坏话的自由度、他信心满满的推销能力所吸引。他向皮特推销自己搞建筑的捷径，而且两个人退役后还把他带到了新英格兰，过上了这种生活。皮特的忠诚只是近来才绷不住了。他发现马特变得爱为自己打算，古板，专断，在钱财上精于算计。他梦想在整个印第安山的工程中弄虚作假，却又希望洗清自己的名声。他把自己的老婆和唯一的孩子藏到了天主教的大墙后面。在那个夫妇们组成的透明的小社会里，私通偷情已经把皮特拖下水，深陷其中，马特却洁身自好，保持了令人费解的道德准则。

他桌子上的电话响起来，皮特害怕是乔治妮打来的，寻求和解。他不喜欢他这种两面做法让马特痛苦；他一想到马特就心疼，如同他想起自己的父亲，那个在明亮的暖房阴暗处耐心地打转转，默默地期望皮特做正事，走正道的鬼魂。

电话不是乔治妮打来的，而是安杰拉打来的。南希在幼儿园里因为仓鼠大哭不止。这孩子突然想到无可争议的事实：仓鼠死了是她的过错。她说：爸爸说是她的过错。她哭闹起来没完，怎么说也不管用。安杰拉把她领出了教室，因为她在教课，班级便早早放学了。她们没有回家。家里没有可吃的东西，只有火腿。一心指望用果子露和冰淇淋让南希分神，安杰拉已经带她去了北马瑟的那家煎饼屋吃午饭。现在这孩子吸着大拇指，发着点烧，已经在沙发上睡着了。

皮特说：“这小家伙一定知道如何让自己获得同情了。”

“可是很显然，不是从她自己的父亲那里得到的。我给你打电话不只是说这事儿，尽管事实上我确实认为你处理这件事情很愚蠢。又愚蠢又残忍。我给你打电话，是要你在放学后接露丝，开车去雷斯敦那家宠物店弄一只新仓鼠。我认为我们应该立即解决这件事儿。”

变戏法。新仓鼠通过变戏法的手，一下子变成了那只旧仓鼠，那只鼻子朝下埋葬在绵枣儿下面的旧仓鼠。一种斯文的假装的宗教。仓鼠的念头挥之不去，永驻心头。柏拉图的把戏。皮特是一个亚里斯多德派。他说他下午不可能办了这件事儿，他还有许多事情要做，首先要把一季度的账目查一查，他正在努力把山上的房子挪地方，零七八碎的事情一大堆，建筑业正在完蛋。他很清楚加拉格尔一直在听着。他用柔和一些的声音说："我用了半个上午做了一个新笼子。你在厨房里没有看见吗？"

安杰拉说："哦，这就是个笼子吗？我们不知道那是个笼子。怎么这样好玩的形状呢？南希还以为这是个小囚室，要把她放进去呢。"

"告诉小家伙我很爱她，才弄成那个好玩的样子。再见。"

账簿上表明，加拉格尔只喜欢还清百分之二十的欠款。斯皮罗斯兄弟已经在他们的月度结账单上附了一份印刷材料，威胁吊销他们的账号；透支款高达一千一百八十九块二十四分。加拉格尔喜欢让账单拖下去，因为理论上讲，钱是一直在贬值的。账目上的数字在皮特周围结成了一张灰色的雾状的网，为了把他包围在这种幽闭恐怖状态中，那位不请自来看篮球比赛的惠特曼女人，打来电话，请他去看看她家的房子。他不想接手这个活儿，他不喜欢给社交圈子的熟人干活儿。但是，他正处于心灰意懒的情绪中，为了摆脱这个电话，躲开这些账目，避开加拉格尔近在咫尺的缠磨感觉，他起身进了那辆后挡板上有"洗洗我"的货车，开车离去了。

他右边的盐沼地非常开阔，在这个要命的日子里，看上去蔚为壮观。海平线上出现了一条珐琅蓝。好像彩色的瓷砖镶在浴缸上。他从货车上下来时，赶上刚刚下起来令人不快的雨滴，落在了他的手臂上。罗宾逊老宅门前的紫丁香伸向远处，比皮特自己路边的树篱延伸得还要远。海边太阳更充足。更有生气。小小的紫色的球花儿，再有几周便会成为淡紫色的圆锥花序，一片灿烂。湿淋淋的。露水晶莹。盐。海风。黄油般的黄水仙在他的袖口边抖动，依傍在木栏边，享受阳光折射过来的温暖。皮特拉开铝门栓，穿过盐碱侵蚀的门道，走了进去。尽管密云低垂，视野依然开阔，一条心旷神怡的铺上毯子似的展幅延伸出去，与沙丘和大海连成一片。他犯下了错误，过分小心了。这房子应该是安杰拉的。

肯·惠特曼早期对海胆纲动物的新陈代谢充满兴趣，目前的专攻领域是光合作用；他的博士论文就是关于7-碳糖景天庚酮糖的，这种东西在巨大的反应链上占有一种临时的位置，但是未形成淀粉的六分之五的磷酸丙糖池却会因此还原成核酮糖-5-磷酸。这个反应过程非同小可，四十岁以下的人，像肯一样能在这架由光引起的二氧化碳沉淀为碳水化合物的巨大梯子上接近真相的，可谓凤毛麟角。目前，他指导两名研究生探索葡萄糖通过细胞壁传送的问题。在肯的生涯中，走到目前这个阶段，他已经对糖分子理论失去耐心，渴望接近二氧化固定的秘密核心——可见光线的叶绿素转变成化学能量。然而，在这里，在这个最后的密室里，抗衡大量呼吸的消耗、逆转分解和死亡的单独反应，肯感觉自己卡住了。生物物理学和电子学成了关键的关键。堆积的光能转化色素粒被组成结构，如同晶体管中的晶体排序。在叶绿素呈现的粒子云团中，光子激发了一种电子流。尽管他有许多想法——例如为什么是叶绿素？为什么不是任何一种别的相等的复杂化合物？镁原子真的是线索吗？——但是他不得不再进大学深造，可在三十二岁上，觉得年龄太大了。他和这种缺乏魅力的碳循环结缘，而更年轻的一代在诸如神经生物学、病毒学和奇妙的崭新的核酸等美好的荒野上声名鹊起，经费充足。他娶了妻子，孩子即将来临，房子需要昂贵的修复。他深感头痛。生命，他也许会揭开那些优美的秘密，却重重地压在了他自己的身上。

仿佛在水下作业，他在这个沉重的日子里打发走了最后一个小时。一个难以逆转的、死死卡住的未来，正在他的实验室的仪器中酝酿——稀奇古怪的玻璃字母的长颈瓶和蒸馏甑啦，夹子和滑片和试管啦，百分之一毫克丝毫不爽的电磁天平啦，种种僵死的实验也许会在伯克利或者河对岸重新做啦，等等。肯在四层楼工作，一栋新希腊派捐赠的纪念楼，于一九一一年竣工，外面烟熏火燎的，里面败相斑斑。高高的窗户台上还依稀可见百合花花瓣，从窗户可以眺望波士顿。高速公路如同毛细血管，向红砖垒砌的稠密的中心供给活力，议会大厦在那里巍然耸立，一个金色的核心。尘灰遍布的坑洼令近处的地面惨不忍睹。在楼下那个四方院子里，身着亮丽的春装的女学生们——把小路都浸染了——在绿叶丛生的小道上漫步。肯张望得很疲乏，意识不到的疲乏。早些时候下过雨。同样的雨这时正在塔博科斯飘落。这天气太阴沉，部分窗户成了镜子，他英俊的影子，他事业的奇怪的支撑架，望着他，拧起的眉毛，模糊的嘴，一点眼白。肯躲开了这个鬼影子；他活了这么大，多数情况下都在有意识地回避自恋倾向。很小的时候，他立志成为一个科学圣人，他那副光溜溜的脸渐渐地发展成了他的敌人。他转身走到了这座大厦的另一端；因为没有地方，那台液体闪烁的计算器就摆在这里，尽管是系里花了一万五千块购置的，一架精密环碳化物仪器。此时此刻，这台机器正在运转，滴答滴答走过一串同位素标号的溶液，也许就是纽斯纳的粉碎的鼠脏溶液。纽斯纳四十出头，一个粗脖子、浅棕肤色的男人，只是在睡眼惺忪的眼皮上才看得出犹太人的影子，干事情总有一种精神抖擞的二等公民的信心。他的讲课充满笑话，他的论文充满渴望的推论。然而，他赢得了喜爱，已经一劳永逸地建立了一种酶的存在的结构。肯嫉妒他，而他三十四岁了看见自己的实验室空空如也，不能不感到遗憾。纽斯纳是音乐会常客，品酒高手，猎艳老手，学校员工高级俱乐部的主要成员；他和坎布里奇的政治人群出出进进，昨天还用他那急促的强调的口吻向肯透露了关于肯尼迪最新的笑话。一天夜里凌晨三点钟。杰基[①]听见杰克[②]走进了白宫，她在台阶上迎住了他。他的领子皱巴巴的，下巴上还有一个口红印子，她就问他：你究竟到哪里去了？他告诉她：我一直在和努夫人[③]会谈，而她只“哦”了一声，不再多想，一直到了下个星期，同样的事情又发生了，这次他说他一

---

① 杰奎琳的简称。

② 肯尼迪的昵称。

③ 吴庭努的遗孀，南越总统吴庭艳的弟媳妇；这里讥笑弱国的女人和强国男人的性别外交。

直在与妮娜·赫鲁晓夫[①]争论意识形态,争论到了深夜……一个肤色灰黄的学生在整理废弃的实验物品。一堆挖去内脏的白鼠摆在盘子上如同破裂的葡萄。一笼子又一笼子粉色眼睛的白鼠等待厄运临头。纽斯纳喜爱电子计算机和统计理论,他的论文以数据统计繁多而著称,他的各种结论的奥妙就在统计数据里。隔壁是老普理查德,系里深孚众望的老玩闹,不急不躁地在搞他最新的玩意儿,大脑秘藏的一种记忆物质的检验和分析。肯羡慕这位老人孩子般的轻松,羡慕他自由自在地穿越证据的森林,猎获这样一只蓝知更鸟。纽斯纳,普理查德——他们两个在某些方面都很自由,肯却缺乏。为什么?大家都觉得出:肯在某些事情上出了问题,智商那么高,人那么英俊,事事谨慎,事事求稳——问题就出在这个系列上,一种不稳定的混合,不自然的混合。普理查德,一位圣贤,努力想纠正肯的这种状况,对肯现身说法:挥动他那纸一般的斑点累累的手,点着他那发颤的瘦削的头,平板的脸颊似乎红扑扑的,说出了他那精妙的不连贯的话:这种事情啊,这种事情呢,惠——惠特曼,就是修——修修补补的活儿,你一定不要以——以——以为生活,哦,欠我们什么东西,我们只是从这狗——狗杂种身上得——得到我们应该得到的,对吧?他的实验室隔壁是他的一间狭窄的办公室,一个乱糟糟的去处,墙上挂满了夹子夹的东西:卡通画、别人的子孙的快照、各种荣誉证书、金光闪闪的嘉奖状、蝴蝶标本、镶框的墓碑遗迹以及其他诸如此类的小玩意儿,全是这位老人数不尽的爱好。肯在这间活生生的剪贴屋的门口站住了,满怀渴望,很想得到片刻的鼓励,纳闷儿为什么这样一间神圣的小屋永远不会是他自己的。这位老人没有结过婚。他年轻的时候闹出过一桩丑闻,一个妻子离他而去;肯怀疑这桩丑闻的真实性,因为不管什么样的女人,怎么能离开这样好的一个男人呢?

他灵机一动:普理查德的种种美德也许是一种不断离去的产品,一种成

---

① 前苏联领导人赫鲁晓夫的夫人。

长必须的代谢过程，一种成果累累的分馏。灵感一闪即灭：他审视自己内心，却遭遇了一个阻碍的光滑的表面。在普理查德堆满东西的桌子上，有一张今天的报纸，标题是：《埃哈德①取胜阿登纳②势在必得》。

莫里斯·斯坦还在等着向他请教问题：一种不能够结晶的酶。然后，五点就过了。他熟练地开车回家，一个傲气十足的影子，沿着东南高速公路行驶，如同一个经常解开这种方程的人，不断改变适合自己的小径，普理查德和纽斯纳和斯坦在他脑海里旋转，来来往往的汽车或者闪过或者随行，有的超过有的被超过，在他一闪即逝的车窗外发生。他对塔博科斯的人感到不解，哈尼马怎么能开着那样破烂的哗啦作响的轻型货车到处走动，阿普尔比夫妇分明有钱，却和那辆旧绛紫色墨丘利牌小车不离不弃。他弄不懂为什么普理查德一直没有获得诺贝尔奖，他的结论是普理查德的研究如同他的各种爱好，这方面弄两下，那方面弄两下，热情胜过精力。他想起了光合作用，在他看来好像谨守其秘密的本质有一种讨厌的深层的轻佻，眼看着教会烧死了天文学家，孩子们死于白血病。它心血来潮时会随意委身于向它讨好的人，而热情粗狂的肯却不会讨好。这个大——大——荡妇啊。

南波士顿的烟囱和煤气筒遮挡在修女湾路的山核桃林间。他在天黑前赶回了家。日光渐渐隐去。独自呆在起居室里，棉花蜷着身子睡在独具匠心的吊椅里。肯叫福克茜的名字。她从门廊里含糊不清地作答。不知道谁把封闭双扇玻璃门的木板拆走了。她坐在一把柳条椅子里，手里拿着一个杜松子酒高脚杯，通过锈迹斑斑的门廊铁纱门瞭望大海。下过一场短暂的雨，天空格外清澈。薄如扑克牌的深蓝色云块，在地平线上又形成了一条线。灯塔尖儿上抹上了最后一缕金灿灿的阳光。他问她道：“你不冷吗？”

---

① 埃哈德(Ludwig Erhard，1897—1977)，德国政治家，曾于1963—1966年任西德总理。

② 阿登纳(Konrad Adenauer，1876—1967)，西德首任总理(1949—1963)，在其任职期间，德国开始经济重建并成为北约及共同市场的成员国。

“不冷,我很暖和。我一身肥肉。”

他很想触摸她,为好运,为安全,正如一个法明顿的孩子在树林里躲藏了很久后高喊“自由”,随后触摸家里的枫树。凝视着横贯绿莹莹的盐沼地上渐渐逝去的日光,福克茜宛如一棵树一样安静。她金色的头发、粉色的肌肤、棕色的眼睛在黑魆魆的门廊里统统遮挡起来。眨眼的工夫,阳光消失了。弯腰亲吻她,他发觉她的皮肤怪怪的;她在发抖。她的胳膊起了鸡皮疙瘩。他恳求道:“进屋去吧。”

“景色如此美丽。我们出钱购买的不正是这样的景色吗?”

他觉得这样的表达听起来怪怪的。他们从来没有多想过钱的事儿。飞黄腾达,声名远播:这才是真实的东西。仿佛听见了肯的这些活思想,她继续说:“我们都宁愿生活在窄小空间里,不是吗?我们几乎从来没有向我们周围可爱的世界敞开自己。可是,可爱的东西是存在的,每天都有,延绵不断,不管我们欣赏了没有。一种多么壮观的浪费,不是吗?”

“我们进去弄杯酒喝。”她跟随他进了屋子,跟他诉说她一天怎么过来的。她在侧院里除草,拾掇。她决定下来她想种玫瑰,白色和红色都种,就种在厢房没有窗户的墙下面。普利茅斯代理店打来电话,说她的车——他们为她买的一辆二手旅行车,因为没有车开,她只好像一个囚犯一样呆在这沙滩路的尽头了——星期二就现成了,牌照和合格证都办好了。肯已经把这辆车忘记了,尽管她显然需要车。在坎布里奇,他们长期以来是不需要什么车的。午饭前不久,艾琳·索尔兹用一个印第安人婴儿背背佳把小杰里迈亚背在背上,从沙滩回家的路上顺便进来坐了坐。她是一个环保主义者,心疼地看见冬季的暴风雨已经把若干沙丘荡平了。除了塔博科斯,别的镇早会拦起栏杆,编好篱笆,保护沙丘。她要福克茜加入“妇女投票联盟”,喝了三杯咖啡才离去。身为丈夫,面对这样一个絮絮叨叨的女人,你也许不得已发展另一个性欲的发泄口,但是那些倾诉了自己一腔琐碎的人的麻烦,在于她们还指望你也照方抓药,尽情倾诉,哪怕她们,天哪,拥有像你一样英俊、有魅力、善解人意的丈夫……肯喝了一口酒，猜不透她葫芦里到底装了什么药。在这起居室的灯光下，她看上去苍白，她的耳朵和鼻孔冻红了。她对什么东西热情正高。

还有什么事情来着？啊，是了，她午休期间，她利用时间已经把普鲁斯特的《画家生活》读到了第二卷，看样子内容更加乏味了，因为普鲁斯特不再讲述他的童年了，卡罗尔·康斯坦丁还打来电话，邀请他们去参加五一节聚会；聚会听起来显然是要一醉方休的意思。最后，她鼓起勇气，给那个哈尼马打通电话，请他来看看这所房子。

"他什么时候来？"

"啊，他来过了。"

"他说了些什么？"

"哦，他说需要一万五千块左右。要看你想改建多少地方。他的意思是我们应该把地下室全面改造一下，我想他是说塑料膜覆盖土层的一块延伸的空间，可以作半间厨房。他推荐热水供暖，不过说暖气也许更经济实惠，因为我们不得不修建几堵墙，我们可以在墙壁里装一些管道。你自己还得和他谈一下。每样东西似乎都取决于别的什么东西。"

"屋顶和墙面板怎么样？"

"做新屋顶。他认为我们现在可以把墙面板修补一下。"

"一万五千块钱包括修理楼上那些破烂的老虎窗和漏雨的天窗吗？"

"我们没有上楼。当然他对这所房子很了解。他想到了最大的问题是地下室。他有些古怪，很精明。他一直谈论小孩子在良好的温暖的地板上爬行有好处，还瞅了几眼我的肚子。"

肯感觉一块沉重的东西落地了，不过又追问道："厨房呢？"

"他认为厨房要花大约四千块钱。他要拆除食品储藏室的隔墙，一切都新做，只留洗涤槽。他和我的看法一致，板石洗涤槽一定要保留。不过管子应该彻底更换。还有电线。再来点波旁威士忌吧，亲爱的。"

她拿起酒杯，如同一面风吹的帆，顺风顺水地走进了厨房。“很虚弱啊，”他说，而且，等她倒了酒返回来时，他又问道：“好啊。不过，你喜欢他吗？”

福克茜站了一会儿，她苍白的嘴撇了撇，仿佛要哼一声。“我可以和他周旋。他今天似乎有点沮丧。他家女儿的宠物仓鼠被邻居家的猫咬死了。”肯一下子记起了纽斯纳盘子上的挖去内脏的白鼠，不明白有些人怎么还让自己投入这样的情感。

“你最合适了，”肯说，“跟他打交道算是棋逢对手。”

她又像一阵快速流动的空气走动起来，仿佛她已经考虑过这种可能性，但是不以为然。“我看他并不想干这活儿。他和你的朋友为了应付人口爆炸，正在修建新房子呢。”

“加拉格尔不是我的什么朋友。哈尼马没有推荐别的承包人吗？”

“我要他推荐来着。他说目前没有他信得过的人给我们改造房子。他很不爽快。他似乎对这座房子有一种占有欲。”

“他的妻子本来想要的。”

“你说这种话不止一次了。”她的反应很迅捷，眼睛亮得有点狠，这是不常见的；他感觉一种看见不见的因素在起作用，一种说不清楚的化学成分。她过去不喜欢哈尼马：因为他自以为是，这一猜测便顺理成章了，他因此认同了这个人，于是和她讲：“我想，为什么不让他来干这档活儿呢？施展一下你的魅力嘛。”

她在屋子里走动，快速，轻盈，也许在盘点家中存货，踩踏的粗糙地面很快就会更换成光洁的地面，和那些丑陋的记忆告别，那个扇形贝壳收集品，那些个海滩豆的干枝和毛毛的小灌木，这些东西在她怀孕的这个月，一直把她圈在这座房子里。她把话题换了一下：“你今天过得怎么样？”

他坦诚地说：“我觉得陷入泥淖了。”

她想：你需要另一个女人了。可她却说：“你奔波太多了。”

“俗务缠身，脑子都用在庸俗的地方。我这方面有问题。我应该去学法律。我们能干得了法律。老人家长了两只扁平足，架着一颗脑袋，可是哈特福德的人却都认为他很了不得。”福克茜笑了，他吃惊地抬头看；他一想起哈特福德，说话用词便带出了孩子气，而且还浑然不觉。他伤感地接着说：“我今天一直在想普理查德，因此我感悟到，我真的不具备那种东西。那种资质。在我看来，那种资质看上去像一堆细节，这种眼光像是所有笨蛋才有的。”

“普理查德是一个老人。你很年轻。老人眼里没有什么了不得的事情。”说到“了不得”这个词儿，她是指她自己肚子里的影子，她的孩子，孕育孩子的那个黑暗的世界。

“除了死亡，”肯说，他说出这样的话，是非同寻常的。她过去想象他根本不会想到死亡，如同一只钟表不停地走下去一样。她原以为，他生下来就解决了死亡的问题，而且在他之外还弄出了她自己的解决方法。

福克茜赶紧说：“哦，不，正因为你年轻你才会想到死亡。等你老的时候，你什么都不想，就想着新的一天怎么活得幸福。”她飘然走到了两个立柱中间一个简陋的平摆的架子前，上面有一个遗忘的琥珀色大理石，上面布满带旋儿的乳白色条纹。她把它放在自己椭圆形的红手掌上，努力观察石头的中心，想象上帝如同一个老人，每天都让自己过得开心幸福。她纳闷儿为什么不能和肯共享上帝，这样该多么天真无邪，诚如这块石头，不起眼，小小的，但是它存在。她没有请求他相信比这更多的东西。然而，在他面前她感到难为情，感到表里不一的罪过。

肯看上去仿佛醒过劲儿来了。“谁把门廊的那些木板取掉了？”

“他取掉了。哈尼马。”

“他用两只手就取掉了吗？”

用两只手吗？

那还用说。为什么不能呢？你们为什么不能只用两只手取掉呢？

我们原以为专门留着使用呢。

是专门留着的,但是冬天过去了。春天不请自到。现在。这玩意儿应该取掉,用一点爱心。啊,这下好了。行了。

哦。我几乎很少到这门廊里来。那些纱门还能修理吗?

他拿起来一块松动的锈坏的铁纱,碾烂了,放在他的手掌上像花粉,让她看。新纱门会让你花很少的钱。阿尔肯公司制造大镶嵌板,我们可以在这里镶嵌滑行装置。就在这里。秋天把它们卸下来。到了夏季,这门廊是这座房子里最好的房间。这里透风。

但是,装了纱门,起居室就很暗了。我正在想把它拆掉呢。

别把自由空间拆掉。你花钱买来的风景。这里才是看风景的好地方。

你认为我们很傻吗?买下这样的房子。

才不傻呢。这能成为一座呱呱叫的房子。你买到了房子的骨架和占地面积。现在需要的只是钱。

是我的丈夫和这房子发生了爱情。我原想我们应该住得离波士顿近一点,住在莱克星顿或者纽顿。

你知道——他没有把话说出来,只是在那些木板上走来走去,这里门廊的地平线塌下去一点,试一试牢靠不牢靠。

还行吗?

你这门廊台缺少支撑。可别在门廊外面使劲乱跳啊。

你开始说些实质事情了。

不真实吧。

她等待。

我是想说,你这景色让我感到伤感,因为我的妻子热爱它,可我没有勇气像你丈夫一样把它买下来,把这个地方占住。

你认为买下这地儿是靠勇气吗?这也许和自尊问题更有关系吧。

也许吧。

也许这不是你喜欢的那种地方吧。

谢谢你的好意。我没有觉得它不是我喜欢的那种。我不是海边生长的那种人。我喜欢身边到处都是土地,害怕大水淹了。

我想我也是这种人。我不喜欢湿漉漉的两只脚。

但是你在这里很幸福,不是吗?有人告诉我,说你很幸福。当然,这不关我的事儿。

他似乎很客气,局促不安,随时让自己扮演好被雇佣的角色,她立即加快语速,消除他的这种想法。是的,我很幸福。我就是有点无聊。不过我喜欢这个小镇,喜欢我认识的朋友。

你真的喜欢吗?

你问这话很令人吃惊。

我不是有意的。我的意思不外乎扪心自问,我是不是喜欢他们。他们是我的朋友。

你是他们的朋友吗?

某种程度上是的。走着看吧。你也会有同感的。

不会,肯和我一贯保持独立。我们从来不会和人家搅得很深。我揣测我们两个都很冷吧。

他取出一把刀,转过身去,检测东西。你们的窗框应该统统换掉。

外层窗框不管用吗?

一些窗框腐朽得不行了,外层窗户拧不上去,吃不住螺丝钉。

我希望——

希望什么?

我是想说,我希望等我们的房子改造好了,我们能把你的妻子请来,你和你妻子一起来。我已经担心她不同意我们对房子所做的事情了。

他大笑起来——他的笑发自他内心的深处,比多数男人笑得诚恳,笑得热烈,尽管有点发虚,却更有侵略性。

她试图为自己辩护。我不知道为什么我会担心你妻子的赞同。她是一个很可爱的人。

他又大笑起来。你的丈夫也是个很可爱的男人。

第二章　阿普尔-史密斯夫妇[1]及其他游戏

福克茜关于珍妮特的猜测有对也有错。珍妮特实际上压根儿就没有和弗雷迪·索恩睡过，尽管她和弗雷迪曾经对此事认真地交谈过，而她和哈罗德·小史密斯勾搭成奸却到头来出乎意料地难以一刀两断，终止来往。

阿普尔比夫妇和小史密斯夫妇于五十年代中期迁移到了塔博科斯，两家彼此并不认识，尽管两家的男人都在国家街的安全机构工作，哈罗德的身份是股票经纪人，弗兰克是一家银行的信托员。弗兰克曾经就学于哈佛，哈罗德则就学于普林斯顿。他们都属于他们那代人的中上层阶级人士，在经济萧条和第二次世界大战中财富赖以维持各种形状的清规戒律，他们都小有反抗。他们在这些国家困难时期安然无恙，长大成人，步入社会则赶上了纵容的经济形式，赶上了一种娇嫩的年轻的表象与潜在的人格解体怪异地混合在一起的商业氛围，不顾我行我素的经营多样化的背景以及一个税收、佣金和军费胃口漫无边际的政府的全方位影响，成功的小规模种种冒险活动司空见惯；赶上了一个国家的领导层允许一种无效的道德教育掩饰一种特定的付诸实践的狡诈行为；赶上了一种青春激情和同性恋哲学还没有获胜的文化，偷偷摸摸的享乐主义还正当其时，一个国家还完全没有受到残忍的自我糟践的威胁，时代的氛围介于恒定不变和逐日变化之间，所有的判断，即使是消极的判断，在这种氛围里都似乎缺乏智慧——阿普尔比夫妇和小史密斯夫妇对这个新的世界带来了一种谦和的决心，要表现得自由、温顺和体面。保姆、家庭教师和"佣工"把他们从自己父母身边挡开了，他们要亲身养育亲密无间的大家庭；他们亲手换尿布，亲自做家务，亲自维修房子，修整花园，铲雪，具有增强体质的意识。孩提时代，黑色的帕卡兹小车和克莱斯勒小车把他们接来送去，他们长大了便驾驶花里胡哨的二手车。早早地离家去上住宿学校，他们便决意使用和改进当地的公立学校。饱受他们父母亲古板的婚姻与拘泥形式的通词之苦，他们便刻意避开一种基本的忠贞，提倡一种基本的夫妇间随意与公开的陪伴关系。对于乡间俱乐部的各种形式，他们丢开一种朋友圈子里的惯常会员制，参加一种聚会和娱乐的圈子。他们把他们抚养长大的等级森严的避暑城镇抛在身后，躲开那里的严格的差别和烦人的礼仪，一年到头都定居在诸如塔博科斯这样田园般的磨坊可见的乡镇，力图在这里率性建立一种新鲜的生活方式。责任和工作如同理想，屈从于真实和乐趣。道德不再从殿堂或者市场寻求，而在家里——自己的家里寻求，然后在一个人的朋友家里寻求。

他们在塔博科斯的头几年，史密斯夫妇和阿普尔比夫妇的社交生活是在年长的男人和女人的圈子里打发的。邻居大娘们尽职尽责地邀请他们，客客气气地接待他们，到头来，他们却被毫不客气地冷落了。"真没劲，"马西娅会说，"这些人简直就是些驴马，"等到她和珍妮特成了知己，她们两个索性发明了一种叫法"大马儿"，来指代所有那些人，希望在他们背后这样叫他们，而且坚持用心叫到底，他们该干什么干什么，全都是熟人和从瑰格拉扯到巴哈伯的亲戚。马西娅和珍妮特是在一次这种驴马聚会上互相认识

---

① 阿普尔比夫妇和小史密斯夫妇的合并起来的叫法，因这两对夫妇在本书里是公开交换配偶的人物，而本章细致地描写了他们通奸从私下到公开的过程，是作者深入探索男主人公皮特和女主人公福克茜以性为缘由重新组合的重要背景。从结构上看，好像单写了一章，但从内容上看，是密切相关的。

的，地点不是米尔布鲁克就是夏图阿特，而且每方都以妻子般顺从的良好态度同意出席，她们在打招呼时要彼此学马叫的样子。珍妮特细声细气的喷鼻声，伴随着此起彼伏的马蹄踩踏，非常有趣；她那时可比现在苗条多了。实际上，他们很少谢绝这些邀请，尽管随着他们不回请人家，他们被邀请的次数渐渐减少了。因为在这些被嘲弄的人中间，不管他们多么无聊多么愚笨，阿普尔比夫妇和史密斯夫妇受到邀请是借助了他们的姓名和父母的姓名的力量；过了数年之后，塔博科斯才为他们提供了一个社交场所，如同那个被挖苦的“大马儿”社交界一样感到荣幸，获得好处。

索恩夫妇和格林夫妇已经在塔博科斯定居了，不过这两对夫妇有些不舒服的东西，一些有关男人方面无法解释、感到难堪的东西——一个是牙科医生，另一个好像根本就没有人雇佣，尽管经常在波士顿呆着。两位妻子都很内向；比阿当时喝酒很有限，总是静静地坐在一旁，整个晚上都在强作笑脸。罗杰一旦瞪瞪眼，她便吓得像兔子一样发愣。哈罗德称他们是 Barbe bleu et Fatime①。他们都发现弗雷迪假笑装蒜，小心可笑。那时候，他头上还有些稀疏的头发——长得长长的像波浪形纤细的亚麻，横跨过一片秃顶梳到另一边去。乔治妮也是一个费城支派“大马儿”社交界的不折不扣的训练有素、伺候到位的小母马。他们两对夫妇互相宴请，尽管实打实的晚餐并不经常，而且交换怀孕服装——只是比阿一直没有怀过孕。

那些举行晚宴的人，都年长十几岁，似乎都是大嗓门儿，爱吵闹——丹尼·米尔斯，古铜肤色，腿瘸，倒闭的塔博科斯船厂的主人，喜欢喝几盅；艾迪·沃纳，马瑟油漆工厂的主管，子弹头脑袋，做过运动员，在啤酒海滩野餐上他依然能够在茫茫的黄昏中尽情地漂浮一英里；多可·艾伦；老好先生爱德·伯德；塔博科斯各校的几个男教师，防御型埋头苦干的人；他们的妻子，

---

① 法语，意为“蓝胡子和法蒂玛”，法国一则著名童话，写蓝胡子很嗜血，专爱杀害老婆，法蒂玛是他的第七个老婆。

唧唧喳喳的女人，酷爱性事儿和摇滚舞，他们的孩子们正当花季。在珍妮特看来，他们似乎是些不管不顾的人，愚顽，乡巴佬，大嗓门儿。他们传闻中的胡作非为令她不齿。她自己刚刚生了一个宝宝，小富兰克林——八磅六盎司。小家伙吃她的奶子时，太阳穴上的小嫩皮明显地跳动，因此不仅仅粗门儿大嗓逗笑的声音和难闻的气息令她反感，就是"船厂群"——她和马西娅送给他们的教名——的歪瓜裂枣的面相也让她难受；麻风患者是不应该非要挤进来跳舞的。"船厂群"，一帮久经沙场的老兵组成的战后乡绅阶层，在本地就业，没有进过高等院校，知道舞会是这些更年轻、更玩酷的夫妇们光顾的，也没有自寻烦恼，索性自个儿形成了一个单独的帮派，不再和这些年轻夫妇来往，自个儿喝啤酒，玩桥牌，吵吵闹闹地回忆安齐奥①和瓜达卡纳尔岛②的往事儿。

但凡他们多少可以交往下去，珍妮特都不会跟索尔兹夫妇和安夫妇交往，这两对夫妇于一九五七年搬到了镇子另一头，怎么说也是大学毕业。约翰·安，的确被认为异常杰出。他在坎布里奇上班，在政府签署的一个项目里进行数学方面的破译业务。他应该表现得令人着迷，但是他的英语难以听懂。他的妻子贝尔纳黛特是一个一半日本血统的宽肩女子，来自巴尔的摩，父亲是葡萄牙移民。她富有异国情调，爱咋呼，很热情，很累人，仿佛她自个儿要把夫妇两个的交往都担当起来。索尔兹夫妇特别真挚，不过喝下第三杯马提尼后，艾琳就表现得更有趣了，这时她身上的圣战精神就会让她敢于反抗，模仿那些镇委会成员和镇上的官员。本只有一种模仿，还是下意识的——一副老先生的模样，胡子邋遢，耸肩缩背，两只手背在身后，愁绪迟迟难消的神态。但是，直到一九五八年，哈尼马和加拉格尔才在希望街成立了他们的公司，这对夫妇的最后生态才建立起来了。这两个男人，一个是爱

---

① 意大利一地方。

② 太平洋上一岛屿。与安齐奥在二战期间都曾发生过激烈会战。

尔兰人，一个是荷兰人，两个在一起酷似堂吉诃德和桑丘·潘沙[1]，开始发起各种运动——触身式橄榄球、滑雪、篮球、划船、网球，再回到触身式橄榄球——夫妇们因此有了各种各样的理由聚会：一种日历轮一样的聚会的期盼和记忆，各种无需计划的晚宴的理由。两个新来的女人，特丽和安杰拉，带了她们的风格，一种不是刻意的随和劲儿，别的女人只要模仿口气、随意和开心就行了，这样一来诸如做东和轮桩的负担就容易承受了。到了一九六〇年，康斯坦丁夫妇搬进了他们位于草坪上的那所不祥的大宅第；卡罗尔作画，艾迪开飞机。作为夫妇，他们有一种显而易见的危险气氛。而现在，即一九六三年，惠特曼夫妇搬进了罗宾逊的老宅。

这些年来，"船厂群"分化瓦解了。两对夫妇已经离婚，那些学校老师们得不到任期，有的走人，有的被解雇，可怜的嗜酒的丹尼·米尔斯把他的船厂拱手交给了银行，扔下妻子，孤身前往佛罗里达，因为妻子的两条腿有劲儿修长，反应很快，最新的舞步一学就会。唯一保留的和"船厂群"的接触方式是打电话，打听谁家十来岁的女儿可以帮助看看孩子。他们的存在本来早该忘在脑后，只是在更年轻的夫妇群体里由于一种奇怪的遗迹往往会被记起来，而这对哈罗德和马西娅来说是难堪的。在塔博科斯初期的年岁里，还有一对夫妇叫史密斯，大脑壳，红脸颊，不谙幽默却热衷社交，本来已经移居到了纽顿，然而一年来却在更年轻的史密斯夫妇的晚宴上受到了邀请。这样，这对改弦更张的夫妇本来就是为了说话方便铸造出来的，已经有了一把年纪，不需要什么名声，便成了哈罗德和马西娅随叫随到的人，尽管现在他们的朋友很少知道谁是大史密斯，也想象不出他们那笨重的、发红的娃娃脸，如同圣地兄弟会[2]会员的游行行列里的浮船，不住地连连点头。带着早已成为他们的攻击方法的不可阻挡的缓慢推进的友谊，把夫妇们的名字双

---

① 西班牙著名作家塞万提斯的代表作《堂吉诃德》里的主人公和他的仆人，一高一矮，一瘦一胖，一个荒诞不经，一个特别务实。

② 美国一种秘密兄弟会组织，1872 年成立。

双印制在圣诞卡上，史密斯夫妇从老远的纽顿中心取悦索恩夫妇、格林夫妇和阿普尔比夫妇，已是一年一度狂欢的理由了。哈罗德和马西娅为了区别清楚，在括号里准确地写上“小”字——寄给我们塔博科斯同性氏的“小”史密斯夫妇。

阿普尔-史密斯两对夫妇之间的勾搭成奸——传闻错误地揣测珍妮特是始作俑者——始于马西娅对弗兰克两只手的注意。转而，一九六二年四五月间，市场行情急剧下跌，上火的口疮无法吃饭，弗兰克的两只圆滚滚的手一下子现出了美丽模样。这次市场一落千丈，对弗兰克的信托业务（他已经从低级职员得到晋升）要比哈罗德的股票生意影响大许多，让弗兰克自己的电子和药物的生意损失了数千元，这下两对夫妇一下子比春天和夏季走得更近了。星期日晚上，打完网球，一起享用从北马瑟一家餐馆用蒸笼纸袋取回来的炸蛤蜊和炸龙虾，成了他们的习惯。一天晚上，他们坐在小史密斯夫妇家棋盘图案咖啡桌旁的垫子上和椅子上，马西娅看见弗兰克手指带动着葱形戒指，指尖油亮闪烁，那种无形的力量让她麻酥酥的。弗兰克因为节食，手上已经瘦下去一层膘，更由于指节处特别瘦下去一些东西，指头的长度亮出了贵族般的优雅；他的大拇指怎么看怎么意味深长。汗毛茸茸的手腕一带，绳子般蜿蜒延伸的静脉从手背一直到指尖，有一股可以摧毁也可以塑造的力量；过去修剪玫瑰给弗兰克的手留下小小的划痕，看上去像是采蛤蜊人或者雕塑家才有的刻纹，马西娅抬起眼睛向他的脸看去，发现脸上那学童一样饱满的面色下，也有那种干过活儿留下的划痕的出过力不经意的神色，一种属于涌动力量的神色，这种压力使得他的脸颊红润，两眼充血。他是个男人。他有一种排除万难一往无前的饱经风霜的神色。看出来这一层，弗兰克的每个动作都会让马西娅的五脏六腑发生一点翻动，一股潺潺流水在她的体内蹿动。她是一个女人。她在弗兰克的身上感受到了一种珍贵的畏惧；而且，在他们站起来离去时，怀孕八个月的珍妮特失去了平衡，抓住了弗兰克旋即伸出来的手稳住了身子，马西娅看在眼里，却仿佛从来没有注意过这对夫妇眨眼间相互搀扶的情景，一下子愤怒了：一种偷窃竟然在她的眼皮子底下厚颜无耻地上演了。

尼·伯纳姆·马西娅，一个医生的女儿，一个主教的孙女。她在弗兰克·阿普尔比身上发现的阳刚之美，一开始只是在与阿普尔比夫妇陪伴时感到一种纯洁的欣喜的轻松，一旦没有相聚的计划便会在周末感到非常无聊——尽管她通常设法给珍妮特打打电话，起码安排一次共饮的机会，或者坐阿普尔比夫妇的单桅帆船和他们的男孩们去水上泛舟。她的占有欲和深入探索的喜欢，和他们长久以来的友谊简直难以区别，尽管在舞会上或者他们跳舞的晚宴上，她确实感觉到她身不由己地急于进入弗兰克的手里。弗兰克向来不跳舞，马西娅在他又磕碰又拖沓的步调下难以放开，觉得她的脚趾一直被踩住，她凉爽的擦剂的手被他紧紧抓住，弄得潮湿而黏糊，消失了一般，而他那酒气很冲的呼气在她裸露的脖子上吹了又吹，好像顽童在窗子玻璃上哈出来的一片雾气；有时羡慕地看见她老公和珍妮特或者卡罗尔·康斯坦丁在人影绰绰的屋子里跳华尔兹，一个角落滑行到另一角落，她和弗兰克只能死守在明亮的毫无生气的屋子中央。哈罗德是一个机敏的舞场高手，可谓翩翩起舞，有时和弗兰克跳得太久了，她会请他带着她在满屋子旋转，借机松弛一下她脖子的僵直与酸痛，缓解手臂抬得过高引起的肩胛骨的难受劲儿。然而，弗兰克身上有一种牢靠，是哈罗德所没有的。哈罗德从来没有受过罪；他只是避重就轻。哈罗德在往返火车上读巴伦①的报纸或者伊恩·弗莱明②的作品；弗兰克则读莎士比亚。

马西娅所不清楚的是，她比莎士比亚还有高见：对于弗兰克来说，市场一落千丈，害得他消化不良，彻夜难眠，第二个孩子来到人世，他朋友的婆娘

---

① 巴伦(Clarence Walker Barron，1855—1928)，美国出版家，生于波士顿，《波士顿晚报》的创办者。

② 弗莱明(Ian Fleming，1908—1964)，英国间谍小说家，曾任英国海军高级情报官，尤以代号007的英国谍报人员詹姆斯·邦德为主人公的系列长篇小说的写作而出名。

目光灼人，频送秋波，奇怪的融化感，一种经历的几个组成部分，人到中年的开端，人固有一死的前奏，他对这些以其父亲，一个热情的业余汉学家的态度，予以回应，一头扎进了和平为主宰的过去。疾风吹得紧/咳嗽淹没了牧师的布道/鸟儿在雪中蛰伏……那些消失的咳嗽声，消融了冬雪，死去的鸟儿似乎封闭在琥珀中，某种比琥珀更加精美的东西中，因为在这种东西里还有活动的余地。我有一只椋鸟要教它说话/教会它“莫梯莫”三个字，送给他/让他的怒气一直酝酿：弗兰克回想着这些激情，记忆犹新，安然无恙，他的胃口不再上火了。他不是一个天生的读者，阅读但丁和弥尔顿两行诗便会分神，不喜欢舞台剧和小说，只有阅读莎士比亚时能够发现借以慰藉的东西，发现蕴藏在其中的色彩的流动。

“莎士比亚身上什么都能读到，”他跟马西娅说，口气挑逗，因为他和谁都不谈莎士比亚，尤其不和珍妮特谈，由于珍妮特认为他阅读东西是对她的变相指责，因为珍妮特没有完成大学学业，便早早和他结婚成家了。“我们希望得到的一切，到头来都会落空。”

马西娅问道：“连喜剧都不例外吗？”

“喜剧以结婚而结束，莎士比亚的婚姻并不美满。”

“我觉得，”马西娅是一个紧绷神经的女人，什么事情都要打破砂锅问到底，于是说：“你是想告诉我，我们到头来会落空吗？”

“我们？你和我吗？”

他丝毫没有意思告诉她，他自己的婚姻不美满。然而她却接着说：“如果我们……开始什么事情的话。”

“我们应该开始什么事情吗？我购买这个想法。好吧。”他那个硕大的红红的脑袋随着动作下沉，似乎扛在他肩上更沉了。“哈罗德和珍妮特怎么办？我们应该和他们商量一下吗？我们还是不说我们干过了。”

他的表达很笨拙，很嘲讽，她感到受了伤害。“请忘记我所说过的话。这是女人爱犯的错误，试图让友谊和性搅和在一块儿。我只是想要你做朋友。”

“为什么？你有珍妮特做朋友了。请和我发生性关系吧。这听起来像是一个很好的过程。市场一蹶不振，这也许是剩下的最后的投资。”他们打完了网球，顶着夏天的酷热，倚靠在阿普尔比夫妇的墨丘利牌小车的栗色防护板上，车子停放在位于通往北马瑟的后路的加拉格尔夫妇碉堡模样的砖房旁边。马特已经得到允许，使用一个邻居家的球场。哈罗德呆在屋里喝酒；珍妮特在家里喂养婴儿。宝宝是一个女孩儿，他们为她取名凯瑟琳，随了一位姨妈的名字，弗兰克记忆中那位姨妈像是一堆沾满灰尘的天鹅绒，打了一些鲜红的石榴红结。

马西娅欢快地笑过后对他说：“你吃惊不小吧，双份责任一肩挑啊。”

“双份，双份，辛苦和麻烦。珍妮特怀孕九个月一直是个泼妇。至少我们去波士顿共进午餐吧。我需要喘口气儿。星期二你怎么样？”

“合伙用车日。”

“哦。星期三我通常和哈罗德在哈佛俱乐部吃午餐。他干什么都不屑多搭理。我和他取消午餐怎么样？”

“不，不。哈罗德很不喜欢改变安排好的日程。我来看看能不能在星期四给亨利埃塔找个临时保姆。就这样吧，弗兰克。我们互相体谅吧。只是在一起说说话。”

“当然。你听我说没错，有些男人的脑袋都是长在肩膀下面的。”

“奥赛罗吗？”

“对了。”

“弗兰克，听着。我已经瞄上你了，我知道这很荒唐，可我在请求你的帮助。作为朋友。”

“发生性关系之前，还是之后？”

“求你严肃点儿。我从来没有这样严肃过。我在为我的生命斗争。我知道你不爱我，而且我也不认为我爱你，可是我需要交谈。我迫切需要交谈”——话到这里，有些忸怩作态，她垂下脸掩蔽眼泪，而泪水不管怎样却是真的——“我害怕啊。”

“亲爱的马西娅。别害怕。”

他们共进午餐，一发不可收，在新玻璃大楼的角落或者花店的门口碰面，一个是露齿的面貌红润的男人，一副在学校工作顺遂的柔和神情，另一个是个娇小的黝黑的麻利的女人，看上去有点喘不上气来的样子，手拉手穿行在码头海洋延伸地区或者华盛顿大街喧闹的灯红酒绿中，寻找隐蔽性完美的餐馆，选用角落的餐桌，有父亲般的堂倌伺候，躲开生意上的熟人和大学的朋友。他们交谈，脚下触碰，或告诫或怜悯地迅速摸摸手，谈论他们自己，谈论他们躲在修剪整齐的树篱后面的童年，谈论莎士比亚和精神病学，马西娅可亲可爱的老父亲就是从事精神病学的；还谈论哈罗德和珍妮特，而这两个还一直被蒙在鼓里，尚需受到比较温和的考虑，于是他们因为不明就里几乎变得神圣了，他们容易犯错也是奇迹，他们冷漠、强求和迟钝都可以得到原谅，他们配偶之间发生通奸的虚荣似乎是一种赞扬他们缺席的共谋。波士顿北边有一所小别墅——这下就离他们的真实生活多了一份安全和遥远——是弗兰克的一位姨妈的，一直把钥匙藏在一根大卵石砌的基柱后面的窗台上。弗兰克还是一个孩子时，在这里摸索这把钥匙好似一种海盗活动的冒险，是在劫掠一个尘土气、杂酚气和腐烂粪便气极其强烈的深洞。现在，这把钥匙似乎感情用事，一摸就到手了，他不禁纳闷儿多数和这个家沾亲带故和陌生人使用过这些同样的没有铺盖的床垫，从那口杉木箱子取出这些同样的军用毯子，事毕后又小心翼翼地把他们的香烟灰磕入那个溜出包装盒的赛璐玢海豹船里。在厨房里，一只捕鼠器上有一只死老鼠。死掉了，捕鼠器夹住了它，肚皮朝上躺在那里，脏兮兮的白色，如同医生诊所里扔掉的实验标本。弗兰克和马西娅从食品柜里偷喝了一些雪利酒，不过没有惊动那只老鼠。他们不住这里。这栋小别墅只在周末使用。从松树相映、橡树错叠的缝隙间，你可以看见狭长的纳罕特半岛。窗户缝隙钻进来的海滨气息要比塔博科斯海滩的气息更腥咸，更浓烈，而珍妮特和孩子们也许就在那里晒太阳呢。弗兰克觉得马西娅瘦小得出奇，要比珍妮特更敏捷，更容易对付，没有珍妮特令人那般麻烦的勾引的共同震动，只有一种令人快活的直接的坚固，在他进入她的身体路程中，这使他想起了法国宫廷里的娇小情妇，想起了哈罗德有一次醉醺醺地描述的日本妓女，想起了曾经出演罗莎林、凯特和奥菲莉娅[①]的颀长的鲜活的男童们。马西娅身上有一种紧张的腐化堕落的感受，这是他过去从来没有体验到的。她纤瘦的肩膀在他红红的两臂里闪闪有光。她的脸，放松，似乎就像一个打开的镜头，把他的脸都照进去了。“我喜爱你的手，”她说。

“你以前说过了。”

“我喜爱被你的两只手搂抱着。它们硕大。”

“只是比较大而已，”他说，又后悔说这话，因为他曾经用这双手把哈罗德搬到了床上。

知道了这点，知道他们再也不会一个人孤独了，她问道：“我和珍妮特有什么不同的感觉吗？”

“当然。”

“我的奶子太小了吧。”

“你的奶子非常可爱。如同希腊石雕像。维纳斯就只有小巧的奶子。珍妮特的——珍妮特的奶子现在充满了奶水。那简直一团糟。”

“品尝起来什么味道？”

“什么？珍妮特的奶水吗？”

“你不一定非要告诉我。”

“不，为什么不呢？甜腥腥的。过分甜了，真的。”

“你是如此温和的男人，”马西娅说。“我不习惯这么温和地被爱。”她这

---

① 三个人物均为莎士比亚剧本里的女主人公；早期莎士比亚剧本中的女人全部由男童出演。

番表白，削弱了他们作为情人的关系，加强了作为知己的关系，弗兰克听出来言外之意是他性交表现得太温和，而哈罗德更粗野，更有力，毫无疑问，用一根更粗大的鸟儿让对方得到满足。仿佛在起雾的岸边招呼一个模糊的粗短的人影，弗兰克悲苦地看见了自己身上那个身量。他这要求深入洞穴的情人儿，瘦瘦小小，放松地躺在他身边；他们的皮肤顺着她的体长粘贴在一块儿。她聪灵的面容的神经光亮黯淡了下去；耳垂上一个晃动的耳坠向前斜落着，和她的颧骨线条平行；她黑油油的头发不偏不倚地从中间分开，被风吹乱了。她睡着了吗？他在床边他的内衣内裤里摸索他的手表。他很快便会记起来，在脱衣服时，他把手表有意地放在看得见的地方。手表那安静的镶金表盘，一张微型银行家的脸，表明他已经出来吃午餐一个小时四十分钟了。一种烧灼感开始在他的胃里作祟。

他们的奸情进行了两个月未被发觉。第一次欺骗人也不难，因为被欺骗的人不具备抗体；没有接种怀疑的疫苗，她对一次又一次晚归忽略不计，认可了各种荒唐的借口，听凭一捅就破的补丁修补日常生活中巨大的裂口。“你一直在哪里呆着的？”一个星期六，珍妮特问弗兰克道。

“我在垃圾场。”

“在垃圾场逗留两个小时吗？”

“哦，我在药店前和布兹·卡皮奥蒂斯说话，谈论税收和救火队员加薪百分之四的事儿。”

“我原想布兹在缅因州钓鱼呢。”他们的清洁女工是他们的一家邻居。

“我不是说布兹，我是说伊基·加拉尼斯，我真是昏了头了。”

“我说呢。你在床上那么紧张不安，让我得了失眠症。”

“都是我那些蓝眼睛宝宝一样大的溃疡搞的。”

“我看你近来没有什么可着急的。市场又喜庆起来，政府调低了差额税。你的衣服怎么搞得这样皱巴巴的？”

他向下打量自己，看见马西娅头上掉下来的一根长黑头发，粘在他的灯芯绒裤子的挡襟上。瞅了一眼，他觉得那个小鸟儿在裤裆里暖和，疲软，有点痒痒。太阳穿过灰尘扑扑的挡风玻璃，照在她的皮肤上。他把那根头发弄掉，说："对付那些垃圾桶弄皱的。"

但是红杏想要出墙，图的就是在这个世界风光一把。什么行为都不是绝对私密，寻求点掌声在情理之中。在公共场合，弗兰克简直难以掩饰他的得意，对马西娅呵护有加；一天晚上结束时，他为马西娅拿衣服，帮着穿上，那一招一式很暧昧，和帮助乔治妮·索恩的方式大不一样，好比餐前小吃与接受圣饼之间的不同。这个简单的社交行为的所有空洞的停顿和摸索都带出了奢侈的魔力：他的手指在调整她的领子时，顺便把她的脖子后颈抚摸几下；她的两只手使劲按住她自己的衣服翻领，像是弄清楚是不是他的两只手紧扣在她的奶子上；她的眼睛像西班牙人一样碌碌打转；这一纯真的穿外衣的童话剧渗透了他们赤条条在一起的回忆。他们的脑海和嘴都处于稳定和欺骗的状态，而他们的身体却在喷发，躁动，变化。最后，小史密斯夫妇，醉语乱说的哈罗德，从亮着灯的门廊走进了夜幕里——马西娅投出了告别的一瞥，如同严冬摧毁的玫瑰一样黑乎乎的——家门终于关上了。珍妮特问弗兰克："你和马西娅有勾搭吗？"

"这才是莫名其妙的问题。"

"别管莫名其妙不其妙。答案是什么吧？"

"明摆着，没有。"

"你的声音听起来没有说服力。说服我。请说服我，让我相信。"

他耸了耸肩膀。"我没有时间，也没有心思回答。她不是我想要的类型。她矮小，烦躁不安，连奶子也没有。再说啦，你是我的老婆，你不同凡响。难得的古埃及美人儿！忠贞的节妇！神圣的僧侣都会为你祝福，哪怕你恶作剧。我们上床睡觉吧。"

"我们先得把洗碗机收拾好了。不管怎样，别以为你把我出卖了。她突然间怎么对莎士比亚知道的那么多了？"

“我推测，她一直在读莎士比亚吧。”

“为了取悦你。为了多多少少贬低我吧。”

“她读她的，怎么贬低到你了？”

“她知道我从来没有读过莎士比亚。”

“可是你在流淌的溪水里寻觅书读，在石头里聆听布道，方方面面都很杰出。”

“哈哈。那个忙着掉屁股的小母狗，她一直跟我说，她有一个秘密。”

“她说了吗？”

“她的眼睛说了。她的屁股说了。我过去认为她筋肉结实，脑子聪慧，可她近来竟然一直在掉屁股。”

“也许她在和弗雷迪·索恩吊膀子。”

“把你脸上的表情揭掉吧。”

“什么表情？”

“那种装蒜的表情。揭掉吧！快揭掉吧，弗兰克！我厌恶这种表情！”猛然间，她朝他扑了过去，用拳头捶他，用整个身子撞他；他忙乱地招架她，听凭她攥紧的拳头在他肩上乱打，她的脸扭曲成了一汪泪水，身上散发出浓烈的气味，可他不无遗憾地意识到，那种不动声色的优越位置的表情，那种继续品尝美丽的秘密的表情，依然保持在他的脸上。

哈罗德·小史密斯早上喝咖啡的时候接到了一个电话，一时确定不了打电话的女人是谁。他和珍妮特很少在电话上说话；马西娅和珍妮特，或者马西娅和弗兰克，是他们一直在安排事情——打网球和泛舟水上，星期五晚上看话剧和星期六晚上听音乐会——这个夏天都是这两对夫妇在一起活动的。那个女人的声音说：“我一上午都在镇上买东西，倒霉的商场什么都没有，我饿了，心情烦躁，你是不是让我分享一顿午餐。不是吃烹蛤蜊，谢谢你。”就在这当儿，他听出来是珍妮特。

“珍妮特，真的吗？这是个好主意，可今天是我和弗兰克一起吃午餐的日子。干吗我们不三个人一起吃午餐呢?”

“这不是什么好主意,哈罗德。你不能给弗兰克打个电话,取消了吗?想一个说得过去的理由。跟他说你约了一个女朋友。别害怕弗兰克,哈罗德。”

“谁说我害怕了?”

“那就好。请你取消吧。我知道这样做似乎像闹着玩,强人所难,可是我一定要和你谈谈,这是我能想到的唯一办法。我知道星期三是你和弗兰克聚餐的日子,要不然你有时间。”

哈罗德还在犹豫。他享受到了一定程度的言论自由,认为他的生活从孩提时代就一直外向,有秩序,顺心。生活就是一种你可以参跑的马拉松,想跑多长跑多长,只要你跑到了所有的检查站;他和弗兰克一周一次午餐就是一个检查站。他们一起讨论股票和债券,几乎不谈他们在塔博科斯一起度过的家庭生活。

珍妮特刺了他一下:“你不用为我的午餐买单,只要跟我一起用餐就行了。”

这下刺中了他;他认为自己有点花花公子的样子,一个老派的时尚人物。去年春天,在圣路易斯,他给了一个女孩儿两百块钱和他共度良宵。他告诉珍妮特在里茨餐馆,楼上见,一点钟,然后挂上了电话。

说来奇怪,她竟然告诉哈罗德别怕弗兰克,实际上哈罗德过去总是害怕她本人呢。任何不能了断或者打发开的庸俗行为,都能让他退避三舍。第一次遇上阿普尔比夫妇时,他曾经不解为什么弗兰克和这样普通的一个女孩子结婚——在床上如鱼得水,毫无疑问,但是为什么娶她为妻呢?尽管珍妮特来自一个有头有脸的家庭(她父亲在布法罗拥有一家药物制造厂,她娘家的姓氏在全国的药店架上屡见不鲜),但是在哈罗德社交圈子的熟人中,她却只是一个女招待或者售货员(实际上她曾在弗林特与肯特珠宝店柜台后面当过两个夏季的售货员)或者舞厅女主持的材料,还无须改变体型。她有朝一日,不远的将来,必胖无疑。她的脚脖子前面已经出现了肥肉褶子,小臂上的肉也松弛了,胯部用腰带勒得紧紧的。这倒不是说哈罗德在她身上没有发现吸引人的东西。他发现了,可发现的同时他又害怕了。她的美丽似乎是一件她在糟蹋的礼物,如同一个男孩带了一支枪,或者挥霍钱财的人,像一个傻子守着一份财产。在他的印象中,她是一个糟糕的投资者,高位买进,低位卖出,抓住每一个她能够一起下跌的人。这样,他走在牛奶大街上,穿行在波士顿五花八门的大人流中,沿着特雷蒙特大街走来,穿过公地和公共花园,一直处于一种倍加小心的情绪中。走在人行道上很热,薄薄的意大利黑皮鞋的鞋底感觉热辣辣的;然而,零碎的天鹅绒服装和耀眼的绸缎般白净的皮肤在他的脑海里闪动,他没有打出租车正好享受一些烂漫的情调。在阿普尔-史密斯两对夫妇四个人中,哈罗德在性交上最有阅历。他具备那种浅薄的神情,浅薄却又自信又自鸣得意,女人和这种人交往感觉自由,因此在婚前他和数不清的女人游戏床笫之间。婚后(他当时不小了:二十六岁),在做生意的路途上,他有应召女郎作陪,一般都是些强悍的郁闷的女孩,满口威士忌酒味儿,说话沙哑可怕;但是,他从来没有和社会地位相当的女人睡觉而背叛马西娅。

喝过第二杯马提尼后,珍妮特说:“哈罗德,事关马西娅和弗兰克。”

“他们最近似乎非常亲密。”

“但愿如此。我知道他们在私下约会。”

“你知道吗?你有证据吗?Évidence[①]?”

“我不需要证据,我就是知道。他们之间有一种口气。他总是不经意间提起她。‘今天夜里马西娅好像对你撒气了吧?’‘亲爱的,你认为马西娅的穿戴如何?’我该死的为什么要注意马西娅的穿戴呢?”

“可是,你没有证据吧?弗兰克方面没有吐露点什么吗?他没有要求离开你吗?”

---

① 法语:证据。

“他为什么要求离开我呢？他很幸福。他在吮吸两头母牛的奶水儿。”

“珍妮特，你不是非常高雅地对待这件事儿。”

“我不觉得这件事儿有什么高雅。你显然有这种感觉吧。你显然习惯让你的老婆和别人轮着睡觉。”

“我不习惯。事实上，我就不相信这事儿。我认为弗兰克和马西娅之间彼此有吸引力，是的。这很自然，想一想他们彼此见面多么频繁吧。从这点上讲，你我之间也有一种吸引力。Toi et moi①.”

“这是我第一次听说。”

“哦，得了。你对自己很了解。你知道男人怎么看你。我就愿意和你同床共枕。”

“你自己别把事情说得这样高雅。”

“当然，我们都不会的。我们现在是有家有室的人，我们有过及时行乐，我们的 escapades romantiques② 而已。我们自己之外还要考虑别人。”

“好啊，我在谈论的就是别人，马西娅和弗兰克。你在谈论你和我上床睡觉了。可他们正在床上鬼混呢。你对这样的行为怎么处理，哈罗德？”

“给我带来证据，我用证据和她对证。”

“你指望什么样的证据呢？捉奸的照片吗？一个经过公证的子宫帽吗？”

他哈哈笑起来，颤动的鬈发，手表发条那般精细，在他面前的吉布森鸡尾酒上面活灵活现；这个女人身上竟然有一种出人意料的诗意，两个人面对面坐在餐桌前，她的服装和柔软的微微颤动的头发向前倾斜，带着一股着急的神情。透过窗户，公共花园的树木如同静止的瀑布，一大片山毛榉组成的熔岩般闪烁的瀑布。珍妮特说：“好吧。马西娅近来在床上和你怎么样？次

---

① 法语：你和我。

② 法语：浪漫假期。

数多了还是少了?”

这是多么普通的证据，真的；这话如同出自妇产科，出自接生婆，女人们才有的矫正和占卜，带有失窃的发卡和月经带的气味。饭馆的堂倌，一个打扮得光溜溜的灰发老者，因为上餐哈着腰像一个饭勺，走了过来，而哈罗德没有和珍妮特商量，要了 potage à la reine, quiche Lorraine[①]，沙拉，一瓶沙柏丽[②]葡萄酒。珍妮特说：“你让我节食吧。”

他跟她说：“现在回答你的问题。我想她和我的次数多了。”

“明白了吧？她性觉醒了。她性欲旺盛了。交媾吧。”

他哈哈笑起来；他的吉布森鸡尾酒杯喝完了，钟表发条般的鬈发映不出来了。“别钻牛角尖了，珍妮特。你本来期望我说次数少了，难道不是吗?”

“是少了吗?”

“没有，我说实话。她近来深得妙趣。你的理论是女人要多个男人伺候；她们性交的人数越多，就越想性交吗?”

“我不知道，哈罗德。我从来没有对弗兰克不忠，难道这很可笑吗？可是我也想，作为一个女人——”

作为一个女人：这种直接的柔情的表达从她口中说出来，让他感觉到快活，而这种快活是在他聚会后醉醺醺地冲澡，为了听一听马西娅装出来的惊讶，他会把马西娅的乳罩系在他又瘦又湿的胸部，才会有的。

“——作为女人会感觉对你的内疚，想对自己表明这事儿不会削弱她的婚姻，她对夫妇双方做的够多了；还有，她想告诉你这种事儿，她自己方面妙不可言的东西，说一说整件事情。我知道弗兰克会突然开始干我从来没有教过他的事情。”

哈罗德的右鬓角开始隐隐作痛。他不由自主地伸手去拿他的空酒杯，不

---

① 法语：王后鸡汤和洛林腌肉派。

② 法国产的一种葡萄酒。

确定马西娅到底发生变化没有，因为在那些肉体销魂的谈话中，没有什么内容可以清晰地回忆起来，只是想到两个人交媾在一起慢慢上升到月色苍白的高原，这里正在发生进食、杀戮和死亡，两个人都扮演了所有的角色。他发现马西娅小猫儿一样乖巧，后来老虎一样凶猛，再后来奇怪地抽象了，冷洌了，机械了，而且最后，过了一段时间，变得感激了，温存了，爱说话了，黏糊了。

珍妮特莞尔一笑，把自己的酒给他倒了一点。"可怜的哈罗德，"她说。"他憎恨冒失的交谈。这种谈话太女人气，把他吓住了。但是，你知道，"她接着说下去，意识到他会乖乖地听下去了，"我不能和别的女人畅所欲言地交谈。我只能跟一个男人把这些话倾诉倾诉。"她说到这里，带出一种动人的向他坦白的样子，但是他却发现这样子很专断，很逼人。他认为女人应该和女人说说悄悄话，男人和男人有啥说啥，而且掌握时间，说完就完。九十分钟一般说来足够了，这顿午餐超过了九十分钟。

他们说好下星期再进午餐，把种种口气比较一下。哈罗德回了家，走进了一所更加透亮的房子里；房子的私密性已经谈不上了。阿普尔比夫妇住在镇上时，房子位于马斯科诺米尼大街远端的一条僻静的巷子里，宽敞的白色的房子样式难以描述，不过内部却很舒服，基本上是借鉴来的或者继承来的，而小史密斯夫妇修建了自己的房子，设计得头头是道，一个平顶红杉木的现代样式，依傍在一座带廊的小桥边，面向南边的盐沼地。门厅铺了板石；右边有一个敞开式台阶，与地下室在一个水平面，三个孩子(乔纳森、茱莉娅和亨利埃塔)在那里睡觉，洗衣服和停车也在这里。上方，房子的主要水平面，是厨房、餐厅、主人卧室和一间雅致的过厅，悬挂了伦勃朗①、丢勒②、皮拉内西③

① 伦勃朗(Rembrandt，1606—1669)，荷兰画家，西方绘画史上颇有建树的画家，尤以人物像突出，作品有《夜巡》、《浪子回家》和《老人坐像》等。

② 丢勒(Albrecht Durer，1471—1528)，德国画家、版画家和理论家，结合意大利文艺复兴的艺术和哥特式艺术进行创作，主要作品有《四圣人》、铜版画《骑士、死神和魔鬼》等。

③ 皮拉内西(Glambattista Piranesi，1723—1778)，意大利铜版画家和建筑师，主要作品有《监狱》和《罗马景色》等。

以及毕加索的蚀刻复制品。门厅的左边是一间给人印象深刻的敞开的长卧室，铺了长毛天蓝色地毯，摆了两张面对面的白色沙发，还有对称的两个高保真音响喇叭，一架鲍德温钢琴，而房间顶头是大铜罩的高台式壁炉。这所房子在趣味的陈设上不惜花钱。夏天的晚上，穿过褐色的盐沼地——随着潮汐或有水或无水——上空久久不暗的光亮，他从火车站开车回来，总能发现他娇小的老婆，油黑的头发刚刚梳过并分开，在那张更长的沙发上等待，沙发不是纯白色，而是浅黄与灰色混合而成的灰白的伊朗羊毛粗呢。一张格伦·古尔德或者迪努·李帕蒂[①]演奏的巴赫或者舒曼的音乐唱片，从看不见的高保真音箱底部流泻出清晰的悠扬的声音。一大瓶马提尼已经调配现成，冷藏在冰箱里等待他每天归家的这一珍贵的时刻；常春藤、桤木、铁杉和冬青的绿叶透过滑动板玻璃拥挤在墙上，把绿色晶莹的味美思映衬得越发青翠欲滴的样子。室外光点闪烁的草坪，随着太阳慢慢接近远处的雷达站——制作精良的银碟，一向闪闪发光——在越来越低的光线里一闪一闪的，乔纳森穿了冲浴短裤和条纹衬衫跟茱莉娅捉迷藏，要么一些来歇暑的邻里的孩子们在投掷海绵球，如同一个小麻点月亮，在草坪喷水器旋转的水花里来回穿梭。亨利埃塔如同马西娅本人一样整洁机灵，洗过澡后身穿小鸭图案睡衣，看见哈罗德便光着脚穿过那天蓝色地毯，让他往高举，搂抱，打旋儿，而马西娅则会往不一会儿就变得汗津津的玻璃杯倒上绿色马提尼酒，那个海绵球这时会落下来，在阳光下如同一轮新月，在水花下浸泡，而孩子们在一旁无声地争辩哪股水会淋在球上，把球湿透；他的全家，甚至壁炉铜罩上那只离群索居的乳白色蝴蝶，都觉得要跳起来享受幸福，如同一个上紧发条的八音盒。

他在马西娅身上发现了细微的变化。他们有一年夏天在长岛相遇，第二年夏天便结了婚，事情的发展多多少少和他们预想的一样令人向往。他们两个都是二十五六岁的样子，在他们同辈人眼里有点智商，有点冷静。他

---

① 分别为加拿大和罗马尼亚著名钢琴演奏家。

们发现彼此都沉湎肉欲，不过把那点冷静为他们的婚姻增添了色彩。他们从来不在公共场合吵架，私下里也很少争吵；每一方都期望对方看清楚他们结合的装置，毫不迟疑地作出所需的让步和调节。他把他偶尔叫来应召女郎视为保健行为；他需要叫就把她们叫来，如同他躲在关闭的浴室门后面，不向马西娅诉苦，吞下阿司匹林缓解头痛。他相信马西娅也许对他不忠，但是只当成是某种对他自己的服务，省去了他的麻烦，还会给他带来新的花招。他娶她为妻的时候，她的大多数朋友都已经结婚成家了。他把她从那个粗俗的金钱至上的大西洋中部社会拉出来，因为她在那里似乎脚下无根，一推就倒。他相信她总是他的。微笑绽放，她把马提尼举起来；酒水和她的耳坠在颤动。他抿了一口；冰爽的感觉痛快极了。

无需审视，看得出他们要比塔博科斯他们的朋友们都大几岁；哈罗德三十八岁，马西娅三十六岁。

最近，她真的好像更爱玩花样，更搞得津津有味。一条每年春天都需要修理的摇摇晃晃的木板路和他们的土地连在一起，是和他们拆掉的那所避暑别墅一起买下来的。这条木板路通向一条潮水小河，小河太窄，多数机动船都无法进入；这里，等潮水涨高，位于长了高高的芦苇的两岸之间，水温要比海滩下面的海水更暖和，他们和他们的朋友们以及朋友们的孩子能够在里面游泳。到了夜间，就在这个夏季，潮水涨起来，孩子们睡下了，马西娅就会领着他，只哈罗德一个人，上床前下去游泳，连游泳衣也不穿。他们借着月光一路走来，小心翼翼地穿过有毒的常青藤和修剪低矮的漆树丛，走在多处修补的木板路上，路面杂七杂八的木板像一架巨大钢琴的琴键；到了裂片斑斑的软乎乎的码头，老公和老婆，双双脱得赤条条的，皮肤起了鸡皮疙瘩，很快提起精神，随后一下子从习以为常的夏天空气中，跳进了芦苇生长的黑魆魆的海水里。在他身边，她的奶子、弯起的臂膊和被头发的黑绺分割成块的仰起的脸，在发白的泡沫和泼溅的滑腻的水面上噗噗游动。海水千百万细流从他的神经末梢吸去了城市的污秽。我们最初的爱，我们对四大要素的爱，帮他把最年轻的自我恢复了。有时，潮水涨高了，如同一头正在劳动的独眼巨象，一艘机动船亮起探照灯顺着水道开上来，这时他们便像码头下的土著人一样藏在水下泥沙中，等待机动船过去。然后，他们，哈罗德和马西娅，会互相擦干海水，而且马西娅还用毛巾擦他的毛烘烘、水淋淋的生殖器，心里在想他身体的这个部位有多么单纯，不是什么硬挺的凸出的第二生命寄生在他身上。她跑在木板路前面时，衣服按在奶子上，屁股在清朗的月光下不住摇摆。如果他们在床上做爱，身上散发着盐味儿，头发湿漉漉的，她会赞扬他的激情——“好有猛劲儿啊”——和好身手——“啊，你把我了解到家了”——仿佛一种比较的标准发生在前了，那便是有人干得肉头和笨拙。她会含糊不清地说“我爱你”，强调的口气很新颖，仿佛“你”被一个没有说出口的“不管怎样”的阴影罩住了。

他们第二次共进午餐时，珍妮特没有提供什么证据，只是抱怨马西娅没完没了地打电话，提议他们一起活动，两对夫妇——扬帆水上啦，游泳啦，打网球啦，参加聚会啦。她甚至试图让她对艾琳·索尔兹和贝尔纳黛特·安正在组织的塔博科斯公平住房委员会产生兴趣。“我对她说：‘不过这镇上没有一个黑人啊，’可她说：‘这正是要点。我们文化上被剥夺了，我们的孩子们不知道黑人长的什么样子，’而我说：‘他们不看电视吗？’我真的快疯了，接着说：‘把一个黑人带到这里来，只是让你的孩子们看看他的长相，我似乎觉得对这个黑人来说也太可怕了吧。孩子们为什么不能在黑地里好好看看安夫妇取而代之呢？’我不应该这样说，我认为贝尔纳黛特很了不起；但是，成立这样一个委员会基本上是瞎胡闹。只不过是因为别的镇子成立了。如同镇镇都有的军乐队。”

珍妮特对哈罗德来说似乎老了些，尽管她比他还小好几岁，老态的双下巴，爱唠叨，她因为马西娅自寻烦恼，可他知道那正是因为马西娅喜欢交往，单纯的性格需要社交。他换了一个话题：“你和皮特在索恩夫妇家的晚宴上那么热烈地谈什么了？”

她那张吸引异性的嘴，口红正在剥落，撅起来。“他跟我说他的老婆不和他做爱。他跟每个女人都说。”

“他从来没有跟马西娅说过。”

“那是马西娅从来没有跟你说过。皮特很久以来都恨不得爆发一次，我不知道什么原因把他稳住了。乔治妮早在那里等着呢。”

透过一面全新的窗户看他的朋友们，真是有趣极了。“弗雷迪·索恩怎么办?”他趁机追问道。他很久以来都在嘀咕，珍妮特是不是在和弗雷迪睡觉。

珍妮特说:“弗雷迪是我的朋友。他懂女人。”

“这正是你想说的吧。”

“这正是我不得已才说的。我们从来没有上过床，我喜欢弗雷迪，他不会伤害人。你们男人为什么都对他不公呢?”

“因为你们女人都对他太好了嘛。”

发现自己有了醋意，哈罗德觉得好玩，便端详起他的并排放在餐桌银具边的指头，问道:“你认为哈尼马夫妇会离婚吗?”他喜欢安杰拉，因为她是镇上少数几个能够和他说得来的女人。他喜爱她那种向上寻觅的羞怯神情，也喜欢她母性很足地主持他们夏天晚宴的样子。大家都很喜欢安杰拉。

“永远不会，”珍妮特干脆地说。“皮特在家言听计从。他心地太厚道了。他会死守着那三个人的，碰上能得手的女人睡睡觉就行了。对于像安杰拉这样挑逗男人的女人来说，坏就坏在她让她的男人满世界乱跑，惹得许多女人心旌摇荡。皮特很容易得手。”

“你说话好像你深知内情嘛。Elle qui sait[①].”

“他们不止一次提起过离婚，都不了了之。他的其他麻烦不说，首先他很害羞。”

---

① 法语:她知道

“可怜的皮特，”哈罗德说，不确定为什么说这种话，尽管珍妮特点头表示认可。

那个周末，参加了一个晚宴，他们夫妇都喝高了，他趁机问马西娅：“你爱我吗？”

“我爱你，哈罗德，不过今天晚上不行。我们两个都喝多了，好好睡吧。我们先睡一觉，明天再来吧。”明天是星期天。

“我不是打算和你做爱，我的意思是，说实话，après douze années très heureuses[①]，难道你没有和我烦过吗？难道你从来没有想到你要是和别的男人睡觉会有何滋味吗？”

“哦，也许有点儿吧。没有怎么意识到。”她穿了一件薄绸睡衣，柿子一样的颜色，她往床上爬的当儿，她那黑黢黢的四肢看上去像猴子。爬上床需要她手脚麻利一点，因为这张床比较高；还因为这张床不仅高，还很硬，因为他们夫妇发现这样的床垫用来做爱再好不过了。小史密斯夫妇的卧室是他们自己设计的，是一个神龛，一个格外神圣的去处；卧室的家具只有两个柚木衣柜，一盏安装在床头的台灯，一个衣柜门上安装了一面镜子，一棵喜林芋[②]，地毯是一张哈罗德的祖父和特迪·罗斯福[③]游猎时射杀的斑马皮。她在床上躺下时，他把灯关上了。黑暗呈紫色，窗户上方盐沼地上的月亮在云间出出进进，看去好似钟摆在游来游去。

“告诉我，”他说。“你不会伤害我的感情吧。”

“好吧。问我那些男人吧。”

“你没有想过和皮特·哈尼马上床吗？”

---

① 法语：幸福美满地过了十二年了。

② 一种室内观赏植物。

③ 指大罗斯福（Theodore Roosevelt，1858—1919），两任美国总统（1901—1909），共和党人，对内实行资源保护政策，对外奉行“大棒政策”，对拉丁美洲进行武装干涉；因调停日俄战争（1904—1905）而获得 1906 年的诺贝尔和平奖。

“没有真正想过。他总让我想到一个可以做父亲的矮子。他太像长辈，心地太好了。有一次在格林夫妇家，我们单独呆在那间有大壁炉的屋子，他开始抚摸我的后背，让人感觉他想帮我把气出顺了。我想呢，皮特喜欢大块头女人。对他来说，乔治妮、比阿和我都太矮小了。”

“弗雷迪·索恩呢。”

“没有，从来没有。他太油滑，女里女气的，我想性事儿只是他嘴巴上说说而已。珍妮特跟他更对劲儿，比我了解；问她去吧。”

“你知道我不能和珍妮特多说话。她说话让我不舒服。”

“近来更不舒服吧，不是吗？”

“弗兰克呢？”

光线的图案——月光长长的菱形图案照在斑马地毯和床的一个角上；为了安慰孩子，他们把门半掩着，一股电灯光线从门缝照进来；沙滩路上一盏碳精电极的街灯映在天花板上，影影绰绰的，是门厅的气窗透进来的——这些光亮在紫色的黑暗中一一呈现，哈罗德屏住呼吸，等待马西娅的回答。

回答来得非常随意，一种半睡的声音。“啊，弗兰克做朋友的时间太长了，没有往这方面想。再说了，他满口都是威士忌酒味儿，还长溃疡。没有，谢谢啦。”这时，他仍然在审视外面客串进来的光亮，没有作答，而她翻了翻身，问道：“怎么啦？你想和珍妮特睡吗？”

他很响亮地笑起来，说：“Mon Dieu①，没有的事儿！那老闺女纯粹是个麻烦人儿。”

“她最近对我特敌视。”

“我想啊，”哈罗德说着，用胳膊把她缠住，把他的鸟儿压进了她温暖的背弯儿里，“我们应该主动少和阿普尔比夫妇相聚。我们不妨和格林夫妇隔三差五地聚一聚。或许，和康斯坦丁夫妇这样的新人接触一下。那位妻子

---

① 法语：老天爷。

似乎很新潮。”

马西娅没有作答，他用肘子捅了捅她，她才说：“格林夫妇特沉闷。”

他们的下一次午餐相聚时，珍妮特显得更为活泼好动，看上去年轻了五岁。这是八月底的一个日子，赶上那些酷热的天气，对女人来说，夏天似乎是一个离别的情人，放开手脚拥抱好了：各种表象没有什么大不了的；爱情算不上什么。汗水破坏了她的化妆，让她的发式失去光彩。她的胳膊在空中甩来甩去。蒸腾的城市大街上挤满了女秘书，如同后宫一样到处是骄奢淫逸的气氛。珍妮特穿了一件无袖的棉裙装，青绿色质地上水印了一些倒飞的苍鹭，摇摇摆摆地一路走来，仿佛造化的世界里没有什么可以伤害她，太阳晒不坏，雷电击不着。她光了脚，穿了拖鞋，尘土扑扑的，和她并排走在联邦大街上，哈罗德由不得想入非非，把她那十根脚趾头的灰尘一一吮吸干净，会是什么滋味儿。他把衣服脱下来，搭在肩上，如同一个恶汉；他们在一家小餐馆用餐，两边门都敞开，像是闸门。噪音穿透他的全身——回火的卡车、刀叉磕碰、叫菜的呐喊以及他对面这个老闺女的话语，瞧她的圆脸上汗淋淋的，把唇膏都冲坏了。她说：“你周末过得怎么样？”

“不错。你应该知道的。我们在聚会上随时都能看见你，只有上厕所时难以两全。”

“我知道，难道不烦闷吗？弗兰克和马西娅四目对接，眉目传情，目不暇接。”

“你说得也太夸张了吧。”

“胡说八道，哈罗德。弗兰克只要不能和马西娅搭档打网球，他就会变得异常暴躁。他们彼此交叉跨过网子，故意打出那些恰到好处的小球，我看得直想呕吐。弗兰克总有那么多‘路过’。‘我路过史密斯家把弗兰基顺便带上。’‘我路过史密斯家把集注版莎士比亚带去了，他们请我进去喝了一杯。’明摆着，‘他们’就是指马西娅，而你到镇上参加共和党会议了。哈罗德，你为什么要一忍再忍呢？——这完全是拿姿作态。”

他津津有味地容忍她长篇大论，仿佛她的话是一次按摩，一次淋浴。“可是你还是没有确凿的证据啊。”

“什么样的确凿才是确凿呢？哈罗德，他知道太多的东西啊。他知道星期六晚上你和加拉格尔夫妇去听交响曲。他知道茱莉娅星期四在码头跳水扭伤了膀子。当我和马西娅说话，告诉他马西娅说过的话时，他根本不屑一听，因为他早就听过了。他知道你和马西娅赤身裸体下你家码头游泳，然后干好事儿。”

“大伙儿不是都知道这个吗？码头只是一部分。另一部分就不可避免地发生了。”

“大伙儿怎么会知道呢？你以为你的朋友都无事可做，只是带了望远镜在盐沼地蹚水吗？”

“马西娅也许顺带告诉了比阿，或者乔治妮，或者甚至艾琳。”

“嗬，她可没有告诉我，我还是她最好的朋友呢。弗兰克告诉我的。弗兰克。”

“前天夜里我问过她，她到底和弗兰克上过床没有。”

珍妮特咬了一小口五香熏牛肉卷，眼睛瞪着面包上方。“她说了吗？”

“我忘记了她具体说了些什么。我们都很困了。她说弗兰克是很老很老的朋友，还长溃疡。”

“两个不错的理由嘛。女人都有保姆情结。为什么不能和朋友上床呢？总比和敌人上床好吧？我总也不明白，为什么人们一听说有人和自己最好的朋友的老婆上了床，就会大惊小怪。多明白的事儿，他最好的朋友的老婆是他看见得最多的嘛。”

“喔，她让我相信了。”他试图把心里的想法说出来。“我们俩并非不美满，她还不至于背着我做见不得人的事儿。”

“很好，很好。她像白雪公主一样纯洁，弗兰克内裤上的斑点是造化的事故。我们不说他们了。我们还是说说我们吧。你为什么不喜欢我，哈罗德？我喜欢你。我喜欢你的鼻子长成了两个尖儿，就像一个非常苍白的草莓。你为什么不能下午不上班，陪我穿过公地，到纽伯里大街去看画展呢？你懂绘画。这种把东西搞得像连环画儿的新手法算是什么？"

她把手掌放在餐桌面上；手掌湿漉漉的，像一个摆在布满银斑的福米卡[①]塑料板上的潮湿的粉色碟子。他把他的手放在她的手上，小餐馆的刀叉叮当作响，过堂风习习，这个动作感觉无比夸张：两只巨大的白手，如同牛排汉堡的造型，昭示爱情。她把最后一点肉卷用另一只手把五香牛肉碎片裹上吃了。"这是一个称心的主意，"他说，"可是我不能啊。我们星期五出发去缅因州过劳动节[②]，因此我在办公室只有一天时间了。我需要这个下午。那叫波普艺术。也叫硬边绘画[③]。"

"这么说，你们整个周末都在外面了？"她把手收回来，用餐巾把指尖儿擦了擦，一根接一根地擦。她的脸似乎很绝望；她的眼神黯淡下来，她的神色一下子疲惫不堪了。

哈罗德说："是的，我们要呆几天，把假日过了，因此下次午餐我就没法和你在一起了。Je regrette[④]."

"你遗憾吗？"分别时，这位身穿倒飞的苍鹭衫的线条粗糙体态漂亮的女人，挥动了一下她那形同游泳运动员的胳膊，跟他说："和马西娅好打发时光啊，"加重的口气很傲慢。然后，他们从小餐馆的另一个门走了出来，她走向地下停车场的那辆栗色小车，而他走向邮局广场的办公室，很高兴终于脱身了。

缅因州的家庭住宅，面向一个斑驳的蓝色海港，挤满了闪亮的帆船、摇摆浮标以及同一角度从海水里伸出来的令人惊讶的岩石，让人看见远古时

---

① 一种塑料，由商标的名字而来。

② 美国的劳动节是9月的第一个星期一。

③ 以轮廓分明的色块为特征的现代主义绘画。

④ 法语：我很遗憾。

期地壳确是隆起来的。最大的岩石支持着野草和灌木丛，因此便形成了岛屿。海水冰冷，距离塔博科斯的那些无边无际的沙丘十分遥远的沙滩，是小得可怜的弧形沙滩和形成三角形状的褐色粗砂。然而，哈罗德一个夏季都难得光顾一两次塔博科斯海滩，却每天早餐前都要在这里游泳。他在缅因州总是很高兴。他吃母亲摆在他面前的龙虾和土豆沙拉，阅读容易破损的平装本侦探小说和封皮破烂的探险记录，在浪花四溅的海水中扬帆行舟，和妹妹妹夫们说说笑笑，像一个数月从海上归来的海员一样如狼似虎地和马西娅做爱，然后睡得昏天黑地。马西娅似乎成了他的妓女。她骑在他身上，唠唠叨叨地诉说，她的奶穗儿逗弄他的嘴唇。她瘫倒在他身上喃喃呻吟；她是一个荡妇。这架势很新颖，妓女才有的行状，极尽浪态地伺候他，而她在伺候他的同时获得了自己的快活。她那滑溜溜的结实的身子毫无廉耻，但不像她过去曾经表现出来的更有处女味道的性交，没有展现浸透绝味佳酿的内部花瓣。她处于稍稍发紧和发干的状态。她这种化学变化从何处而来，他并不深究，因为他发现这是一种改进：他无需更多的熟练和自我控制了。也许他虐待了她，在他们假期的后半程，在劳动节的夜里，她突然拒绝他上身了。后来，她告诉弗兰克，她突然受不了哈罗德两只无所不知的手那种自信的触摸。"他似乎表现得像一个淫荡的小小陌生人，仿佛他把我买下了。"让他进入她的身体没有味道了："如同我嘴里无法吞咽的食物。"也许。在缅因州，马西娅体验道德腐败太成功了。她对情夫了如指掌，如同她身子里带了一个避孕环，她对丈夫施展了赤裸裸的肉欲迎合，随后对丈夫迫不及待的俯就感到惊诧。她认识到她可以在一张床上伺候几个男人，一个夜晚可以和多个男人睡觉——这种可能性竟然是她的天性的组成部分；她为弗兰克逃避进了唯一的性爱。和哈罗德做爱突然失去了严肃性。他们夫妇对彼此肉身所做的，反而成了如同排泄大小便一样的日常琐事，这种状况一直延续了几个月，后来哈罗德的性交状态处处出现离她而去的威胁感时，这种神经质的诅咒才从他们的肉体关系中解除了。

他很指望珍妮特星期五给他的办公室打电话，可电话没有打来，于是对放纵自己接听她的电话的那种期待程度感到恼火。整整一天，他在世俗的等待拆封的邮件和过时的股票波动报表里彻底搜寻时，外界空间的一个信号一直在他的耳朵眼儿里痒痒。他记起来她的身上的衣服怪怪的样子，那样松松垮垮地穿在她的身上，在他的心眼儿里闪动。也许，他们夫妇这个周末会来拜访他们。他希望她不会借机大闹一场。她的愤怒是那么——肤浅。他的秘书问他为什么微笑。

星期六早上，马西娅开车到塔博科斯镇中心与艾琳·索尔兹谈有关公平住房委员会的事儿；马西娅已经答应进入教育委员会，该委员会至今为止的主要业绩只是给中学图书馆订了一份《乌木树》杂志。“也许会呆几个小时，你知道艾琳如何说话。我要是中午回不来，你能给自己和孩子们弄顿饭吗？冰箱里有一些五香牛肉饼，你可以热一热。说明都印在包装纸上。重要的事情是带着玻璃纸一起加热。”

他们前天夜里和索恩夫妇、哈尼马夫妇在一起喝酒，哈罗德很乐意轻手轻脚地走走，拾掇起盛夏的用具，把软塌的用旧的塑料浅水池叠起来，盘起软管，卸下喷水装置。乔纳森从一个柜子里找出了橄榄球，他和哈罗德扔来扔去，后来另一个玩伴矮胖的弗兰基·阿普尔比和他母亲珍妮特一起来了。珍妮特穿了一条整洁的蓝色劳动呢便裤，一件橘黄色条纹划船运动衫，一件没有扣子的桃红色开司米毛衣，吊在她肩上像一个披肩。“马西娅去哪儿了？”她问道，这时孩子们已经听不见他们说话了。

“在镇上和艾琳谈话呢。弗兰克呢？”

“他跟我说，他去理发了。但是他又不想带富兰克林去，因为他可能要去药店，不得已谈谈政治。”她打了个响鼻，一种讽刺的马鸣般的声音，把脚跺了一下。她罩在了钟形一样的光束里；九月无雾的犀利的光，在他们的周围照射到了数英里，照到了盐沼地的边沿，照到了平房拥挤的东马瑟半岛上，那个幽灵般的雷达碟向北方倾斜着。珍妮特眼睛凹陷，脸色发灰，气愤填膺，一种自顾不暇的软皮的成熟。

哈罗德说："你认为他在撒谎。"

"他当然在撒谎。我们必须站在这里吗？太阳很毒。"

"我以为你是太阳情人呢。Une amoureuse du soleil[①]."

"今天不是。我对我必须要做的事情很反感。"

"对谁？"

"你啊。"

哈罗德为她打开了从草坪进入这座房子较低一层的门，孩子们在这里睡觉，也在这里洗衣服。洗衣房充满一股水泥和肥皂味儿，堆在烘衣架周围的没有洗过的衣服，今天早上已经有了酸味儿。园艺工具、木工工具、油漆架子、草籽和石灰沿了另一堵墙摆放着，散发出动力割草机的汽油味儿，在这些气味中，珍妮特做了个站姿，说："你去缅因州期间，我的车坏了，变速器出了问题，这样一来我不得不用弗兰克的科维尔牌车去采购。我喜欢雷斯敦的联合购物商场，回来的路上，那个多事的雷斯敦老警察，就是那个镶金牙的警察，因为我的车滑过了停车标志把我拦住了，你知道，就在蕾丝制造博物馆的旁边。最让我发疯的是，我快到了塔博科斯了，到了塔博科斯是绝对没有人找你的碴儿的。不过，在那个汽车仪表盘小贮藏柜里寻找执照时，在一大堆地图下，我找到了这个。"她从皮夹子里拿出来一张叠成四折的脏纸。哈罗德认出来马西娅的信笺的靛蓝沿儿。这种信纸是南安普顿一个姨妈作为结婚礼物送给马西娅的，上面印了她的新姓名[②]的交织字母[③]，好几盒子信纸呢；马西娅当时笑了，认为这种东西矫揉造作，她嫁给哈罗德就是为了逃避这一套东西的，简直不怎么使用，只有一次用这种信笺写感谢信，十二年了还没有用完。哈罗德还真的嘀咕珍妮特是不是顺手偷了一张，马

---

① 法语：太阳情人。

② 指婚后随丈夫取的姓氏。

③ 指姓名首字母相互交织而成的图案，用作信笺和衣服等物件的标志。

西娅简直不可能用这种纸写什么。他伸手去接，珍妮特却把手缩了回来，问道：“你确定你想看看它吗？”

“当然。”

“这可是真凭实据。”

“你该死，快把它给我。”

她交了出去，说：“你会憎恨它的。”

手写字确实是马西娅的。

亲爱的弗兰克，我多想称你最亲爱的，但是不能啊——

从海滩回来，草写一个短信给你，因为你收到时我已在缅因州了。我们一起在纳罕特观光后我开车回家，然后带上孩子们就去海滩了，躺在那里，太阳热辣辣地从我的身上晒出了你的味道，我当时想，那就是他啊。我闻了闻我的手掌，你也在手掌里，于是我闭上眼睛，听凭太阳狠狠地照射我，而艾琳和贝尔纳黛特则在一起说啊说啊，孩子们在海边大喊大叫——那天的海浪不同一般。我觉得今天离开你很难受。对不起，电话响了——好像冰水兜头泼在了我们身上——我曾逗弄你说要呆得时间长一些。我真的逗弄你了。原谅我，相信我珍惜我们在一起的时光，不管是多么令人扫兴的短暂，你一定要拿出你的本领和我交欢，用不着担忧，用不着自责。爱情不只是从技术上给人满足。想念身在缅因的我吧，希望你躺在我身边，甚至在这祝愿里也幸福，我的“淫乱的鸟儿”。

爱你的马

草上

签名是她的，“马”字的三笔横竖有力，写得力透纸背的样子；但是信文写得文从字顺，不是很熟悉，仿佛她当时喝醉了，或者处在恍惚状态——很多年来他都没有仔细察看她的笔迹了。他从信纸上抬起眼睛，珍妮特一脸沮丧神色，他却还在等待感受这种神色。

“咦，”他说，“我还经常嘀咕女人晒太阳浴时会想些什么呢。”

“哦，哈罗德，”她嚷嚷道，“你要是能看见你的脸就好了，”接着她扑到他身上，一头扎进了他毫无防范的怀里，他不得不赶紧把马西娅的信抛开，免得在他们中间挤烂了。那张蓝边的信纸飞到了地板的中心去了。他的种种感官被迫打开，闻见了水泥地和潮水扑来的气味；在稍远的那面墙上，日晒的草坪在窗户上映照出了金色的刺绣，如同威思①的画儿。珍妮特的酥胸和髋骨，浸满愁绪的枕头一样，把他牢牢地挤在烘衣架的搪瓷边沿上；他陷入了凉凉的泪水和热热的气息的混合物中。他亲吻她那张开的嘴、她脸颊上的浓抹的扑粉以及她紧闭的眼睛上羞怯而抖动的眼眶。她的身体加上他的身高，他们双双牵扯在一起，掉到了一堆没有洗过的衣服上，压在衬衫袖子和睡裤乱糟糟的边上，他们身下的硬地板如同一根潮湿的骨头。一边哽咽，一边把她的毛衣和橘黄色条纹的针织内衣脱掉，借着一时难消的气愤，把乳罩也扯掉了，这下她的青白的奶子带着沉甸甸的重量脱落出来，个大饱满，难以拘束，嘟嘟噜噜的，宛若她这没有挂起来的篮子里的衣物，奶穗儿好似纽扣，静脉好似青青的海草。他把舌头伸了进去。她那冷冷的指甲掐住了他吮吸的嘴唇绷紧的两侧，有时一根指头则会好奇地寻找他的舌头。哈罗德睁开眼睛，看见那个面向草坪的大窗户溢满了金色；窗户上没有孩子窥视的影子；安全的距离之外，传来了忽隐忽现的声音，应该在码头一带。他的脸一半埋在未洗的衣服里，闻得见他家人的气息——乔纳森、茱莉亚、亨利埃塔和马西娅。他躺在汗水无罪地洇出来的奇奇怪怪的印子上。珍妮特在他的裤裆上捞摸起来，他发觉裤襟拉链的小虫般的牙子正好贴在珍妮特

---

① 威思（Andrew Wyeth，1917—2009），美国画家，以写实主义手法作画，技法细腻精确，代表作品有《克里斯蒂娜的世界》等。

的身侧。嘶嘶嘶嘶:他把拉链拉开,这小小的清脆的声音一下子把他们惊得清醒了。

“不行,”她说。“我们不能来。在这里不行。”

“再亲吻一次,”他乞求道。

一块湿漉漉的东西向她的嘴凑过来,她的奶子在他手里堆得满满的,他的舌头很希望在她的奶子的水平线上畅游一番。她挺直身子,躲开了。“简直是疯了。”她跪在水泥地上,用黑色蕾丝乳罩把她的胸部罩起来,那黑色乳罩却让他想起来塔里敦祖母家的小饰垫。正是祖母家那边的祖上认识特迪·罗斯福,罗斯福才带着祖父去打过猎。“孩子们随时会闯进来的,”珍妮特说着,把针织衫拉下来。“马西娅也许会赶回来。”

“如果她和弗兰克正在垃圾场那地儿交媾的话,她是赶不回来的。”

“你认为他们今天就会交媾吗?”

“为什么不会?”哈罗德问道。“久别重逢,她已经跟那个长角的怪物[1]从缅因州回来了。Avec le coucou[2].他们为他们在外面鬼混几个小时,给我们编了一大套瞎话。什么理发呀。公平分房啦。”

她把她那件桃红色毛衣整理一番,这下又像一个披肩一样吊在身上了。她从跪姿站起来,掸掉了裤子膝盖上的脏东西。他则仍然四仰八叉地躺在洗衣间的地上,她端详着他,仿佛他是一样买来的东西,在家里看上去与在商店里不一样。她问道:“到现在为止,你真的从来没有怀疑过她吗?”

“没有。我认为她没有这个胆量。我刚刚把她娶来那阵子,她就是一只战战兢兢的小耗子。我的小姑娘羽毛丰满了。”

“你不震惊吗?”

“我备感凄凉。不过我们来说说你吧。”

---

① 我们讲“戴绿帽子”,英语中说“头上长角”。

② 法语:跟那只杜鹃。西方认为雌杜鹃性喜易偶,故有此说。

她带着心思重重的劲头把衣服整理一下。“那是一种本能的东西。别把我当成什么圣贤。”

“不过我把你当成圣贤了。我敬慕你。Ta poitrine,elle est magnifique[①].”

仿佛这番恭维早已粘在上面,她从针织衫上抽下一条棉线。“乳房现在软了许多。你要是在我十九岁上认识我就好了。”

“奶子很美妙。求你和我一起上楼吧。”他感觉站着求她是对的;这样,他们做爱的时刻便减少成了一堆压扁的脏衣服了。交出了所有的证据后,他就听任她支配了。

珍妮特说:“不可能。孩子们在身边。”她的两只手或高或低地抽动,把复杂的考虑表露出来。

“难道我们永远不能呆在一起吗?”

“马西娅和弗兰克怎么办?”

“他们怎么办?他们正在伤害我们吧?说实话,他们互相所作所为的,我们总能照方抓药吧?”

“哈罗德,我没有这么冷酷。我有一种非常妒忌的道德的本质。我想看见他们得到报应。”

“不管事情走到哪一步,我们都会得到报应的。这是生活的法则,人们会受到报应。做了好事的人会得到报应,做了坏事儿的人也会得到报应。我们办公室的一个人,一辈子都在服用维生素药品,两个星期以前在电梯里就突然倒下了完蛋了。人们就是不干任何事情也会受到报应的。修女照样得子宫癌,因为她们不媾合。你对我正在做什么呢?我原来认为你在主动给我什么东西呢。”

“我是在主动靠近,我也真的靠上去了,可是——”

“我接受了。”

---

① 法语:胸脯,好样儿。

“我为你感到遗憾，我不知道究竟为了什么。哈罗德，这太腐败了。我们怎么办呢？跟他们摊牌，做出一个夫妇交换夜晚的日程表好吗？”

“你这样干倒是浪漫到底了。为什么跟他们摊牌呢？我们先告诉他们一些东西就行了。我们先互相来往起来，看看事情会怎么样。难道你没有好奇心吗？你要明白，是你搞得我想要你的；是你穿着性感的夏日服装，在炎热的波士顿大街上引逗我。珍妮特，难道你一点都不想要我本人吗？我不是唯一能让弗兰克迷途知返的途径吗？”他用手背在她奶子的背面往下滑动，随后在正面抚弄。从她脸上的表情变化上，他看出来这招很灵。抚摸她，不停地抚摸她。她的奶子软塌塌的，需要触摸。不能给她产生怀疑的时间，她不喜欢她所知道的东西，不需要时间思考。别停下。

她缓缓地说起来，一边用舌尖把上颚顶了几下，用手指一个接一个往下摸他的衬衫扣子。“弗兰克，”她对他说，“下星期前半周要去纽约。”

“Quelle coïncidence[①]！下周马西娅也要去听下星期二夜晚交响音乐会，星期三上午要参加青年女子联盟地方分会的慈善活动，也许要在城里过夜。我想我应该鼓励她呆在城里，你不认为吗？可怜的圣女，或做或不做的，熬了这么长时间。”

珍妮特盯着他的肩膀上面；她的上嘴唇向上翘起，和她那苦苦地绷起来的丰满的下嘴唇是那么不协调。“真的发展到了这一步了吗？他们一起整夜整夜地鬼混吗？”

“别生气啊，”他说，一面告诫自己：别停顿。“躺在心爱的人身边，那是一种奢侈。Un luxe[②]. 别埋怨他们了。”他继续抚摸她的奶子。

“你知道，”珍妮特说，“我喜欢马西娅。她总是很快活，总是有话可说；她经常让我从低沉的情绪里挣脱出来。我认为我真正在意的并不是弗兰

---

① 法语：太巧了。

② 法语：一种奢侈。

克——我们很多年在床上都没有如鱼得水过了，可怜的家伙，随他去吧——我在意的是她竟会对我做出这种事儿来。”

“你听清楚我说星期二夜晚的意思了吗?”

“我听清楚了。”

“我们两个谁应该找个看孩子的呢?”

于是，那个秋天，哈罗德和珍妮特背着弗兰克和马西娅睡在一起了。哈罗德一开始发现他的情妇来得很慢；在她生动的肉身的不可对付的敦促下，他的高潮总是早早就到来了。一直等到第六次幽会，在阿普尔比夫妇客房里偷情一个小时，身边是一个中国庙宇装备的架子和一些弗兰克父亲传下来的卷轴，珍妮特终于来了，在她禁不住的拧动中抽动身子，哈罗德最后从根儿上释放出来，事毕后庆幸自己还活着，不禁哈哈大笑起来，觉得自己有那么要命的片刻，迷失在她的身体里，只是一个雷鸣般的心跳而已。他喜欢看着她，她赤裸的胴体有那么多乳白、粉红、淡紫的色度，她的脚掌是黄色，她的血管是草绿色，她的肚子是雪花石膏。他在她身上发现了意想不到的端庄和谦让，这让他的爱恋如鱼得水，因为他对扮演老师和鉴赏家的角色很受用。他津津有味地坐在她身边，端详她的身体，直到她懒得回避，把他的凝视安静地接受下来，宛如一个画家眼里的模特儿。他感觉，他对她早已不屑一顾的她的美丽加以指点，尽管她直率和直白的言辞显然一度认可了自己的美丽，十五年前的美丽，那时候她的岁数和他在圣路易斯搞出混血儿的年龄一样。哈罗德相信，美是在人们中间所发生的东西，在某种意义上讲是曾经发生过的踪迹，因此他真的在她身上发现，尽管此时此刻有了皱纹，不水灵了，松垮了，却要比那个没有使用过的姑娘更加美丽，只是那个姑娘认为自己随着生活成了糟糠。这样认知的慷慨回到了他自身；哈罗德和珍妮特躺在一起的时候，对她赞赏不已，觉得仿佛永生的发亮的肿瘤正在消耗他的道德细胞。

一九六二年秋天，这两对夫妇忘乎所以地、不顾廉耻地搅在一起了。弗兰克和马西娅很高兴不费吹灰之力便一块儿扎堆了。珍妮特和哈罗德私下里还开玩笑，嘲弄另外两个情人眼下采取的透明的方略。这些玩笑开始在他们四个人相聚时的谈话中泄露出来。本来是星期日夜晚从餐馆取了食物相聚的，这下平日里也频频相聚了，喝酒一直拖延到了临时拼凑的晚餐，打着开车往对方家送孩子的幌子安排一切（小弗兰基和乔纳森互相斗气；凯瑟琳还是一个小宝贝，对茱莉娅和亨利埃塔笨拙的呵护不习惯）。在女人们做饭、忙碌和打扮的时候，弗兰克和哈罗德则一杯又一杯喝酒闲聊，谈论莎士比亚、历史、音乐、专横的市场、种种垄断、生意悄然兼并和政府默契合并、联邦政府到处伸手、肯尼迪处理古巴和钢铁的失策、他们自己的肯尼迪国际机场的相似背景，比如各种不同之处啦、他们的过去啦、他们的父亲啦、他们对父亲从不满到欣赏到爱啦、他们对他们的母亲和性的嫌恶和惧怕啦，他们认为这个世界是一个为了支持转瞬即逝的快活必须干些傻事儿的去处啦，等等。"成熟了便一了百了啰，"弗兰克有时会说，这时往往是四个脑袋都陶醉在从孩提时代一直没有体会到的浓烈的友谊之中，冷场的局面趁机展开翅膀闪动起来。

或者，珍妮特知道他们指望她说出一些非同寻常的事情："我不明白为什么乱伦就那么罪大恶极。为什么大家都对乱伦谈虎色变呢？我过去就很想和我的哥哥睡觉，而且我敢肯定他也不在乎和我睡在一起。我们过去经常在一起洗澡，我看见他硬撅撅起来了。他在我的肚子上干过一些事情，我还以为那是在撒尿呢。现在他在布法罗经营我父亲的抗生素实验室，我们就不能干什么了。"

"亲爱的，"哈罗德对她说，一边向阿普尔比夫妇悬挂灯笼的起居室的那张圆皮咖啡桌探了探身子："原因就在这里。这就是谈虎色变的原因。因为大家都想干这种事儿。除了我。我有三个妹妹，其中两个会站在一边大加指责的。Trois sœurs est trop beaucoup[①]. "

---

① 法语：三个妹妹太多了。

马西娅感觉到了一个原因，立马坐直身子，说："我正在看有关托勒密王朝的书，你们知道，那些法老们，都是兄弟姐妹联姻的，却并没有生养出白痴来啊。因此，我想，所有这样的担忧都是清教徒弄出来的把戏。"她的耳坠在不停闪动。

"猫就是近亲繁殖，"弗兰克说。"同胞猫儿总是交媾。"

"可是，凡是交媾的猫儿，"珍妮特问道，"总是同胞吗？"

"我曾经谈论过这种事儿，"哈罗德说，决心和马西娅斗一斗嘴皮，"是和一个银行家交谈的，他当时在兰开斯特一带大量资助那些阿曼门诺派①，他跟我说他们都很矮小。Trés，trés petits②. 他们一代比一代矮小。你也是近亲繁殖的，马西娅。他们都比你大不了多少。"

"她长得很秀气。"弗兰克说。

马西娅对珍妮特说："我同意你的说法。我有一个呱呱叫的弟弟，演奏双簧管的，是一个和平主义者，嫁给他可以说心满意足，用不着再解释为什么你就是那个样子，知道所有的家庭笑话的人都会对你的各个时期很在意。不像这两个呆瓜。"

"这话可以反过来说，"哈罗德紧追不舍，"你知道为什么美国人蹿得这么快吗？营养不能说明这点。异族通婚。人们和村子以外的人通婚。他们穿越大陆，到丹佛，到圣路易斯，找人通婚。"

马西娅问道："为什么非要去圣路易斯呢？我明白为什么去丹佛。"

哈罗德继续说，因为失口而脸红了（两个女人都不知道那个私生子，但是弗兰克知道）："基因新鲜嘛。那是交叉受精。因此，从生物学的角度看，那个'爱你的邻居'的建议是很可怕的。正如那个人③那么多其他的建议一样。"

---

① 基督教的一个以教规严格著称的派别。

② 法语：非常非常小。

③ "那个人"指耶稣基督。

“人家是说爱你的邻居，并没有说睡你的邻居，”珍妮特说。

“我想要我那个呱呱叫的弟弟，”马西娅说，给自己又倒了一些波旁威士忌，呜呜假装哭泣。

“成熟了就一了百了了，”弗兰克在冷场一会儿后，又说。

或者，他们会围绕那张长方形的镶嵌图案的咖啡桌，坐在小史密斯夫妇隐形变阻器照明的起居室，观看哈罗德徒手打拍子，指挥瓦格纳的《特里斯坦》或者莫扎特的《魔笛》或者布里顿[①]的《战争安魂曲》。弗兰克·阿普尔比只喜欢巴洛克风格[②]的音乐，因此呆坐在那里，他的眼球红红的，大肚子挺了出去，而哈罗德则像一个日本交通警察一样扭来扭去，要么拨动手指表示管弦乐队后面的三角铁[③]发出的叮当之声，要么做出夸张的拥抱动作，表示呼啸的海洋般的弦乐鸣响。珍妮特出神地看着哈罗德表演，而马西娅在一旁不解地观察珍妮特。她从这疯子一样的表演中能看见什么呢？一个夜里和弗兰克同床共寐的女人，怎么会对哈罗德乏味的愿望满足有一点兴趣呢？一天夜里，阿普尔比夫妇走后，马西娅问哈罗德：“你和珍妮特睡觉了吗？”

“怎么啦？你和弗兰克睡觉了吗？”

“当然没有。”

“就是啦，我当然也没有和珍妮特睡觉。”

她又用新的花招拷问。“你不是对阿普尔比夫妇厌恶透顶了吗？我们别的朋友过得怎么样呢？”

“大史密斯夫妇移居纽顿了。”

“他们从来不是我们的朋友。我是说索恩夫妇、格林夫妇、索尔兹夫妇、加拉格尔夫妇和哈尼马夫妇。你知道乔治妮前些天告诉我什么了吗？她说

---

① 布里顿（Benjamin Britten，1913—1976），英国作曲家、指挥家，常用现代手法写作，作品以歌剧和声乐曲为主，代表作为《彼得·格里姆斯》等。

② 指多用装饰调和赋格式的音乐。

③ 一种打击乐器。

马特曾经对罗宾逊老宅有一点点兴趣，因为安杰拉想要下它。一对从坎布里奇来的夫妇已经买下了。”

“乔治妮怎么知道这些信息的？她真成了研究哈尼马夫妇的老手了。Un spécialiste vrai[①].”

“你不认为弗雷迪和安杰拉彼此有意吗？”

“Tu es comique[②],”哈罗德说。“镇上的女人都堕落了，安杰拉还是安杰拉。当然，她排在你之后了。”

“你认为乔治妮和皮特有一腿吗？”

“嘿。她看他时，脸上确实有一种非常放纵的微笑。”

“你是说，珍妮特看你时也有那种微笑吗？”

“Tu es trop comique[③]. 她块头有我的两倍大。”

“哦，你有大——”

“鸡巴吗？”

“我是想说，那正是你的理想。”

别的夫妇们都叫他们“阿普尔-史密斯夫妇”了。安杰拉·哈尼马从来不做梦，却梦见她端了一块糕点去阿普尔比夫妇家串门。在六棱采光彩色玻璃的前厅，她看出来她不能从前门进去，因为房子里到处都是婚礼请柬。马西娅·小史密斯绕着房侧走过来，身穿短裤，挥动着一根红色的槌球木槌，说：“好啊好啊，我亲爱的，我们会玩得很快乐的。”随后，他们大伙儿，一大群人，走在一条乡间小路上，而这条小道通着码头，安杰拉仍然两只手在胸前捧着那块蛋糕，她对弗兰克·阿普尔比说：“可是你能打听清楚各种保险单的情况吗？”这话问得奇怪，因为在清醒的日常生活中，安杰拉从没有想到上保险的事儿。他把眼睛使劲翻了翻，他向她保证说：“我正在发行一笔

① 法语：一位真正的行家。

② 法语：你很滑稽。

③ 法语：你滑稽之极。

债券，”这是她记得最清楚的话，另外还记得一路两旁长满了紫罗兰、风信子和蓝色的百合花。第二天上午，幼儿园下课后她和乔治妮一起喝咖啡，因为近来和乔治妮相处得不大融洽，于是迫不及待地把这个梦告诉了乔治妮。乔治妮告诉了比阿和艾琳，而皮特在早餐桌上也听说了这个梦，在办公室里讲给马特·加拉格尔听。这样一来，贝尔纳黛特·安便从两个渠道听说了这个梦，在公平住房协会听艾琳说了，又在塔博科斯北马瑟-雷斯敦合唱团排练后听特丽·加拉格尔叙说了一遍；嘴干舌燥的歌手们通常回到安夫妇家喝啤酒。

然而，告诉马西娅这个梦的却是比阿，因为比阿居心不良又与她卖弄风情不可分割，而卖弄风情又和她不能生育以及酗酒密切相关。马西娅给弄懵了，并不觉得有趣。她一点没有想到珍妮特和哈罗德会睡在一起。她认为哈罗德不会走到这一步；如同所有强势的女人，她因为早已和这个女人的丈夫有染而拔高了身份，有点害怕珍妮特。她没有料到，在外人的眼里，这两对夫妇偷情是半斤对八两。她受到震动，吓坏了。她跟哈罗德说了；哈罗德却大笑起来。他们一块儿告诉了阿普尔比夫妇，这次大笑的却是珍妮特，弗兰克则露出苦恼的样子。“人们为什么不管一管他们自己的肮脏勾当呢？”

“而不要管我们的肮脏勾当吗？”哈罗德快活地说，他的双鼻尖儿向上翘起，马西娅认为，正像蜜蜂的屁股。

“我们的语言！”她说，很恼怒的样子。

“得了，mon petit chou①，”他对她说，“安杰拉梦见什么，由不得她自己。她是我们认识的人中最有德行的。比阿拿那个梦取笑你，也是由不得她自己。她的老公经常揍她，她不能生养孩子，她不得不在某方面弄出些动静来啊。”

---

① 法语：我的小卷心菜。

珍妮特无精打采的样子。“她一定求着挨揍的，”她说。“她选择了罗杰，罗杰就是她所想要的人。”

“可是这对我们大家来说都是真实的，”哈罗德说。“Tout le monde[①]. 我们得到了我们无意识中想要的东西。”

马西娅抗议道：“可是他们一定以为我们什么事情都干了，我觉得我很讨厌他们，因为他们想象不到纯粹的友谊。”

“确实也很难想象，”哈罗德说，不知道面露微笑是不是有些过分。他们都站在了悬崖边上。他看了看珍妮特，拿着香烟睡眼蒙眬地斜倚在阿普尔比夫妇家的黄色高背椅上，她那绸子衬衫亮闪闪的纹理很清晰，她的裙子一时疏忽露出了她的袜根、搭扣和熟悉的肉体，不由得想到此时此刻带着她上楼有多么容易、多么恰当，而另外两位把玻璃杯拾掇利落也上他们自己的床上去好了。

弗兰克说：“他们饥肠辘辘啊。他们的婚姻已经走入了死胡同，任何让他们鼻子痒痒的东西，他们都认为是香槟酒。我们在一起彼此都备感放松，一定不能让他们把我们搞得无地自容。”他清了清嗓子又说：“摇身一变，众人倾慕。”

这番话让他们四个人都在脑子里幻象出一个恶毒的夜晚。马西娅一直察看弗兰克，两只眼睛黑黑的，像星星一样黑，黑得浓烈，不放一丝儿光亮逃脱，她感觉她的肉身成了一个坑，用来接收这个血流缓慢、两手柔软的男人，他自己的讲话在她成为他的情妇后，越来越接近莎士比亚的神色和尊严了。鼻子痒痒，香槟芬芳。他把他们从悬崖边上呼唤回来。小史密斯夫妇一点半离去，开车穿过镇子，灼灼的灯光在十一月里赤裸裸的，似乎在诉说他们的闲言碎语。他们卧室的窗户外面，盐沼地上退潮的水道一条挨一条，长长短短，参差不齐，一轮明月呈现出来，而真实的月亮横挂在广袤的天空。焦

---

① 法语：所有的人。

虑,歉疚,他们开始做爱,而树叶落光的镇子那头数英里之外,另一对夫妇也赤条条的,和他们一样在做爱。

冬天来临了,完整的忏悔才姗姗来迟。新罕布什尔州的雪早早就来了,圣诞节假期期间,哈尼马夫妇、阿普尔比夫妇、索恩夫妇、加拉格尔夫妇以及小史密斯夫妇带着他们比较大的孩子去滑雪。旅馆公告橱窗里贴满了旅馆夏季的照片,小船啦,身穿湿淋淋的泳装在玩掷环套桩游戏和掷环套栏杆游戏的夫妇们啦。现在,积雪在门廊台阶上咔吱作响,门口放了一块禁止穿滑雪靴走进餐厅的牌子,正餐是豆汤和熏火腿还有深碟苹果馅饼,孩子们餐后在楼上位于女孩和男孩房间之间的长厅里蹦跳追逐,而楼下他们的父母们在壁炉边取暖,滑雪活动的兴致还很浓。威士忌酒急匆匆灌下,取代了新鲜空气的热量,在他们身上热乎乎的。乔治妮有条理地翻阅《滑雪》杂志。弗雷迪在沙发上和看上去很沮丧的珍妮特喁喁细语。弗兰克与儿子、乔纳森·小史密斯在玩“沉思”的游戏,玩输了,因为他一直在琢磨肚子里翻腾的不舒服劲儿,也许是火腿在作祟,因为火腿有一股浓烈的葡萄酱味儿。哈罗德兴致勃勃地摇晃冰块儿,在为安杰拉配制一种饮料,他忘不了安杰拉在陡直的滑雪道上娇媚的脸上出现了一种超凡脱俗的光辉,达到了一种不会腐烂的高度;她看去二十二岁,而不是三十四岁。马西娅在聆听马特·加拉格尔解释梵蒂冈可能对人工节育采取的裁决,因为全基督教委员会已经休会了。他说:“不行。他们不让我们过性生活,但是他们在星期五给我们肉吃。”马西娅心领神会地点了点头——拥有一个情夫可以加深她理解每件事情,甚至理解了马特·加拉格尔依附一个不可爱的教会的行为——然后向特丽看了一眼。特丽穿了黑色弹力裤盘腿坐在地板上,小心翼翼地弹拨鲁特琴的和弦组合;鲁特琴的样子像葫芦,很阔气的乐器,八根弦可以弹奏出一种俗套的遥远的调子。马特给她买的圣诞节礼物,与买奔驰车摆阔的做法是一致的,也许还有象征性用意,因为鲁特琴的金黄色泽以及做工讲究,看起来很神圣,如同他们的婚姻。皮特躺在她旁边的地毯上,注视她大腿根儿绷得紧紧的布料。裤缝有一针脱落了。意识到乔治妮在他背后生气,他向她滚了过去,两条腿在空中做骑自行车的练习,心里纳闷儿和天主教徒做爱是不是不一样,由此想到他多年前和特丽的恋爱,无果而终,当时他和马特刚刚搭伙起步。惠特尼、玛莎·索恩、露丝·哈尼马、带有庚斯博罗肖像画人物的脆弱样儿的汤米·加拉格尔以及梳了黑辫子的茱莉娅·史密斯,正在观看布莱恩·唐勒维主演的二战电影。曼彻斯特接收的频道不是很清晰。那场"沉思"游戏中断了。弗兰克需要再喝一些波旁威士忌,让胃里舒服一些。孩子们三三两两被领上了楼,或者领到树干灰白的桦树下那些煤气供暖的小别墅去了。壁炉旁边一组打桥牌的陌生人解散了。乔治妮·索恩是一个整洁的女人,羽毛状发式的头发开始花白,看去像多那太罗雕刻的男孩的侧影,一边浏览《家庭与花园》杂志,一边点头,跟着她的孩子们出去到他们的小木屋睡觉去了。弗雷迪向她抛去一个嬉笑的飞吻。一个人走在吱吱作响的小路上,她想起皮特就气不打一处来——他吊膀子,杂耍——然而又知道这就是交易,她已经得到了她所想要的。她呼出的气在黑夜的空气里白蒙蒙的。看不见的湖面发出了呻吟声和破裂声,冻得更结实了。黑魆魆的桦树的枝杈瑟瑟作响。哈罗德和马西娅试图组织猜字谜游戏——波提切利[①],幽灵——然而大家都沉湎于肉体方面的享受,无人响应。电视没有人看,自个儿不甘寂寞,正播放十一点新闻,报道联合国部队在刚果加丹加省的军事行动;而后有人关上了电视。皮特恳求特丽·加拉格尔给大家来一个音乐会,于是,她做出一副违背自己意愿的样子,白白的着迷的纤指在琴弦上拨动,开始演奏一曲她很熟练的《绿袖》。他们试图跟着她的曲子吟唱,但是都忘词儿了。她微微倾斜着头;她那长长的黑发从一侧垂落下来。她把曲子演奏完了;军人出身的马特身手敏捷,一跃站了起来;加拉格尔夫妇走出室外,到他们的小木屋去了。在打开门的当儿,大家都听见了扫雪机在

① 意大利15世纪的著名画家;这里指一种以他的名字命名的字谜游戏。

路上扫雪的声音。一个布满灰尘的角落高高悬挂的杜鹃报时钟敲响了十一点，晚点了。安杰拉仪态万方，娇媚的脸颊红扑扑的，这时也站起来，而皮特像一只喜欢挠痒痒的哈巴狗，跟着她上楼，进入他们的房间。这下只剩下了阿普尔-史密斯两对夫妇和弗雷迪·索恩了。

那对经营旅馆的稍为年长的年轻夫妇，清理完山堆般的碗碟，走了进来，节俭地关掉了所有的灯，只留了一个，并且把壁炉木柴推在一旁，让火熄灭。他们面向客人，露出了善意的微笑，却因鄙夷之色而善意大减。“晚安了。”

“晚安。”

“晚安。”

“Bon soir①.”

然而，又过了一个小时，光线昏暗，越来越冷，弗雷迪一直在讲话，不情愿放走他感觉到的美丽，夫妇们聚在一起营造出来的温馨氛围来之不易。“你们都是如此美丽的女人。马西娅，你为什么发笑？老天爷，每当我当着人们的面告诉他们一些美好的事情，他们总是发笑。人们憎恨爱。爱威胁到他们了。这就像牙齿腐蚀，闻起来有味儿了，就有伤害了。我是唯一活着的人，牙病威胁不到我，我手持牙钩和镜子，一路跋涉。我爱你们，你们所有的人，男人，女人，神经病孩子，瘸腿的狗儿，生癞的猫儿，哪怕蟑螂。自从上帝死去，人们就是人们剩下的唯一东西了。人们，我的意思是指性。性交。嘿，嘿，好啊。弗兰克，你相信悲剧和喜剧的区别吗？告诉我，哪怕仅仅为了性交。这是一个严肃的问题。”

弗兰克挪动了一下那个让他的胃部似乎略感舒服的姿势，小心翼翼地说：“我相信两者之间有一种形式上的区别，莎士比亚就相信这点。我对这点绝对不会妄加评论。”

---

① 法语：晚安。

“弗兰克，讲得很漂亮嘛。这正是这个世界中等智商的人会得出的结论。这也正是你和我的区别。因为我另有高见。我相信有悲剧的东西，有喜剧的东西。问题在于，几乎所有的东西，上达黄灿灿的星辰，下到你嘴里隐藏的美味而腐烂的东西，都是悲剧性质的。不妨看看小气到家的旅馆老板为了节省几个小钱熄灭的壁炉火苗吧。悲剧。听听寒风吧。十足的悲剧。OK，那么什么不是悲剧呢？在西方世界里，只有两样东西堪称喜剧性质：基督教会和裸体女人。我们没有列宁，没有算了。万物都让我们明白，我们会死掉的。想想这点吧；想想那两个蹦蹦跳跳的傻瓜吧。让你发笑吧，不是吗？至少让你微笑吧？想想可怜的玛丽莲·梦露吧；她主演的唯一好片子就是喜剧，天哪。”

“还有基督教会吗？”马西娅问道，瞟了一眼弗兰克，仿佛焦急地探询他的痛苦。

“天哪，我当然相信这点，”弗雷迪说。“完全相信。完完全全相信。一桶不起眼的水变成了酒。半桶也一样。一夸脱也一样。一品脱还一样。”

“接着讲，”珍妮特懒懒地对他说。“相信好了。”

“我不能啊。马西娅，别再盯住弗兰克不放了。他饱受胃酸折磨，可他会活着的。得了，这是一次真正一吐为快的谈话。人们活着就是为了说说话的。这是真理的伟大游戏。管管你，看看那件大领口款式紫色毛衣吧；你真的好可怕。你看上去像一个花色卷毛狗儿，除了神经就是脚趾甲，老天爷，顶呱呱啊。如果你祖父没有在东埃格做主教，你也不过是一个可怕的色相妞儿。珍妮特，你真是一个妙人儿。有时你一上手就赢，球道上一站，十柱全中，可有时候你就没戏。又有时候，你的嘴巴让人讨厌。今天夜里，你真的来劲了。你对某件鸡毛蒜皮的事情刻薄之极，也许是因为哈罗德怠慢了你，也许你有一股无名之火，但是你就是你。你总是那个样子。你还能是什么样子呢：天哪，你总是出现在每家药店，人家告诉我那不过是一种泻药而已，尽管我自己从来不需要，真的。”

“我们搞多种经营，”珍妮特对他说。“我们现在经营大量的抗菌药。不过，那不是一种泻药，而是一种矿物油。”

“矿物油更了不得。你减少了不少重量，这是精明的一招。有一段时间，你出现了双下巴。你知道，亲爱的，你是一个尤物儿——我是以冷眼旁观的态度说这话的，女孩子对女孩子的话——你用不着穿那些标新立异的衣服证明什么。你就是你，肥也好，瘦也罢，怎么都是珍妮特·阿普尔比哦，我们都还是想要最后一道甜点；我们都很爱你，别再瞎操心了。正如我说，你们都是要命的女人。今天夜里我都想死一次，真的令我膨胀，瞧瞧老特丽绷起来坐在那里，两条腿盘起来，一头秀发从可怜的肚子那块儿披散下来，多带劲儿。你们注意到她那张嘴了吗？好大的家伙儿。她的舌头像床那么大。每次我给她修理臼齿，我都想在里面团身躺下，美美睡上一觉。”

“弗雷迪，你醉了，”马西娅说。

“别搭理他，我喜欢这样子，”哈罗德说。“Je l' aime[①]. 弗雷迪的咏叹调。”

“哦，天哪，”弗兰克说，“这种男人，嘴里应该安置一个敌人，把他们的脑子给偷走。”

珍妮特说：“弗雷迪，我们闹够了吧。跟我们说说安杰拉和乔治妮吧。”

“两个都是美丽的女孩子。美丽啊。我不是在取笑。你们都挤兑安杰拉——”

“我们都没有，”马西娅抗议说。

“你们都挤兑这位圣女，但是她绝对拥有一个令人心动的屁股，我只在鸵鸟身上看见过类似的肥臀。”

---

① 法语：我喜欢。

“长颈鹿也有美丽的肥臀嘛，”哈罗德说。

“我认为，只是就你的级别而已，”弗兰克对他说。

哈罗德转过身，鼻子仰起来，说：“你这大河马。你这公牛。”

珍妮特说：“孩子们啊。”

弗雷迪接着说：“安杰拉，她今天夜里看上去难道不可爱吗？”

哈罗德有一条鼻音很重的嗓子，他颇引以为傲，模仿一曲咏叹调唱了起来：“难道她，难——难——道她，看上去不可爱嘛，今夜好——好——好迷人。安——安安安安安杰拉，拉拉！”

弗雷迪祈求两个女人道：“有话就告诉我。你们女人啊。你们的眼睛像勒斯波斯岛民的眼睛一样清澈。她看去难道不是二十妙龄，处女般的二十岁，那双眼睛都是蓝天，那身美妙的肌肤红桃花色，天哪。我是说，你们二位美女，恕我直言，她是我的梦中情人儿。我的偶像。我看着她那肥臀，就想到了天堂。二十英里的蓝鸟，草莓蛋奶甜点。”

两对夫妇笑得前仰后合。弗雷迪眨巴眼睛，不明就里；他杯子里的威士忌魔幻般地添满了。马西娅说：“弗雷迪，乔治妮呢？你还没有提到你的妻子啊。”

“一个健康的孩子，”弗雷迪说。“她烧得一手好菜，打得一手好网球。在床上嘛”——斜起眼睛估量着，手也不停地摇来摆去——“不过尔尔。Comme ci comme ça[①]. 我喜欢搞得长一些，品尝滋味，喝一点酒，再喝点酒，迷迷瞪瞪的，背式进入也尝试尝试，你们知道，把性事搞得具有人情味儿。可她来得太快。她来得快是因为事毕后赶紧去干她的家务。我送给她《爱经》[②]作圣诞礼物，可她连里面的插图都不屑一看。那骚娘们儿不会含玉吹箫，除非她酩酊大醉了。那位游吟诗人[③]怎么说来着？性交是人之常情；含

① 法语：不过尔尔。

② 印度8世纪一部关于性爱和性技巧的著作。

③ 指莎士比亚；莎士比亚的戏剧中有许多关于性的隐喻描写或者双关语。

玉吹箫呢，飘飘欲仙。”

弗雷迪一如往常，说起话来云苫雾罩；史密斯夫妇和阿普尔比夫妇按捺不住想溜之大吉。珍妮特站起来，把烟灰缸里的烟蒂清理到了闷燃的壁炉里。弗兰克把玩“沉思”的散乱的扑克牌收集起来。哈罗德把脚腕子搭在沙发扶手上，煞有介事地装睡。只有马西娅一直摆弄着一只耳坠，还做出一副津津有味的样子。

弗雷迪凝视着旅馆远处一个高高的角落，那只杜鹃报时钟悬挂了一大片蜘蛛网，像倒映在水里的鬼影。他说：“我领悟了。你知道我们大家为什么来到这个世上吗？”

哈罗德装出睡意很浓的样子，问道：“为什么？”

“我刚刚想明白了。一个幻象告诉我的。我们大家来到这世界都要彼此通人情。”

“弗雷迪，你可真愚蠢，”马西娅说，“只有你在乎人情，不是吗？人情就是你的魅力。你在乎人情的。”

“我们都是颠覆性细胞，”弗雷迪继续说。“好比在坟墓里。只有坟墓力图中止享乐主义。我们却极力要回到享乐主义。不容易。”

珍妮特格格直笑，赶在弗兰克的嘴说出话来之前把她的手捂在了他的嘴上，因为他又要说“成熟了就一了百了了”。

后来，疲惫和挫败无声无息地降临了他们中间。屋子里很冷。静默站在了前哨。弗雷迪懒洋洋地站起来，说：“在滑雪场见吧，”然后起身出门，走向他的小木屋。灰白的桦树那边黑魆魆的湖好似一张张开的嘴，等待关注。他胸部的淋淋汗水凝固成了一层硬壳儿；他光秃秃的天灵盖收缩了。他快步走在吱吱作响的小道，走向乔治妮，她的宽恕是一种解脱。

两对夫妇还不急于往楼上走。弗雷迪悲观的淫荡的讲演已经把他们搅乱了。马西娅和珍妮特交替拿起眼镜，收拾杂志，然后又坐了下来。弗兰克清了清喉咙；他的眼睛烧得红红的。哈罗德把两条腿这样交叠了又那样交叠,穿在紧身裤子里像飞镖一样移动,随后说,仿佛也代表了弗兰克:“弗雷迪病得不轻哦。Très malade①.”在壁炉栏里,分开的木柴棍的余烬形成了群星闪闪的局面,似乎在熄灭。静默变得黏稠,无法打破。马西娅从沙发上一跃跳起,而珍妮特身着桃红色毛衣和白色宽松长裤,像一个专心从侧面溜过来立即翩翩起舞的舞蹈演员,跟着马西娅走向楼梯去了,而后上了楼。两对夫妇的房间都在旅馆的楼上。弗兰克和哈罗德听见冲水和水管子哗哗的响声,而后把剩下的灯关上了。弗兰克又清了清嗓子,但是还是什么都没有说。

在楼梯走道,一排睡觉的门,哈罗德觉得他的胳膊有人触动。他没有料到这点。弗兰克压低声音沙哑地悄悄说:“你认为我们找对了房间了吗?”

哈罗德立即回答道:“我们在九号,你们在十一号。”

“我是说,你认为你和我应该换一下吗?”

哈罗德处于了解更多的高度,不由得对这位沉湎淫欲的笨拙男子感到可怜,于是提议道:“女士们难道不应该商量一下吗?我怀疑她们是否会同意。”

楼道里只有一盏灯亮着,在这盏长明灯下,弗兰克向前探着的头看上去装得满满的要往外溢,因为他憋着劲儿不乱说一气。他黏黏糊糊地说:“不会有什么事儿的。珍妮特经常说她把你迷住了。尽管上她身上好了。我祝福你。没有什么可担心的。让交媾尽兴就好。”

哈罗德装出一副无所适从的样子。“马西娅呢?她想要你吗?”

另一个男人可怜地点了点头,赶紧说:“不会有事儿的。”

九号和十一号屋门都虚掩着。

哈罗德想起来珍妮特裸露的两臂,汗津津地在波士顿夏季云母沙砾大街上甩来甩去,忍不住还想再折磨他的对手一会儿。“唔——你和珍妮特经

① 法语:病得很重。

常这样干吗?”他说着开始旋转两只手,几根手指和拇指于是在空中颠倒了位置。

“从来没有。以前从来没有。得了,干还是不干。不要借题发挥,腻腻歪歪的。我困劲儿来了,我的胃也痛起来了。”

弗兰克语气一下子变了,俨然一种强人逞强的口气,哈罗德害怕这种口气。这种口气也暗示,弗兰克从银行他的办公桌上已经给身为经纪人的哈罗德投去了大量佣金。哈罗德脑子里储藏的那些秘密模糊起来,不再谈判了。弗兰克的尖脑袋低下了。两扇门都虚掩着等人。一扇门后面躺着马西娅,每个烦人的夜晚他都会躺在她身边;另一扇门内,珍妮特,她的玉体就是一个香飘四溢的小匣子。他看出来他和她苦心经营的骗局现在就要全部失去价值了。然而,抛售的时候总是会到来;市场的玄机是了解什么时候出手。珍妮特在等待,犹如一大笔客观的红利。“为什么不呢? Pourquoi non[①]? 我喜欢来一下。不过要温柔一点啊。”多说最后一句话显得怪怪的,不过当弗兰克抬起头释放出一股醉醺醺的气味儿时,置身于这脆薄墙板和亚麻油布的过道里,哈罗德已经感觉到这个男人的级别重量。哈罗德担心他那紧张的柔软的娇妻,支撑不了这样的大块头;随后又记起来她已经偷欢窃娱多次了。看见弗兰克的样子——他那猴子一般的龅牙,他那血丝满眼的眼球——哈罗德有当众受辱的感受;哈罗德转身向九号房间走去,稍一推,门一下大开,仿佛黑暗正在期盼他。

门栓咔哒了一声。一道光从堆了雪的门厅顶上照进来,混乱地沿墙散开。珍妮特在床上坐起来,话说得短促简短,好像火柴在一个危险的地方划着了。“你啊。为什么? 为什么现在? 哈罗德,不对嘛!”

哈罗德摸索到床边,坐在了床沿儿上,发觉她正在往睡衣上穿毛衣。“这可是你家老公的主意。我只是顺从了。他们会以为这是我们的第一

---

① 法语:为什么不行?

次呢。”

“但是现在他们就会知道了。他们会察看我们的。难道你看不出来吗?你应该表现得格外震惊,说你做梦也想不到会有这样的事情。弗兰克知道,他喝醉时是不会在意这种事儿的。我敢保证,这正中他的下怀。哦,天哪,哈罗德。”她紧紧地偎缩在他身边,毫无性欲。他的胳膊搂住了她的背,汗淋淋的像一个病人。

“可是我想要你,珍妮特。”

“可是你随时可以拥有我啊。”

“不,不是随时。什么时候我能整夜都拥有你呢?”

“但是,那两个就隔着一个房间,你又怎么能尽享滋味呢?”

“他们没有伤害到我。我喜欢他们两个。让他们有多大性福享受多大吧。”

“我受不了这个。我不像你一样冷静,哈罗德。我现在就到那边去,搅乱他们的好事儿。”

“不行。”

“别用这种蛮横的口气。别竭力做出我父亲的样子。我心乱如麻。”

“躺在我怀里好了。我们不一定非要做爱。躺在我的怀里,睡过去好了。”

“难道你感觉不到吗?这是错误的。现在,我们是真的腐败了。我们四个都腐败了。”

他躺在她身边,不过是被子上面。窗户前面的雪很明亮。“你认为这事儿在月亮上还算事儿吗?”他问道。

珍妮特说:“多多少少是因为她。现在她会拿这事儿来对付我。”

“马西娅吗?你照样能拿这事儿对付她啊。”

“但是她上完了大学,而我没有。”

他大笑起来,深感惊讶。“我明白了。她上完了大学,所以她就比你知道更多的淫乱技巧，因此她从弗兰克身上得到的就比你从我身上得到的更多。就在这会儿，她正在玩‘鱼饵’游戏，接着就会像布琳·摩尔卫生系所推荐的，做出撩腿骑马的姿势了。”

珍妮特把胳膊放回被子里，嗤之以鼻。“根本不是那么回事儿。那不过是你所想到的而已。”

他自己揣摩，因为她毫无热情，他深感窝囊，他就毫无希望地伤害了她。一切落空了，他用鼻子长出了一通气。

过了一会儿，她用女店员面对拿不定主意的顾客的漠然口气，问他道："你为什么还不进被子里面来？"

他这才穿过棉布的宫殿，溜过她从十几个角度向他发散过来的香气，香飘四溢的香气，直奔那个散发香气的匣子。洗脸架旁边的电暖器那七根平行的喉管状散热管呼噜噜作响。她，珍妮特，难懂，苍白，涂脂抹粉，身沉，甜腻，较劲，母亲一样；她不耐烦地要他把那张窄窄的脸放在她的奶子中间，他的舌头伸出来，像一条瘫痪的蜥蜴的舌头。

一室之隔，对弗兰克来说，在房间的阴影里，马西娅透明，光滑，飘忽不定；他增大，增大，硕大无比，她静静地消失了，黑暗与他结为一体，然后缩进，这才听见她清脆的一口气接一口气的声音，轻轻地说："多么美妙。哦。日吧。多么美妙。日吧。日吧。"

在十号房间里，介于这两对夫妇之间，皮特和安杰拉·哈尼马背对背睡下了，遗忘了，皮特梦见了榫头和榫眼交合在一起，又令人扫兴地梦见了下午他滑雪的那些交替的跳跃、滑行和沉肩的活动，而安杰拉却是一会儿梦见无名无姓的孩子们，一会儿梦见一个她知道她从来没有去过的山区正在下大雪，一会儿又梦见一张狮子腿形的大桌子，上面摆了一个"梅瓶"形状的完美的空瓶子——都是一些她醒来后就会忘记的梦。

哈罗德忘不了那天夜里珍妮特表现出来的冷静的高贵，忘不了她那丰满的肩膀上那抹月光，忘不了她迎合他第二次高潮缓慢到来的那种听人摆布的优雅。疲乏以及他们公开的私密性所面临的那个令人分神的问题，让他的高潮迟迟不到，毫无特色。她任人宰割般地逆来顺受，躺在他身下，脖子伸得长长的，肩膀缩在暗地里。

“对不起，”他说，“我弄开没完了。”

“还好。我喜欢。”

“要不我停下？”

“哦，不。别停下。”

她声音中那种悲哀的平静，令他感动不已，他终于达到了临界，从悬挂中落下，让她摆脱了束缚。她转身睡着了。仿佛他和她在玩跷跷板，她死沉的重量把他翘起来，他失眠了。窗外的雪始终白茫茫一片，如同一片曝光过度的胶卷。支撑她蓬乱的头发的枕头，似乎是第二拨白雪。哈罗德每次闭上眼睛，都只是又一次看见了山脚、吊棚旁边枝头冰雪重压的受惊的松树、结满冰碴的枝杈、飞旋的雪粉、一个又一个转弯点堆积起来的滑道雪堆；他感觉紧绷的力量让腿无所适从。他的小腿酸痛。音乐，如同德彪西的清晰易懂的乐谱，在他呼吸的间歇，一直试图穿过他的耳朵。声音如同童音，她叹息道：“哦，不了，亲爱的，不再来了。”

迷迷糊糊，他在黎明时分清醒过来了。过道里响起了脚步声。马西娅。他那抛弃的妻子，被滥用了，快疯了，正在找他。珍妮特新奇的身体团身躺在他身边，还在沉睡，把他烤得直出汗。如同一个偷偷拆信的探子，他小心翼翼地从她身边挪开。这个夜晚自身的纤维正在断裂，碎成了明显看得见的棕色颗粒——隐藏在地板缝隙里的少许脏尘啦，他的滑雪靴擦破自己脚背的瘦长的脚啦，珍妮特晾在电暖器上的如同小章鱼的丝绸手套衬里啦，她那映得见月光的原色松木梳妆台上的擦手油啦。他闯进这个房间所穿的衣服中，他只有时间把裤子和毛衣穿上。过道又响起来，离这扇门越来越近了。他轻轻地把门打开，脸上温和的神色好像一个面罩。

果真是弗兰克，从盥洗室往回走，在那盏长明灯泡下看上去两眼惊慌失措，眼神迷离。看见哈罗德时，他的眼睛发生了一系列变化：躲躲闪闪，含有敌意，备感羞耻，不加掩饰的病象。

哈罗德小声问道："怎么啦？"

"闹肚子。喝高了。"

"Et ma femme? Dorme-elle[①]?"

"像一块石头。珍——珍妮特呢？"

"La même[②]."

弗兰克一时无语，在脑子里寻思他的情况。"肚子里像有一个柏油球，我怎么也弄不破。我最后吐出来了。这下感觉好多了。也许我有点紧张。"

"你想回到你自己的房间吗？"

"我看我们应该都归位吧。孩子们很快会起床，也许会闯进来的。"

"晚安，乖王子。但愿天使都逃走了，等等。"

"谢谢。山坡上见。"

"Qui[③]. 山坡上见。"哈罗德搜肠刮肚想法语"山坡"一词怎么说，但白费劲，只得哈哈一笑，仿佛一种嘲讽迟迟不肯露出真相。

哈罗德起床离去，还在过道里说悄悄话，珍妮特被惊醒了，知道是弗兰克来到了她的床前，尽管在假装睡觉。也许，这个时刻她受了冤枉的那种恼火劲儿才开始了。珍妮特这个女人早年花容月貌，养成了很高的心气儿。心气儿越高，失望越多，由此产生了乖戾的理想主义，一种只能发现这个世界的毛病的理想主义。她认定哈罗德默认换偶过夜，说到底还是以背叛她为条件的。马西娅在换偶通奸一事上如鱼得水，而珍妮特投入哈罗德的怀抱则是为了减轻他们的绝望。一种玩世不恭的家政蒙骗她认可了这样的正当性。每次和哈罗德幽会都是在实行一种报复；一种在黑暗中寻求正当性

① 法语：我老婆怎么样？她睡得可好？
② 法语：一样。
③ 法语：好的。

的手段。然而,她的勾搭成奸到头来并非一种报复,只是一种便利,而珍妮特的理想主义要求生活更多的东西,而不仅仅是两对夫妇四个人都获得的安慰和性交。道德操守更深层的下边另有隐情,那就是怀疑马西娅比她自己更淫荡,在床上更有功夫。珍妮特不明白自己为什么听任两个不胜任的、令人恼火的男人摆布,从而让马西娅顺理成章地成了一个淫荡货色。珍妮特总是认为这个女人无味,邋遢,实际上却十分凶悍,而且珍妮特由此认识到,这件丑闻一旦被传开,她没准会得到所有的同情,而珍妮特却会饱受指责。

珍妮特一旦奋起抵制,这两个男人的不胜任和恼人劲儿就显露出来了。他们换偶过夜之后的那个周末,他们坐在了阿普尔比夫妇家的起居室,面前摆了包皮圆咖啡桌以及摆满继承下来的成套书籍的书架:红色封面的巴尔扎克,赭色封面的司各特,烫金白色牛皮封面的邓南遮[①],科诺夫版黑色封面的曼[②],多德版绿色封面的萧伯纳,等等。这面从来没有触摸过的书墙,把他们冒出的烟雾和谈话吸收了。那个冬天,第一场暴风雪袭击了塔博科斯,雪把他们封住了。弗兰克勾兑好了朗姆酒,他们都喝醉了。半夜了,他说:“我们上楼去吧。”

“不上,”珍妮特说。

“我不是说和我一起上楼,”弗兰克解释说。“你可以和他上去。”

“我看出来,你们两个显然都可以不屑一理。”

“珍妮特!”哈罗德说,没有感到十分惊讶,因为她星期三和他睡过后,她把自己的感情都说出来了。

---

① 邓南遮(Gabriele D'Annunzio,1863—1938),意大利诗人、小说家,作品宣扬尼采的超人哲学、唯美主义和色情,后成为效忠墨索里尼的文人,主要作品有诗歌集《新歌》和小说《死的胜利》等。

② 托马斯·曼(Thomas Mann,1871—1950),德国小说家,作品揭露资本主义的黑暗面,代表作有长篇小说《布登勃洛克一家》、《仙境》等。因抨击纳粹而被迫逃亡,后加入美国国籍,获得1929年的诺贝尔文学奖。

“我认为这太腐败了，”她说。“你不认为吗，马西娅？”

马西娅捏了捏她的左耳坠，仿佛耳坠发出了叮叮零零的响声。“如果我们彼此尊重，算不上多么腐败吧。”

“对不起，”珍妮特说。“我对你们谁都不会尊重的。我尤其难以尊重伺候很多男人的女人。”

“只有两个嘛，”弗兰克不满地说。

“很抱歉，马西娅。我真的认为你应该好好去看看医生了。”

“那样就有了三个男人了，”哈罗德说。他心里很有把握珍妮特的抵抗是一种迷雾，远处看似乎很浓密，但是等你走进雾里却别有洞天：如同在雾里打高尔夫球。

“你是说我应该被阉了吗？”马西娅问道。

“我不是说去看外科医生，是说去看精神病医生，去看心理分析师。弗兰克已经告诉我你做爱的每样功夫，我认为你追逐他的方式不正常。我说这话不是以一个受伤害的妻子的身份，即便换了别的男人，我也照样这样说。”

“亲爱的珍妮特，”马西娅说，“我喜欢你的关怀。但是我没有追逐弗兰克。我们走到了一起，是因为你在让他受罪。你让他得了胃溃疡。”

“他的胃在最近几个月里变得更糟，坏了好几倍。”

“我猜想，你也病得不轻吧。哈罗德交代过你在洗衣房里脱衣挑逗的情景，我很惊讶，原来你是那么翻手为云覆手为雨呢。”

珍妮特向哈罗德转过身去。“你都告诉她啦？”

哈罗德耸了耸肩，触到了他的左耳朵。“她告诉了我所有的事情。我不想让她感觉犯了罪似的。”

珍妮特开始哭起来，石头一样，胳膊和两手没有任何让步的动作。

马西娅点上了一支香烟，注视着另一个女人欲哭无泪的样子。“你别着急，”她说。“如果你向我恳求，我不会带走弗兰克。今天夜里不会，别的夜晚也不会。等你把他碾成一把糟糠，我才让你拥有他。半年来，我一直让他漂浮在水面上，我为此累得要死要活。我满以为你会对我感恩戴德呢。”

珍妮特什么也不说，两个男人都在替她解围。

“我长了溃疡，是因为熊市造成的，”弗兰克说，“可不是因为珍——珍——做了什么。”

“她在床上很有一套，”哈罗德对自己的老婆说。“Belle en lit[①].”

马西娅对弗兰克说：“那么，就日她吧。带她到楼上去，日她，别做出不入流的莎士比亚式俗套来我身边讨人厌。我讨厌这种大块头女人的眼泪，屁事儿干不了，只会让这个世界舔她们的扭捏的屁股。跟我离婚吧，”她对哈罗德说。“跟我离婚，跟她结婚，如果她有那样撩人的奶子的话。别让我啦啦啦啦没个完，成了绊脚石，不是吗，弗兰克？这就是死路了。你，我，这整个臭烘烘的勾当。”她站起来，俯视一下子出现在她眼前的一张张脸上那种惊诧的神色。

“马西娅，”哈罗德说。“别用你那些肮脏的语言辱骂珍妮特。”

“她没有辱骂我，”珍妮特说。“我同意她的说法。”

“我去弄些潘趣酒，”弗兰克说。“要么大家喝些啤酒？”

“弗兰克，你慷慨大方，”哈罗德说。“可是，如果我们还上床的话，我真的要顶不住困劲儿了。我请了一个米尔斯女孩看孩子，她正在波士顿大学读书呢。”

弗兰克说：“我那位买下罗宾逊老宅的埃克塞特朋友就在波士顿大学教书呢。”

“我听说他一表人才呀。”珍妮特说。

马西娅觉得一腔怒气渐渐消散，搭讪说：“我真受不了你们几位，我讨厌这座无聊的房子。”她到前厅取那件灰褐色的旧外衣。哈罗德跟了出来，知

---

① 法语：床上有几下子。

道她的钱夹子里已经带来了一个子宫帽，嘀咕现在她是不是会在家里派上用场。但是小史密斯夫妇已经等了很长时间离去，阿普尔比夫妇两位，起先是弗兰克而后是珍妮特，不得不在深雪里跋涉，把哈罗德的保时捷汽车推得发动起来，开下车道。汽车上了路时尾灯不可一世地一前一后地闪烁着，珍妮特说："但愿这是我们最后一次看见他们。他们是小人，我知道他们管不住自己，他们毒气熏人。难道不是一个可爱的夜晚吗，弗兰克？我想我们和这些人搅在一起后，我就没有注意过天气了。"在树木之间的空地里，他们门廊的灯光远远地照过来，显得很昏暗，雪花飞扬，在他们身上飘飘洒洒，轻轻地落下，落在他们身上就融化了。但是，在暖融融的前厅，她弯下腰脱去高筒套鞋时，弗兰克拍了拍她，她一下子挺直身子，对他说："还敢碰我。你想要的是她。你找她去吧。赶紧走。走。"

珍妮特一心希望的是不能表现得性冷淡。她受到的所有正式教育，无论迪斯尼的《白雪公主》还是上星期的《生活》杂志，已经教导她把最高价值放在爱情上。只要一个吻，就会抵消那个毒苹果。我们从生到死都在人群里活动，可以标榜的名字就是"爱"。不管"爱"多么不理想，她都害怕被人甩在后面。因此，她不能停止调情，不能停止红杏出墙，尽管她内心某种不专一的东西，一剂如同她父亲药厂的药渣的苦药，她的心每跳动一下便会被紧紧裹住。琼浆助长了她的春心。

几个星期里，阿普尔比夫妇和小史密斯夫妇避而不见。马西娅和珍妮特彼此较劲儿，让对方明白打过架了，覆水难收。别的夫妇们也很知趣，没有同时邀请他们参加晚宴。哈罗德给珍妮特打电话时，珍妮特说："很抱歉，哈罗德，我喜欢和你呆在一起，个人对个人，男人和女人，你真的很懂如何让一个女人深得妙处。但是我认为公开交换配偶睡觉，那很可怕，一团糟，下次你打电话来我直接就挂上了。就算别人都不在乎，可孩子们还是要想一想的。"弗兰克给马西娅打电话，马西娅则说："我很想和你睡觉，弗兰克，只是和你在一起，什么地方都行，我想得如何锥心，别人想象不到的。但是，我不能给珍妮特留下把柄，仅此而已。如果我觉得你爱我，那是另一回事儿；可是我认识到在那个旅馆的那天夜里，你离开我的床时，你对她的承诺依然那么深厚，所以现在我必须保护自己了。她要是能做到，她非把我灭了不可。我不想搞得满城风雨；那是她的作风，不是我的。我不是在和你就此一刀两断。当你和她把事情理顺时，我巴不得和你重温旧梦。很不幸，你是我生命的爱。”弗兰克无法回避的印象是，她要求他离婚。与此同时，我们在越南的顾问能力开始掉价，市场前景战战兢兢，因为面对扩大战争的机会，一方面害怕，一方面兴奋。大体上看来，肯尼迪的日子不好过；他在一些事情上表现得不令人信服。

一月份的一个星期六，塔博科斯的所有夫妇们都到波士顿用晚餐，在雅典奥林匹亚体育馆观看一场曲棍球比赛：熊队对红翼队。小史密斯夫妇和阿普尔比夫妇都没有去，因为都误以为对方去了。这下，他们两对夫妇倒留守塔博科斯了，而且顺理成章的是，由于乔纳森和小弗兰克都在东马瑟山雷达站一带上星期六的滑雪课，两位父亲便说好大弗兰克四点半去把他们接回来；然后，来到小史密斯夫妇家中，弗兰克接受了第一杯酒，随后又喝了一杯，等到六点钟，在唧唧咯咯的小史密斯夫妇的撺掇下，他给呆在家中的珍妮特拨通了电话，建议她找一个看孩子的，顺路买些比萨饼，赶过来聚一聚。他们颇当回事儿的道德问题，到头来不过是意识到另一对夫妇在一直看着他们而已。

十分钟后，珍妮特回电话，说她找不到看孩子的人；曲棍球比赛把他们吸引到球场去了。哈罗德接过电话，告诉她把凯瑟琳带过来，他们把她安置在亨利埃塔房间的小床上。

怀里抱着沉甸甸的婴儿，另一只手托着热气腾腾的纸袋，珍妮特七点半到来了。她穿了一件齐膝长的貂皮大衣，这是她新婚时置办的，但是在塔博科斯穿来未免张扬，甚至有点搞笑，一般情况下就闲置在防蛀虫袋子里了。外衣下面，她穿戴得别有风趣：一件粉红色绸衫，浆洗磨砂得像小青年们穿的蓝色的牛仔裤，一双半高筒白靴子，脱掉后是两只没穿袜子的脚。看见她穿戴成这样子站在长长的起居室（在粗线天蓝色地毯上，她的脚百合花般白净，她的脚后跟和脚趾关节沾满了花粉），哈罗德立时觉得全身软酥酥，甜蜜蜜的。就是马西娅看见自己的丈夫曾经拥有过这样一个非同一般的情妇，也不禁为之心动。弗兰克热切地迎上去，仿佛迎接一个病人，或者一个随时会消失的仙子。

从七点到八点，他们一直喝酒。八点到九点之间，他们把孩子送到了床上。小弗兰克暗中害怕他会尿床，不愿意和冷嘲热讽的乔纳森睡在同一张床上。他们于是把亨利埃塔房间里的那张小床给他睡了。这下只剩下了凯瑟琳·阿普尔比了，她的脸颊红得像渗酒的酒囊，只好躺上了那张高大的四方的神圣婚姻床，躺在了一条橡皮床单上。珍妮特躺下来，哼哼唧唧地哄婴儿睡觉，而马西娅把凉比萨饼放进了烤炉里。哈罗德给小弗兰基读小金子丛书中的一本名叫《矿物》的读本，而弗兰克不屑地瞅着乔纳森在被窝里看一本少年侦探小说《不速之客》。从九点到十点，大人们用餐，从十点到十一点，他们聊天，从十一点到午夜，他们跳舞。哈罗德在他们的音响上放了一张艾拉的旧唱片，随着《这些犯傻的事情》、《你最牛》以及《我漫游了世界》等曲子，这两对夫妇翩然起舞，哈罗德和珍妮特沿着边沿滑来滑去，而弗兰克和马西娅占据了没有铺地毯的中间地带。面向盐沼地的滑动玻璃门把他们的身影照成了双重的，这样一来一个对称的晚宴似乎也在进行，两对搂抱在一起的夫妇快接近对方时又立即离开，好像一张折叠的纸上的墨点子，或者又像紫色玻璃鱼缸前赏鱼的人，乍看没有鱼，走到了玻璃鱼缸前才发现了女人和男人的水淋淋的影子。

马西娅几乎一动不动，观察到哈罗德的手毫不忌讳地搂住了珍妮特的臀部，一边领着她从一个角到另一个角跳华尔兹舞；珍妮特跟着旋转，瞥见马西娅紧贴在弗兰克静止的怀里，听弗兰克在她耳边喁喁细语。他的脸上泛着红光，酒喝多了的样子。他的手没有放在她的背上，却伸进了她的下巴和胸膛之间，珍妮特知道哈罗德的大腿和她的大腿磨蹭之际，弗兰克的一根指头正催眠般地抚摸马西娅的喉咙底部，渐渐滑向她的奶子的上面。这是他为数不多的几个撩拨把戏。她旋转着，弗兰克没有伸向马西娅的喉咙的那只手把她过时的黑裙装后背的拉链拉开了。然后，从另一个角度，珍妮特看见马西娅的两片嘴唇承受了她脸上出现的歪斜的残忍的牵拉，如同叼住了一支香烟；珍妮特早已注意到，只要马西娅非常疲乏或者非常享受的时候，都会出现这种表情。在马西娅看来，珍妮特从屋子对面投过来的目光似乎无边无际，无限扩张，把整个房间个个角度都尽收眼底，如同一个金属草坪球，尽管变形而压缩，却把周围的家家户户都折射进来了。弗兰克的撩拨的手解开了她胸罩的钩子；他那根指头向下溜进了她的奶子间。她的身子有些酥软了。她感觉自己在生长。“我乘坐飞机漫游世界，”艾拉辞藻华丽地唱道，“我解决了西班牙的多派革命。”珍妮特旋转得头晕目眩，一阵不连贯的压力下她感觉向后倾去，把手拉动的感觉，拉链开了，处于一种蜥蜴蜿蜒游走的状态，心想哈罗德在另外两个人面前充当傻瓜实在是可悲，因为他们两个单独幽会时，身处一个理想的僻静处，他尽管得意地捞摸和触动皮肤，她都会加以原谅，根本不当回事儿。随着自己的身影膨胀，奶白的粉红的深红的，冉冉升向镶嵌圆形闪光变阻灯泡的天花板上的那些平行的红松木板，珍妮特似乎觉得母亲般的情怀总是她的特长所在。

正是珍妮特，一等乐曲停下，便开口说道：“我困了，头晕。谁带领我上床睡觉去？”弗兰克站在屋子中间没有动弹，哈罗德呆在她的身边。

为了给他们自己腾出地方，这两对夫妇不得不重新安排孩子们。凯瑟琳·阿普尔比沉甸甸的红扑扑的头在酣睡，被挪到了清秀的六岁大的茱莉娅·史密斯的床上；乔纳森房间（他开着灯就睡着了，那本《不速之客》扣在毯子上）的门关着，因此主卧房的声音不会把他惊醒。两张白色沙发并在了一起，拼成了第二张床。珍妮特觉得好生奇怪，如同到锡金或者高地秘鲁旅游一样奇怪，那个凌晨三四点钟还要开车回到自己家中；把他们的两个忘在一边的孩子用借来的毯子包裹起来，抱在怀里穿过小史密斯家坚硬的草坪，坐上他们的两辆黑乎乎的小车；有一搭没一搭地道别，重新穿上衣服后互相吻别，感觉身上的衣服像硬刷刷的临时的假服装；在弗兰克一直亮着的尾灯后面开车行驶，穿过一片这里那里残雪可见的荒凉景致；抱着孩子走进一所遗弃的房子，如同小偷携带了一包包赃物；躺在一个不熟悉的粗俗的男人、也是自己丈夫的身边睡觉；感觉另一个男人的精液仍然在自己的大腿间湿漉漉的；一觉醒来发现已是早晨，那些奇怪的感觉统统消失，毫无痕迹，只有弗兰克感激的眼中有些躲躲闪闪的神色和一种痛苦的不快，也许是不精确的再次复制，使用了星期天喜剧部分的色彩。

这种吵吵和和的模式，这种发作过又俯就的模式，那年冬天反复了三四次，而其间土耳其发生了几起飞机撞机事件，伊拉克和多哥发生了军事政变，利比亚发生了地震，加那利群岛发生了动物大迁徙，厄瓜多尔一座教堂倒塌，压死了一百二十名姑娘和修女。珍妮特已经喜欢上了读报，仿佛这样雾里看花似的窥探别人的生活，便可以给她指出自己的生活道路。为什么她还不满意呢？另外三位很满足了，她的宗教背景并不深厚——和长老会有点关系而已；她父亲尽管是一个慷慨的捐款者，也只是因为富得流油才去教会显摆，如同一个人在仆人们的宴会上露面，只会让仆人寒酸一样——不会因此感觉到难以释怀的罪恶。她怀疑马西娅、哈罗德和弗兰克都上过大学，深解种种奥秘，把她当枪使了。她感觉她的肉体被他们擒获。她成了他们的郁郁不乐的财宝。有一次，在她自己家中午夜过后给他们煎了些勉强凑够的鸡蛋，小睡衣外面穿了一件浴衣（她已经因为头疼和不痛快上床睡下了，一个小时后听见他们三个人一起哈哈大笑又下楼来），珍妮特守着煎锅趴在厨房的餐桌上，弗兰克抚摸她的一侧，哈罗德抚摸她的另一侧，马西娅见了莞尔一笑。她已经成了他们两个男人的尤物，成了他们的话题。他们不能理解珍妮特的幽闭恐怖和愤怒，和她讨论她有“问题”，仿佛这种现象无处不在，只有他们例外，他们三个例外。

“你们可曾看见过，”哈罗德问道，这时他们围着那张油腻腻的皮桌子坐了下来。“你们的父母亲做爱吗?”

“从来没有。这种只差捅破一张纸的情况,也只是星期天早上他们卧室的门还关着。”

“亲爱的珍妮特,”马西娅说。“可怜的可爱的珍妮特。身穿主日学校服装,踮起脚尖走下那条长长的安静的过道,在那道紧关的门前推呀,推呀。”

“放屁,”珍妮特说。“我从来没有推过什么门。你是在说自己干过的好事吧。”

“天哪,”马西娅说。“我想这话伤害她了。”

“坏姑娘,珍妮特,”哈罗德说。“是你把我推进了那个洗衣间。”

“那是因为你看上去十分痛苦。”珍妮特努力不让自己哭出来,因为她知道她一旦哭泣他们就会更来劲。

“让珍——珍自己呆着吧,”弗兰克说。“她是一个可爱的女人,又是我的那些继承人的母亲。”

“听听弗兰克,”马西娅对她的丈夫说,“又把自己交给继承人了。”他们的暧昧关系已经迫使各自充当了一种角色,马西娅已经让自己充当了干巴而聪明的人,而事实上珍妮特知道,她真挚、良善,感情炽热却没有幽默。珍妮特打量着她,看出来一种紧张的孩子天真地在恶作剧。

“你用不着在我跟前替珍妮特说话,”哈罗德对弗兰克说。“我爱她。”

“你对她有欲望,”马西娅纠正说。“你在她身上精神专一呢。”

哈罗德酒意正浓,双鼻尖儿上闪闪的,继续说道:“她是最娇嫩可口的该死的——”

“性福,”马西娅接了话茬说,在“新港”牌香烟软盒里摸出一支香烟。

“Pièce de non-résistance①,我三生有幸,”哈罗德接住把话说完了。他补充说:“婚外的性福。”

---

① 法语:难以抵抗的美味。

“外遇之角，外遇之角，欲望的外遇之角，”弗兰克说，“不是什么取笑的东西，冷嘲的东西，”珍妮特看出来这场谈话也令他感到压抑。

哈罗德继续对珍妮特说：“你和男孩在灌木丛里的最初经历有意思吗？Intéressant ou désagréable[①]?”

“布法罗的男孩没有把我带到灌木丛下，”珍妮特说。“我太胖，很富有。”

马西娅说：“我们从来没有真正富有过。只是还算体面而已。我把我父亲看作一位圣人。”

“床上圣人，”哈罗德说，随后用法语说：“San’ Coosh!”

“我认为我的父亲，”珍妮特说，渐渐有了说话的兴趣，很希望他们能告诉她一些东西，“是一个容易对付的人。我认为我母亲把他对付得滴溜溜转。我母亲非常美丽，从来不为体重操心，就是在她成了大块头时也认为自己很美丽。她叫我丑小鸭。她经常对我说：‘我真是不明白你。你父亲长得可是一表人才。’”

“你应该和精神病医生谈谈，”马西娅说，无意中同情就在脸上流露出来了。

“没有必要，我们说说就行了，”哈罗德说。“Pas de besoin, avec nous ici[②]. 很显然，她从来没有被允许经历同性的母爱到异性的母爱的过程。我们爱恋的第一个目标是母亲的胸脯。我们送给亲人的第一批礼物是屎巴巴，一个婴儿的屎巴巴。她父亲制造泻药。哦，珍妮特，你不愿意和我们睡觉的原因，就在这里了。”

“她和我睡觉了，”弗兰克说。

“别吹牛，”马西娅说，她干巴的表情下的明显而热烈的关怀，提高了弗

---

① 法语：有意思或是很讨厌。
② 法语：没必要，有我们呢。

兰克在珍妮特眼中的价值。隔着摆满空玻璃杯和细颈瓶的小圆桌面,她把他看作同甘苦共患难的人,经受了太阳炙烤之苦、咸水灌肚之难。

“你为什么一定要毁掉一切?”弗兰克突然对她喊叫道。“难道你看不出来,我们都爱你吗?”

“我不喜欢乌七八糟的游戏,”珍妮特说。

“小的时候,”哈罗德问道,“大人们让你在烂泥里玩过吗?要么你有过一个肛门性欲的保姆?”

“肛门性欲保姆啊,”马西娅说。“听起来很像一出音乐喜剧。”

“那有什么害处吗?”弗兰克问珍妮特,他那醉意朦胧的样子、血红的眼睛和沉重的脑袋,让她感到心惊肉跳,尽管她已经陪他同床共寐,她的这个大怪物,睡了十个年头的黑夜。他对着他们大家嚷嚷道:“我们来吧!我们就在同一间屋子里干吧!快日我这头白光光的母羊儿吧,我想看见她快活得咩咩叫唤!”

哈罗德鼻子里不屑地哼了一声。“看吧,”他对珍妮特说。“你一根筋,把你的丈夫逼疯了。我也头疼起来了。”

“我们彼此有点人情味儿吧,”弗兰克乞求道。

马西娅向他转过身去,知道他脑子里想什么。“弗兰克,别拾弗雷迪·索恩的牙慧。我认为你更有智力方面的自尊。”

然而,感觉到这桩麻烦的,正是弗雷迪·索恩,而且一直试图把这桩麻烦转变得对自己有利。“我听说在‘阿普尔-史密斯温室’里有一条蛇,”他对珍妮特说。

“这是哪方流言?”那是四月间他们欢迎惠特曼夫妇搬到小镇来,在他们家举办的晚宴。珍妮特身为主妇,忙得团团转;她以为来客和夫妇们处处需要她。皮特·哈尼马躺在楼梯上,福克茜·惠特曼从卫生间出来下楼,他从下向上窥探她的裙子。她一定要把福克茜拉到一旁,交代一下皮特的作为。

“哦,”弗雷迪回答说,一心想引起她的注意力,“这里那里,无处不在。整个世界都是‘阿普尔-史密斯温室’。”一个角落,那堵挂满成套服装的墙壁附近，约翰·安守在那里，他那张看不出年龄的脸，不苟言笑，客客气气，正在倾听本·索尔兹不遗余力的高谈阔论；珍妮特以为一个女人应该过去说几句话，但是在她前去的当儿，她却转过身去，离得弗雷迪·索恩的哝哝细语更近了。她心下纳闷儿，弗雷迪分明是一个牙医，他那张嘴怎么看上去没有牙呢？“他们分享你这餐盛宴，珍——珍，”他对她说。“你饲养两头公马，可马西娅却骑在马鞍上。”

“你省省心，弗雷迪，别这么下流地想入非非，”珍妮特说，模仿马西娅的口气。“看样子人们都信以为真，实际上恰恰相反，我和哈罗德从来没有一起睡过觉。这种可能性倒是提到过；但是我们认定那样乱搞太不像样子。”

“你很美丽，”弗雷迪对她说。“你看我的样子，眼神别有风情，很美啊。你自己有些东西你没有认识到，你真的不同凡响。你和这些浪娘们儿不一样啊。马西娅没有你的韵味，却一直卖弄风骚，想让自己不同凡响。比阿一直灌自己酒，想喝出个样儿。安杰拉一直想高高在上。可你就是你。不过给点面子吧，别说假话，蒙哄快乐的老弗雷迪。”

珍妮特大笑；弗雷迪的话像放在他诊所那把瓷制牙医椅子旁的甜甜的漱口液——不能吞咽却满口余香。她问道：“乔治妮呢？她有韵味吗？”

“她穿上网球衫还行，不让人倒胃口。她性交蛮好，可是做饭不行，这就糟了。我可不是在求婚啊。”

“弗雷迪，别让我伤害了你的感情啊。”

“你想摆脱出来，对吗？”

“在某种程度上想摆脱，某种程度上又不想摆脱。怎么说来着，我不是那种两面都讨得了好的女人吧？”

“两边迎合。雌雄同体。这边迎奉雄性之乐，那边享受雌性之快。”

“我们和史密斯夫妇合得来，只是坐在一起说说话，弗兰克和我过去一直没有成为真正的朋友。你想象不到真正的友谊是什么，对吗？”

他拍了拍他那明晃晃的脑门儿，猛然间兴致勃勃地挠了一阵子。“你我之间的真正友谊嘛,是的,还算不上。这好比一条鱼儿吃一条鱼儿的感觉。你想摆脱出来,我能把你捞出来。和我小小不言地吊吊膀子,你正在支撑的马戏团便会打起行装,离开小镇。你就能再次成全你做姑娘的本分了。"

"怎么就算是小小的吊膀子呢?"

"哦"——他的两只手做了一个挤压看不见的手风琴的动作——"不多不少,正好就好。无需动静,无需洗涮。如果达不到火候,就让它不到火候好了。无需借酒起兴,我的长春花儿。"

"你为什么有这样的提议呢?你并不是非常喜欢我。你想要的是安杰拉。"

"第一我不想要安杰拉,第二我喜欢你,第三我助人为乐。我想你就要惊慌失措了,我很不愿意看见这种情况。你对付那种局面只能一醉方休。你穿戴衣服得体,无可挑剔。顺便一提,你穿戴得好可怕。你怀孕了吗?"

"别卖傻了。这是帝国款式。"

"那么一旦把肚子搞大了,却不知道谁到底是父亲,你不觉得可怕吗?嘿嘿。你使用避孕丸吗?"

"弗雷迪,我开始厌恶这种谈话了啊。"

"好的,也罢,也罢。消消怒气。正如赫鲁晓夫把导弹布置在古巴时说的,没有冒险,就没有收获。我随时恭候,只要你认为我用得上。"

"谢谢你,弗雷迪。你是一个大好人。"珍妮特的良心让她心肠软下来;她找补道:"是的。"

"是的什么?"

"是的,回答你的问题,我在用避孕丸。马西娅还没有用。她害怕副作用带来癌症。"

弗雷迪坏笑一下,拇指和食指做成了一个圈儿。"你是金子,"他对她说。"你是硕果仅存的金子姑娘了。"他把用手做成的圈子放在了他的嘴上,舌头从圈子里抖动着伸了出来。

珍妮特认真地考虑了他的提议。她躲躲闪闪走过她家晚宴的人堆儿时，感觉这个提议并非那么不可行。弗雷迪围绕女人探路驾轻就熟。马西娅、弗兰克和哈罗德会被吓住的。哈罗德的虚荣心会不可原谅地伤害到自尊心。爱追逐爱。这些事情常发生。皮特在对可怜的小比阿·格林动手动脚。弗兰克在卡罗尔·康斯坦丁对面怪模怪样地扭动(他消化不良!)。艾迪坐在沙发上，把两只手弄成圆圈儿，向贝尔纳黛特·安演示飞机在拉瓜迪亚和爱德威尔德上空盘旋的路线，为什么涡轮螺旋桨飞机和私人飞机要比纯粹的喷气式飞机——美丽的新型波音 707 和 DC - 8——着陆更快，为什么每种商业飞机几百名乘客会因为飞行员的差错遇难，为什么洛根的椋鸟和海鸥特别危险；最后他把自己满头小鬈发的脑袋稳稳地搁在贝尔纳黛特的丝绸服装的肩膀上，做出睡着的样子。两位贵宾觉得置身晚宴之外。福克西一直想呕吐，惠特曼夫妇便早早地退席了。大家都离去之后，小史密斯夫妇还没有走，他们坐在餐桌边享用剩下的烈性酒，珍妮特问马西娅道："弗雷迪·索恩今天晚上好像让你着迷啊?"

马西娅大笑；她的耳坠在她的脸上拂来拂去。"老天爷，没有的事儿。他问我在'阿普尔-史密斯温室'里感觉幸福不幸福。"

"他为什么问这种话?"

"我冷如冰霜。他只好走开了。可怜的乔治妮。"

"他也问我了。事实上，"——珍妮特对玩弄幌子心中无数，但是本尼迪克特甜酒让她玩了一把——"他提议和我吊膀子呢。"

"他真是一个好玩的傻瓜，"弗兰克说。白兰地对他来说是不堪承受的，可已经喝了第三杯了。

哈罗德转动着他的柑曼怡[1]，心思重重的样子。"你为什么告诉我们

---

① 柑曼怡(Grand Marnier)是一款法国著名的香橙力娇酒，由法国陈年干邑和热带野生柑橘调制而成。

这个?”

“我不知道。我自己也大为惊奇,可这似乎不是一个坏主意。瞧瞧他的头发都脱光了,按凶相毕露的长相衡量,他还算很帅气的。”

“不过卖弄嘴皮子罢了,”马西娅说。她喝了一口茴香酒。

“珍妮特,你讨厌我了吧,”哈罗德说。“你怎么能把这种臭屎往我们三个敬仰你的人身上扔呢?”

“我只敬仰她一半,”马西娅说。

“那也有两个半人敬仰你哪,”哈罗德说。“Deux point cinq[①].”

“我不知道,”珍妮特说。“我猜我是不想再被人们议论吧。我不明白为什么你们男人看上去如此受伤害。也许这样能把乔治妮扯进来呢,难道我们不希望一点新鲜血液吗?我似乎觉得,我们已经把我们说过六七十遍的话说了个够。我们都知道弗兰克有胃溃疡,弗兰克的父亲为了不患胃溃疡对中国什么都感兴趣,还知道莎士比亚的喜剧不如中国神奇,也许他的胃酸更多了;我奉劝他服用马洛科斯牌胃药。从马西娅的口中,我们都知道了他父亲和身为主教的祖父是怎样的圣人,以及她如何不喜欢长岛而热爱这里,因为躲开了喝马提尼橄榄酒、打羽毛球的讨厌的俱乐部人士。我们都知道哈罗德嫖娼宿妓的经历,还有那个圣路易斯的有色黑妞儿,还有我们两个都不十分善于……”

“只要和弗雷迪有染了,”弗兰克说,威胁的口气很明显。“就会让你躲进修道院里。我会和你离婚的。”

“离婚好啊,”珍妮特跟他说,“我给逼急了正好把我们大家所有的好事都抖搂出去,我们登在报纸上那才好玩呢。朋友间一目了然的事情,解释清楚可就难上加难。”

“我也一目了然啊,”弗雷迪·索恩第二个周末跟她说,当时他们单独待

---

① 法语:二点五。

在格林夫妇家晚宴的厨房里,“你从来没有和哈罗德产生爱,你追他是因为要和马西娅摆平。”在两个周末之间的一天,她约好了一次看牙的时间,在看牙的间歇里,他从她口中套出了整个故事的来龙去脉。

“弗雷迪,你有何见教?”她品尝了一块餐前小吃剩下的奶油乳酪拌芹菜。“你怎么能希望用这种方式了解人们隐秘的生活呢? 哈罗德和我单独在一起时,他身上有些东西你都想象不到。他难以抗拒啊。”

“我们都不可抗拒,”他回答道。“抗拒性本来是女人决定抗拒还是不抗拒的直接功能。”他的眼睛在厚厚的眼镜片儿后面看上去总是错位,他在眼镜后面好像出汗了。弗雷迪视力有些问题。他最近安装了一支喷水装置的新钻头,在她看牙期间他经常需要把眼镜擦一擦。

“弗雷迪,”她跟他说,“我不喜欢被人指指戳戳,也不喜欢指戳别人。你一定要先让一个女人成为你的朋友。”

“你搬到这个镇子以来,我就一直是你的朋友。”他抚摸了几下那件黑蕾丝边的罩衫没有盖上的裸臂。蜡烛在另一间屋子里闪烁,别人都在那里聊得正热闹。“再想一想,”弗雷迪继续悄声说,“我认为你把哈罗德揽入怀抱,没有伤害另外两个人,反倒成全了他们,也没有赢得他们的关爱。一位有模有样的佳人,娘家富有,你却对自己该死的没有信心。”

“一个近视眼笨鳖又是牙医,你对自己该死的当然有信心了。就是有自信,也别去勾引那个惠特曼女人了。她怀孕了。”

“过奖了。更多的人都配备到美国潜艇上了。她还不清楚人家知道她怀孕了,她可是个性欲很强的女人。女人的皮肤过热,通常在床上都妙不可言。她们的心脏跳得更猛烈。”

“你真是一个不折不扣的流氓,”珍妮特说,她的皮肤尽管异常苍白,但是并不细腻和光亮。

珍妮特后来想了想,弗雷迪是对的,客气礼让已经成了他们生活的一个部分;阿普尔比夫妇已经达到了一种状况的边缘,他们的需求在这边缘冒出来，一种普通的礼仪取代了个人的欲望。这两个女人出于怜悯会与男人睡觉，每个人因为一种缩小的无望的宽厚，容忍对方和自己的男人明铺夜盖。一种交叉的圆通和利益的编织已经给他们的家庭带来了不健康的医院的气氛。弗兰克和哈罗德由于情欲驱使，已经变得浑浑噩噩；她和马西娅在发脾气的间歇之间，彼此保护，互相体贴，如同一间事故病房里的毁容的病人。

在接下来的一周里，她到诊所换掉了瓷料填补剂后，弗雷迪每天中午都给她打电话，总是邀约她和他上床睡觉。但是他从来没有说出让他们云雨一番的具体地点，从来也没有提出一个固定的时间；她后来明白过来，弗雷迪根本没有认真肉体接触的打算：嘴上啰嗦一番亲昵的话，就让他满足了。与此同时，哈罗德祈求她重续旧梦，已经不辞辛苦弄到了灯塔街一个单身寓所的钥匙，那里整天都没人住。出于对单身汉如何生活的好奇，她和哈罗德在皮特弄坏弗雷迪小拇指的那个星期天以前的那个星期五，去了那里一趟。她一眼便看出来住户都是那些同性恋。房子的陈设装修美不胜收，十分和谐；柳条制品和橘黄色天鹅绒处处可见。一张手工油画与杂志广告以及战争标题拼装起来的画儿，上面有彩虹色胳肢窝的尚可接受的裸体和被炸弹炸得血迹斑斑的农夫、绿色邮票和罗伯特·麦克纳马拉①像、披了斜纹腰带的狂喜的模特儿，大腿旮旯儿还涂抹了喜剧色彩的漫画。这幅画很丑陋，很恶搞，但是房间还不至于令人瞠目结舌，灯塔街南面的木兰花眼看就要开放了。哈罗德很客气，唯唯诺诺，父亲般呵护，怀旧，令人感动。她听任他一件接一件把她衣服脱掉，来势很快，和他一起飘飘欲仙，然后吸烟，喝酒，又让他入港，让他把精力聚集在他大腿根儿上，没费大劲儿便进入了她那膨胀的中间地带。仿佛被皮鞭抽得发抖，他舔她的眼睑，一根接一根吮吸她的脚趾头。刺激的感受歇斯底里，好生痛快。第二天，正好是星期六，她给弗雷迪

---

① 麦克纳马拉(Robert Strange McNamara，1916—2009)，美国国防部部长(1961—1968)，实现武装力量现代化，支持东京湾决议(1964)，后因反对持续轰炸越南的北方，在约翰逊政府中失势，退休后任世界银行行长(1968—1981)。

写了一封信：

亲爱的弗雷迪——

对你的关照，我很感激。真的。可是我的未来，我比任何时候都相信，是和弗兰克拴在一起的。因此，你的电话一定不要再打了。今天以后，我一听见你的声音就会挂断电话。我们还可以愉快来往，成为朋友吗？请关照，我不想改换牙医，你保存了我的所有病例记录。

喜欢你的

珍

她去神力街别墅型办公室的路上，把信寄出去了。弗雷迪星期一收到了信，看着信微笑了，一点不觉失望，本来想在他的实验室煤气炉上烧掉它，但是他一生中谈情说爱的信物屈指可数，便把信皮儿揉成团扔进了废纸篓，把信文叠起来装进了外衣的口袋里，当天晚上他在狮子酒店喝酒时被乔治妮发现了。第二天，她向皮特坦承了她的惧怕，不可挽回地冒犯了他。

所以说，福克茜对珍妮特的猜测也对也不对。她高估了珍妮特的自由，错估了弗雷迪·索恩性品质的质量。尽管他对女人似乎咄咄逼人，实际上是在和她们攻守同盟。但是夏季的到来冲淡了福克茜关于别人的爱欲的种种推测，好像把她一下子冲进大海里，冲到了一个有利位置，回望塔博科斯的海岸上，夫妇们看去好像一串五彩珠子。

皮特·哈尼马被请出了屋子，他们决定他充当胡志明。弗兰克·阿普尔比原想让他充当卡萨诺瓦①，但是艾琳说人物不能是虚构的。弗兰克对

① 卡萨诺瓦（Giovanni Jacopo Casanova，1725—1789），意大利冒险家和作家，浪荡公子，当过间谍和外交官，主要著作为其自传《我的生平》，记述他的冒险经历，反映出 18 世纪欧洲社会的面貌。

艾琳说，卡萨诺瓦像你我一样真实，但是大家一致认为他们都对卡萨诺瓦没有感觉。艾琳提议充当约翰逊副总统。大家抗议说，约翰逊这个人太没劲。特丽·加拉格尔提出了胡志明，这个提议似乎无可争议，一致同意。对特丽尤其满意：自从拥有了鲁特琴，她和鲁特琴厮守得更多了。更有人情味儿了。整个春季，她一直在跟诺威尔的一位老妇人学习鲁特琴课程。她把黑油油的长发放了下来；她宽宽的嘴唇把嘴角紧紧地抿起来，仿佛她的嘴里含了一枚硬币或者糖蛋儿。打量着特丽，艾迪·康斯坦丁提议皮特充当琼·贝兹[1]，但是其他人还是力荐胡志明，乔治妮于是走到索尔兹夫妇家楼梯的脚下，把皮特喊下来了。

这是六月份最后一个星期六的夜晚。早在五月份第一个炎热的星期，皮特在惠特曼夫妇家门口犹疑不决，便看见紫罗兰绷紧的深紫色花苞已经绽开，膨胀，开成了教皇皇冠的模样，第一层是淡紫色，然后是高高的、神圣的、禁欲的白色，掩藏在心形叶子中间，叶子的新绿一下子显得黯然失色。紫罗兰这时已经开败了，干枯了，花的笑靥垂下来，车库门开来开去，车辆出出进进，花上落满了尘土。星座中最灿烂的人马座，在天鹅星座和天鹰星座之间不偏不倚地飞行，而天鹅星座和天鹰星座犹如两架巨大的珠光四射的飞机，天津四和河鼓二正好充当了它们的驾驶员；银河茫茫，如同热流滚滚的天空中的一条白练。散漫的晚宴，草草组织起来，社会杂草，窜出来填补了夏时制催生的苍白的夜晚，晚宴上各色杂陈，比如未去打网球的人和太阳曝晒过的半拉夫妇、冷制萨拉米香肠、叫来的比萨饼、苦柠檬饮料和沙滩漫步留在家中昏睡在电视机旁的孩子，只有电视的蓝屏还在闪烁。肯尼迪总统顺利巡回西欧，今日在英格兰苏塞克斯私下会晤……

索尔兹夫妇是一对了不起的观鸟行家和步行者，仿佛大自然是他们正

---

① 贝兹（Joan Baez，1941— ），美国民歌歌唱家和政治活动家，反对美国侵越战争，积极参加对政府持异议的活动。

在死记硬背的一门功课，上午晚些时候到沙滩散过步，观看了鹬，游了泳。艾琳顶不住太阳的毒晒，中午时分戴了垂檐帽子和长袖运动衫斗胆出去，更晚些时候才去游泳。在远处岩石边上了岸，她和本碰上了哈尼马夫妇一家四口，和惠特曼夫妇二人在一起游泳。肯喜欢用水下呼吸管游泳，而哈尼马家的孩子们对他的装备兴致盎然。这里的沙滩临近岩石，陡直，特别适合扎猛子。皮特在给头戴面具、脚穿脚蹼的露丝讲解扎猛子的要领，而南希在一旁为姐姐着急，也很妒忌，便哭起来。肯和安杰拉站在一起，简直是天生的一对，不为世俗烦心，不受干扰，凝视着地平线，只见一场帆船比赛已经结束，漂亮的大三角帆鼓鼓的。福克茜身穿一件裙式柠檬黄孕妇游泳衣，仰躺在一块光滑的石头上，闭了眼睛，笑意满脸。艾琳对大家的幸福很是羡慕，也随遇而安，尽管同一个太阳让她患了痛苦难忍的热疹。中午以后他们一直呆在这里。心血来潮，却也不乏小小的希望，那就是劝说这个一身轻松沾沾自喜的惠特曼女人，参与她的一项事业（学前教育啦，美好家务啦，土壤保持啦，等等），于是她邀请他们回家喝酒。索尔兹夫妇住在绿草坪附近，一所木棉瓦屋顶的窄条形房子，从康斯坦丁夫妇家可以望见。康斯坦丁夫妇看见了小车，便赶了过来。他们顺便也把特丽·加拉格尔带来了。卡罗尔学过芭蕾舞，善缝纫，会针织，能画画，还可以弹奏吉他，这个夏天这两个女人时不时在二重唱时合作。在艾迪的敦促下，本·索尔兹给阿普尔比夫妇打了电话，他们正在请小史密斯夫妇和索恩夫妇吃便饭，这次晚宴的一半人员赶来了——弗兰克、马西娅和乔治妮。这时已是八点多了。赶在天黑之前，艾迪从人群里叫了安杰拉，开着他的维斯帕摩托车到123号公路上的意大利人居住区买回了五份比萨饼。回到索尔兹夫妇的窄条形房子时，安杰拉一路风吹，又担心又努力地端稳比萨纸盒，脸上红扑扑，看上去飒爽英姿的样子。她把一条湿毛巾系在湿漉漉的黑泳衣的腰间，当她弯下腰咬去一块比萨饼的尖儿时，皮特能看见她的奶穗儿。他的老婆嘿。那里是他吮吸的地方呢。因为估计晚宴不会很长，他们便把女儿们带来了。露丝的长眼睛水灵灵的，和索尔兹家的男孩伯纳德一起看电视节目，而南希在小杰里迈亚的屋子里睡着了。艾琳喜欢猜字谜游戏。十一点半时，肯·惠特曼在审视他的帆布运动鞋的鞋带，弗兰克·阿普尔比翻着眼睛琢磨他的消化不良，珍妮特打来了两次电话，确认弗兰克和马西娅是否单独到什么地方去了，并且打听弗兰克他们如何打算把弗雷迪·索恩支出房子去；索尔兹夫妇家的一伙人已经玩了四轮"幽灵"猜谜游戏，两轮是"真相"字谜，三轮是波提切利画谜。这个游戏令人难忘。艾迪·康斯坦丁第一个出局，只猜错一个人物，本是波尔·伊弗斯，他却猜成了已故的约翰教皇。乔治妮费了更长的时间，终于发现她的答案是阿尔西娅·吉布森[①]。然后，皮特自愿先猜，因为他想上厕所，顺便看看南希，（我永远都长不大，活一辈子也永远不会死。南希的头发乱蓬蓬的，很硬；她的浅绿色游泳衣在睡梦中蹭了上来，露出来沾满星星点点沙粒的半月形小屁股。皮特悲情地看着孩子的小身子，但是楼下闹哄哄的热闹生活拉扯他，让他不能久留。睡吧。睡梦中原谅我们吧。）他们于是要他扮演胡志明。

在楼梯脚下，他用手侧面碰了碰乔治妮的肋侧，念及往日的情分，而眼睛却望着前方。他走进了起居室；他穿了一件套头衫和彩格图案的游泳裤；他赤裸的脚丫看上去疤疤裂裂的，啪啪地在地上走，而在福克茜眼里，他裸露的腿部像套了一层苍白的毛圈儿。"我看上去是一幅什么样的风景呢？"他问道。

"丛林，"乔治妮说。

"稻田，"马西娅·小史密斯说。

特丽·加拉格尔说："破碎。"

皮特问道："一幅破碎的风景吗？"

---

① 阿尔西娅·吉布森（Althea Gibson，1927—2003），美国历史上第一位获得温布尔登网球公开赛冠军的黑人女选手，几乎拿遍了各大公开赛的单、双打冠军头衔。1971年入选国际网球名人堂。

安杰拉闭了眼睛。“我看见了一座庙宇,红彤彤的柱子,一座神像,头被敲掉了,爬满了野藤,有人在一条大腿宽阔的地方用粉笔做算术演算。”

“性感。”

乔治妮绷着下巴说:“不,没有般配的夫妇使用超感知觉。”

皮特问道:“还有人要说吗? 福克茜呢? 肯呢?”

肯说:“我看像印第安纳,可我不知道为什么。”

大家哄然大笑,只有福克茜没笑,点了点头。“他说的对。有些安静、灰色和平常的东西,”他说。“俄勒冈吗? 南达科他吗?”

弗兰克·阿普尔比说:“你是指北达科他吧。”

“不准提示,”卡罗尔·康斯坦丁抗议说。她坐在地上,一个集编织、祈祷和玩强手棋的姿势。她的两条腿在一个绿色百合垫子上盘了起来,穿了一条芭蕾舞裙子,她的上身直直的,像一根桩子。她的腰纤细、柔顺,鼻孔长长的,好像一直在吸气。

皮特问道:“什么花?”

“罂粟花。”

“罂粟花。”

“频频点头的米兰花,”艾琳·索尔兹说。“也许是结穗儿的玉凤花。”

“一朵像中国大鹅掌楸的结穗儿的玉凤花,”弗兰克·阿普尔比说。

卡罗尔对马西娅说:“我觉得弗兰克不懂这种游戏,他老是提示。”

福克茜·惠特曼说:“我看出一些灰色东西。槲寄生[①]。”

“我置身你的灰色之外了,”皮特对她说,带着乖乖的尖刻口气,转而问安杰拉:“花儿? 肯?”

“菊花飞蓬,”肯盯着他的脚说,也许带有几分敌意。他真的就是这个意

---

① 一种寄生在树上的植物,果实为白色小浆果,其小枝常用作圣诞节的装饰。人们站在下面时可以请求与对方接吻。

思吗?

安杰拉说:“没有花儿,是花就行。就一朵百合花,一个孩子在庆贺的日子里还献给了市长夫人。”

“一朵凋零的栀子花插在餐厅杂工的翻领上,”特丽·加拉格尔说,见大家哄堂大笑赞赏不已,她也笑得合不拢嘴。他们感觉她渐渐发展,就要怒放了。

乔治妮说:“一朵蓟花儿。一种官方的观点。”

皮特抱怨道:“我还弄不清楚你们是不是喜欢这个人。”

“你指的人是什么性别?”卡罗尔问他道。她的脸尽管镇定,光滑,却掩饰不住暗中较劲的影子——瞧瞧鼻翼,再瞧瞧撅出的下嘴唇下面的嘴角,好像模糊一片了。皮特看出来她用眼影把眼睑的线条拉长了,意识到了她的眼睛小,几乎眯在一块儿了,眼缝儿太小了点,于是在特定飘动的光线里,她故意拿出来的端庄劲儿,看上去像是一个斗鸡眼儿的人。他对她感觉好多了,不那么入迷了。她的头发灰不灰黄不黄,梳成一个马尾巴,与她一把年龄不般配。

“男性,”皮特回答道。“但是性别不要紧。他身为男性并不会因此成名。”

“和谁不一样呢?”卡罗尔冷静地问道。

皮特在追逼下脸红了。“什么——什么时期的绘画?”

“新艺术时期,”安杰拉迅速作答。

“西班牙岩洞,”福克茜说,也很迅速。

弗兰克·阿普尔比翻动着眼睛,呻吟道:“我所获得的,正是卡罗尔不想让我得到的。”

“到底是什么?”卡罗尔问道。

“苏联宣传招贴画。”

“不,”卡罗尔说。“我不在意这个。虽然不那么好,可我不在意。”

艾琳·索尔兹问她道:“谁任命你们的裁判了?”

“医学教科书插图,”肯·惠特曼坚定地说,“一张米纸做的衬页。”

“好,”一阵停顿后有人客气地说。

“特丽和盗版,”艾迪·康斯坦丁说。

卡罗尔说:“对不起,我认为你们大家很可怕。他一定是伊夫·坦圭[1]。也许是阿什尔·高尔基。”

“他是一个剧作家,”弗兰克对她说。

“那就是马克西姆[2],”她对他说。

肯记起来他在别的场合使用双关语很成功,故作单纯地问道:“谁是马克西姆·伊基呢?”

福克茜哆嗦了一下。

“一个犹太扩张主义者,”艾迪说。“哎呦,没有冒犯的意思啊,本[3]。”

皮特耐着性子问道:“还有别的画家或者绘画时期吗?”

“我认为,”马西娅说,“他们一直猜得不够好。他们太抠字眼了。思路开阔一点,皮特。”

听了这话,皮特看出来弗兰克变得不耐烦了,便问他道:“弗兰克,我能算莎士比亚的哪个剧本?”

弗兰克不舒服地寻思着,喝了一大口白兰地后,说:“《安东尼和克莉奥佩特拉》,从奥克塔威厄斯[4]的观点看。”

马西娅用一种贤内助的方式提醒说:“怎么不说《提特斯·安德罗尼克斯》呢?”

---

① 坦圭(Yves Tanguy,1900—1955),法国画家,20世纪20年代法国超现实主义运动代表人物,后移居美国,作品有《妈妈,爸爸受伤了》、《明天》等。

② 高尔基的全名是马克西姆·高尔基;不过这一大段对话,都是东拉西扯,没有主题,没有逻辑,好像游戏,好像猜谜,表现这类晚宴的乏味和无聊,却是这帮人打发时光的精神依托。

③ 本是犹太人。对话真真假假,别具特色。

④ 马克·安东尼的妻子。

“乱套了，”弗兰克说。“这个人效率很高啊。”

福克茜·惠特曼——她中途回到家里把她那帐篷一样的孕妇游泳衣换成了更扎眼的衬衫，一件淡黄色的穆穆袍[①]，把她那隐藏的形体彰显出来——使出浑身解数引起人们的关注。“《奥赛罗》怎么样？伊阿古在剧中兴风作浪。”

弗兰克说：“伊阿古总是得逞。”随后弗兰克学了一声驴叫。

本·索尔兹看上去累了，站起来问道：“谁还要啤酒？白兰地？我们还有很多杜松子酒，可是我们把苦柠檬饮料喝完了。”

乔治妮说：“皮特，你拖拉得时间太长了。我们给了你美丽的答案，可你不采纳我们的。”

“你们把我搞糊涂了，你们都很美丽。我一直在想肯的医学教科书呢。”

“别费那个劲了，”福克茜说。

“好吧：什么饮料？”

“茶。”

“茶。”

“小种红茶，而不是橘香白毫。”

“茶泡肉豆蔻。”安杰拉说。

“安杰拉，你真的喜欢这个人，不是吗？”特丽问道。

“我不得不喜欢，他是我的老公啊。”

“我不喜欢茶，”皮特说。“我不喜欢茶泡肉豆蔻。”

“你从来就没有喝过这种茶，”安杰拉对他说。

“别把话说得太满了。”别人都不插嘴，让他们尽管争吵。皮特赶紧接着说：“什么食物？”

“大米饭。”

---

① 夏威夷妇女穿的一种衣服。

“大米饭，可是你还想多吃，”本说，端着两瓶棕色的不能退换瓶子的啤酒返了回来。

皮特问道：“煮米饭还是炒米饭？”

安杰拉说：“煮米饭。米味儿更纯正。”

马西娅说：“炒米饭更香。”

特丽闭上眼睛，说：“烤面包上放熏肉、莴苣和西红柿。”

弗兰克·阿普尔比说：“你们都活见鬼。我说我所想说的。一次僧侣烧烤。”

卡罗尔叫起来，浑身的灵活的线条过电似的，她的脚从裙子下面蹬出来。“弗兰克，你这只笨猪！你把答案泄露给他了吧！”

皮特如释重负，说：“我是吴庭艳。”

众人你一嗓子我一嗓子喊起来：“吴庭艳，不对。”“接近了，但是没有西塔尔琴①。”“接近吗？他怕是猜得更不着边儿了吧。”“进对了教堂，走错了过道。”最后这句话是乔治妮喊的，皮特听出来了；她的帮助他领情了，对她这个人却不屑多理。

皮特终于猜到了：“胡志明。”在一阵叽叽嘎嘎的快活中，这场游戏结束了。啤酒转圈儿喝。特丽·加拉格尔和肯·惠特曼一起站起来，你看看我，我看看你，对如此一致行动深感吃惊。

“这是叛国行为，”皮特说，“你们的想法多么有感情吧。这人是我们民主的敌人，你们却使用了那么多鲜花和精致的灰色。”乔治妮感觉到，他的抱怨是针对安杰拉和福克茜的。

“是你问到花儿的。”

“你一直没有问到动物。比如一只有胡子的黄鼠狼。”

“或者一只非常瘦小的熊猫。”

---

① 印度一种六弦弹拨琴，类似吉他。

“为什么要憎恨他呢？他就是他们想要的。”说话的是艾琳，此前一直不动声色，默然无语。

“Chacun à son goût[1]，如果哈罗德在这里，他一准会这样说的。”马西娅出于死心塌地的忠诚，说。

“我觉得，能想起他做过巴黎的餐馆杂工，很好玩了，”特丽说。“谢谢你们大家，可我必须走了。今天早上我们一大早就上教堂做弥撒，可怜的马特整整一下午都在领着人看房子。”

“我第二个离去，”肯说。“福克茜，走吧。”

但是此时此刻造成的印象，特丽和肯站在一起如同一对般配的夫妇，她高高的，黑头发，不苟言笑，因此招来了别人对福克茜的逗弄。

“哦，别走，”卡罗尔请求道。“再多呆一会儿吧。”

“我们让福克茜来猜吧。”

“福克茜来猜。就是福克茜了。”

“所有怀孕的女人离开这间屋子吧。”

福克茜朝肯看去；他从她脸上看出了一种心动的犹豫。这群喝高的狡猾的人在引诱她；他们自己的家到处是蚊子，木匠活儿也没有完工。然而，她累了，他的妻子，很忠诚。她说：“不，我一上场就会犯傻。我实际上也不是真懂这种游戏。”

“哦，可是你很在行，你懂。”

“你的想法也很可爱。”

“我们找个简单的人物。玛格丽特·杜鲁门。不选杰奎琳。十分钟的时间就做完了。”

福克茜动摇了，肯于是隔着那些呼喊的脑袋对她说，口气温和异常，但是他的声音让她感到害怕；他的面相没有流露出阴沉之色。一个毫无瑕疵

---

① 法语：各人喜好不一样。

的联络点似乎为了声音接通了线。“我是顶不住了，福克茜，不过你留下来玩吧，马西娅能开车把你捎走。”

“哦，”她说，“这哪行啊。马西娅一直在为哈罗德操心。我要和你一起走。”

“留下吧，”肯对她说，随后转身离去，她一下子感觉自己被甩了，她直接请求也毫无作用；她的犹豫让他生气了。她原本请求他对她的犹豫不决拿主意，可他却粗野地把她扔下不管了。心里生气，她便决定留下来，上了楼。皮特上过楼上。他没有留下任何线索。

楼下的人费了很久决定谁来当被猜的人，六月以来新闻不断：约翰教皇①去世了，释广德②自焚身亡，瓦伦提娜·捷列什科娃③成了第一个太空女子，约翰·普罗夫莫④辞职，主日祷文在美国公立学校禁止使用。不一会儿，乔治妮站在楼梯脚下，喊道：“伊——丽——莎——白！伊丽莎白·福克茜·惠特曼，快下来吧！”这喊声像惠灵顿姨妈的声音。

如同一个受到呵斥的孩子，福克茜走进了起居室；房间里人性的欢快氛围似乎很野蛮。楼上黑乎乎的房间，墙上钉着地图，地上摆满玩具轨道，床上是静静地安睡的孩子和各就其位的管道装置，倒是一个更温馨的世界。她想起了自己的卧室，想起了分享她的失眠的月亮。肯脑袋旁边那个空闲的枕头是她的。而这里，肯和特丽·加拉格尔已经走了。弗兰克·阿普尔

---

① 指约翰二十三世(John XXIII，1881—1963)，意大利籍教皇(1958—1963)，召开第二次梵蒂冈会议(1962)，致力于基督教统一事业，主张东西方和平共处。本书多处提到约翰教皇，是一种宗教背景。天主教反对堕胎，但本书写了一起非法堕胎，反映性开放带来的社会观念变化。

② 释广德(Thich Quang Duc，1897—1963)法师是一位越南高僧，1963 年 6 月 11 日他在西贡的十字路口用汽油引火自焚，以对抗南越政府对佛教徒的迫害政策。

③ 捷列什科娃(Valentina Tereshkeva，1937—　)，前苏联女宇航员，乘东方 6 号宇宙飞船(1963 年 6 月 16 日)绕地球飞行 48 圈，历时 71 小时，成为第一个进入太空的女性。

④ 普罗夫莫(John Dennis Profumo，1915—2006)，英国政治家，保守党党员，1960 年任国防大臣，1963 年因为与具有间谍背景的女子克里斯汀·基勒的关系而辞职。后转向慈善事业，并于 1975 年获得 CEB 奖。

比睡着了，他的穿了拖鞋的脚搭在索尔兹夫妇家那张仿殖民时期的咖啡桌上，张着嘴，鼾声刺耳。福克茜还听见厨房里嘀嘀咕咕，清点一下发现艾迪·康斯坦丁和艾琳不在了。剩下的六个人，其中四个女人，看上去很疲惫，强打精神，她意识到她应该和肯一起回家。上一场游戏已经耗尽精力，大家只是表示客气而已，让她感觉大家喜欢她，和他们融入一体了。她必须尽快猜出谜底，尽快走人。

“哪个——哪个海洋归我猜？”福克茜不确定别人使用过的规则是否不能再用，又很想表现得富于独创、反应快而且独具一格。皮特·哈尼马坐在他妻子旁边的多节的沙发上，看着他的酒杯。

“哪个海洋？”卡罗尔回应道。“多么奇怪。我看是海浪滔滔的那种吧。”

“有时海浪滔滔，”马西娅说。“有时波澜不惊，令人着迷。有时又大浪滔天。”

“没有轨迹，”皮特说。

“没有轨迹？”

“在你这大海上来来去去，没有轨迹。你来者不拒。可它们不给你留下轨迹。”

“一块海洋，”本坏笑着说，“里面有一条美人鱼。”

卡罗尔说：“不许直接地提示。”

一下子感到胆怯，福克茜问道：“安杰拉？还有什么海洋吗？”

“没有海洋，”安杰拉说。“一片可悲的小池塘。”

“可悲的吗？”

“漂了浮渣的小池塘，”乔治妮说：一种令人吃惊的直接的侮辱，但是大家都大笑起来，表示认同，尤其是男人。

“嗯。什么时候？”

“凌晨两点。”

“上午十一点，床单皱巴巴的。”

"随时。整天。"

再次发出了用心不良的大笑。福克茜脸上渐渐露出了红晕。她想已经喜欢上了她代表的这个人,不管众人用意如何。

安杰拉试图援助她一把。"我看见这个人晚上九点钟出门,走进闹市的灯光里,感到幸福,不用脑子。"

"也许还会,"马西娅补充说,"在下午四点半钟在公园散步,不戴帽子,对老人、松鼠和婴儿频频微笑。"

"还对警察微笑,"皮特说。

卡罗尔唱道:"我们说得太具体了,"随后向窃窃私语的厨房看了一眼,头扭得很突然,如同芭蕾舞脚尖旋转那么迅捷。

皮特的提示是英国人。伊丽莎白女王,浮渣指什么?弗吉尼亚·吴尔夫吗?《海浪》。可是又说到皱巴巴的床单。也许是一个女子气的萎靡的男人吧。塞西尔·比顿[①]。亚力克·吉尼斯[②],皮特说在海洋上来来去去,演员的特性有了。但是一个漂着浮渣的池塘呢?她是多么笨哪?总是害怕猜错,自我意识太强,畏畏缩缩的。索尔兹夫妇家这起居室的摆设向她的空虚逼近:深色天鹅绒的舒适的扶手椅,扶手上还垫了小垫布;枫树木杂志架上摆了《美国科学》、《新闻周刊》和《瞭望》杂志;扶手椅左上方伸出一个落地灯;凡·高的画作在墙壁上艳丽无比;黄色锯齿状的立式钢琴的顶上安放了结婚照;一个支脚怪异的衣架和斑斑点点的椭圆形镜子矗立在黑魆魆的门厅里;狭窄的楼梯陡直地通向楼上,孩子们每天夜晚都胆战心惊地爬上去睡觉。住在德拉威的她二姨的子女们就住在这样的房子里,紧邻大街而建,街边有成行的绣球花丛,孩子可以在里面撒尿,或者和兄妹们捉迷藏。犹太人

---

① 比顿(Cecil Walter Hardy Beaton,1904—1980),英国摄影家、戏剧服装师,以拍摄名人肖像而著名。

② 吉尼斯(Sir Alec Guinness,1914—2000),英国著名演员,在诸多文学名著改编的电影里出演主角。

继承了中产阶级的风气——没有人稀罕这个。“什么社会阶层?”福克茜问道。

“太直接了吧,”卡罗尔说。

“下层吧,”乔治妮说。

“中下层阶层,”皮特说。“有些风度和潇洒。”

“凌驾所有阶层,”安杰拉对她说。“比下层还下层,比上层还上层。”

“听你的话,”本·索尔兹对安杰拉说,眨了几下迂腐的眼睛,“如同诺斯替教[1]教徒。”

“多么臭烘烘的提示,”马西娅说。

“哦,我不明白我们怎么会知道这个人,他似乎太普通了!”福克茜嚷嚷说。

“她有潜在的天分,”皮特说。

“他或者她,”卡罗尔纠正道。

福克茜问道:“是哪种鸟儿?”

“天堂的鸟儿,”安杰拉说。

“麻雀。”

“饲养的鸽子。”

“饲养的鸽子好啊。”

“我想来,”皮特说,“一只相当高的鸟儿,胸部闪闪发光。凤头鹦鹉?”

“你是一只牛鹂,”乔治妮对福克茜说。

皮特向乔治妮转过身来。“真是不公平!”

乔治妮耸了耸肩膀。“霸占别人的窝。”

福克茜觉得,这下好像被剥得一丝不挂,浑然不觉,如同躺在解剖台上

---

① 一种融合多种信仰、把神学和哲学结合在一起的秘传宗教,强调只有领悟神秘的真知,才能使得灵魂得救,公元1至3世纪流行于地中海东部各地。

的死人，却听见别人评头论足，冷冰冰的下流语言。她想和肯在一起，带着她内心还清醒的身子逃走；她已经犯下罪过了。"我在《圣经》里是什么人物？我知道你们要说大利拉[①]。"

"不对，"皮特说，"你对自己太狠了。也许你是夏甲[②]。"

"不，"本说，"她是亚比沙戈。亚比沙戈是他们带到大卫身边的姑娘，因为大卫要死了，带到他身边为他取暖的。用希伯来语说，就是 Vecham lead-oni hamelekh."

"结果怎么样了？"马西娅问道。

"Vehamelekh loh yada-ah. 大卫王知道她不行。"

"本，"马西娅说。"我认为你了不得，就是你说话的样子，开口就是一大串。希伯来语啊。"

"我学习了十年了。我们很守旧。"

"那些小便帽也算守旧吗？"

"室内戴的小便帽。"他坏笑的样子像狮子咧嘴，挺吓人，他的牙齿在胡须间白森森的。"年年夏天我都被送到拉马[③]营。"

福克茜问道："乔治妮呢？"

"我不熟悉《圣经》。要我说，我说大利拉。或者抹大拉的马利亚[④]，除非这样说好像武断了点儿。"

"我认为她是一个耶路撒冷的人，从来不读《圣经》，"安杰拉说。"她不为烦心事所困。当十字军路过时，她和一个罗马士兵调情。"

"多么可怕的一个女人，"福克茜说。"一个漂着浮渣的池塘，一只牛鹂。"

---

① 《圣经》中力士参孙的情妇，把参孙出卖给了非利士人。

② 《圣经》中亚伯拉罕的妾，亚伯拉罕的妻子出于嫉妒把她驱逐到了沙漠里。

③ 巴勒斯坦一地名。

④ 《圣经》中的一妓女，后改恶向善，见《路加福音》。

“你只听乔治妮的了,”皮特说。“乔治妮今天夜里很有道德操守。”

“你也不喜欢她。只有安杰拉和本喜欢她。”说出这样的话,让福克茜颇生醋意,因为她不想把本和安杰拉联系在一起,她模模糊糊地想让本——不是真实的本,而是他引起的回声——成为她自己的犹太人。

厨房传出来的窃窃私语停止了。

“猜的时间太长了,”卡罗尔说,站了起来,因为坐得久了身子发僵,喉咙和手腕刺刺歪歪的,发紧。她没有足够的勇气到厨房里去;她向门边走了一步,尖声喊道:“快来帮帮我们啊,你们二位。她卡住了,猜不下去了。”

“我打退堂鼓了,”福克茜说。“我是谁?我相信我从来没有听说过我所代表的是谁。”

“你听说过,听说过,”皮特敦促道;他想让她赶快猜中,他为她感到难堪。

“我是某个烦人的小星,我从来没有注意它们的名字。”

“此时此刻,”皮特跟她说,“你就是颗明星。”

“此时此刻,是朱莉·安德鲁斯。利兹·泰勒。”

“不。你在错误的轨道上。”

“得了,”福克茜说。“我为她们感到骄傲。她们都是英国人。我不是梅·惠蒂夫人吧?”

“你是糊涂了,”卡罗尔对她说。

“开阔思路,”皮特说。“猜得野一些。”

本说:“再问一些问题嘛。”

众人都在起哄架秧子,好像对一个在圣诞节朗诵会上左右为难的孩子发出嘘声。马西娅说:“问一问弗兰克你是莎士比亚的哪个剧本。我来弄醒他。”马西娅溜到弗兰克跟前,见他斜里歪胯地躺着,深深地窝在那张胖胖的沙发角落里,像妻子一般在他耳朵上小声呼叫,一直等他眼皮儿裂开,随后眼睛大睁,难受地瞪着前面。福克茜感觉他睡意蒙眬,眼睛好像看穿了她。

“弗兰克，帮帮忙，”她说。“我是莎士比亚的哪个剧本？”

“《特洛伊罗斯》[1]，”他说，随后眼睛又闭上了。

“我从来没有读过这个剧本，”福克茜说。

“我认为你是那些十四行诗，”马西娅说。

“俄英对照本，”皮特说，大家全都大笑起来，无一例外。

“哦，你们太狡猾了，”福克茜对他们说。“我现在彻底失去了线索。我正在猜测玛格丽特公主呢。”大家的笑声又响起来；她说：“我恨你们大伙儿。我想回家了。我要放弃了。”

“别放弃，”皮特说。“我知道你能猜得到。你一直很努力。”

本问她道：“与公主相对的是什么？”

“拾荒的。啊。卖花姑娘。伊莉莎·杜丽特尔。不过我想你可以利用虚构的人物。”

“你可不能。你不是伊莉莎，”乔治妮对她说。“与处女相对的是什么？”

安杰拉说：“我想福克茜要是想放弃，她可以放弃的。”

“你已经很接近了，别放弃，”卡罗尔说。

艾琳·索尔兹一边拢着她的头发，一边返回起居室。她黑黑的眉毛弯弯地挑起来。她对卡罗尔说：“艾迪要我告诉你，他已经回家了。他明天要飞行，从厨房门走了。”

“一贯如此，”卡罗尔说，神采飞扬的样子。她坐在地板上，腰脊柱又变得像花梗儿，苗条，挺直。她请求福克茜说：“再猜猜看。”

福克茜无可奈何地长叹一声，问道：“什么花？”

大家的回答都很用心，因为他们都想让福克茜猜下去，猜出来。

“虎皮百合花，”卡罗尔说，“从乡村花园一直到了城市街道。”

“谁费这个劲儿呢？”乔治妮问道。“我看是某种粗糙却夺目的东西。罂

---

① 全名是《特洛伊罗斯与克瑞西达》。

粟花。"

"不过胡志明是罂粟花呀,"皮特对她说。

"是的。物以类聚,人以群分嘛,"乔治妮说着,一边向皮特翻着有些突出的怒气冲冲的眼睛,她精心晒黑的皮肤,灰白的头发,都是她进入刻薄的中年妇女应有的特征。福克茜想起来在格林夫妇家那次烛光晚宴上乔治妮的沉默,守口如瓶的、心满意足的沉默,好像在那个不舒服的夜晚,出于同样的化学性质,分享福克茜的身孕。打那以后,这个女人无情地变老了。

艾琳说:"我不知道要猜的人是谁。"卡罗尔于是凑到她耳朵前小声嘀咕一番后,艾琳脱口而出:"臭蔷薇。"

"在日本,"安杰拉说,"我们的原子弹爆炸以后,不是在辐射区有地方长出了一种花儿,而且枝繁叶茂吗?我看这个人就像那种花,把我们现代的毒素转变成了一种甜美的东西。"

福克茜感激地说:"安杰拉,这话好。我现在对这个人感觉不是那么坏了。"

"橘黄山柳菊,"马西娅说。"或者温室里的某种花。"

"你们知道,"本·索尔兹说,"有时在房前屋后锄草,你遇上了一种花草,比如野胡萝卜花或者那些瘦长的野翠菊,分明是野草,但是你却不忍心拔掉,因为暂时看起来很养眼,对吗?"

安杰拉说:"我们都像这样子。"

乔治妮说:"你自己说说吧,亲爱的。"

"一棵在窗台上挪来挪去追逐日头的老鹳草,"皮特说。"一棵种在塑料盆里出卖的风信子。有时又是一棵帕摩斯顿夫人的玫瑰。福克茜,你注意到了吗,在暖房里,人们如何把剪下来的康乃馨泡在墨桶里染色?圣帕特里克节①

① 圣帕特里克是爱尔兰的守护神,圣帕特里克节是每年的3月17日。这一节日5世纪末起源于爱尔兰,如今已成为爱尔兰的国庆节。随着爱尔兰移民遍布世界各地,这一节日已逐渐成为一些国家的法定节日,美国从1737年3月17日开始庆祝。

里，人们就是这样制作那些绿色花儿的。我认为你是一棵黄色的康乃馨，人们让你喝紫色墨水，所以你就成了这种难以相信的黑色了，人们还不断地触摸你，以为你一定是一棵手工做的花，却惊奇地发觉你是一朵真花儿。等到你死的时候，你会从黑血里流出黄血的。”他那张扁平的五官绷紧的脸，变成了他说的这朵因触摸太多而枯萎的花儿了。

卡罗尔说：“有一种无忧无虑的狠劲儿，我们还没有提示呢。”

“我们猜猜书籍吧，”马西娅不耐烦地说。“《摩尔·弗兰德斯》①，伊恩·弗莱明②著。”

“《菲尼斯·芬恩》③，”安杰拉说，“为《花花公子》改写的节本。”

“《小红帽》，”本说，“萨德侯爵④著。”

“打住吧，”福克茜请求道。“我放弃了。我很愚蠢。安杰拉。告诉我谜底吧。”

“你是克里斯汀·基勒⑤，”皮特对她说。

安静中，福克茜的肚子咕咕抱怨起来。

“是那个……轻佻女子吗？我代表那种人？哦。我太遗憾了。”不愿意，也不想，却不知道为什么瞬间泪水流出来了，福克茜把头扭向一边，感觉浑身乏力，脑子混乱，开始哭起来；除了安杰拉和本，他们大家都清楚，如同他们早已怀疑的，她喜欢上了皮特。

---

① 英国著名作家笛福的重要作品。

② 弗莱明（Ian Fleming，1908—1964），英国小说家。他的作品主要是007间谍小说系列。参见P. 122注②。

③ 英国著名作家安东尼·特罗洛普的主要著作。

④ 萨德（Marquis de Sade，1740—1814），法国通俗作家，作品以残暴色情为特点。

⑤ 基勒（Christine Keeler，1942— ），英国著名模特儿和歌舞女演员，和当时的保守党国防大臣有染同时，还和前苏联的一名外交官有染，造成国防大臣的辞职，成为轰动一时的丑闻。后根据这个丑闻拍的电影《丑闻》也大获成功。

第三章　薄　　冰

如同睡梦中我们需要做梦，在我们醒着时则需要触摸和谈话，需要被触摸和听人说话。福克茜吗？

是的，皮特吗？他们简单的名字有一种魔力，那种在对方生殖器里寻求一些剧烈而温和的东西的爱抚的魔力。

你认为我们在犯错误吗？

错误？这个概念似乎从另一个思考的空间向她游动过来。我不知道。我也不认为在犯错误。

你是多么好啊！

难道你不这样认为吗？

是的，是的，是的，是的。从来没有这么认识过啊。是你帮我认识到这点的。我昨天夜里梦见你了。我过去从来没有梦见过。很有意思，你能梦见你想的人。那是一个清规戒律害死人的俱乐部。我总是梦见弗雷迪·索恩，我真受不了他。

我在你梦里干什么？我很不正经吗？

才不呢，非常正派。那是在一个百货店里，顶上有一个巨大的天窗。你是一个售货员。我在你的柜台前站住了，不知道我想干什么。

售货员？我是一个卖东西的吗？她就这个样子，喜欢把人逗弄急了，显示她那敏感的傲气。你梦中看见我在卖什么东西呢？

根本不是那种销售货物的气氛。你的样子一本正经，疏远，不冷不热，就是你一贯能够做出来的样子；尽管我什么话也说不出来，可在你柜台后面不抬头，看不见躲在哪里，仿佛是在寻找什么东西，我一下子醒来了，勃起得硬撅撅的。

那个夏天，有时候皮特就睡不着，躺在床上酣睡的安杰拉身边，把手抬起来，凝视映照在十字形窗棂的蓝色玻璃上的手形。他的手好像最后沉没之前瞬间从水里伸出来的一只手。安杰拉旁若无人的缓慢的呼吸声，似乎就是他可能沉下去的底面上的一股潮流。他惦记起仓鼠的转轮的吱吱响声，如同光亮的闪动。他一直在福克茜跟前很害羞，很谨慎，毕竟是她房子里的一个雇佣工人，并没有对她有非分之想。但是在这所旧房子改造过程中，她一直跟在他身边，屋里屋外，细端末节，带着一股轻浮的轻风般的急切劲头，碰巧在那根裸露的木头旁拦住了他，她触摸一下那根木头。

这里能打几个架子吧。

或者打几个柜子。

你不喜欢敞开的架子吗？门这东西太自以为是了。一旦安装了门，它们要么很难打开，要么很难关上。

人家做出了磁性插销，用起来很安全。敞开的架子是一种诱惑。你有一只猫，就要生小猫了。你需要能够关上的地方。我手下有两个扫尾工程的老资格木匠，做出来的柜子非常漂亮。

他们一起从芬兰过来的吗？

听听名字就清楚了。他们一个叫亚当斯，一个叫科莫。

你想给他们找活儿干吧。

皮特听了暗自吃惊；这个女人在自家老式的厨房里这样走走，那样走走，身穿随身飘动的宽松孕妇衫，似乎比别的女人还轻巧，摸他的底儿反应快捷，仿佛他在她面前不是他自己，成了另一个男人，而她对那另一个男人非常了解，仍然怀有一些旧情似的。他很有分寸地告诉她，他们干活讲究，我只是想让他们给那些讲究的客户干活儿。

她转过身去，向望海的景色伸出两条胳膊，仿佛对准了一个崇拜对象，然后转过身来，果断地说，我想要敞开的架子，敞开的门道，样样东西都向大海敞开，向大海的空气敞开。我活了这么大都是在精巧的小房间里度过的，那里总是在节省空间，接着她在狭窄的厨房里旋转，她那件柠檬色孕妇衫在她周围凉丝丝地飘拂起来，她发烫的脸上的色泽异常鲜亮娇媚。

乔治妮追问他："你为什么接下了那摊活儿？你告诉我你要修建平房，抽不出身来。"

星期日上午，他们呆在安夫妇家的网球场旁边。皮特放弃了上教堂，这样一来，安杰拉便能够接受弗雷迪·索恩出于逗弄提出的挑战。皮特怀念那个坐着想事儿和站着唱歌的时光。还有，昨天夜里杜松子酒的冰冷的手把他的头掐得紧紧的。昨天夜里，在康斯坦丁夫妇家，弗雷迪大声提出了挑战，要安杰拉在单打中和他对垒，较量一番；但是，今天上午，贝尔纳黛特已经带着三个儿子早早做过弥撒回来了，因此安夫妇只得应邀在自己家的网球场打网球了。这个网球场是在和他们新修的房子相连的一块坡地上开辟出来的。这座具有异国情调的昂贵的房子，屋檐一律平展展的，板石砌成，楼梯悬空，是约翰在坎布里奇认识的一名建筑师——I·M·佩的合伙人——设计的，在塔博科斯自视甚高的年轻夫妇们看来，这房子只能让人想起约翰·安不相应的名声。约翰本人瘦小，多骨，黄皮肤，凡是美国的东西都喜爱，连气泡房和香烟都是美国的好，热衷于打网球而球技稀松；他身穿新熨烫的白色衣服打网球，从不变样，配套的还有手腕箍和绿色的眼罩。他花拳绣腿般蹦蹦跳跳地抽球，自己还一边打球一边不停地评论，大喊大叫地加油或者气急败坏地叹气，往往遭到他的西方朋友们[①]无情的迎头痛击。但是，贝尔纳黛特是一个回击有力的球手。她和弗雷迪配对与约翰和安杰拉两个对垒，弗雷迪滑稽地笨拙地矗立在球场上，发球像个孩子，而安杰拉一招一式都很优雅，训练有素，攻守平衡，只是在网前差强人意，技术不到火候。皮特和乔治妮一边观看，一边谈话。他们似乎是用正常的音调在说话，实际上却出言谨慎，不让人听到。

他回答她道："修建平房无聊透了。它们看上去全都一个样。"

乔治妮还是满肚子俱乐部常客的那种气愤。"好比牙齿，"她说。"牙齿看上去全都一个样。股票和债券看上去也都一个样。每个人都和看上去相像的东西一起做事儿；可你为什么这么特别呢？你怎么就成了这样一个花花公子了呢？你连钱都没有几个。"

自从孩提时代起，皮特就被人呵斥，已经把大脑都锻炼得麻木了；这个世界能够在广袤无边的表面上任何一点上不喜爱他，这似乎是一个数学上的悖论，想来都是一种折磨。他说："你们大伙儿都为我存着钱呢。"

"这就是你的风格，不是吗？你去取存款吧。你取了钱，鞠躬，离去。"她的脸侧向一边，只有一只眼睛，绷着脸，如同扑克牌里的方块儿十三。太阳的闪光把她的下巴放大了。

"反正都是你，"他一直等到网球击打起来，来来回回的喊叫把他的声音遮盖了，他跟她说，"你说我们必须小心。因为珍妮特的信，记起来了吗？那天我需要你，你却让我吃了闭门羹。"

"那是几个月前的事儿了。我说要多加小心，并没有说一刀两断。"

"我不喜欢别人叮嘱什么多加小心。"

"不喜欢，当然你不喜欢，你没那个必要。安杰拉该死的很清楚你在拈

---

① 约翰·安是一个朝鲜人，来自东方，故有"他的西方朋友们"的提法；从后文看，这里反映的是美国看不见的种族歧视。

花惹草，可她视而不见。”

安杰拉听见了自己的名字，把头扭了过来。皮特朝她喊道：“乔治妮对你的姿势羡慕不已。”随后他对乔治妮说，面露微笑，仿佛在交谈，“那你又怎么样？你的情况怎么样？你利用那封信和他摊牌了吗？”

“是的。最后摊牌了。”

她把网球拍在两膝间翻过来，端详上面的绳子。粗糙而光滑。粗糙，光滑。“我忘记了。他千方百计就糊弄过去了。他说那封信纯粹是父爱的产物，他一直在设法帮助珍妮特从‘阿普尔-史密斯夫妇’的混乱状态中摆脱出来，珍妮特神经质得厉害，已经向他求援了。从她那封短信中的用词来看，这话能自圆其说。”

“然后你一块石头落地，又和他上床睡觉了。”

“是的，自然而然的事儿。”

“睡得很尽兴。”

“不算差吧。”

“你们各自都来了七次性高潮，不交欢时就阅读亨利·米勒的作品。”

“你是火眼金睛。”

“你多次绘声绘色地描述，想象得到的。”

“皮特。别装孙子了。我厌烦做婊子。快来看看我。只在一起喝喝咖啡。”

“捉奸成双，男女一起喝咖啡和睡觉一样糟糕。”

“我想你。”

“我在跟前呢。”

“你另有新欢了，这才是关键，不是吗？”

“亲爱的，”他说，“你对我的了解还不止于此吧。”

“我不能相信你的新欢就是那个惠特曼女孩。她对你来说过高了，俏皮加俏皮。她不是你要的类型。”

“你说对了。不是她。是茱莉亚·小史密斯。”

“福克茜太高,你受不了,皮特。你会把自己当猴耍的。”

“不仅因为我穷困,我还是个侏儒。像你这样高高在上的贵妇,怎么也和我勾搭在一块儿了?”

乔治妮冷冷地审视他。她的绿眼睛和高鼻梁的鼻子前面,是网球场的铁丝网;再往远处,夏季绿草的那道坡,风常吹的地方,泛起了白色。海浪。结合再结合。消亡。她悄声说:“我不明白啊。一定是纯粹的化学反应。”欲望的酸楚在皮特裤带以下隐隐地反映上来。他们曾经勾搭在一起。一次又一次交媾。落叶松树,油毡。她那紫色的头巾。

最后一分,比赛结束了。安杰拉和约翰·安是赢家,他们走向边线,汗水在太阳下更明亮。约翰在说话,但是皮特听不明白他在说什么;他话里的那些元音全都听起来瘪瘪的,和嘟嘟噜噜的辅音搅和在一起了。皮特向上斜睨着,觉得悟性从那个光滑的金色面具后面朝他这边拉扯过来了。“他说他喘不上气来了,”贝尔纳黛特对他解释说。她的肩部和骨盆都宽大,而她的脸在她没有微笑时也有一种微笑的宽度。皮特喜爱安夫妇:他们让他使用他们家的网球场,却从来没有对他做出恩赐的样子,他们在塔博科斯生活,就是他自己的一部分。约翰点燃了一支香烟,一阵干咳袭来,他应接不暇,皮特深为吃惊,干咳声听起来也不难理解。所有男人都使用一份起码的词汇。咳嗽、大笑、抽噎、放屁和叹息。阿门。

约翰咳嗽得人都折叠起来了:“现在另俩了,”意思是说另外两对夫妇只好对打了。安夫妇一起向他们的家走去,三个祈求的男孩围在他们身边。

哈尼马夫妇对阵索恩夫妇。乔治妮把墨镜戴上了;她脸上剩余的部分看上去像凿子凿出来的一样。太阳还很高。阳光在绿色构成的球场上滑过。安杰拉发球;她发球尽管很准确,但是没有速度,球弹得迟缓,力度不够。乔治妮接球,正手果断有力,快速地向正弓腰往前的皮特飞过来;一腔怒气稍稍加速了她的击打,球打在她下身高矮的网子上,落在了她的场地上。

“十五比零，”安杰拉喊道，踮起脚尖，准备再次发球。

皮特换了球场位置。他对面是弗雷迪·索恩，穿了高高的方格呢短裤、一件漂亮的粉色衬衫、秃顶上带了一顶鸭舌帽、脱落的蓝色袜子和一双似乎过大的胶底篮球鞋。弗雷迪像小丑一样向外撇着脚，把球拍举到了他的肩部，如同扛了一根垒球棒似的。安杰拉一下子笑起来，失去了节奏，发球双误。

“十五平，”她喊叫道，皮特又和乔治妮对峙。一场变化无常的比赛。优势转换极为快速。平分变得令人讨厌。你给我来亮一手。乔治妮眼睛藏在墨镜后面，做好姿势发球，为正手发球估算好距离，把球拍向后挥去，下巴高高抬起，向前迈了一步，而皮特把球拍握得死死的，握出了汗水，喊叫对方手下留情。

“爸爸，我好看吗？”

皮特因为强忍着不打哈欠，下巴隐隐作痛。他看着南希刷了牙，和她一块儿把《野生动物寻踪》看了二十多遍，还和她一起背完晚祷，只是这事儿他们父女做得越来越少了，一篇小小的对答连祷文，皮特一直不知道是否该把自己父母的名字加进去。他觉得他父母的名字，连同她母亲那边姥姥姥爷的名字，都应该让小孩子家记住；但是他们不可更改的死亡让南希颇受困惑。因此，一般情况下雅各布斯和马特·哈尼马就不祝福了，他们在天堂缺水的灵魂便越发干枯了。“是的，南希，你很好看。等你长大后，你会像妈妈一样好看的。”

“我现在好看吗？”

“你不是傻了吧？你现在很好看。”

“别的女孩子好看吗？”

“哪些别的女孩子？”

“玛莎和茱莉亚。”袒胸露背的小女孩子们在塔博科斯湾冰冷的海水里尖叫。圆滚滚的胳膊腿沾上了沙子。在落日的辉煌里,她们蹲下来为潮水拦坝。

皮特问南希道:“你怎么想呢?”

“她们很难看。”

“她们有她们的好看,你有你的好看。玛莎是索恩家的那种好看,茱莉亚是谁家的那种好看呢?”

“史密斯家的。”

“对了。那凯瑟琳又是谁家的那种好看呢?”

“阿普尔比家的呗。”

“没错,阿普尔比家的那种好看。等惠特曼夫妇家有了小娃娃,那个小娃娃就是惠特曼家的那种好看了。”这样利用小孩子家的耳朵,是不合适的,但是这样说话让皮特说出了福克茜的名字,在嘴里含着这个名字,感觉身子浸透了对福克茜的记忆,心里很受用。安杰拉的敏感强于她意识的理解,对皮特谈及惠特曼夫妇如此用心的随意的谈话,表露了不满情绪,福克茜的名字在这个家里遭到了不易察觉的禁止。

南希现在理解了这个游戏。她圆圆的小脸在枕头上很兴奋,她说:“等杰奎琳·肯尼迪生了小宝宝,那个小宝宝就是肯尼迪家的那种好看了。”

“太对了。现在睡觉吧,好看的南希,要不早上起来你又要困闹了。”

但是,这小女孩,要比她迟钝的荷兰血统的姐姐露丝,具有那种女性追问到底的东西。“可是,我是最好看的吗?”

“宝贝儿,我们刚才说了,人人都有她自己的那种好看,谁也不愿意改变自己,因为一旦改变了,大家就都一个样子了。和圆萝卜一样了。”他此前把一杯冰镇马提尼放在了楼下他的椅子旁边,冰块儿一会儿就会化掉,冰水便会掺和到珠子般清澈的杜松子酒里。

南希的脸因为竭力要忍住不哭,都变形了。“可是我会死的,”她解释道。

他摸住了南希的思路。“你以为如果你是最好看的,上帝就不让你死了吗?”

她无言地点了点头。她的大拇指已经伸进了她的嘴里,她的眼睛黑暗下来,仿佛她从大拇指上吸进嘴里的是墨水。

“不过,好看的人也照样会死掉,”皮特对她说。“只让人家不好看的人去死,那是不公道的。不管是谁,在爱他们的人眼里,都不难看。”

“好比妈妈和爸爸,”她说,瞬间把大拇指拿出来又放了回去。

“对呀。”

“还有男朋友和女朋友。”

“我想是的。”

“我知道你的女朋友,爸爸。”

“你知道! 谁?”

“妈妈。”

皮特大笑。“那谁是妈妈的男朋友呢?”一个同样思路的问题。

这孩子却说:“玛莎的爸爸。”

“那个可怕的男人吗?”

“他很有意思,”南希解释说。“他爱说‘呸呸’。”

“你的意思是说,我要是爱说‘呸呸’,就很有意思了吗?”

她大笑起来:这笑声几乎从门边一直格格响到了梦乡。“你说过‘呸呸’了,”她说。“爸爸丢人了。”

父女两个之间出现了静默。紫丁香叶子,一片葳蕤,没有花朵,已经长到了南希屋子窗户的高度,如同心的形状,拂掸着她的窗帘。恐惧在轻轻敲窗,轻轻拂窗。皮特没有敢抽身离去。“你真的担心死亡吗,乖乖?”

南希庄重地点了点头。“妈妈说我会变老,变成一个老太太,然后就老死了。”

“这难道不好吗？等你成了一个很老的老太太，你就能坐在你的摇椅里，对你的子子孙孙讲一讲，你有怎样一个爸爸，会说‘呸呸’。”

预期中的大笑只出现在了南希阴影里的脸上，没有出声，便又消失了。她在注视他已经招惹起来的恐怖。“我不想当老太太！我不想长大！”

“可是你已经长得比过去大多了。你过去还没有我的两只手大。你总不想再回到那么小吧。真那样，你不能走，不能说话，什么都不能干。”

“我就会，爸爸。走开吧，叫妈妈来。”

“南希，听着。你不会死的。你内心的那个小东西说‘南希’永远不会死。上帝没有让谁死；他只是把人们拉起来，带他们到天堂去。他们埋进地里的那个老东西根本就不是你。”

“我要妈妈！”

皮特感到反感，看出来安杰拉用简单的办法，已经把希望的信条，唯一的希望信条，奇怪的可怕的希望信条，灌输给这个孩子了。“妈妈在楼下洗碗碟呢。”

“我想要她。”

“你很快睡着，她就来吻你了。”

“我现在就要她来。”

“你不想要爸爸了吗？”

“不想。”

·

有时，在这样温暖的苍白的夜晚，天气凉下来，紫丁香树篱那边马路上的汽车呼啸而过，拖着收音机音乐的袅袅余音直奔修女湾，安杰拉会向疲惫不堪地躺着等待入睡的皮特转过身来。关键的关键似乎是，他一动不动，对她不表示欲望；随后，什么话也不说，仿佛宇宙来客钻进了他妻子的身体里，安杰拉会向他紧紧依偎上来，用弯曲的手指奇怪地来回抚摸他的肋侧和脊柱。依然什么话也不说，生怕打破魔咒似的，他会斗胆对她的爱抚作出回应，摸索她的睡衣，通常都是一件实实在在缠绕在身的障碍，这时刻却似乎透明了，腐败了，从她身体上滑落下来，如同凭借自身力量复活的一具尸体上脱落下来的变质的裹尸布。她在她的两腿后面和之间露出来一笔由听话的曲线轮廓和潮湿地带组成的财富。她把她的睡衣搂到脖子，她手指的骨节把闪着幽光的奶穗儿送到了他的嘴边，他的嘴"啊"一声表示理解定下形状；她紧接着对称地仰躺过来，让他享用另一个奶穗儿，他的手摸索到她的阴阜高高地膨胀起来，她的整个毛茸茸的漂浮着的嫩肉向外、向前膨胀成了一个神性的部分，一个人人有份儿的物件，皮特三生有幸，占据了这个位置，在他自己黑暗的躯体中乖乖地俘虏了。女人的美丽爱抚了他的眼皮；他蓬乱的头向那个古老的小通道儿拱了下去，难闻的傲慢的女王，她把这里弄得水津津稀糊糊。他的舌头探向她那发酸的大阴唇，探来探去，探出来一股甜不簌簌的味道。她在使劲揪他的头发，来吧。"快弄进我身子里吧?"他明白过来，大感意外，他已经在下午进入了福克茜·惠特曼的身子，那里可没有如同安杰拉这样的逼儿，没有如此水汪汪的饱足的逼儿。他毫无保留地失去了自己，没有一丝丝儿坚持。她的化学反应的敏锐令他呜吟不止。他们性生活的麻烦一贯是他发现她过于丰盛，他无法一次享用。她触摸他那毛烘烘的胸脯，等等，然后又摆了摆她自己的奶子，与活泼掀动的手指混合在一起，如同一个彗星尾巴滑过，他等待着，等待她的手一路滑行到了他的屁股，敦促他把她送入飘飘欲仙的境地，她大气粗喘，让自己从紧绷的状态中解脱出来。

他说："我亲爱的老婆。多么美好的惊奇啊。"

她耸了耸肩，仰躺在浸了汗水的床单上，她裸露的两肩在星光下光溜溜的。"我也达到了高潮。和你别的女人没有两样。"

"我没有别的女人。"他捋了捋她散乱开的发圈，理顺溜了。"你的逼儿如同进入天堂。"

安杰拉动了动身子让他下来，转身入睡；他们自从结婚以来养成了习惯,性爱后光了身子睡觉。“我很清楚,”她说,“我们女人下面都是一样的。”

“那可差别大了去了,”皮特跟她说,“根本不是一回事儿。”她对他的坦白没有回应。

他在福克茜跟前一直畏怯,小心行事,没有想要满足欲望。他每天基本上都呆在印第安山,料理那三所平房,水泥地基上已经快速地竖起来构架:二比四的英文字母型结构,N 和 T 以及 M 和 H,脚基、大梁、托梁、铺设地面、壁骨、横梁和窗台都连接起来了。皮特手拿锤子,喜欢感觉那种一锤下去的沉甸甸的重量。直楞楞挺立的重量是他的一饱眼福的东西,在他的眼里,再没有一座房子把架子搭建起来时赏心悦目了,一刨一斧做出来的木工活儿,还没有覆盖那些狗日的建材和狗日的技巧,而且工程也还没有被分工承包者拖延和欺瞒——如同黄鼠狼一样的电工啦,肮脏不堪的管子工啦,顽固的死性的砖瓦工啦。

这样,很多天里,只是在三四点钟的样子,他才哗哗啦啦开着小货车走下沙滩路,来到罗宾逊老宅。这房子最要命的问题是没有地下室,已经先着手解决了。用人用的侧翼共有四间老虎窗卧室和一间小厨房,能够让一台反铲挖掘机两天之内沿着厨房边缘挖下去十英尺。四个大学男孩用手铲花了一个星期在厨房下面挖出一半宽窄的地窖,打通了起居室下面那个已经存在的火炉。好几天里,浇灌水泥(这档活儿正赶上一场六月初袭来的热浪;那些男孩子脱光膀子,站在淹住脚脖子的泥汤里,地窖里的景象跟地狱差不多)的时候,福克茜的一半家只是靠几根竖立在煤渣地基上的塔松木柱和圆柱子支撑的。然后,在曾经是原来的用人侧房的地窖上面,皮特修建了一个一层的附属建筑,两间屋子,一间可以用作育婴室,一间作游戏室,前面加了一个面向盐沼地的玻璃隔板的日光室,通过一条可以保存园艺工具的通道连接到了厨房。六月快结束时,福克茜从沃斯父子花房买来了六束玫瑰花,沿着新修的侧房端部种上,试图用营养水和泥潭藓为它们提供健康营养，尽管底土里面仍然掺杂了很多砖瓦碎渣，还有拖拉机轮胎印子。

进入七月只用了五天，一组盖屋顶的工人拆卸了一层层笨重的漏水的瓦，敲下去一层平滑的屋顶。

那个老旧的烂门廊拆掉了。阳光照进了起居室里，而起居室的墙上，由于新火炉通上来的热气管已经装上，便覆盖上了金丝板条，雷斯敦的一位捷克人和他的瘸子侄儿把墙上抹了灰泥——他们是马瑟南部最后的一拨泥灰工了。这些主要的翻盖工程八月间大体竣工，肯·惠特曼为此花去了一万一千块，只有两千八百块进入皮特公司的账面上，实际利润区区几百块。其余的钱都花在材料、粗工、亚当斯和科莫的技术工、供暖设备承包商、混凝土供应商、管子工分包商等诸项费用上。厨房的改造——新的厨具、增添管子、橱柜、亚麻油毡——又花去三千块，皮特可怜惠特曼(惠特曼却从来没有要求垂怜，对各项必需品和开支只是一连串的冷冷的点头，随着房子每一处的改造和他关系越少，和福克茜的关系便越多了)，把自己的付出尽量压缩。如同大家预见的，尤其加拉格尔特别强调的，这项工程是赔本生意。

然而，看见福克茜有孕在身，在纯灰泥墙边看信，她的身影呈淡金色，这情景令皮特倍感快活。他想让她看见他干的活儿感到快活。他进行的每一处改造，都会更坚实地建立一种必要的正当性。在夜间，在没有和她在一起的漫长白天时光里，他都把她想象得在他站岗放哨般的保护与拥有之下：细长而结实的钢柱支撑在地下室；晃眼的白色灰泥表面；刨光的机警的门轻轻地装到了垂直的旧门框上；一个重新加固的天窗，现在双倍厚并且新装了玻璃膜，就在她睡觉的头顶上。他发现他不在这里时她总是在睡觉，她长长的身子潜伏在床上，不知不觉中成熟起来。有时，他半下午时分进来她还会在午休。大海在弯弯曲曲的水道里泛着幽光。雷斯敦的灯塔在远处炎热的地方闪耀。盛夏的干草厚厚地铺在通向盐沼地的坡上，一股青草味儿，到处是黄花和田鼠。门道旁是紫丁香树桩。工人们的车子没有停放在车道上，只有她那辆二手普利茅斯客货两用车停在那里，蓝莹莹的。

他把铝门栓拉开。他检查了一下附加建筑的未完工的构架，发现了两颗钉歪的钉子和一些托梁的横撑子的裂片，便在房子前面走了走，这里原本是门廊，现在是一堆没有用完的毛石泥浆、硬化的水泥斑点、成百斤重的脏纸袋、聚乙烯膜碎片和绝缘毛，然后接着走动，敲了敲侧门，因为安静这扇门似乎向外倾了些。门里面，有东西把房子弄得轻轻地颤动。那是棉花，惠特曼夫妇家的脚步沉重的大黄公猫。皮特走了进去，那只猫拱起腰，伸伸四肢，被抱起来时开心地呼噜着，欢迎他来到这神圣的刨花味儿当中。

福克茜就在他的头顶上。为了让她慢慢醒来，他悄没声儿走动，穿过没有完工的屋子，用小刀检查接头，打开又关上橱柜门，看看精致的磁性吸扣行不行。他头上，响起比猫儿的脚步更沉的声音。皮特很气愤地盯住了旧板石洗涤槽下面安装的铜管的细节，连接到了一半就停下了，管子已经取掉了，像哭叫一样大张着口。她来到了他身边，长衬裙外面套了一件宽松的系着的浴衣，她的脸由于睡觉弄了印子，头枕着枕头的这边金色的头发潮乎乎的。他们说他们会回来的。

我正在琢磨他们为什么干半截活儿就撤走了呢。

他们向我解释了。什么上下配合的物件儿不合适。

管子工是这桩生意的祸根。管子工和泥水工。

他们是要消亡的工种吗？

就是消亡他们也干活儿很慢。你和肯生活在这样乱七八糟的环境里，一定烦死了。

哦，肯白天从来不在家，我只是觉得好玩，看见工人们整天都在给我们带来礼物。亚当斯和科莫和我坐在咖啡桌边谈论塔博科斯过去的好日子呢。

什么好日子？

不用说，这里一直是一个盐镇。看看，你要喝点什么吗？我睡醒后渴得要命，我可以做柠檬水。只用凉水就做成了。

我应该返回办公室,对那些管子工发一通火。

他们说好要回来的,因此我都准备了热水了。你在意是不是粉红色吗?

粉红色柠檬水?我倒想见识一下。我母亲过去经常做粉红色柠檬水。用草莓做。

亚当斯和科莫告诉我,在过去的好日子里,有轨电车在神力街穿行,所有的酒都会堆出来,因为这里是波士顿和普利茅斯之间唯一可以一醉方休的镇子。即便在暴风雪天气也一个样。

有轨电车很有意思。它们来来去去很好看。

这种车过去我一坐就头晕。那种味道就受不了,司机们都抽雪茄。

说到这种脏乱的事情了,门廊那块地儿怎么办呢?你看是来块草坪,或者露台,或者别的什么?

我喜欢来个葡萄架。葡萄架有意思吗?

你会失去你已经得到的光线的。你还会失去从窗户瞭望到的海景。

海景看烦了。瞭望海景是肯的喜好。他总是喜欢向外面张望。还是我来给你讲讲葡萄架吧。

讲讲吧。

一年夏天,我那时还在成长,就是珍珠港事件发生的那年夏天,我的父母亲想迁出贝塞斯达,我们在弗吉尼亚租了一所砖房住了一个月,一棵巨大的葡萄树生长在蚂蚁筑窝的砖块上。我当时该有多大来着?一九四一年,七岁了。请原谅,我这样爱贫嘴,并不是常有的。

我知道。

我记得那些小小的藤须弯弯曲曲像字母,你知道,构成了字母。她用手指比画了一个A。我试图找出一整套字母。从A到Z。

你弄到了哪些字母了?

我想做到D了。我一直不能在那些藤须里找到一个完美的E。你会认为在那么多的藤须里,会发现一个E的。

你应该跳过去，直接找 F。

我很迷信，我想我可以找到的。我始终约束我跳过去。

皮特咧了咧嘴，想心事。柠檬水需要糖。这种事儿似乎一去不复返了。约束。我还真有点怀念呢。

说来令人伤心。为什么？我一点都不怀念。自从我怀了孕，我成了一个真正的邋遢女人了。看看我的样子，穿着浴衣。我喜欢。**她的嘴唇，映衬着清洁的红扑扑的脸，看上去有点发白，仿佛涂过润唇膏。**我应该告诉你一个秘密吗？

还是不说为好。告诉我，你想要把你们的起居室木架油漆成什么样的白色？纯白、光泽白、象牙白，还是蛋壳白？

我的秘密真的特别单纯。因为多年来我就想怀孕，可是我又害怕怀孕。不只是会失去身段，反正我也太皮包骨了，不值得去操这个心；而是因为我的身体不知怎的在别人看来成了一桩难堪的事。好几个月，除了比阿·格林，我谁都没有告诉。

她却告诉所有的人了。

是的，我觉得很好。因为实际证明也没有什么。人们根本不在乎。我太自以为是了，以为人们会在乎。事实上，如果你看上去有些狼狈，人们倒是更喜欢你一点。就是你看起来有点被利用了。

我看你没有怎么被人利用。

我看你也没有啊。

男人也被人利用吗？他们使用人。

哦，你这话就大错特错了。我们女人从来都利用你们男人。只是我们女人知道如何使用。不过你的说法正好和你怀念约束行为相吻合。你非常清教徒的。你对自己很严格。一开始我认为你在楼梯边倒立，做杂技表演，是炫耀。可是实际上你这样做是伤害自己。是希望你迟早会伤害自己。嘿，为什么你笑？

因为你太聪明了。

我不聪明。跟我说说你的童年吧。我的童年很无聊。我的父母最后离婚了。我深感吃惊。

我们有一处温室。我的父母有荷兰口音,我一直努力不受这种口音的影响。他们俩都在一次汽车事故中遇难了。

是的,当然。弗雷迪·索恩叫我们两个孤儿嘛。

你经常看见弗雷迪·索恩吗?

不常见。我只是在晚宴上见到他。

他在晚宴和谁都见面。

我知道。你用不着跟我说。

对不起。我的意思不是告诉你什么事情。我相信你知道得足够了。我只是想把这活儿赶快干完,这样你和你的宝宝今年冬天就舒服了。

她的嘴唇瞬间一动不动,没有血色,如同一把卡钳在测量空气的空间。她说,现在还不到七月呢。

光阴似箭,他说。七月份没有到,他从来没有敢触摸过她,除了常规的问候和跳舞。跳舞时,尽管她至少和他一样高,却始终让他领舞,她的胳膊在他的背部一点拉力都没有,肚子有一点凸起来。他感觉到她这时坐在一把厨房椅子里,身穿一件浴衣,是有所期待的,甚至咄咄逼人,却不吸引人,处处可见蓄势等待的样子,因为怀孕脸色苍白。

他随意地说,可口的柠檬水,同时她却严厉地问道,你为什么去教堂呢?

嗨,你为什么去?

我先提问的。

都是些寻常的理由嘛。我这人胆小。我也很保守。共和党人,信教。我的父母的灵魂在那里,我的大女儿在教堂唱诗班里。她很勇敢。

遗憾你是共和党人。我的父母崇拜罗斯福。

我的父母受到了伤害,因为他祖籍是荷兰,他们认为荷兰人没必要费那么大劲治理这个国家。我认为,他们认为权力是罪孽。我连严肃的观点都没有。不,有一个观点。我认为美国现在是一个闷在糖罐里的没有人疼爱的孩子。如同一个人到中年的妻子,她的丈夫旅行回来带到家里一样礼物,只是因为他做了对妻子不忠的事儿。他们新婚的那阵子,他从来都不必送什么礼物的。

这个丈夫是谁?

上帝。明摆着。上帝再也不喜欢我们大家了。他爱俄国去了。他爱乌干达去了。我们肉满膘肥,脓疱满身,总是哭着喊着要糖蛋蛋吃。我们失去了优雅。

你对爱想得很多嘛,不是吗?

比一般人想得多吗?

我想是的。

事实上,我从来都不思考爱。我把这等好事儿留给你的朋友弗雷迪·索恩了。

你喜欢亲亲我吗?

很喜欢,是的。

为什么你不亲吻呢?

这事似乎不大对头吧。我没有这个胆量。你怀着另一个男人的孩子呢。

福克茜不耐烦地站起来,大声说,肯害怕我的宝宝。我把他吓坏了。皮特已经从椅子上站了起来,她这下站到了他的身边,用一种在他们中间的距离听来很小的声音问道,难道我们不在我们的房子里吗?难道你不是在为我修建这座房子吗?

所有选择都对他关闭了,皮特在亲吻福克茜之前,打量了一下她的脸,看见她非常坚定,感情专注,如同一支烛焰在垂死的风里纹丝不动,或者一条没有什么重大变化的公路,如同他家乡州的路,或者荷兰的运河,他的手在宽松的浴衣下摸到了她身体同样的质量，一种几乎形同木制却活生生的肌理，已经属于他的了；她的身体这么快就熟悉起来，那天下午占有她是没有问题，也没有必要的——作为丈夫和妻子，只要在厨房里拥抱她，更好的机会有的是，因为他们很快就有一整个夜晚了，那时孩子们睡下了，邮差也不会来敲门了。

来到室外，脚边都是踩来踩去的碎泥和碎片，一捆捆原木瓦，紫丁香树桩，皮特回想起她的头发在塔博科斯的太阳里晒得更加金黄，缠结得那么密实，几缕湿湿的头发粘贴在鬓角。她扭开了她红扑扑的脸，躲开了他的亲吻，仿佛趁机呼吸，深深叹息一声，从他的肩头对着没有完工的屋子的一个角落凝视。她的嘴唇，看去薄薄的，他感觉宽宽的，暖暖的，滑滑的；身置屋外，这种记忆仿佛接触到氧气发生了化学反应，皮特好像吸食了大麻，感觉到一种贯穿全身的麻木。

他和安杰拉的生活遭受了一种沉闷，一种麻木，这是乔治妮从来没有带来过的。然而，他的血却是在福克茜身上孵化了；他没完没了地品味福克茜对他暴露出来的细碎——她那柔软的阴毛，她那尖声尖气的性交呼叫，她用嘴含住他的阴茎拉长的、温婉的、难以企及的沉思。他成了一个神魂颠倒的深入体内的主妇了，一个秘密的园丁。

我不知道你这里也是金黄色的。

那会是什么颜色呢？你那里的毛是红色的。

可是你的毛很柔软。透明。如同玫瑰花上的绒毛毛。

她大笑。嗯，我已经学会和它相处了，那么你也必须学会了。

他在那些眼花缭乱的瞥视之间模模糊糊地生活，摸索，这时候他们彼此迅速地脱去衣服，福克茜躺在他身边，她伸展的肚子明晃晃的，像是一个他打开的镜头，也像一个在她身子的种种坡路上失去自己的雪盲的滑雪者；她的状况迫使他们性交具有了家庭般的种种调节。由于只能向后仰身，她会在床上向下滑动亲吻他。你真的喜欢这样吗?

喜欢。

有一种滋味吗?

一种很好的滋味。

咸咸的,很强烈。还有一点点苦涩,像柠檬。

我害怕虐待了你。

哪会呢。尽管来。

她一直没有来高潮。可不管怎么样,她欢迎他,而且不管他在光线下使用什么样的手段翻动她的身体,用两手和舌头如何挑逗她,他们最后还是会像两股道上跑的车。进入我吧。

你到时候了吗?

我想让你进入。

他感觉到了她内里的音乐般的摊位。她的逼儿很嫩,很熨润。一种膨胀力把他向前推进,直达边缘,她呜咽起来时他喷射而出,而她叹息着消退下来。但是,她原谅他,他也原谅她;她自责,他不赞同,于是他们一起接受责备;这样一来一去的,他们的性爱得到了锤炼,渐渐长大了。她棕色的眼睛瞪得圆圆的,每只眼睛在他上面的那个方天窗里映照出来。她表示道歉,对不起。我不能完全忘记是你在我身上。

那我应该是谁?

谁都不是。只是一个男人。我想到你这个具体的人,这念头就把我推下了轨道了。

这种情况在肯那里发生吗?

没有。有时我先到。我们两个互相了解得太长了,我们倒愿意各行其是,互相利用。不管怎样,如同我估计已经跟你说过的,我怀孕以来我们就不怎么做爱了。

这似乎很奇怪。你们这种方式很可爱。你的皮肤有光泽,甚至你的体形也似乎无可挑剔。我想象不到你瘪了肚子和你做爱是什么情景。那就不是你了。你会失去这种堂皇的。

肯很奇怪。他想让性生活呆在一个密室里。他和我结婚,这个问题就解决了,他那方面就没有问题了。他从来就不想让我生孩子。我们的钱足够花的,这是他自私的表现。我压根儿就不是他的妻子,这么多年来,我只是他一星期发泄一次的婊子。

我真妒忌。

别妒忌。皮特,我没有到达高潮,你别感觉糟糕啊。我和你在一起感觉到了很多的爱,这才是结症。

你很善良,不过我真诚地感觉到我在这方面只是个二流把式。如同我的滑雪和高尔夫球水准。我开始得太晚了。

好可怕的男人。我讨厌你一心想着被人吹捧你。所有的女士一定跟你说过,你令人望尘莫及吧。你怜香惜玉到了令人望尘莫及的地步。

不管哪个男人,脱掉所有的衣服,你和人家上床,都会怜香惜玉的。

不。至少我了解三个男人,另外两个就一点怜香惜玉的劲儿都没有。

那个犹太人也没有吗?她和他讲述了那个犹太人的情况。

他取笑我。有时,他伤害我。不过,那时我还是个黄花姑娘,也许他不伤害我也没有办法。也许他现在伤害不了我了。

你现在还想要他吗?

我现在拥有他了。这样说话很可怕吗?我在你身上找到了他,而你就在我身边。这下更好了。他是个反常的人,皮特。

不过你也反常啊。

她那棕色的眉毛孩子般地挑起来。怎么反常?你是说——她的指头放在她的嘴唇上,然后放在他的鸟儿上——这种行为吗?可是这种行为怎么能说是反常呢?难道你不喜欢吗?

我喜欢死了。不过,我害怕这样我们两个捆得太紧了。

你害怕吗？我倒很喜欢。我担心原来只有我害怕呢。皮特。这个世界会怎么看待我们呢？

你在乎的是上帝还是这个世界？

你认为它们是不同的东西吗？我认为它们是一种东西。

也许这就是我说你反常的意思吧。她的脸和他的脸离得很近，似乎像一个范例，一个所有女性的脸组成的款式，已经近在他身边了。她那漠然的额头和她的呼吸，也许属于安杰拉；然后，福克茜在枕头上的头转过去，她那红扑扑的脸映在了上面照下的光线里，那是天空蓝色的光，显然那不是安杰拉，是惠特曼的女人，年轻的偷汉妇。

她害怕而胆大，胆小而放浪，往往被自己吓住，却不做忏悔。勾搭成奸从她内心把她点亮了，如同灯笼的烧成灰的灯罩，或者仿佛一整座透明的房子，里面的垂挂物和隔间都点燃了，却拒绝烧掉，宁愿浓烟滚滚，火光冲天，让构架通体发亮。她已经向他求过爱；她对自己怀孕既高兴又不当回事儿；她会和他睡觉；她父亲曾经是家庭引以为傲的海军下层职员；她母亲改嫁给了一个自助洗衣店的业主；她会把他充血的那话儿含入她那小嘴的花样的唇瓣儿；她在他身上又找到了一个犹太人；她那处在混乱中的脑子可能像一个男人的一样干枯和直露；她的结构很酥软很脆弱，与另一条命一起燃烧；她是他的奴隶；他是她的雇员；她害怕——与这些变幻的明亮的透明性相比，安杰拉就是一个傻大姐，一道障碍，一扇上好的门。安杰拉对这桩风流事浑然不知，尽管其他的夫妇都猜测到了，这正是安杰拉令人发疯的肉头劲儿的结症。她没有分担已经成为他们生活的中心问题的东西。她重伤致残，却一声不吭；在他们优雅的殖民地时期的蛋壳色屋子里，她冲撞并磨砺皮特紧绷的神经。他完全被福克茜占住了，满脑子都是她那怀孕的身子、她的体香、她的哼叫、她的自责、她的一次次退却和一次次香气袭人的回归，满脑子都是他们的性爱，他的脑子感觉如同薄冰。他祈求安杰拉猜度，安杰拉拒绝了，这似乎是故意而为之，他因她甘愿受骗的感激心情，因为他的秘密在封闭的黑暗中剧烈搅动，便酿成了愤怒，随时会毫无道理地迸发出来。

“醒一醒！”

她一直坐在灯下看书，眨了眨眼睛。她的眼睛从明亮的书页上抬起来，却看不见他。“我醒着呢。”

“你没有醒着。你在惶惑中随波逐流，打发人生。难道你不觉得我们近来发生了什么事儿吗？”

“我觉得每天你都变得更讨厌了。”

受伤的飞蛾撞来，爬在了她肩膀上方的灯罩上。“我很恼火。”他说。

“为了什么？”

“因为所有的事情。因为那个说话嘴损的骗子加拉格尔。因为印第安山上那些讨厌的平房。因为贾津斯基：他认为我是一个醉鬼。因为惠特曼家的工程。我为那个狗杂种连衬衣都买不起了，可他连感激之情都没有。”

“我还以为你乐此不疲呢，每天颠儿颠儿地跑去看望那位小公主。”

他感激地大笑起来。“这就是你对她的看法吗？”

“我想她年轻啊。我还想她很傲慢。我想她最后会老成起来的。我却不认为她需要你这般特殊的父亲一样的关照。”

“为什么你认为我的关照是父亲一样的？”

“爱是什么是什么吧。我可以回头看我的书了吗？我没有觉得福克茜·惠特曼或者这样的谈话多令人感兴趣。”

“天哪，你够牛哄哄的。你真是有趣极了，自己一屁股臭屎都没有擦干净呢。”

“听着，我答应好今天晚上和你做爱的，容我把这一章读完好了。”

“读完读完，我才管不着呢。把它吃到肚子里去。让你自己真正享受文学的刺激吧。”

她听出来他恶言恶语中的祈求，很想把头抬起来，但是勾人的铅字吸引住了她的眼球。她心不在焉地说：“难道你不能放松十分钟吗？我还有五页书呢。”

他跳起脚，两大步跨到了电话机上那面镜子前，又大步返回来。“我需要到外面放放风。我需要聚会。我揣度阿普尔比夫妇在干什么。或者索尔兹夫妇在干什么。”

“已经十一点钟了。请悄声点好吧。”

“我要死了。我是一个三十四岁的不可靠的承包商。我没有儿子，我老婆冷落我，我的雇员看不起我，我的朋友都是我老婆的朋友，我是一个孤儿，一个社会扔掉的人。”

“你还是一个困在笼子里的动物。”

“没错。”他做出一个咄咄逼人的架势，来到她跟前，两个拳头放在胯上，一个有朝气的结实的红头发男人，衬衫卷起袖子后露出来小臂上的日晒的斑点。“可是安杰拉，谁做的笼子，嗯？谁？是谁？”

他的用意是要她把他揭穿，暴露他的秘密，并因这个秘密感到吃惊，感到迷惑，然后和他一起破解和调养这个秘密的难以破解的生活。但是，沉潜在她胸前书中升起的那个非传统的世界里——一个奇异而严格的世界，既有情人的无耻，又有父亲的情感——她没有搭理。那本书是过去大学里的教科书，当时没有好好阅读欣赏，上面净写了些女孩子家的注释以及她和室友们所使用的太阳灯的油点洇出来的透明片儿，那是现代文库版的《释梦》[①]。

珍妮特·阿普尔比在沙滩上对安杰拉坦承，她正在看一个精神病医生。安杰拉对皮特解释说：“一星期只看两次，是理疗，和真正的分析不一样。弗兰克全力支持，尽管这是她的主意。她绘声绘色地说，在小史密斯夫妇家和马西娅发生可怕的冲突后凌晨三四点回到家中，她突然明白她需要帮助，而

---

① 著名精神分析家弗洛伊德的主要著作之一。

帮助的人既不是朋友也不是情人，还不是有什么理由关心她的人。她才去看了几次，可她已经相信她不明白她的所作所为。她从来没有爱过哈罗德，那么为什么她还要和他睡觉呢？她跟自己说，那是因为她觉得对不起他，可他并不觉得对不起自己，尤其她欺骗他时他难受过吗？现在，即使在他们两对夫妇不再交叉睡觉了，至少她和哈罗德不再睡觉了，他们每个周末难道彼此不再见面了吗？她说他们现在把索恩夫妇也拖进来，尤其弗雷迪——"

"那个半吊子，"皮特说。

"——那真成了大杂烩了。葱头和杜松子酒串在一起了。索恩夫妇显然从来不回家了。乔治妮就是坐在那里喝酒，这种事儿她过去从来不干的，弗雷迪在他的膝盖上写那个永远写不完的色情剧本。"

"这么说，珍妮特是因为乔治妮喝酒才去看精神病医生吗？"

"当然不是。因为她认为她，就是珍妮特，是真有精神病。"

"界定一下精神病。"

珍妮特拥有各种各样的比基尼和半比基尼泳衣，皮特想象得出来，她肚皮贴在沙子上吐露心情的样子，背部全部解开，让太阳晒出整片的褐色，她的脸颊枕在一条叠起来的毛巾上，她的奶子在她支起胳膊肘时白花花地露出来，这样说话更方便，也能观察一下她的孩子。

安杰拉说："你知道精神病是怎么回事儿。你所做的事情，你却不知道为什么做。你和女人睡觉，你实际上是在试图谋害你的母亲。"

"假如你的母亲已经被人谋杀了呢？"

"那么，你也许试图在让她死而复生。自我试图在现实世界和本能冲动之间调停，而本能冲动就是我们的欲望。自我把这种坏消息带来带去，但是本能冲动却充耳不闻，一而再再而三地试图干它想干的事情，虽然自我已经置之不理了。我解释不好，因为我没有完全弄懂，但是梦是我们释放这些压抑的一个途径，而这基本上是倚靠性生活释放的，可性生活又与我们的父母关系重大，他们已经成了超自我，从另一方面不断折磨自我。你知道这一切的，大家都知道。”

“嘿，珍妮特和哈罗德时不时在一起睡觉，你从中看出来什么不自然的东西了吗？弗兰克可以说是一个真正的粗人；你后半生愿意和他上床睡觉吗，夜复一夜？”

“这不是自然与不自然的问题，也没有对与错一说。这可以理解你为什么做事情，为什么你能停止做事情。或者高高兴兴做事情。珍妮特当然没有让自己高兴起来。我不认为她抚养孩子有多么快活，性交也没有得到很多快乐，甚至她的钱也带不来快乐。她可以过得无忧无虑，你知道。她什么都有了。”

“可是，正是这些人过得不幸福。人们具有了一切，反倒怕这怕那了。像我们这些人忙得不可开交，连爬带滚的，什么都顾不上。”

“皮特，这就是最原始的态度。你说富人难以通过针眼。最先者会成为最后者的。”

“别拿《圣经》开玩笑。自我和本能冲动神神叨叨讲了一大通，究竟和你有什么相干呢？你为什么没完没了地辩护？我估计你也想去看精神病医生吧？”

“是的。”

“你见鬼去吧。只要你还是我的老婆，那就不能去。”

“嚯？你还想再娶一个老婆吗？”

“当然没有。但是你去看精神病医生，那是一种侮辱。那等于说我没有给你足够的性生活。”

“看精神病医生没有这一层意思。”

“我给与你的，超出了你的需要。”

“没错。也许精神病医生可以告诉我，为什么我还想要更多的性生活。我想性交，可是我又不想性交。我这样子，连我自己都恨自己。这种状态对我们两个都做出了很可怕的事情。”

皮特吓了一大跳;他内心承认,安杰拉知道得最清楚,她允许性交的数量是适当的,多余的次数是他自己的问题,是他自己的过错。他问她道:“你不认为我们的性生活是对的吗?”

“很可怕。死胡同儿。你知道这点。”

他尽力不贬低这样的评估。“从一到十的刻度,你认为我们属于哪个刻度?”

“二。”

“哦,得了,没有这么差吧。你挺带劲的嘛。”

“不过寥寥几次。我不使用我的手、嘴或者别的什么东西。我感到恶心。我许可帮助,皮特。我把你变成了一个恶霸,一个骗子,把我自己变成了一个那种老姑娘,大家都说你不会相信她曾经是那么美丽。”蓝色的眼睛,她开始哭起来。她哭泣时,她那张脸看去胖胖的,如同南希的小脸。皮特动了恻隐之心。他们在厨房里,安杰拉在喝味美思,而他在喝杜松子酒、苦啤酒和柠檬混合起来的饮料,他们已经把姑娘们打发上床睡觉了。安杰拉的脑袋靠在厨房墙纸上那些小红花上,椭圆形脑壳儿很好看,夏天的发髻束了起来,透出一种少女一般的高贵的整洁。他这时认识到,她用一种社交的方式,要他准备好度过一个没有性交的夜晚。坦白她的性冷淡只是变相说明。

他抗议道:“可是大家都爱你。镇上的男人都喜欢和你上床睡觉。就连艾迪·康斯坦丁都和你吊媚眼儿呢。还有约翰·安倾慕你,如果你能理解他的话。”

“我知道。可是,我知道这些并不觉得开心。我不想和任何人上床睡觉。我不觉得我是一个真正的女人。我是一种快活的中性人,生了一个女性的外表,成了天大的笑话。”

“我好可怜的安杰拉。好像你背上背了‘踢我’两个字。”

“真的是这样。听了珍妮特的话,我真的认为我们两个多么相像。日子过得太舒适,对献殷勤的人友善,把这种空虚藏在心里。我们两个都来自优裕的家庭，长了大屁股，尽力表现得机灵，听任别人摆布。你知道，她一直在床头放着安眠药，有些夜晚都懒得数一数吃下多少粒吗?”

“哦，你没有服安眠药。”

“可是我可以吃的。她诉说的那种情况，听起来非常熟悉。我喜欢睡觉，只是睡着了一点也不香甜。我不喜欢醒来。”

“安杰拉！这是犯罪。”

“这正是珍妮特和我之间的巨大差别，我尽量压制，而她试图说出来。不是吗?”

“别问我。”

“我敢肯定你和她有一腿，知道我的意思是什么。把我们两个的情况说说吧，皮特。”

“你是一个无中生有的老婆。我从来没有和珍妮特睡过觉。”

“在某种程度上，我想让你和她睡觉。一种女同性恋的方式。在海滩上躺在她身边，我觉得像是被抽空一般。我想，我一定有同性恋倾向。我很想拥有一所女子学校，我们大家在学校里都穿长内衣，打曲棍球，洗过澡后席地而坐，聆听诗歌。”

“如果你把这些都做了分析，那么你就不需要精神病分析医生了。”

“我不需要。我只是猜测。他也许说那种正好相反的东西。比如说，我受不了别的女人触摸我。卡罗尔·康斯坦丁总是拍打我，比阿也是。他也许会说我也太喜欢异性恋了，因为美国现在的方式大不同了。比如说，为什么没有人娶我，要等到你到来？我一定把他们都吓跑了。”

“也许你爸爸把他们吓跑了呢?”

“你想知道别的什么病态的事儿吗？你受得了吗?”

“我努力吧。”

“我手淫。”

“亲爱的。什么时候?”

“夏天比冬天次数多。有时，我早上四五点钟醒来了，鸟儿刚刚开始唱歌，或者大拖车在马路上开过去，我的皮肤对被单敏感得受不了了，于是我就忍不住自慰了。”

“这听起来很正常啊。你手淫时没有想象任何人、任何特别的男人吗？”

“不是十分清晰。多数情况是感官享受。你是我唯一了解的人，因此如果我想象什么人的话，那也只能是你。可是为什么我不把真实的你弄醒呢？”

“你想得太周到，又不好意思。”

“哦，扯淡，皮特。简直是扯淡。”

“你千万别再和弗雷迪·索恩在聚会上交谈了。你的语言正在变质。”

“我都在变质了。我不知道在这个性感女人皮囊①里如何表现。”

“性感女人？”

“塔博科斯②。”

“性感女人是人，不是地方。”

“可这个人就是一个地方。把我救出去，要么就让我看医生。”

“别卖傻。这个镇子和这个国家的任何地方都一样的。你所说的话，只是表明你太好了，为这个世界所不容。你太完美了，我们大家都配不上你啊。”

“别把你的声音抬高了。我讨厌你尖声尖气地说话。”

“当然你讨厌了，你理当讨厌我的声音。你讨厌我，还能不讨厌我的声音吗？”

“我不讨厌你。”

“你一定讨厌的，因为我开始讨厌你啦。”

---

① 应指安杰拉本人。在小说里，安杰拉是所有男人的梦中情人，但是在实际生活中她性冷淡。

② 性感女人的英文是 sexpot，与 Tarbox（塔博科斯）的发音和字形有相似的地方，故有下文的对话。

“啊。你终于把话说出来了。”

“得了，我不真的是这个意思。你挺棒的。可是你太自我为中心了。我也不知道我内心是怎样的情形——”

“你的意思是说，你在和女人鬼混，你想让我猜一猜那个女人是谁吗？”

“不，我没有这个意思。”

“福克西·惠特曼。”

“别没有正形。她怀着孩子呢，对他冷冰冰的老公倾慕不已，还在专业上掐我的脖子呢。”

“当然——不过我为什么想象到这个名字呢？我知道这是精神过敏，可是每次你去那里回来，都对我和孩子们格外疼爱，因此我想你和她睡过觉了。我观察她的脸，感觉她心中有秘密。她和我说话是那么温和，那么快活。她了解我太透彻了，可他们是三月份才搬到镇上来的。”

“她喜欢你。也许她也是个女同性恋呢。”

“不只是福克西，还有珍妮特或者马西娅或者乔治妮——我吃醋都快吃疯了。我越吃醋，我就越不能让自己和你好好做爱。真是可悲。真是痛苦。你的电话昨天响了半个小时，而我早上十一点钟给自己倒了杯马提尼酒喝，想象一定是哪个女人打来的。”

她那瓜子儿脸恨不得大哭一场，但是一种世故的机制却让她产生了半半拉拉的笑声。皮特痛苦地看着地上，打量她赤裸的脚；她的小小的脚趾都没有触到油布。他亲爱的可怜的被背叛的安杰拉：他有什么权利把她从她那赫赫权威的父亲那里夺走？每天下午，下工前的一个小时，一个名叫汉密尔顿的老人都会在桌面高低的树篱之间的草坪上走动，烟斗冒出长长一溜烟，为工人带来一个半夸脱的喜力啤酒瓶子和冰淇淋纸杯。皮特对她说：“我没有阿普尔比家那样有钱。我负担不起啊。”

她问道：“有什么路子我可以挣来钱吗？我今年秋天到波士顿去，获得足够的教育证书，怎么说也能在私立小学教书吧。南希会到初级班里上一整天课；我必须利用我的事情干些事情。我能开始理疗，一个星期两次，和教育课程一起进行。哦，皮特，我会成为一个难得的老婆的；我会学会每样东西的。”

看见她祈求，看见她计划得头头是道，皮特很难受。她认为自己是有用的，对他依然有用，勇敢地开发自己，向新的开发领域发展，可在他看来她已经枯竭了，不过一座旧迷宫，里面的九曲回廊必须讲讲条件，获得新鲜空气和福克茜。福克茜在睡觉，月光洒在她那长长的骨骼边，顺着她那额头往下抚摸：想见这幅幻境，皮特的胃翻动起来，他的皮肤潮湿了，他的手指和舌头麻木了。繁星下面有一条银色的路。显然，安杰拉在他的路上设置了障碍。“不，”他脱口而出，恐慌袭来，他感觉时间在流逝，房子、树木、人生如同碎石倾倒掉了，各种机会失去了，星云反转了，“不行；亲爱的，你难道看不见你在对我做些什么吗？放我一马吧！”

听他高声高调，她的脸变得惨白；红红的面色退掉，眼睛随即垂了下来。“很好很好，”她说，“走吧。我问你一句，你要去干什么？”

皮特张开嘴就要告诉她，但是他的秘密守住了那层冰壳儿。

安杰拉漠然地转过背去。“你的固定剧目，”她跟他说，“是越来越没有劲了。”

“爸爸，快醒醒！杰奎琳·肯尼迪的宝宝死了，因为生下来太瘦弱了。”

南希的脸是一轮她睡梦中地平线上升起的明月。她在惊恐中两只眼睛非常清澈，挂在天空似的。红红的泪管好似小鸡的冠垂。屠杀。早产的小肯尼迪两天来生命垂危。南希一定是在电视上听的这个消息。“我很难过，”皮特说。他的声音厚重、壅塞、沙哑。八月是皮特患枯草热的季节。他想，怪了，那对夫妇一定不堪痛苦吧。财富、美貌、敬仰，都不能让他们幸免。苦难把国王的黄袍都抽得紧紧的。我们脆弱的诸神啊。

“爸爸？”

“嗯。”

“那个宝宝吓着了吗?”恐惧,恰似麝香鼠的一股穿透的香气,穿过她小娃娃的嫩皮的法兰绒衣服发散出来。他一直在做梦,他的弟弟。他弟弟在玻璃暖房下面冻僵了,教皇的遗骸,皮特因为没有和弟弟在一起帮助他,与他共患难,深感歉意。朱普,很冷吗?劳累过度冻死了,正在收集火绒草。他转身向别人解释说,我的弟弟冻死了。可是福克茜也在梦里,尽管看不大清楚;她那样子,如同不停流动的优雅,如同暗流从一口井流向另一口井,在梦的皮肤下面流动,如同现实世界的下面,一种活命的脆弱性不停地在威胁。

“那个宝宝很小,吓不着的。那个宝宝从来就什么都不懂,南希。它还没有脑子呢。”

“他要妈妈!”南希说着,跺了跺脚。“他哭喊,哭喊,可谁都听不见。他哭坏了自己,大家还很高兴。”

“没有人高兴,”皮特跟她说,把脸颊又放回了枕头,知道南希说得对,没有人聆听。他在夜里伸起手,对着窗子的玻璃窗格,映出一个妖怪一样的多角的手的形状,而现在已是拂晓时分,窗户映出来翠绿的树叶、心形的紫丁香、远处的榆树。空间好像重新赎回来了。皮特伸出手,把南希拉到跟前,享受他睡觉保留的那种余温。她挣扎着不让他拥抱,担心拥抱只是解消和掩盖这个问题的手段。她宽宽的脸生气地打量着他,和他斗心眼儿。她的鼻尖上出现了蝇屎般的小雀斑,尽管他们一直认为她继承了她母亲油光的褐色的皮肤。她的虹膜的凝缩的蓝烟状里有铅点儿。海生物。朦胧的光变成了形式,形式变成了思想,思想变成了灵魂,死了。视网膜没有留住任何东西。皮特问道:“妈妈呢?”

“起来了。早起床了,爸爸。”

“快去和妈妈说说肯尼迪宝宝的事儿,爸爸要穿衣服了。”昨天夜里他本来想做爱,可是安杰拉拒绝了,他只好光着身子睡下了。他不希望自己的光身子把孩子吓着了。“下楼去吧，”他说。“爸爸觉得不舒服。”

“你喝醉了吗?”她学会了这个词儿，觉得这个词儿很吓人；一次，弗兰克·阿普尔比爬进了她的游戏围栏，把一个塑料浮鸭弄碎了，第二天他们向她解释说，弗兰克喝醉了。

“没有。我过去喝醉过，现在我希望我不再会喝醉了。我的脑袋疼。我为肯尼迪宝宝感到难过。”

“妈妈说我永远不会死，除非我成了一个戴着耳坠的老太太。”

“这话对极了。”

然而——后面的话没有说出来。一泡尿憋得受不了，他把被子撩开了；他身体全都暴露在她的眼里，她的眼睛充满了泪水。他说:“不过，那个小宝宝比你还小吧?”

她无助地点了点头。

皮特跪起来，搂抱她，他的两臂感觉出来那种无声的温吞的音质，而这点他拥抱安杰拉的大身子时经常感觉得到。他热切地说:“不过，这个宝宝过早地来到这个世界，这是一个错误，上帝从来没有打算让它活着，像你一样活得又大又结实。”他的裸体暴露在空气里，她的皮肤在他的怀里扭动，悄然间他的鸟儿挺直起来。太阳的一道裂口或者一道光亮。

南希从他的怀里挣扎出来，从楼梯口冲他嚷嚷道:“上帝应该教导那个宝宝别到这个世界来!”

安杰拉喊道:“皮特，你起来了吗?”

“三分钟就下去了，”他回答说。他穿了一半衣服，把脸刮了，才彻底穿戴起来。今天是一个坐办公室的日子。从卧室的窗户看去，他家的方形花园看上去干枯了。一个干旱的夏天。无处不在的风东南西北地吹。冰层融化了。广袤的树林里还很稀薄。印第安山上，尘土弥漫，在那些建筑物上落了一层，钻进了那些堆了斜倚的胶合板和散乱的电缆的未完工的构架。在树林里，这里那里可见一棵饥渴的枫树早早变了色。蟋蟀在夜里吱吱叫唤。

但是，从福克茜·惠特曼的窗户望去，那些不需要雨的盐沼地正从母亲海里吸水，延展得茂盛而年轻，绿得像春天，雕刻得像咸水溪弯弯曲曲的长绒毛。有些下午，来潮的时候，盐沼地全部被海水淹没，皮特觉得大地够到了月亮。亚特兰蒂斯岛①。阿勒拉特山②。

窄窄的农舍楼梯拐两个楼梯平台走下，在前门一步远的地方停下，过厅里满满当当，打开的门会砰然撞在楼梯短柱上。皮特的右边，一间起居室里被枝繁叶茂的紫丁香挡得很暗，如同城堡的暗中的哨兵，昨天夜里小史密斯夫妇、索尔兹夫妇和格林夫妇用过的空杯子还摆放在扶手和家具的边缘上，南希和露丝就是在这里看电视的。一个英国邮政官员，通过卫星转播，一副傲慢的模糊的样子，在讨论昨天发生在一辆伦敦邮政火车上的七百万美元的抢劫案，铁路运输历史上最大的抢劫案——“当然，不算应该恰如其分地归为政治行为的攻击和没收行动，如果你听懂我的意思的话。据我们目前所判断的，那些家伙作案没有什么政治方面的动机。”电视把他们带到了外面的世界。这小小的屏幕冷冰冰的闪烁，显示出了塔博科斯朋友和家庭这个圈子之外的一个寒凛凛的宇宙。建立在纽约和洛杉矶的镜子站观察到了介于他们和荧屏报道之间的那个不适合居住的表层，而荧屏报道在有毒的闪烁的蓝色中沐浴了孩子们的脸。这种毒素是他们民族的生活。自从朝鲜战争以来，皮特就不关心新闻了。新闻发生在别的人那里。

在他的左边，厨房里已经阳光明媚，安杰拉在四块长方形垫子上摆上了早餐。碟子、玻璃杯、勺和刀。她的奶穗儿从里面把睡衣撑起来，可见黑点。她的头发跌落下来，随她走动而飘飞，而翻动。她在皮特看来似乎出落得更美了，从他身边连连撤退，进入了美的抽象王国。

他对她说：“可怜的南希。她整个给吓住了。”

---

① 传说中的海岛，据说位于大西洋直布罗陀海峡以西，后沉于海底。

② 位于土耳其的一座山。

安杰拉说:“她问我,肯尼迪宝宝是不是进了天堂,身边有那只仓鼠在轮子上转啊转。说实话,皮特,我怀疑宗教是不是值得相信,是不是告诉她们真实情况就更加健康。我们埋进地下就什么都不知道了,长成一把青草。”

“还会被奶牛吃掉呢。我不知道为什么禁欲主义者都认为死亡是那么该死的健康。接下来的事情,你便会进入暖和的浴缸,割开腕子证明死亡的健康了。”

“哦,你就喜欢这种观点。”

南希抽噎着走进了厨房。“露丝说——露丝说——”

露丝随后跟进来,直跺脚。“我说上帝弱智。”她取笑南希道,“小娃娃家。”

“露丝!”安杰拉喝道。

“弱智吗?”皮特问道。这是她这代孩子说到所有不合作的东西的形容词。弱智的老师下课后还是不让我们走。这支弱智钢笔写不出字来。弗兰基是一个弱智。

“嗯,上帝还真是弱智,”露丝说。“他让小宝宝们都死了,他让猫儿吃鸟儿,等等。我到了秋天就不想在唱诗班唱歌了。”

“我敢说那会让上帝大有改进的,”皮特说。

“我就不明白,为什么孩子应该被迫每个星期天都到唱诗班唱歌,”安杰拉对他说,弯下腰来安慰在她腿边哭泣的南希。她的头发垂在南希身上。倾注着母爱。寻求她从皮特那里逃避的窒息。爱她比爱我更深。惺惺惜惺惺。共生现象。

“因为这同样狗屁原因,”皮特对安杰拉说,“我只好一辈子和爱抱怨的女性过下去了。”他在受伤的沉默中吃完早餐。不过,他觉得他干了一件好事,他已经把南希从死神的手中拯救出来了。生气好于恐惧。谋杀好于被谋杀。

他开车去办公室,哗啦哗啦下到博爱街,把车停在希望街上。今天有停车位，近来经常没有车位。早有人说神力街拐角的地方应该安装一个交通指示灯。外镇人总在这里迷路。汽车太多了。人也太多了。同性恋是答案？避孕药。加拉格尔在电话上通话，浓重的爱尔兰口音。“我们搞了三十三个房间，修女妹子，拆掉一个隔墙，就会让我们得到一个宽敞的餐厅。”皮特在他们的电炉上烧开水，冲了一杯速溶咖啡。麦克斯韦尔牌。法拉第牌电热杯。他坐在办公桌边，全力以赴处理案头事物。木材料总计七百六十九块八毛二，已经超过付款期，如果上次是无意中没有付清，这次要付清，保证一个良好的账户信誉，等等。他的鼻腔很痒，眼在流泪。又一个难熬的八月天。福克茜在远处。几个小时的等待。她的笑声，她的毛发。看望小公主。对你来说太漂亮。他自己的电话响了。

“喂，亲爱的，”他们已经一个月没有通话了。

“你好，”他用不带感情的承包商的声音说。

“你方便吗？马特在办公室吗？”

“不。是的。”他们最近在拥挤的空间里隔出来一个波纹玻璃间（美国航空标准局制造，足足一公分厚），把加拉格尔隔开，这下不费吹灰之力他看上去成了办公室的头了。不过隔间很薄，他的小隔间里没有客户时，加拉格尔让门开着，进一点小风。他需要点小风，要不然他的衬衫会湿透起皱。他把自己隔起来却没有留窗户。他那里摆了一个电动钟、福特代理商的日历、塔博科斯的彩色区域地图、镇中心区和海滩区的俯瞰图、普利茅斯县全境地图、塔博科斯橘黄色街道规划图、始自一九五八年的浅蓝色镇年鉴、一本薄薄的红色《资产评估》，以及一本拇指般厚的黑色弥撒书。皮特在办公，他办公时使用一张黄色的从中学弄来的橡木桌子，上面摆满了铸模样板和制造商目录，而加拉格尔的办公桌是军用灰色钢架，桌面干净，只有一个抛光蛇形笔架、记事簿、特丽和汤米的镶框照片。他的脑袋后面悬挂了房产经纪人和推销员注册处批发的镶框营业执照。他刚刚为他们的公司在雷斯敦购买了五十多英亩地和三十多间不动产房屋，草坪上有一只铁鹿。他本来打算一块接一块地拓展那些地皮，但是他得到修女们的借用计划，因她们正在寻找重新安排修女实习的地点。他得意洋洋地告诉皮特，教堂那边没有讨价还价。与此同时，他们的小小办公室却承担了十多万的抵押债；债务令人感到充满风险。但是赌博是加拉格尔的拿手好戏，敢于押注，扩大他占据的心理空间量。皮特担心乔治妮的声音过于猛烈；他把话筒贴在耳朵上掩蔽了一下。

“别急，我等一会儿就挂电话，”她说。“我只是心血来潮，忍不住打了电话，看看你在干什么。这样做太莽撞了吗？我还有权利吧，不是吗？我是说，你和我，我们曾经动过真格儿的，不是吗？”

“我理解你，”皮特说。

“你真的不能说话吗？”

“好像是这样的。”

“嗯，如果你曾经打过一个电话，我也不会打扰了。我们听说你昨天夜里举办了一个小聚会，可我们没有被邀请，我觉得很受伤害。艾琳透露风声的口气，显然用心不良。”

“订单嘛，”皮特含糊其辞地说，“今年以来一直不理想。政府正在购买大量的西海岸的冷杉木。”

“皮特，我想死你了，简直要我的命啊。难道你不能抽点时间出来在什么地方喝杯咖啡吗？比如今天早上？不会有什么事儿的。惠特尼野营去了，艾琳带了玛莎和朱迪到海滩去了。我告诉她，今天管子工要来，真的，我们的压力不会成为压力。别总呆在山上啦。难道不能来一下吗，求求了？只来说说话好吗？我保证我不会强迫什么的。我在安夫妇看来就是一个婊子。”

“估算情况看样子不景气啊。”

“我惨透了，皮特。我和这个男人在一起生活真受不了了。他越来越不像话。我身为女人，自己的感觉快丧失完了。”

“我觉得我已经把活儿做得很好了。”

乔治妮大笑起来，一种轻浮的不够正经的声音。"我敢说马特不会一点听不出你话中的意思。你在那里玩把戏呢。不，如果你一定想知道，弗雷迪的活儿干得很糟糕啊。他在床上一塌糊涂，你不就想听到这种话吗，对不对？这种话你百听不厌啊。我过去对你撒谎了。我在保护他。他什么都对付不了，只会喝酒后胡乱来几下，然后就睡着了。他有阳痿的毛病。你明白我在说什么了吗？"

"我们在谈论挺直支撑的问题啊。"

"那是很悲哀啊。让我羞愧难当。我对什么事情都不再有自信了，特丽和我昨天六比二、六比三输给了贝尔纳黛特和安杰拉，我想她已经告诉你了，还吹嘘了一通吧。"

"没有。"

"求你过来吧。我很沮丧，很沮丧啊。我保证，我不会打听什么。我知道你还有别的女人，不过我一点也不在乎。我过去要求过什么吗？要求了吗？难道我不是你来了我就接受了吗？"

"是的。"加拉格尔把纸翻得刷拉刷拉响，砰的关上了钢架写字台抽屉。

"好，我都憎恨我自己的声音了。我憎恨，皮特。我憎恨祈求。为了打这个电话，我思想斗争了几个星期。你用不着和我上床睡觉，我保证。我只需要你跟我自己呆上半个小时。十五分钟也行啊。"

"恐怕我们现在不能按期完工了。"

"来吧，否则我把我们的事儿抖落给弗雷迪了。我要把一切都告诉弗雷迪和安杰拉。不。安杰拉一边去。我要告诉福克茜。我要尽快赶到那里，扑通一声跪下，告诉她，和她搅和在一起的是什么样的狗杂种。"

"我给你回一个电话吧。我还要去看我的工程进展呢。"

乔治妮开始哭泣；乔治妮很少哭，因此哭得不可爱，不明智，皮特害怕她的哭声会充满这个小小办公室，如同已经充满他的脑袋一样。"我原来不知道，"她抽噎道，"我会这样想你，我不知道啊……你进入我的身体……这么深。你是知道的。你知道你究竟对我做了些什么，你这狗杂种，你这个不同一般的可怜的狗杂种。你让我苦不堪言，因为你的父母是遭横祸死的。车祸发生时我在费城，我当时不认识他们，我也不认识你……哦，原谅我吧，我都不知道我在说些什么……”

“与此同时，”皮特说，“注意别到处说啊，”然后他挂上了电话。

他身后有一种询问性的沉默。他因此回应说：“比阿·格林。她认为她的房子也许在下沉。她不相信我使用的那些雪松柱子，因为我们在惠特曼家的翻修工程使用了铁柱子。我看她是歇斯底里。糟糕透了，其实她所需要的是一个宝宝。这倒让我想起来，马特，我想听听你的意见。安杰拉认为她需要去看精神病医生。”

正如皮特希望的，他说第二件事情抓住了马特的注意力；真实总是比谎言更令人感兴趣。“安杰拉是我认识的最健全的女人，”马特说。

“啊，马特，”皮特回答说，“在这个堕落的世界，健全和健康不是一回事儿。”加拉格尔不舒服地皱起了眉头；他信奉的天主教有理由相信，在私人谈话中，所有的神学引据都一定适得其反，引人发笑。皮特和加拉格尔打交道已经养成了装腔作势的态度，一种奉承的口气，这招对于认同并在某种程度上弥合他们之间不断扩大的鸿沟是有用处的。渐渐地，他们彼此发现消除鸿沟是不可能的。如果没有什么行动，没有什么议事日程，皮特几乎很难和加拉格尔交谈什么了。“可以肯定的是，安杰拉没有特丽健全，”他说。

“特丽啊。她学鲁特琴入迷了。她每周到诺威尔学习两次，现在她想师从那个女人的丈夫学习制陶课程呢。”

“特丽就是与众不同。”

“我想是的。她不给我演奏鲁特琴。这些日子，我都不知道如何对待特丽了。”

皮特冷不丁地主动说：“实际上，安杰拉所需要的是一个情人，而不是什么精神病医生。”

马特那张冷淡的脸，他那刮得光溜溜好似抛过光的下巴，听见这话一下子阴沉起来；他的嘴绷得紧紧的。他觉得皮特由此及彼的联想，可能对他自己也是消息。他因此备感好奇；用弗雷迪·索恩的话说，他也是人嘛。他问道："你会让她找情人吗？"

"嗨，我只要她做得体面些，尽量暗中进行。我只用装聋作哑好了。如果事情败露，我当然必定会难受的。"

他们在通过门道交谈；马特身置波纹玻璃框架里。这间办公室很小，他们无需提高嗓音。马特说："皮特，如果我可以这样说的话——"

"你当然可以，我的好伙计。一个诚实的人是上帝的最高贵的作品。"

"你似乎对她很嫉妒。特丽和我一直对你们夫唱妇随甚为感动，你们两个互相体贴，互相喜欢，却装出势不两立的样子。"

"我们装出势不两立的样子吗？"皮特受到了伤害，但是马特正在兴头上，没有注意到。

"特丽和我，"他说，"没有斗心眼儿的余地。忠诚不成为问题。你知道吗？从教会的观点看，婚姻是夫妇自己管理的一顿圣餐。"

"也许这顿圣餐的一部分应该给别人一些自由。为什么都对身体这样大惊小怪呢？"皮特问道。"五十年之后，我们都成了粪土了。你知道一顿圣餐对我来说会是什么样子吗？安杰拉和另一个男人在交媾，我站在他们上方，往那个人的背上撒玫瑰花瓣儿。"皮特举起手来，把大拇指和食指拧了拧。"往那个男人的背上抛撒祝福呢。"

加拉格尔说，"母亲和父亲吧。"

"谁的？"

"你的。如你所描述的，我想象到一个孩子站在他父母的床边。他爱他的母亲，但是知道他对付不了她，于是就让一个老男人干那种砰砰作响的事儿，而他在一边祝福。"

皮特又受到了伤害，说："大家他妈的一下子全都热衷精神分析了。我来问你一些事情。假如你发现，特丽外出不是在学鲁特琴课程。”

“我宁愿拒绝发现这种事儿，”加拉格尔教义问答般地迅速回答说，微笑起来。爱尔兰人的微笑一向都能激起火花。他们长期饱受压迫的眼睛里具有那种刺激力。嘲讽的燧石。他对皮特说：“你有一种我所没有的自由。你能到我所不能去的地方冒险。”他把手平放在那张钢架写字台上。他的手背上长满了汗毛。大毛孔。信口说来的教义。

皮特说：“他们把我搞得该死的紧张兮兮的。我们到底怎么处理雷斯敦那座破烂不堪的旧要塞呢？你和修女姐妹说的那堵隔墙不能打掉，它是承重墙。”

马特告诉他：“你不应该参与这桩生意，你太保守了。你没有胆量做这笔买卖。皮特，你应该认识到的是，土地是不会亏本的。土地就这么多，可人口却越来越多啊。”

“这是教皇的功劳。”

“你的孩子比我多。”

“我不知道你是怎么做到的，奇迹。”

“自我克制。试试。”

这天是皮特打架的日子。这个加拉格尔，他老婆和一个老制陶工搞在一起了，倒觉得能够教训人了，皮特因此愤愤不平，从吱嘎作响的转椅上站起来，说：“你的话提醒我了，我最好到山上看看他们在那些房子上使用木头，还是你告诉他们的那种硬纸板。”

马特的脸立时变得煞白，下巴、刮过的脸颊、扁平的鬓角都变了。他说：“顺便检查一下你正在呵护的惠特曼太太。”

“谢谢你提醒我。我会的。”

走出室外，来到没有树木的希望街，皮特被夏季的阳光晃得厉害，眼睛直眨，眼前一个水汪汪的世界。他看见到处都是电视天线和路沿粗岩石，还有流产——友谊、婚姻、谈话，统统流产了，统统因为寻找这光线太急切一阵风吹了。

在印第安山上，三座平房已经进行到了一种还未竣工的让人揪心的阶段。构架已经完工，用四乘八的胶合板覆盖起来，构架里面的房间在等待电工、管子工和灰泥工。雪松木瓦一堆挨一堆放在潮湿的土地上。贾津斯基在监视两个专业学校的男孩钉木瓦，皮特对贾津斯基袖手旁观的样子非常恼火。他跟他说："拿一把锤子来，"整个上午与他一起在绝缘金属片上校正和固定雪松木瓦。雪松有一种古老的香气；校正木瓦的方法是用白垩擦过的绳子界定并修正，很惬意的原始做法。太阳烤着皮特的肩膀，急切地蒸发他身上的水分。干活儿有好处，做防风雨的活儿，一层压一层像鱼鳞似的好看。他是诺亚[①]；他身边那个挥动锤子的年轻波兰人，手臂瘦伶伶的，也许是一个儿子。皮特试图与莱昂交谈，但是锤子一下接一下往下砸，这男孩的回答虽然发闷却掷地有声，发音完整，但是听了上句不知道下句会转向哪里。

说到肯尼迪宝宝的夭折，他说："那个群体什么都不缺，就是缺运气。老乔[②]也不能给他们买来好运气。"说到天主教，他说："我相信某些至高无上的存在物，但是其余的东西扯淡。我妻子同意，我深感吃惊。"说到工程进展，他说："现在就等管子工了。我估计两座房子已经卖出去了。两家人都想在开学前搬进去呢。你想给管子工打电话，还是我来打？"说到那个土方挖掘巨无霸黑人操作手，皮特还记得清清楚楚，因为在一个死亡的日子里他给他带来了活力："我对此有这种感觉。如果他们做人有方，那他们应该受到和大家一样的待遇。不过这不是说，我就会和他们做邻居。"说到未来，他说："明年夏天，我也许不在这里了。我要权衡一下。我要对自己负责任。"

"嗯，莱昂，也许明年夏天我不在这里了，你可以取代我呢。"

---

① 《圣经》人物，希伯来人的族长，在大洪水中用"诺亚方舟"载出许多动物。

② 指当时的美国总统约翰·肯尼迪的父亲约瑟夫·肯尼迪（Joseph Patrick "Joe" Kennedy, Sr.，1888—1969），他是美国著名的肯尼迪家族的族长。

这男孩没有再说什么，皮特斜睨一眼，嘀咕他的胳膊怎么能那么净是筋皮，煞白，如同一个案头工人的胳膊一样，尽管他整个夏天都在太阳下面干活儿。

在叮当作响的无语中，皮特开始在脑子里和福克茜聊天。他会从路边给她采摘一朵花儿——一支菊花儿，花儿蓝莹莹的，如同花痴们的眼睛。给我吗？

还会是谁？

你柔肠万端呢。你不和我在一起时，我只记得那种激情，却忘记了你的柔情。

他听了会大笑。我怎么能没有柔情呢？

别的男人也有柔情。我猜测。我没太多经验。

要我说，你的经验够多的。

你在我身上看出了什么？我肚子越来越大，我一直没有为你达到高潮，我不好，不机灵，不像安杰拉。

我发现你很机灵啊。

我们应该上床吗？

上床呆一会儿。歇一歇。

是的。歇一歇。

我喜欢你的孕妇装。瞧它们柳枝飘动的样子。我喜欢你的大肚子硬挺挺的样子，把我顶出去老远。再有一个月，胎儿就要踢蹬了。

你真的喜欢我这样子吗？看看，我的腿都青筋毕露了。

青筋很美。青筋的、金黄的、玫瑰色的、毛茸茸的福克茜。

哦皮特。快把这些讨厌的佩斯利短裤脱掉。我想亲吻你。

随你的便。

他会像狮子一般仰躺着。她的眼睑垂下，她粉红色的脸颊因为下巴用力张开而塌陷下去，她睡意蒙眬的脸会遮挡住他身体那个长瘤的堵塞的部分，他的摇篮边响起的加尔文教私语已经教导他这个部分是邪恶的。牙齿偶尔一露，如同夜间的微光闪烁。她舌头不停地舔动，她的嘴唇撅成了圆圈儿。她的秀发在他跷起的大腿之间打旋，奶穗儿和指甲乱动，热血在乱跳呼应。他会猛地一戳寻求启发，她便会及时含入口中；他感到罪过，会祈求她上来，而她那痴迷的耗尽的脸会向他游动上来，他迎住她的嘴唇时，她凉丝丝的软塌的嘴唇有一种月光融化般的异味儿，她已经把那里的邪恶沾染到她自己身上了。他们纯真地把阴阳两具紧锁在一块儿，她的大肚子在他身上一闪一闪，而且尽管气不够使，自顾不暇，但是她还是达不到高潮；这情景已经发生过，而且在那个日食的夏季还会发生。

三个星期以前，他们已经到达了百分之九十的高潮。一个看不见的饕餮者把太阳的圆盘儿吞了下去，旁观的云团在挣扎。榆树下的光斑变成了月牙儿的形状；鸟儿像在夜间那样歌唱。通过烟熏过的玻璃看去，太阳成了一弯修拔过的、斜斜的眉毛，宛如一只在变幻的积云飞渡中游动的幼儿园摇船。虚假的黄昏倒过来了；树木下那些新月般的尖尖儿向相反方向伸出；鸟儿鸣叫，欢迎白昼到来。不到一个月之前，他第一次和福克茜睡上了。

只有另外一次征兆十分不祥：一九六二年十月的那个星期三，肯尼迪因为古巴危机和赫鲁晓夫对抗。皮特约好和罗杰·格林去打高尔夫球。他们一致不同意把活动取消了。“如同干别的事情一样高高兴兴地去吧，”罗杰已经在电话上说过了。严厉的时刻倒是很适合他。皮特开车一路北去，奔向“海湾眺望”的球场，听见收音机报道，第一艘俄国舰艇正在驶往封锁线。他们把球打向下午格外晴朗的天空，一边打球一边仰望天空，寻找俄国的轰炸机。芝加哥和底特律也许首当其冲，一旦消息开始传出，俱乐部里也许会尖叫声不断。高尔夫球场几乎没有人影。球场让人感觉如同一艘舰艇的巨大的起伏的绿色甲板，阳光在起伏的绿叶上闪动。作为美国人，他们已经享受到了他们国家的奢侈的行驶，现在就分享国家一路下滑的特权了。罗杰挥杆都带了一腔气愤，紧锁眉头，每一杆都打得很专注，一天没有打够九十杆球。皮特打得不如罗杰好。但是他一直兴致很高。他打得很到位，挥杆也很到位，只是积弊难改，或者火候不到。他一直被天空映照出来的东西分神——比如球场的绿草、落叶和垂落的旗帜——因为看见了无处不在的死亡，看见了明净透亮的天空，飞机也许会真真切切地出现。挥动球杆，他庆幸一个月之前已经不再对安杰拉真诚了，而和乔治妮睡上了。做爱从室内移到了室外；他们在沙滩交媾，在门厅交媾，在树荫下交媾。想起乔治妮很幸福，想象她那笔直的四肢，皮特散射精液，三次进洞，每次都在一个想象中的悬崖边的洞穴尽兴。开车回家，他听见汽车收音机报道，俄国已经接受检查，而后被允许通过。他感到惊讶，知道他们必须继续下去，乔治妮、安杰拉、弗雷迪和他自己，走向一种没有纠缠的、不情愿的、命中注定的结局。他当时在情场上还是生手。

莱昂说："太阳毒辣辣的。我自己喜欢冬天。我老婆和我都认为我们今年应该去滑雪。"

正午过去，一点钟了。铁锤摩擦的大拇指和手掌之间连接的手皮很痛，仿佛要起泡了。皮特离开莱昂，开车进镇，来到了沙滩路上。落了灰尘的花儿，菊苣和黄花，还有一丛开晚的雏菊，在路旁摇曳生姿，但是他亟不可待，无心停留。我想给你采摘一束花儿，但是我实在等不及了，就不由自主地奔你来了。

当然。这个礼物才难得呢。

福克茜的房子空无一人。车道上没有普利茅斯客货两用车，没有工人的卡车。家门没有上锁。过厅的地毯走了样。棉花在那把蓝色吊椅上睡觉。活儿快干完了，抹灰泥的活儿甚至接近扫尾了。一个圆形温度调节器和一个方形电灯开关，并排装在光滑的墙上。粗糙的边沿。墙纸样本展放在铺沙的密封的地上。油漆屏风倚靠在一块松木护壁板上。厨房里，所有需要的东西都粉刷了，单等订好的洗碗机到来。锯末和土在房子里还清晰可闻。咸空气会把它们赶走的。她答应好，房子翻修完了，就邀请皮特和安杰拉来做客。墙纸样本打开的那些样子,都不合安杰拉的胃口。大色块。庸俗的激情。

她去哪里了?她从来不在这个时辰去采购,这是她午睡的时候。只是他一厢情愿地梦想占有她吗?潮水落下去了,从厨房的窗户望去,水道在柔软的泥土堤岸之间像一条条彩带。三只红红的鹿跳过干燥的盐沼地,向没有人烟的灌木岛上跑去。狩猎的日子很有限。晴朗的天空一边出现了一缕缕盘旋的轻云,如同冰鞋齿轮滑出来的痕迹。早产。医生,工人返回来。没有她在,他觉得这座房子充满敌意,他们自己修建的墙壁都会把他赶走。来得太猛,来得太猛。他这下急于离开,开车返回镇子,一时冲动,他拐往了索恩夫妇家的长长的车道。

索尔兹夫妇和康斯坦丁夫妇,别的夫妇们恶毒地称他们是"索-丁"夫妇们,联手购置了一艘船,本是阿普尔比夫妇的单桅艇,马达十六匹马力,每逢星期六或者星期日乘船出游后,都会身穿湿漉漉的泳装喝啤酒和加利福尼亚白葡萄酒,也请别的夫妇前来凑热闹。劳动节前的那个星期六夜里,一群人聚集在康斯坦丁夫妇那座乱糟糟的维多利亚时期的大宅里。夫妇们都很兴奋,打网球累得不行了;那是北马瑟球场俱乐部公开赛的周末。一年一度,北马瑟的人,既有汽车销售商也有保险索赔代理人,整个冬季都在两个塑料草坪的大棚球场里苦练,轻而易举地便把塔博科斯的人淘汰了,哪怕是像马特·加拉格尔这样的顶尖高手;但是,形成相反局面的是,北马瑟的妻子们又会被塔博科斯的对手横扫。无一例外,乔治妮和安杰拉、特丽和贝尔纳黛特统治了女子决赛,而劳动节前的几周,她们的电话便会响个不停,因为北马瑟的男人,猛男寻求超女,请求这些非凡的塔博科斯女子和他们搭档,进行混合双打。

"索-丁"两对夫妇都不打网球。一条微妙的社交线已经早早变得坚硬了,不能随便跨过。但是,今天他们却把弗雷迪·索恩这个打球二把刀请到了观景湾，参加潜泳。他穿了紧身的闪亮的黑色橡胶潜水服，看上去男不男女不女的，让人受不了：他显露出来的胯部像女人的一样柔软，却做出九头蛇扑食的多头甩动的可恶架势，他那长长的光手指从灵活的袖子口伸出来晃来晃去。这个曲线橡皮男人是从另一种元素里繁衍出来的。宛如一个巨大的单片镜，他的光脑袋凸出来一个水下呼吸管大面罩，他的刮刀状脚蹼在康斯坦丁夫妇家东方式旧地毯上啪嗒啪嗒走动，十分怪异。当他坐在带垫子的扶手椅子上、一支香烟玩弄于手指、得意洋洋地跷起二郎腿时，那副德行既凶残又滑稽，既妖气又威严，人妖一体，连皮特·哈尼马看见了都忍俊不禁，在弗雷迪的行为上感觉到了生活的种种噩梦都不过尔尔。

"给我们念念你的剧本吧，"卡罗尔·康斯坦丁向他恳求说。卡罗尔在橘黄色比基尼上套了一件男衬衫。某种东西今晚已经刺激了她的情绪；一个星期前，她把自己的头发染成了橘黄色。"让我们大家分享一下嘛。"

整个夏季都在风传，弗雷迪正在写一个色情剧本。这时，他却装出不明就里的样子。"什么剧本？"他问道。在那个起雾的潜水面罩下，他没有戴惯常戴的眼镜。他的眼睛模模糊糊；他那薄薄的嘴唇抿得紧紧的，显得喜兴而又困惑。

"弗雷迪，我都看过了，"珍妮特·阿普尔比说。"我看见剧中人物表了。"

弗雷迪做出一副老君主的威严，缓缓地向她瞪起眼睛，说："你是谁？哦，我知道了。你是珍-珍·苹果酱①啊。你这副打扮我都认不出来了。你的小朋友们呢？"

"他们在缅因，托老天的福。"

"别露出你平常那副狗屎样，弗雷迪，"卡罗尔说，坐在椅子的扶手上，把她那瘦伶伶的胳膊搭在弗雷迪橡皮服肩膀上。这个动作把她的衬衫扯开

---

① 珍妮特的姓，英语是 Appleby，这个词儿的前部分是"苹果"之意。

了。皮特盘腿坐在地上，看见了她的肚脐眼儿：一个厚皮覆盖的眼睛。卡罗尔玩弄着弗雷迪的通气管，松松地斜吊在弗雷迪的脖子上。“我们想把你的剧本演一演，”她坚持道。

“我们可以把剧本拍成电影，”艾迪·康斯坦丁说。他轮班飞行；他已经在家里呆了三天了。他蓄了那撇胡子，看上去像一个残忍而不会瞌睡的突击队员。他两只手里各拿一听啤酒。看见自己的妻子在弗雷迪身上打秋千，他忘记了另一听啤酒是给谁拿来的，他茫然的眼睛流露出如同铝制啤酒罐一样的神色。突然间，仿佛扔出去一个手榴弹，他把一听啤酒扔给了本·索尔兹，因他坐在角落里。

“我想扮演开门的人，”卡罗尔说。“那些乱七八糟的电影，开始时不是总有一个女人去开门吗？”

本坐在那里瞪着眼睛，他黑眼睛发潮，有几分不安。他刚刚刮过脸，看上去虚弱无力，皮肤松弛，出航服穿在身上有几分可笑——一件划船高领运动衫、一件风衣、一顶白色飞行帽、为了晒黑而剪短的裤子，线头散垂。本的小腿汗毛很重，让人悲哀。皮特在那种过时的男性汗毛上看见了自己的影子，不过他自己的体毛是红色的，比较轻，更鲜亮，也松软。本的直楞楞的毛发在一起拢，长成了黑绺子，如同一个个疮疤，一直通向鞋底如杯、闪光发亮的滑稽的新胶底鞋。本的鼻子被太阳晒出了斑点，其余的皮肤白煞煞的，令人恶心。他脸上有麻坑儿。他与卡罗尔受伤的爱情令房间的气氛沉重，让在场的夫妇们得到了一种令人不安的重要身份，如同孩子从暴风雨中获得了安全。

“什么乱七八糟的电影？”弗雷迪问道，眨眨眼，装出一副糊涂的样子。

“《汤姆·琼斯》[①]，”特丽·加拉格尔说。

---

① 英国18世纪小说家菲尔丁的代表作，对欧美小说产生了广泛影响。这里应指小说改编的电影。

安杰拉出人意外地站起来，说："卡罗尔，来，我们一起把他的行头脱掉。我知道他的剧本就在他的口袋里。"

"你认为他潜水时都会带着剧本吗?"皮特温和地说，和福克茜就安杰拉调情活力的毫无个性的袒露交换了一个探询的眼色。他们两个私通在先，高出一筹，成了他们各自配偶的长辈，对他们的缺陷不加计较，对他们的无助感到心疼。

福克茜没有和肯一起来参加晚餐，而是和特丽·加拉格尔来的。肯和马特在北马瑟网球场被轻而易举地打败后，整个下午在安夫妇家的网球场上一起单打练习，寻求安慰。这两个男人在这些夫妇们中间感到不舒服，互相打打球倒是很开心。福克茜和特丽两个女人都是高个儿，都有一种不愿意附和的躲闪的素质，一种清淡的拒人的魅力，也许，这些是她们有共同之处的丈夫那里折射出来的。不过，福克茜是白雪公主，而特丽是红玫瑰——某些凯尔特人的东西拨弄过她那丰满的嘴唇、音乐的双手以及把胯部和大腿紧紧拧在一块儿的大肌肉块儿。她高高地站起来，加入了劫掠，问珍妮特道："他的裤子在哪里？你告诉过我，说他的剧本总是揣在裤兜里。"

"楼上，"卡罗尔上气不接下气地说，与弗雷迪乱甩的胳膊拉扯在一起，拼力解开弗雷迪夹克衫上生锈的扣子。"在凯文的房间里。别把他惊醒了。"

珍妮特两个月来都在接受治疗，现在看着这场斗争，从旁评论说："像孩子一样。"

安杰拉在弗雷迪从椅子上滑下来时，试图压住弗雷迪的脚脖子。他的一只脚蹼踢翻了一张放着烟灰满满的烟灰缸和翠菊小花瓶的小凳子。安杰拉赶紧用两本《艺术新闻》拍打身上的烟灰和烟头，艾迪不紧不慢地往弗雷迪头上倒啤酒，而本·索尔兹坐在那里呆看卡罗尔的形状，她那头发的颜色是自然界的头发从来没有过的，在弗雷迪黑色的怀抱里扭打几乎把身子挣脱得赤裸裸了。弗雷迪的橡胶潜水服在她裸露的皮肤滑过他的膝盖时吱吱作响。她的衬衫翻到了她的胳肢窝;她那橘黄色比基尼上装扭脱了,一个纤小的乳房脱落出来。跪坐在地毯上,卡罗尔赶快把自己调整了一番,但是跪在那里喘息了半天,哪里都不敢观望。所有在场的人都看见了她的奶穗儿。那只奶穗儿有点橘黄色。

在前厅,过道悬挂着一道珠子门帘,艾琳·索尔兹的声音传过来,说:“我不相信你知道你在说些什么。弗兰克,我了解你,我知道你是一个人。”她喝醉了。

弗兰克的声音热烈而痛苦,回答说:“是你想把他们留下,轻而易举地送给他们一切,而这个国家所有的人都必须工作才能获得。”

“工作!你过去干过什么诚实的工作呢?”

珍妮特·阿普尔比冲他们嚷嚷道:“他干工作累得自己都得了胃溃疡了,艾琳。快到这里来,把你的老公领回家去,他看起来生病了。”

康斯坦丁夫妇的家很大,但是许多空间都被华而不实的橡木楼梯、宽敞的过厅和四处摆放的柜子占去,因此没有一个屋子更宽敞,能把这伙人全都容纳下,所以人们分散各处,人们走动和声音交叉都成了问题。珍妮特的话没有传过来,但是弗兰克的声音从客厅清清楚楚地传过来了。“联邦政府从来都不是每个哭叫的宝宝可以跑来要奶吃的大妈。小型政府才是创建者的理想。各州的权利。个人的权利。”

艾琳争辩的声音听起来很模糊,甚至充满感情。“弗兰克,假如你是梅德加·艾弗斯太太①。你是要哭喊呢还是相反?”

“问一问随便哪个有脑子的黑人,福利支票为他的种族做过什么好事儿吧。他们憎恨福利。福利没有活力了。我同意马尔科姆·埃克斯②的说法。”

---

① 艾弗斯(Medgar Evers,1925—1963),美国黑人民权分子,被种族隔离者枪杀。

② 马尔科姆·埃克斯(Malcolm X,1925—1965),美国黑人领袖,主张四海之内皆兄弟的信念,亦被刺杀。

“你没有回答我的问题，弗兰克。梅德加·艾弗斯怎么看？六个伯明翰主日学校的儿童怎么看？”

“和大家一样，他们应该受到法律的保护，”弗兰克说，“不偏不倚。我不同意种族歧视立法，马萨诸塞州的公平住房方案就是这么回事儿。它剥夺了房主选择的权利。我亲爱的艾琳，宪法力争保证机会平等，而不是地位平等。”

艾琳说：“地位和机会是不可分割的。”

“难道我们没有让他们闭上嘴巴吗？”艾迪·康斯坦丁问道。

“对艾琳来说，这就是性，”卡罗尔对他说，站起来把自己的衬衫扣上扣子。“艾琳喜欢和右翼男人争论。她认为他们长了更大的鸟儿。”

珍妮特的嘴唇张开了，但是她的眼睛扫视了卡罗尔，越过弗雷迪，落在了本那里，却什么话也没有说。自知之明让她转变成了一个旁观者，一个欲言又止的人。

特丽·加拉格尔从康斯坦丁夫妇家的大楼梯下来，拿着一张经常折叠的纸。“什么内容都没有，”她说。“连开头都没有。只是一个人物名单。弗雷迪，你是一个骗子。”

弗雷迪抗议道：“他们可是些美妙的人物。”

在笑声、啤酒和白酒的交替中，惑味儿和网球汗水味儿不断，弗雷迪的剧本传来传去。剧本没有剧名。一开始的写在纸的顶上，精心装饰性的印刷体，然后就是弗雷迪那手很不正规的手写体，横不平竖不直，最后收笔一概向下滑去，令人沮丧。

剧 中 人 物

埃里克·栓　男主角

奥拉·费丝　女主角

康妮·林格思　一个有心计的爱尔兰姑娘

特斯提·卡尔　一个古怪的老遗弃者

安娜·L·外奥雷深
奥纳·尼斯姆　　仙子
拉比阿·米诺里斯

克莱米克思姑妈　一个富有的有意义的亲戚

第一幕

埃里克(上场)：!

奥拉(已上场)：嗷!

“这可不行,”珍妮特说。“没有人真的叫奥拉或者奥纳[1]的。”

“问题也许是埃里克上场太早了。”皮特说。

“我把克莱米克思姑妈[2]放到第三幕了,”弗雷迪说。

特丽说:“我很高兴马特不在这里。”

福克茜说:“肯喜爱文字游戏。”

“干得不错,弗雷迪,”艾迪·康斯坦丁说。“我把它买下了。”他拍了拍本·索尔兹的后背,把那张纸举在本的眼前。本的脸已经变得煞白,甚至比他妻子娇嫩的皮肤还白。福克茜走过去,孕身很不方便,跪在他身边,像顶

① 剧中人物姓名的原意大多均有性器官或交媾的含义或暗示,不再一一注出。

② 克莱米克思(Climax)原意是“高潮”。

帐篷,小声说了些什么。

皮特忙着即席讲演。别人喜欢他身上那种粗野的劲头,已经憋足了。“我们需要更多的情节,”他说。“也许奥拉·费丝应该有一个同父异母兄弟,P·尼斯。就是彼得·尼斯。他们在摇篮里就一起干龌龊的事情,现在他从海外回来了。”

“刚从提提市回来,”艾迪说。他是所有男人中接受教育最少的,也是在小学脑力上接受改造最少的。但是,他把成千上万的乘客送往天空,安全地在大陆间来回飞行。他们接受了他。

珍妮特说:“你们大家全都令人恶心,不可思议。令我气愤的是,在这个怪事咄咄的晚上,我不得不浪费整整二十块钱的上课时间了。”

“离开吧,”卡罗尔对她说。

皮特在继续讲演,手势加大,红头发在结实的胳膊上打旋儿。“奥拉对他的归来悬心吊胆。这个老魔术师还在那里吗？啊,上帝,祈祷别在那里了！她张望了一眼。天哪！还在那里。‘奥拉!’他喊叫道。‘现在是尼斯姆太太,’她冷冰冰地回答说,但是内心却在颤抖。”

“你把我的美妙人物弄混了,”弗雷迪抱怨说。

“我们来玩个新游戏吧,”卡罗尔说;她蹲下,把洒落的烟灰的残留物收集起来。她纤巧的乳房在皮特的眼前蠢蠢欲动。欢迎到“提提市[①]”来,不可嘲弄的吮吸活动的阴沉的城市:他的心在涌动,把跪在地上的卡罗尔淹没了。爱啊,她那舔过的她大腿根儿的菱形物件的系列的瓣儿。她那光脚、长长的脚趾,如同竹蛏的腥臊味儿。她染过的头发垂落下来,粘贴在她的嘴上。她站起来,烟灰盒花瓣儿搁在她那百合花般的手掌上,目光炯炯地投向米罗[②]画作下面的角落,福克茜正在那里对一动不动的本·索尔兹喁喁

---

① 原文为 Titty,英语俚语有“奶子、乳头”之意。这里和前文 Titty City 呼应。

② 米罗(Joan Miro,1893—1983),西班牙画家,作品受超现实主义和达达主义的影响,其雕刻、素描、油画和书籍插图曾在许多国家展出,其主要作品有《梦之画》、《狂犬吠月》等。

细语。

“还是别来了吧，”弗雷迪·索恩对她说。“很好了。大家按照自个儿的新奇念头活动，很好了。”

安杰拉一下子站起来，酒劲儿让她身上发烧，喊叫弗雷迪假正经，宣称说：“我想把我所有的衣服都脱光！”

“好啊，好啊，”弗雷迪说，平静地点了点头。他把手里的香烟在自己的额头，那个单眼潜水玻璃面罩上，捻灭。烟头嗞嗞作响。他那嘴唇往里嘬的智慧的老妇脸，汗水在往下淌。

皮特问他：“你不应该脱掉这套行头吗？要是皮肤都不能呼吸了，难道你不会最后死掉吗？”

“这就是我啊。皮特宝宝，这套行头就是我的皮肤。我是深海来的怪物。”

安杰拉的手把她的百褶网球装的后背拉锁已经拉到了一半。“没有人在看吧，”皮特按住她的手，把拉锁重新拉上来，拉锁发出了一声飞吻的声音。

“让她拉吧，很好嘛，”弗雷迪说。“她想分享这样的光荣。我总想看看安杰拉脱掉衣服的样子。”

“她很美，”皮特对他说。

“老天爷，这我一点都不怀疑。让她脱吧。她想脱掉衣服，你并不理解你自己的老婆。她是一个裸露癖。她可不是你认为你已经别在胸前的害羞的紫罗兰。”

“他病了，”福克茜对卡罗尔说本的情况，在为自己的行为辩护。

“也许，”卡罗尔说，“他喜欢自个呆着，不用别人管。”

“他说你们大家晚餐让他吃龙虾，喝朗姆酒。”

本呻吟起来。“别提了。”皮特认识到这是引起别人注意的手段，一种把痛苦节俭地使用的手段。可皮特看出来，本会把这一游戏玩得太狠了，愿望迫切，难以成功，而这个游戏最后反倒会把他玩了。那张犹太人的凶巴巴的脸涂了蜡一般：死去的以扫①。他刮掉胡子的地方更加苍白。

“带壳儿的水生动物，”艾迪对在场所有人解释说。“犹太人认为不是清洁的食物。”

卡罗尔厉声喝道：“福克茜，让他坐在那里好了。如果他实在不行了，他可以上楼躺躺。”

“他知道床在哪里吗？”弗雷迪问道。

“弗雷迪，你为什么不用那个面罩把你的臭嘴罩上？”卡罗尔的皮肤在发抖，仿佛每根神经都激怒了。假日的前夕一下子变得冷起来，因为准备过夏，火炉已经撤了。卡罗尔的嘴唇被迫张开，露出了咬紧的牙，如同一个游完泳的孩子，这时皮特动了恻隐之心，需要触动她一下，便责问道：“今天夜里你怎么成了一只母狗了？”

“因为布拉克②刚刚死掉了。”她的墙上挂满了油画、经典画印制品和她自己呆板的拙劣的油画，用色粗糙，画笔紧随时尚，有的画她的孩子们坐在椅子上，有的画塔博科斯码头和船坞，有的画艾迪身穿高领衬衫，有的画公理会教堂后面不雅观的风景，有的画从画室窗户看到的房子和树木，画面俗丽、不真实、粗野。塞尚和约翰·马林③，尤特里洛④和本·沙恩⑤——她的风格把他们的风格杂糅在一块儿了，皮特认为我们大家都是外省人，多么没有档次，不知天高地厚。

卡罗尔感觉到他的思想活动，向他转过身来。“有些事很长时间以来我一直想问你，皮特，现在我喝了足够的酒壮胆儿，可以问一问了。你为什么

---

① 据《圣经·创世记》，以扫是希伯来族长以撒之子，因为“一碗红豆汤”而随意地将长子的名分“卖”给了孪生弟弟雅各。

② 布拉克（George Brague，1882—1963），法国画家，曾与毕加索一起创立了立体派绘画。

③ 马林（John Marin，1870—1953），美国水彩画家。

④ 尤特里洛（Maurice Utrillo，1883—1955），法国画家，作品有《巴黎风景》、《圣心教堂》等。

⑤ 沙恩（Ben Shahn，1898—1969），美国画家和书画刻印家。

修建那么丑陋的一座房子？你很机灵的，你不应该的呀。”

皮特的眼睛已经发现福克茜正在寻找他的眼色。她会知道，一旦受到攻击，他就会寻求她的眼睛。他们的目光汇合了，锁定了，燃烧了，然后分开了。他回答卡罗尔说：“它们不丑陋。它们只是普通的房子。”

“它们难看死了。我认为你正在印第安山上修建的房子，很丢人。”

这个瘦条儿卡罗尔故意在她周遭形成了一圈儿令人吃惊的氛围。因为他们有一条无言的规矩，那就是各行各业不能遭到批评；一个人的工作是与这个没有意义的世界订立的协约，在夫妇们的圈子之上。

特丽·加拉格尔说：“他在修建他和马特认为人们想要购买的房子。”

弗雷迪说：“我喜欢皮特的房子。它们有荷兰的风格，有一种谁买适合谁的特色。它们让我想起牙齿。别笑，大伙儿别笑，我是认真的。皮特和我是精神上的兄弟。我把水银块儿塞进虫牙窟窿里，他把人们放进他的房子里。天哪，你很想在这个人群里表现得严肃点儿，大伙儿却偏偏要笑。”

安杰拉说：“卡罗尔，你很荒唐。”

皮特说：“不，她是对的。我不喜欢我的房子。老天，我不喜欢它们。”

珍妮特·阿普尔比说：“上个月有人死了。一个诗人，马西娅非常难过。她说他是美国最伟大的诗人，却不是活得年龄最大的诗人。”

“弗罗斯特①一月份死了，”特丽说。

“不是弗罗斯特。一个德国名字。唉。马西娅和哈罗德一准知道是谁。我们大家都不知道。”

“我原想你开始想念他们了，”弗雷迪对她说。

珍妮特坐在地上，睡眼蒙眬地把头枕在一个跪垫上。她已经把一周两次的治疗改成了精神分析，每个工作日早上七点三十分都开车到布鲁克莱

---

① 弗罗斯特（Robert Frost，1875—1963），美国著名诗人，四次获得普利策奖，名作有《白桦树》、《修墙》和诗集《山间》等。

恩。有流言说,弗兰克也开始治疗了。“我们需要一个新的游戏,”她说。

“弗雷迪,我们来玩各种印象游戏吧,”特丽说。

“我们还是为我的剧本多想几个人名吧,”他说。“人名不必非得是乌七八糟的。”他盲目地向空间斜了几眼,想出了一个人名:“多诺万·U·伊拉。”

“你早就想好了,”珍妮特说。“不过哈罗德前天夜里却没有想出好名字。是什么名字来着,弗兰克?”随着木珠子刷啦啦响过,那对夫妇从政治客厅回来了。弗兰克看上去绵羊似的温顺,艾琳的眉毛和嘴唇似乎阴沉得像墨水。

“莱昂·麦克多夫,”弗兰克大声说道,看了一眼珍妮特,想回家去了。

卡罗尔说,口气颇像一个老远的旁观者:“艾琳,你的丈夫脸色越来越难看了。我想他应该上楼去,可是没有人主动表示一下。对我来说上不上楼没有区别,但是我们不能眼看着地毯毁掉了。”

艾琳在琢磨本,神情有些怪怪的。母亲般的关怀已经变得不耐烦了,受了伤害。大利拉[①]注视她出卖的参孙。艾迪·康斯坦丁位于屋子的中央,他是一个讲究效率的小个子男人,不信宗教,一心不二,结实、黝黑、肌肉整齐,亮出他的健康样儿,引起艾琳的注意;一个啤酒罐在他手里闪烁,他那灰色的眼睛能够在云苫雾罩的喜马拉雅山找到一条小径。他打量她的当儿,感觉屋子里一亮:她是值得摧毁一下的。尽管面色苍白,身体沉实,但是她的胸脯像鸽子的一样优雅。艾琳问道:“他为什么不回几门之隔的自己家楼上去呢?”

“我来扶他,”艾迪说,走过去把头伸进本的胳膊下面,熟练地把他从椅子上扶了起来。

突如其来的动作,如同一个响亮的声音惊扰了睡觉的人,导致本的交谈

---

① 《圣经》人物,参孙的情妇,出卖了参孙。

能力运转起来。“我对这事儿很有兴趣，”他明明白白地说。“现在住房的美学应该是什么？除了实用和造价，还应该有别的东西吗？”

弗雷迪·索恩兴致勃勃地说：“农夫们修建的茅草屋操心过美学吗？可是现在，我们大家都喜爱出生在茅草屋里的耶稣。”

“一点不错，”本说。他说话的声音像他本人，理智清楚，但是那些声音像幽灵一样从他嘴里飘出来，慢了半拍。“不过也许更具口头的文化和圣礼的文化特点，具有一种本能的美感，资本主义装配线的生产方式把它摧毁了。这个月的《评论》杂志有一篇妙文——”

“贪婪，”卡罗尔恶狠狠地说，“现代房子充满了贪婪的臭味，贪婪、羞耻还有铁管的臭味。卫生间为什么成了肮脏的秘密去处？我们都上卫生间。我就愿意立马当着你们的面拉一泡，你们却不敢。”

“卡罗尔！”安杰拉说。“这比我想脱掉我的衣服还神奇了。”

“那我们就玩神奇游戏吧，”弗雷迪·索恩大声要求，随后又找补道：“我穿着这身操蛋衣服受不了了。难道我不能脱掉它吗？”

“穿着吧，”皮特对他说。“那才是你呢。”

福克茜问道：“神奇游戏怎么个玩法？”

“你呀，”弗雷迪对她说，“你连尝试也不需要。”

特丽问道：“和各种印象游戏玩法完全一样吗？”

本的重量这时都在艾迪身上，他那没有血色的脸转向地面，说：“我有时间很喜欢认真地讨论这个问题。例如，超级城市啦，海水淡化啦。我认为这个国家的建筑工业正在错过时机，糟糕透了。”

“嘀嘀，嘀嘀，”艾迪嘴里喊着，一边拉动一根想象的喇叭绳子，架着本走向门边。

艾琳问道：“我也一起去吗？”她的表情又一次显得很迟疑。和她的老公一起走，就是和她的情人一起走。她下眼睑的浪漫的犹太人的阴影，在和她眼里务实的论点较劲，嘴唇在寻求好听的观点，这些清教徒的后代。

艾迪犀利地看了看她，评估她的成熟程度，选择了他的道路，坚定地说："是的。我要把他扶到那里，你来把他弄到床上吧。"于是，这三个人走出了这所发霉的屋子，穿过充满旧雨伞的所有天气气味儿的宽敞的大过厅，走进了树叶成堆、蓝色街灯照明的夜幕。

卡罗尔挥了挥胳膊，如释重负，情绪热烈。阿普尔比夫妇互相说了些挂念的知心话——弗兰克的胃、珍妮特的头——也不情愿地离去了；他们离去的样子让人看出来，这是一种结束，结束了这个夏天的许多游戏，他们意识到现在进入了秋天的种种责任、清醒的感情共鸣以及义务。只有弗雷迪·索恩请求他们别走掉。他已经把那身潜水服脱掉了，穿了一件湿透的T恤衫和皱巴巴的游泳裤站在那里。他的两条腿和臂膊的皮肤被泡软了，因为长时间憋闷，出现了胖皮，如同洗衣女人的手掌。阿普尔比夫妇离去了，只有弗雷迪和皮特两个男人和许多女人呆着。

福克西站起来，几码长的米色亚麻服格外庄严，怀孕七个月了，说："我也应该走了。"

"亲爱的心肝，你不能走，"弗雷迪对她说。"我们要玩神奇游戏呢。"

福克西瞅一眼皮特的脸，皮特知道不管脸上什么表情，福克西都能看出来：别走。他说："别走。"

特丽问弗雷迪道："你怎么玩呢？"皮特想象加拉格尔的样子，严峻得像一个做母亲的，等待特丽回家，不由得嘀咕她怎么敢不回家去，怎么敢坐在那里没事儿人一样。女人没有良心。她们从来没有过错。那条蛇[①]蒙骗了我。

弗雷迪舔了舔嘴唇，然后无力地回答说："我们每个人说出一种最神奇的东西的名字，都是各自能够想得到的。卡罗尔，你家的操蛋火炉在哪里？我快冻死了。"

---

① 当指《圣经》里挑唆夏娃吃禁果一事。

卡罗尔从另一间屋子取来一条阿富汗毯子;他裹在了身上,像一个披巾。“弗雷迪,”卡罗尔说,“你衰老了。”

“谢谢你。现在,请坐下,别多嘴,卡罗尔你这亚麻布。艾迪和艾琳刚刚把本送上了床。他们一会儿就回来了。他们要是不回来怎么办?世界不会停止转动的。只当艾迪开飞机前往迈阿密好了。Che sarà sarà[①],我一贯这样告诫各位的。”

“解释一下,”特丽说,“神奇的定义。”

“定义是,特丽你这身乔装,游戏做完了,我们各自会了解更多。”

安杰拉说:“我不想了解在场的各位更多。”

皮特问道:“其中没有什么竞争的元素吗?怎么判断输赢呢?”

弗雷迪故弄玄虚地回答了皮特。他还戴着那个潜水单镜面罩,醉醺醺的,除了安杰拉就数他醉了,喝白酒喝多了,一种半透明的热乎乎的醉意把脑子的真实提升出来。“你不会输,皮特。我想你喜欢这种游戏,换换胃口。你知道,皮特你这皮子——我可以说说我的心里话吗?——”

“哦,说吧,兄弟,说吧!”皮特摇摇摆摆在地板上走动。“说出来,兄弟,说出来吧!”

弗雷迪一本正经地说起来,力图讲得准确些:“你是一个自相矛盾的人。你老兄很有趣。很早很早以前,我还是个小男孩儿,对我的妈妈和爸爸一直琢磨,我认定这个世界有两种人:A. 日人的人;B. 被日的人。你老兄有趣的东西是,皮特你这浪子,你认为你是A,而实际上你是B。”

“你老兄有趣的东西是,”皮特说,“你既不是A也不是B。”

在皮特和福克茜同床共寐之前,不管弗雷迪如何不知情,把乔治妮当作人质,他都做不到如此敏捷如此挑衅地做出回答。弗雷迪感觉皮特如此放肆,公开做对立面,眼睛眨个不停。

---

① 意大利语:该怎么着就怎么着吧。

“如果你们两位掌门人，”特丽说，“停止彼此仇恨，我们可以玩神奇游戏。”

“我认为再喝一些酒会更奇妙，”卡罗尔说。“谁还要酒？”

“我，”安杰拉说，伸出来一条优雅的胳膊和空杯子。“我明天在最后决赛里必须面对乔治妮。”

“乔治妮哪里去了？”皮特客气地问弗雷迪道，担心刚才说“既不是A也不是B”的话确实很过分。

“为大赛养精蓄锐呢，”弗雷迪回答，显然在表示谅解之意。

“我们真的必须走了，”福克茜对特丽说。

“我们也走吧，”皮特对安杰拉说。在安杰拉少有的解放状态中，她为他把握住了她否则会把自己内心巨大的丰富激情释放出来的危险，让他看到了他们的婚姻冷冻了的损失的深度。

卡罗尔从艾尔马敦酒瓶里倒酒，像一个舞女的仪式斟酒一样。六个玻璃杯都倒满了。“好的，”弗雷迪说。“卡罗尔说喝酒越多越美妙，现在已经开始倒酒了。”

“我没有说，这只是我能想到的最美妙的事情而已。我还能来一轮。”

“没的说，来吧。你是女主人；开始。”

“我必须要开始吗？”

大家都说好的，她必须，她必须。卡罗尔一声不响地光脚站着，安杰拉还嫌氛围不够，说：“难道这就令人兴奋了吗？”

卡罗尔打定主意，说：“小宝宝的指甲。”

大伙儿纷纷吸气，啊，惊叹不已，随后又一阵吸气，啊啊啊，对卡罗尔的话表示赞叹。

弗雷迪自己已经找到了一支铅笔，在一张小纸上，也就是他的折页剧本背面，写道：“小宝宝的指甲。很好很好。请解释一下。”

“我必须解释吗？”

“嗯。我的意思是整个过程，所有的化学反应。我不理解，它似乎非常奇妙，也许就奇妙在这里了。”她继续说，在和福克茜讲，因为福克茜是唯一什么都不知道的女人。“你知道小宝宝从无到有的产生的方式，不管我们在干什么，吸烟或者喝酒或者从楼上掉下来，哪怕我们不想要它，可这个活着的小宝宝，长了完美的小指甲。”她继续说，把在场的人的面孔挨个儿扫了一遍，看出来她没有把话说够。“我的意思是说，让我们每个人成为我们自己，是需要很多努力、天分甚至爱情的，不管我们后来又会干出什么样荒唐的事情来。”

皮特说：“卡罗尔，你真可爱。谁还能这么可爱地爱屋及乌，因为恨我而恨我的房子呢？”他觉得她已经趁机修复了自己的形象；她明白过来她做出了一只花母狗的样子，索尔兹夫妇和她的丈夫已经因此躲开了她，现在需要从她身边的人那里得到爱，也许特别需要从他这里得到爱，因为他像她一样出身于比别人低的中产阶级。

她说：“我不恨你。正好相反，我认为你给别人的太多了，他们都可以像你一样挥霍浪费了。”

安杰拉稍稍安静一会儿后，说：“我没有听明白，你这话是侮辱呢，还是示好。”

“我们有了宝宝的指甲了，”弗雷迪·索恩说。“谁接着说？”

“我们让一个男人说吧，”特丽·加拉格尔说。

皮特觉得特丽说这话，是把他挑选出来了。我们让。她端坐在地板上，一个高个子女人，两条腿盘在她那宽大的大腿和硕大的屁股下面。她的嘴唇含着一枚硬币。她那黑头发像竖琴一样弯曲下来。他曾经爱过她，那时还很腼腆，不知道他们都在等待。器皿成了型才能装东西。他喝多了白酒，如同雾中看见的太阳，一个比月亮还小的完美的圆圈。日食。爱情遭到了厄运吗？福克茜看着他一口一口喝酒，她红扑扑的脸罩在海水浴蓬松起来的淡淡的金发里。有时，她的肚子有咸味儿。如同海洋的曲线，明晃晃的鼓凸在很多钟表发条一样的金发上。她的肚脐眼儿向内凹陷。他们做爱如同月亮，滑溜溜地围绕她的子宫那个行星转。他的舌头能够舔到的月牙状屁股，就在她的逼儿的瓣瓣儿下面。她在老远的地方喊叫，日食一般。

“皮特，你接着说，”安杰拉说。

他的脑子快速地浏览着这个世界，城市、田野、尖塔、大海、淤泥和金钱、砍削的木头、香甜的刨花、蓝色的赞美诗集、玫瑰的花蕊。屁股。他的脑子一古脑儿钻进了这个真理：什么都没有屁股重要。什么东西都没有屁股这么美好。他说：“一个睡美人。”为什么睡觉？“因为她在睡觉时，”他补充说，“她成了所有人的女人。”

“皮特，你喝醉了，”卡罗尔说，而他猜测是他自己说得太简单，惹恼了她。这个世界不喜欢光明。

弗雷迪的嘴和眼睛都斜成了一条缝。“也许在睡觉，”他说，“因为她醒着时会威胁到你的。”

“在说你自个儿吧，”皮特说，突然间对这个游戏感到厌倦，想和他两个睡觉的孩子守在一起；也许露丝和南希她们姊妹两个就是他所指的女人，睡得又沉又香，如同土耳其面团泡在糖水儿里。“一个睡美人，”他坚持说。

“守住一个宝宝的指甲，”弗雷迪·索恩补充说。“嘿，我们当然都是家庭型的。依次轮下去，正好。特丽？”

特丽早准备好了，瞧瞧她脸上的微笑，得意洋洋的样子。“J·S·巴赫的作品。”

皮特感到妒忌，问道：“专为鲁特琴写的曲子吗？”

“什么乐器的曲子都有。怎么演奏都可以的。巴赫的神奇之处就在这里了。他不知道他有多么伟大。他只是忙碌，养活他的十七个孩子，干着一份诚实的工作。”

“更有家庭氛围了，”安杰拉嘟哝说。

“那是你不相信而已，”皮特对特丽说。“他很想成为伟大的人。他很想永垂不朽，名垂千秋呢。”这样说着，他还在和卡罗尔纠缠不休，争辩他的房子、她的绘画，一会儿道歉，一会儿绝望地忏悔。

特丽平静地说：“他一点没有自我感觉的意识，而且——我认为他很平凡。他光明磊落，心胸坦荡。在指间弹奏他的音乐，美妙极了。”

“说什么就说什么，”弗雷迪说，记了下来。“J·S·巴赫，不必涉及弹拨弦的乐器。安杰拉。”

“我快急哭了，”安杰拉说，“你们都很清楚什么东西是好的。我想不起来什么东西很了不起，值得一提。我能想到的只有孩子，可是我是指我自己的孩子呢，还是生养了孩子这个事实？卡罗尔已经说过这点了啊。等会儿再叫我吧，弗雷迪。求求了。我还没有想好呢。”

福克茜说：“圣餐。我无法解释。”

“下面该弗雷迪说了，”皮特说。这是一箭双雕的救场：福克茜和安杰拉，他和福克茜。在弗雷迪发明的游戏中，该谁说，谁就面临危险了。危险和果实。

弗雷迪把铅笔停下来，嘟起嘴，仿佛要说的词儿要从在空气里物质化的一本魔幻的书本里读出来似的，说：“我所知道的最神奇的东西，是人自我欺骗的能力。这招让一切运转自如。”

“只是在人类世界里，”卡罗尔插话说。“人类世界在真实的世界里只是一个自以为是的小小碎片。动物就不欺骗自己。石头也不欺骗自己。”

安杰拉坐直了身子，说：“嚯！你是说这个世界就是一切吗？那么，我还要说星星呢。当然。星星。”

惊诧，害怕——他似乎一下子掉进了她那清澈的脸盘的空间里了——皮特问她道：“为什么？”

她耸了耸肩，说：“哦。星星钉在天空一般，从不移位。高高在上，俯视一切。仿佛有人撒了一把盐，千百万年来一直那个样子。我知道它们在运动，但是相对于我们就是恒定的，因为我们太渺小了。我们短短一生，转眼就死了。还有，它们美丽极了——夏天夜里的织女星，冬季的天狼星。而且我也不是唯一一直在观察它们的人吧？我的一个表舅是天文学家，我母亲那边的亲戚，叫兰星·吉布斯。我想有一个星群就是以他的名字命名的——吉布斯星群。也许就是一个星系。想想吧，一个星系，所有的那些天体和太阳，都是以一个人的名字命名的。他个子很矮，童年就得了病，龅牙，罗圈儿腿。他喜欢我，尽管我长得比他高。他告诉我最早的很多星星——织女星、天津四、新宿二、大角……我忘记了一些名字。还是小姑娘的时候，经常躺在佛蒙特我们的避暑老宅的门廊里，想象自己在星星中间漫游，一辈又一辈，永不停止。它们美妙极了。”

“安杰拉，”福克茜说。“你很可爱。”

“安杰拉当然可爱，”皮特当着众人的面承认道，叹口气。往事不堪回首。

“弗雷迪，跟我们讲一讲自我欺骗，”特丽说。弗雷迪看上去老态龙钟，很可笑的样子，蜷缩在他的毯子里。他的脚趾套在脚蹼的窟窿里，这时还皱巴巴的很难看：由于每天都在鞋里饱受挤压，脚趾没长开、七扭八歪、互相摽在一起。

弗雷迪跟他们说：“人们总是来找我治疗难以保住的牙齿，红肿化脓，他们不停诉苦有多么疼痛难忍。疼痛显然十分可怕。他们疼痛难忍却凑合了几个月，不能咀嚼，甚至连嘴都合不上，因为潜意识中他们不想失去一个牙齿。人们掉一个牙就意味着死亡；这是经典的阉割象征。他们宁愿长一个疼痛的鸡巴，也不愿意没有鸡巴啊。他们非常害怕对我讲出真实的想法，因为我会告诉他们真相。当他们装上假牙时，我告诉他们样子看上去好多了，他们便马上全都相信了。这才是满口喷粪呢，你一旦失去你的牙齿，就再也没有你自己的微笑了。想想一个正在处理肿瘤的满嘴喷粪的医生不得已大发慈悲的样子。天哪，我在医学院上学的那年，我看见了骨瘦如柴的人在谈论病情见好。我看见没有脸的女人把她们的头发修饰成发圈儿。有些现象很有趣,你没有好转,可就是没有人把赤裸裸的废话说出来。你生来就会躺下并死去,越早越好。卡罗尔,你关于我们开始说到的那架绝妙的机器的说法是对的;麻烦在于,它只是按照一种方法运转。下坡。”

福克茜说:“难道我们什么东西都没有获得吗?同情呢?智慧呢?”

“如果我们不腐烂,”弗雷迪说,“谁需要智慧呢?智慧是你用来赶走臭气的。”

“弗雷迪,”皮特说,口气温和,想为自己剩下某种东西,因为弗雷迪就是一个漩涡,要把他们大家与他一起吸进去,“我认为你从职业上就喜欢腐败。万物既生长良好,也会老死烂掉。生命不是下坡;生命有上坡,有下坡。也许最后的一刻就是上坡呢。想象呆在子宫里的样子——那时你不能够想象这个世界吧。难道存在的所有东西不是都非常奇怪吗?给我印象深刻的,不是太多的自我欺骗,人类创造不幸的才能也够多的。我们相信这点。不幸就是我们自己。从伊甸园开始,我们就投票赞成了。我们制造苦难,用毒药喂养我们自己。可这并不能说这个世界就不美妙了。”

弗雷迪说:“别打嘴仗了,皮特宝宝。我们都是输家。活着就是输掉。”他把那张纸递了过来。“纸上写得很清楚。这里是你的美妙的世界。”那张纸上写着:

宝宝的指甲

女人(变量)

巴赫

圣餐

☆☆☆

自我欺骗的能力

福克茜尖锐地说:“我不相信这个。人们过去建立起来的一切,弗雷迪,你都会任其滑落,摔碎。”

“我只是在做我的工作,”他回答说。“这工作不是我选择的,可是每天我都要穿上白大褂,干那份工作。”

白大褂。防腐的真理。他学会生活在其中了。我没有学会。比我更好的男人。皮特觉得自己坠落进了一个冷冻的沟壑的深渊,弗雷迪的脑子。福克茜默默地向他伸出手来;特丽向他转过身来,背诵说:“希望不是某种你依靠理智让自己进去的东西。希望是道德,如同顺从。希望是恩赐。我们只有接受,或者谢绝。”

安杰拉站起来,说:“我认为我们大家相差无几,不管我们认为我们相信什么。老公,我喝醉了。带我回家吧。”

在过厅里,有一股雨伞散发出来的大象那样的味道,皮特顽皮地在弗雷迪的肚子上捅了捅,说:“告诉乔治妮,我们想她了。”

弗雷迪的回答没有玩笑的意思;他的模糊的脸,在潜水镜面具映衬下,醉意中露出威胁的意思。“她选择了不来。你有什么话要带给她吗?”他心知肚明的冷冰冰的事实,似乎在皮特的脸上流露出来了。

“没有,把我们大家的爱转告就行了,”皮特避重就轻地说,在这个层面上还能对付得了,避免行动发生,不到非要死人的地步。他怀疑弗雷迪什么都知道了。乔治妮保持了很久纯洁的生活后,又和他睡在一起,之后哭了,但是皮特以前已经检验过她的力量,知道她承受不了苦闷的所有压力,承受不了忏悔的所有引诱。弗雷迪威胁的口气有点虚张声势,一种典型的暗中摸底的姿势。他的元素。皮特又捅了一下,说:“你现在还不应该回家见她吗?”弗雷迪没有表示要和另外四位一起离去的意思。

“她睡下了,”他说。一个睡美人。既预兆不祥,又显露美妙。不愿意来参加她的情人也许在场的聚会,她选择了睡觉。抚慰她的痛苦。皮特感觉到这个男人，她的老公，暗中俘获的力量，后悔又去和她幽会。

卡罗尔已经安静下来，聆听艾迪的返回。现在，她起身道晚安了。她和弗雷迪，两个人都穿戴起来准备游泳的，于是一块儿站在灯光昏暗的侧门廊挥手道别。下到那条辅街，索尔兹夫妇的窄房子黑魆魆的，不过在楼梯尾部还亮着一盏灯。塔博科斯就要睡下了。玩具厂的那道瀑布时隐时现地隆隆作响。草坪下面的岩石旁，一辆汽车的车轮吱扭扭响。繁星间，看得见一架喷气式飞机轰隆隆在飞。这样的响声把玻璃震出了回响。美好的夜晚的最终的喧嚣。福克茜和特丽，在蓝色的九月街道上影子错落，走向加拉格尔夫妇的奔驰汽车。她没有向后回望，左手在捻动指头：再见，等我触摸你啊。安杰拉软软地说："可怜的福克茜，特丽为什么不知道几个小时前就带她回家呢？"

皮特感到受辱，问道："你知道她早想回家了吗？"

"别问我啊。我怎么能知道呢？"

"在那个无休无止的游戏进行时——也就是你和弗雷迪不应该在我们的女士们的面前把你们私下的难处往外摆那会儿；那样做不好玩，没意思——我碰巧瞅了她一眼，她看上去很凄凉的样子。"

"我没有注意到。"

"她来到这个镇子时非常美丽，我们把她折腾成一个母夜叉了。"

街灯下，铺砖的路面上黑乎乎的影子，是葡萄酒残渣弄出来的紫色印子。皮特发现一只小小的圆圆的臭虫在一道裂缝上爬行：从高处看，一个夜间外出的镇民。没有人喊他回家。没有母亲，没有父亲。无牵无挂。喝酒太多了，皮特脑子里的相机无法聚焦；他抬起眼睛，看见远处棒球场挡网那边，他的教堂体积庞大，从后面看去很宽阔，没棱没角，一个洋洋大观的空洞的模糊映像。

皮特从三个方向听说本的工作丢了。安杰拉在幼儿园听说了这个消息,她已经同意星期二和星期五在那里教课,尽管南希现在已经到公立小学上一年级了。艾琳亲口告诉她的;像一张印刷名片传出来的声音,扁扁的,直接告诉了安杰拉:"我估计你已经听说了。本在换工作。"

"没有啊！我一点儿都没有听说。多么令人激动！他的新工作在哪里?我可不希望你们因此离开塔博科斯啊。"

"嗯,新工作还八字没有一撇呢。不过他肯定已经把辞职报告交上去了。"

"对他有利啊,"安杰拉看见艾琳绷得紧紧的样子,不得已说了这样一句没头没脑的话;安慰的冲动费了很大劲才按下去了。安杰拉对皮特说:"她看上去很可怕。心不在焉。你知道今年夏天她看上去多么漂亮,突然间,她就变成了一个不堪重负的犹太中年妇女了。她跟我说话时眼睛黑沉沉的,你知道,过于专注了。非常凶狠。我觉得她在和我讨价还价。"

"我一直不知道,"皮特说,没法装出非常吃惊的样子,因为他已经听说了这个消息,"本过去到底是干什么的。"

"他是搞微缩的,亲爱的。为空间项目搞微缩。具体是什么,是要保密的。"她在给姑娘们的晚餐准备地方;她做饭的时候最随和。他们今天晚上要到格林夫妇家去用餐。

"我是说,"皮特说,"他干那种工作行道有多深?他只是一个技师吗?还是他的工作理论的东西更多?"

"在交谈中,他喜欢谈论理论。"

"这就让我不懂了。从艾琳过去的口吻看,整个水手号航天探测器都是本一手搞出来的。至少他和约翰·安是同一个级别的。现如今他的公司最终在这个可怜的杂种从夹缝里走出来时把他踢开了。"

"哦,你认为'索-丁'夫妇混居一事与丢工作有关系吗?"

"显而易见。每件事情都与此有关。康斯坦丁夫妇把他害苦了。他们没有一个人好好睡觉,艾迪按常规一个月只飞四十个小时。就是艾琳也不守时间,本一直误了早班火车。”皮特在夸大其辞,把乔治妮告诉他的事实加以发挥,而乔治妮是拾弗雷迪的牙慧。

“我很难相信事情糟糕到这样的地步。”

“你该死的太天真了,安杰拉。你很难相信别人都不会比你更有性能量。那四个人整个晚上都在换偶性交。卡罗尔喜欢同时和两个男人做爱;在和本睡上之前,她还和艾迪经常带来打篮球的那个小青年睡觉呢。”

“你怎么知道这么多?”

他马上说:“大家都知道。”

安杰拉正在把鸡汤舀进两个好看的碗里,这时停下来,想心事。“可是她真的同时对付得了两个吗?——我是说,那儿哪有那么大地儿?在哪里进行这样的事情呢?在她的画室里吗?乱七八糟的软管颜料到处都是。这种玩杂技一样的行径发生时,艾琳会干什么?”她那两只蓝眼睛对着那个诱人的场景,忽闪忽闪的;皮特看见她产生了兴趣,心下暗暗高兴。但是,在他所认识的男人里,他却找不到他可以与之分享安杰拉的男人。索恩过于吓人,而惠特曼又太纯洁了。

到了下一个星期二,安杰拉从幼儿园回来晚了,她的眼睛里神色飞扬,说:“你说的没错。是因为康斯坦丁夫妇。艾琳带我去她家喝茶,真正喝的时候却是威士忌酒,她把一切都告诉我了。她让这件事情折腾得很苦。她拒绝和康斯坦丁夫妇见面,尽管卡罗尔不断来斡旋,想把事情说开。艾琳承认她有部分过错,本也应该知道深浅,自己好自为之,但是她说那种事儿对他们来说太刺激了,他们过去总是严肃对待一切,从来没有和别的夫妇真正成为知心朋友。她和本只是认为这事儿很奇妙,康斯坦丁夫妇的生活观是截然不同的那种,总是那么放松,一切都可以儿戏,想吃就吃,不分时候,只要他们觉得痛快就彻夜不睡。她说,公道地讲,卡罗尔和艾迪真的是非常有魅力,在某种程度上他们也没有什么不对的,他们就那个样子,没有什么道德标准而已。在某种意义上讲,她还很感激这个夏季呢,这样的经历她也喜欢拥有，尽管这事儿差一点毁了他们的婚姻，而且现在他们显然真的捉襟见肘，缺钱花了。她承认她说本换工作的话是谎话。本没别的工作了。”

“当然没有了。她深入谈到这事儿的技术细节了吗？我是说，公司不得已把本解雇后，对本有什么影响呢？”

“她没有深入谈，只是承认他不仅仅因为迟到，有些日子他显然就不去上班，尤其在他们买下那条船后，因为他们整天都会远距离航行。有一次，他们实际上开船去了普罗温斯顿，你能想象，就开着那条在盐沼地玩玩的单桅船航行那么远。艾琳说航行到半路她非常害怕了，但是艾迪显然是一个非常机灵的水手。我喜欢那个画面——艾琳戴着那顶大垂檐紫色帽子，身穿长袖衬衫，而本一路上都在和晕船作斗争。像两只猫头鹰，两只小猫咪，乘坐一艘美丽的豆绿色船。远航到了普罗温斯顿！我的父亲和叔叔过去要带六个水手，即使那时候也不允许孩子们一起出航。当然，本真的没有喝酒的胃口，因此就是他去上班，他也会难受得没法干活儿，而他又没有个人办公室，只有一个玻璃隔开的隔间，干什么都看得见的。”

“关于性事儿没有说什么吗？她谈到这方面了吗？”

“她说话很有分寸了，我也不想逼迫她；我觉得她说了这些已经深感荣幸，迷惑不解了，只是坐在那里，听她滔滔不绝地说啊说啊。我不清楚为什么她决定和我说这事儿。”

“你是我们的良心。大家必须求得你的安抚。”

“别讽刺啊。她只是暗示，我也许没有从别的渠道听说而已。她说艾迪是非常有吸引力的——仿佛她过去感觉到了这种吸引力，只是专门作对没有顺从而已。如果你顺从了，那就再也不算什么吸引力了，是这样吗？”

“你是专家，”皮特对她说。如此圆满地代替别人的经历，似乎让她满足，这让皮特很受伤害。

“她交代的那些个他们一起度过的夜晚，都是在交谈。弗雷迪·索恩去参加，有时特丽也去。我想，她把话说得出格，是要让我明白，那天夜里她和艾迪把本扶到床上，他们家的所有灯光看去都关上了，是因为她和艾迪真的在厨房里谈论本的工作；当时本已经接到了相当严重的警告。”

“不过没有性交。酒精和游艇让他顾不上了。”

“艾琳没有明确说出来，但是听口气是肯定没有的。她甚至——我当时目瞪口呆，是艾琳亲口讲的——称卡罗尔是一个戏弄男人的好手。仿佛她应该和本上床睡觉似的，可并没有，或者不经常有，我不知道。乌七八糟，令人扫兴。尤其想到孩子们的时候。多数情况下都是在康斯坦丁夫妇家进行的，因为索尔兹夫妇把伯纳德留在家里更容易些，伯纳德永远都在读书熬夜，照看弟弟，但是一到了午夜，艾琳有时候就会觉得非常内疚，只好赶回家里，留下本和艾迪聊天。他们什么都聊——空间、计算机、公共学校和私立学校、宗教。艾迪背叛宗教很远，只要想起教堂的所有事情，就会大喊大叫。”

“当时卡罗尔会躺在他们两个男人中间吧。”

“皮特，我不想缩减你对卡罗尔的高度估计，但是我真的认为那是不可能的。也许，在冲绳的妓院会有，但是在我们都认识的某个人家里……那样太离谱了吧。”

“亲爱的，她是人。她能把一个人的含在嘴里。”

安杰拉的眼睛的天空闪了几下。“这就是你想让我做的，对不？”

“不，不，不，”他说。“老天爷，不。是鸡奸。”

福克茜则听说了截然不同的故事，是卡罗尔向特丽·加拉格尔透露的。特丽和卡罗尔一起去学音乐；福克茜和卡罗尔曾经一起学过绘画，让康斯坦丁家的一个近乎完美的姑娘，劳拉或者帕特莉斯，穿了紧身服当模特儿。“卡罗尔说，”她说，“是索尔兹夫妇主动接近他们的。他们在镇上是局外人，非常孤独，他们看出来她和艾迪愿意接受他们时，便毫无节制地来了。还说本是在布鲁克林犹太人居住区长大的，受到过非常封闭的、老式的抚育——”

皮特大笑起来。“我完全想象得出卡罗尔说‘犹太人’的样子。”福克茜是一个善于模仿的人，不知不觉地把她的叙述讲得有声有色，还讲得一板一眼很轻快。皮特的头枕在她的膝盖上，她肚子里的婴儿的心脏跳动在他耳边清晰可闻。

“——一个犹太人居住区长大的，这下就非常渴望，嗯，放纵一下。卡罗尔的观点是，而且她完全相信这点，在康斯坦丁夫妇来到镇上之前，索尔兹夫妇是被那些‘挑剔的’夫妇们排除在外的，比如住在一个街区远的节俭街的格林夫妇啦、相亲相爱的索恩夫妇啦、极端可爱的阿普尔-史密斯两对夫妇啦、紧追时髦的哈尼马夫妇啦，更别提令人高兴的积极进取的加拉——”

“不是实情。我们一直请本来打篮球。他们倒是不滑雪，不打网球，这样算是谁的过错呀？他们一直参加大的聚会。荷兰人在这个镇上比起犹太人，还算少数民族呢。”

“嗯，这就是卡罗尔的印象，也许是从艾琳那里获得的。”福克茜讲述着，一边心不在焉地抚弄皮特的头发。“你的头发很不平整。”

“是头发在变稀变薄吗？我会像弗雷迪一样成了秃顶吗？红头发的男人容易秃顶。这是耶和华[1]在制止我们的精力呢。别停下。我很受伤害，艾琳是我一贯敬重的人，竟然认为我们大家都是反犹太人的。”

“哦，她过去显然就是这么看的。现在也这样看。小学里让伯纳德在基督教街头剧参加演出，她就会很生气。演出耶和华也不行。听特丽的话音，卡罗尔一直认为艾琳是让两对夫妇混居在一起的真正推动者。索尔兹夫妇的婚姻多年来都在摇摆。他们还维持在一起，是因为伯纳德，后来又有了杰里迈亚，是个过错。艾琳因此还得过神经衰弱症。”

“我记得她怀孕的样子，很可爱的。我就是喜欢怀孕的女人。”

“我看出来了。”

---

① 即上帝。

“按照卡罗尔对特丽的说法，艾琳对本现在有什么不满、过去有什么怨言吗？”

“她觉得本没有抱负，没有动力。她父亲在服装行业辛苦经营发家致富了。不过，皮特，女人喜欢哪个男人，不喜欢哪个男人，谁说得清楚呢？化学反应吗？卡罗尔的说法是，艾琳对艾迪颇有好感，在他身后点火，如同她点燃任何事情一般——公平住房啦、幼儿园啦、保护资源啦。他成了一项事业。”

“我喜欢你说‘事业’二字的口音。爽爽的，哈，好可爱。”

“你是怎么说的？事——业。如同你说‘房——子’一样，拉长点。”

“行了，我是移民嘛。还有，你的叙述听起来更像特丽，不像卡罗尔。卡罗尔会说‘她想要他’，或者把话说得非常直露，然后看上去怒目而视的样子。‘她发誓要拥有他。’‘她后来果真奉献自己，和他上床睡觉。’”

“她才不会这样说呢。她会说：‘那个母狗发情了，就调转屁股让公狗上去。’”

“啊，我的情人。你的语言了得。出言不逊。”

“别像这样把你的脑袋蹭来蹭去的。你会诱发我的欲望。”

“真的，艾琳被这一切弄成一只总是发情的母狗了。她过去完全不是这样，你要在鸡尾酒会上早早地与她说话，让她摆脱拘谨的样子。”

“卡罗尔说，她和艾迪在索尔兹夫妇离开后还坐在一起谈笑，艾琳变得夸夸其谈了。”

“然后艾迪会走在街头，从嘴的另一边笑出来。我喜欢你说艾迪·康斯坦丁成为一个有价值的项目，如同学校取消种族隔离啦，保护美洲鹤啦。我认识的最无价值的男人。想一想吧，我们把我们的性命都托付给他。卡罗尔和本终于攻克了这个年轻飞行员的操守，对此卡罗尔有什么说法？”

“她说她同情本，不过，坦率地说，却从来没有发现他有什么魅力。”

“她排斥他吧。又一个英国新教徒的美国人。”

“是的，”福克茜说，“她还真提到过，她是家务管理方面唯一一位英国新教徒的美国人。艾迪显然不喜欢英国新教徒的美国人，总是为难她。他开车的时候，经常吓唬她，诸如此类的事情。”

“我原以为她是一个背弃信仰的罗马天主教教徒。”

“艾迪是的。不过卡罗尔只是一个长老会教徒。”她的手指已经从他的头发摸到了他脸上敏感的部位，像盲人一样摸索整洁的面皮。“还有，”她说，声音里有音乐般的明暗和深浅，如同她流动的眼神和溢香的身体，他爱情寄居的所在。“还有，别这样看我，她认为本和他们在一起的所作所为，与他丢掉工作没有关系。卡罗尔认为他只是不能胜任工作，我在某种程度上相信这话，因为每逢他和肯谈话——”

“肯和本？他们那时还不认识吧，”皮特说。

“每逢他和肯说话，对生物化学、生命秘密以及别的话题表达自己的兴趣后，肯事后都会说他没有显示出真正的理解力，兴趣也大不到哪里，不过是《新闻周刊》的文章所涉及的表面内容而已。他是真的在寻找宗教的意义，肯最烦的就是这个。他使用的那个词是什么来着？——折中。本有一个彻底的折中脑子。”

“我的看法是，”皮特说，闭上了眼睛，更加专注地感受福克茜凸起的身体，她的肚子就在他的耳边，她的手指放在他的额头，她的大腿枕在他的脑壳下，“索尔兹夫妇掺和进去，本就能够从艾迪那里学习航空的东西，在航天航空的复杂领域改进自己的工作。他们一旦进入那个难闻的老房子里，卡罗尔这个色情淫妇，非得让男人压住才过瘾，而艾迪又不想干站着旁观，就和艾琳也干上了，于是艾琳心里说：‘真了不得！这倒也很有趣！’”

“嗯，尽管不是所有的事情都说清楚了，卡罗尔的情况或多或少就是这么回事儿。”

“卡罗尔和我，我们想得大同小异。”

“哦，别这样说话！”福克茜急切地请求说，摸了摸他的嘴唇，让他们想到了他们的罪孽不可比拟的庄严性。

安杰拉回家来，又带来了艾琳的说法的新版本。“幼儿园放学后，她把我拉到一旁，眼泪汪汪的，说卡罗尔到处胡说八道，说她艾琳在镇子上受排挤，因为她是犹太人。她想要我知道，这种说法是绝对不真实的，她和本都认为他们一向受到了热情的对待，而他们的朋友们认为他们受到歧视，这让他们非常恼火。她说卡罗尔绝对得了精神病，凯文成了那个样子，就是因为她虐待的结果。只要她想画画了，她就把凯文锁在他的房间里，有些早上凯文大喊大叫，闹得邻居们纷纷抱怨。艾琳也谈了伯纳德在基督教街头剧里扮演角色的事儿，她的观点被人故意误解了。她从来没有说他们不可以排演基督教街头剧；她只是认为他们也应该举办献殿节[①]仪式。”

“是啊，”皮特说，“为什么不让孩子们别吃那些盒饭，庆祝斋月节[②]呢？”

安杰拉出于她具有传承的自由的立场，一直很严肃地看待艾琳的事业，于是对皮特说：“我不知道你为什么还不厌其烦地到教堂去，那对你似乎越来越没有好处了。”

乔治妮对这桩秘密投来了一束借来的光亮。在电话上，她告诉皮特说：“弗雷迪一直在和艾迪交谈——”

“弗雷迪和艾迪，他们总是有话说的，”皮特说。加拉格尔正好外出，去和那些打算买下雷斯敦那处抵押的财产的修女们谈判，皮特一个人在办公室里。

“别打岔。艾迪告诉弗雷迪，说本深更半夜经常谈论他正在从事的关乎火箭的工作——有一个东西叫什么‘提坦’号吗？——还谈到不同的部门和政府代表之间那种荒唐的摩擦和诽谤，以及他们正在试验的固体燃料的种种办法和自我纠正导航系统，我猜测本参与其中了，而艾迪大为震惊，因为

① 犹太教的一种仪式，在每年的12月左右举办，为期8天。

② 伊斯兰教的一种仪式，该月内教徒白天不进食。

本竟敢把这样的秘密告诉他。他认为如果他告诉了他，他必定会告诉别人，而一旦政府知道了风声，就会把他解雇了。”

“你难道认为本会让试图听他泄密的什么间谍在身边吗?”

“弗雷迪认为艾迪就是告发本的那个人。我是说，他从事航空学，因此他应该知道谁把他出卖了。”

“他为什么想毁掉他妻子的情人呢? 你认为艾迪在乎戴绿帽子吗?”

“当然他在乎。那个女人让他吃尽了苦头。她是个疯婆子。她是一个不折不扣的自私鬼。”

“她要是不自私，不会更要命吗?”

“哦，更要命。艾迪只是一个没有长大的孩子，就喜欢鼓捣那些飞机引擎。”

“得了。我不相信男人行为的什么小孩子说法。他们把我们的罪孽的尊严都剥夺了。”

“喂。你什么时候再来看我呢?”

“我刚刚看过你嘛。”

“一个月都过去了。”

“光阴似箭。”

“天哪，这话是污蔑人。见鬼去，皮特·哈尼马。”

“我又怎么啦?”

“没有怎么。忘掉算了。再见。我在聚会上会见到你的。”

“等等。”

她把电话挂上了。

第二天她又打电话来了，还模仿秘书的声音。“我正想汇报一下，先生，有关昨天上午我们谈话的事儿，就是两个穿制服、戴帽子的男人被人看见正在调查，随后进入塔博科斯西节俭街索尔兹家的住宅了。”

“谁告诉你这事儿的?”

“弗雷迪的一个牙疼病人，非常激动。在塔博科斯，除了联邦调查局的人，谁会戴帽子呢？明摆着，全镇都知道本的事情了。”

“你认为他会像格林伯格夫妇一样被送上电椅？要么像加里·鲍威尔斯一样与俄国交换吗？”

“哈哈。自从你和福克茜睡上觉，你就像一只风筝一样高高在上了。你要自讨苦吃了，皮特。这次我可救不了你了。”

“我没有和那个肚子很大、非常贞洁的女人睡觉。喂。昨天夜里我梦见你了。”

“啊。一个美梦吗？”

“不坏。梦见在一个酒窖里。弗雷迪正在竞选秋季镇委员会的位置，你带我进了酒窖，让我看看一旦他获胜用来庆祝的香槟酒。然后就在那里，周围都是旧柳条家具，你要我闻闻你喷在耳朵后面的新香水。你说，那样子很臭美，你是在科格斯维尔街药店买的。我把我的脸深深地探进了你的头发里，你用胳膊轻轻地把我抱住，我明白你想和我做爱，一下子就醒了。梦中你的头发好像比你的更长些。你还把头发染红了。”

“那就根本不是我。你这狗东西。”

“是你，乔治妮。你说话的样子就是你自己，尖尖的漠然的声音，谈论弗雷迪获胜的几率。”

“快来看看我吧，皮特。”

“很快，”他答应了下来。

那天晚上，安杰拉说：“艾琳今天简直有意思极了。她说本无所事事，一直招待那两个年轻的摩门教信徒①。他们认为他们是以色列一个消失的部落，因此和本在一起就像一个家庭团聚了。”

---

① 摩门是上帝的一个先知，《摩门经》的作者。美国有摩门教教会，由约瑟夫·史密斯于1830年创立，属于美国基督教新教的一个教派。

“什么摩门教信徒?”

“你一定看见过他们在镇上四处走动的,你整天都在干什么?两个身穿制服和西部风格的大檐帽的青年。显然,摩门教信徒的生活就包括四处走动,在一些有利的地区规劝人们改变信仰。包括我们。在他们看来,我们就是霍顿督族人①。”

“我听说他们是联邦调查局的人。”

“艾琳说大家都这样想。她说卡罗尔到处散布这种话,说本泄露了政府的秘密。”

“那个女人正在失去理智。卡罗尔。”

“我今天在学校里看见她了,她的嘴巴不能再甜了。她说艾迪想带我坐他的维斯帕再去兜风。”

处在这场流言蜚语风暴的中心里,这个被摧毁的男人耙耙树叶、修修补补、粉刷自家的房子,天气晴朗的周末下午带着他的儿子到海滩走走。夏天过去了,沙滩又该本地人享受了,他们在沿着冲击的海浪遛狗,在海滩沙丘间放风筝。云彩改变了质量,由夏季热天纵帆船一样形状的团块,变成了更灰更长的条状,更有金属感了。北马瑟马厩的马拖车停放在塔博科斯的停车场上,十几岁的小女孩们在低潮的褐色浅滩上奔跑。十月中旬的一个星期天早上,皮特来到这里和露丝散步——因为这天露丝在唱诗班没有唱歌,他也就没有去教堂——这时看见了远处的本·索尔兹,一只手拉着小杰里迈亚,和伯纳德停下来察看贝壳以及船只遗骸里有教益的废弃物。皮特想朝本走过去,表示一下伙伴一场的情感,但是他害怕这个人,如同害怕那种要命的疾病。他自己的生命感觉太没有准儿了,不想接近一个已经真正破碎的生命的圈子。安杰拉认为他们应该请索尔兹夫妇来坐坐,就两对夫妇坐坐,吃一顿放松的晚餐。皮特抵制了,很快又同意了;但是艾琳冷冷地拒

① 西南非洲的一个部落。

绝了。她和本一致同意,既然他们陷入了经济拮据的境地,无法回请,那么他们索性谢绝任何邀请好了。别的夫妇们于是达成了默契,不再邀请索尔兹夫妇参加聚会,宴请他们对他们来说很痛苦,也会让康斯坦丁夫妇感到尴尬。然而,皮特还是很想透过缝隙探个究竟,窥视清楚受难人的面孔。他一有时间便绕道开车路过索尔兹夫妇家的住宅。索尔兹夫妇家的灯光夜里早早熄灭了;康斯坦丁夫妇家的灯光蔑视似的灯火辉煌。他们夫妇频频外出,拜访格林夫妇、索恩夫妇和加拉格尔夫妇。每天早上,各家大一点的孩子——伯纳德、劳拉——沿着平行的小路穿过踩踏得厉害的草坪去上学;到了晚间,他们一块儿返回来,严肃地交谈,那样子超出了小孩子的作为。

一个有风的工作日的下午,皮特开着他那辆小货车绕过草坪,看见本在上风暴窗户。风暴窗户堆在一起,一溜倾斜的大块玻璃板,放在房子的侧面,本正在迷惑有多少数量。很想和本打个招呼,又担心放慢车速会被撞上,皮特只是投去一个眼神;但是,这却是令人惊讶的幸福的眼神。本又把他的胡子蓄起来了。本弯下腰辨认刻在风暴窗户上沿的罗马数字,他那颇有古风的侧影似乎睡着了,在微笑。他的神态像是一个享受假期的人必有的,和别人一样,已经干了必须干的事情,现在忙着恢复——皮特得到的印象是——已经触底了,发现自己在歇息,很安全。

皮特在他生命的同一时刻,梦见他坐在一架飞机里,一架巨大的新喷气式飞机。宽敞的管状内部设备,米色和浅绿色,他看得清清楚楚,尽管他从来没有乘坐过这样的飞机。自从退役后,他绝少乘坐飞机;最后一次坐飞机还是两年前的事儿了,是去密执安看望他的弟弟。飞往底特律的飞机是一架引擎烟熏火燎的伊莱克特拉号,飞行中颤抖得像一只老猎狗。眼下梦中的这架豪华的飞机正在滑行,仿佛一动不动地穿越天空;脑袋和手的背面静静地向长长的浅绿色地毯过道倾斜。驾驶员的声音,很悦耳,南方口音,一点不像艾迪·康斯坦丁的声音,正在扬声器系统里欢快地播报:“我想我们滑行过去了，乘客们！”皮特透过橡胶条密封的小舷窗，看见一面灰色云彩的墙，蜷曲缠绕，层层叠叠，缓缓地向后飘去，露出来蓝色的天空。他们躲过了一场暴风雨。然后，飞机在颠簸的气流里摇晃，抖动；它穿过大气的一个裂口，平平地下沉，努力抓住某种东西，但是没有抓住，滑了过去，机身倾斜了。机身倾斜的角度不断增加；飞机开始俯冲。庞大的机体冲向大地。那些精心设计的细节——发光的模板座位号以及挂着浅色枕巾的镀铬铆钉——在不断升高的俯冲轰鸣中纹丝不动，很怪异的样子。通道的远处，一个空姐，她那浅黄色头发高高盘起，紧紧抓住座位稳住身子，隔开头等舱的帘子在乱翻乱舞。奇怪的是，没有人觉得恐怖，没有人尖叫。皮特想，废物。这样精巧的易碎之物终于露出本相来了。昂贵的造价。飞机直泻般地往下栽去。皮特耳朵里的液体涌动，凝固。他知道飞机无法从这样的直落中拉起来，在黑暗中惊醒，确信他死掉了。

安杰拉的气息潮潮的，在他身边呼吸均匀。他的身体在床垫上向中间倾斜。安杰拉甜腻的浓烈的女人体香独占了这张温暖的床。模糊的光线把窗户边书桌上的亚麻灯罩的褶皱边缘勾勒出来。他的房子。一艘整齐的船岿然不动地停泊在深夜的夜气中。他从脸颊旁抬起手来。在十字形窗框和蓝色窗格的映衬下，手的黑色剪影呈现出枝枝杈杈的形状。他的手。他把手指搓了搓。他还活着。然而，梦中面临过他死亡的貌似可信的情景——梦中那鸣叫的空气完全是要把他吞掉，他完全处于被动挨打的局面——他无法再次进入生命接待室那般安全的幻觉中。他躺在薄如纸的冰上，重如铅块。他开始出汗了。冒出来一层汗，湿淋淋地遍布他的皮肤，一阵恶心，如同一条松松的链子，从他的肚子坠落出来，那种笨拙的肾上腺的恐惧的恶心，威逼着把他的五脏六腑掏出来。他立即翻了个身，仰躺在床上。

他过去经历过这种恐惧。解毒剂是有的。想象白雪皑皑。想象圆顶帐篷遮挡住了大雨。把身上的毯子当作庇护所。想到皮肤。皮特努力利用他认识的女人的身体安慰自己。福克茜的扑了香粉的胳肢窝以及比玫瑰花儿简单的分瓣儿的裂缝。乔治妮喉咙下面有斑点的骨感地方。她真实的裸体和灰白的修剪成羽毛状的头发,一看见就令他性欲不爽,也许没有爱情才让他们最后走在一起了。不像安杰拉的神仙食物不可企及。卡罗尔的柔软的细腰和有劲的舞蹈演员一样的腿。比阿·格林的饱满的摇晃的奶子,奶子间还有香汗。安娜贝勒·沃伊特的紧身裤有弹性的裤裆,尽管他们还都是童男贞女,身置停放在摇摆的野草丛中的汽车里,雨水啪啪地拍打车身,她让他在车里亲吻,舌头探来探去,让脑子想入非非,他的脸在她的大腿间上下拱动,他宽宽的脊背隐隐酸疼,蟋蟀在鸣啾,她那出神的手指不停梳理他没有梳理的头发。出身虔诚的家庭,汉堡包一样闷热的车内,收音机低沉而闪亮,她有时会一言不发,脱掉丝绸的秘密墙壁,叹息一声,令他神魂颠倒地活动起来,熟练地从车座上挪下骨盆,从后面把裤子脱下;那个无言的银腚在闪动和起伏,像一头鱼儿从记忆里拱起身子跳起来,他紧紧地抓住一会儿,然后它随同别的苍白的身体,终究还是过于滑溜,难以把他载入梦乡。他气恼万分,无法沉静下来。神经和原子在旋转,在他体内迸发火花。如同鸟儿一样骨头空心,他会永远在高空盘旋,重新品尝同样的酸味。

安杰拉均匀的呼吸不均匀了;她翻了个身,把被子往下推了推弄乱了,无意识的呼吸节奏又均匀起来。

心清眼明,令人心悸,皮特试图祈祷。他往上涌动的思绪什么也没有触及。他的脸上有一种缟玛瑙的尘埃。某种曾经很结实的东西原子化了。你不要觊觎。人人内心都有欲望。佩德里克愚蠢的扭曲之语。一个阴郁的遗弃的部落:死海。罐子都被一个牧羊童打碎了。橘黄色尘埃。又一门阴郁的教派。摩门教教徒。盐湖。书页有霉味儿的一周没有打开的赞美诗集:一条没有裹住的鱼儿。宽恕我吧。下探,触摸。他已经为他的信仰寻求庇护但失去了。上帝将不会被利用了。死亡在他下面没有尽头地伸展。生命是一片浮渣,意识是生命的浮渣。皮特躺在床上,如同没有发现的矿石的原生状态上的闪光。他的父母亲是两片夹在花岗岩中的孪生云母。没有光线给他们光亮。光线永远失去了:在飞机的俯冲中,不知道他在做梦,真诚到骨子里了,他就是这样对自己讲的,如同任何不进教堂的两地穿梭的人,白天过得很糟糕。为什么还要嘲笑上帝呢?上帝还在吗?忙碌的老伙计要接见很多寡妇和孤儿,悲苦的德黑兰人,仍然愚昧无知。狠狠咬住死亡。狠狠咬。飞机上没有尖叫声。一切都在坠落。电影里学来的淡定自若的气度。天堂的希望耗干了天空。他不是霍顿督人。蒙上眼睛走开了。物质大部分什么都不是,窃笑穿过了真空。安杰拉在星星的摇篮里睡觉,她表舅的网。什么东西都不神圣。三位一体如同鸡巴和蛋子儿:弗雷迪·索恩。啊,上帝,这种恶心好险峻,一直下滑。病人父母亲搭车回家,泥炭里的种子长出来一棵树,他把树上的果子喂给了一个女人。女人们的贪婪的绝望已经吞下了上帝。

皮特从恐惧的制高点看见他的生命缩小了,很清晰。印第安山那三座平房卖掉了,好像来自直升飞机。现在,加拉格尔想要更多的土地,认定自己是一个开发商,一个城市建设者。加拉格尔别墅。特丽城镇。哈尼马广场。安杰拉公寓。地图,计划书,地下车库,感激的联邦选举投下感谢的票。马修·加莱斯雷夫爵士给成千上万的人就业机会,教会的真正杰出人士,出席由巴布罗·卡萨尔斯[1]和鲁比·纽曼乐团担纲演出的白宫晚宴。总统先生,这是我的搭档。那种严峻的僵直的爱尔兰人的微笑,深眼窝。杰克:这个狡猾的小家伙吗?我可以宠一宠他吗?另一个声音,更悦耳:他咬人吗?

感觉他的思绪扩展成了胡说八道,皮特因为感激、因为着急进入睡眠而紧张起来,一下子又心清眼明,心狂跳不止。他需要触摸一下某种东西。他从来不能和加拉格尔一起起来,因为他需要触摸一样工具。抓住地球。飞机一头栽下来,他已经没有资源,没有了教派,没有了男子气概。

---

① 卡萨尔斯(Pablo Casals,1878—1973),西班牙著名大提琴家。

他需要在斜照的月亮光下触摸福克茜、她的奶穗儿、她的肚子。她相信。她崇敬他的鸟儿。带着翻腾的透明的宽度，她扑向了他，是他的，赐予他的女人。

安杰拉明显地翻动身子，轻轻地呻吟一声。皮特下了床，下楼倒了一杯牛奶喝。夏天里，每当皮特对福克茜相思了，便会来到冰箱前，这个冰凉的灰白箱子里装满了照亮的食物，往空腹里喂些东西。他把脸靠在这个制冷机的冰凉的表面，想到了福克茜的声音，听得出南方口音的影子，听得出调笑的生硬劲儿，听得出对他的生殖器的悦耳的记忆。他用女儿们在高高的空白的冰箱门上摆弄的磁性字母，拼写她的名字。福——克——茜。皮——特——爱——福——克——茜。他把字母打乱，一路穿过充斥了恶毒的魔术符号的熟家具和熟墙纸的房子，又回到了床上。身边是安杰拉，他想如果身边是福克茜，他躺在碎玻璃上也能入睡。失眠是一种结盟的失败。一辆轰隆隆的卡车开过去，消失了。

这个难捱的黑夜的重量。恐惧在他内心小跑，寻找一个停下的去处。安娜贝勒竟然叉开她的两条腿，仿佛亟不可待地用她那年轻的沼泽地的阴唇把他整个脸吞没。福克茜巧妙的提问从侧面传来：一颗枯燥的心灵透过狂喜的面纱把他抓住了。他女儿们焦虑的眼睛：从某种意义上看，一死了之，不再让孩子的父亲的幽灵折磨她们，是何等的仁慈啊。另一个人的死亡总是一种秘密的减负。生命之潮为了屠杀冲向上帝。贫民窟清除。最亲爱的主啊，务必庇护福克茜，我的最害羞的烛焰，免受你气息吹出的这次大劫难的摧残。你的气息。阿门。旋转的恐惧把他的躯壳儿刮薄了。一个倒空种子的半透明的壳儿，皮特等待被粉碎。

那把中国餐刀掠过眼前。那把一尘不染的电椅就在那间有人看守的屋子里。地震震断了大教堂的檐头。饱含矿物质的海洋。打结的丝带。突击队的钢琴丝。肠子里的螃蟹。气管里的鸡骨头。滑溜溜的冬天的马路。误读的测高仪。消防队扑灭了烤焦的泥土院子里的西班牙香烟，又一个无聊的黎明，散发出世故的气息。爱奥尼亚[1]来的男孩。童床里闷死的缺胳膊短腿的婴儿。坏死的肾把皮肤变成了金黄色。手枪打开花的天灵盖。大堆的冠状动脉。断头台。破损的电梯电缆。冰层轰隆隆开裂并快速坍塌：在密执安的湖上，渔民会驾驶他们的破车到气泡底上，屏住呼吸上升到有缺口的光线下。打谷机。乱闯的鲨鱼。舌头松软的脱水。脸色发黑的窒息。溃烂的麻风病。耶稣钉死在十字架上。切腹自杀。大火。浴室的煤气。剥头皮刽子手舞动刮刀。刽子手那修表匠面色般的专注。肢解架的拉动。大海的吮吸。狮子那猫一样的啃啮。松动的岩石，滑溜的靴子，梦境般的坠落。帝王的震怒。子弹，炸弹，瘟疫，船难，疏忽的感染，错误的回应。粉碎的挡风玻璃。醉酒医生愚蠢地耸肩而去。冰上脆弱的阴影，一筹莫展的冷冻的星星之下：闷声闷气的塌陷，晦涩的大口喘气，不可阻拦地栽下。

"安杰拉？"他的声音听起来很陌生，像从远处拉过来似的。"你能醒一醒，用一条胳膊搂搂我吗？我做了一个噩梦。"

她半醒半睡，半听半不听，向他转过身来，但是又俯身进入了梦乡；她的胳膊试图够着他，却软塌塌地落在了她的身旁。他倾听仓鼠的转轮的轻轻转动，却听到了冰箱的抖动，破碎成了低沉的呼呼声。

亲爱的皮特，

海潮来势很猛，蓝极了，好似墨水儿。一个小男孩穿了红衬衫，一直呆在远离海岛的一艘划艇里，我已经喝完第二杯咖啡了还在那里。我一直在想我们俩的事儿，似乎有说不完的话，于是我就坐下，提笔写来。昨天我们在一起的时候，我试图解释一下肯和我和"高潮到来"的情况，但是你选择了目中无人和伤害——我的情人，别这样啊。我写下"情人"二字时，我感到多么战战兢兢啊。也很可笑吧。可是，你必须有

[1] 小亚细亚西岸中部的古称，曾是古希腊工商业和文化中心之一。

个名字,不叫你"情人",你又是我的什么呢?

肯是我的丈夫。我像爱丈夫那样爱他。我觉得,我很想说的是,我向他示爱是对的。我们夫妇之间,除了腻烦,没有什么障碍严重得过不去,因为生活就是一天一天过日子。和你在一起,障碍可就多了——当然有我的愧疚、真实的羞赧、与你的其他女人相比的似乎不到火候的担心、我们害怕被人发现、有时(我提醒)你那没有必要的不耐烦和着急、你恼人的取笑自己的习惯和等着闹别扭的劲头,甚至你对我极端的爱,我要坦白,我有时擎受不了。这一切之外,还有这种怀孕状态带来的种种不便。这些障碍摞得高高的,所以,亲爱的皮特,我来不了高潮,并不意味着我和你来不了高潮。我来得很高了。别再问我更多的话了。别要我否认我向肯许下的誓言——对此,我当时觉得很神圣,现在依然觉得很神圣,所有的不舒心和不满意,都不在话下——你用不着在这点上争风吃醋。没有争风吃醋一说。我不明白为什么偏偏在这个时候我把你带入了我的生活,但是你占据的位置是你创造出来的,你一定不要在这个位置上没有安全感。

我把这封信带到了室外的阳光下,我只穿了内衣,随意得很,因为我的浴衣没有一件合身。我相信那些管子工不会突然到来。那个穿红衬衫的男孩已经离去了。我想他没有逮到什么东西吧。再读这封信,信文似乎表达得很贫瘠,很自我保护,很隔阂,我都不知道我还会不会给你写信了。你睡意蒙眬而痴情的

福克茜

没有署名日期、倒总是署名的福克茜的情信,摆放在加拉格尔&哈尼马公司办公室的文件柜里,上面压了复写纸,加拉格尔一辈子也不会看一眼的。它们的形状和尺寸各种各样。有些信写满了四页纸,流畅地写满了正反面,字迹活泼笔挺。有些信,只有潦潦草草的几个字,只是小纸片,在各种

聚会上塞进了皮特的手里。井然有序，有些迷信色彩，皮特把它们都保留起来，在他那个噩梦做过的黑夜之后，在那些郁闷的日子，皮特正好把它们读了一遍。他像一个无足轻重的小人物，在一则主人公是遥远的祖先的寓言里，寻找自己的影子。

我的情人！——

我的整座房子都有你的气息——刨过的木头的气味是你的，咸咸的海风味儿是你的，皱巴巴的香气袭人、香气温馨的被褥的——我们俩用过的——味儿是你的。我把所有的窗户都打开了，窗帘吹拂了几个小时，蓝色的海景看了几个小时——你的东西太多太多，我必须写信告诉你，尽管肯就在楼下，等待去小史密斯夫妇家。几分钟之后，我就能看见你了。但是，周围都是其他人啊。接受这个吻吧。

另外一些信则更话多，拉杂，甚至说教。皮特觉得其中不乏塑造他、矫正他并且为他辩解的内容。

圣爆竹日

我亲爱的情人——

我走出很远，来到了沙滩，那片公共海滩的端头，经过了度假的人群（带了铝制椅子的意大利祖母们坐在浪头上，裙子挽到了膝盖，在她们的膝盖上编织东西），这里没有我们共同认识的朋友可以伏击我。这里环境很不一样，令人好奇，有崖壁，有卵石，风更大，比起我们可爱的塔博科斯主妇们和她们的子孙们玩水的那片遮挡起来的海滩，这里海浪滔滔，蔚为壮观。雷斯敦的灯塔在漫漫水汽里似乎非常近。时不时，一对波士顿或者科德角的同性恋者，身穿短小的裤子——弗雷迪称它们为裹球布——拉着手走了过去。否则，我就形单影只，一个孕妇，因此也就是一个过气的女孩子，把一本皱折的《纽约客》垫在膝盖上当写字板，为她的情人儿杜撰有趣的词句，而情人儿还以为他是一个犹太人呢。

我为彼得解释得不能自圆其说。你不是彼得，尽管碰巧你们两个人的名字发音相似。多年过去了，他的名字于我都不再是一个名字，只是一个影子，一个介于我和父亲、我和肯之间的一个影子。他不爱我——我只令他开心，尽管我只是个很笨、很单纯的非犹太姑娘。我只是他的玩具（玩具/非犹太人），我发现令人害怕的事情是，我还喜欢充当这个角色。我喜爱被利用、被误用的东西。他干什么事情都不能不加强我对他的爱，哪怕是他的可怕的冷淡情绪、希望我离开的冷嘲热讽。他需要更多的时间自个儿呆着，可是我不能不缠磨他。我们当时都很年轻，控制不了自己，而且我们父母的行为也对我们双方产生了影响。我父亲不在家，这对我的母亲来说很残酷，而只要彼得不从我身边走开，哪怕他的语言很脏，我都很感激。要不，也许我被那种傲慢深深吸引了，那是一种机械的自私，他自私时很像我的父亲。你知道，他已经声名远播了吗？一年多前，他的照片登载在《时代》周刊上了，还有他雕琢的一座雕像。他还住在底特律。和他母亲住一起，未婚。因此，这些年我和肯一直没有生孩子，我可以飞到他那里去，但是我没有。那感觉一直像又一次吃巧克力冰淇淋。

你和我，毫无疑问，截然不同。和你在一起，我第一次感觉到了那种青春不再的感觉。和你在一起，我觉得我终于在行使我的正确选择了——摆脱了习惯、命令和强制。在某种意义上，你是我的第一个伴侣。我们甜美的罪孽奇怪地与怀孕的甜美感觉混合在一起——也许肯拖延得太久，没有让我怀孕，而现在正好带着这样的感激态度转向另一个人了。我相信你又害怕你。我害怕彼得，可相信肯。这种两者兼而有之的东西，只有你才有。

我在求婚吗？有心计的女人!! 这种东西不会有——我非常安全地和肯拴在一起，我才敢对你开放我自己，如同我在梦里遇到了一个陌生人，知道我一直会安全地睡在我的丈夫身边。请别害怕我会试图把你从安杰拉身边夺走。我甚至比你还清楚她对你来说多么珍贵，你把她和家当成了一体，真的，你们结婚是多么好的一对啊。在我们为数不多的几个偷情的下午，难道不是我们彻底的囚禁才让我们那么放荡不羁吗？我的手写累了，在发抖。请别离我而去。我的漂泊的荷兰人①——有条件的矛盾？

稍后。

我下海游泳了——好带劲儿，如同呆在一块钻石里，树林洞的海水暖和多了——察看了一会儿卵石。你知道，我曾经上过一个学期的地质学的课吗？我能辨认玄武岩和石英石，这些都是容易辨认的，黑白分明，上帝和撒旦，后来看见了很多斑点的冰糖一样的石头，我权且认为是“花岗岩”了。种类太多了！手握这些石头，感觉光滑无比，是握住了多少光阴啊！我想亲吻它们。记起了你的光滑。我就是喜欢沙滩。我纳闷儿，在肯把我带来见大海之前，我还是不是我自己。

后来，我吓坏了，珍妮特和哈罗德竟然向我走过来了！该死!! 感到难堪的竟然是我，可本来应该是他们感到尴尬啊。他们总是这样厚脸皮——他们把弗兰克和马西娅留在后面照看孩子，而我在这仙境里干什么呢？我告诉他们，散步是必须的活动，我想把雷斯敦的灯塔画一画。他们注意到我一直在写信，便不住地眨眼，得意地使眼色，我想我真的表现得像我自己，只是好像压抑地腐败了。我靠什么身份来评判呢？然而，我心里似乎非常理直气壮，而且如你所见，那次聚会的游戏的谜底最后是克里斯汀·基勒时，我终于忍不住哭了。

---

① 传说中被判在海上航行直至上帝最后审判日的鬼船上的荷兰水手。

更晚些。

我睡着了。醒来时阳光普照,感觉很奇怪,嘴巴壅塞,头发里都是沙子。我必须回家了。肯在和加拉格尔以及格林打网球,我不知道第四位搭档是谁。你吗?给这谜语答案:七月四日。

皮特,我把一切解释清楚了吗?我认为我想在某种程度上让我们两个躲开一点那些人,免得你回头干活儿或者想象到你办公室的电话铃时,那种愁苦的表情出现在你的眼睛里。在某种程度上,因为你怀疑上苍在某个地方(如同哈罗德的法语:不停地求助上苍),你生活在地狱里,而我成了一个魔鬼了。我不想这样,我想能治愈伤害——对你明明白白,无人知道,妙语连珠,充当那个我父亲认为我心地过善而做不了的护士。我很担心你会干些铺张浪费的事情,来满足你那可笑的刺痛的良心。别干啊。毫无自责地占有我吧。自责对女人来说很讨厌。你勾引我就很好。我绝不会错过这种快事。你比弗雷迪·索恩强多了。

在沙滩上睡着了,这种隐藏的方法,让我有了性欲。我渴望你的力量和深度,一直是

你的情妇

啊有福的,有福的皮特——

多么胸无城府,多么比胸无城府的毛病还糟糕,我今天竟然把你当成了一个听众,诉说我对肯的感情。你的气愤很有喜剧效果——你似乎很惊讶我对他有感情,到了最后,你努力把你的气愤转变成了笑话,倒是很可悲了。你的一个本事,是既能把自己太当回事儿,也能把自己不当回事儿,这种急速转换很有催眠的作用。但是,你离去让我备感难过,需要再次试笔。

我说他和我已经结婚七年了,而你和我认识才几个月,这话没有非难的意思——显然,你在许多方面都新鲜,让你占了优势。但是,在我

性欲反应这件神秘(对我对别人都一样)的事情上,这在第一阶段是一种优势,在第二阶段则不是一种优势了。也许,男人喜欢新女人,而女人与她们认识的男人才能进入最佳状态。这中间有某种信任的东西——真的存在信任问题,因为每当你叉开腿时,你就要被伤害的那种一闪而过的惧怕会出现——某种可悲的事实(我为什么发现这是可悲的呢?)是,在性交活动中,女人的人格没有男人的人格显得重要。只在实际的性交活动中,而非所有的初始阶段。我们大家都要求一种无聊的熟悉的信任工具。女性的性器官极端愚蠢,那玩意儿让我们一次次进入一种上瘾的状态,而我们的头脑又要我们摆脱出来。

为什么我为继续喜欢我的丈夫向你道歉呢?你把我从七年的睡梦中唤醒了,而肯是受益的。对你的自我来说,向你保证你全方位存在的方面,肯就是个空白,这话还不够吗?他对我们偷情一点没有察觉,对消耗我内心生活的东西全然不知,这让他看来像个孩子。一个躲在玻璃后面的孩子,一个就喜欢躲在玻璃后面的孩子。他一向对生活缺乏好奇心,处在那种分子水平之上。他是一个戴面具的男人,夜里爬上阳台和我睡觉而已。我发现自己身上对他有一种很深的冷淡。在这种冷淡中,我熟练地操纵我们的身体,把你在我身上建立起来的张力释放出来。

然而,请让我按我的身份爱他吧。毕竟,他是我的男人。而你只是一个男人。也许是那个男人,但是不是我的呀。

我看我是搞糊涂了。早在我们睡在一起之前,我已经决定拥有你,决心让我们各就各位,呆在各自的密封舱里。相反,你们两个却利用我的身子,在里面进行谈话。我想把你们两个分而治之,分别谈话。我过着一种害怕叫错你们名字的生活。我很想向你吐露肯的事情,又很想向肯吐露你的事情——他对自己的职业很不开心,对我们未出生的孩子很焦虑,自从我们第一年结婚以来,他现在顾及我很多了。当然,我安然无恙。他进入我体内，说：你有孕在身，不会再怀孕的。你不能把死人杀死。和你相比，这话很机械，可话说回来，肯的职业就是揭示生命的机械性程度的。

你的职业是建筑，有福的情人，你在我身上修建了神奇的东西。我轻轻呼出你的名字，写这封信时，我想念你的声音，想念你有益的脸庞。你真的认为我们让上帝厌烦了吗？有一次，你告诉我，上帝厌烦美国了。有时，我认为你把上帝低估了——也就是说，你看不起那种你的死亡信托给你的那种信仰。你达成一笔很糟糕的买卖，不断对你的一半进行消减。你应该是一个女人。报纸上的那个女人怀里抱着一个死孩子，知道上帝惩罚她了。我觉得上帝在我上方，在我周围，在你身上，不顾你，也因为你。生活就是一场有失有得的游戏。我必须开始给肯准备晚餐了。没有道歉的爱情。亲爱的。

皮特松了口气，把这些令人陶醉的长信，换成了一个小纸片，上面问道：你还在和乔治妮睡觉吗？

在她把那个犹太人告诉他后，他也把乔治妮的事儿告诉了她。到了九月间，她的本能，或者说闲言碎语，告诉她，他又找乔治妮叙旧情去了。事实上，这是在肯尼迪宝宝夭折的那天的一次没有计划的率性行为，而且在一个半月里也只去了三次，三次还都是在试验性地探索性交的新方法。他发现乔治妮生闷气，被动，瘪肚子，在性交上不爱冒险。不管在弗雷迪的床上，还是在室外的太阳下，皮特都很紧张，悬心吊胆的，很难一直保持坚挺。福克茜的小纸条似乎是一个警告，黑暗里的一声断喝。他在十月初又去幽会了乔治妮一次：落叶松纷纷飘落的松针噗噗落在柏油毡上，太阳光苍白无力，她的下巴发抖，眼含泪水，拒绝面对他。他毫无疑问感觉出来，他近期不会再来幽会了，都怪安杰拉与弗雷迪令人生疑的暧昧关系，弗雷迪近来那种咄咄逼人的样子，皮特与加拉格尔的关系绷得紧紧的，工作负荷越来越重，乔治妮性欲旺盛——男女私通的本质本来是互相独立的，可乔治妮却因为变得依赖对方而陷入罪孽不能自拔，伤害了她自己。她坚定的下巴点了点，然而她那碧绿的眼睛却拒绝注视他，尽管他用手牢牢抓住了她裸露的肩膀。对福克茜的问题，他回答说没有，惠特曼夫妇来到镇上不久，他第一次看见福克茜从教堂出来之后，就再没有和乔治妮睡觉了。他回溯往事，把首次看见福克茜算作他爱情的日期。他承认乔治妮还是他的朋友，而且——跟那样一个丈夫在一起，谁能责怪她呢？——时不时往他的办公室打电话；皮特还承认，这些福克茜通过马特和特丽已经都知道了。于是，被蒙在鼓里的福克茜，就更接近一个妻子的条件了。

谜　语

1. 五英尺九，圣公会教徒，即将爆裂，这是谁？
2. 什么东西比箱车小比人大？
3. 五英尺、手灵巧、红头发、大脚丫、外国籍，这是谁？
4. 什么东西比面包盒小却怎么都能令人满意？

1. 福克茜·惠特曼。
2. 床。
3. 做绣花活儿的棕色袋鼠。哈哈！
4. 正义。你在哪里，情人儿？

随着他们的奸情越来越多，福克茜的便条也越来越简短，越来越玩闹；秋天越来越深，他能见到福克茜的机会越来越少了。她家的改造工程已经竣工，加拉格尔已经获得了一份有油水的加急合同，把当地一家餐馆按照古代风格加以扩大。因此，皮特不得已整天用来对付那些工厂粗加工过的大梁，在绿色木头上鼓捣十七世纪的仿旧效果。这家塔博科斯酒店的主人是一对富有进取心的希腊兄弟，希望新建的餐馆侧厅在十一月营业。皮特奔波不停，很烦人，或者到马瑟去买旧砖，或者到布洛克顿去看手工铁活儿，或者到普利茅斯勘察殖民地时期木工活儿的细节：二层楼的侧面托架因为要装角状饰等，一定不能用钉子钉死，而要穿进饰钉里，或者安上假饰钉，这样最后才能用榫子扣紧。在地上面这一层，我要一个分隔间，在中间或者隔间下面都行，我要木匠来决定。我要求翼梁一直通到屋檐，保护墙不受风雨侵蚀。我喜欢把房子修建成结实的木结构，简洁大方，多用铜饰。我要一律使用一寸宽的上好的橡木做地板……皮特只好尽力把这些仿古的规格要求和现代的新颖保持一致，这令他很伤脑筋。这活儿是弄出一个旧样子骗骗人，似乎这种建筑的防腐处理就是他心爱的没有自我意识的小镇的命运。他没有工夫去会福克茜，令他发疯，于是荒唐地希望她那无误的身影会在陌生镇子的街道上出现，在通往建材供应场的了无生气的小巷里出现。每辆蓝色的旅游车都会让他的心脏停止跳动；每一扇窗户里闪现的白肤金发碧眼的影子都会成为失望的允诺。时不时，他们也在远离塔博科斯的地点幽会——比如一家马瑟酒吧，上面的荧光广告反复闪动着一个又一个酒杯；比如雷斯敦西边一个森林保护区，他们在林子里散步一旦停下拥抱时蚊子便会像她臂上的汗毛一样蜂拥而至；又比如达克斯伯里北边一个荒野的海滩，汹涌澎湃的大西洋海浪咆哮着冲击海岸，高高的沙丘可见乱扔的锈铁罐、绿色玻璃片和废弃的内裤。躲出镇外幽会被人发现的危险，似乎比在镇子里面还大，因为在镇子里面他们能预料日常工作和走访的形式；由于福克茜产期临近，她不愿意开车远行。在塔博科斯以外，他们在自己看来都好像成了另一对偷偷摸摸私通的夫妇，不得已在偏远荒野的郊外躲躲藏藏，她的孕身显得奇形怪状。在温暖的家中，他们似乎是两个光荣绽放的裸体，激情四溢和谐共处的选民。他们的梦是一起睡上一个夜晚。

皮特——肯要去开一个会议——在纽约，哥伦比亚大学——星期二至星期四。你能够抽时间来看我吗？要不然我要去坎布里奇，和朋友们呆在一起——与内德和格蕾琴——打发这几天。肯想让我去——不想让我一个人呆在家里——不过要是有什么理由我能说服他留在家里——有理由吗？我渴望，需要你赞扬我几句。我的大身孕要么很可怕，要么是一种美的新形式——哪种呢？

他脱不开身。这家餐馆侧厅到了扫尾阶段，他和亚当斯、科莫不得不一天十个小时呆在那里。现在，树叶纷纷下落，沙滩路似乎一览无余了。他不敢大模大样地开着他的小货车通过索恩夫妇看得见的小山，到惠特曼夫妇家去，秋天里小史密斯夫妇家也看得见的。夜里呢，新一轮社交生活开始了，他也因此无法去见她：安杰拉迷上了精神病学，与阿普尔比夫妇和弗雷迪·索恩打得火热，而且索恩夫妇俩都搅和进来了。交谈中一旦涉及肯·惠特曼外出开会一事，乔治妮那两只轻微甲状腺眼睛便会瞪起来，怒容满面地冲他闪动，那样子是在打网球盘点出现平分时才会有的。皮特告诉福克茜到坎布里奇去，让她自己躲开闲言碎语，把对他的诱惑打消，免得做出什么不管不顾、大白天下的要命的事情。

该死！我母亲决定来和我携手渡过“这个鬼门关”，因此她下个星期一就到我们家来了。你明天能去教堂吗？

参加教堂的活动后，皮特从那只风向鸡便士眼睛注视的小山上，走下那条灰色的小径，路过那座铁亭，走向福克茜停车的发红的岩石。福克茜伫立等待，脸上客气的神色很机警，但身躯庞大，米色的毛衣像涨满的风帆，高高的紧紧的巾帽很时髦，把她的秀发捂得严严的，把她的脸遮挡成了细条，别有风韵。他感觉拉向了她的身体；他渴望拥抱这个奢侈的大球，这个臃肿的女人，永远占有，她在这里现身让他回想起了初次的印象，对富贵和傲慢回归的印象。

“嘿。”

“嘿。干吗一脸严峻的神色?”

“你看上去这么美好。你看起来如此壮丽。”

“你也是啊,哈尼马先生。这是一身新衣服吗?”

“去年秋天的新衣服。那时你还不认识我呢。这是一顶新帽子吗?”

“这帽子啊,所谓‘一顶去机场接你母亲的帽子,让老人家看看你一切都很好’。”

“那就没的说,很成功。”

“戴上很受用。有了这顶帽子,你脸上就格外红桃花色。”

“老天,你说话带刺儿啊。”

“我也许带刺儿了,可是我想死你了。我们上床去吧。”

“上床会让你减负吗?我们做爱以来,你记得过了多少天了吗?”

“很多天了。”

“十九天了。两个星期二以前的事儿了。”

“我们能躲开你的母亲吗?”皮特的手掌和他嘴唇一带已经变得冰冷了;他感觉身处这镇子的中心地带,他像一个站在旋转木马的边缘,他在向里倾斜。

福克茜说:“如果你能摆脱安杰拉和加拉格尔,我能躲开我的母亲。”

“他们这些日子成了很有警惕性的一对儿了。天哪,我想和你见面想疯了。我发现自己——”

“说吧,”也许她以为皮特要坦白与另一个女人的勾搭。

“近来对死亡害怕得要命。”

“哦,皮特。为什么?你生病了吗?”

“不是我担心的那种实际的死亡,是随时会死掉的那种死亡,随时。”

她问道:“这与我有什么关系吗?”

他没有想到这点,但是这时他说:“也许吧。也许我害怕你生了孩子,一切都会改变。”

“为什么会改变?”

他耸了耸肩。“你成了一个小母亲了。他又不是我的孩子。孩子不会拉近我们,你反会被拉成两半儿的。”

她漠然,仍然老样子。星期日的氛围在他们周遭聚集起来,天空像一个响铃,色彩斑斓的汽车纷纷赶回家去。面对她的无言,他突然乞求道:“我需要见到你,女人。我需要看见你的大肚子。”

他们暴露在阳光下,来往车辆呼啸而过,她决定回到她的车子边。“给我打电话,”她说。“明天九点钟前你能给我打电话吗?母亲的飞机十点半到。”她想了想。“不行。你打不了。肯要和我一起去波士顿,因此他会在家中呆着的。”她又想了想。“我下午去采购时可以给你往办公室打电话。但是,你又会在那家酒店干活儿。”她再次停下想了想,在聆听她自己怎么说。“该死,真是臭大粪一堆,”她说。“我就是想让你来看看我。我想时时刻刻都和你在一起。我想拥有你。”

仿佛这最后的一句坦承,证实并证明了皮特的某种失落感,他大度地挥了挥手,意思是说这下没辙了。“你所想要的,”他说,“也是我所想要的。我们保持联系吧。对你妈妈好一点。”

她戴了白手套的手伸出去,在车把手上畏缩了一下。“我必须走了,”她终于说。镇子的景观尽收眼底,他有些滑稽地鞠了一躬,看见她那修长的腿上穿了弹性的铁锈红色长筒袜。

“美不胜收,”他说。“这样明媚的一个早上,看见你如此动人,惠特曼夫人。”

“没错,我有同感,哈尼马先生,”她回答说,那两只棕色的眼睛在受困的眼眶里十分明亮。

金色的十月的日子,由于福克茜缺席,让他过得满满的。到了晚间,如果没有晚宴,没有聚会,皮特和安杰拉坐在家里,沉入他渴望的沉闷的氛围里。“别长吁短叹。”

皮特从《生活》杂志的页面上抬起头，感到吃惊：藏红袍和尚们在抗议。“我没有，我叹气了吗？”

“得了，你的气息很不快活。”

“抱歉。我尽量停止呼吸吧。”

“你有什么烦心的事儿吗？塔博科斯的那家酒店？”

“没什么。我只是觉得不安。冰箱里有什么吃的吗？”

“你已经看过了。你这样嘴不识闲地吃，会长胖的。你为什么不到外面看看星星？我受不了你短叹长吁。”

“你和我一起去吗？”

“等一会儿。”她被书吸引住了，塞林格的新作，名字一大串，芥末色封面前后一个颜色，“他们就要有一个结局了。”他们谈情说爱的那阵子，多年前的事儿了，坐在修女湾的石崖上，她对星星的了解，让他吃惊不小，因为她的表舅是一个天文学家，这对他求婚有意义吗？她的脸颊贴着他的，因此他能随着她指向天空的手看去，她向他一一说出了星星的位置。首先找到那些明亮的星星。然后在星星之间寻找。想象笔直的线路。露水透过毯子触到了他们。她父亲窗户的光在草地上移动，但是在修剪得像桌面的灌木丛上消失了。她温暖的呼吸讲述着他们上空的传奇。

他把她留在了灯下，穿过沙沙作响的车道，走进了院子的黑暗中，眼前像黑色的大理石上显露出绿色脉络。他周围的虫子在尖声鸣叫。清亮的天空寒意很浓，霜冻随时会到来。星星僵直的密集的光向四侧有力地射去：夏季天空的女王织女星不再统治天穹，让位于光线比较惨淡的天津四和一组房子状星座。仙王座。在仙女座里，皮特搜寻那个非常模糊的一流光亮，安杰拉曾经告诉他那是另一个星系，两百万光年之遥。它的光穿过缟玛瑙的星群向他射来。他仰视的目光，在他死后不久，也会成为一条永恒的直线向外旅行。晕眩令他不堪承受。在这浩瀚无垠的闪亮的繁星的下面，他感觉到一种巨大的滑动;向上沉降,他的眼睛盯住了模糊的土地。破碎的紫丁香枝杈上的叶子枯死了,无法挂在枝头,纷纷落下,一动不动地悬浮在冬季的光线里。他想象福克茜,一种霰雾,一块皮毛,一种扑粉的胳肢窝的记忆,阴唇干燥而后湿润,她背部毛茸茸的腰背部,他会用拇指按摩怀孕引起的疼痛,她那硬挺的珊瑚般的奶穗儿,他用手指甲抚弄过,还有她注视中那种警觉的模糊。在他的种子悲伤地交付出去时,她变得形状模糊,没有防范。

我在虐待你吧。

没有。别停下。

我要射出来了。

射吧。我这次还是来不了高潮。射吧,皮特。

真的吗?你喜欢这样吗?她点了点头,静静的,她的嘴满满的。她的舌头在触动,搞得他热乎乎的;她的手在帮扶。哦呀。美妙啊。吞下我吧。她把他吞下了。

断裂的紫丁香枝上的叶子,枯死了,无法挂在枝头,纷纷落下,在窗户光线里定格,不再翻动。玻璃窗户后面,安杰拉平静地翻过一页。在他四方院子的上方,燃烧的苍穹似乎把一种猛烈的感情击碎了。现在把她给我吧,因为你逃走了。

那天夜里,皮特躺下便入睡了,但是凌晨很早就醒来了,离天亮还有好几个小时,感觉受骗了,因为没有做梦。安杰拉就躺在他身边。他把她的手放在了他的鸟儿上,但是滑落下去了。他用自己熟练的手,他减轻了自己的欲望;然而他依然不能松弛下来,沉睡过去。他想起孩提时代的一种蜷曲的温暖的黑暗,他可以舒适地退缩进去,感觉毯子柔软的触摸,一种绒毛玩具的触摸,一种头上下雨的触摸,一种楼下出来的声音的触摸。现在,在他生命之拱的中央点上,第一次的黑暗已经隐去,无法找回,而第二次的黑暗,正在等待他的黑暗,却一点也不舒服。他的脑子想抹去黑暗进入梦乡时,完全不认识的脸庞,恶狠狠的,在他的脑海闪现。没有建成的建筑物的细致的图纸，侧翼和飞檐面面俱到，在他不安生的内里表面瞬间平铺出来。一次又一次，他急剧跳动的心阻止他的脑子安心进入睡眠状态。他真想把安杰拉一拳打醒；他想诉说，诉说他的痛苦，诉说他和福克茜的通奸，这种欲望如同毒液喷涌般涌上了喉咙，热辣辣的。一次又一次翻身，辗转反侧，终不能眠，他只好悄悄走下楼去，走到室外。

星星已经移位，全都认不出来了。它们仿佛来自另一个星球，到了银河的另一边，在寂静和陌生中丰富多彩。轻轻地踩在霜白的草上，他的光裸的脚板冰冷透心，他最终在仓房屋脊上两根卷起的避雷针的南方，找到了一个巨大的熟悉的星座：猎户座。冬天的巨人，在天床上惊愕不已。这么说，未来还是在天空。万物已经各就其位。皮特返回到他舒适的家，对自己与福克茜的爱情危机已经过去感到满意，以后他就会爱她越来越少了。

第四章　突　破

福克茜觉得，她母亲光临这个家，提供了一个真正的天赐良机，她正好说出来自己有一个情夫。这样的坦白没有什么实际好处，她母亲再醮，人到中年，因此万事如意，悠然自得，不会施加坦白的压力；恰恰相反，她满以为自己为女儿挑选的这桩婚姻就要更加美满了，因为没有孩子这一欠缺都快迎刃而解了。这种自以为是的态度令福克茜恼火；这世界下滑的速度，这样自以为是的态度只是在膏油。反其道而行之，坦白的话儿已经把她的嘴涨得满满的。福克茜把这个秘密埋在心里时间太长了。她隐藏的两个秘密一直在平行增长，不堪重负，而现在这个罪过的秘密也要冒出头来，展示自己，在更宽阔的环境里得到满足，得到一个安慰和同情的阳光氛围。

然而，她母亲在这个家住了两个星期，福克茜怎么也开不了这个口。她娇羞的红晕掩饰了一种不便开口的难题。婴儿迟迟不生。笑话来了，还很多，说可能是五胞胎，如同上个月南达科他州那例五胞胎。肯与福克茜的母亲——康斯坦斯·普莱斯·福克斯·罗斯，恳请他们叫她康妮——相处得真是太好了。他们在穿戴上一个路子：讲究款式而不光是衣服。肯置办了各种场合下的行头，上班路上的，工作时的，在家随便穿的，在家分场合穿的，在海滩散步穿的，打网球穿的，秋天星期天下午与塔博科斯其他年轻丈夫们一起打橄榄球时穿的；他拥有一大柜子衣服，分类很清楚，马德拉棉布料、亚麻料、花呢运动上衣；质地不同的运动衫；耐磨程度有别的斜纹服和牛仔裤；几种型号的帆布胶底运动鞋；甚至还有在家用的一条薄软绸领带和吸烟上衣，仅仅在抽烟时穿。福克茜的母亲同样穿戴讲究，眼下日子富裕，一天到晚每到不同时刻就要换衣服。五点半至六点钟之间，两个女人可以坐下来喝杯酒，静等肯从波士顿回来，康妮便会换上一件更素净的常礼服，福克茜身着疲惫的宽松孕妇装，在一旁由不得羡慕母亲的身段；尽管腰部赘肉多多，臀部回缩，但是比起福克茜自己的肥脚丫、个子过高的慵懒样儿，那身段仍显得更紧凑，更具传统的性感。康妮等待肯很上心，亟不可待的样子。自从福克茜的父母同意这桩婚事，肯这些年来越来越英俊了，可福克茜这些年对肯的英俊却视而不见，麻木了。挺拔的高个儿依然挺拔，直溜，有模有样的长脑袋现在相应地长出来几许灰发，那灰色的目光看人像孩子一样胆大。康妮对肯专业上的出类拔萃甚为欣赏，可福克茜却把这视为他们漫长学生时代的煎熬的鸡肋①，一场骗局而已。福克茜对肯本质冷淡的方方面面深表不屑，罗斯太太却很感兴趣——肯做出来的一些行为难免莽撞和突兀，例如开车啦，结束谈话啦，购置这所房子啦。“我喜爱这所房子，莉兹②，”她对女儿讲。“看上去太有新英格兰的风格了。”她的口音在福克茜听来过分南方味儿了；她动不动就加强口气，表明了一种处在关键时期的交往，客套在这里吸收了更深的热情，成了一种矫饰。然而，这位头发梳理浸染得颇为讲究的时髦的外来尤物，这位经挑选来统治巨大的洗衣店的第二任妻子，过去不过一个区区女人，一个厉害妻子，一个年轻母亲，拖了一个松松垮垮的屁股，身穿哔叽裙装和低跟鞋子，面前摆了滚烫的熨衣板和吱吱啦啦的清漆菲尔科牌收音机，收听两大洋的消息，神色坚毅却憔悴，突然间便会垂下手

---

① 原文为 anticlimax，原本指说话或者写作中，从重大意义转向平淡或荒谬的内容，修辞学中称“突降法”。转义有“虎头蛇尾”等义。此译略涉他们夫妻的感情的状况。

② “莉兹、莉比”均为福克茜做姑娘时的昵称，即伊丽莎白的昵称。

来，露出担心受惊的样子。福克茜想，如果她需要，她还能找到这个女人。

罗斯太太依然一副业主的热情，继续说："这房子就是一座城堡。肯把它买下，只为了你们两个住，出手不凡，心气很高啊。"

"也为了婴儿。"

"哦，那是的，为了婴儿，我怎么能忘记了婴儿呢？我到这里来就是为了这个小天使啊！"

福克茜也说起了这所房子："我们搬进来时，这房子只是一个破旧的避暑去处。我们请到了一个精明的本地承包商把它改造得可以居住了。墙壁、门廊、厨房，还有那边的小厢房，都是新建的。我们不得已还挖了一个地窖。"

福克茜的母亲透过红过滤嘴香烟的烟雾，眯起眼睛审视皮特改建房子的活儿，她抬头之际脖子上的衰老皮肤暴露出来。福克茜的心觉得被踢了一脚，错了位。"我不大懂得，莉兹。这活儿看起来装饰过多了。这种过时的无色灰浆怎么也不适合你和肯。"

"在这种盐沼地带，需要使用一些结实的材料，"福克茜辩解说。"经得起风吹。"

罗斯太太本意想表现得圆通些，这时突然觉得正是时候，于是说："我知道，你既然住在这里了，那你就希望把房子装修得很舒适，"然后转移了话题。"说到风，莉比，你可知道——风一吹，我的脑子就格外清晰，我读书的圈子已经在阅读希腊神话了，今年好像是一个文学风行年——古典希腊人以及所有的古人，都显然认为女人是因为风才多生子女的，对吗？风啊！"

福克茜大笑起来。"你可记得，妈妈，在贝塞斯达，老小姐拉夫内尔老是坐在她家过道上摇晃吗？"每天，她都把谈话引到贝塞斯达的往事上。

"我记得吗？"康妮大声说。"当然记得，她坐在那里等的就是风，临风怀孕！"笑声在这间墙壁素静的房子里听起来很单薄；每个女人都需要证明可以怀孕，不过一次就足够了。

肯喜欢自己的丈母娘光临这所住房，因为她来了，福克茜在家里有人做伴儿消遣，用不着外出和那些夫妇们聚会，他一贯把那些夫妇们称为她的“你的朋友们”。他们真要外出，他们三个人一起去，福克茜的母亲身着刷拉作响的紫色服装，搭了一条白色绸披肩不停地甩动和调整，俨然是一个社交老手，一半是监护人，一半是个傻子。弗雷迪·索恩与她相处得尤其好。参加了小史密斯夫妇举行的万圣节晚会，那是节日后举行的，不戴面具，她跟福克茜说：“我得说，他好像一个百事通，别看他只是一个牙科医生。他对现代心理学和神话很着迷。你没有发现，在你这帮快活的朋友中，他是最随和的吗？”

“坦率说，母亲，没有的事儿。我发现他心机很深，很可恶。”

“真的吗？当然，他那张嘴有点损，不过和肯比起来，哪个男人都好像算不上真正的光鲜。”她话中有话地说，因为两个星期以来，她开始感觉到肯不常在家有点奇怪，他回到家后福克茜又一副不死不活的样子。他今天早上出去打网球，自己张罗了早餐，还在洗涤槽里把盘碟擦洗得干干净净，表示了一种不满。“那你喜欢谁呢？”她问道。

“哦，”福克茜说，“说来可悲，多数情况下都喜欢女人。特丽·加拉格尔，就是那个长了飘逸黑头发的高个子女人，她就是带来了鲁特琴，你也很难说服她弹奏一曲，珍妮特·阿普尔比有几分像她。珍妮特是那个体态丰满的女人，晚会结束时喝多了，一个劲儿模仿她的精神病医生的样子。”

“我认为她应该比她实际中过得幸福。”

“她也这样想。至于夫妇们，我很喜欢哈尼马夫妇，也不讨厌格林夫妇。我不和罗杰多说话，不过比阿还行，尽管她有点喜欢卖弄，可我认为她真的好心肠。可悲的是，他们夫妇不能生养孩子。”

“哈尼马夫妇。该不是那个吓人的小个子红头发男人吧？瞧他钻来钻去，在背后拍人家的膀子，动不动来个倒立。”

“那就是皮特，没错。他的妻子很可爱。非常善良，恬静，容易逗乐。”

“我没有注意她。不过我得说,作为群体,你们彼此处得非常融洽。你好运气,交上了可以从中得到乐趣的朋友。你的父亲和我可没有这样的社交圈子。我们自己过日子;只有你在身边。很好呀,能够释放一些精力好啊。”

“肯认为我们制造精力。肯认为我们彼此熟悉过头了。没错,我们知道一对夫妇的男的,就是因为与另一对夫妇搅得过深,把工作都丢了。”

“他是谁?”

“他们不再来了。他叫本·索尔兹。他们是犹太人。”无法自制,心里发虚,福克茜脸红了。

她母亲没有流露迹象,表明她记起了彼得和她有过什么关系。恰恰相反,她不急不忙地在稀糊糊的咖啡碟子里熄灭了香烟,说:“那一定是各种条件促成的。”

“昨天晚上,他爱恋的那个女人在场。卡罗尔·康斯坦丁。红头发高高挽起,头发根是黑色的,纤纤细腰。她作画儿。你毫不客气地指责我们的墙上光秃秃的,我一直在想购买她一幅画儿呢。”

“我注意到她了。现在还深感吃惊,她很快就会变得厚脸皮的。她心里也很清楚。她可别指望那个公子哥儿一样的小个子丈夫会怜惜她。”

“艾迪吗?我们没有把他当回事儿。”

“你应该当心。他是一个虚荣心很强的年轻的意大利人。我当着他的面对他说,我很高兴乘坐他驾驶的任何飞机;他心高气盛,不会让飞机掉下来的。”

“妈妈!难道你要作孽,和这些完全可以做你儿子的年轻人吊膀子吗?”

“我不是在吊膀子,我是提高警惕。对他那位可怜的消瘦的妻子也一样。”

“说到夫妇们,”福克茜这时想到了家乡华盛顿,问道,“肯尼迪夫妇[1]怎

---

① 当指肯尼迪总统和妻子。

么样?”

“人们说,他们过得比过去好。当然,他过去名声很臭。”

“她近来在报纸上看起来不那么焦虑了。她在希腊海滩上的照片。”

“倒了一次大霉,他们的孩子早产了。不过,我猜测他们都是天主教教徒,他们总有法子渡过难关,会好起来的。另一位天使会到来的,特啦啦①。”

“你认为我们圣公会教徒没有这样的法子。”

“亲爱的好伊丽莎白,”她母亲有些踌躇地触摸她的手,她们母女俩的结婚戒指轻轻地碰擦了一下,金子对金子。“我得说,我不再认为我自己是什么人物了。当然,罗斯对这有怨言。你父亲多数情况下只是关心海军的事情。”

“他还到教堂去吗?”

“我一直想不起来问他,我见他还是多年前的事了。他在圣地亚哥,我也许再也见不到他了。想想而已。”

福克茜不愿意多想这种事情。她小心翼翼地问道:“大家都在说,他们快要离婚了,是真的吗?”

“肯尼迪夫妇啊。我们不多看政府人员的新闻,不过是真的,你总能听到这种事情的。当然,不是离婚;他们不得不买一份废除婚姻合同,我猜测还得从红衣主教斯贝尔曼那里买。当然,有了他的支持,他显然不像过去那么活跃了。”罗斯太太两只胳膊肘倚在餐桌沿儿上,疲惫地抚平她眼睛下面的皮肤。“你为什么问这个?”

福克茜说:“我对离婚感到好奇。”为了冲淡这样的回答,她把头扭开,阅读那张整齐地叠放在肯的空座位上的报纸,横幅标题是:《奠边府吴庭艳被推翻,一去不复返》。“有时我寻思我和肯应该离一次婚。”

---

① 原文 trala,美国人讲话表示欢快的呼声。

地球都转了一圈儿了，福克茜还在等待回答，是以母亲身份还是以罗斯太太身份，她摸不准。“真的吗？”这口气是哪种呢？

福克茜试图掩盖一下。“不很认真，”她说得轻描淡写。“这个念头也有也没有。自从搬到这里来，我自个儿有了太多的时间。一旦婴儿出生，我就全好了。”

“哦，我说不准，”她母亲说。“不过，如果你不幸福，为什么不趁着没有别人卷进来时了断呢？你和肯两个人生活了多少年了？有七年吗？”

“搬到这里来之前，我不知道我不幸福。啊，妈妈，一团糟——糟透了。他的一切我都想要，可是我们就是不来电。”

“哦，孩子。是啊，哭出来吧。我很遗憾。”

“他有百般好，妈妈，他该死的百般好啊。他不注意我，不了解我。”

“你能肯定吗？”

“哦，是的，是的。我一直在约会另一个男人，可肯一点没有察觉。一点没有。”

“另一个什么男人？”罗斯太太严厉地问道。“真的在约会吗？”

“另一个什么男人并不重要。一个男人而已。啊，天哪，是的，约会到了睡觉的份儿上了。”

“孩子也是他的吗？”

“不是，妈妈，孩子是肯的。”

承认这点是最坏的；福克茜啜泣得稀里哗啦，脸色苍白，抽噎得身子直往下沉，连支撑她的脸的手指的粉红色都看不见了，她看出来这才是最坏的，这孩子要是皮特的，那倒还情有可原，她也不会抽噎得脸色发白了。

“哦，”另一个女人终于开口说话了。“这事儿必须停止。”

福克茜感觉到了泪水的力量；在泪水这银色的盾牌后面，她朝她的母亲步步紧逼，不让她轻易占据上风，争取得到解救。“不过，如果我能停止，我就不会开始。走出了第一步，就大错特错了。这不是他的主意，是我的主意。我最害怕伤害的不是肯,而是他,利用他对我的爱,逼他娶了我。”

“那个男人,我猜测,已经结婚了吧。”

“当然结婚了,我们都是在来这里之前结婚的。”

“他表示过娶你的意思吗?”

“没有。有过。我不清楚。这不可能。”

“哦,我建议干脆断绝来往吧。可是,我又绝不会说,离婚就是大难临头了。”

“哦,可是也许就是一场灾难。他爱他的妻子。”

“他说过这话吗?”

“他爱我们两个。他爱我们大家。我不想做坏女人,不想乘人之危。”

“这样高尚的道德啊。我年轻的时候,总是女人被人乘机钻空子的。如果就是我心里想的那个男人,那么他不会有什么危险的。”

“你心里想过谁?”

“那个承包商。高个子爱尔兰人,我忘记他的名字了,昨天晚上他和你跳舞来着。”

“马特·加拉格尔吗?”福克茜笑起来。“他是一个跳舞高手,可是,妈妈,他和肯是一路人,只是没有肯聪明。”

康妮脸红了,从女儿的笑声中听得出她的猜测驴头不对马嘴。她底气不足地说:“他是唯一能配上你的个子的男人,”然后觉得找到了说话的线路,底气很足地说:“我的心肝,我不想知道那个男人是谁。如果我知道那个男人是谁,那我就有责任告诉肯。我只想知道什么原因让你感到不满意。告诉我,肯看样子完美无缺。”

“我知道他在你看来好像就是完美无缺的。你把这点讲得很清楚了。”

“他非常喜爱你。是性生活吗?”

“性生活没问题。”

“你有性高潮吗?”

“妈妈。当然。”

“别回答两个词儿就打发我。我是过了三十岁才开始享受我的肉体的。”

“哦,我这种情况不能尽情享受我的肉体。我不能弯腰,我的腿也别扭。”她一下子站起来,来来去去地拿盘子和杯子,害得她母亲着急地喊她。

“你怀着这个孩子,那另一个男人怎么继续跟你约会?”

福克茜耸了耸肩膀。“我没有怀这个孩子时,他根本不认识我。那事儿好像对怀孕没有什么影响。他干那事儿很温柔。他的妻子已经不再要孩子了。她相信人口爆炸。”

“哦,莉兹,听起来他对你很不牢靠。你竟然有这样不幸的趣味。”

“你问我关于肯的情况。我认为他的错误在于我没有选择他。你选择了他。爹爹选择了他。拉德克利夫和哈佛选择了他。全世界都同意他对我很合适,可这正是他和我合不来的原因。当时没有人了解我。没有人关心我。我只是某件可以打包的东西,打包清理的东西,这样你和爹爹就能实现你们美妙的离婚了。”这样的指责过分严厉,她又在餐桌边坐了下来。在她淤积的心里,是一种不习惯的燃烧情绪。

她母亲按摩着眼睛下面那些潮湿的红红的地方,沙哑地回答道:“你过去就是这种情况吗?不是这样的,我们没有这样想过,不过我很难过,莉兹,很难过。我们两个都很爱你,你对我们两个来说一直都很了不起,在那些乏味的岁月里,你的声音嘹亮,你很甜美,你和彼得过去一直在做的事情,我们感到害怕。”

“可是,妈妈,”——想到两枚结婚戒指触碰发出的怪声音,她们放在餐桌上的手避免接触了——“我当时知道这个。我了解彼得。我早知道这事儿会自己结束的,你当时不应该干涉。我丧失了所有的尊严。这另一个男人和我。我知道这事会结束的。他会离开我的。他会往前走的。别把这事儿告诉肯。求你啦。”

“我从来没有想到告诉肯。他不知道怎么对付这种事情;他也许会恐慌的。你知道,莉兹,我不是一个无可救药的大半吊子。我看得见肯的种种局限。他很像你的父亲,他凡事都需要规范。一旦有了条条框框,我认为他是出类拔萃的。他值得珍惜。”

“他值得,我是很珍惜他。可这完全是在蹂躏,有一个丈夫,他的工作却是探索生命的秘密,在他身边感觉你自己在死去,他却浑然不知,也好像并不在乎。”

“他在乎,我保证。”

“他在乎他的行头,我是其中一部分。”

罗斯太太再次把精神集中起来。“你真诚地相信,”她说,“你和这另一个男人能够结束那事儿吗?事情还没有走得太远吧?”

早餐的残余还摆在餐桌上,橘子皮、蛋壳儿和报纸,在福克茜看来好像把这个世界的内容都浓缩了。小小不言的奇迹是这孩子不肯降临这个世界。孩子的重量在她肚子里——胎儿一个星期前就掉入盆腔了,曾经是轻轻跳动的胎儿已经动弹得猛烈起来,她觉得很沉,恐慌,被出卖。福克茜回答她母亲说:“也许已经结束了。自从你来了,我们几乎没有谈过话。我们没有——真正在一起已经五个星期了。”

罗斯太太的指尖在她的脸上移动,现在开始抚摸她那闭上眼睑下的眼珠子,仿佛在珍爱它们。“亲爱的莉比,”她说,没有睁眼相看。“我对贝塞斯达那所房子最深的记忆,是那个闪亮的收音机调节盘,还有你那可爱的松软的头发,我梳啊,梳啊。”

“过去了,妈妈,过去了,”福克茜轻率地说着,站了起来,不觉一惊,因为她背部的腰间传来一阵不常有的、乐感般的疼痛。

露丝刚满十岁,仍然胖墩墩的,不过渐渐出落得秀气了,能把自己的房间收拾得井井有条,坐在里面静静地自个儿想心事儿。皮特在她的生日送给她一面落地镜子，一道走向虚荣的通道，算得上一件纵容孩子的父亲送的扰乱生活的礼物。他擅自闯入露丝的房间，在镜子里打量自己，看看镜子的用途怎样，却吃惊地发现他自己扎眼的映像，看上去吊儿郎当、鬼鬼祟祟的样子。露丝周围有镜子、墙纸上扎眼的花朵、各种用途的架子摆放的收藏品、书籍、贝壳、瓶盖，以及安杰拉的父母从冬天巡游的港口给她寄来的洋娃娃、一张世界青绿海洋地图和绿白相间的塔博科斯高级橄榄球旗帜；还有她自己用布朗尼相机照的快照：自己和父母在扶手椅里的照片、已经死掉的仓鼠的照片、盛开的丁香圃照片、她的朋友在海滩的照片，却没有她妹妹的照片——严严实实地围了一圈儿，露丝会坐在皮特为她做的写字台边，做家庭作业，或者在她的简洁日记本里写几条天气情况和郊游活动，或者从《生活》和《国家地理》上剪下图片，贴在她的剪贴簿里，分门别类，有索菲亚·罗兰、英格兰的伊丽莎白二世、俄国太空狗、一块法老威胁说会被阿斯旺大坝淹没的巨石、一个裸体的尼日利亚新娘、一位地震中为孩子的死亡嚎啕大哭的母亲、杰奎琳·肯尼迪、一个叫做披头士乐队的团体。

在像这个星期一的平常日子里，皮特回家比安杰拉早时，他感觉他的女儿在楼上忙碌；她四点钟坐校车回家。她关着的门后边静悄悄的，却会因为她重新整理物品或者吟唱在唱诗班学来的赞美诗突然响起，把他吓一跳；他过去给她洗过尿布，温过奶瓶，现在他唯一的作用便是保护她的私密性，别让自己去打扰她。他把报纸重看一遍，想到把自己的仓房的烂板子更换掉，因为懒得动只给自己冲了一杯杜松子-苦啤酒-柠檬混合汁。皮特眼下没有多少可做的事情了，因为那个酒店的改造已经竣工，还举行了一次正式宴会为它命名，三位市政管委会成员都出席了，还来了消防队队长，居然在席间睡着了。加拉格尔把雷斯敦的那处地产卖给了修女们，但是一家沃特顿公司得到了这份很有油水的建筑合同，因为该公司的经理的兄弟是一个牧师。他们听说人们认为投标数目很盲目；所有加拉格尔与修女们的诱人之处都暗淡失色。他们临了只有一项工作，把塔博科斯神力街这所老房子改建成适合出租的办公室和公寓。老格特鲁德·塔博科斯本来为自己用囤积纸和白铁修建了一个天堂,九月里却因为住在帕洛阿尔托几位表兄的要求,通过新贝德福德银行的代理,折腾成了一个私人疗养院。皮特的工作——更换护壁板、拆掉隔间、起地面、用乙烯面装饰板代替木板把破烂的墙壁挡起来——这点活儿还不够亚当斯、科莫和贾津斯基干,他们按小时付酬,有活儿得先让他们干。这样,皮特经常闲着。他喝了一大口甜腻腻的杜松子酒,尽力不去想福克茜;自从福克茜躲到了她母亲身后,她在他脑子里便像一个记忆的舌头不断舔的溃疡。夏天好像梦境,很遥远。她已经消失了——教堂出来后砰然一声把车门关上了。他失去了双重生活的丰富性,很有挑战性的守恒。他表现忠诚的话,那只会浪费下去。虚掷的时光在他周围死气沉沉地消耗。他借酒打发光阴。

安杰拉回到家里满口都是艾琳。"你知道那个女人干什么了?她在雷斯敦女子学校弄到了一份挣钱的工作,下星期一开始上班,还有一个星期了,这意味我不得不一个人把全幼儿园的活儿都干了。"

"告诉她你干不了。"

"谁说我干不了?如果我不上精神病医生那里耽误时间,我能照顾好十几个孩子,只要没有艾琳的基布兹[①]理论捣乱就好。"

"你想干这份差事嘛。"

"这有什么值得吃惊吗?我不是特别想干。我想这样小的孩子不是真的符合我的胃口,但是我想看看这些年来教书到底对我有什么影响。我是说,如果你能往家里挣来一点钱的话,为什么你会不喜欢这差事呢?"

"你怕我养活不了你吧。"

安杰拉弯下身子,轻轻地用脸蹭了蹭他的鬓角,不过很快把展翅飞翔的劲头显露出来:"当然你能养活了。可是我也是个人啊。我的孩子们在长

① 原文 kibbutz,以色列特色的合作农庄或者聚居区。

大。”她悄声说：“南希整个上午没有吮吸大拇指，只是在什么事情碰巧提醒了她才会吮吸。”她低声耳语，是因为她已经把南希带回家来了，南希就在楼上，正不知道是不是敢去打搅露丝。

“艾琳还说了些什么？你一上班就不知道回来。本找到工作了吗？”

“没有。我甚至不能肯定他真的在找。不过艾琳讲了很多新闻。她那黑豆仁眼光一直盯着马路对面的康斯坦丁夫妇，说他们现在又和格林夫妇亲密来往了。罗杰和比阿每天夜里都在那里，而艾琳——你不得不听她说出来享受那种幽默——认为两对夫妇来往密切是同性吸引的结果。”她用指头在空中画了一个盒子来解释。“卡罗尔和比阿互相吸引，罗杰和艾迪互相吸引。”

“哦，她认为他们这种互相吸引有实际行动了吗？我还要喝一杯。你也来一杯吗？”

“来杯波旁[①]，不要杜松子酒。皮特，夏天过去了。她不敢说这种话。不过她认为卡罗尔在肉体上很在行，不过比阿这方面要被动得多。她一直都是一种女人的女人；她就喜欢和女人眉来眼去，对她们干些掐掐捏捏的小把戏。”

“不过，那可是迈出了一大步啊，”皮特说，尽管他很清楚异性之间不是眉来眼去、掐掐捏捏的事儿。“赶那样的潮流，脱掉衣服做风骚的娘们儿，是很大的一步。”

安杰拉从他手中接过那麝香味儿的威士忌酒；她一边小口喝酒，眼睛变得更蓝了，凝视着她过去听说过的那种场景。“不过，”她说，“我们谁也不会越活越年轻，如果某种东西老是想得到，各种阻止不是也越来越少吗？事情在不断变化，越来越不神圣了。”

皮特说着，又为自己倒了一杯杜松子酒。“罗杰是个同性恋者，没错，但

---

① 产于美国肯塔基州的波旁县，一种威士忌酒。

是他的魅力就在于总是矢口否认这点。他对女人的态度很反常，要么粗鲁不堪，要么过分客气。”

“我认为还是有差别的，”安杰拉说。“同性恋就是同性恋，对待女人粗鲁就是粗鲁。罗杰没有勾引过你吗，比如在高尔夫球场上？”

“没有。不过他让人觉得很舒服，而且不能忍受在女子双打后面打球。不过，我认为，艾迪是一个神秘的人。艾琳怎么会谴责她的情人几个月前是个同性恋呢？”

“哦，首先是，她说得不准确，其次是，她受到了伤害，心里很苦。当我专门问起这事儿时，她只是说艾迪是非常有说服力的。我不知道这话什么意思，但是她把这话说了三四遍呢。”

皮特问她道：“你那个朋友弗雷迪·索恩在这一新安排中扮演了什么角色？”

“哦，是弗雷迪把他们捏合在一块儿的；格林夫妇和康斯坦丁夫妇本来没有来往，是弗雷迪从中撮合的。我猜测，他在这上面捣了不少鬼，把生米做成了熟饭。”

“可怜的乔治妮。”

安杰拉起了警觉，上嘴唇翘起来，牙齿隐约可见，问道：“为什么可怜乔治妮？”

“出于一般原则吧。嫁给了一个邪恶的半吊子。”

“你不能真的认为他邪恶。他就是喜欢瞎搅和。不过，乔治妮自打开学以来，一直对我冷冰冰的。一旦艾琳走了，乔治妮要是不来上班，我不会感到吃惊。”

“艾琳满脑子里还有什么消息？”

“让我想一想啊。约翰·安显然生病了。他的胸部有点什么毛病；医生告诉他把烟戒了他不听。他做不到。”

“天哪。癌症吗？”

“没人知道。当然，他比我们大家都岁数大，只是看不出来，因为他是一个亚洲佬。”

“他住院了吗？”

“还没有。不过，哦，当然要住院的。有个新闻你听了会高兴的。福克茜·惠特曼生孩子了。”

空气顿时凝固了；一阵憋闷后，一阵轻松心情在空间释放开来。皮特问道：“什么时候？”

“这个周末的事儿吧。我想是在星期天。星期五晚上在小史密斯家还看见她的。也许和马特·加拉格尔一起跳舞跳下来的。他一跳舞就来劲。”

“为什么此前没有人告诉我们呢？”

“皮特，你只是从你个人立场说这种话。你又不是真正的亲戚关系。我只是奇怪，马特在班上没有提及这事。特丽肯定听说了，她才是福克茜最好的朋友。”

“马特和我这些天在班上没有多说话。他因为我们失去了修女院工程生闷气呢。不过，这真是个好消息。她肚子大得挺不住了。男孩还是女孩？”

“男孩。七磅来重。我们应该送些花儿去吗？我喜欢福克茜，可是我们好像还不到送鲜花的分上。”

“哦，送一些吧。大方一点吧。你又不能把鲜花带走。鲜花没有生长在天上，鲜花也只是从大粪里长出来的。”

安杰拉一脸怪相，对他这番有点恶毒的话感到不解，便离开厨房，高声喊道：“露——丝！下楼来和大家呆一会儿。南希想玩钓鱼的游戏。”

只剩一个人时，皮特竭力品尝他内心那种明显而不稳定的幸福。福克茜这下安全了。生了一个男孩。福克茜的运气帮了大忙。他想呆在她近旁，爬进那间消过毒的白色房间，看看她躺在床上，肚子瘪下去了，面色红晕，暗中还在流血，昏昏沉沉中在呼吸，她那苍白的嘴微微张开，头发散乱。

他看见来自暖房的鲜花——芬芳的唐菖蒲、招展的大丽花、养眼的风信子，团团苔藓粘在一起的花房泥土气还在，剪来的玫瑰花束沉甸甸地依偎在一起，一派安静的氛围。他瞅见了一玻璃杯的水，放在她那模糊的脸后面，纹丝不动；祝贺的卡通明信片和吃了一半的长条糖放在一个搪瓷盒子里。这种出神的白日梦之外，他脑子里竟然还有地方想到，她生了孩子不让他知道，是轻慢他，她应该于心不安，而且由于心里愧疚而答应给他自由。有一次，她因为不来高潮，便把他的大腿夹在她的两条腿之间，蹭啊蹭啊。这样你觉得很可怕吗？

不，当然不会的，不。青春一定不能浪费。

别取笑。我这样磨蹭真的感到难为情。

和我在一起，你的情人吗？感到难为情吗？

我就是这样的。

真是让人感动，女人干活儿多么不容易啊。

摸一摸我的乳头。

欣然听命。

再轻柔一点。我快到高潮了。

来了。他的大腿开始作痛，刺痒，血液流通受到了阻拦。啊，来了。好啊。好痒痒啊。哇噢。

冰箱顶上摆了一个木质沙拉碗，里面装满了露丝和南希讨要的万圣节糖果。为了庆贺他的幸福，为了实实在在地庆贺，皮特拿下了木碗，抓起来一块形状像玉米的糖；他过去很少吃糖，害怕把牙吃坏了。

尽管福克茜三个星期前就预约了，那时她还在医院里，约了星期五一点钟，可是福克茜出现在弗雷迪·索恩的办公室里时，他还是感到吃惊。目前为止，她一直去坎布里奇的牙科医生那里看病，但是临近她怀孕的晚期，她的牙齿开始刺痛，婴儿要哺育，她的活动范围就小多了。包括皮特在内，谁都不否认,弗雷迪是一个医术精到的牙医。然而,在她走进他的里间诊室时,身置神力大街邮局旁边他这个荒唐的小屋,镇上分明还有其他高明的牙医,又有做母亲的身份壮胆,她还是难免觉得来向他求医是在玩塔博科斯镇教会她的游戏,玩命的游戏。

弗雷迪穿了一件白色外衣,他的眼镜大约一英寸的地方,架了两个长方形放大镜。诊室出奇的干净,包括旋转工具盘上的圆形围巾和弗雷迪擦洗过的手掌的红印子,因为他或者出于吃惊或者因为祷告,两只手正好放在他那向后倾斜的白色外衣前。一只方形的黑色闹钟的时间是一点十二分。他午饭后约来的第一个患者。她十点钟左右就开始断断续续地吃饭;婴儿已经打乱了她睡觉和吃饭的习惯。她完全相信,弗雷迪像所有规范的牙医,是按日程表推后看病的。"哦,看看谁大驾光临了!"弗雷迪看见她走进来,说。"多好的天气,"他帮着她坐进椅子里时咕哝说。等她按吩咐把嘴张开时,他问道:"哪里不舒服了?"这话等于三个人在问:首先是她认识的一个轻浮的爱刺探的男人;其次是一个礼貌的烦人的熟人;其三是全然陌生的医生。

"这里,"她说。她用手指从腮帮外面指了指位置,又用舌头在嘴里指了指。弗雷迪在她解释时在胸前拿着牙钩和镜子。"上面,我想是臼齿。我吃糖蛋儿时觉得很痛。这里上面一些,另一侧,我能感觉有个窟窿,经常塞东西。所有的书上都说,我母亲也强调,我的牙齿会掉光的,因为钙都传给婴儿了。"

"你吃过钙片吗?"

"铁质补剂,我知道。艾伦医生给我什么,我就吃什么。"

弗雷迪说:"现代饮食一般不会缺钙的。古代妇女的确有失去笑容的趋势。我们来检查一下好吗?"他用一个精致的牙钩试探性地触动了几下。一个钢尖儿触动了一根神经,却轻巧地一带而过。他的气息里有薄荷味儿,遮掩了他午饭所吃的东西,也许是小牛肉。他那有香气的手指伸进了她的嘴里,而且,如同许多东西她不分青红皂白地害怕一样,比如生孩子,比如偷情，实际情况要比她想象得更混乱，却未必有多么糟糕。

“你的牙齿很结实，”他说。他在一张牙齿图标上用铅笔做了精确的记号，福克茜看见那些牙齿图标好似一个孩子张大嘴尖叫。很奇怪，他用了“结实”这个词儿，而不是“不错”和“很好”之类。

她数了数记号，说：“四颗虫牙啊！”一坐进牙医的椅子里，她就总想多说话，尽量推迟钻头伸进嘴里去。

“你处于良好的状态，”他告诉她。“我们从上牙的右边开始吧，那颗你感觉很疼的牙。”

他从蓝色的消毒盘上拿起一根注射针。她告诉他：“我一般不用奴佛卡因[①]。”

“我今天想让你使用一下。”他态度和气却不容商量；她在晚会上见到的那个邋遢鬼哪里去了？因为多了一层放大镜，他的眼睛完全掩蔽起来。弗雷迪变成了一个声音和一种触摸。他说：“这是一种新型的小装置，”他的指头在她的上牙床找出一个点儿，只听见小小的嘶一声，某种冰冷的东西喷出来。这下麻醉了，她再感觉不到针头刺入的疼痛了。

他们等待奴佛卡因发挥作用。弗雷迪自己在她的身后忙碌。她打了个哈欠；托比夜里两点钟喂过，五点钟便又醒来了。她的两只脚放在抬起来的金属踏板上，在浅口便鞋里看去又大又扁又无血色。她的脚丫上方是一面窗户，挂了一块暗色粗麻布纱帘，构成了一幅抽象的景致：塔博科斯邮局的石板屋顶从铜防雨固定垛的屋脊处一路下垂，由窄变宽，而铜防雨固定垛看去直刺天空。十一月下旬这季节，白天宜人。小块云彩飘过太阳时，会把塔博科斯镇遮蔽住，明暗不一。她纳闷儿为什么皮特没有送鲜花来。弗雷迪挪动着叮叮当当的金属器具，他的小护士，一个梳了臭鼬花纹刘海的、扁平鼻子的姑娘，在接待室和隔间之间走来走去，福克茜瞥见隔间里有一张桌

① 局部麻醉药的音译。

子、一盏本生灯[1]、一幅破损的儿童牙齿保健示意图和一张床的头。较近的地方，一个搪瓷面抽屉柜子顶上，一个浅黄色小型收音机在播放不温不火的音乐，时不时有一个男人的声音插进来，歌声没有口音，也没有感情。福克茜纳闷儿这样的音乐源自哪里，是人唱出来的还是机器模仿出来的，又是谁为牙医诊所、旅馆走廊和停机场不知疲倦地提供这样的音乐？肯称这种音乐是牙膏音乐。

弗雷迪清了一下喉咙，问道："你母亲还在这里吗？她今天晚上会来吗？"索恩夫妇今天晚上要举办正式晚宴。对福克茜来说，这次晚宴意味着数周足不出户之后，她终于要重见皮特了。

"不，我们星期二把她送上飞机了。终于走了。"

"是肯和丈母娘在一个家里住不来吗？"

"比起我来，他才不在意呢。是我习惯一个人生活。"

"你母亲看样子很快活。"

"她是很快活。但是，自从上了大学，我和她实际上来往不多。我都这么老了，用不着母亲呵护了。"

"她很喜欢那个小宝宝的。"这不像在问问题。

"她喜欢大惊小怪。不过我发现，人上了年纪就很不灵活了，我得花很多精力对付孩子，才能让她放心。她不停地更换衣服，没完没了地说过去的事儿，可我得楼上楼下忙孩子。"这时候，弗雷迪就要使用钻头了，福克茜嘴里涎水顿起，一下子冒出了向他倾诉一切的愿望——音乐般的第一次疼痛，越来越频繁的间隔，医生和护士表现出来的梦境一样的冷淡，如同一只窸窣作响的翅膀把她折叠起来的麻醉，新生的婴儿令人吃惊的寻求的注视，她麻醉正厉害时认为婴儿更像皮特而不是肯，然而不可思议的实际情况是，苗条的福克茜，竟然是一个好奶妈，一棵高高的食物之树。

---

① 一种煤气灯。

弗雷迪说:“她好像不着急回到她的丈夫身边去。”

“是的,我也搞不清为什么。她想起罗斯时,说起来忠心耿耿的口气。我想她把自己的生活看成灰姑娘的故事吧,苦尽甜来,终有善果,可是以后一直生活得很幸福,反倒感到厌倦了。”

“她感觉肯很随和吧。”这话又不是发问的口气。

“正是。”

弗雷迪本来没有期望这样简短的回答;一时竟不知道说什么好,于是舔了舔嘴唇,才又开口说:“她似乎对我也没有见外。”

“哦,弗雷迪,我们大家都不见外。”

那位小护士一直在角落里叮叮当当地弄消毒器,这时突然在弗雷迪身后露出了坏笑。弗雷迪感觉有人在取笑,态度变得客观一些了。“我们谈论过生育问题;她告诉过你吗?”小护士离开了屋子。

“令人窒息。全都是关于神话的。”

“部分是的。如果我没有记错的话,我们最后得出的结论是,女人临风受孕比跟男人睡觉还容易,只要她们相信这个。这叫圣洁怀胎[①],说法很有根据的。”他脸上一副皮笑肉不笑的样子:她对这种说法的含义如何想象呢?

福克茜说:“多傻的说法。我们女人显然无能为力。”

“你这样想吗?”

“不然,为什么会有这么多独生子女?我不喜欢做一个独生子女。我的父亲不在家里了。我们倒是有很多电风扇呢。”

“你们有吗?”他脱离了这个笑话的轨道——风。

“一个房间一个。我知道我一定不想让我的孩子做独生子女。”事情就是这样:福克茜过去满以为弗雷迪完全可以不用多搭理的,到头来却发现被套出来这么多话。

---

① 关于圣母马利亚怀孕的说法。

他问道："麻木了吗？"

她说："快了吧。那张床是干什么用的？"她向隔间示意一下，把话题从自己身上引开了。一小块云彩遮住了太阳，把他们俩一时间置于阴影里，好像进入了亲密无间的程度。收音机的音乐机械地播放《二人饮茶》。她突然间非常想吃英格兰脆皮松饼。

"不是你所想的，"弗雷迪说。

"我什么都没有想。我只是问问。"

"有时我不吃午饭，只是午休一下。"

"我想不通你是怎么没完没了地参加那些聚会的。不过，你以为我过去是怎么想的？"她不出声地比划了几下，示意那个年轻的小护士，瞪起她那两只娃娃眼，摸了摸前额上的臭鼬花纹刘海儿，然后，把手交叠在脸旁，睡觉。她把嘴噘起来，把她的意思贯穿起来。

"不是，"弗雷迪悄声说。"那床是我用来做人工流产的。"

福克茜大受震撼，惊讶得一时说不出话来，恨不得逃离身下的椅子。"我怎么也想不到那里去。"

"哦，牙医们都干这样的事儿。这地儿样样具备。他们要什么有什么，椅子啦，麻醉药啦，各种医疗器械啦……"

她断定他说这些事情是要夸大他在她眼中的形象，加油添醋一番让她对他刮目相看。如果过去上过医学院，那他已经雄心勃勃，有力量掌控生与死；可惜失败了，他只好投身牙科医生的行列，整天对着一张嘴的生命敲敲打打，不过他雄心犹在。她打断了他的话："我不想听这些。"

他赶紧回应道："你现在一定麻醉了，"然后开始钻眼儿。从上而下，弗雷迪热乎乎的脸颊紧贴在她的头上，这下成了福克茜眼里的两只长毛的鼻眼儿，几根上下活动的指头，还有一闪一闪的月牙形凹镜片。他身上的气味是母性般的肥皂味儿。福克茜放松下来。她的乳房开始刺痒，她期望赶快完事，离开这个诊所，接上寄放在比阿·格林家那张普通的便携童床上的婴儿，驱车走下盘旋的沙滩路，回到她那空房子，把上衣解开，把憋足奶水的奶子对准那张急切想吃奶的盲目的小嘴儿。今天早上小家伙是从右边的奶子开始吃奶的，因此中午应该吃左边的奶子。二十分钟过去，奴佛卡因便会失效，她能用剩下的沙拉和金枪鱼三明治做午餐。生命多么无辜地吞噬了日子。她是多么傻气，多么基督徒般地神经过敏，在变老和成长、奶孩子和用餐和睡觉、虚假和偷情和实际的爱情这张温和地混合在一起的表面下，她感到一种恐惧，一种积聚得快要释放出来的罪过。可怜的弗雷迪，他们的帮主，还真的是一个医术精到的牙医。《女士良善》正在播放。在福克茜闭上的眼睑那层红皮下，她看出来她必须和皮特分道扬镳，并且不会觉得痛苦。

收音机在一首曲子播放到一半时，音乐停止了。

没有个性的男性声音，喘息，急切，仿佛从遥远的地方被叫回到了麦克风前，宣布说："重大新闻。达拉斯总统车队附近响起了枪声。再播送一遍。达拉斯肯尼迪总统的车队附近响起了枪声。"

一阵瞬间的寂静。然后，收音机的指针又对准了音乐频道，牙膏音乐平缓地响起了《女士良善》。那只黑色钟表上的时间是：一点三十六分。

弗雷迪把钻头从她嘴里拿开了。"你听见那条新闻了吗？"

她问他道："到底在说什么呢？"

"某个疯狂的得克萨斯人。"他接着钻眼儿。钻速的尖鸣声按捺不住地往高提。高温的火星四处散溅，伤人。弗雷迪喷出了薄荷味儿："你可以吐一吐水。"

那个小护士，无意中听见了收音机的新闻，瞠目结舌，从隔间走出来研磨银色充填物，专心倾听。"你们认为是共产党干的吗？"那姑娘问道。音乐又中断了。她长叹一声，画了个十字。对面的石板瓦上，一小群鸽子原本栖息在邮政局的烟囱上取暖，这时笨笨地打着旋儿往高空飞去。那条新闻又播放起来，增加的信息是总统车队确实遭到了射击。一共打了三枪。鸽子们展开脏兮兮的翅膀结队飞翔，飞出了福克茜的视线。那个姑娘用一块油鞣革端来一小团银色充填物，放在弗雷迪的工具盘里一块洁白的圆毛巾上。弗雷迪用指头把充填物揉在一起。一下子中断的音乐没有再次播放。播放的话语有顿有静，字斟句酌。总统遭到了射击，总统被打中了，他被打中了头部，他的伤势很严重，一位牧师应召而来，总统死了。到了两点钟，总统遇刺的消息已经无人不晓。在一阵阵药味儿中，弗雷迪清洗了福克茜的虫牙，用棉花团和夹条把牙齿左侧处理好，用银色填充物把虫牙补上。福克茜在椅子上多等了十分钟，听完了总统遇刺的最坏结果。肯尼迪死了，她离开了诊所。那个小护士在哭泣，眼睛依然瞪得很大，仿佛洋娃娃的眼睛，只有躺倒才能闭上。福克茜见小护士哭泣，心里难过，拍了一下她的手，轻轻的，一拍而过。人心都是肉长的。那姑娘絮叨道："我们甚至没有投他的票，我们一家，本来想下次投他的票的。"

弗雷迪听了这个带来混乱的消息，似乎胀鼓鼓的，颇有些兴奋。陪着福克茜走过隔间，在过厅里说："这事儿搅黄了我们的聚会，是不是？"

"你一定把聚会取消了吧，"福克茜跟他说。她今天夜里是见不到皮特了。

"可是，我已经把酒都买了，"弗雷迪心有不甘地说。

福克茜走出诊所，走进了弗雷迪诊所的小前院，这里长了一棵沙果，枝枝桠桠的，没有叶子。邮局的旗帜在旗杆上已经放下一半。神力大街异常寂静，她听见街区那边一台电动砂磨机在隆隆作响。路过匹萨店、塔博科斯星旅馆以及兼营赛马彩票的修鞋店的整体玻璃窗，她看见很多身影聚集在收音机旁边。她想起了那个小黄色收音机羞羞答答地中断了一直在播放的没有生气的音乐，想起了那个小护士湛蓝的眼睛里充盈了泪水，想起了弗雷迪愚蠢地拒绝哀悼，行为错误且可鄙，可是——她自己又好到哪去了吗？她试图想象这个死去的人，这个差不多和她同代的年纪尚轻的人，她也许可以和他同床共枕。一个遥远的丈夫已经死了，而他的死留下的空位和已经露出的空位不可同日而语。本该寄存悲哀的心头，却生出了内省的温情，一种个人的畏缩行为。在科格斯维尔家的墙角，她瞅了一眼公理会教堂，她的心，一只迷茫的羔羊，加速跳动。普利茅斯牌小车停在石头旁；她必须赶快去接婴儿。福克西大步穿过花花点点照下的阳光向上坡走去，想象她的儿子渴望吃奶的没有长牙的小嘴。她左乳房憋得胀痛。她试了试嘴的右侧，发现还是麻木的。她笑起来一张歪脸会吓坏小东西吗？随后，那个面容歪斜的人变成皮特，她肚子的下部在下坠，她周围的小镇用脏兮兮的白色山墙抓住了她的罪过感，竭力往高抬，成了一个祈祷的人。

索恩夫妇到底还是决定举行他们的晚宴。下午晚些时候，奥斯瓦尔德[①]被拘捕，约翰逊[②]宣誓就职，民族长治久安的引擎显示了启动力量，之后，乔治妮便给邀请过的各家打电话，解释说食物和酒都买好了，客人们也都置办了礼服，需要清洗的礼服都清洗了，晚宴不举行她和弗雷迪整夜都会很孤单，孩子们也会特别失望，在这个可怕的日子她认为彼此熟悉的夫妇们在一起感受惊吓没有什么不妥当的。再说了，乔治妮对安杰拉解释说，聚在一起还是一种守灵活动，一种爱尔兰的守灵活动，一次正规的晚宴舞会对这位死去的人非常合适，他就喜欢这样的风格。来吧。务必。要不弗雷迪会很受伤害，你知道他是多么脆弱。

那年秋天时兴露得很深的晚礼服；皮特九点钟到来，一下子就被裸露的乳房镇住了。他本来是不愿意来的。他生性迷信，一直寻求某种宗教仪式，某种感谢的纪念，对勇敢的已故肯尼迪悼念，尽管他是一个共和党人。他知道弗雷迪会表现出亵渎的态度。再说，他感觉身体不适：他的舌头和牙床长了溃疡，而且自从福克西无法接近以来，安杰拉也不跟他做爱了，还有他的礼服很旧了，是他岳父送给他的，过时的大翻领，黑色的肩部很容易让人看

---

① 刺杀肯尼迪总统的凶手。

② 肯尼迪被刺杀后，副总统约翰逊按宪法规定接任总统。

见他的头屑。走进索恩夫妇的起居室,他看见裸露的肩膀和蠢蠢欲动的裸胸,在烛光里游动,周围是非洲面具,花哨的斜垫的垫子,草编的跪垫,带状铰链的西班牙箱子以及褪色的高背椅子。木头在石砌的壁炉里燃烧。吧台上铺了亚麻布,上面摆了玻璃杯、酒瓶,形成了一个火光照耀的波浪形的天地。珍妮特·阿普尔比穿了一件浅绿色礼服,那鞋带一般粗细的带子似乎和挤压成轮廓清晰的深色的体重——宛如紧锁眉头的垂直皱褶——很不相称。马西娅·小史密斯身着一件橘黄色紧身胸衣,她探着身子把烟灰弹入一个凹槽在烛光下如同月牙似的铜烟灰缸时,耳坠瑟瑟抖动,锥形的奶头儿悬在阴影里如同管状根茎散置于水中。乔治妮一身素装,两幅薄薄的白纱交叉成了一袭古雅典运动装式的紧身服,可她的胸脯像男孩子一样扁平,仿佛她的背成了胸,胸成了背。卡罗尔·康斯坦丁为自己做了一件蓝色的绸子紧身服,脚腕子一带很窄,胸前高得很纯洁,背部却一开到底,低到了骶椎骨一带。艾琳·索尔兹——索尔兹夫妇之所以来参加晚宴,部分原因是艾琳的工作增强了信心,部分原因是弗雷迪顽童似的一再邀请——穿了一件黑色天鹅绒朴素的礼服;她妒忌地、急切地环视房间,寻找本、卡罗尔和艾迪,椭圆形领口样式和挑起的眉毛相映成趣。皮特被她的穿戴感动了。和他一样,她觉得来参加晚宴是错误的。她已经减了体重。她因为羞愧而楚楚动人。

比阿·格林把脸仰得高高的向他缓缓走过来;她的乳房冒出来星星点点的汗星儿,被两个鲜红的硬托捧得撅撅的,宛如两个热乎乎的铁烤模子磕出来的松软的甜面包。“啊,皮特,”她说,“我们大家都来这里,不能躲在一边,呆在家里,体面地哀悼,难道不可怕吗?”他垂下眼皮,揣摩对方的心思,对那两个和胸壁构成了窝状的、高高撅起的、圆鼓鼓的奶子心怀渴望。你为什么不想操我呢?她翘起的上嘴唇露出了门牙上的一条小缝隙;她把一只发抖的手放在了他的胳膊上,为了平衡身子,或者就是一种警告。你被用心不善的人包围起来了。他感到尴尬,喝了一口马提尼,嘴里的溃疡火烧火燎地疼起来。

他说:“我听说你们总是去见康斯坦丁夫妇。”

“他们两口子烦人,皮特。罗杰喜欢他们俩,可是他们两口子自我中心,很烦人。呆过一段时间,你就会感觉到他们没有上过大学的缺陷。”

“罗杰最喜欢谁,艾迪还是卡罗尔?”

“别使坏,皮特。我不在乎别人说这样的话,可是我很不喜欢你这样说话。你在使坏,干吗装呢?”

“回答我的问题。”

“卡罗尔还算有趣,”比阿说,“可是她过分冷淡。又冷淡又不近人情。我想——这是非常可悲的——我想她和本相爱是真诚的,爱得很深,却从来不让自己承认,现在她不能承认了,承认了太没有面子了,只好把本糟践得怎么残酷怎么来了。”

“不过本确实令人厌烦。”

“皮特,我不认为他们注意到了,他们两个人都很烦人。哎,可怕啊,大家都这么令人厌烦。罗杰烦人更是无以复加。”

“你认为我不会烦人吗?”

“目前还不烦人,亲爱的皮特。以后也不会烦人。不过你不喜欢矮个子女人,你身上很有拿破仑[①]的劲头。”

皮特大笑,从比阿的头上望过去。福克茜在哪里呢?他在这间光亮飘忽的房间里寻找,但是没有找到。他觉得福克茜呆在别的地方,已经对他取得了道德优势,完成了她生育儿子的胜利,是忠诚的漠视。怜悯吮吸着他;他觉得被人遗弃了,渺小得很。他问比阿:“加拉格尔夫妇哪里去了?”

“马特告诉乔治妮,说他们要带孩子们去做一次特别的弥撒。她说他回答得很客气,但是直截了当。”

---

① 法国皇帝拿破仑个子矮,却喜欢高个子女人。

“马特变得非常独立啊。安夫妇呢?”

“约翰病得厉害。”

“病到什么程度了?”

“弗雷迪说他不久于人世了,”比阿说,脸颊那道曲线在烛光映衬下很像狄安娜[1]的弓。不久于人世。来参加晚宴之前,皮特和他的两个女儿看电视,看见那副棺材[2]在机场的聚光灯下从飞机上抬下来:光亮的木头上有一道闪光,像子弹一样突然闪过,想象得见里面没有空气,没有充溢的灯光,在快速的人影,即武官随员的遮遮挡挡的肩膀中,那位寡妇面色苍白。棺材倾斜了一下,碰了一下。比阿对皮特说:“你没有问惠特曼夫妇在哪里呀。”

“哦,他们不在这里吗?”

“皮特,你也太露骨了吧。我不知道他们在哪里,可是这会儿你一直在我头上寻找呢。这样做可很不地道啊。”

“我想我应该再喝一杯。”为了遮掩惊慌。冰箱。星星。

“皮特,”比阿看见他要脱身离去,快速而温柔地说。“我可以爱你,如果你允许的话。”

在酒桌旁,卡罗尔在和哈罗德还有弗兰克调情,不偏不向。“弗兰克,”她不失时机地大声说,不过还不至于引起全场人的注意,“给我们来一段莎士比亚的台词。没有人知道如何把台词说好。”

“晚上好吗,亲爱的王子?”安杰拉主动说。看见她就坐在那里,皮特吃了一惊,只见她那漂亮的椭圆形的头和脖子在旋转的光线里悬浮着,她白色的肩膀上闪现着不稳定的人影,她的领口呈扇形,珠子恰到好处地垂下来。

---

① 古罗马神话中的月亮与狩猎女神。

② 指肯尼迪总统的灵柩。

弗兰克·阿普尔比，眼睛红红的，想了想说："野心欠下的债迟早要还。"

卡罗尔问道："这是台词吗？"

"出自《朱利厄斯·恺撒》[①]。好一个傻娘们儿。"他把卡罗尔的肩膀用力搂抱了一下，皮特担心会把她那件轻薄的蓝色紧身服挤裂了。

"怎么样？"哈罗德·小史密斯呵呵一笑，插进话来。"奥斯瓦尔德是一个值得尊敬的人吧。"听见别人哈哈大笑，他继续说："我当初真的不得已笑了，听到这则新闻时我正在吃甜点，gâteau avec des fraises[②]，身边是三个共和党铁哥们儿，包括，弗兰克——这会让你们觉得有意思——小爱德·福斯特，弗兰克知道，福斯特认为鲍勃·塔夫特最后转变成了左倾人士。Un peu de rose au fin[③]. 不用说，大家一开始都以为他们全都是理所当然的自由派——"

卡罗尔打断他说："哈罗德，你真的是保守派吗？"

珍妮特也开始说话了。"哈罗德和弗兰克不一样。弗兰克是一个联邦主义者；他真诚地热爱那些开国的先辈们。哈罗德主张教皇至上；他内心里只虚张声势而已。"

"Merci pour votre mots très incisifs[④]. 我可以接着说下去吗？嚯，不用说，大家都以为是一个右翼狂人干的。你们还记得，伯奇分子[⑤]的天堂达拉斯一开始弥漫着很多郁闷的气氛，等等；我们大家都很虔诚，啧啧不已。"

"刚才说的是法语吗？"卡罗尔问道。

"但是那时，两点半左右，我回到了办公室，关于奥斯瓦尔德的情况已经开始穿凿附会了，年轻的爱德欣喜若狂地打来电话，说：'你听说了吗？这事

---

① 莎士比亚的著名戏剧。

② 法语：草莓蛋糕。

③ 法语：最后加点玫瑰。

④ 法语：谢谢你说话如此尖锐。

⑤ 约翰·伯奇协会，美国一极右政治组织，成立于1958年。

儿不是我们的人干的，是他们的人干的！’”也许因为所有倾听的人已经有过同样相反的偏见，所以没有出现哈罗德所期望的哈哈大笑。

弗兰克接过话题说：“自从麦卡锡①垮掉，所有真正的狼②都站到左翼分子一边去了。”

弗雷迪说：“有一件事情我很清楚，他不是一个人单独干的。当时枪声四起。整件事情简直是他妈的马到成功。”

他得到的回应是异口同声的“呸”。珍妮特说：“弗雷迪，凡事你都认为是阴谋诡计。”

“他就是这样想的，”安杰拉声明说，“我们大家也是互相保护、避免死亡的阴谋诡计。”

“我想我说过的，不过今天晚上不包括在内。”

皮特印象深刻的是，他所说过的话弗雷迪都能够记得样样不落。东拉西扯的话都在变得有血有肉。从皮特自己懈怠而散漫的生活里，照样吸收钙质。近来，弗雷迪早已开始死死地盯住皮特，显然有意为之。

“我来让大家了解一个阴谋，”哈罗德·小史密斯说，“市场重新开张后，花销去吧。商业不高兴肯尼迪，这下要爱上约翰逊了。他才是那种商业高兴拥戴的老流氓呢。”

卡罗尔光裸的大后背在发抖。“那才是一个粗俗的糟糕的男人呢。这好比一个中学铅球手接管了班长一职，除了低三下四就是满口语法错误。弗雷迪，你还让我们跳舞吗？”

“客人想干什么都是合理要求。说实话，我不知道如何安排。我过去从来没有碰上过总统遇刺。他们刺杀林肯的时候，我还是个小娃娃呢。一张真诚的娃娃脸。”

---

① 麦卡锡（J. R. McCarthy，1908—1957），美国参议员，在他的耸人听闻的煽动下，美国在上世纪五十年代初中期，曾对民主和进步力量进行过残酷的迫害。

② 指残忍、凶狠、贪婪之类的人。

本·索尔兹在一旁聆听，这时向他们走过来。他胡须上的那张脸在皮特看来白如贝壳，像一片爆裂后留下的咧嘴坏笑的碎片。“可是，”他告诉弗雷迪，“自一八六五年以来，这个国家留下了一个政治暴力的令人侧目的纪录。四位总统被刺杀，还有对杜鲁门和大小罗斯福的多次行刺——如你们所知，特迪①在一九一二年不成功的总统竞选活动中，实际上受了伤——还别提休伊·朗②了。巴尔干半岛以西没有一个国家具有这样类似的纪录。英格兰的首相只带一个随身保镖，想去哪里去哪里。”

“我们曾为携带枪支的权利斗争过，”弗兰克说。

卡罗尔说：“本会和我跳舞的，不是吗，本？难道你不喜欢和我跳舞吗？”

本露出了雕刻狮子似的微笑，但是他的眼睛依然是犹豫的，害怕的，人性的。卡罗尔不由分说抓住了哈罗德的胳膊，说：“如果本害怕，哈罗德会跳舞的，不是吗，哈罗德？和我跳舞吧。珍妮特看不上你的优雅政治由来已久。弗雷迪，放音乐。”她把背部那冷冰的苍白向皮特转过来。

本穿了一件看上去像是租来的紧身服，也转过背来，和安杰拉讲话。皮特听见他的妻子说：“……现在还喜欢她教课吗？”

本的声音忧郁而清晰，回答说：“……这么多年来至少在某种程度上经受智商方面的挑战，还能使用她的脑子，我是很感激的。”

乔治妮站在屋子中间，一副女主人的样子，却不知道该尽什么责任。皮特走了过去，让她尝了一口他杯中的酒。“卡罗尔太亢奋了，”他说。

“咳，带她上床去吧。你知道床在哪里。”

“我倒是做梦都想呢。她可不好缠。不过我纳闷儿是谁心血来潮，让索尔兹夫妇和康斯坦丁夫妇撞在了一起。”

“弗雷迪，当然。”

---

① 美国第二十六届总统是西奥多·罗斯福，“特迪(Teddy)”是“西奥多(Theodore)”的昵称。第三十二届总统是F·D·罗斯福，即俗称的小罗斯福。

② 美国参议员，1935年被人谋杀。

“可是你力挺啊。弗雷迪有很多主意,倒是你打消的。”

乔治妮生性耿直的俱乐部会员的性子来劲了。“哎,皮特,真是这样,如果人们不能暗中私通,那生活就太没劲了。”我们和别人不一样,她说了下去,我们秘密私通,敢做敢当,比那些堕落的夫妇们好得多。她接着大声说起来,毛毛糙糙地用手指梳理她那灰色的头发,仿佛要把落叶松针梳出来。“我似乎是唯一一个在这世上还有私密感的人。”

“哦。这话说得有些意思。”

“我可不是为了有意思才说的。”

“亲爱的乔治妮,要是我不逢场作戏,你怎么对付那些私密性呢?”

“哦,”她说,“男人来的来,去的去。我留不住他们的足迹。他们在林子里踩出了一条小道。”随后她问道:“你在意吗?”

“当然。你对我来说很销魂。”

“然后会怎样呢?”

“开始害怕。我感觉弗雷迪早知道了。”

“知道了又怎样?我对付得了弗雷迪。”

“也许我算不上完全真诚。”

“我知道你不完全真诚,”乔治妮说,“你从来都不完全真诚,”这下,如同用劲儿甩出一张牌来,让他领教了她的锋利,随后发牌去了。让女人进来吧,皮特想,她们从来不会停止喋喋不休。自从偷吃了禁果,喋喋不休就开始了。争当神仙呢。

罗杰·格林走到他跟前来了。他的眉头皱得紧紧的,身穿一件镶边的打皱褶的衬衫,点缀了红宝石,一条特别新潮的蓬蓬松松的领结。他问道:“把你的高尔夫球杆束之高阁了吗?”

皮特说:“也许在一个更暖和的下午来一盘。”

艾迪·康斯坦丁缩头缩脑地凑到了他们跟前。“喂,老天爷,”他说,“你们两个看见马西娅的穿戴了吗?她的两个大奶穗儿垂到肚脐儿上了。”

“你早知道它们就在那里，”皮特跟他说。

“眼见为实。天哪，我们刚才在厨房谈论一件令人讨厌的事情，空气污染，我忍不住一直向下看，那对大奶穗儿活蹦乱跳地乱动，我把持不住就硬挺起来，赶紧到这儿熄火来了。”

罗杰大笑起来，从他那张小嘴冒出来的声音太大了点儿，如同一个人活到老的时候才学会了大笑，皮特感觉到他站在这里有点碍事，因为艾迪带来的趣闻的热点已经让罗杰产生兴趣，情绪激动。我的鸟儿，他心下在说，像飞机机身一样硕大。女人嘛，他继续在心里说，是肮脏的。

“珍妮特怎么样？”罗杰问他道。“让那两根小鞋带拴住了吧？”

艾迪仍然一副随时溜掉的样子，向另一位靠近了一点。“依我看，两条小鞋带勒在肉里，她带来了第二个后背，防止第一个后背勒掉了。”二元性的美。二元的宇宙。“嘿，罗杰，你想知道前天晚上疯狂的卡罗尔干了些什么吗？我们一起……你知道……在我的怀里……翻身起来……那小母狗玩花样儿，把她的腿向后撩起来，直通通把丫挺的脚丫子杵到我的嘴里了！这下真绝，我他妈的差点儿吐出来。撺掇比阿也试一试。”

皮特躲开一点，若有所思地站着，把珍妮特轻轻地从小史密斯和弗雷迪·索恩身边拉开。珍妮特手里的杯子里有几块融化的冰块；他拿住杯子，从珍妮特手里拿走。珍妮特没有坚持，她的头低垂着。在他们两个的身体挡起来的安静空间，皮特问道：“怎么样，珍—珍？你那个英俊的神经科医生怎么样？”

“那个狗杂种，”她说，没有抬起头来，“真是个狗杂种。他不会告诉我停止和哈罗德往来的。”

“我们都以为多年前你就停止和哈罗德往来了。自从你开始善行健康养生法以后就停止了呢。”

这时，她抬起头来。“你很正派，皮特。又天真又正派。”

他问珍妮特说：“你的精神病医生的工作为什么是要告诉你停止和哈罗

德来往呢?”

“那是他所说的话,”她说。“因为我爱他,就这个原因。他是一个又老又胖的德国佬,腿上有一个支架,我爱他,他是一个不折不扣的讨厌鬼,可是我敬重他,他对我的情况哪怕只是放个屁,那他也只会是告诉我别跟哈罗德睡觉了,但是他就是不吭声。他不放话。那个老呆子。”

“那他告诉你什么?”

“我现在去看了五个月了,他给我唯一的暗示是,因为药物的事情,每次我吃避孕药,都是在和我的父亲性交,那是他的精子。我跟他说,我头疼需要服两片阿司匹林时,我该怎么办,是打电话祈求吗?”

“亲爱的可爱的珍妮特,别哭啊。告诉我,安杰拉应该去看精神病医生吗?自从你开始看医生,她一直想去。我作为丈夫,我的责任是什么呢?”

“别让她去。给她找个情夫,送她去南斯拉夫,干什么都行,就是不能让她去看精神病医生。天哪,那就是堕落。看医生只能让她晕头转向,她本来是很恬静的。她不知道她是多么容易神经过敏。”

“她开始神经过敏了。她告诉我,她觉得太隔绝了,仿佛她已经死掉了。”

“唔,我知道那种感受。安杰拉和我有许多相似之处。”

“是的。她也这样说。她说你们两个都长了大奶子,这让你们都感到抑郁。”

“安杰拉爱怎么说让她说去吧。我不敢肯定我就喜欢成了某个人的影子。你会给我再倒一杯波旁酒吗?”

皮特站到酒桌前时,弗雷迪·索恩蹬蹀着走到他跟前,说:“你能跟我说说话吗?单独。”

“弗雷迪,多么来劲的事儿啊!只是小小的老我,大大的老你吗?”

“看清楚,我没有笑。”

“可是,我在那两片裂开的嘴唇后面,能看见你的头颅骨在笑。”

“你喝了多少酒了?”

“千万别在守灵夜问爱尔兰人这个问题。为悲哀痛饮一杯,根本就不算一杯。别站在这里一副盛气凌人的样子。我得给珍妮特倒杯酒。我想我跟她坠入爱河了。”

然而,他端着酒返回来时,珍妮特和哈罗德交谈得很带劲,皮特只好跟着弗雷迪走到一个角落,躲在那把没有上弦的鲁特琴后面。

“皮特,”弗雷迪说,“皮特”两个字说得很短促。“我要给你冷火鸡[1]了啊。我知道你和乔治妮的事儿了。”

“冷火鸡吗?我以前知道冷火鸡是吸毒的人吃了戒毒的。要么,在感恩节[2]后的那天我会想到火鸡?”

“我那天夜里在康斯坦丁夫妇家里跟你说过别干了。记得吗?”

“就是你扮演蒋介石的那天夜里吗?”

“可是刚才我看见你和她在屋子中间谈得很投机。对不——对?”

“我不关心他们在国务院说些什么事情,我想我们应该让你加入进去。解放弗雷迪·索恩,我一贯这样呼吁,我们很多共同的朋友都会证实的。”

弗雷迪什么都没有说。皮特没有听见任何回答,感到一种紧张害怕的感觉。他问道:“你怎么认为你就知道了呢?”再次没有听到回答时,他又问:“你怎么认为你就知道了呢?”

“她亲口告诉我的。你和她是情人。”

“乔治妮吗?”

“哦,她在撒谎吗?”

“她也许在撒谎,从你那里得到某些别的回报。也许你在向我撒谎。这事你认为会在什么时候发生?”

---

① 俚语,有话直说的意思。为了上下文,照字面意思译出。

② 美国有感恩节吃火鸡的习惯。

“别逢场作戏。你知道什么时候。”

“好吧。我坦白。去年夏天发生的。我们俩是网球搭档。我头脑发昏，她漂亮的白色服装，雀斑，等等，我把她弄倒在罚球线上，我们零比六输掉那场球。我抱歉。我抱歉，我抱歉，我抱歉。”他的嘴觉得非常干燥，尽管第三杯马提尼在他手中轻飘飘的：杯子里空了，倾泻了，橄榄成了服服帖帖的绿色蛋蛋。

弗雷迪取得了一些成功，打起精神做出一副咄咄逼人的大块头，一块横行的云团，把他那长条秃脑壳摆出威严十足的样子。他皱起眉头时，叉状的皱褶伸展到了他头顶的后面。“我要你尝尝苦头，”他告诉皮特说，大步走向厨房，取冰块儿。

安杰拉看见皮特发抖，丢下本对着空中喋喋不休，来到了丈夫身边，问道：“你和弗雷迪在说什么？你的脸色像鬼一样难看。”

“他告诉我，我必须把我的牙齿矫正一下。哇。我的嘴疼死了。”

“你不愿意告诉我。是在谈论我吗？”

“安杰拉，你猜对了。他要我把你的手给他吻。他说他爱上你很多年了。”

“哦，他老是说这种话。”

“他老是说吗？”

“这正是他打扰我的方式。”

“不过你喜欢这样。我从你脸上看得出来，你喜欢听到这样的废话。”

“为什么不喜欢呢？你为什么这样小看弗雷迪？他过去为难过你吗？”

“他威胁我的起码信仰，”皮特告诉自己的妻子说。

福克茜和肯走进了屋子。她穿了一件没有肩带的银色礼服。她的奶子奶水憋得胀鼓鼓的。她转身在疯狂的身影里寻找皮特时，她的上身透出款款的精心打扮的光彩。惠特曼夫妇走进前门，把房子里的气氛搅动起来，因为烛光这时在忽闪忽闪地挣扎，家具和墙壁似乎摇晃起来，歪歪斜斜的。她是奔着皮特来的。她已经放弃了家和暖暖的婴儿，在这个悲剧的夜晚单单出来找他，把他从这个臭烘烘的人群里拯救出去。他听见福克茜向乔治妮解释说："我们等看小孩儿的把一切都收拾利落了，觉得来这里呆一会儿，正好让看小孩儿的试着独当一面——她是艾伦医生的女儿，我们不想一开始就让小姑娘泄气，我们过去一直不需要看小孩儿的帮忙。她到来后，我们坐下来就坐住了，因为一直不能让我们自己离开电视机。"

"现在播放什么？"罗杰深沉的声音问道。

"哦，"福克茜说，"差不多都是老电影的剪辑。我们真正感到心碎的是记者招待会。他雷厉风行，精力旺盛，我不知道，还很专注。他在某些事情上恢复了作为一个美国人的情趣。"皮特看见，福克茜说话的当儿，一直紧紧地挎着丈夫的胳膊，寻求庇护。肯站得笔直，在一身黑礼服映衬下，脸色苍白。他的胸前纽扣是缟玛瑙。

"我爱他，"比阿·格林叫道，突然喊出的声音里似乎含有遥远的悲苦，一种来自阴间的悲哀，"我从来没有投过他的票，我真的不相信他想要的那些空洞的社会主义，我认为人们即使苦难多多也必须自行其是，但是我喜爱他的派头，他的穿戴，瞧他从来不戴帽子，不穿大衣，我就喜欢他这样子。"

"那种深邃的悲情，"弗兰克·阿普尔比说，"一直留在那双奇怪的碧亮的大眼里①。"

马西娅问道："它们真的像壁梁吗？我原来以为那只是他总是照着墙壁上的字幕讲演的结果。"

音乐在房间里回荡，给人半透明似的感觉。多丽丝·戴的歌儿：《落在亚拉巴马的星星》。弗雷迪喜爱多丽丝·戴。弗雷迪喜爱得全心全意，不折不扣的美国人做派。

---

① 原文为 wall eye，意思是"又大又亮的眼睛"，类似汉语的"鱼眼"之类。下文讲话的人不懂这个词儿，照字面意思"墙壁眼睛"来理解，闹出笑话。这里写人的层次不同，文化底蕴有异。

“弗雷迪！”卡罗尔叫道。“你这天使！罗杰哪里去了？”索恩家的地毯织成了灯心草玫瑰花饰，卷到了缎面长沙发的腿前，卡罗尔和罗杰，一个柔软多姿，一个直挺挺的，一直在跳舞。“哦，”她叫喊道，“你的手冰冷啊！”

“因为刚刚端过酒杯，”他嘟哝说，有点责备，有点尴尬，他的手搭在卡罗尔裸背的骨棱棱的脊梁沿儿上，半握起的拳头软软的，如同熟睡的婴儿的小拳头。

别人都神色不安地在一边观看。为了给妻子和自己取酒喝，肯·惠特曼不辞劳苦地绕着裸露的地板走过去，等待弗雷迪从厨房取冰块的工夫，和珍妮特轻声地交谈起来。本·索尔兹走到了福克茜的身边。福克茜的形容举止表现出了重见本的喜悦，因为他多次晚宴都没有出席了；随后，她一边回答本的问候，一边俯视她那扁平的柔软的肚子，脸上泛起了礼貌的红晕，倒不是不喜欢，而是很享受本那种犹太人圣徒彼得的遗风。安杰拉拽了一下皮特的胳膊，问道：“我们跳舞吗？”

“你想跳吗？好像对死者灵魂不敬吧，如同在那个可怜的家伙的坟头上跳华尔兹。”

“确实是，没错，可是我们得跳。真是可怕的趣味，但是我们不能让罗杰和卡罗尔两个人跳啊。他们俩很尴尬，快受不了了。”

揽入怀抱，她是那么熟悉，那么厚实，那么柔软；他从来没有学过像样的舞步，在他们俩的婚姻生活中安杰拉已经学会了跟随他那含糊的步子，举步自若，仿佛他们创造了一种舞步样式，她的大腿和胯部跟皮特的腰胯配合默契，进退有余。他们俩的身高相同。她极少使用香水，因此她的头发和皮肤释放出一种特别的香气，却绝对纯正，像清水，像生命，像存在本身，可与星星之间无与伦比的真空相比。

“艾琳和艾迪在哪里？”他问她道。

“在厨房里谈论空气污染呢。”

“他们是最悠然自得的一对儿，”皮特说。“尤其那次大惊小怪之后。我希望你今后对待格林受伤的信心要用盐舌头呵护。"他说的"盐舌头"是指盐碱地,比如密执安奶牛场的谷仓空地堆积起来的大块大块的东西,但是盐舌头听起来就像一个很小的东西,比一粒谷子大不了多少。

"哦,"安杰拉说,"本在和你那位曾经怀孕的女朋友说话,因此艾琳不得不回到艾迪那里。"

"麻烦事儿还真多,"皮特说,一边随着《落在亚拉巴马的星星》转变成《柔如星光》试图让自己的两脚转变节奏。"可另一个女士肯定已经怀过孕了,她从来不是我的女朋友。"

"我在说笑呢。别这样和我较劲。放松。滑步。"

"我很不喜欢这次晚宴,真的。我们什么时候能回家?"

"皮特,这可是你喜欢的那种晚宴。"

"才不是呢。昨天,他还是我们在华盛顿的总统,可现在他属于我们芸芸众生了。他就在这里。你感觉到他了吗?"

他注视着她那双受惊的蓝色的眼睛。安杰拉的眼睛里有一种久久不散的陌生神色,因为她一直想让他醒悟,提高他的情绪。他察觉了这点,对所受的微妙的束缚感到很恼火,心急火燎地想把福克茜从本身边拉开,用靴子照准本的大胡子脸一通暴揍。一不留神,他踩在了安杰拉的脚拇指上。

这时,肯和珍妮特进入了他们跳舞的舞池,弗雷迪和艾琳也跳起来。在他的黑色肩膀上方,她那完美的眉毛的柳叶形状,好像展开的翅膀。她的头发不偏不倚地从中间分开。艾迪·康斯坦丁走过来,仿佛来逮住她,但是临了一转身离去,抢到安杰拉面前同她跳舞。皮特过去请乔治妮跳舞,因为她站在摆满酒瓶和脏酒杯的桌子旁出神。

进入他的怀里,她问他:"你认为现在上火腿太早了点儿吗?我们买了一些大马哈鱼,但是没有天主教徒来。"

他责怪她说:"你和你的高尚的私密性啊。你丈夫刚才给我下了严厉通牒。"

“弗雷迪吗？究竟为了什么？”

“因为我和你私通啊。”

“别没正经。我们在一起的时间非常宝贵，至少对我来说很珍贵。”

“没正经！他说了，你亲口跟他交了底儿。姿势，某月某日，上弦下弦。”

“这才是弥天大谎呢。我压根儿就没有承认过我们俩的任何事情，尽管他一直想从我嘴里套东西。这就是他做事的德性。我希望你什么也别承认。”

“我没有，但是那也只是死扛到底。我觉得我让他任意摆布了。”

“他一晚上都在跟卡罗尔和珍妮特说话；也许她们两个中有谁让他相信，他无所不知。”

“你敢肯定他不知道吗？你敢肯定某天夜里困得不行睡觉前没有告诉他吗？没准当时把我当成了幌子，需要某种东西来平衡某个伤害，比如他和卡罗尔的私通。”

“卡罗尔吗？你知道这事儿？”他喜欢她在他的怀里经受恐惧的感觉；那是一种身体紧缩的化解，和性主动没有多少区别。

“不。但是他老是呆在那里，而且卡罗尔本来是个来者不拒的人。”他赶紧找补说：“这可不是说弗雷迪不是个猎艳的老手。”

她对他这样用心不良的拙劣嚼舌话没有细究，转而问道：“那你呢？你是一个幌子吗？”

《柔如星光》转换成了《一定是月光》。“哎，”皮特用了几分心思，说：“越来越是幌子了，因为弗雷迪的所作所为，仿佛他真的知道了。”

“咦，弗雷迪。他并不想知道什么事情，他只是想让人相信他无所不知。但是如果我不值得你上心，谈论这些也没意思，是吧，皮特？”使出运动员干脆利落的劲儿，她用两手把他的胳膊推开，从他的怀里挣脱出来。“只是下次想换一换性伙伴时，别再死乞白赖地来找我。”目送乔治妮离去，他意识到这几个月以来，虽然一直在和福克茜缠绵，其实还一直认为乔治妮是自己的情人。

福克茜和弗兰克·阿普尔比跳着舞穿过屋子。他们两个一起不急不慌地移动,没有跟随节拍,进退自如,鱼水交融。《梦中裹紧你的麻烦》开始响起来。马西娅近在咫尺,哧溜一下,一下子便傍在了他潮湿的胸前衬衫上,问道:“皮特,你到底怎么了?你不像你过去那样乐呵。”

“我从来不强装乐呵。”

“你一贯乐乐呵呵的嘛。你以往特别喜欢和我们一起凑趣儿,海边沙滩,山间滑雪,在哪里都快活。现在不再在意这些了。你认为我们是些又丑又傻的人。”

“马西娅,我爱你。我敢说,你在学校里曾是班级的文书。”

“是受你的工作影响吗?天气太冷,无法在印第安山上建造更多舒适的房舍,你现在干什么呢?”

“钟声救了我们。就在前一个星期,我们在神力街揽到了一个很大的内部装修活儿。他们已把格特鲁德·塔博科斯大厦改成了一个私人疗养所,可新贝德福德街的那家握有抵押权的银行正在把这房子改造成办公室。我们从那里运走了三卡车《国家地理》杂志。”跟马西娅唠叨这事儿让他更心烦,因为他整天都在那个房子里干活儿,独自一人,在曾经是悬挂枝形吊灯的餐厅的地板上鼓捣大型打磨机。机器嗡嗡轰鸣,催人瞌睡,几十年来的积垢和油漆瞬间消失,令人着迷,随后干净的木头露出来,他因此竟然对总统的被刺一无所知,直到贾津斯基神秘兮兮地吃完他那顿漫长的午餐,三点钟回来,他才听说。打磨机把他折腾得够呛,皮特让那颗子弹无痛地打穿了他。

马西娅不满地问道:“人们为什么非要在塔博科斯设立办公室呢?”

“哦,你知道了会很惊讶的。市内办公室缺得厉害。保险公司,按摩师们。汽车协会也想在这里设立分支。这地儿不是你当初搬来的田园胜地了,马西娅。我们成了令人心酸的郊区了。在这里到雷斯敦之间,要修建一个大型购物中心。弗兰克在促进会里不是打算挤出更多的火车业务，占去可怜的老纽黑文市、汽车客运公司和莱昂内尔公司的业务吗？”

“皮特，我们什么时候和加拉格尔散伙呢？弗兰克和哈罗德在波士顿吃午餐时和一个人交谈过，那个人知道南海岸的事儿，指望加拉格尔破产呢。银行贷给他两倍资产以上的贷款，而他一直在下赌注。如果去年夏天修女们没有帮他摆脱困境，他已经支付不起另一次款项了。”

“不，亲爱的，你不懂。马特不会破产的。我们生活在膨胀的大千世界。”为了让她平静，让她消除吹毛求疵的情绪，他用手在她的屁股上轻轻点了点；她的两瓣屁股窄小，像拖拉机前面的小轮子一样顺从地往里贴了贴。他顺势触摸几下，她便把身子贴得更紧了，冷不防他的嘴唇竟然因为她游荡的耳垂往回躲了躲。他悄声说：“说到汽车客运公司，弗兰克怎么样？”

“老样子。也许更糟糕。只是上床睡觉已经不能安慰他了。他需要摆脱那个沉重的神经病婊子。”

“哦，见鬼，我们都需要摆脱出来。”

“我不需要。我需要哈罗德。让他伤害我。他有股美丽的残酷劲头，你不认为吗？”

“美丽的？”

“不过是骑士风度的美丽，一种老式的劲头。我是他的，不过他尊重我的独立性。我认为我们是一对非常老式的夫妇，你说不是吗？”

“老式的。维多利亚女王和阿尔伯特亲王。但是我们来谈谈我吧。我需要摆脱安杰拉吗？”

“啊，皮特，”马西娅不耐烦地说，“没有安杰拉，你就死定了。”

这句话噎得他发虚，无言以对，他便随着声音曼妙的录音机，对着马西娅弯弯的亮亮的耳廓唱道：“城堡也许倒塌，那是命中注定，生活果真如此，真的有些乐趣。”

她误解了他的情绪，把自己的身体收得扁平，更加柔顺万端地贴在他身上。她的手指在他的脖子后面摸到了短头发,她的胯部向上提起了一英寸。这个女人得寸进尺:他环视屋子,寻求解脱。肯还在和珍妮特跳舞。他们转到一根蜡烛附近时,肯的鬓角看上去灰白了。弗雷迪已经取代艾迪,与安杰拉跳舞。艾迪和艾琳已经在墙前站立下来,正在谈话。弗兰克·阿普尔比在为自己另倒一杯酒。福克茜逃开了。多丽丝·戴的歌变成了《月光》。哈罗德看见了皮特的目光,走过来把手指插进昏睡的马西娅的臂里,用劲儿很狠,马西娅橄榄色的皮肤在他的指甲间立时变成了白色,说:"现在他们在那白痴一样的收音匣子里说,要给他点起长明火焰。Une flamme éternelle[①]. 看在老天的分上,他不是无名战士[②],他是一个精明地制造出来的政治家,碰巧撞上了一个小人物的子弹而已。Chérie, es-tu ivre[③]?"

马西娅依偎在皮特身上睡过去了,这时醒来,沙哑地说:"是的。"

"那就跟我走吧。Pardonnez-nous[④],皮特。"

"很高兴。我也去撞一颗子弹。"皮特给自己倒上了第四杯马提尼,银白色的。福克茜。她在那片树林里吗?本在哪里?不在跳舞的人群里。好似飞蛾扑火,她投身犹太人。亚伯拉罕[⑤]之于洛特。本总做细活儿的手指很灵活,一路滑向她那长筒袜大腿的茶色长内侧,触摸那里的黑人嘴唇般苍白的阴毛。福克茜的阴蒂在乳白色薄皮下鼓胀起来,红宝石般的红玫瑰,三色堇花儿形状的钟表发条。福克茜会展开身子,一路引领。本则像一头狮子,隐身于属于索恩家族的灌木丛里。在这些黑魆魆的窗户那边,福克茜已经向另一个情人开放了。

皮特痛苦地从窗子前翻过身来,好像看见一对对夫妇正在肯尼迪的棺

---

① 法语:永远的火焰。

② Unknown Soldier or Unknown Warrior,无名战士,其遗体被选出来作为阵亡将士的代表接受国葬。

③ 法语:亲爱的,你是不是醉了?

④ 法语:原谅我们。

⑤ 亚伯拉罕,《圣经》中犹太人的始祖,洛特是他的侄子。

材上面滑步跳舞。一个哀悼民族里的灯火明亮的岛屿。“闭上你的眼睛。”“闭上——闭上你的眼睛”:好莱坞的柔软细腻的声音在皮特耳边一英寸的地方悄悄诉说。他的马提尼酒杯里的橄榄早已脱离树枝,干瘪了。他的溃疡很痛,尤其舌头能够舔到的一个,长在嘴唇根部前牙床左侧下面。口膜的构造一直没有从无助的水藻进化成皮。上帝赋予我们一种推动力。他觉得他不应该再喝一杯了。没有吃晚餐,肚子空空。马西娅紧紧粘贴的身子已经搅动了他的性欲。降半的旗帜,耷拉起来,团成一团。他的腰子给出了信号:无声的铃铛的悦耳的响动:让我释放吧。索恩家的卫生间。在这里,乔治妮过去和以后都会冲凉洗澡。她说他的精液顺着她的腿往下流,太多了,应该多和安杰拉做爱才是。六角形小地砖,海鸥蛋状卫生纸,雅致的紫色浴巾。*欢迎事后避孕药*……淋浴后裸体款款走动,她毛茸茸的阴部如同蕨类植物蓬勃。做爱后令人感激的起伏不停的身子。干得好啊,你优秀而忠诚。转上这熟悉的楼梯,他黑色的脚稳稳地踩在晃动的踏板上,他瞅了一眼黑乎乎的侧房,瞧见几个模糊的脑袋在看那口棺材从飞机舱往外搬的乏味的电视重播。本在那里,向前探着身子,他的侧影映照了一层银色,如同主日学校面向西奈山①的石印油画。罗杰和卡罗尔分坐在一块跪垫上。弗兰克在吸雪茄,烟雾中光线在闪动,那副棺材变成了遗孀,遗孀变成了约翰逊,约翰逊变成了播音员。一伙盗尸者。福克茜一定在厨房里。格子卫生室的门关上了。他轻轻地敲了敲。福克茜悦耳的声音说:“稍等一会儿。”

皮特说:“是我,”随后推门。门竟然开了。她身穿提起来的银色礼服,坐在恭桶上,吓了一跳,手里紧紧捏着一块蓝色手纸,一如一绺蓝天。椭圆形马桶座把她那吊袜带的白光光的大腿挤偏了;她向前倾着身子;她的脚拇指而不是脚后跟踩在六角形地砖上。“我爱你”三个字从他的嘴里说出来,像吐出来一颗牙齿。洗脸盆上的镜子把他照给自己看。他那扁平的绷紧的

① 埃及一山名,据《圣经》,摩西在这座山代表以色列人领受耶和华的律法十诫。

脸看上去通红，惊恐，嘴大张，黑色领带歪向一边。

福克茜悄悄说，在这明亮的贴了瓷砖的空间嗡嗡作响："你疯了，闯进这里来了。"随后做出不大协调的镇定神色，她轻轻拍打几下臀下，把卫生纸扔进了椭圆形坐垫下面的水里，接着在坐垫上半转身子，按下了那个银闪闪的把手。马桶哗哗冲刷，水声懒懒的：乔治妮经常抱怨这山冈的水压很缓慢。福克茜从打旋儿的水上站起来，把衣服往下抻抻平。面对着他，福克茜看去高出去一截，有几分挑衅，有几分敌意，她那紧闭的嘴唇用淡红唇膏涂过，很新潮，奇怪地浮出苍白色。他检查了他们身后的门，关得紧紧的，从她身边过去站到了便池旁。"天哪，"他说，"单独见到了你是一种大赦啊。我们什么时候才能幽会呢？"

她急忙说，声音高过了他撒尿的声音："我不知道你到底还想不想啊。你一直躲得远远的。"

"自从你生了孩子，我怕你怕得要死。我以为我们的缘分到头了呢。"

"那不是真的。除非你想让缘分到头。"

"事实上，整个秋天我一直担惊受怕，凡事都提心吊胆。死亡、我的工作、加拉格尔、我的孩子们，还有星星。日子过得很烦。"最后一注子尿，有点故弄玄虚，一个释放干净的干巴巴的哆嗦。他把裤口整理好。"我的整个生活似乎就是一次漫长的堕落。"

"但情况不是这样的。你有一个好妻子。你有亲亲热热的家庭，你的漂亮的方形房子，还有我，如果你还想要我的话。我们不能在这里说话。星期一给我打电话吧。我又一个人守在家里了。"

他冲了水，但是水箱还没有灌满水。"等等。求你了。让我看看你的奶子。"

"奶子憋满了奶水。"

"我知道。就一会儿。求你了。我真想看看。"

他们听了听楼梯上有没有脚步声；悄无声响。楼下音乐在放，电视机在喋喋不休。她的嘴张开了，她的舌头红得像鲟鱼，把上嘴唇舔了舔，一边伸手把后面的搭扣解开。她的礼服和乳罩一起脱下来。奶穗儿。

"啊，天哪。"

她红着脸回答说："我觉得难看死了。"

"青筋可见，奶水饱饱的。奶子头上很硬，这里。"

"别让奶子开始流奶啊。我一个小时后必须赶回家里。"

"喂奶去吧。"

"是的。你有了有趣的可悲的纹路，这里，还有这里。别皱眉头，皮特。都有灰头发了。新长出来的吧。"

"喂我几口奶吧。"

她赶忙捂住一个奶子，惊慌失色，但是他已经跪下了，他那张大嘴含住了另一个奶子。第一口吸到的奶水缓缓流进来，有一股令人反感的甜味儿。卫生间明亮的光线照在他的眼皮儿上，好像把他的体内染成深深的流动的玫瑰色，一直延续到他的膝盖跪在湿冷的地砖上的痛点上。福克茜的手轻轻地扣在他后脑勺上，时而引导他更贴近她的奶流，时而触动他的耳朵告诫他把她弄疼了。他睁开了眼睛；她另一只奶头儿在她保护的弯曲的象牙似的手指间露出来，樱桃一样。偷吃的食物像脉搏似的冲洗着他的舌头和牙床；她抚弄着他的头发，他则抚摸她那穿着服装的屁股。她只差把他淹没在玫瑰里了。

他们身后近在咫尺的没有锁上的门传来了砰砰的响声。刺目的灯光泻在他的眼上。他看见福克茜空闲的那只手，在那个没有吃的撅起的奶子的感应部位，又是掬又是摸又是捂的。她像刚才一样悦耳地喊道："劳驾，等一会儿。"

安杰拉清晰的礼貌的声音回答："喔，对不起，福克茜。尽管用吧。"

"好吧，"福克茜回答说，向皮特惊慌地询问地看了一眼。她裸露的奶子成了大圆圈。一个基督徒奴隶脱光了遭受折磨。他的身体因为害怕哆嗦了一下。他的手像被绳子牵着的木偶一伸一缩的，然而他的脑子把他受困的明亮的卫生间透视了一遍。没有别的门。淋浴隔断是透明的玻璃，两块滑动的玻璃板；他要是躲进去会让人看见的。倒是有一个小窗户。窗户的窗台和他的胸部一样高。想到抬起窗框会弄出声音，他示意福克茜给马桶水箱放水。福克茜弯腰去扳那个银色的手柄时，她的奶子形状改变了，向前垂下，长尖儿的乳房滴下了白蒙蒙的奶水。他扳开了碍事儿的窗钩，推开窗框，听见马桶水箱再次放干了冲刷无力的水。把他的晃动的黑色便鞋踩在浴缸沿儿上，他把头首先伸进了窗框外的黑乎乎的空气中。房子这边是榆树，但是没有一棵树能够抓得住。他两只手只能抓住窗框的竖木，感觉到寒星带来的冷空气。他知道他应该先把脚伸出来，可是太晚了；他必须掉下去。这边是房子的遮挡着的田野地区。下面是柔软的野草。卫生间安静下来，再没有声音掩护他换一换姿势。福克茜想到了把两个水龙头开足。然而逻辑上讲接下来她就必须给安杰拉把门打开。皮特让身子移出了窗子。福克茜站在哗哗作响的水龙头前，向他瞪眼睛，并且开始用紫色的浴巾擦乳房，把自己那件银色的晚礼服上衣整理好了。皮特想象到她在发笑。没有时间细究这个了。他站在滑溜溜的浴缸边上，一条腿伸出了这个小窗户，借着散热器盖子的支点向上提拉身子，设法把另一条腿也弄了出去。啊呀。他借着胸部力量钻出来身子，用两只手抓着索恩家波浪形的房檐，把整个重量吊了起来。松动的钉子也许会勾住他的鼻眼儿，像把鱼儿开膛破肚一样把他的脸划开。他的两只鞋在空中游荡。十英尺高。十一英尺，十二英尺。古老的房子，高高的天花板。他的手还抓在卫生间里面的窗框上，有东西羽毛一样触动他的手指。是福克茜在请求他别莽撞吗？安杰拉会说这没什么，她早知道了吗？为时已晚。掉下去吧。用不着什么抱歉的话。他用便鞋轻轻地蹬了一下墙壁，试图轻轻地收缩一下身子，让身子落地时少受震动。掉下去时首先感觉呼的一下，然后魂飞魄散的感受：鲁特琴弦反向着地了。他的脚后跟先触到了霜冻侵蚀过的草；他向后滚了一个跟头，担心野草会把晚礼服弄脏，随后才感谢上帝没有伤着他的骨头。他头上，一张红扑扑的脸不见了，那个金贵的小窗户悄声关上了。他们安全了。他坐在松软的草上，他的脚在纸一样薄的便鞋里一阵阵疼痛。

离他最近的榆树干的侧影摇晃了几下；一个女人的声音格格笑起来："皮特，你表演得真够精彩了，"比阿·格林说。

本·索尔兹洪亮的声音响起来："好一个倒滚翻啊。我算长了见识了。"

皮特站了起来，掸了掸他衣服上的脏东西。"你们到这屋外来干什么？"

"啊，"比阿说，她那慢条斯理的口音在室外听起来好像脱离了身体似的，"本把我带到这里来看天空飞过一颗卫星，他往那里面安装了他微型化了的零件呢。"

"一个小不点点儿的元件，"本说。"我原来的一套人马研发出来的，里面有我一两个闪光的点子。我原想那个卫星就在这个时候从上空飞过，但是我们看见的却是一颗流星。"

"好看极了，"比阿说，可在皮特来说还被摔得迷迷糊糊，好像那棵榆树在讲话，尽管比阿晚礼服的红色越来越清晰了，"流星划过时好看极了，闪耀着又绿又蓝的光芒，好像一根火柴划着了，一眨眼就什么也不见了。除了小时候，我还没有看见过彗星呢。"

"那不是彗星，"本说。"那是一颗流星，一个惰性的物质体，你可以说是空间尘埃，接触我们的大气层后摩擦得燃烧起来。彗星是白热化了，有椭圆形的轨道。"

"哦，本，你真了不得，你无所不知，不是吗，皮特？可是现在跟我们说说，你和福克茜究竟干了些什么？"

"你凭什么说是福克茜？"

"我们看见她关窗户了。难道你没有看见吗？"

"你敢保证就是福克茜吗？我原以为是安杰拉呢。"

"安杰拉，呸。当然是福克茜，瞧那头可爱的秀发。你们是在做爱吗？

就在卫生间里吗?”

“伙计,胆大包天啊,”本说。“更别说肉垫子一样的身体了。我在一只船上尝试过一回,根本不是我的方式,没有一点掩饰。”

“别说傻话,”皮特说。“当然我们没有干。你们两个真是活见鬼了。”也许气愤能够消解这对冒出来的男女的猜忌。

“怎么是说傻话呢?”比阿轻声柔气地高叫起来,好像她哀悼肯尼迪时的哭声。“谁都知道你和福克茜在相好。你的卡车总是停在她家门前。我们认为这是好事儿。”

“我的卡车已经好几个月没有去那里了。”

“哦,天哪,她生了孩子还没有恢复过来呢。”

“你知道,”本说,“我还真不明白这套。怀孕期间禁止性交。我怀疑这种说法最后证明又是一个伪医学迷信例子,如同因为不卫生不喂人奶一样,三十年代人们深信不移。我非让艾琳喂母奶,她现在很感激。”

“你是一个了不起的丈夫,本,”皮特说。“现在你让她出去工作,她又很感激你了。”

比阿把她发抖的手放在了他的小臂上。“别因为你自己处境尴尬,对本冷嘲热讽啊。我们不会对任何人说,我们看见你跳出了窗户。罗杰和艾琳除外。”

“嘿,你和本在户外搂脖子亲嘴,我又该告诉谁呢?”

“你可以告诉一个人,”比阿说,“这是规矩,但是不能告诉安杰拉,因为她会告诉弗雷迪·索恩,随后就好事传遍天下了。我冻坏了。”

他们三个一起回到了住宅。多丽丝·戴在唱《星尘》。安杰拉从卫生间走下楼来。她问道:“你们几个到哪里去了?”

皮特告诉她:“本说他造出了一颗天上的星星,可是我们没有找到。”

“你们为什么在树下看呢?我还纳闷儿谁在嘟嘟哝哝说话呢;我从卫生间能够听见。”她停留在半楼梯上,宛若一盏枝形吊灯在闪烁。既然安全地加入了晚宴人群中，皮特对比阿说安杰拉凡事都会告诉弗雷迪·索恩的话感到非常郁闷。本想问一问安杰拉比阿的话是不是真的，话到嘴边却改口问道："你喝了多少酒了？"

"够多了，"她回答着，走下了楼梯。她用手撩开一个隐形的门帘，从他跟前飘然而过。

皮特急匆匆走了几步；他见了女人就有问题想问；他一直在咂摸倒胃口的奶味儿。福克茜在厨房里和珍妮特讲话，珍妮特见状转过身去，让两个情人儿说话。他问福克茜，声音有点哑："应付得还好？"

"那是了，"她小声说。

他继续说："是我在想象呢，还是你真的站在那里冲我微笑？"

她环视一下，看看有没有人能偷听到。"你当时急疯了，像是在演一幕无声喜剧。我想告诉你别卖傻，把自己摔坏了，但是我们又不能弄出一点动静，显然你无论如何是一心想着跳下去的。"

"一心想着！我吓坏了，现在我的右膝盖开始疼了。"

"你害怕安杰拉吧。为什么呢？至多不过看见自己的丈夫和另一个女人呆在卫生间里。又不是世界的末日。也许你能帮助我开开眼界呢。"

皮特临近了他道德义愤的动植物稀少的保护区。"你这个时候还笑得出来我感到惊讶。我们的爱情处在危急中。"

"我在最后一刻试图抓住你的手；但是你放开了。"她的微笑变得很假，很凶。"我们还是不要再谈下去了。弗雷迪·索恩在窥视我们，哈罗德·利特尔也过来了。"

哈罗德一脸怒气，梳理得光溜溜的头发在脑后的别针羽毛中有点凌乱，接着在别的地方开始的话题，说："如果相信全能的上帝，那么我就要说，他让我们东南亚的一个坚定盟友[1]受到牵制，取悦这个国家的脂粉气的左翼，

---

① 应指南越的政治局势；下文的吴夫人，应是吴庭艳的夫人。

这就是惩罚了。La gauche efféminée[1].”

“哦,哈罗德,快进来吧,”福克茜说,像母亲说话的口气,“别像那样子说话,你在模仿别人的样子。枢机主教黎塞留[2]。你以为,要是你站在右翼一边,我们都会认为你八面玲珑了。我们现在就认为你八面玲珑。难道不是吗,皮特?”

“哈罗德,”皮特说,“你想到过去向那个年轻寡妇求婚了吗?你和吴夫人可以结合成一对夫妇啊。你们俩开口说话就火气十足。”

“你们俩还都讲法语呢,”福克茜起哄说。

“这个粪便成堆的国家也有麻烦,”哈罗德说,听了这番恭维也难解心头之愤,“那就是没有体面的方式成为一个自由分子。”

皮特说:“咳,瞧瞧我。我不是一个自由分子。瞧瞧你的同行兄弟。他们欺骗穷人,取悦富人。这种行为和自由分子毫不搭界。”

“他们都是些白痴。”随后用法语强调:“Idiots[3].”哈罗德跟皮特说,“你从来没有走出这个田园天堂里,你不知道世上有什么样的大白痴。他们真正关心的是,”他强调说,“别克车和凯迪拉克车的区别。”

“这倒是很恶心,难以置信,”皮特说,看见卡罗尔一个人站在鲁特琴旁边,向她走了过去。“你跟那个异类弗雷迪·索恩讲了些什么?”

“我不知道,”她说,“不过我会告诉你的,皮特·哈尼马。你们别的人都因为可怜的老艾琳不跟艾迪和我来往时,只有他一个人还一直来看望我们。可怜的老艾琳,真叫愚蠢啊。你看见他们刚刚碰在一起,她就带着艾迪进了厨房了吗?”

---

① 法语:脂粉气的左翼。

② 黎塞留(Cardinal Richelieu Armand Jean du Plessis,1586—1642),法国路易十三的国务秘书兼御前会议主席(1624—1642),枢机主教,擅权巩固专制统治,剥夺胡格诺派政治特权,镇压贵族叛乱和农民起义,对外参加三十年战争(1635),扩张法国势力。

③ 法语:白痴。

“你这个美人儿。我们来跳舞吧，”多丽丝·戴这时在唱《在蓝色毯子下》。他手下的卡罗尔的背裸露得很大，骨感，柔软，给人巨大的安逸感，若上了床，他那毛茸茸的长胳膊可以紧紧搂住，让她那修长的敏感的舞蹈演员裸体得到慰藉。他的拇指触摸到了她的肩胛骨的边缘；他潮湿的手掌放在她脊椎骨凸起的另一边；他的手指尖摸索到了她两侧隆起的高点。向下滑动的柔和的两侧，绷紧的肌肉，成了世界范围的支点和逆向插入的宝座，即便是一个脆弱的女人也宽敞和强壮。卡罗尔在衣服层下扭动，顺从地贴上来，顺着他的身子从容地摩擦。女人的身体是一块块令人迷惑的料子，顺从不顺从，全在她们决定。卡罗尔舒缓轻巧地移动她的盆骨，他的那话儿感觉到了抚弄的舒坦。她轻轻地或左或右地磋磨身子，低下脖子，这样他正好看见了她的乳房，气息吹进了她的耳朵。音乐停止了。她退了一步，她紧皱眉头的脸显大，叹息一声。她告诉他：“你居然是这样一个讨厌鬼，”然后走开了，背部一直裸露到了腰间。美人鱼儿。从他手中溜掉了，如同一块滑溜溜的肥皂。

这样一个讨厌鬼。上大学时，有一次他去约会厮混得嘴发干，裤襟湿了，手指尖还残留着阴道的气味儿，因此回来晚了，他听说他的父母亲出了车祸，他立即想到如果他在那里，在大拉皮兹，只要他在那里，就会改变事情的走向，让他们无法聚会，怎么都能让他的母亲和父亲活下来。同样的，在贾津斯基等打磨机停下来告诉他新闻，他对肯尼迪的死也感到内疚。

艾琳·索尔兹向他飘来，眉毛挑起，泪水涟涟，在烛光下亮亮的。“你高兴吗，艾琳？”他问她。

“我仍然爱他，如果这就是你话中的意思的话，”她说。

“你想听人家笑话你，”皮特告诉她，“像我一样。我们两个都是替罪羊。”

弗雷迪咋咋呼呼地端着火腿，一边是乔治妮，一边是安杰拉，只见火腿热气腾腾，油光发亮，切成片段，点缀了丁香花，从厨房里取了出来。比阿·

格林面容苍白，如风拂面，脑后松松地挽了个发髻，跟在后面，端了一碗沙拉，拌莴苣、黄瓜片、鳄梨、西红柿、欧芹、细香葱、菊苣、芽菜。他们的祝福无以复加。弗雷迪拿起银质十字磨刀器，开始把切刀摩擦了几下。弗兰克·阿普尔比在餐桌旁的人堆里低沉地说："我们这个恺撒吃的是什么肉，他长成了这样的大块头？"

乔治妮解释说："我为天主教徒们准备了鲑鱼，可是他们一个都没有来，我只好把鲑鱼留给孩子们当午餐吃了。"

弗雷迪切火腿的当儿，眼镜一闪一闪在发光；他切肉很在行。弗雷迪能把肉切得精薄，无人能及。"动手，吃吧，"他拉长调子说，把一片火腿放进一个女人递过来的干净盘子里。"这是肉体，送给你吃了。"

"弗雷迪！"马西娅·小史密斯尖叫道。"这样说让人恶心。"

"难道你不认为，"比阿·格林问道，声音纯正、悲伤、掷地有声，"我们应该禁食或者干点什么吗？"

"禁食或者纵欲，"弗雷迪·索恩说，如同外科大夫精妙的手术一样，又切下了一片。

肯·惠特曼在附近的墙壁前静静地观看，头上悬挂了一个非洲面具。本·索尔兹急切地耸起背，把小萝卜和面包拿到餐桌上。卡罗尔拿了两瓶葡萄酒，在烛光下黑漆漆的像柏油。皮特接到了一个传过来的碟子，咀嚼着食物但是涎水不够；他的嘴里感觉全都是还在燃烧的灰烬。突然间他觉得衰老了，急忙寻找椅子。他的膝盖很疼。

接下来的星期二，全国已经恢复了正常生活，他去探望福克茜。三天全国哀悼过去了，对塔博科斯这些夫妇们来说，像三天糊里糊涂的假日，每天都过得大同小异。每天下午，男人在阿普尔比家后面的球场，即"欢乐小溪"，玩橄榄球，而女人和孩子们呆在图书馆里看电视。华盛顿各种哀悼仪式的枯燥的延伸报道以及达拉斯的事后剖析，播放了一遍又一遍（皮特和他的孩子们刚刚从教堂回家，正好看到奥斯瓦尔德被击毙；露丝平静地转过身来问他道：“那是真的吗？”而南希一声不响地把她的大拇指伸进了嘴里），部分女人来到室外，在弗兰克家的草垛占位置坐下，观看他们的男人满脸通红地比赛，在起伏的球场上奔跑，呼叫着抢橄榄球。临近冬季的日子还像秋天一样晴朗，阳光照得暖融融的，等到影子迅速拉长了才冷下来。比赛结束时，赶上这个漫长的周末，男人和孩子们会用纸杯喝有人（惠特曼夫妇和小史密斯夫妇）从海滩沿路的果园带来的苹果汁，然后大家立即返回室内接着喝鸡尾酒，长守在电视机前看电视，而孩子们渐渐胡闹起来，闹闹哄哄要珍妮特分发的饼干、花生酱、葡萄干和苹果。播放，重播，仿佛失眠症的旋转鼓，海尔·塞拉西[①]和戴高乐将军并排缓步走下宾夕法尼亚大街，杰克·鲁比[②]的脱衣舞女慢吞吞地承认他的脾气有可能很坏，李·奥斯瓦尔德一脸假笑，被人领着走下一个拥挤的过道，走向一顶鬼鬼祟祟的帽子和一片噼里啪啦作响的照相机。那个遗孀和一个兄弟，从太近的摄像机前走过，他们因此影像模糊，面对土地和鲜花构成的一个不明确的倾斜地带鞠躬。天空在南方的阳光下看上去很深远。鼓乐声中，那副棺材一闪一闪地被抬走了。孩子们受了别人的欺负，哭哭啼啼地走过来。再来一杯吗？该回家了，但是还能等等，等等再回家吧。直到向晚时分，他们才把孩子打发到了车上。他们驱车回家，车里的气氛很憋闷，很多问题没有问清楚，一个国王被谋杀了说不清楚症结所在，对小孩子们来说这是一次动荡的地震，一次只有睡觉可以舒缓的胃部痉挛。学校开学，星期二到来，如释重负。

皮特把卡车停在车道上，一眼就看得见。惠特曼夫妇家活下来的丁香花没有叶子，他的眼睛在刺目的光线下眯了起来。每个季度都有自己的光

---

① 塞拉西（Haile Selassie，1892—1975），埃塞俄比亚当政时间较长的皇帝，上世纪六七十年代活跃在世界政治舞台，曾访问过中国。

② 鲁比（Jack Ruby，1911—1967），美国一夜总会老板，他在监狱里击毙了枪杀肯尼迪总统的凶手奥斯瓦尔德，造成了肯尼迪枪杀案的谜团。

线，只是每年我们总是忘记：窗户结了窗花的厨房，落满树叶的侧门厅，好似初春的白垩一样的中午，冷气逼人，树叶飘零，天空几乎无色彩的晴朗。十月的橙黄色在盐沼地上已经消退；它们把起伏隆起的灰色推向沙滩的边缘。海潮落下去了；大海在更宽阔的海峡间下沉，如同铁块正在抛弃。福克茜回应了他第二次按响的门铃。

开门后，她看上去有些娇弱，仿佛从病中刚刚恢复，又仿佛她洗了一个烫澡折腾过自己一番。“啊。是你。真是难得。”

“是吗？你一个人在家吗？我来看看小婴儿。”

“不看我吗？”

但是，一走进室内，走在环形地毯上，他立即拥抱住福克茜，像房子里没有婴儿一般把她紧紧抱住不放，好像住宅里在这个沉沦的贫瘠的世界里没有生命，只有他们自己。在她那件粗糙的家穿罩衫下，在她撅起的奶子和骨楞楞的骨盆之间，感觉到了一种不加防范的空虚，和他记忆中她的鼓起的肚子截然不同。抽鼻子的委屈的声音，不像哭泣而像抓挠什么需要的出入口的声音，在起居室里响起来。福克茜依偎在他怀里，像是哭泣的姿势，而他顺势低下头拱进她的头发里，亲吻她的脖子，这时她的舌头和手指仿佛摆脱了长期缺席的胆怯，哆嗦着试图抓紧他，但是如同蜜蜂在烟雾的房间里瞎飞一样，只是在一些可笑的地方乱动——他那没有刮过的胡子、叮当作响的口袋、一只简直来不及闭上的眼睛、一个痒痒的胳肢窝，她的热情没法释放。他跟她说：“婴儿在哭吧。”

他们一起走进了婴儿所在的起居室，只见婴儿躺在童车里呼吸。周遭是一种珠子落地都会吓人一跳的安静，面向冰冷袭人的盐沼地的窗户似乎从房间里投射在窗框上的形象，实际上是一盏以婴儿纯净的灵魂为中心的魔灯映照的效果。福克茜问道：“你想抱抱他吗？”随后轻轻地把婴儿抱起来，顺手便把婴儿放进了皮特的手中。皮特捧起宽大的手掌把这突然到来的孩子接住，自己不由得感到惊讶，他忘记了那小屁股一巴掌大，那小脑壳还是紫红色。好一阵儿，那婴儿两只瞪得大大的黑亮黑亮的眼睛看着他；然后眼睛看向别处，他脑门儿上的肌肉如同有弹性的杠杆往起使劲，把眉毛挤在了一起。婴儿开始哭起来。害怕婴儿的哭声会暴露他们的私会，皮特把孩子送给了福克茜。她一把接过孩子，揽在胸前轻轻抖动着。

皮特问道："他叫什么名字？"

"你一定知道。"

"安杰拉告诉过我，可是我忘记了。我想是一个很老派的名字。对这样一对年轻夫妇来说很老派的。"

"托拜厄斯。"

"不是那只猫的名字吗？"

"猫儿叫棉花。托拜厄斯是肯的祖父。"

"你们为什么不随肯的父亲叫名字？"

"肯显然不喜欢他的父亲呗。"

"我认为他父亲完美无缺，哈德福德完美无缺的律师。"

"他确实是。但是肯非要这样叫，我只有吃惊。"

"肯让人吃惊的地方很多，时不时来一下，对不？一个令人着迷的人物。"

"你在用劲儿把他推销给我吗？"

皮特问她道："我们干什么唇枪舌剑呢？"

福克茜说："我不知道。婴儿让你烦恼吧。"

"我喜欢这娃娃。我喜欢你做母亲的样子。"

"不喜欢再做情妇了吗？"

"哦，"——尴尬之情在肚子里翻腾——"你还没有完全恢复，是吧？"

"两周多我都不应该做爱，但是我想我能够经受住一点表示爱意的行为。你为什么这么遥不可及的样子？"

"我吗？"他发现这里很安静，窗户外面是干枯的盐沼地，他曾经雕刻过的静谧的房间,灰泥墙四下铺展如同女人的头巾,婴儿周围珍珠一般的光辉,福克茜自己身上矜持的干爽的风韵,仿佛睡觉和自顾消耗掉的干爽劲儿——还有这贞洁的迷人的空气以及他不愿意玷辱的迷信勉强心态,他怎么能明明白白告诉她呢?他承认说:"我正纳闷儿我现在在这里还能干什么呢?"

"现在为什么没有事情干?你过去在这里干过什么来着?我从来都不是你的妻子。你到这里来是为了寻求婚外的交媾,这很好啊,我给你了,我喜欢这样。现在怎么了?我生了一个孩子,把自己弄脏了。"皮特觉得她对这样粗鲁的交谈太喜欢了,觉得某些东西复活了,仗着他就在跟前,从她经历的深处复活了。她两腿分开站立着,上身稍稍前倾,两臂把托拜厄斯紧紧抱在怀里却没有意识到。她提高的声音已经把婴儿哄睡了。皮特喜欢她做母亲的笨笨的样子,她自己的孩子自己照料的那种已然习惯的信心。

他问她道:"你怎么能要我呢?你拥有了这个了不起的小宝贝。你拥有给你宝贝的肯。"

"他不喜欢宝贝。他不喜欢这个婴儿。"

"不可能吧。"

福克茜开始哭起来。她的头发在暗淡的向晚的光线里没有光泽,悬垂在孩子上面。"这孩子把他吓着了,"她说。"我把他吓着了。我总是把他吓着。我不怪他,我就是个大麻烦,皮特。"

"胡说。"他内心的啃啮转变成了一种猛烈的下沉的感情;他别无选择,只得走向她,用两臂把她和孩子轻轻拢住,说:"你很可爱。"

她的抽泣一时停不下来。她的处境,包括他的退让和他的庇护的胳膊,似乎加重了她的气愤。"难道你不喜欢和我说说话吗?"

"当然喜欢。"

"你真的不喜欢和我交谈了吗?你和我除了上床,难道就不想干任何事情了吗?难道你不能等几个星期再要我吗?"

“行了。福克茜。别卖傻了。”

“我害怕服用乙醚，因为我担心我会喊出你的名字。我在房子里走来走去，不停地对这个无辜的宝宝念叨‘皮特，皮特’。我强拉着肯去参加那个讨厌的晚宴，就是为了见见你，而你却不怕摔死逃掉，也不愿让人看见你和我在一起。”

“你夸张了。只是一点冒险而已。我逃掉只是想保护你和我自己。”

“你现在还在瘸呢。”

“瘸是因为打橄榄球崴了一下。”

“哦，皮特。我开始不停地抱怨了。千万别扔下我躲开。你是我真正拥有的唯一一样东西。肯是不真实的。这盐沼地也是不真实的。我对我自己来说都是不真实的，我存在只是为了喂养这小宝宝活着，我被安置在这里就是为了这个，这让我发疯。”

“别发疯了，”他恳求说；然而他自己感到很生气，如此受到逼迫，如此没有退路，连缓口气都很难，难以痛痛快快解释一下，他们现在不停地彼此见面是邪恶的，尽管过去他们私通是有好处的。他们过去被放进了上帝的游戏室，整个下午在地板上一起寻欢作乐，但是已经到了把玩具收进盒子里，把椅子一一摆回墙前的时候了。

肯下班回来看上去更加疲惫，她自从他攻读研究生学位以来还没有看见他这样子。他带来一捆油印印刷品，重重地放在了客厅桌子上。“光合作用取得了突破，”他跟她说。“他们发现某些物质涉及到了铁氧化还原蛋白——这好像是光与暗反应的转换点。”

“什么叫铁氧化还原蛋白?”

“一种蛋白。一种非常低氧化还原潜能的电子载体。”

“谁发现的?”他几乎从来不和她谈论他的工作，因此她急于作出回应，问出个究竟。为了他回家，她穿上了一件柠檬色晚礼服，特意表示亲近。他们的孩子今天出生六个星期了。

“哦，”他叹了一口气。“两个日本人。他们确实很优秀。比我强多了。我把东西带回来了。”他无力地坐进了沙发里，一把皮沙发，他们在坎布里奇的公寓里一直把它搬上搬下地使用。她感觉到他们的生活向后滑去，心中一阵惊悚。

“让我看看，”福克茜说着走了过去，一副妻子式的忙碌和果断的样子，来到客厅桌子上证实他是不是弄错了。最上面的小册子的书名是《控制行为的神经生理机制：情感和杏仁核》。下面的一本的名字是《实验性苯肾上腺素：遗传药理学在白鼠身上的作用》。她没有再往下看。

给我们塔博科斯活人鬼魂①小史密斯夫妇——

又一个圣诞节来临，我们人人身体安康，事事如意，然而因为这十一月事件多多，可悲而令人震惊，自然而然感到伤心。人活一世真的“如草木一秋”。一件不同类型的伤心事降临我们家，因为今年九月我们把年轻的蒂姆，仅仅几年前还是我们早慧的宝贝的乖乖，送到圣马可学院读一年级去了。他在家里打发掉了几个星期，俨然一个“青年人”的样子，但是圣诞节假日里有他在自家屋顶下将会是快活的——哪怕他迷恋电子吉他，高分贝惊扰得我们目瞪口呆。同时，帕特、奥得利和格蕾丝林继续在一流的牛顿公学幸福地上学。帕特真的获得了荣誉（你们听到了我们的纽扣和自豪感在“噗噗撞击”了吧）。

“天哪，”马西娅说，“她开篇就把可怜的肯尼迪扯上，只是向我们显摆他们有钱供孩子在圣马可公学读书。”

“高分贝惊扰得我们目瞪口呆，”珍妮特套用信中的话说，两个女人随即

---

① 原文 doppelgänger，源自德语，迷信人士认为存在的活人的鬼魂。

笑得身子都软了。

塔博科斯镇上圣诞节前的几个夜晚令人沮丧也令人激动：锡纸星星和花环吊在松弛的铁丝上，在风中呜呜发抖，那些沉默的基督诞生像跪在铁亭子里，学校的孩子们在黑暗中从学校一路尖叫着回家，晚餐后外出采购的人们匆匆低着头行路，仿佛去干什么非法的勾当，害怕被人看见似的，伍尔沃斯零售店、西方汽车商行和五金商店门庭若市，紧绷的希望的窗户和门难免哈欠连连。今年市面上的旗帜下了半旗，一些商店——古老的珠宝店和瑞典面包店——没有像往常一样张灯结彩。在灯火辉煌和呆板的圣歌声声的廉价商店里，皮特带着自己的两个女儿为安杰拉挑选礼物，在蜡烛柜台碰上了比阿·格林。看见她的小尖脑袋，正在考虑什么，拉直的头发在闪光，皮特的心加快了跳速，他那沉甸甸下垂的手抖动起来；她转过身看见了他；她看出来他看见她露出的那种有些过分的喜悦时，她本能的微笑僵住了。

露丝和南希漫无目的地走下一个厨房小装置的通道。她们的脸在刺目的灯光下看上去脏兮兮的；他的女儿们似乎成了丢失的流浪儿，在这廉价商品大世界里病病歪歪的。她们迷惑的贪婪的样子让皮特大为光火。他听任她们走下那条甬道，很清楚她们会伫立在一包新鲜的泡泡形碗碟抹布和一种红把手削铅笔刀前，只是铅笔刀用不到新年就会丢失了。

比阿对孩子们一窍不通，看上去罕见的年轻，纯洁。她披了一件绿色的毛披肩，穿了一双精灵穿的绒面革鞋。她手持一盒长细枝蜡烛。她似乎不只是年轻，还一副未婚的模样，一个顽劣的、乱闯的、转脑子的偷儿形象。皮特小心翼翼地向她走过去，发问道："买了蜡烛吗？"

"罗杰喜欢这些，"她说。"我觉得这些东西很怪异，真的。我害怕灯火。"

"是因为你住在一所木结构房子里吗？我们都一样啊。"

"他还喜欢在圣诞树上插真蜡烛，因为他老家就往圣诞树上插蜡烛。他简直就是一个老顽固。”她的脸仰起来冲着他，在炫目的光亮下显得庄重、紧张、朴实、害怕。她梳理的发式把她的脑门儿绷得紧紧的，光光的。他父母家就有印刷的荷兰油画，画上的姑娘就长着这样光光的高脑门儿。

“说到你们的房子——”

这时南希回到了他身边，用沾了糖蛋汁儿的烦人的手抓住了他的大拇指。“爸爸，来和我们一起看看。”

“等一会儿，乖乖。”

“现在就来和我们一起看看嘛。露丝在取笑我，她不让我开口说话。”她的脸，圆团团的像饼子，有一些斑斑点点的雀斑。

“我马上就过去，”他跟女儿说。“你回去告诉露丝，我说她别像一个大炮弹一样到处打人。你们各自都会找到送妈妈的礼物的。也许你会找到一些漂亮的碗碟抹布。”

南希有话不好再说，听了爸爸的话走回到了姐姐身边。皮特对比阿说：“可怜的孩子，她现在应该上床睡觉了。圣诞节真是折腾人。”

比阿膝下没有孩子，对他们的要求一点不懂，两眼流露出了对他的耐心的赞赏，实际上他只是对付走了一个精疲力竭的孩子而已。比阿提醒他说：“说到了我的房子——”

“是的，”皮特说，觉得自己开始脸红了，在这柔顺的目光盯视下变得越发红了，“我一直在琢磨，你是不是在意我哪天早上或者下午，过去看看我做的修复活儿四年过去了怎么样？我在阁楼把垛梁吊成了A字形，是一种实验，我想看看它稳固不稳固。你家的灰泥墙有什么地方裂缝了？”

他鼻子旁边出现了什么东西，在残酷的光线下照得很不完美，吸引了她的目光：“我没有发现什么裂缝，不过欢迎你来看看。”

“你喜欢我去看看吗？”

比阿的脸因为稀疏的睫毛的眼睑松松地把她的眼睛向一边稍稍拉了一些，变得更像孩子的脸了，如同一个孩子圣诞节眼巴巴得到了一些迟疑的不敢相信的礼物。

“有一度，”他提醒说，“你是喜欢我去的。”

“不，我一直喜欢你来的；何况”——她寻思怎样说下去，两只眼睛比安杰拉的眼睛还淡蓝，抬起来看着他——“何况是一所你很熟悉的房子呢。”

“我熟悉的房子。一座可爱的房子。告诉我哪天上午去合适？”

“今天是星期四。我们过了周末再说吧。星期一怎么样？”

“星期二对我更合适。星期一我的活儿很紧。十点钟左右怎么样？”

“十点以后吧。我不知道我是怎么回事儿，我在早上总是穿戴不好衣服。”

“爸爸。她就是个爱哭闹的小屁孩儿，我可不是一个大炮弹。”露丝怒气冲冲地来到了他们跟前，拉着一脸泪水的南希，皮特吃惊地看见他的大女儿虽然还没有比阿高，却不差上下了。她的父亲只顾在别的地方奔波时，她已经摆脱了小孩子家，脱颖而出了。在这过分晃眼的光线下，他还看见那张红扑扑的脸，虽然还是孩子的，但是已经孕育了某些女人的影影绰绰的东西，那种女人家矜持的本质。

比阿站在他身边，仿佛现在猜透了他在想些什么，像说自己的女儿的口气：“她会长得亭亭玉立的，如同安杰拉一样。”

在哈尼马夫妇举行的新年前夕晚会上，福克茜问皮特道：“她是谁？”

“谁是谁？”他们在整洁的殖民地时期风格的起居室跳舞，房间过于窄小，跳舞难以放开。在往后移动椅子和桌子时，弗兰克·阿普尔比和艾迪·康斯坦丁把蛋壳白的护墙板碰出了划痕。陈旧的松木板在摇摇摆摆的夫妇们不堪承受的重量下吱吱嘎嘎作响，皮特担心他们会一股脑儿掉进他家的地下室去。举办晚会主要是安杰拉的主意，他只是附和；近来，比他还习惯与他们的朋友们保持距离的她，似乎欣然与人们交往了。她甚至说服可怜的贝尔纳黛特·安单独来聚会。约翰还在住院。

“那个取代我的女人，”福克茜说。“你现任的情妇。”

“亲爱的福克茜，没影儿的事儿。”

“不敢承认吧。我了解你。要么是安杰拉变成一个大红人了？”

“她最近随和多了。你认为她有了情人了？”

“可能，不过我对此没有兴趣。塔博科斯唯一让我有兴趣的人是你。你为什么不再给我打电话了？”

“过圣诞节了。孩子们放学在家。”

“与孩子们一点关系都没有。她们整个暑假都没有让你操心。”

“现在多添了一个。”他害怕已经伤害了她，找了个话茬。他拍了拍她那木板一样的后背，打趣道：“难道你不是真心喜欢我们所有的朋友吗？你过去喜欢安杰拉的。”

“那是因为爱你的缘故，爱屋及乌。现在我受不了她了。为什么她占有了你？可她没有让你幸福。”

“你是一个狠心的女人。”

“没错儿。”

她端庄地垂下眼帘，跳起舞来。她的身子，柔软而扁平，略显生硬，可以说全是他的了，一种难以估价的拥有，因为那个鼓鼓的肚子，那个大珠宝，已经一去不复返了。

他最后说：“我认为我们应该谈谈。与你幽会是巴不得的好事儿。”背叛加背叛。密切配合，像同台演戏一样渐入佳境。

“我一直在家。”

“星期一肯就要回去上班了吗？”

“他从来没有停下工作。他假期每天都到波士顿，只过了几天圣诞节。”

“也许他在与一个女人相会。”

“但愿他找得到。我罪有应得。不过恐怕他是与细胞幽会了。他开始进入这个课题了。”

他笑了，却并没有把她明显地往自己身上搂抱得紧紧的，他胳膊的肌肉让她感觉到只是拥抱而已。如果皮特有弱点，那就是对女人冷嘲热讽。"我巴不得与你幽会呢，"他说，"但是我害怕到头来令人失望。别指望太多。我们只是谈谈而已。"

"当然，还能有别的吗？你不会跟一个年轻母亲睡觉的。"

"我认为在这方面你就喜欢误解我。我爱你的小宝宝。"

"我对此并不怀疑。你不爱我了是真的。"

"可我爱你，我爱你，我爱你刻骨铭心。我过去对你投入很深，爱你不能自拔，我害怕再回到那种状态。我认为曾经到了那种状态，再来一次的话，那会让命运上当的。我想我们把我们的运气使用完了。这正是因为我爱你，因为我不想让你受到伤害。"

"行了，现在闭上嘴巴吧。弗雷迪和乔治妮都在看着呢。"

德拉·里斯的曲子停下了。皮特松开了福克茜，一身轻后如释重负，尽管她没有张望，身穿一件宽松裙装，长及膝盖，淡绿色碎花，如同马里兰州来的一个忸怩的姑娘，两腿修长，年纪轻轻，她过去经常对他描述那里的姑娘的样子，可他从来没有完全相信。

他听见厨房里比阿清脆的哀婉的声音，或高或低的，谈论某件轶事，这时在召唤他。但是，在前面狭窄的过道里，贝尔纳黛特·安宽厚的肩膀挡住了他。"皮特，"她扯起嗓子叫道。"什么时候该我和你跳舞呢？"

他用了庄重的语气："贝尔纳黛特啊。约翰现在怎么样了？他什么时候回家？"

她有点醉，因为她跨了一步，她的胯部一下子碰撞了他。她的呼吸有一股铜臭气。"谁知道呢？医生们意见不一致。这个医生说很快就回家，另一个却说也许可以吧。有政府的医疗保险兜着，他们也许永远不会放他回家。"

"他感觉怎么样？"

"他不在乎。他有自己的书看。他现在和坎布里奇那里的人在电话上谈事儿。”

“这是好消息，不是吗?”皮特侧身向楼梯走去。

她又跨了一步，挡住他走向楼梯栏杆。“也许是好消息，也许不是。他那样子，我不想让他回到家里，整个夜间都呼哧呼哧喘不上气来，把孩子们吓得半死。”

“天哪。过去一直这样吗?”

贝尔纳黛特身子紧紧地裹在绸服里，一个小金色十字架在乳房间摆动，听见有人往唱机上放廉价唱片，早把两臂伸开了；皮特在她身上看见她那垂死的丈夫像一个蚕蛹困在蚕茧里。他紧张得像杂耍演员，他从她身边溜过去，一步跨上了楼梯。“我一会儿就下来了，”他说，没有必要地说了谎话，因为她会想到他一定是去卫生间了。“我想我听见一个孩子在哭。”

上了楼，按谎话所说的，他转身离开亮着灯的卫生间，走进了漆黑一团女儿们睡得正酣的屋子。楼下，安杰拉和比阿的声音一声高一声低，一唱一和。他的妻子和他的情妇。在床上，比阿让他销魂，她的皮肤甜酥酥的，细腻腻，她的脚底凉丝丝，她阴道紧紧的，稀稀的，长长的，一块巧妙的狭窄通道，引向一个巨大的区域，他那圆滚滚的种子在那里任意驰骋。她那丰满的眼皮儿紧闭着，盲目地吮吸他的指头，就这样进入了两次。她似乎在她的床上漂浮在一个幸福的水平上，他的进入和出来改变着这个幸福的水平，让他面临一种挑战；最后，她坦承他把她弄疼了，用她的手指在他的耳朵背后罩住，感谢他。她是他最娇小的女人，他最服帖的女人，他最遥远的女人，应付这些悲痛的搏斗，没有话语，没有问题。他觉得他自己就是一个全方位的回答。终于到了他应该离去的时候，她迅速地把一件浴衣裹在自己身上，一下子跃身起来，显露出了她的奶子和屁股，如同薄如纸的皮肤下液体的流动。灵的外质①。

---

① 据说是灵媒在降神状态中发出来的一种东西。

他蹲在他的两个女儿中间，她们的呼吸此起彼伏。南希的呼吸湿润，几乎听不清。也许下沉到了寂静状态。原子的脆弱的网在编织。仓鼠在天堂一样的轮子上翻滚。那里。是它。就是它。露丝睡得更沉稳，呼吸本身呼出来吸进去，接近了成年人强有力的呼吸力量。如同船只向上游推进。蒸汽充足。很快会交往男孩子。洗澡间玩笑，南希·德鲁，速写试图表现胸脯:纯情少女的。在一个学校演出节目里，她扮演了海伦·凯勒①，在明亮的房间里蒙住眼睛碰碰撞撞，怎么说她也不肯拿下那块蒙眼布。吓唬她自己。必须这样做。选择了勇敢，不厌其烦。她的呼吸高高低低，频率加快了一倍。一个梦吧。他得离开了。他在她们的床之间蹲得更低一点，拉住了她那只潮湿的方方的小手。她的呼吸平稳了。她的头变换了姿势。睡美人。毒苹果。我是你唯一的爱人。所有跟随的人都是在仿效我。影子。睡觉。楼下的乐曲停止了。弗鲁格舞曲②，还没有人能写得出来，很古老，学不来。南希的呼吸他听不见了。他却听见了加固了窗框的窗户边轻轻的敲击声。雪。几片干燥的飞雪，飞飞扬扬。这个冬季第一次表现得羞羞答答了。老家的暖房深深地埋在雪里。一种久远的幸福的温暖把他包裹，置身长方形的密封的空间，与生长的鲜花共同享受快活，他的母亲在暖房那头，用做针线活儿的指头缝紧带子，学校还在放假，一切都需要悬浮起来的冒险。

远处，打响了一枪。楼下，他的朋友们，声音此起彼伏，唱起了《友谊地久天长》。作为主人身份，皮特应该陪他们，可他呆在目前这个地方，蹲在越来越响的歌声的上方，等待歌声过去，他再次听见了南希呼吸的轻微的游丝，还有窗外那飞雪见证的悄悄絮叨。

---

① 海伦·凯勒(Helen Keller，1880—1968)，美国聋哑女作家和教育家，终生致力于聋哑人和盲人的公共救助事业，周游世界，著述很多。在美国儿童中很有声誉。她的著名散文《给我三天光明》为中国广大读者所钟爱。

② 一种原地扭摆的舞。

拜访福克茜果真令人失望。那是一个寒风冻耳的冬日星期一;他开车行走在沙滩路上,货车哗啦哗啦作响,收音机在咝咝的静电中报道保罗教皇在耶路撒冷差一点被人踩踏了。房子里很冷;福克茜穿了一件厚厚的毛衣、一顶法兰绒睡帽和绒毛拖鞋。她来回走动,说话很快,带了气愤,仿佛在保持温暖。咄咄逼人的盐沼地任凭寒风呼啸,穿过了他为她拼起来的墙壁,带盐的灰色的冰碴结满了潮水渠道,把整个盐沼地糟蹋得惨不忍睹。看得见的阵风在海水面上行走。她问道:"你要一杯热咖啡吗?"

"是的,请冲一杯。"

"我都冻成冰棍儿了,你不冷吗?"

"恒温器开着吗?"

"锅炉一直在烧。你听不见锅炉在嗡嗡响吗?我一直害怕锅炉烧爆了。"

"不会的。"

"肯的一位朋友在科德修建了一所自己的房子,说我们没有在起居室下面挖一个宽大的地下室,是疯子行为。"

"如果挖地下室,至少还需要两千块钱。"

"两千块钱也值啊。看看我整天都在烧煤气,接待塔博科斯来拜访的人,不让她们受冷。那天珍妮特来了,第二天卡罗尔来了。我听说了所有肮脏的勾当。"

"什么肮脏勾当?"

"也肮脏不到哪里去。我认为我们大家都疲惫了。珍妮特对肯的童年充满好奇,卡罗尔认为你在和比阿偷情。"

"卡罗尔真是可爱。"

"快进厨房喝咖啡吧。在那里不会更冷多少。"

"我在想如果用木框暴风窗户,在这盐沼地上是不是能起到作用。它们比起铝合金来更利于保暖。要么用窗框上的那些木板直接把窗户挡上?”

“那样安杰拉喜欢的风景还能看得见吗?”

这句打趣的话,让他想起了他躺在她怀里时她说她在双重偷窃,既偷走了安杰拉的老公,又偷走了她的房子。惠特曼夫妇已经在厨房里重装了电暖气,在这里不那么寒气逼人,她说:“你要是看见我夜里的样子会笑话的,肯躺在一边,托比躺在另一边。这是我取暖的唯一方法。”

尽管他知道她这样说话是想引起他的妒忌,但是他并没有感觉到醋意,倒是想象到她睡在她的丈夫和孩子中间的样子,她那月光下的散开的头发让丈夫和孩子分享。知道他对她的宝宝的兴趣会让她不快,可他仍问道:“小少爷怎么样了?”

“高大结实。他现在只有两个月,看上去却像肯的父亲了。爷孙俩的脸相都有那种判官的冷峻。”

“两个月了,”皮特说。他穿着工作靴,杏黄色的风衣下是一件短夹克。她递给他一个冲了咖啡的杯子,没有用托盘,仿佛对待一个干杂活儿的人。他感觉捆住了舌头,嗓子发哑,看见她那双棕色的大眼睛里有不舒服的警惕目光。她在接听电话,另一个情人吗?当然不是,她有孩子了。她是小家里的母亲。

她专注地打量他。公正的冬日的光线照出了一圈光亮,令她左边眼帘的形状发生了改变。她说:“两个月比六个星期多几天吧。”

他琢磨六个星期的含义是什么。“哦。了不起。不过——你还想吗?我是说,和我来往。”

“你真想跟我来往吗,这倒是一个好问题。”

“当然。当然我想,我爱你。显而易见。可是我们还应该来往吗?一切从头再来。坦率说,我有些害怕。难道我们没有为社交付账吗?越过你一次就够艰难了。”

他担心她会取笑自己,但是她严肃地点了点头。福克茜的头发不像比阿的头发那么一色金黄，而是部分金黄，间杂了许多别的丝缕——橡木色、蜜黄色、灰色，还有琥珀色——在海滩气候里变得更暗了。她抬起了头。一个鼻眼儿下面有一片粉色的小疤痕。“我吓坏你了吗？”

“不是你。只是，只是现在来往不妥啊。”

“好吧，那就快走吧。走吧，皮特。感谢你带来的一切。一切都让人刻骨铭心。”

“别介。别这样狠心。”等待她开始哭泣的当儿，他觉得自己的眼睛酸起来。这场戏必须上演。

她抓住了那个高高的、傲气凌人的角色。“我不知道怎样扮演一个被遗弃的情人。拉德克利夫的人没有教过我这个。也许我选择了错误的课目。我保证下次会表现得更出色。”

“别介，”他乞求道。目光从她那两只干涩的眼睛里显露出来，他低下头躲避这些咄咄逼人的目光。

“别介什么？”她问道。“别上演好戏吗？别表现得像一个悍妇吗？所有的可怜的小民工的所作所为，都是来到你的家里，让你入迷而脱掉裤子，让你躺下来和他做爱，还不会让那个可怜的小贝贝难堪，不让你觉得是个累赘。我不会的，亲爱的皮特，我不会的。起身走吧。滚。滚到比阿身边去吧。滚到乔治妮身边去吧。滚到安杰拉身边去吧。我不会在意这一切的。”

她的眼睛，没有哭泣，他必须做点什么事，什么事情都行，把眼睛里冰冷的干巴巴的光线压回去，不让它们蹂躏他。他问道：“难道我们不能一起躺下吗？”

“哦哈，”她说着，舞动手脚，但是她的厚毛衣和沉甸甸的睡帽不随和，只是夏天鬼魂般地扭动了几下，厨房里的各种东西，炉子，洗涤槽，窗户，保持了它们原封不动的样子，如同没有被打动的判官。“你在垂怜，可是反会把我刺得更深。忘掉吧，我不是得理不让人的人。”

然而，她眼睛里的完整目光已经破裂，已经泪水涟涟了。他听见自己的声音变得明智而热烈，到达了他和福克茜共享的黑暗的保留地。“我想挠挠你的后背，听你说说你的小宝贝。”

她把她眼睛下的皮肤抹了抹平。“我想你在我们的事情上的做法是对的，”她坦白说。“我只是不想知道了断到底什么时候发生而已。”

这是她送给他的许多礼物中最仁慈的一件，把他释放了。他知道，一小时内，他就可以毫无愧疚地自由了。他问道：“我们到楼上去吗？我们需要盖上我们的身体。”

她说：“我们必须让门开着，听听小宝宝的动静。他睡在婴儿室里。”皮特欣喜地看出来，他对她的婴儿的关心，终于让他获得了相应的解脱。

楼上比楼下更冷。到了床上，她还戴着那顶羊毛睡帽，而他穿着他的内衣；他搓摸着她背上光滑的平面，直到她似乎睡着了。但是，等他停下来，她翻过身来面朝着他，手伸到佩斯利牌①内裤里去触摸，仿佛她会被拒绝，问道：“你喜欢进入我的身体吗？”

“很想，真的。”

“轻一点哦。”

没错，她已经被孩子撑大了；珍贵的阴道紧贴感觉全没有了。他主动地亲吻她的奶子，尽管一股奶腥气干扰了他；她的手指把他的脸推开了。她必须为了宝宝保存自己。他感觉她长长的身体在他身下配合地伸展着，不够柔软，有男性的感觉。他的脑海浮现出了许多木头的影像：坚韧的灰色的宽板等待打磨机打磨，精巧的榫头与钢丝和油最后吻合，圆头和暗榫镶嵌在一起，坚硬而柔软，类似木头保持的平静而延缓的生命假象。

一个沉重的东西掉在了床上；皮特的心跳起来。福克茜的脸紧贴他紧绷的脸，这时笑了。是那只猫儿，棉花。喵喵叫了几声，棉花这厮满足地在

---

① 源自苏格兰的一种涡旋花纹呢做的内衣内裤，很高档；表明皮特这个干粗活的工人，很时尚。

这对儿情人叉开的腿间凹陷下去的毯子上方躺下来。“我有两个情人了，”福克茜悄悄地说，但是皮特内心的恐惧已经被触动了，光焰照亮了那个世界——希望街上加拉格尔＆哈尼马公司的办公室，修女湾路上那座殖民时期的房子，公然停放在惠特曼夫妇车道上的那辆谁都认得的轻型货车。他问她道：“你能达到快感高峰吗？”

“我想不行。我的情感太乱了。”

“那么让我达到吗？”

她僵硬地点了点头，于是他不再顾虑，快活而有力地来了几下，就完事儿了，紧紧抱着她发泄了那阵疯狂劲儿，她浑身颤抖着迎来了他的高潮，起初他误以为她的颤抖是她自己的高潮。他把他的肉欲仿佛释放在了她那柔软的机器里几英里远的正在劈开的大木块上。她看着他，每只眼睛里都有那个长方形的天窗。“这么快吗？”

“我知道很快。我在性爱上很亟不可待。我得走了。”

他麻利地穿戴起来，躲避那些讨论和唠叨，他知道她渴望这个。他想，最后一次没有令她销魂，这很好。他现在看出来，她迟迟不来高潮，一直是一种贪婪的表现。他小心翼翼地打开紫丁香后面的门，听见婴儿室那边的婴儿开始哭喊起来。

室外很静，正如同一所房子的最后一批次级承包人刚刚离去，而占用者还没有进来，电暖器打开了。面向小史密斯夫妇家的那片树林，紫色被白色冲淡了，在风中没有动静，如同草地上的霜打的蕨类植物。海滩路上没有来往的车辆。一只海鸥在他的视野里划过，他听见身后福克茜开始哭泣了。他的手掌放在方向盘上，瑟瑟发抖，他把货车掉过头来，向塔博科斯的镇中心开去。穿过那些没有叶子的树木，瞄见了一个金色的风向标。驾驶室暖和起来，他随着收音机里的音乐吹起了口哨，又一次因为没有被缠住而高兴起来。

也许，那天他发觉自己身上有股可贵的狠劲儿，因为那个星期晚些时候，黄昏时分他和比阿单独在一起，他打了她。她四肢舒展地一直趴在他身上，如同一只喂奶的哺乳动物，她的奶子在摆动，有一些郁金香的光泽，仿佛为了标记一种高潮的幸福界线，他用巴掌抽她的屁股，她的松弛的两肋，而且，翻身把她压在身下，下狠手扇她的脸，留下了红红的手印。看见她的眼睛疑惑重重，他又狠狠地扇了她几巴掌，扇掉了所有的怀疑，牢固地建立了这种新的领域。他已经利用她处处配合的劲头，尝试过各种性交姿势；扇巴掌能让他的硬挺的鸟儿转移神气儿，他感觉他找到了一种延长时间的妙招，从来没有这么长过，他能一直占据一个女人。

比阿的左眼眯起来等待第三个巴掌，巴掌没有打下来，她睁开眼睛，露出来确认的惊诧之色。“罗杰就是这样干的啊。”

“人家也是这么说的。”

“我原以为是他不能正常做爱才打人的，因为离开这法子我不能激起他的性欲。可是，你本不是这样的啊。”

“不，问题出在你身上。你引诱人家这样做。你就是一个可爱的白色的窟窿，什么东西都可以往里填。精液，拳头，唾液。”他在她的奶子间啐了一口，抬起胳膊仿佛又要扇她。

她的眼睛完全失去了活力，连蓝色都快没有了，警惕地圆睁着，在阴影笼罩的枕头上扭向了一边。“这让我纳闷儿我是否得了神经病，”她说。“我甘愿为人家干这个。艾迪整个过程都在拧掐我的手腕，”她说。“求求了，皮特，我真的宁愿你别这样干。使唤我，可别伤害我，但凡你不是非这样干不可。我真的不喜欢这样。也许我罪有应得。”

“哦，我知道，我知道，你一定憎恨这样干，原谅我吧，”皮特说，把脸藏在了比阿的脖子和头发里。“一定原谅我。”然而，他暗中高兴，因为在虐待她时，他已经加强了他爱欲的基础，让他的心脏的杠杆力量跳动起来。他喜欢和他睡觉的任何女人，这是他的力量，他的魅力；然而每个和他睡觉的女人都因为消磨时间而让他备感威胁。现在，和比阿睡觉，他已经触及了内疚的暗礁，把他自己拖进了她身子和温床的平静的港湾。暮色中孩子们放学回家，扔雪球，吵吵嚷嚷，比阿置若罔闻，自顾吮吸他的指头，她那下面的小嘴儿张开着，直到他完全迷失，他体验到了罕见的性高潮，如同一种没有危机的渗透，一种白雪覆盖的屋顶上日光的隐退。死亡似乎不再可怕了。

电话铃响了，福克茜打来的，吓了他一跳。那个月他们在冰冷的房子里进行了他们都不满意的交媾以来，她一直没有给他打电话，在聚会上也很少说话。她已经消失在朋友们多彩的画卷里。她问道："皮特，加拉格尔在吗？"

"是的，他在，"他兴致勃勃地唱道。

"你能到外面来，打付费电话给我吗？"

"现在吗？"

"皮特。求你了。我们必须谈谈。"她的音质遥远，破声破气，他想象到一条手绢儿团在她指头间的样子。

"如你所愿。"他找补了一声坚定的真诚的"没问题"。他听见加拉格尔在那面花玻璃隔板后面聆听，尽管他的门关上了。相应地，加拉格尔的门也关上了。每天早上，皮特走进他的办公室，都发现右边的墙在夜间稍稍挪窄了一点。他的办公桌旁边悬挂了一个挂历，是斯皮罗斯兄弟送的。"建筑工和木材供应"的字样，还有一只湿淋淋的金色猎犬，嘴里叼着一只绿头鸭；皮特在写字台上工作，能够感觉到那只狗的气息在他的耳边呼吸。

他走到室外，置身扫雪机堆起来的白雪映照的圣瓦伦丁节[①]明亮的光线中，随后走进了一个铝框电话亭，一股橡皮鞋味儿扑鼻。一只晾干的小孩手套放在零钱架上，无人认领。惠特曼夫妇家的电话号码响了三次、四次、

① 即情人节。

五次，还没有人接听。他想象到福克茜躺下死了，自杀，在还清醒的晕晕乎乎的最后时刻给他打电话，随后彻底昏迷在了床上，她的长头发乱七八糟，孩子在楼下哭。听筒被拿起来；仿佛一扇窗户被打开，皮特透过电话亭肮脏的玻璃，看见街那边四个男人在摇晃一辆汽车，试图推动它。

“喂。”福克茜的声音凉丝丝的，没有情感，不体谅人。

“是我。这么久才接电话干什么去了？”

她的声音如释重负，软瘫下来——不过，他觉得，不真是这样子。“哦，皮特。你这么快就打过来电话了。”

“你让我快快打的。”

“我去照看托比了。”

“有什么事儿吗？”

她犹豫一下。“我只是想知道你怎么样了。我失去你后掉了魂似的，感觉到我一直硬挺着不给你打电话，本想惩罚你，可你没有受到惩罚，真是活见鬼了。”

他大笑起来，放下心来，不过还是怀疑，因为他不记得她是一个出尔反尔的人。“嗯，我是在受惩罚，我觉得除非我们互相有什么事情要说，我们不交谈是对的。我很欣赏你的处世为人。”听见她没有说话，他赶紧接着说：“我把你的信拿出来，经常看看。”这是谎话；他没有看她的信好几个月了；它们似乎全都是蓝色的鱼钩和钓线，干死的刺儿置人于死地更锋利。

仿佛感觉到了这些，福克茜笑了。“不过我确实有事情告诉你。好消息，你听了会高兴的。房子现在暖和了，不是你的过错。他们安装火炉时，那个工人把恒温器装得离墙里的一些热水管道太近了，因此恒温器以为这房子已经到了温暖的程度，所以不停地关闭。肯和弗兰克·阿普尔比一天晚上喝得迷迷糊糊，琢磨出了问题所在。阿普尔比夫妇和史密斯夫妇近来常来我们家。”

“哦，亲爱的，可是就是我的错呀。我是总承包人，应该注意到问题出在哪里。可是，我只顾和你做爱，分神了。”

“你当初喜欢和我做爱吗？我一直不敢肯定，在某种程度上像处女一样放不开。”

“像处女也像妓女。我和你做爱很投入。当初不知怎么就是有那股劲头。不过，你现在总之感觉好多了吧？你能正视安杰拉，而我能正视肯了。”

“我从来没有在意安杰拉。我暗中感觉到，她同意我们私通。”

这个话题令他不快；他不喜欢别人把安杰拉不当回事儿。他觉得他的情妇既然和他私通，就应该尊重安杰拉，因为已经通过他们的身体接触欺骗了安杰拉，拿自己出气。“托比怎么样？你和他在一起很开心吧？”

“很开心。他能抬头看人，似乎听得懂我说什么。和他老爸不一样。”

“你和肯在一起不开心吗？”

“不怎么样。”

“这就是你给我打电话的所有事情吗？让我大雪天来这里受罪？”

“不是。”似乎有些金属声的声音，听起来好像是听筒本身发出来的。福克茜的声音再响起来时，话音已经完全不是那么回事儿了；他一边聆听，觉得他好像在一个晶体面上滑行，那种上帝之手没有捏成人形之前紧握着的纯净的物质，她的灵魂。“皮特。我的月经往后拖延了两个星期了。这次恐怕是你。”

“是我什么？”不过马上他就反应过来了。那个冰冷的房子，那个受到惊吓的最后碎片。那个劈裂的大木头。那个人质。

她在说话，她的声音变成了许多柔软的撕裂的响声，这是因为他聆听时他脑子里滑雪的动作造成的。“还不只是月经推迟了，整个化学反应都有了，腹下出现一种烧灼的感觉，我记得怀上托比时就是这样的。”

“这么快就感觉到了？”

“都一个月过去了。”

“生过孩子这么快就有了，不是你体内自然不和的现象吗？”

“可是我来过两次月经的。”

“不会是肯吗？”

“真的不是，不是。”他觉得她的用词很奇怪。她补充说：“他使用那些避孕的东西。”

“有时候会破裂。”

“肯的不会破裂。再说，干那种事也不经常。自从生了孩子，我搞得他很抑郁。还有，他对自己的工作很着急。不只是犹太人，连日本人都走在他前面了。”

“多久来一次呢？”

“可以进行那事儿以后，弄过两次，月经期除外，最近只来了一次，我当时希望来一次可以带来月经。”

“你真的有那种烧灼感觉吗？”

“真的。焦虑。失眠。皮特，皮特，我很对不起，这太愚蠢了。”

“为什么那天你让我来呢，如果——”

“我不知道，你当时表现得不像你要干那种事儿，我的旧避孕膜又不适合，而且——”

“我原来以为你吃避孕药了。大家都在吃避孕药。”

“哦，是大家都在吃避孕药吗？你做过普查了？”

“别任性。”

“你不使性子就好。说到避孕药，关键不在这里。肯就不相信避孕药。他认为使用避孕药有很多麻烦，避孕药也许会引发别的病。”

“得了，”皮特说，“得了，得了。”

福克茜继续说：“如果你一定要知道，如果你一定要知道我是多么天真，是因为我想还在喂奶期，可以保证我安全。”她的眼泪吧嗒吧嗒掉下来，在冷冰冰地贴着他的耳朵的听筒上发出响声。

他笑起来。“老妇人的经验之谈吗？我总是忘记了，你是一个南方女人,是依靠杰米玛[1]大娘膝头的秘诀长大的。”

“哦,”她发湿的苍白的声音喘息了一下,“听见你笑话我很好。我已经乱套了。我今天上午给你打电话,是为了不让自己疯了,后来你打来电话时我害怕极了,简直不敢接电话,然后我撒了谎。我只是在撒谎,撒谎,皮特。”

“撒谎倒是我们大家都能得到些好处,”他说。听筒在他手里成了一个轻如鸿毛的东西,冰冷,僵直,空洞,他真想把它挂起来,一走了之,不清楚为什么它紧紧黏在他手里,如同身体黏在灵魂上。

福克茜问道:“我们怎么办呢?”

在假想提出建议时,他发现了某种庇护,那便是他们可以栖身的正确手段和坚强的判断力。“再等几天吧,”他跟她说。“洗洗热水澡,只要你忍受得了,越热越好。如果月经还不来,那就找医生,做个妊娠检查。那样,至少我们知道怎么回事。”

“可是我们不能去艾伦医生那儿。首先他知道我这么快就怀孕,会大惊小怪的。他还可能告诉一些船坞的朋友。”

“医生从来不搬弄是非。不过你和肯在坎布里奇没有医生吗?如果你愿意,你去找他。不过还别急着去。也许是虚惊一场。安杰拉有时三个星期,有时五个星期;她根本不当回事儿。我没有给她搞上,简直是奇迹。”

尽管他一直很严肃,福克茜还是笑了。“可怜的皮特和他的女人,”她取笑道,“居然根据月亮的盈缺走捷径。我猜测我到头来是个哑弹。”

“要我说,恰恰是个大炸弹呢,”他感到了惧怕的快活,确实看出来福克茜是一块双料的沃土,她已经让他看见她有能力给大地上的炸弹带来更多的活力。

她问道:“你会打电话给我吗?求你啦。你用不着干什么事情,我会关照好自己的——绝对的;不,不用说什么话了。不过就是有点孤独。孤独

① 英美女子常用名字。

啊，皮特。”

他答应给她打电话：“我明天就给你打电话。”他觉得需要最后一个词儿，放下手中和耳边的听筒之前祝福一声。他担心向她显摆他肚子里的所有智慧时听起来好像卖弄辞藻，开口便结结巴巴起来：“福克茜，经过多年的思考，我得出了这样的结论：这个世界有两种情况，一种是我们能够有所作为，一种是我们无能为力，好比星星和死亡。对我们无能为力的情况担惊受怕，我认定是巨大的浪费，实际上是一种罪过。所以，洗个热水澡，放松一下。我们掌握在真主手中。”

他没有敢说“上帝”，免得心里堵得慌。但是，福克茜被这番话哄得静悄悄的，仿佛没有在听他说话，最后才语气平常地说：“明天给我打电话，皮特，我敢说这会像一场卖傻的梦，会应付过去的，我们能够回到我们那种美好的舒服的疏远状态。”

是了，“疏远状态”才是最后要说的那个词儿呢。他挂断电话，看见那几个人把汽车从白色的排水沟里推出来了，沿着博爱街一直推，一下接一下用力很猛，似乎是一个神圣的空间，一个人能够把它建立起来，奔跑，选择，而他却被疏远了。

现在，每天打电话的梦魇开始了，不过说些小小的虚假的希望（那种灼烧感今天似乎不明显了，她早上热乎乎地洗过澡后感觉子宫怪怪的，塔博科斯图书馆的医学手册上说了许多产后月经不正常的例子），也说到了麻烦地取得进展的确定性。第一次妊娠的检测结果呈阴性；不过坎布里奇的医生解释说，初期怀孕检测结果只有百分之九十的准确率，言外之意是不赞成她这样着急。一个简慢的鹰脸的男人，他的诊室里挂满了高尔夫球奖杯，也许看看她的症状就能诊断出来她有事儿没事儿，体面社会计算盲目生命的可能性，这种事儿出了麻烦并不少见，可对福克茜和皮特来说却似乎太孤立了。整整一个夜晚睡不着觉，她躺在床上因为这个好消息不停发抖，要等到早上才能告诉皮特。但是，十分之一的可能性却奇妙地在扩大，因为福克茜拒绝放弃她那微小的囚徒，投降，流血。皮特在电话上连珠炮似的说话，苦口婆心地请求她，他不愿意责怪她：他已经不再是她的情人，他和她睡觉是为了说再见，他和自己珍贵而冷淡的妻子生活是幸福的，因为福克茜的天真他干了蠢事，她没有权利要求他干什么——这些话他都没有必要和福克茜说，只是在肚子里想想而已。福克茜说对不起，奚落自己，主动要求带着孩子，来到这个世界的孩子，从这个小镇消失；但是就目前来说，只有他一个人知道她的秘密，只有他能和她一起度过这些煎熬的日子。他的声音是这个世界她唯一听起来不陌生的东西。他们说好见见面，有难同当，如同握紧拳头的拳击手，渴望逼近开打，你来我往，把对方打得痛苦难当。雷斯敦的一家综合商场有个大停车场，扫雪机已经清理出来了；停车场在商场的后面，货车可以卸货，小车很少在那里停放。他们朋友之中，只有珍妮特有时会来这里购物。他们在这里会面应该安全。

星期五。天空紫得发暗。稀稀拉拉的干雪花在飘飞。看见了惠特曼夫妇家那辆黑色的 MG 牌小车，孤零零停在柏油路上，浓云低垂，他的心不由得跳起来。他把自己的货车停在商店焚烧桶旁边，穿过没有车辆的停车车位。福克茜摇下了她的车窗。一片雪花落在了她的左边眉毛上。他说："我原以为肯开着这辆车去波士顿了。"

"他今天坐火车去了，因为天气预报说要来暴风雪。上车吧。"

坐进车里，砰一声关上车门，他说："肯总是在思考。"

"你为什么不喜欢他？这可不是他的错。"

"我没有不喜欢他。我敬仰他。我妒忌他。他有大学学历。"

"我还以为你要说他占有了我呢。"他们笑了，笑她，笑他们俩，笑他们大家。在塔博科斯镇的遥远的边界地带，他们看到了一个景致；他们的朋友和他们的住宅在他们身后似乎变得很小了。只有他们，福克茜和皮特，多大多小没有变化。只有他们停止戏弄生命，听任自己通过生物学被带到生命定义的强度。他们的危机如同天鹅绒幕布一样把他们烘托出来。她局促地斜身坐在方向盘后面的座位上，她的膝盖顶住了变速手柄，两条穿了黄色毛便裤的腿显得很长，头发散披在俄国将军服的肩部。

他说："你看上去很神气，"随即拍拍她的大腿。"我们在电话上进行过多次发疯的交谈后，我原以为你看上去会一塌糊涂呢。"

她做了个怪脸；她的鼻子和下巴似乎被即将到来的暴风雪的压力削得更尖了。雪花在橡胶车窗密封条上弄出了一条白色的线。在综合商场的卸货平台上，一个穿了工作围裙的孤独的男孩在摞板条箱，他呼出的哈气白花花一团。"哦，"她说，有点做张做致，"我们女人可以把样子捯饬捯饬。"

"我认为这无可厚非。"

她点了点头，轻轻巧巧，仿佛一朵胸花别在她的下巴颏儿下面。跳舞。跳舞后坐在汽车里的姑娘们。自从他像这样坐在车里，好像过去整整一代了。福克茜说："脑子总有想不到的事情。我在这个下午还要开车去做一次妊娠检查。我应该去。要不然这场暴风雪会耽搁掉的。"

"不会连坐在方向盘后面的你也耽搁了的。"仿佛让他的笑话恰到好处，他找补说："想来有趣，十分之一的机会都不会让人安生。"

"你老是说我们把我们的运气逼得太狠了。"

"我很抱歉，这次同床没有给你带来更好的运气。"

"我记得很清楚。我们如何从一个房间走到另一个房间，那只猫跳在了床上。真是太愚蠢了，不是吗？通奸。这下麻烦太多了。"

他耸了耸肩，不愿意附和。"这是一个让你冒险的路子。在这个世界上摆脱出来，寻求知识的路子。"

她问道："现在我们找到了什么知识，皮特？"

他感觉出，她直呼其名，拉近关系，把这次要命的幽会弄成一次共度良辰的机会，一次约会。他硬起嗓子说："我们知道上帝是取笑不得的。"

"我从来没有取笑过上帝。"

“那是。你的上帝就在那里，你的两腿之间，整个无形无状，害羞，等待人家触动。这很好，福克茜。我无意抱怨。部分原因是我看见你太动人了；我没有料到会成这样子，因此我动辄就发脾气。还想占有你，似乎太离谱了。”

她把腿调整得更舒服一些；一个膝盖碰到了他的膝盖，立即缩了回去。“你原来只想憎恨我吗？”

“有点儿。十多天来全乱套了。和你电话里的声音相比，你似乎很幸福。”

“坏就坏在这里。我是幸福。我因为怀上了你的孩子，感到幸福。我整个身心都想玉成其事，把孩子留下来。”

“你不可以要。不可以，不可以的。”

“哦，当然。绝对不可以。我同意。”

但是，她的脸已经变得很悲情了。一声悲叹从她的喉咙发出来；他向她倾斜过去，抚摸她，害怕再看她的脸。她的气息很烫，脸颊上流下冰冷的泪水；她的身子包裹在臃肿的外衣里，尽量迁就他，但是司机座位和底盘阻止了他们。他挺直身子，匆匆的在她那变形的脸上看到了赦罪的表情，看得出是在她内心里搜寻他们相爱的种种痕迹。“可是怎么办呢？”他问道。“瑞典怎么样？日本怎么样？人们是怎么对待这些事情的？”在她凌乱的头发上方，一溜没有叶子的枫树在飘雪的天空映照出来一条刺绣一样的花边。

“很可悲，不是吗？”她问道。“我们似乎不认识合适的人。我知道到处都有帮人堕胎的人，等待客户上门，我就在这里，却没法儿接上头。”

“肯怎么样？他认识医生。”

“我不能告诉肯。”

“你肯定吗？告诉他，事情可能解决得了。你甚至可以飞到日本去。他能作一个客座讲演。”

“他不擅长这个。”

“开开玩笑。”

“我知道。皮特，为了摆脱这个麻烦，我做什么都行，就是不能告诉我老公我们两个的事情。他对付不了这种事情。他太——自负了。可在某种程度上，我也很自负。我屈服过一次，我不会再屈服了。我不会因为我们的事儿乞求，不会道歉，因为我们一点错也没有。我宁愿死也不屈服。这话听起来更傲气。你能告诉安杰拉你跟我睡过觉，你们两个也许承受得了，过一阵子会更加和睦，可我们的婚姻不是按这样的路子建立起来的。我们没有那么亲密。我们两个讨价还价是显而易见的，一种不允许我们任何一个犯这样重大错误的讨价还价。那会让肯垮掉。我这番话说明点什么吗？”

他看出来她不会告诉她的丈夫，正如几个月前她不愿意安装封闭的橱柜一样。她是顾客；他必须按照她的意愿干活儿。“喂，那么告诉他是他自己的孩子，提前了，怀上了另一个小惠特曼，这样如何？孩子可能是红头发，不过你们两个有一个一定有红头发的基因。”

她寻思了一番，一直把舌尖咬着。舌头不能老老实实呆在嘴里的女人，是很能激起人性欲的。“可行。可是我觉得，要是你画出来的这个小孩子，一天比一天长大，我看见他的样子越来越不像肯，越来越像皮特·哈尼马，在栏杆间晃来晃去，把木头钉在一起，我们会把自己一辈子送进地狱的。我宁愿喝一剂猛药，下一次地狱，渡过难关。”

“我可怜的福克茜哦。”他靠过去亲吻她的鼻子。她那两只红红的手拢在她外衣的下摆里；她可能把肩部耸起来了吧。

一辆像珍妮特·阿普尔比的绛紫色墨丘利小车缓缓地开过停车场。但是，开车人不认识，一个上岁数的雷斯敦的市民，胡子灰白，戴了一顶猎人帽子。他瞪了他们几眼——一双白圈的浣熊一样的眼睛——继续绕圈开出了停车场，从另一边出去了。这个幽灵一样的人物让他们两个都悬心吊胆，让他们藏身的地方一下子没有了安全感。那个摞木箱的男孩已经从平台上走掉了。“我们还是离开吧，”皮特说，“要不他们会看见我们冷冻在对方的怀里了。”

回到家里，避开了暴风雪，耳边是安杰拉做饭的声音，他的女儿们在争吵玩耍，皮特左思右想，把自己的困境视为相对的麻烦，可是不管从什么角度审视都是一个绝对的麻烦，表明是一个和死亡相差无几的灾难。怀孕就是孕育生命。造化以性交为诱饵，让我们走向悬崖。掉下悬崖的人受到亲切的对待。大人物都有私生子：格罗夫·克利夫兰[①]，还有查理曼[②]。没有人当回事，一个开心的玩笑而已，深色啤酒，诺福克勋爵对他的私生子宠爱有加。多一个灵魂而已：三十亿人口再加一个而已。再说了，她也许会移居伯克利或者洛斯阿拉莫斯，他再也看不见那个婴儿了。逐渐消失，皮特·哈尼马，一个新民族的父亲。为了你的健康。他喝下双倍的马提尼酒，一种滚沸的沙沙作响的恐惧如同猪食往上涌，和酒劲沆瀣一气。肯。他的恐惧不得已面对肯的脸，那种陌生的信任逼着人接受其略显粗鲁的空虚，即它寻求报复的正义。堵心，滑倒，皮特看见他生活在一个只有人类的道德的世界，只有人类要求正义的世界，看见他像一个围在枕头里面的婴儿往下滑落，掉进了女人堆儿里。他曾经瞠目结舌地听福克茜用不屑的口气抱怨肯。在皮特的脑海里，肯对自己的父权凭空塞来一个私生子的冒犯，是没有尽头，没有界限的。父权就是男人性交的女人。脆弱。温婉。他父亲用弄脏的大拇指把天竺葵栽在花盆里，暖房的景致暗示着一种直系家族线索的无穷无尽。小时候，他更喜欢呆在一个顶头的温暖屋子里，他母亲在那里叉腿坐在绕圈的布条中间。他父亲沉默寡言，有一种威慑力，他很怕面对。一种直来直去的男人，他的嘴装了假牙，显得怪异。啊，上帝，他们都过世了，他是多么

---

① 克利夫兰(Grover Cleveland，1837—1908)，美国总统(1885—1889；1893—1897)，民主党人，在内推行文官制，对外主张孤立主义。

② 查理曼(Charlemagne，742？—814)，即查理大帝，法兰克国王，西罗马帝国皇帝，扩展疆土，建成庞大帝国；鼓励学术，兴建文化设施，使其宫廷成为繁荣学术的中心。

高兴。

所有的事情都是相对的。小时候有了麻烦，他会想到有某件更糟糕的事情。不让进入橄榄球队不会比得了小儿麻痹更糟糕。没有应邀参加安娜贝勒·沃伊特的宴会，不会比意外打瞎朱普的眼睛、让他一辈子瞎眼更糟糕。关进这个箱子里不会比死掉更糟糕。不是吗？按照一种类似死去的方式，他闯入了一个巨大的黑暗空间。在福克茜丝绸般的咸咸的腰胯部位，他已经种下了长了他的面相的种子，现在他希望变得渺小，钻进她滑溜溜的各个通道里爬行，随后一个谋杀者狠狠一击。上帝宽恕吧。不:上帝下狠手。上帝经常下狠手，上帝之手信手一拈，不管是硅藻还是鲸鱼，多一次屠戮，从天空一挥，如同甩一下鞭子，一根指头戳向她的喉咙，抹杀了这个巨大怪物的生长。因为上帝就是王国。

肯的脸，很少彬彬有礼。胸怀大志，苦苦钻研，脸色苍白。皮特的五脏又一次翻腾;他喝了口酒压一压五脏六腑。子弹。睡眼惺忪的行刑队。生命从漆黑一团中崛起的可怕王国。上帝事前布置的行动。泥土与唾沫搅和在一起。福克茜巧妙的阴道，珊瑚的花瓣，里面更为红紫，她的眼睛好像挂在树上的一对铃铛，风一起便叮当作响。然而她受苦，这个女人下面有一头动物，一个像他一样的男人，或者说一个一把年纪的孩子，评判，猜测，希望，企盼。一样东西粘附在你身上，如同霉菌一样在你身上祸害。他的睾丸收缩，表示同情。可怜的温柔的福克茜。抹掉吧。给我勇气，上帝。给我自由的勇气吧。

他醉了。真正倒下的最后的甜蜜。比阿。害怕打电话，她也许猜测到了。她知道一些事情。如果看见他从那个卫生间的窗户跳出来，那么福克茜便一头金发闪闪地暴露在光线下了。在她的床上，他起身离去问心无愧，只有那个最后的灰色的星期一造访，白痴一样践踏了肯的父权，给这个世界带来了一个有责任的灵魂，从此让自己承担了法律的责任。受辱、坐牢、死亡、火化、灭亡，永远无名无姓。他们的朋友的嘲笑。报纸的添油加醋。他看见比阿在微笑，她的奶子融化了，她的身子依然是一个池子，他的那话儿在她体内悬垂，好像一条熟睡的泥鳅，知道他为什么爱恋她：她不宜生育。他的精液可以扎入那个白色的深渊，永远不会搁浅。

他的孤寂变得沉闷。暴风雪悲号地呜呜呜叫，一种不存在的东西，一种搅动。他喝干了酒杯，走进了厨房。他的两个女儿和妻子在布置情人节的礼物。他没有想到给安杰拉送一件礼物。上学的露丝和南希收到了毛茸茸的心、呆头呆脑的奶牛、脖子缠在一起的长颈鹿。露丝把最后的礼物摆在冰箱的顶上。伸手摆礼物，她的体态婀娜多姿。他走进厨房去添杜松子酒，打乱了一个三角形女性和谐，小南希对这种和谐尤其珍惜。她扭过脸来，那模样像一个圆圆的卡通心，心尖儿对着他，对自己忍不住鲁莽地格格笑起来，说道："爸爸难看死了。"

"不，爸爸不难看，"露丝说，用胳膊搂住了他的腰。"爸爸很耐看。"

"他的鼻子眼儿很吓人，"南希说，走近一些，抬起头来看。

露丝继续用娃娃的口气说话，把对父亲的爱故意隐藏起来。"爸爸长了好美好美的鼻子眼儿，"她说，"因为他是老早老早从荷兰来的。"

皮特忍不住笑起来。"我的脚怎么样呢？"他问南希。

露丝把他抱得紧紧的，抚摸他那毛茸茸的手臂。"老好老好的脚，"她说。"妈妈长了一双笨脚，她的小脚趾碰不着地。"

"这才好呢，"安杰拉说，"俏皮美才翘小脚趾呢。"

"有些事情你知道吗，妈妈？"露丝说，放开了皮特的腰，也不再学娃娃的口气说话。"惠特曼太太长了一双肥脚丫，因为夏天在海滩上，弗兰克·阿普尔比和乔纳森·史密斯在仔细甄别，跟踪别人，发现她的脚印没有内侧凹痕，你知道，就是没有弯曲的地方，应该叫什么名字来着——"

"脚弓，"安杰拉说。

"——对，脚弓。那也许是她只用脚拇指穿拖鞋的原因吧。"露丝瞅了她父亲一眼。没错，哪怕如此不友善地提及福克茜，也让他感到快活。懒懒地拖着肥脚丫，怀孕挺着大肚子。她的高高的座位。

“多么有趣啊，”安杰拉说。她两手一直在忙着侍弄他们晚饭沙拉的菜叶子。“你们还注意到脚丫的什么啦？”

“索恩太太有一个绿脚拇指指甲，”露丝说。

“爸爸的脚拇指，”南希说，在安杰拉的保护下毫无顾忌地向上看去。“像万圣日前夜的鬼牙，”皮特看出来他在这个孩子眼里代表死亡：对脆弱的生命形成威胁和摧残的东西，在小南希看来，就集中在他那魁伟的男性身躯；这个过程会把她及时带入露丝的阶段，到时便敢于景慕和顺从男性这种陌生的东西了；最后长成安杰拉的阶段，到时从与男性相遇中一心寻求自己的某种东西，她纯粹的自己。他爱她们，他的女人们，围在他周围，如同陷阱的桩子。

露丝说：“妈妈，别让南希再侮辱爸爸了。爸爸很好看，不是吗？”

皮特弯下腰把南希抱起来；她尖叫，踢腾，快活而害怕。她的气息里有红糖果心的浓浓的味道。糖果腐蚀了她那口好牙。他气哼哼地把她搂抱得更紧了；她尖叫起来，挣扎着下地，这下完全害怕了。

“我不知道爸爸是不是真的很好看，”安杰拉说。“反正人家都说他招人喜欢。”她补充说：“还随和，好心。”他把南希放下，暗暗掐了她一下。她仰起脸瞪着他，这下知道了某些她永远不会忘记的东西，永远表达不出来的东西。

也许因为他们和孩子们以及她们的情人节的礼物呆在一起而温情融融，也许只是他们在暴风雪里暖暖和和而容易令人兴奋，安杰拉早早就把他领到了床上，而且，像一朵徐徐降落的暖和的云彩，跨在他身上，用坐姿做爱，这是安德洛玛刻安抚赫克托耳①的古典姿势。

---

① 据古希腊神话，赫克托耳是特洛伊国王普利阿摩斯的长子，诱拐了海伦的帕里斯的长兄，特洛伊战争中的英雄，后被阿喀琉斯所杀。安德洛玛刻是其妻，以对丈夫忠贞著称。

星期六早上，他们的电话响了；福克茜气喘吁吁地讲话，嘴唇离话筒很近。“安杰拉在旁边吗？”

“不在，”皮特说，“她在外面和两个孩子铲雪。要是她接电话，你会说什么呢？”

“我问问她去参加爱心基金会舞会，是穿短裙子还是长裙子。”

“你知道，这样来电话真的有风险。她刚刚开始对你消除了一些怀疑。”

“对不起，我不得已跟你通话。我原以为你昨天晚上会去加拉格尔夫妇家的晚宴的。你们为什么没有去？”

“我们没有得到邀请。都有谁去了？”

“大家都去了。只有你们夫妇、索尔兹夫妇和安夫妇没有去。去了一对新夫妇，牛哄哄的，很年轻。”

“马特没有跟我说任何东西。不管它了。你打电话有什么事儿？”

“检测。检验结果是阳性。毫无疑问，皮特。”

“哎呦。”他像挨了一下子，渐渐回到了这个事实，只是出神地打量家里精致的家具，锥形腿枫木电话桌，镀金镶边的叶形镜子。这些东西都是随心所欲、两手灵巧的手艺人制作出来的。他不禁对自己深有感触，他过去曾经精力充沛，任意驰骋，把两根木头拼装在一起。

他默然无语，她在电话那头哭诉道：“哦，皮特，我成了一个不堪重负的累赘了。”

“没有，”他撒谎道。“我还在想你，轻飘飘的，善解人意。”

“不管怎样——安杰拉进来你就挂断电话——我突然有一些想法。”

“什么？”

“弗雷迪·索恩。”

皮特笑了。“弗雷迪能给你把它整出来。那就是堕胎。”

“没错。我要挂电话了。我不会再打搅你了。谢谢你做的一切。”

“别挂。等等。”他喊叫道，担心那边的听筒已经离开了她的耳朵。“跟我说说。别这样动不动就任性。”

“我一团糟，亲爱的，我不喜欢受人嘲笑。”

“糟糕就糟糕在这里。”

“等着吧，到时候再告诉你。”

他催问道：“你是说弗雷迪·索恩吧。”

“弗雷迪·索恩曾跟我说过，牙科医生干那些堕胎的事情。他们具备所有的工具，椅子，麻药——”

“很有可能。还有呢？”

“最近在加拉格尔夫妇家那天夜晚，你知道他是怎样把你弄到一个角落套近乎的，我把这个话题提起来，问他是否知道谁能干堕胎的事情。”

“你告诉他你怀孕了？”

“没有。老天不允许。我告诉他我知道有人想堕胎，坎布里奇的一个很好的姑娘，着急堕胎。”

“说的跟真的似的。”

“喂——你确定安杰拉听不见吗？——”

“我到窗户前看看她在哪里。”他返回后，汇报说：“她在车道上铲雪，很像一个干活儿的女人。她近来情绪好多了。暴风雪一来，她也来劲了。”

“我恰恰相反。我开车出出进进坎布里奇去送尿。然后，我又强打起精神去参加加拉格尔夫妇家的晚宴。”

“弗雷迪·索恩用疑惑的眼神瞟你，该死的很清楚是你怀孕了。”

“没错。他是打量了。不过，他没有这样说。”

“他说什么了？他商定了他的堕胎时间，和你约好了吧。”

“还不完全是这样。他讲了一件让人毛骨悚然的事情。说话是在厨房里进行的；别人都在起居室玩一个新的字谜游戏，还用了一本字典。他说他怎么也得见见那个姑娘和男人。”

“是够令人毛骨悚然的。见姑娘，还要见男人。”

“是的，因为我就是那个姑娘，他一定猜到你就是那个男人了，我只能得出结论，他是想见你呢。”

“你的结论也多了点吧。弗雷迪可没有这样有条理。他在玩游戏。唬人吧。”

“他还没有这样儿戏。他看样子相当严肃，不含糊。更像牙科医生，不像平常的样子。”

“你从弗雷迪身上看出牙科医生的样子，真的吗？我不想见他。我不喜欢他，也不信任他。我没有打算把咱们俩交在他手里，由他处置。”

“那么你另有别的什么高招吗？”

前门有人推开了。皮特机警地把电话筒放回去，面向过厅，仿佛一直在看镜子。南希站在门前，雪花沾满衣服，包裹在她身上。她的脸颊红扑扑的。她大睁眼睛，向他伸出了一只湿漉漉的羊皮手套，他一眼看去，还以为是个雪球；但是，那东西一半是灰色。原来是一只冻僵的小鸟，绛红色的头，胸脯上一个黑色的点儿，一只被暴风雪袭击的树雀。冰层粘附在它睁大的眼睛上，圆鼓鼓的，好像帽子饰针的头。一种生怕他要责怪的就事论事的态度，这孩子解释说：“妈妈发现它的时候还硬挺挺的，我去把它放在取暖器上，取取暖，让它活过来，哪怕我知道它不行了。”

爱心基金舞会每年都在塔博科斯美国二战老兵俱乐部举行，一座位于马斯科诺米尼大街的老旧的水泥建筑。俱乐部有酒吧，楼下有两条保龄球道，楼上是舞厅和一个小酒吧。花眼旋转球灯，射出了花花绿绿的亮点，在墙壁上不停地旋转，在角落格外快，在窗户则慢下来，在他们跳舞的脚下疯狂变换，光怪陆离。不管天气多么冷，二战老兵俱乐部总是暖洋洋的。只要门打开，热气掺上了红红绿绿的霓虹光，一下子涌出来，和停车场冒出来的废气混合在一起。

今年的舞会，皮特认识的夫妇都可有可无地参加了。卡罗尔·康斯坦丁是一个优雅的希腊舞者，老兵们和他们的夫人在宽厚地观看表演，面前的桌子上摆满开福特小点心、羊肉大米菜叶包、黑橄榄和蜜糖果仁千层酥，卡罗尔与他们的儿子——杂货商、电器技工、股票经纪人——手拉手领着舞队跳起来。卡罗尔舞风严谨，以古典派倨傲，当仁不让。但是，今年艾琳·索尔兹是爱心基金的董事，康斯坦丁夫妇和索恩夫妇以及加拉格尔夫妇去看凯尔特演出了。哈尼马夫妇来参加舞会，主要是看艾琳的面子，因为艾琳向他们吐露（别告诉任何人，尤其别告诉特丽·加拉格尔）这几个月可能是他们在塔博科斯的最后日子，本在克利夫兰得到了一份工作。惠特曼夫妇和阿普尔比夫妇呆在一张桌子上，格林夫妇把那对新来的夫妇带来了。他们姓莱因哈特。他们看上去面色光滑，急于结交，皮特懒得看他们几眼。花花绿绿的斑点在旋转，第三代希腊姑娘形成了他们的侧面图案，跳起布祖基琴伴奏的屈膝东方舞，皮特只是等待开始跳美国舞，这样他便能够和比阿跳舞了。安杰拉因为铲雪累得懒洋洋的，福克茜因为在极力忽略他，看上去绷得紧紧的。只有比阿在现场表现得悠然自得，嘴好像一个白色的铃铛圈儿，她的声音不断地冒出来。他记得她是一汪平静的水池，他能够在里面跪下来伸到她肚脐眼儿。当十几岁孩子的乐手变换曲子后，他的胳膊伸过去，把她拦住，他们一路滑行，到了他们的朋友听不见说话的地方，她看着别处，说："皮特，你遇上某种麻烦了吧。我能从你的身体上感觉出来。"

"也许就在你的身体里。"但是，她没有喝醉，和他保持了一点距离，而他却在塔博科斯酒店用餐时喝下了三杯马提尼，一直在出汗。他想把她的奶子挤住自己的胸膛，安抚一下他的心。

"不是的，"她语气平稳地说，拒绝屈服于他的胳膊带来的问题压力，"是你出了问题，你失去了你平常的弹力。你连站立都不一样了。我不是告诉过你，那种不良善的人会搞垮你的吗？"

"没有人不良善。是你太良善了。还是在那次谈话中，我惊讶你还记得,你问我是不是不想——”

“我当然记得。当时你说了,并没有回来。难道你不喜欢那种事儿吗?”

“天哪,我爱做那种事儿。我爱你。最近一次格外带劲儿。再没有别的什么地方可去了。”

“这就是你为什么不打电话的原因吗?”

“我没法打呀。你是对的,现在我生活中确实出了一些事情,一个结,一个可怕的结。如果真的解不开的话,你还愿意要我回来吗?”

“当然。什么时候都行。”然而她说话有了距离感;郁闷之中,他把她紧紧地搂抱过来,像一管药膏一样挤压在他胸膛的那个硬壳儿包裹的结上,不忠在这里重逢不忠。弗兰克·阿普尔比正在和那个莱因哈特姑娘跳舞,意外地碰上了皮特的眼神,露出了令人厌恶的微笑。迷失的灵魂。在地狱里相会吧。弗兰克没有情人怀孕,似乎永远鸿运高照:埃塞克斯高等学院的教育的优势体现出来了。得零分的惨败啊。

比阿向后退步,挣脱了他们的搂抱,从他肩膀上方盯视某种东西。皮特转过身来,吓了一跳。福克茜从他们身后走过来了。“比阿,你一个人独占这个非常可爱的男人,可不公平啊。”她说道,没有看皮特的脸,把手搭在皮特的胳膊上,他感觉干枯而僵硬。拉住他跳起舞来,她说,声音严厉,没有血色的嘴唇带着怨恨:“我受你妻子的委托,来告诉你她很瞌睡,想回家了。不过,你得给我一点时间。”但是,她的身体让他感觉到支支楞楞,不随和,他们仿佛由于义务拉扯在一起跳舞。她身上有一种令人腻烦的香气,熟透的气味,让人想起腐败的蝴蝶花的味道;相比之下,皮特辨别出来比阿的香气是柠檬香。她,一个幽灵,在他的怀里已经漂浮起来了。

弗雷迪·索恩的诊所里散发着丁香酚、地毯清洁剂和棒棒糖的气味;牵着南希往后拉动的圆滚滚的小手,皮特记起来他小时候害怕这种牙科诊所的气味的感受——肚子发紧,屋外的阳光和自由,赶巧在即将到来的半个小时里睡着了。在弗雷迪摆放《时代周刊》和《新闻周刊》的胡桃木杂志架上，两份杂志的封面上有夏尔·戴高乐和玛丽娜·奥斯瓦尔德的照片。两个人看去都面容憔悴。弗雷迪的鼻子扁平的门诊接待员对紧张的南希微笑，让她轻松，皮特的心尽管早已牵挂着弗雷迪，但还是对这个姑娘的爱心产生了一些感激之情。一块清新的蔬菜，很嫩。如同吃芹菜，每根分叉的地方都撒点盐。弗雷迪尝过新了吗？他怀疑。他对弗雷迪充满了怀疑；只是想象这个男人给他注满了没有希望的湿汲汲的重负，如同在一个短循环的洗衣机里被涮来涮去。

皮特的左手掌因为羞耻而痒痒起来。他羡慕小南希仅仅害怕疼痛的感受。他努力阅读一本皱巴巴的《瞭望》杂志时，他的小女儿在一边磨蹭他。错路。两只猫。电可怕。佩德里克曾经说过，你可以想象上帝是电磁波。他忽略那个可怜的魔鬼的挣扎，应该再去。小南希悄悄说，可他没有听清楚。小南希用指头捅几下，他很恼火，大声地问道："怎么回事儿？"

这孩子喊声"嘘"，小手猛地伸向他的嘴唇边。他被小南希弄得不好意思了。她一贯只相信她的母亲。通常安杰拉带她来看牙，但是今天安杰拉在幼儿园下班后要开会，皮特面临着命运的挑战，不得已接收了这个差事。那么你另有什么别的高招吗？现在，拿不定主意，矛盾重重，他心里很乱，进退两难令他疲惫不堪，万不得已，只好忍着。如同在校长办公室外面等待。老奥夫，一个严厉的路德教教徒。蔑视荷兰人。崇拜加尔文教。先生，对不起，非常对不起，我不知道——你不知道有人会看见吗？正在砖与铁修建的楼梯井的栏杆上打秋千，当场被抓住了。南希清晰地耳语道："他会使用那个嗡嗡转动的东西吗？"

"那叫钻头。只是你生了虫牙才使用。"

"你能看见虫牙吗？"她张大了嘴——一个很大的嘴，他的嘴。

"亲爱的，我看不见的，我不是牙医。你要是长了虫牙，只有很小很小的洞，因为你的牙齿就很小嘛，因为你还是个很小的姑娘呀。"

他胳肢她，但是她的身体紧绷着，心思在别处。“告诉他别钻眼儿，”她说。

“可是他必须钻眼儿，那是索恩医生的工作。要是我们不让他把工作做好，那么以后的麻烦更大。”他把脸贴近她的小脸。如同一个圆圆的白色吸墨器，她吸收了他的不同意见，向他作了保证；而且，居然忍住没有哭，小南希让他意识到她的勇气。他们一起走进了弗雷迪的里间诊室。

只要进去了，坐在了那把知更鸟蛋一样蓝色的倾斜的椅子上，小南希耳朵旁的小碗里的水哗哗作响，索恩医生和她父亲在头顶上开玩笑，她不知怎么就放松起来，让这位牙医在她的牙齿的回响的小径上挑选他的路径。“两颗，”他最后宣布说，在他的图标上记下了记号，判断说：“不算严重。”

“两颗虫牙吗？”南希问道。“它们会很疼吗？”

“我想不会的，”弗雷迪甜言蜜语地说。“让我们看看你能多么安静。你表现得越平静，你心里就越平静，你心里越平静，你就越不会注意钻头的声音。”

皮特记起了弗雷迪床边那本灰色的催眠手册，很愿意对业余催眠术开一个玩笑，但是他需要别人怜悯，便忍住了，于是递着小心问道：“她应该用些奴佛卡因吗？”

弗雷迪看了他一眼。“蛀洞很小，”他说。

南希静静地忍受了第一次钻眼儿；但是当弗雷迪没有停歇，开始钻第二个虫牙时，她喉咙响起了一声呻吟。皮特走到了椅子的另一边，拉住了她的抽动的手。他往孩子的嘴里看了看，在两颗隆起的臼齿之间，那个钻头直楞楞地在飞速旋转，像一朵花儿一样矗立着。她的舌头拱起来了抵抗钻头的闯入，皮特不得不拉紧她的手，不让她伸向嘴边。她表示抱怨的呻吟使劲往外喊，变成了一声尖叫。她的眼睛瞪得方方的，满眼痛苦，和她父亲的眼睛相遇了。皮特一下子冒出汗来；汗水在他的胸膛流淌，胳肢窝湿漉漉的。南希下唇和下牙之间的红红的牙床上，一片唾液和钻液。她的后背拱起来。

她的那只没有握住的手乱摸;皮特赶紧抓住,握住,请求弗雷迪说:“我们停一下吧。”

弗雷迪向这时浑身抽动的孩子弯下身体。他的嘴唇很薄,如同鱼儿的嘴一样张开了,“啊”了一声,把钻头取开,完成了钻眼儿。“这下好了,”他跟南希说,“这用不着大惊小怪,不是吗?”

她的脸颊被泪水浸透了,往哗哗响的口水杯里吐口水,抱怨说:“我想只有一颗虫牙。”

“可是这下呢,”她父亲跟她说,“两个虫牙都治了,现在就到有趣的时候了,该索恩医生往里面补水银块儿了!”

“没有趣,”南希说。

弗雷迪说:“她可不是一个容易哄的孩子,对吗?有其母必有其女啊。”他露出了高兴的面容。

“你不应该这样没轻没重地往里钻。”

“蛀洞很小很小的。只是在牙皮儿上划了几下。她自己吓唬自己。她在家里就很娇气吗?”

“她像我一样不信任人。大姑娘更皮实一些,像安杰拉。”

“安杰拉不皮实,那是你的看法。我的看法是,她吃得了苦。”弗雷迪莞尔一笑,言外之意是他很乐意接近智慧的矿脉,接近现实下面流动的秘密溪水。多么可悲的半吊子,真是的。他那位留着鼬鼠纹刘海的助手进来研水银块。

南希的苦难过去了。弗雷迪伸进器械修补蛀洞时,皮特硬着头皮问道:“活儿完了私下说会儿话好吗?”

弗雷迪抬头看了看。夹在他平常的眼镜上的眼镜片,把他的眼睛放大了很多,怪模怪样的。“我今天的预约一个接一个,停不下手啊。”

“好吧,别介意。”皮特如释重负。“没有什么大事儿。别的时间也行。”

“喂,手艺人。别吹毛求疵。我可以挤出一会儿工夫。”

“也许得两会儿呢，”皮特说，他想躲掉都不行了。

弗雷迪说：“三下两下全搞好了，南希。你和珍妮特一起出去，也许她能给你找到一根棒棒糖呢。”他领着皮特走进了那个小小的侧屋，他的那张发黄的旧搪瓷椅子以及设备存在这里救急用。这儿的窗户面向后院，看得见卫理公会教堂的塔楼尖儿，一个太阳照耀的光点儿。弗雷迪身穿司铎一样的白色大褂，似乎比皮特高了许多。皮特脸红了。弗雷迪擦了擦眼镜，等他开口；多年来的积怨已经让那种躲闪的拥挤的表情丰富多了。

“我们两个都认识一个女士——”皮特开口道。

“我们两个都认识好几个女士呢。”

“一个高个子女士，留着金黄色头发，做姑娘时的名字是一只动物[1]。”

“一个可爱的女士，”弗雷迪说。“我听说她在床上功夫了得。”

“我没有听说过，”皮特说。“不过，她和我谈话——”

“不是在床上谈话吗？”

“我想不是的。也许在电话上。”

“我自己觉得在电话上特别不过瘾。”

“你试过手淫吗？”

“皮特我的宝贝儿，我没有很多时间。有话直说吧。我知道你要说什么，但是我要听你亲口说出来。”

“这位女士告诉我，也许她告诉别人，别人又告诉我了，说你认识一些男士，可以做与牙科没有关系的手术。”

“也许吧。也许我不认识。”

“我猜测你也许不认识。”皮特扭转肩头，转向那扇关闭的门。

弗雷迪不动声色地捅了他一下，拦住了他，一个标准的技术人员的动作。“不过也许我认识呢？”

---

① 福克茜的英文是 Foxy，与英文“狐狸”（fox）相似。

“不过你真的认识吗？我需要信得过你。是还是不是，要肯定。”

“就算认识吧。“

“那么，亲爱的弗雷迪，这位女士需要你的友谊。”

“可是老皮特，虔诚的皮特，朋友皮特，你说到了她。我和你又怎样呢？难道你不需要我的友谊吗？”

“可能。”

“也许。”

“好吧。也许。”

弗雷迪坏笑了；人们很少看见弗雷迪的牙齿。他的牙齿很小，缝隙大，牙垢多。

皮特说：“我不喜欢这场游戏，我走了。你在蒙骗人，你蒙骗她来让我把我们俩都出卖了。你这个鬼东西。”

个子更高的男人又把他拦住了，拉住了他的胳膊，使出一些受伤的热情，仿佛他们多年的嘲讽和轻蔑已经让他享有了友情的要求。“我没有蒙骗人。我能牵线。不是那么容易的事儿，对我来说是有些风险的，不过事情能够办得干脆利落。那个人是一个理想主义者，一个怪人。他信仰这个。在波士顿呢。我知道有人用过他。她在哪个月怀上的？”

“第二个月。刚刚。”

“还好。”

“真的可能吗？”这个好消息麻酥酥地在他的血管里流淌；他感觉女人气，服帖，感激，像一只狗儿。

“我说我能牵线。你能交货吗？”

“你说钱吗？他要多少钱？”

“三千。四千。要看情况。”

“没有问题。”

“交代那个人，没有问题了。可我呢？”

“你也要钱吗?”皮特这下高兴了,又一次肯定能对弗雷迪鄙视了。“你自己定。我们加钱。”

门前传来摸索的响动;弗雷迪喊道:“Uno momento[①],珍妮特。”

但是,是南希怯生生的声音在回答:“我们什么时候走,爸爸?”

皮特说:“就一会儿,乖乖。回到候诊室里,翻翻杂志。索恩医生在给我做X光检查。”

弗雷迪听了笑了。“你是一个颇有创造性的谎话精。”

“建筑行当然少不了创造。我们在讨论钱。”

“我们没有讨论钱。钱不会在你我这样的老朋友之间讨论。放心吧,老朋友,作为交易,我们已经超出了钱的范围。”

“我能给你什么呢?爱情?眼泪?一辈子感恩戴德?一套崭新的潜水服怎么样?”

“伙计,你真是开玩笑。你在玩生死游戏,还不断开玩笑。这一定是女人爱你的原因。皮特,我有话就直说吧。我们之间没有摆平啊。你已经把乔治妮搞了——对吗?”

“如果她这样说,这样说好了。我忘记了是怎么回事儿了。”

“另一方面,我想我过去一直从心里垂青你的娘子,可从来没有——”

“从来没有。她从来不同意。她恨你。”

“她不恨我。她对我颇有几分意思。”

“她认为你是一个半吊子。”

“注意啊,好伙计。这是我的出价,我已经领教够了你这张嘴了。我只要一晚上。开价不高。和安杰拉睡一晚上。搞定这件事儿吧,伙计。告诉她你迫不得已的窘境。跟她有啥说啥吧。忏悔对灵魂有好处。”

皮特说:“你在要求不可能的事情。我会告诉你为什么这样干:你没有

---

① 西班牙语:稍等。

什么人可以牵线。你是一个卑鄙的毫无价值的小爬虫。”

弗雷迪用弯曲的食指在头上做了一个活泼的迅捷的犄角。“你可把话说绝了,兄弟。你是专家。我只是一个容易上当的小有资产的刨食者,谁都知道我还没有搞别人老婆的勾当。”弗雷迪光溜溜的脸变得非常难看,宛如那种软体的无眼的海生物的下面,其嘴比肛门大两倍。“你自己挖出来的坟墓,荷兰小子。”

皮特又一次走向门口,这次弗雷迪没有阻拦。皮特把门打开,后退一步,吓了一跳;南希没有听话,仍然站在门口聆听。她的嘴唇正在吮吸棒棒糖的棍子,她的眼睛,尽管她没有说话,却表明她什么都知道了。

皮特通过电话把弗雷迪的建议告诉了福克茜时,福克茜说:“真有意思。我原来以为他和安杰拉早已经睡在一起了,或者至少有染。”

“你是根据什么以为的?”

“哦,他们在各种晚会上多么会一唱一和。非常放松。亲密异常。”

“就我知道的,她从来没有不忠行为。”

“你是在炫耀,还是在抱怨?”

“你心情不错。你对我们下一步怎么办有什么建议?”

“我呀。我没有下一步。轮到安杰拉那里了,不对吗?”

“你在开玩笑。我不能把这事儿跟她摊牌。”

“为什么不能?”她声音里的不耐烦比疲倦还多。“这又不是天大地大的交易。她也许很高兴离开你一晚上呢,谁知道。”

皮特想解释一下,说弗雷迪会伤害她。弗雷迪·索恩会伤害安杰拉。他说:“可这意味着要把我们所有的事情和盘端出啊。”

“我看没有什么不可以的。如果她爱你,她会因为你开口求她就同意的。如果你做得在理的话。她是你的老婆,让她得到这个名分吧。我们大家一直让你享受快活,让她为这个事业作点贡献吧。”

“你真狠心，不是吗？”

“我不得已而为之。”

“求求了，福克茜。别逼我求她。”

“我没有逼你做任何事情啊。我怎么能呢？这是你和她的事儿。如果你太胆小，她太圣洁，那我们不得不用别的法子打通弗雷迪，或者撇开他做。我能把自己托付给我的坎布里奇医生操办这事儿。他不是天主教徒。我可以说我神经要崩溃了。这也许不是一个谎言。”

“你打心里认为，我向安杰拉要求这事儿可行吗？为了拯救肯，你会这样干吗？”

“我做这种事儿是为了拯救我。事实上，我已经主动过了。”

“你主动过什么？和弗雷迪睡觉吗？”

“别让你的声音大声尖叫。这样有失体统。当然我表明态度了，多多少少的事儿。我没有撩起我的裙子；可是别的我还能为他做什么呢？男人和女人之间还能有别的什么可谈吗？他拒绝了我。我想，相当婉转吧。他说我让他想起他母亲的许多影子，他害怕他的母亲。但是，我的行为可能让他想到了安杰拉。我想他真正想要的是对你施行报复。”

“因为乔治妮吗？”

“因为你总是嘲弄他。”

“你认为他并不是真心想得到她吗？”

“请别强求我为你的妻子说那些恭维话。我们都知道她很高贵。我不知道弗雷迪真心想要什么。我只知道我真心想要什么。我想要这该死的东西别在我肚子里越长越大。”

“别哭啊。”

“造化竟然如此愚蠢。造化把我的母性腺全部调动起来了，你知道这意味着什么吗，皮特？你知道我发现怀孕是多么了不起的事情吗？这种事情我简直想象不到啊。你再也不感到孤独了。你在肚子里有了一个小东西时,你就不孤独了。那是一个人啊。”

他已经告诉她不要哭了。“你真的认为……安杰拉可以吗?”

“哦,老天爷,她也是人,像大家一样,我不明白她究竟会干什么,不会干什么。你似乎仍然认为命运比死亡还糟糕吧。她是你的神圣妻子,在你们之间解决好了。只用让我知道结果就好,这样我才能另作打算。我觉得,我让弗雷迪·索恩出面帮我们,已经够可以的了。”

“你够可以的了。你一直很有勇气,主意也多。”

“谢谢你的恭维。”

皮特跟她说:“我试试吧。你是对的。我不指望行得通。她也许会因此要求离婚,不过如果行得通,福克茜,亲爱的——”

“是啊,亲爱的。”

“如果我们真的摆脱了这件事儿,那么让我们的关系结束吧——咱们的。”

“那还用说,”福克茜说,把电话挂断了。

后来的一天早上,南希描述了她的第一个梦,她长了这么大梦见的第一个梦。她和朱迪·索恩在挂了帘子的门厅里逮瓢虫。朱迪逮住一个,那瓢虫背上只有一个斑点儿,让南希看。南希逮住了两个斑点的,让朱迪看。然后朱迪逮住一个三个斑点的,南希逮住一个四个斑点的。因为(南希解释说)斑点表明瓢虫活了多少年了!

她把这个梦告诉了她的母亲,她母亲让她把这个梦在早餐桌上讲给她父亲听。皮特感动了,看出来他的女儿开始进入生命的另一个特征,到了学龄阶段了。他为女儿小小的想象储备感动了——那个挂帘子的门廊(他们家和索恩夫妇家都没有这样的门廊;谁家有呢?),瓢虫(和乌龟是最常见的动物玩具),数字的神秘力量,产生了空间和时间。皮特想见到了她的梦境里那道夸大的长长的门廊,想听听她讲述那些梦,和她一起变老,永远保护她。为了南希,他必须让安杰拉献身。

“安杰拉?”

“嗯?”他们躺在黑暗中,躺在床上,快睡着了。他们没有做爱;皮特再也没有心思和任何女人做爱了。

“如果我告诉你我遇上了大麻烦,”他问道,“你会相信吗?”

“相信,”她回答道。

深感吃惊,他又问:“什么样的麻烦呢?”

“你和加拉格尔不再能合作下去了。”

“真是的。不过这只是小事一桩。我只要自己摆脱麻烦,我能和马特把矛盾解决了。”

“你想谈谈你的麻烦吗?我想睡觉了,不过我可以提起神来。”

“我没法开口的事儿。你能接受吗?”

“是的。”

“如果我告诉你干一件特殊的事情才能彻底帮助我,你相信吗?”

“比如离婚吗?”

“不是,根本不是。你一直在想这种事情吗?”

“也想也不想。这让你吃惊吗?”

“很吃惊。我爱这个家。”

“可是你爱这个家,不等于爱我呀。”

“我也爱你。明摆着的。”这话发出空洞的回响,他感觉扯得太远了,远离了要点,远离了问题。也许,有一个解决办法,可以让问题转移,一个命运的细节。“不是的,”他说,“你能为我做的事情只用一个晚上就解决了。”

“和弗雷迪·索恩睡一夜吧,”她说。

“你怎么说这种话?”

“难道不对吗?”

在这柔软的黑暗中,皮特发现喘不上气来,没法回答;他躺在床上,如同一个人躺在水上,只有他的眼睛和鼻眼儿没有淹没。最后他重复道:“你怎么说这种话?”

“因为他总是跟我说,早晚他会和我躺在一张床上。多年来,他一直在等待机会要挟你。现在他终于得逞了吧?”

皮特回答说:“是的。”

“睡一夜正是他想得到的吧?”

他默然地点了点头,把床连带得有点颤动。

“别吃惊,”安杰拉继续说,声音像黑暗一样柔软,“他多年来一直在动心思,恨不得亲口告诉我,我想象我听了会大笑起来。我一直感到奇怪的是,他从来没有以自己的身份价值要求我,却只是以为需要通过要挟你达到目的。不用说,我不爱他,不过有时候他也有吸引力,我和你生活一直不够幸福,所以这种事儿也许会自己发生,如果他直截了当接近我的话。你想知道一些伤感的事情吗?”

他又点了点头,但是这次床颤动得颇有戏剧性效果,好似有意弄出来的。

她告诉他说:“他是这个镇上唯一被我吸引住的男人。艾迪·康斯坦丁带我坐他的游艇玩过一次,却一直没有下文了。我这个人对男人没有吸引力。我有什么毛病吗?”

“什么都没有。”

“得了,一定有什么毛病。我和谁都不能一拍即合。连孩子们都不例外,现在南希也不再是一个娃娃了。我很孤独,皮特。别。别碰我。那种事有时候有帮助,但是现在没有用。我真的似乎不开窍;这正是我为什么关心起精神病学来了。我认为我需要一种相当正规的帮助。我需要上一所学科就是我自己的学校。”

他感觉一桩交易在各种阴影里履行。修女湾路上的遥远的街灯、那些枝杈摇曳的丁香花和落叶的形如花瓶的榆树以及白雪在墙上反射出来的光亮的图案,在夏天是永远不会有的。他说:“为什么不可以?只要事情理顺了,可以。”

安杰拉又说:“只要。这就是问题啊。我好奇得难以置信,但是我只问一句话。你信得过弗雷迪吗?他能保证这桩交易说完就完吗?”

“我不清楚为什么,不过我相信。也许,他需要让我明白他是一个守信用的人。”

“他只想要我一次吗?”

“他是这样说的。”

她只笑了一声,便朝他背过身去。“我似乎不能引起男人的强烈激情吧。”她的话瓮声瓮气,但是语气听起来不乏挖苦。

他用胳膊肘支起身子,想听得更清楚些。她在哭泣吗?她会死掉吗?

她对他突然架起身子,回答道:“我在这里的镇子上绝不干那事儿。这里车辆太多,孩子们跑来跑去。索恩夫妇在华盛顿诞辰去滑雪过周末吗?”

“一定去的。他们回回不落。”

“那好,孩子们到时都会睡在车子里的床上,我们也许都会呆在同一个大厅里。你和乔治妮睡过吗?”

他犹豫一下,随后想见到他和乔治妮在他们一生中一起进入另一间屋子的情景,便承认说:“过去的事儿了。”

“那就是了。这下真的两清了。别,皮特,别动我。我真的必须睡觉了。”

滑雪旅馆的广告栏里还保留着旅馆夏天的照片,仿佛在说:这就是我,这个柔软的棕色湖泊,这些枝叶繁茂的白桦树,不是这种死寂的冰封地冻的面具,你看不见我的本来面目。那只停走的报时钟仍然挂在布满蜘蛛网的高高的角落,电视嗞嗞作响,播放没有人看的新闻,那些有些年纪的年轻业主出出进进，手拿烟灰缸和冰块盘子，带出来一股不满意的劲头。房价提高了。火腿上的葡萄干酱不那么厚重了。四个陌生人在打桥牌，塔博科斯来的夫妇们在地上玩字谜游戏。威士忌酒温暖了他们的身子，多出来一种胜利的倦态——他们是存活者、幸运人、受雇者、健康人、自由人。今天的滑雪道没的说，假日的太阳格外耀眼，每天都越升越高。山顶的雪况已经冰封，山腰的雪是粉状的，一直延续到遮挡起来的滑雪道上，在宽阔的更低一些的山坡上雪呈颗粒状，到了旅馆前面则开始融化，泥浆开始露出来。太阳高照，冰冷刺骨的干雪从滑雪道上方悬垂的树枝突然一阵阵落下，到处都是厚厚的白雪，两个月费尽周折雕刻出来的一个又一个巨大的雪坡，这一切都让滑雪者的身体带来奢侈的疲乏。弗雷迪·索恩给阿普尔比夫妇和史密斯夫妇讲完了他的奇闻轶事后，他们就都开始撤了，比去年提早了许多。现在，还不到十三岁的乔纳森·小史密斯情绪远比父母的高涨，留住了小两岁的着急睡觉的弗兰基·阿普尔比，一盘接一盘地下棋。哈罗德和马西娅让他上床睡觉的唯一办法是他们自己也走，到那家煤气供暖的农舍歇息，茱莉娅和亨利埃塔已经在那里睡下了。阿普尔比夫妇紧随其后。今年这两对夫妇都住农舍——珍妮特坚持各自占据这排农舍的一端。随后，尽管弗雷迪再三恳求罗杰留下来再喝一杯，而且比阿也向皮特送去了意味深长的道别目光，但是格林夫妇还是走出来融入了夜幕里，没有月光，只有嗞嗞作响的农舍在等他们。这下，就剩下了加拉格尔夫妇、哈尼马夫妇以及索恩夫妇。惠特曼夫妇没有滑雪。艾迪·康斯坦丁已经荣升大任，正驾驶一架性能全新的喷气机，三引擎发动，波音727，前往圣胡安①。索尔兹虽然早宣布他们能滑雪才算名副其实的冬季，现在却有可靠的传言说，他们已经接受了克利夫兰市的邀请，很快就会离开塔博科斯了；没过多久，他们便成为这个圈子的遗弃者了。马特·加拉格尔说一些不咸不淡的笑话后，端起架子咳嗽一下，

---

① 圣胡安是波多黎各的首府。

宣布说他要睡觉去了。他故意把“他”说重了些,言外之意是特丽完全有自由选择了。特丽在适当的场合只和卡罗尔·康斯坦丁透露她已经不再去上陶艺课了,这时赶紧站起来说,她也要去睡觉了。只剩下哈尼马夫妇和索恩夫妇坐在两个长沙发上,隔着一张枫木咖啡桌上的《滑雪》和《时尚》面面相觑时,弗雷迪对皮特说:“你和马特这些日子好像没有多少话可说了。”

皮特对他说:“他了他的场,我了我的场。”

弗雷迪不怀好意地笑了笑。“这些日子你们没有多少场可了吧,老伙计?”

“很快就有了。单等冻开了,我们就杀回印第安山。今年夏天计划修建六座住宅。”放在一年前,他不会说这么多话,让弗雷迪满意,只差是在道歉了。

安杰拉坐直身子,用手分开了一个看不见的褶子。“嘿。就是今天夜里吗?”她的脸经过风吹日晒,看上去发红,她的眼睛凹陷得很深,不习惯运动,天气又太作美了,虹膜和瞳仁都有些浑浊。她已经把滑雪服换成了一身紫色套头衫和白色大喇叭裤;她没有穿袜子。她已经变成了珍妮特·阿普尔比了。

乔治妮站起来说:“我不听这种事情。我要去睡觉了,把门锁上,服一粒安眠药。你们三个想干什么就干什么吧。别把我搅和进去。”她站在那里,仿佛等待和别人吵一架似的。

弗雷迪说:“可是,乔基——基,一切可都是你开始的。这是你有来我有往啊。不能只兴州官放火,不许百姓点灯。”

“你们就作孽吧。你们三个,统统算上。”她的长下巴硬撅撅的,她穿过了几盏灯光的照射,走向楼梯。白天的太阳已经在她的脸上晒出了斑点。

她还听得见时,弗雷迪说:“嗨,操蛋。我们拉倒算了。我只是对你们的各种反应感到好奇而已。”

安杰拉说:“那不行,爷们儿。既然说定了一桩生意,我们就要按规矩做。我们现在最好上楼，因为新鲜空气一个劲儿吹我，我用不了多会儿就要打瞌睡了。”

皮特此时此刻不能审视任何一方：他觉得他们的脸在他的仰视视角中都变形了，面目全非，如果他胆敢抬起眼睛看去，那他也许不由自主地会哭泣或者大笑。他对着自己穿了袜子的脚说：“我们先等乔治妮进入她的房间吧。弗雷迪，你需要拿上你的牙刷或者别的什么东西吗？”

弗雷迪问道：“她在服避孕药，对吗？”

“当然。欢迎到事后服药的天堂来。”皮特在他们上楼时依然坐在沙发上。安杰拉在他的脸上吻别；他的头没有配合。她的嘴唇给人怪异的性质的感觉，那种雕像上雕刻的张开的嘴唇，不过是一尊用火烤热的雕像。他一直等到她快要消失在楼梯上才敢抬眼看她，她柔顺的头发从她滑雪时戴的红色耳套边散开了。弗雷迪跟在后面，他的白手僵直地放在胸口上，他的嘴张着，仿佛在吹泡泡。

楼上的过道没有一点动静。一个灯泡亮着。乔治妮的门看上去关得紧紧的。隔壁的加拉格尔夫妇听得见在唧唧哝哝说话。安杰拉的光脚走路没有声响，领着弗雷迪进了她的房间，然后他们没有触摸，她只说要上卫生间便又返回了过厅。弗雷迪也上了卫生间，返回来时，她已经穿上了睡衣，简朴的棉睡衣，如同孩子穿的睡衣，一朵绿色的花儿绣在领口上。屋子唯一的窗户俯瞰一个浮浅的服务台，夏季可以用作阳光浴室；栏杆上面是巴洛克风格一样的雪冰花，白天融化，夜里又冻起来。房间里摆了一张铜管木板床头的双人床，一个满是热水龙头水滴水渍的搪瓷脸盆架，一面五角硬币形状的镜子，一张朱红漆摇椅，一张胆汁绿漆松木桌，一个闹钟腿留下印子的床头柜，上面摆了一本简装的《突破快活原则》和一盏黄色罩子的鲜艳的台灯。安杰拉一直在梳理头发，静电哔哔剥剥地响，俯身探向台灯时，灯光穿透了单薄的棉睡衣，映出了她身体的侧影，肚子的皱褶；她的大奶子在橘黄色的光线里蠢蠢欲动，如同玫瑰水色浴缸中的慵懒的鱼儿。灯光关掉了，一个幽灵取代了她。她的声音从一个蓬松的黑黢黢的头发框架向弗雷迪发问道：“你还不想脱掉你的衣服吗？”

窗户映进来的雪光，照出了她的头发的边缘，由于梳理用力，头发上的卷须向外翻着。她已经满怀期望地伸展开了。弗雷迪感觉到她那充满血液的身体近在咫尺，如同一头动物觉察到不远处的水、猎物或者猛禽。他说：“迫不及待了吗？不想先喝一杯酒吗？你的行李箱里没有酒吗？比如，一小瓶杰克·丹尼威士忌。”

“我们带来些波旁威士忌，可是放在楼下了。要我下楼从皮特那里拿些来吗？”

“天哪，别去。别再去惹他了。”

“你真的需要喝点酒吗？我认为你已经喝了不少酒了。”

他的嘴里感觉扎扎挖挖的，仿佛咀嚼了若干方方的木头，吞下去了。这种不爽的支支楞楞的感觉往肚子里下咽，仍然扎扎挖挖的。她近在咫尺，久久等待，已经使他的毒液凝固了。他说：“我发现你还在读弗洛伊德。”

“我喜欢这本书。书写得很严谨，很高雅。他说我们都是动物，我们身上携带着死亡——有机体想被携带到无机体状态。有机体想歇息。”

“我读过这本书有些年头了。我认为当时有些怀疑。”他感觉她在解开他的衬衫，顿时软瘫了。他一动不动，幻想痛饮一杯——琥珀色，漂着冰块儿——相信酒中冒烟的金色蒸馏水可以消除他内心的怪念头。他听任她拉开他的衬衫，摸索他的裤襟，她却因为自己解不开裤襟，气恼地扭过身去了。她走到窗前，迅速地张望外面，把她的睡衣脱下来，躬身钻向那个铺叠紧凑的床被，两个奶子颤颤悠悠的。“哦，被窝冷冰冰的，”她喊叫着，把被子拉到了脸上。“快啊，弗雷迪。”这声喊叫瓮声瓮气的。

他想象皮特在楼下抱着威士忌酒瓶的样子，火光把那间长长的屋子照得金闪闪的，随后把衣服脱掉，只剩下内衣，钻进了被子。

“喂，”安杰拉说，“你在骗人啊。”

“你说被窝很冷，把我吓坏了。”

“得了。我们一起暖和被窝吧。”她触摸他的身前。“哦。你一点都没有激动啊。”

“我被吓住了，”弗雷迪跟她说，磨磨蹭蹭，把被子调整了一下。铺叠紧凑的被窝像处女一样抵抗他往里钻，随后扎挣了几下，把他的后背露出来了。

“皮特从来都是——”安杰拉没有说下去。她本想说“从来——都是亟不可待”。她转而说道：“我不能让你兴奋吧。”

“你令我心醉。我一直爱着你。”

“你用不着说这种话。我没有什么特别之处。有时我在皮特送给露丝的镜子里打量我自己，看见这个青筋毕露的农民肥婆子的身体，长了一双红红的小脚，一颗和别的部位不协调的椭圆形小脑袋。皮特叫我海豚。”她想起来皮特在床上这样叫她的情景，当时她翻身骑在她的老公身上，把他的东西夹在自己体内，露出来弯起的光背，任他粗糙的大手抚摸。

“你和皮特过得怎样？”

她意识到弗雷迪想说话，料到一说话她就会昏昏欲睡。她在弗雷迪内衣和内裤松紧带之间的缝隙一边拨弄，一边回答：“好多了，真的。他近来因为一些事情心里烦躁，不过我认为我们彼此基本上更有好感了，这是多年来所没有的。我想他没有给我买下罗宾逊家的老宅，我跟他治了一年气才原谅了她。我是指惠特曼家的住地。那些人都没有给我留下什么印象。”她扒开他的衬衫，向他的胸前努力贴过去。

“可是——你怎么就认可这件事情了？”弗雷迪问道。

“认可什么？”他哑然失语的沉默让她笑起来；肥厚的温暖的突出点儿，她的奶子，一闪一闪地触动他，晃动的床咯吱咯吱地抱怨。“你和我上床的事儿吗？他告诉我应该这样做啊。汉密尔顿家族一向都是嫁鸡随鸡嫁狗随狗的婆娘。再说了，我对这种事儿到底会怎么样也很好奇。我必须说，弗雷迪，你一直很被动啊。快把这些碍手碍脚的内衣内裤脱掉。”

她对付着把他的松紧带往下脱——不像皮特的佩斯利牌短裤，他穿了小孩子家的乔克基牌短裤。他脱光时，她拧拧掐掐地摸索他的肋侧和他的肩膀。“弗雷迪·索恩，”她说，“你够短粗的，”她的指头又往下摸去。“还很小啊，”她谴责道。软塌塌，蔫儿蔫儿的，他的一套家伙事儿在她的手里像三个鸡蛋，煮熟了，剥皮了，烹饪了，她端上了餐桌。这种感受让安杰拉很受打击。她做梦都想不到男人和女人睡在一起会这样平静。她根本用不着握住皮特的鸟儿很长时间。就是睡下了也不会这样久。他们最亲密无间的表达。像女人的体内，不能平平安安地往里塞。干的就是冒险的事儿。越伤害越带劲儿。

弗雷迪尝试着把手放在了她的背上，仿佛他们俩在跳舞。她的皮肤摸上去发黑，油腻，像黑人的：肥厚的宽阔的肌肉像楔子一样一块连一块，硕大的屁股像月亮一样从古老的土地上隆起来。她的身体这种温和的力量让他惊诧。这个安杰拉，女子中最孤傲的女人，她听人说话害羞而敏感，曾经把他的喋喋不休的舌头唤起一种钻头探入肉中的急切艺术，竟然在她的衣服下也包藏着其他女人折磨弗雷迪的同样的巨大肉欲，他在像火山岩一样漆黑的光滑皮肤上摸来摸去，感到一种破灭的恶心。她的手握住他的蛋子儿，似乎要抓紧了。他乞求道：“我们说说话吧。”他渴望她的声音从沉默中发出来，对他表示原谅。

她问道：“你有什么事情喜欢我做吗？什么特别的事情？”

“说说话就好。难道你对这桩交易到底怎么发生的不好奇吗？”

“不。我觉得这种事儿太吓人，我不想听。我觉得我们都走得过头了，不必知道什么事情。对我来说很可怕，可是我从来不想知道皮特和他的女人们的事情。对我来说，那不过是他多上了几次厕所而已。你认识不到这点，但是他围绕这个家所做的，是非常令人满意的。”

“跟我说说吧。我怎么都难以想象你和皮特怎么交媾。”

"你这人真有意思,弗雷迪。你把我理想化了,要么是和别的什么人搅在一起了。皮特和我不——"她难以把那个词儿对付出来,似乎还是为他着想——"不是经常如他所愿,当然我们要同房。事实上,同房次数还越来越多了。"

"除了皮特,你还和谁睡过觉吗?"

"从来没有。我倒想我应该和谁睡睡觉呢。"

"为什么?"

"那样我也许会做得更好。"

"为了他啊。臭狗屎一堆。让我们面对这事儿吧,安杰拉。你嫁给了一个混蛋。一个恶小子。他在给你拉客呢。他把你糊弄得懵懵懂懂,他告诉你谁,你就和谁上床睡觉。"

"你不是某某人吧,弗雷迪。我多少还是相信你的。你像我一样。你想教导人。"

"我过去喜欢教导人。后来我学到了最后一手教导人,可我不想再学东西了。"

"什么最后一手?"

"我们死去。我们不是在将来一个特定时刻死去,而是我们所有时间都在死去,全方位死去。我们每吃一餐饭,就会磨掉一层珐琅质。"

"嗨。你在变大呢。"

"死亡让我激动。死亡被上帝所奸淫。那将会余香满口。"

"你不相信上帝。"

"可我相信一样东西,大人物死亡。我每天在人们的牙齿之间都能闻见他。"

他一直希望借用这样幻觉的暴力让她保持距离,但是她却再次向他靠近,用无形的温暖把他团团围住。她的脚趾在扣紧他的脚趾;她的下巴在他的胸膛上磨蹭,磨蹭他心脏右边那根硬骨头。"皮特害怕死亡,"她说着,依恨得更狠了。

弗雷迪跟她说:“那成了他的风格。他利用这点作为自我标榜的手段。因为他的父母亲遭受横祸身亡,他就在这个世界上发疯。”

“男人格外浪漫,”等了很久听他更多地开导后,她说。“皮特不惜所有的精力和死亡周旋,你却不惜所有的精力接受死亡。”

“这就是我们两个人的不同之处。男性对抗女性。”

“你认为你自己是女性吗?”

“当然。明摆着,我是同性恋。不过,话说回来,镇上哪个男人不是同性恋?除了可怜的老皮特。”

“弗雷迪。你在引导我说下去,看看我会说些什么。真诚一些好吧。”

“我很真诚。不管谁,但凡懂一些心理学的人,都看得出我是对的。想想吧。弗兰克和哈罗德。他们互相交换老婆,是因为他们太势利,不愿意互相日屁股。珍妮特意识到这点了;她只是他们的借口而已。再看看格林和康斯坦丁。他们就是天生的一对。”

“当然,罗杰——”

“艾迪更要命。他是一个顶呱呱的性虐待狂。要么看看加拉格尔和惠特曼。惯坏的牧师德行啊。索尔兹和安也许不算,可是一个走掉了,另一个快死了。不管怎样,他们不算在内,他们是基督教徒。我呢,我是所有人中最惨的,我想做大家的母亲。我想长出两个奶子,这样大家就都能够吮吸奶水儿了。为什么你认为我喝得太多了?为了生产奶水儿啊。”

安杰拉说:“你真的思考这些东西,是吗?”

“不,我现编出来这些东西,吸引你的注意力,别指望我那个软塌塌的鸟儿;不过,这招挺管用,不是吗?皮特一个人挺着。难怪镇上的女人们都恨不得把他撕成碎片儿呢。”

“这就是你总是憎恨他的原因吗?”

“憎恨他,活见鬼。我爱他。我们两个都爱他。”

“弗雷迪，你不是一个同性恋，我会证明这点的。”她在床上往上挪了挪，这样她的奶子滑到了星光里，她的骨盆位于他的骨盆上面。她抬起了一条大腿，把大腿搭在他的髋骨上。“快来吧。把你的东西塞进我的体内。”

他还保持着一半的坚挺，但是她阴道光滑的温暖炙烤着他，像在一根蜡烛火捻儿上烧烤一根指头一样。

感觉他又越来越小了，她再次问道：“我能做点什么呢?”

他提议说：“含玉吹箫吗?”

“干什么？我不知道怎么吹啊。”

弗雷迪听见一种走进忏悔室天真无邪的忏悔，可见哈尼马夫妇像两扇紧闭的门，什么花样都不知道，不免心疼她，只说：“不知道就算了。我们说说话吧。告诉我，你是不是认为珍妮特还和哈罗德上床睡觉。”

“她费了很大神，在一排农舍弄到了两端的房子。”

“只不过三十来码的距离，光着脚跑过去也不很远，只要操了那份心。我对珍妮特的看法是：有其父必有其女，她真的相信各种疗法。她生了那个小宝宝，然后找了一个情夫，然后她去做精神疗法；尽管这样，她还是做出那种头痛欲裂的样子。”

“我想去做那种精神分析疗法，”安杰拉跟他说。她的声音缓缓的，身体重量这时全落在了床上，在床中间压出个坑来，害得弗雷迪不得已把持住身子不往她身边靠近。他的声音如同靡靡之音，一只手放在她的头发光环上，和她谈论精神分析法，谈论他自己，谈论马西娅和弗兰克、艾琳和艾迪，谈论约翰·安的癌症，谈论他们所有人的命运，大家都命悬这黑暗的时代，一千年才降临人类一回，诸神正好死去后再生，没有什么东西能左右人类，只有性、禁欲主义和星辰。安杰拉听着他的语气和节奏想起了自己的父母亲和叔父的交谈，想起了不知疲倦的吉布斯的迂腐行为，总是宣讲清教徒前辈移民留下的贫瘠而温和的布道，她便一直躲藏在这种氛围里，皮特好像把她从这种宗教氛围中解救出来；她瞌睡了，又醒来了，还听见弗雷迪在喋喋不休，随后才不可挽回地睡着了。而他，不让她接近自己，感到无地自容，却完成了他的报复，感觉自己越来越强壮，坚挺起来，朝着她的肚子手淫，却谨慎行事，不愿意把她玷污了。然后，两个人并排躺着，飘向黎明，他们的脸比小孩子的脸还放松。

楼下，皮特又灌下一瓶波旁威士忌，呆在奄奄一息的火炉边，感觉越来越冷，无聊，受辱。他试图把风雪衣当作毯子盖在身上，但是风雪衣太小了。他踮起脚尖上了楼，聆听一会儿自己房间的门，然后敲乔治妮的门。他试了试门锁。门开了。乔治妮虽然一开始义愤填膺，对情夫把自己抛弃怒不可遏，对丈夫背叛了自己气不打一处来，因在这场游戏里充当无足轻重的算盘子儿气鼓鼓的，但还是让皮特上了自己的床，因为皮特确实没有地方可坐，天气又很冷。她对他发誓说，她不会跟他做爱。皮特答应了。然而，等他乖乖地躺在她的身边，肉皮贴肉皮，面临失眠的危险，几方面因素共谋，让她的决心成了空话。他提出来给她摸摸背。她邀请他上了自己的身。一如往常，尽管许多别别扭扭的月份没有来往，但是他们还是旧梦重温了；她的脸猛地甩向一边，仿佛挨了一记耳光，一种情不自禁的温柔因为他的铿锵有力而胀满，她的两条大腿努力张开，让他入港更深，他这下才知道他把自己的麻烦夸大了，命运能够摆平。

第五章　又是春天了

波士顿公地上有一座昏暗的小亭子，周围都是不大平整的砖铺地和管乐音乐会使用的水泥板条长凳。皮特在这里等待福克茜从一所牙医诊所下来，因诊所位于特雷蒙特大街一座淡黄色六层楼办公楼里。时值三月中旬，没有什么闲人在这公园里出现。一些身穿风雪衣的孩子正在干涸的浅水池口上用力玩耍避孕宫颈帽；一只灰松鼠跑跑停停地穿过枯草，时不时停下来，仿佛让人给它拍照或者判断宫颈帽弄破时发出那种柔和的打枪声的危险性。皮特自个儿咯吱作响的脚步声很大。天气有雾，特雷蒙特大街和博伊尔斯顿大街沿路的霓虹灯清晰可见。湿漉漉的乌黑色鸽子趾高气扬地贴近匆匆行走的路人的头顶倏然而过。树木高耸，标牌上刻着 Ulmis hollandicis 的生命的宁静泉水，在氤氲中垂下缀满苞芽的枝杈，已经从枯萎中复苏，迎接另一个年份。年轮在转动。皮特在等待，时间对他来说似乎是一种华丽的寂静：他手表上的秒针在表盘上轻快地行走，分针走得精确而不易发觉。他简直对把他困在这里几个小时的残忍肃然起敬，什么消息也没有。“鲁比有罪，处死”，一张丢弃的小报的标题，被人踩入了小路边的泥泞和冰碴里。皮特只要看见这个标题，左手的手掌便奇痒难忍，要么听见一个孩子在喊叫。

弗雷迪和福克茜两个人之间把堕胎的事情麻利地安排妥当了，皮特觉得他成了局外人。他们两个都不希望跟他说一说到底是怎么安排的。福克茜在博爱街上脸色苍白，寒风把她的鼻子眼儿吹得生疼，怀里抱着一包鼓鼓囊囊的杂物，跟他说："你不用做什么事情。我宁愿你不知道所发生的事情。现在只用告诉我一件事情。这真是你想要的吗？你想要这个孩子毁掉吗？"

"是的。"他简单的回答让她震动；她的脸色更加苍白了。他问道："还有别的辙吗？"

"你是对的，"她冷冷地说，"没辙了，"随后转身离去，她怀里的包挤压得更狠了。

后来，她在电话上很不情愿地向他说了说堕胎计划。肯要到芝加哥参加一个生化研讨会，三月中旬，星期三开始，那天是十八号。星期三也正好是弗雷迪的休息日，这样他就可以带她到波士顿去见那个牙医，花三百五十块就可以把堕胎手术做了。弗雷迪可以陪着她，开车回到塔博科斯的家中。孤单单地呆在海滩路尽头的家中，她只需要把自己和托拜厄斯喂饱就行了，何况小托拜厄斯一天睡十二个小时呢。乔治妮早晚会来看望一下，福克茜随时可以打电话给她。一旦出现复杂的情况，她可以赶紧住进塔博科斯医院，当作自然流产治疗，而肯只需要知道这个孩子是他的就行了。

皮特反对让乔治妮知道这件事儿。

福克茜说："她早就知道有什么讨厌的交易发生了。这是弗雷迪的决定，他有权利这样做。如果我发生了什么事情，你一定要明白，他是凶手的嫌疑最大。"

"你不会发生任何事情。"

"但愿不会吧。乔治妮随时可以来，你和弗雷迪都不会像她那样随便。马西娅整天都在这条路上走来走去。你躲得远远的是再重要不过的。忘记我还活着好了。"她和弗雷迪再次商讨之前，她不会告诉他那个堕胎医生的地址。"弗雷迪担心你会干些不冒烟儿的事儿，胡来一气。"

“可你行吗?”

“行。”她的口气一点也不和蔼。

弗雷迪那天下午给他打来电话,把特雷蒙特大街的那个地址告诉了他,坚决阻止他和他们一起去,还极力打消他在波士顿公地上放哨的念头。“你能做什么呢?”弗雷迪问道。弗雷迪自己又接着不无嘲讽地自答说:“祈祷。如果她得到这个孩子,那是她命中该有。”“命中该有”这样模棱两可的说法,好像暗示“该有”就是一笔确定的财富,福克茜完全可以收起来占有了,好比一个人说和一个男人睡觉是“占住他”一样,言外之意是福克茜正在竞争一笔大奖,让皮特感觉各种幽灵都在身上翻滚和打旋儿,而且都是那些已经获得大奖的大小人物的幽灵。他恨不得取消这个计划,让弗雷迪这次交易泡汤算了,让福克茜肚子大起来算了,然而一切为时已晚;他只得跟自己说,这事儿他已经鞭长莫及了,弗雷迪和福克茜会不管不顾地干到底的:他们两个已经成了仙儿,上天入地,听凭生命创造和摧毁。他无力地把听筒放回去,他的手像淹死的人那样肿胀,手里的易碎的胶木听筒都比他更有活力。

然而,昨天夜里,他和他的两个女儿玩“沉思”游戏,因为心里知道他让一条命去死了,便使出足够的沉思,玩赢了。摞起来的扑克牌就在南希眼泪婆娑的眼睛下面。她原来以为她赢得了扑克游戏。开始的一点运气让她以为,她有一种挑选对子的魔力。皮特让她的打算落空了。一份做父亲的责任。只是表现得过分得意了。露丝看出来他精神头很足的胜利,不免纳闷儿。

一个凶巴巴的乞丐向他走来,伸出了手,胡子像羽毛管。皮特以为匕首刺来,急忙躲开。那人给弄糊涂了,往后退了退,手里空空的。皮特定下神来听他说话;原来对方要他给点东西。一毛小钱。流浪汉想要一毛小钱。他的声音从那撇胡子后面发出来,咕咕哝哝的,只是几个词根。皮特给了他二十五分硬币。“上帝保佑你伙计。”伪装起来的天使。永远不会遭到拒绝。

在大萧条时期,有人来到门前。他母亲的馅饼。行善不图报答①。取走你的外衣,把你的披风也送给他。要求一英里,你索性走够两英里。没有人相信了。慈善成了一种回避共产主义的骗局。他小的时候弄不清楚谁愿意吃泡在水里的面包。老掉牙的故事了。流浪汉和闲杂人,城市垃圾。保持波士顿的清洁。他感觉自己也饿了。四肢发飘,奇怪的感觉,怎么就知道需要食物了呢?奇怪的天使,奇怪的欲望。来自我们的身外,却栖居在我们的器官里。皮特拒绝了饥饿。如果他跑到街角的火红的自助餐馆,福克茜没准儿就会死掉。将就吧。他母亲的高明话。好样的,儿子,将就一下吧。她面粉一样的手臂伸向食品室的架子。多么荣耀啊。一股爱的热流穿过全身,压过了他的饥饿感。母亲的教导再也不会有了。母亲已经过世了。

残忍的小时挨了一个又一个。亭子、冰碴覆盖的砖、做姿让人拍照的松鼠、成群急驰飞行的称霸的鸽子、挂了清凌凌水滴雾珠的婀娜多姿的树枝,组成了皮特熟知的世界:所有别的东西——暖房、军队、房舍和塔博科斯朋友们的聚会——似乎成了幽灵一样的先例,成了到达这里的覆盖住的道路。饥饿在他雾糟糟的脑子里发问,但是他将就下来了。也许会耽误福克茜的生死时刻。匕首。乞讨一毛钱,给了二十五分。多得了十五分钱。他在保护他的投资。他在向上膨胀,像一个越来越尖的圆锥体,接近祈祷者。打住吧。让我摆脱掉她,而让她摆脱掉它,我们都摆脱掉弗雷迪。还我宁静的去处。她从一个倾斜的侧面,插进了他的生活的平面,日常事务在这个平面上像灰尘一样积累。灯光,早餐。她已经闯入一种可怕的区域。他在树木之间一直很单纯。她要求他的了解。他生命的直线打结了。这个结一定是罪孽。皮特祈祷把这个结解开。

上方,榆树枝伸向肮脏的羊毛一样的天空:腐蚀的三角洲毕现在这块干

① 原文为:Bread upon the waters,即英语谚语 Cast one's bread upon the waters,字面意思是"把面包扔进水里",故后面写到孩子不懂其内在含义。

涸的土地上空：彩色玻璃。用过午餐返回的脚步声在这公地上清晰可闻，仿佛罩在一个围起来的圆顶之下。一只红红的小虫子在砖沿儿上爬行。过去曾经发生过。什么时候？他脑袋就这样歪向一边。一模一样。他的脑子往深处沉下，在脑海过去的记忆深处搜索什么时候注意到一只小虫子爬行在砖沿儿上。他抬起了眼睛，看见公园大街的教堂，格外庄严。他打量周围灰蒙蒙的川流不息的行人，所有的人似乎都脱凡超俗，分明知道在这雪白的天空下不久便会枯萎或者被切割，但是他们依然能躲藏在一张张容光焕发的脸的后面。

教堂。钟响了。三下。他身体发虚，自己打破信念，跑去买咖啡和一块而不是两块焦黄的炸面圈儿。等他从自助餐厅出来，高楼之间的发黄的天空上布满了福克茜。咖啡从纸杯里溅出来，烫了他的手指，他跑上特雷蒙特大街，深信犯下了不可饶恕的罪孽。但是弗雷迪的汽车，他的黄色的墨丘利敞篷车，帆布车顶因为整个冬季折叠在一起而出现了霉点，依然停在那里，一半跨在人行道上，顺在街边一条狭窄的巷子里，不远就是一扇安在浅黄色墙壁里的刷漆的门，门上的铰链磨蹭得钢材裸露，一眼看得出门能够打开。看起来，她还没有走掉。他跨过特雷蒙特大街，回到亭子旁边，吃起来。

他的脚麻木了。波士顿远比塔博科斯阴冷：漂油的海港听任寒冷的大海亲吻。位置也更加偏北。因为替福克茜担惊受怕，又着急家里人会惦记。加拉格尔，安杰拉，哪一个都会以为他呆在对方那里。太阳在天穹上往下挪了一点，那里的墙更显薄了。如同牛脂一样黄灿灿的阳光力图投下阴影，触动了树木的烦恼和干枯的泉水。在这种光线里，皮特看见远处巷子的那扇门打开了，一个影子，一定是秃头弗雷迪出来了。皮特在熙熙攘攘的车流中左躲右闪，身子似乎飘起来了，没有用脚行走，冲过去了解情况，放下心来，如同当初走进惠特曼夫妇的房子，穿过百合花拥挤的门道，经过新刨过的木板飘香的过道，走向辽阔的盐沼地和福克茜汹涌的怀抱。弗雷迪·索恩从没有打开的车门内抬眼看他，眼眯起来，看见他显然不高兴。两个男人都不想开口说话。在敞开的铁门边，一个身穿绿色护士服、戴了银边眼镜的黑女人扶着福克茜，站在那里。

她神志清楚，不过麻药劲儿还没有过去；她下巴消瘦的脸，迷迷瞪瞪的，一片红一片白的，仿佛她的脸颊挨过打了，又挨了一次。她的眼睛在皮特身上停留片刻，然后就过去了。她的头发飘向一边，好像麦子被割倒了一般，她那俄国将军大衣的领子，他很喜欢的一件外衣，向上翻起，在她的下巴下面扣得紧紧的，如同一个支架。

弗雷迪快速地走到她身边，说："六个台阶，"而后，他的嘴严峻地紧绷着，一条胳膊扶在她的腰间，另一条胳膊架住她的肘子，稳稳地扶着她走向车门，仿佛稍有不慎她就会散掉似的。那个黑女人一声不吭地关上了那扇铁门，连同自己也关进去了。她没有走下台阶，进入巷子。皮特一路跑来吸引了一些路人的好奇，站在巷子口上的行人道上看热闹，却没有向他们围过来。弗雷迪把福克茜放进了后排座上，悄声说："好姑娘。"车门一如往常砰然关上，她的身影关了进去。她在玻璃后面了。她的嘴唇上，紧张情绪挂在嘴角，欲笑非笑的样子，看上去和昔日的样子很不一样，一层损坏的阴影，让她的脸多了那种神秘而酷似蜡像的最终的死气。然后，两个指尖从膝盖上抬起来，把眼睛下的皮肤抹了抹平。

皮特一步跳到车的前面。弗雷迪已经坐在了驾驶座上；咕咕哝哝的，他把车窗往下摇下来一点点。"好嘛，这不就是皮特·艾内马[1]嘛，一剂久负盛名的灌肠剂啊。"

皮特问道："她还……？"

"好啊，挺好，"弗雷迪说。"顺利得很。你又没事儿了，情人儿。"

"怎么拖了这么长时间？"

"她一直躺着，取出来，你以为怎么办，她可以站起来跳舞吗？快让你的

---

① 原文 Enema，灌肠剂之意，因和皮特的名字 Hanema 相似，借以戏谑。

操蛋手从车门上躲开!”

也许被弗雷迪气汹汹的说话声唤醒了,福克茜抬起头来看。她的手放在嘴唇上。“嘿,”她说。声音比她平时的声音更热情,更懒散。“我认识你,”她找补说,皮特觉得她想把话说得既嘲讽又坦诚,嘲讽她对这个她一时叫不上名字的闯入者算是认识到家了。弗雷迪把车窗摇起来,把两个车门都锁紧,把车发动起来,得意洋洋地狠狠瞪了皮特一眼。格外小心地不让他的乘客感到摇晃,他把车稳稳地开下人行道,顺入巷子里,然后加入归家的讨厌的车流。一个避孕套和一张包糖果的纸并排躺在开口的阴沟里。

几天之后,福克茜在那所房子里一个人和托比对付了四十八个小时,又对付了肯从芝加哥回来的盘查,皮特才了解到,不是从弗雷迪口中,而是从她口中转述弗雷迪告诉她的话,她在麻醉的时刻惊恐万状;她在那个黑女人把甜丝丝的面罩往她脸上扣时曾经试图揍她,而且就在第一轮乙醚发挥作用时她还大叫要回家去,她应该把这个孩子留下,孩子的父亲会赶来用锤子把门砸开,阻止他们。

星期一在电话上福克茜向皮特坦诚之后,皮特沉默不语很长时间,而后福克茜笑起来,打破僵局道:“你没有拿上锤子去砸门,不是你自己的过错。我也不想让你去。那只是我的潜意识在讲话,只是在我清醒地让自己明白事情已经无可挽回时,我才放松下来。我们所做的是对的。我们没有别的选择了,不是吗?”

“我是想不出别的办法了。”

“我们把麻烦解决了,很幸运。我们应该感谢我们的,什么呢?——我们的吉星。”她再次笑起来,电话里传来一阵敷衍的笑声。

皮特问她:“你很压抑吗?”

“是啊。当然。不只是因为我犯下了不可饶恕的罪过,终归是你让我去堕胎的,是为了大家都相安无事才去做的,真的。而是因为现在我又得面对这事儿,现在真正面对这事儿。”

“面对什么?”

“我的生活,肯,这座冷冰冰的房子。你的爱失去了。唉,我的奶水干枯了,我因此为自己感到难过。托比吃什么吐什么。棉花走失了。”

“棉花。”

“我的猫啊。你还记得它吗?”

“当然。它一直欢迎我去。”

“星期三早上它还在这里盐沼地边上逮田鼠,我晚上回来它就走了。我当时竟然没有注意到。星期四我喊它,但是我太虚弱,不能出门去找。”

皮特说:“它到外面求欢去了。”

“不,”福克茜说,“它让人家收买了,”听筒那边传来她一声又一声的抽噎。

他问她:“你为什么在我们还没有堕胎前不和我多说说呢?”

“我在生气,我估计生气和害怕是一回事儿。我们当时还能说什么呢?能说什么我们都说了。你生就的小鸡胆儿,非让我做掉,仿佛那孩子是肯的,而我知道我永远不能把你从安杰拉身边夺过来。不,别争辩了。”

他乖乖地沉默不语。

她说:“但是现在怎么办,皮特?我们能指望对方什么呢?”

他想了想,回答道:“没多大指望了。”

“对你来说更容易啊,”她说。“你总是有别人和你在一起排遣。别否认。我呢,我似乎困住了。你想知道一些可怕的事情吗?”

“要是你愿意说一说的话。”

“我现在受不了肯了。我几乎看看他的脸都受不了,他问话,我回答儿句都受不了。我一想到这件事儿,就会把他当作逼我做掉孩子的凶手。他就配干这种事情啊。”

“宝贝儿啊,凶手不是他,是我。”

福克茜向他解释，肯过去都干了些什么，肯如何整整七年不让她要孩子，别的男人在她身上想要的东西，恰恰让肯都扼杀了。她结束谈话时问道：“皮特，你以后还会来和我说说话吗？就说说话行吗？”

“你认为我们还应该吗？”

“应该，也不应该。当然我们不应该。可是我情绪低落，亲爱的，我情绪低落得不能再低落了。”她说这些词儿时使用了从电影里学来的演戏一样的疲乏。电影剧本要求她把电话就此挂掉，她就挂掉了。塞了一个一毛钢镚儿，他在电话亭里给她家打电话，这电话亭位于波伊利厄饮料市场对面，他们朋友中的一个也许碰巧会发现他，一具站立在明亮的铝合金棺材里的滑稽的尸首。福克茜的家里没有人接电话。当然他必须去看看她。死亡再次邀约来了，到处留下了它那泥歪歪的脚印。

乔治妮对弗雷迪言听计从，星期一中午时分来看望福克茜，看见皮特的轻型货车停在车道上，不免吃惊。她觉得一桩交易没有遵守承诺。照她的理解，这次堕胎应该结束福克茜对皮特的掌控；她相信，一旦福克茜被排除，那么她自己的对皮特的有用之处便会自然提升了。乔治妮对自己即将派上用场颇感自豪，对自己信守交易的承诺并且执行分配给自己的差事也颇感自豪，不管这是为妇女投票联盟争取到一名客座教授，还是在网球比赛中掌控发球权，或者依然和弗雷迪·索恩保持婚姻关系。她在星期三夜晚晚些时候便看望了福克茜，星期四看望了两次，星期五一次。她端了茶和面包送给康复病人，给小托比换沾满橘汁的围嘴儿，守着洗衣机和烘干机把两篮子衣服和被单洗干净。星期五，她还花了一个小时把楼下吸过尘，整理整齐，等待肯的回家。在这几天整理家务的共谋中，她对福克茜的感情发生了变化。乔治妮，一年前在阿普尔比的家宴上第一次看见福克茜，看见福克茜这个纤柔的威严的新来者，便对她不喜欢了；后来福克茜把皮特从她身边夺走，这种不喜欢就变成了憎恨，又夹杂着一些尊敬。但是当这个更年轻的女人落到了乔治妮的手心里时，她又变得心慈手软了。她在福克茜身上看到了一个女人生来敢作敢为却必会受苦受难的影子，一个率性而为作践自己的小妹妹，她的种种错误模糊不清地令人羡慕。她对福克茜的尊严印象深刻。福克茜不否认，在这痛苦的过渡期她需要帮助和陪伴，对乔治妮的帮助没有试图诋毁，趁机抗议，或者冷嘲，或者忏悔，或者自轻自贱。乔治妮从和弗雷迪的生活中体会到，自轻自贱一定会转变成对别人的轻蔑，因此很高兴在福克茜家里出面帮忙，被视为一种偶然事件接受下来。星期三夜晚，福克茜做出一种孩子向大人保证的严肃神情，说她不会害怕黑暗。她哭泣，半麻醉状态，像捧玩具娃娃一样把活生生的宝宝搂在怀里，然而发自内心深处感谢乔治妮来帮忙，听任她把沾了血污的床单更换掉，乖乖听话不上下楼，听到不管因为什么理由，哪怕毫无缘由的害怕，都随时可以拨打索恩夫妇家的电话号码时，一本正经地点头称谢。星期四早上，乔治妮发现她下了楼，因为睡眠不足而脸色苍白；她不能喂孩子吃早奶，不得已下楼来热一瓶子代乳品。她很听话，没有打算返回楼上，用一条毯子在沙发上为他们母子铺了床。乔治妮想象那些漫长的月光倾泻的时光如何打发，原本打个电话便可以摆脱孤独的，不禁暗中对福克茜的勇气和自尊由衷敬佩。她扶了她走上楼去，感觉福克茜倚靠在她身上，睡衣和衬衫下就是她的裸体，她的情人儿喜欢的这具高高的玉体，不那么高贵了，不那么冰冷了，不那么高不可触了。想象的爱从她身上流出来。暖流被胆怯地返送回来。她们默默地汇合了。在这几天里，她们一起心照不宣地默然走动，从一个房间到另一个房间，外面的天气赶上姗姗迟来的春天的潮湿，要比隆冬还不舒服。她们不说皮特，不说弗雷迪，也不说让她们走在一起的各种情况，只是在乔治妮问起福克茜的身体状况时才暗示一下。她们讨论健康、家务、外面的天气以及婴儿的需求。星期五，乔治妮需要来帮忙的最后一天，她把小朱迪也带来了，福克茜处在康复的欢快的气氛里，这时全身都穿上了衣服，端上来小点心和味美思酒，酒点用过，在一番清理后，还劝乔治妮吸一根不寻常的香烟。她们有些笨拙地举起酒杯，仿佛在彼此庆贺：两个女人在争风吃醋后和好如初了。

福克茜没有要求乔治妮星期一再来。但是乔治妮很想知道福克茜是如何度过周末的，如何对付肯的。她还要伺机问一问福克茜是否需要采购什么东西。看见皮特的货车停在车道上，她立时感到一种翻倒瓶子的醋意，心情受到了一种多重的摧残：她和另一个女人的温馨的情意首当其冲。对于皮特，她不指望别的，只要他继续存在就好，不知不觉地点亮她的生活就很好。她已经决意自己向他敞开怀抱，知道爱的化学成分全在她身上，全在她的作为。就是他冷落她的那种伤害她的力量，也是她创造出来并赋予的；不管他做什么，他都不能逃脱她的自由属地，不能逃脱她爱恋的自由定夺。然而在她和福克茜之间，存在一种组织体制：各种规则、一套复杂的假定的妥协和一种以假设失败为前提的宽宏的交易。在女性顺从和无性别的掌控之间，乔治妮很少问津中间地带，因此她对福克茜的有条件的喜爱对她来说更为珍贵，也许比她对皮特的爱还珍贵，因为她对皮特的爱是早已决定的，一成不变的，在某种程度上也不易激动了。福克茜的背叛让她备受伤害。在自己看来，她这下不仅很无助，而且很愚蠢。无助还能得到肉体上的慰藉；愚蠢却什么都得不到。她没有敲门，直接破门而入。

皮特和福克茜分开坐着，一张咖啡桌摆在他们之间。皮特没有脱掉那件上班穿的杏黄色拉链山羊皮风衣，一截儿黄色铅笔掖在他的耳朵后面。盐沼地的光亮在福克茜的花边睡衣的边缘上映照出炽白的火焰，把她那夹了香烟的苍白的手冻成了冰，袅袅升起的烟气如同雕刻出来的蓝色的石头一般。咖啡用具把瓷器、金属和照在低矮的柚木桌子的阳光各种弧度混合起来。乔治妮觉得她赶上了一阵沉默。她没有惊扰他们的拥抱，一腔气愤消退了不少。然而，皮特感到进退维谷，欠身起来。

“别起来呀，”乔治妮跟他说。“我可不是有意来打扰你们的美好幽会的。”

“不是那么回事儿，”他跟她说。

“只是灵魂的相聚。多么美好吧。”她转身对福克茜说。“我主动来给你采购东西的，连带看看你过得怎样。我看见你回到了正常状态，不再需要我了。好啊。”

“别用这样的口气，乔治妮。我正在告诉皮特，你是多么了不起。”

“他没有告诉你吗？我受到了伤害。”

“你干吗生气呢？你不认为皮特和我有权利说说话吗？”

皮特在座位上向前挪了挪，咕哝道：“我要走了。”

福克茜说：“你当然不能走。你刚刚来到这里。乔治妮，来一杯咖啡吧。我们别玩字谜游戏了。”

乔治妮拒绝坐下。“请别以为，”她说，“我对此有什么个人成见。你们两个干什么，不关我的事儿，或者说要不是我的老公冒着掉脑袋的风险让你大难不死的话，就什么事儿都不会有。不过我要说，为你们自己好，除非你们正在计划私奔，让皮特的货车停在外面可是大失策，马西娅随时都会开车路过这里。”

“马西娅上布鲁克林她的精神病医生那里去了，”福克茜说。“她每天都去，十点到十二点，或者更长一点，如果她和弗兰克在城里一起用餐的话。”

皮特想开始一次交谈，一次聚会，便说：“马西娅也去了吗？安杰拉刚刚开始去看精神病医生。”

乔治妮问他道：“你怎么能够出得起这笔钱呢？”

“我出不起，”他说。“不过岳丈汉密尔顿出得起。这事儿是她们爷俩鼓捣出来的。”

“我冒冒失失闯进来，你们俩正在鼓捣什么呢？”

“什么都没有，”皮特跟她说。“事实上，我们正发愁找什么话茬说下去呢。”

福克茜说：“为什么我不应该和我的孩子的父亲说说话呢？”

皮特说：“那还不是一个孩子，那只是一条小不点儿鱼，还没有鱼大呢。

那什么都不是，福克茜。”

“那是一样东西，你该死。你没有怀它。”

乔治妮妒忌他们的争吵，妒忌他们表露骄傲的心气儿。她和弗雷迪很少吵架。他们双双上床睡觉，双双出席各种聚会，第二天又双双感到乏味，如同老病号一样。只有皮特让她领教了一个语言世界，植被在那里成了纹章学，每一个女人都是每个男人的女王。她想，那个世界就像窗户外面的那片盐沼地，野草在盐碱地里欣欣向荣，一片葳蕤，而她这种有用的植物反倒会被扼杀。“我诚心诚意地认为，”她听见自己说，“你们其中的一位应该搬出塔博科斯。”

他们都很吃惊，也觉得有趣。福克茜问道：“到底为了什么？”

“为你们自己好。为大家好。你们毒化了空气。”

“如果什么空气被毒化了，”皮特跟她说，“那是你家老公干的。他是当地教人游戏人生的老师。”

“弗雷迪只是想做得有人情味。他知道你们都认为他荒唐可笑，所以他索性当作行为采用了。不过，我的意思不是说你们是毒药。也许我们其他人都被毒化了，只有你们独善其身，让我们感到无地自容。想一想你们自己吧。皮特，看着她。为什么你来这里不断折磨她呢？让她带着她的老公回坎布里奇去。离开加拉格尔，到别的地方去，回密执安去。你们都会把彼此毁掉的。我上个星期结束时都和她呆在一起。你让她经受的不是一件小事情。”

福克茜不客气地打断了她：“这是我的决定。我很感激你的帮助，乔治妮，不过我一个人也许能挺过来的。我们没有弗雷迪帮忙，也许也能找到堕胎的办法，尽管事情已经过去了。至于皮特和我，我们无意再睡在一起了。我想，你是在说，你还想要他。那就带他走吧。”

“这不是我的话，我没有这样说！根本没有！”这种表白有一些自私的成分，也有一些出于公心的精神，试图为他们两个审时度势，可他们两个腐败过头，听不进去。

皮特打趣说："我觉得我正在被人拍卖。我们应该让安杰拉也出出价码吗？"

他逗乐了。她们两个也都乐了。乔治妮给他们带来了娱乐，让他们两个生动地看清了自己。看见她哆哆嗦嗦地对付手中的咖啡杯，一个不利落的闯入者，他们以主人自居，完全掌控了局面。他们从堕胎的被动局面里摆脱出来，这下相当安全了，他们会总是为对方存在着。他们的脸在太阳光下很快活，也同样感到自得，好像吃饱喝足的动物。

乔治妮喝了一口热乎乎的咖啡，把杯子放回托盘上，一本正经地坐得笔直。"我不知道我想说些什么，"她表示歉意地说。"我很开心，福克茜，看见你这么幸福很开心。坦率地说，我认为你是一个敢作敢为的非常女孩。"

"我并不幸福，"福克茜说，感觉出话中的危险，争辩说。

"哦，那就是更幸福了。我也更幸福。我非常高兴看见春天来了，我住在山上度过了一个漫长的冬季。皮特，车库旁边的藏红花长出来了。我们什么时候开始打网球呢？"她站了起来；用不着取外衣，延宕她的离去。即使在冬季最寒冷的日子里，乔治妮也只是穿一条裙子，一件套头衫和一条学院流行的打结围巾。天气在变暖，毕竟是一月的下午，太阳从天空云缝里钻出来，看见乔治妮向市区走去，穿戴得像明亮的秋天午后的衣着，领着身穿风雪衣的朱迪走过雪堆冰碴，脚步匆匆，决意十足，内心一团火气。

那年春季的镇委会上威士忌酒香四溢。皮特一走进新建的中学礼堂就闻见了这股酒香味，设计得扣扣相连的橘黄色椅子，摆在观众看台和主席台之间，把篮球场占得满满的，上方是飘动着缆绳和体操装备的明亮的高空。成片的一张张面孔上方几英尺的空中，悬浮了闪烁的酒精浓浓的气味，琥珀色的威士忌酒，马提尼酒，在人流和餐点之间急匆匆地被大口吞下，一个照顾小孩的人正在赶来。皮特以前从来没有注意到酒香，因此纳闷是不是这是个暖和的夜晚——海上吹来一场温暖的大雾，突然间蒲公英点缀在橄榄球场上——要么这镇子发生了变化。每年都有更多来往的人、更多年轻的家庭，乘坐大众公交车，带着塞尚画作印刷品，迁入偏离历史悠久的塔博科斯中心数英里的开发区。每年，在镇委会上，更多的自信的年轻人站起来讲话，而皮特和安杰拉搬进镇子时那些主要的声音都沉默起来——语调低沉的北方佬药剂师，偏执的采蛤人，急于摆脱他们的父辈积下恩怨的大腹便便的镇委会成员，一个只认朋友、统治一切并排除异己求统一的主席。皮特出席了第一次镇委会，镇上的雇主们坐在离开妻子的观众席上，一伙做过运动员穿着随意的家伙，在会上对着年长的镇律师，格特鲁德·塔博科斯的姐夫，乱喊乱叫，使得那个老人的苍老的声音喊破了嗓子，麦克风把抽气声放大了数倍。现在，这些雇主身穿夹克衫，散坐各处，与妻子们在座位上沉默寡言，闷闷不乐，因为年复一年只有提高工资才能获得没有争议的选票。眼下，镇律师是国家街上一家公司的文雅的二股东，律师工作只是他的爱好，而镇主席是一个耳听八方的社会学联席教授，一个深谙国会程序的大手笔。只有一个偶然的问题才让人想到镇子的乡村风气的历史——购买比邻公共停车场的一所老旧的仓房啦，一个面貌沧桑、嗓音迟缓的怪异农夫提出申诉，说他应该被允许在马瑟路一个 S 拐弯处收割他的冬黑麦啦——从而引发争议。新学校、新公路、下水道界限和分区地方法规，因为联邦政府的批准，统统顺利通过。每项现代化和禁令都作为国家的需要，也就是一个帝国国家的头等荣誉，展现出来。最后的反对者，即那些冷漠的守财奴和暴躁的捣乱分子，曾经荒唐地阻拦修建这所新学校十多年，如今都作古了，或者不再来出席会议，听任镇子的事情在屋顶玻璃漏水的、可调整的隔壁板不再能调整的大楼里得到贯彻。现在，镇代表会议一年举行一次务虚会，治安法官减少了一半。皮特的朋友当中，哈罗德·小史密斯在财政委员会里，弗兰克·阿普尔比是与州政府交涉纳税人补贴公交服务委员会的主席，艾琳·索尔兹是保护委员会的女主席（就是不同凡响，她把报告和辞职信一起递上，深感遗憾地移居克利夫兰了），而马特·加拉格尔在分区上诉委员会供职。确实，如果马特相信那位波兰牧师[1]，没有什么理由不被选举为镇管理委员成员；乔治妮·索恩差一点点——一桩小丑闻导致的差额而已——当选为学校理事会成员。

政治让皮特头疼。在他老家的地区，荷兰人被排斥在外，因此也就不把当地政府当回事儿了。他的家庭一贯倾向共和党，以为这个党是无政府的；他们觉得政府是一种幻想，被管理的人不应该鼓励这种幻想。在皮特看来，政治世界还没有电影世界有实质内容，他身为成员的会议让他感到不舒服，好像天才的试演置于一个乡村集会，这里被偷窃的习性所扭曲的一张张面孔，满怀希望地仰视全然想象的星辰。皮特为了看看朋友才来参加镇上的会议，但是今天晚上，尽管哈尼马夫妇来得很早，可是没有人和他们坐在一起。阿普尔-史密斯两对夫妇和索尔兹夫妇和那些热衷政治活动的人坐在前排。台上，作为观察者，而不是镇民，坐着年轻的莱因哈特夫妇，皮特对他们看不顺眼。格林夫妇和索恩夫妇走进会场，在远处门边找到座位，皮特根本没有设法吸引这两对夫妇的女方的目光。贝尔纳黛特·安和卡罗尔·康斯但丁一起到来，都来晚了，没有丈夫陪着。最奇怪的是，惠特曼夫妇根本没有露面，虽然他们居住在塔博科斯很长，完全是投票镇民了。皮特身边坐着安杰拉，每天她不得不在幼儿园下班后赶往坎布里奇，然后赶三关似的乘坐公交车回家，累得精疲力竭，因此不停地打盹儿，东倒西歪的，然而身为忠诚的开明人士，还得坚持向别人投去睡眼蒙眬的“眼神儿”。火车服务提案，每年估计预算达到一万两千元，一致通过，原因是被良好的公共交通吸引到塔博科斯的人群，会给本地区带来相当可观的收益。会议的那种因为喝酒而朦胧的伪善的效率，让皮特深感恼火，对他的自由本性构成了威胁，他几次离开这个众口一词的人群，到过厅里的饮水处去喝水，在这里他发觉到那

---

① 指当时梵蒂冈教廷的波兰籍教皇。

位镇建筑检验员回避他的目光，对他的问候避而不答。十一点钟会议休息时，他看见别的夫妇们凑在一个出口处，讨论去谁家喝酒。哈罗德凑热闹的侧影在抢话；比阿慢悠悠地梦游般地点头赞同。安杰拉对皮特预感会受冷落的话挖苦一番，说她就想回家睡觉。在她接受精神治疗前，她会把话说得模棱两可。皮特只好听从她的要求了。在车里，他问她："你跟死了一样吗？"

"差一点儿吧。所有这些关于土地的筑路权和一英尺商业带都让我听了头疼。他们为什么不能在镇公所把这些议程解决了，别再折磨我们了。"

"精神治疗进行得怎么样？"

"不十分令人振奋。我觉得疲乏、愚钝，不明白为什么我要去那里。"

"别问我为什么你要到那里去。"

"我没有问。"

"你们两个一起说些什么？"

"只是要我说下去。他听。"

"他从来不说点什么吗？"

"理想上是的。"

"你没有说到我吗？我如何让你和弗雷迪·索恩一起睡觉？"

"我们开始时说到过。可是现在我们说到了我的父母。主要说我爸爸。上星期四脱口说到了这个话题，说我老爹总是在盥洗室脱光衣服。我很多年没有想到这件事儿了。如果我因为什么事情呆在他们的卧室里，他从盥洗室里出来时准穿了睡衣。我能看见他真实的样子的唯一途径是偷看他洗澡。"

"你偷窥。安杰拉。"

"我知道，这事儿一想起来就让我脸红。但是，这事儿也让我发疯。只要他进了洗澡间，他便会把两个水龙头打开，这样一来我们无法听清楚他在干什么。"

我们：露易丝，她那难得一见的妹妹，一个邋遢的和她很像的女人，比她小两岁，住在佛蒙特，丈夫在一所预科学校教书。露易丝结婚早，没有安杰拉长得那般俊俏，脏乎乎的嘴，不清爽的皮肤，也许床上功夫更厉害，更色情。他想起了朱普。他那个浅黄色头发或说亚麻色的弟弟，水汪汪的眼睛，更年轻，更单纯，继续经营那个暖房，应该和安杰拉结婚，他们两个一起住在不甚明朗的光线里。让他和邋遢的露易丝凑合一辈子吧。皮特问道："露易丝看见过他的鸟儿吗？你和她议论过那玩意儿吗？"

"没有当真议论过。我们受到了可怕的约束，想来是这样的，尽管我的母亲总是谈论造化怎么荣耀，强调得那么好玩，家里到处都是艺术书籍。米开朗琪罗的画，那些画亚当鸟儿的，好玩死了，软塌塌的，老长的包皮，因此我看见你的时候，我想——"

"你想什么？"

"我会和他[①]弄明白我当时所想的。"

修女湾路拓宽以来，与海滨路很不一样了，笔直，几乎没有什么树木，更像一条中西部的道路，沿路居民稀少，难得看见一家关门的蔬菜摊，在一个小山的高处，有一座表皮脱落的俗艳的住宅，楼上的灯还亮着，里面住着一个寡妇。朱普的眼睛更像妈妈的眼睛，嘴也更像。眼神不亮，不爱发问，垮掉似的。他感觉安杰拉开始打瞌睡了，便问道："我也弄不清楚我是不是看见过我的母亲裸体的样子。他们俩好像从来不洗澡，至少我醒着时他们没有洗过澡。我以为他们对性事一窍不通，因此有一次我的母亲顺口抱怨我的床单上斑斑点点时，我听了大吃一惊。她不是真的在责怪我，根本是在取笑我。正是这种口气让我惊讶不已。"

"老爹做过的一件好事儿，"安杰拉回答说，"是在我们开始长奶子时告诫我们站直身体。他看见我们缩肩含胸的样子非常生气。"

---

① 当指她的心理医生。

“你们因为奶子害羞了吗？”

“害羞，可不是很厉害，只是觉得仿佛你没法对付它们。它们凸出来，颤颤悠悠的。”

皮特想象安杰拉的奶子的样子，跟她说：“我原以为我是你的麻烦，你却谈起了你的父亲，我很受伤害。可以肯定，他是应该为这事儿买单的一个。”

“你为什么为这事儿生气？他有钱，我们没有钱。”

他们车子的轮子，安杰拉乳白色的标致牌车，在砂石路面沙沙作响。他们到家了。窗户的光四四方方的，在窗外的灌木丛上投下模糊的十字形阴影。草坪在脚下感觉泥歪歪的，一层冬季躯体上的解冻的松松垮垮的皮。一棵在门廊旁边扎根的小枫树，伸出来去年夏天长成的闪亮笔直的枝杈，如同温度计水银一样红红的。黑乎乎的烟囱旁边，模糊的月亮看上去暖暖的。皮特感激地吸了一口潮湿的夜气。他这个麻烦缠身的年份，感觉烟消云散，没有踪影了。

看孩子的是梅里萨·米尔斯，老船厂百姓头目的正值花季的女儿，她老爹多年前和妻子离了婚，迁往佛罗里达，在那里他经营一个小码头并且又娶了老婆。梅里萨如同来自破裂家庭的孩子们一样，总是安安静静的样子，懂礼貌，懂规矩。她说：“来了一个电话，一个惠特曼先生。我把电话号码记下来了。”在一沓加拉格尔＆哈尼马公司收据单上，她的胖胖的温和的小手用铅笔记下了福克茜的电话号码。

皮特问道：“惠特曼先生吗？”

梅里萨一边收拾她的书本，瞪着他，没有丝毫奇怪的神色。她的生活已经见证了一起罪过的混乱，她拿定主意不再对混乱在意。“他说不管回来得多么晚，你都要给他打电话。”

“他不是说这么晚还要打吧，”安杰拉和皮特说。“你送梅里萨回家，我明天一早给福克茜打电话。”

“不行！”皮特突然两眼聚焦，看见两个女人站在他面前一模一样——两个人都过早地领悟了贞操的道德，两个人都在决意的平静后面独处。他知道她们两个都把他遮挡起来，不让他看见黑暗中的东西，那就是他的命运，他的行为的结果。他的舌头在依然敞开的狭窄小道里不由自主地快速活动。“我们也许还需要梅里萨。我还是给肯打个电话再让她走吧。”

安杰拉抗议说：“梅里萨明天要上学，我累得不行了。”但是，她的声音缺乏力量；他径直走到电话前，手掌刺刺歪歪的。他拿起听筒拨电话的当儿，他的动作十分小心，如同麻风病人的肉碎银片一般往下掉落。

肯在电话响起第二声时接住了。“皮特吧，”他说。听话音不像是在打招呼；肯是在对着某种东西叫名字。

“肯吧。”

“福克茜和我长谈了一次。”

“谈什么了？”

“谈你们两个。”

“是吗？”

“是的。你不否认你和她夏天以来一直是情人吧？”

肯的沉默延长了很久。一个失去耐心的医生面对一个遥遥无期的希望。皮特看出来没有一点光亮，真相已经大白，团团包围起来了，如同氧气，如同黑暗。好像一个垂死的人用了几个月时间费尽心机进行预防，如释重负地转而希望来世，皮特叹息道：“不，我不否认。”

“好。这是得以进行的一步。”

安杰拉一脸凄凉，一言不发，皮特聆听之际，她紧紧追着他的目光。

“她还告诉我，这个冬季你让她怀孕了，我去芝加哥出差，你安排了那次流产。”

“她是这样说的吗？还是你在‘风城’的时候？”皮特觉得面前是一块坚硬的平地，他很想在上面跳舞。

“这是真还是假？”肯追问道。

皮特说："请告诉我这则谜语的规则吧。我能赢，或者只有输？"

肯停顿了一会儿。安杰拉终于明白究竟发生了什么事情，脸色变得铁青，焦急地发出了一个无声的音节：谁？

少了几分严厉，作了一点让步，肯说："皮特，我认为让你和安杰拉今晚来一下是上策。"

"她累得够呛。"

"让她听电话好吗？"

"不。我们过去吧。"他把电话挂上，面对着那块有些发黑的长方形墙纸，不久前一直挂着一块镜子。安杰拉把镜子转移到了南希的屋子，因为这孩子对她父亲送给露丝的生日礼物镜子很羡慕。他告诉安杰拉："我们一定得去，"然后问梅里萨："你能留一下吗？"两个人都默认了；他在这短短几秒钟打电话的时间里，已经树立了一个人背水一战的那种可怕的尊严。脸上做出一副面孔，而他的血却在暗地里沸腾，羞耻和惧怕交替翻腾，瞬间压缩成了那些小小的行动——拉开紧紧的门闩，在口袋里乱摸车钥匙，对梅里萨微笑道别，保证不会时间很长——做出这一系列动作，他们走出住宅，走进夜色，上路了。

取道黑莓巷，一条从黑人巷逐渐踩踏出来的弯曲的连接小路，因为在丹尼尔·韦伯斯特①时代黑人巷住过一个逃跑的孤独的黑人——最后死于孤独和肺病，哈尼马家到惠特曼夫妇家不很远。夏天里，皮特经常在下午干完活儿后会开车带女儿们到海滩游泳，晚餐时赶回来。因此，皮特和安杰拉没有多少时间说话；安杰拉讲得很快，很轻，在她听到的和猜测的空间里跳来跳去。"这事进行了多长时间了？"

---

① 韦伯斯特(Daniel Webster，1782—1852)，美国政治家和演说家，做过辉格党主席，做过两任国务卿。

“哦,夏天开始的。我想她雇我去干活儿,就是看看这种事儿会不会发生。”

“我曾有过这种念头,可是我想你不会利用你的工作之便干这种勾当,我原以为这种事儿会受你的伦理约束呢。骗了我,是的,不过你手下的人和加拉格尔都……”

“我为她干了一份很体面的工作。我们一直没有睡在一起,只是在工期要结束时才有了。活儿干完了才发生的,我已经没有理由把车停在那里了,事情才似乎有点不对头了。”

“哦,是似乎有点不对头了吗?”

“没错。变得非常沉重。宗教方面,总是点约束,而且很难受。她肚子很大了。”皮特能够讲出来,心下感到轻松,仿佛在这种事情的另一种形式下,他一直秘密地爱恋着安杰拉,而现在能向她坦诚他爱恋的高度和深度了。

她说:“是啊,出人意料。她在怀孕期间。肯接受起来一定很困难。”

皮特耸了耸肩膀。“是她主动的。她不在乎,我也就不在乎了。实际上,怀孕期间发生了,反倒更为单纯,仿佛她的多半在忠于肯,不管我们在剩余的部分上干什么勾当。”

“你和她一共睡了多少次?”

“哦。三十。四十。”

“四十!”

“你非要问嘛。”安杰拉哭起来。他告诉她说:“别哭嘛。”

“我哭是因为你近来好像比过去高兴,我还以为是因为我,原来是因为她。”

“不是,不是因为她。”他觉得内心还有一个温馨的去处,一个隐藏的坑,比阿那件事儿。

“不是吗? 最后一次是什么时候?”

那次流产。她一定不能知道。但是，这事儿太大了，要隐藏起来不容易，好像一棵树。在它的阴凉下，那片地盘令人质疑地容易发现。他说："几个月以前吧。我们说好那是最后一次了。"

"是在那个婴儿生下以后吗？"

"是的。生下六周左右吧。我对她还想我感到很吃惊。"

"你倒是很谦虚。"她的口气没有讥讽的意思，只是麻木不仁。一个被撞过的信箱歪向一边，永远向后倾斜着，在他们车灯前一晃而过。盐沼地上拥挤的雾霭影影绰绰，公路一路向下俯冲。安杰拉问道："你们为什么中止了？"

皮特在别的地方掩藏真相，在这里却有什么说什么。"事情开始伤害到了它无能为力的程度。我对你变得残忍了，我不能看见姑娘们；她们似乎离开了我在一天天长大。再说，她有了婴儿，是个男孩儿，事情好像变得很清楚，我们的时光过去了。"他接着解释说："爱的时光，还有死的时光。"

她的哭泣渐渐停下，但是她的声音里还有一个磨损的地方，蚀空了："你爱她吗？"

他努力在这里走得步步精确；他们的谈话已经从深深的欺骗的森林走向了沙漠，这里每走一步都会留下痕迹。他告诉她："我不确定我弄懂了这种表达。我和她在一起很享受，是的。"

"你和乔治妮在一起也很享受吗？"

"是的。没有那么复杂。她要求不那么多。福克茜总是试图教育我。"

"别的人呢？"

"没有了。"这句谎言一直持续到他们冲过最后的低洼地带，来到了惠特曼家小小的高地。

"我呢？你和我在一起有享受的时候吗？"沙漠改变了；她声音中的平缓的沙子已经变成了烧焦的岩石，曾经融化过的岩石，触摸起来很刺手。

"啊，"皮特说，"天哪，是的。和你在一起等于进了天堂。"他没有想清楚便亟不可待地往下讲:“有件事情你应该知道,因为肯已经知道了。最后,我估计这事已经结束了,福克茜却因为我怀孕了,别问我是怎么怀孕的,说来可笑,于是我们只好请弗雷迪·索恩出面安排流产的事儿。他开出的价码就是和你一夜情。这听起来很恐怖,可是这是唯一的要求,你真的很了不起,这下真的把我和福克茜的关系了断了。事情发生了。事情了断了。我们今天夜里来到这里,你可以尽情地骂我一顿。”

他们来到了惠特曼夫妇家门前。引擎熄火后,安杰拉没有作答令他不知所措。她开口说话时,声音听起来很微弱,很微小,很到位。“你还是带我回家吧。”

“别傻了,”他说。“你一定要进屋。”他为自己专断的口气找到了理由:“没有你陪着,我没有勇气进去。”

肯回答了门铃。他穿了一件软绸服和一件吸烟的夹克衫:主人身份。他严肃地握了握皮特的手,用他那浅灰色的眼睛瞅了他一眼,仿佛在拍摄快照。他迎接安杰拉时用了近乎调情一般的关心。他那男人的嗓音和肩膀舒服地把空间都填满了,福克茜自己似乎漂浮着,很凄凉。他接过他们的外衣,安杰拉数一数二的蓝外衣和皮特的杏黄色小夹克,然后领着他们夫妇走过地毯磨损的过厅;安杰拉把周围打量了一下,对本应该是她自己的房子发生的变化充满兴趣。她悄悄地对皮特说:“你挑选的墙纸吗?”福克茜在起居室里,喂怀里的小婴儿。因为不能站起来表示问候,她咧嘴笑了笑。在她的笑容的映衬下,她泪水洗面的脸在皮特看来似乎成了一张镶满宝石的网;灯光顺着她松开的头发照下来,落在她怀里那个看不见脸的襁褓上。咖啡桌子上的一溜酒瓶子闪烁有光。他们一直在喝酒。在塔博科斯的社交界,什么邀请都比不上分享另一对夫妇的亲密更荣幸,比如现在,在他们身着随和的便装时加入进来,见证他们公开的争吵和含蓄的忧愁。这个夜晚,这对夫妇要打破那非正规的魔咒和互相视为敌人的局面,是很难的。安杰拉坐在了那个旧皮沙发椅上，皮特坐在那张灯芯绒垫子、梯式靠背椅子上，这是福克茜的母亲深为他们的住宅看上去寒酸而震惊，专门从马里兰发送过来的。肯还站立着，试图按照学院的样式主持这次会议。皮特恨不得充当小丑，借用一下小丑的传统上掩藏的分身术。安杰拉和福克茜，她们交叉相搭的腿很光滑，为屋子增添了那种女性出席现场的养育的优雅，而失去这点，自从亚当给动物取名字以来，没有什么行为是完整的。女人是温柔的有成果的存在物，她们出现在我们中间会让罪过繁衍。

肯问他们喜欢喝些什么。那件吸烟夹克衫是道具，他必须充分利用。愤怒是不需要什么服装的。安杰拉说："什么也不喝。"

皮特要了兑杜松子酒的饮料。既然喝酒的季节还没有开始，也许来杯味美思和欧洲马提尼一半兑一半的饮料就可以了。什么都行，只要不是威士忌酒就行。他把镇会议上的威士忌酒的味道描述一番，可是没有人发笑，这令他大失所望。他有点恼火，问道："肯，你的议事日程上的第一个项目是什么？"

肯没有搭理他，问安杰拉道："你对这件事情了解到什么程度？"

"哈。"皮特说，"一次口试。"

安杰拉说："我知道的和你一样。蒙在鼓里。"

"你一定猜测到了一些事情吧。"

"我对皮特充满了猜测，可是他非常滑头。"

皮特说："要我说，那是机灵。"

肯的眼睛还一直看着安杰拉。"可是你整天都呆在塔博科斯；我是早七点就走，晚七点才回来。"

安杰拉把身体重量向前倾了倾，这下那个皮垫子咯吱响了一下。"你这话是什么意思，肯？是说我作为老婆没有老婆的本事吗？"

福克茜说："安杰拉成为皮特的好妻子，而我很不称职，一个原因是安杰拉能让自己装聋作哑。"

“哦，我可不懂这一套，”安杰拉说，一如她在椅子上向前挪了挪身子的打算，忙着给自己倒了一些白兰地。那是五星级的法国白兰地，可惜只有一个玻璃杯是燧石胶质平底的。福克茜的家务顾东不顾西，疏漏难免。过去，下午晚些时候走进她的家，皮特在她的拥抱中透过她的金色头发，会看见咖啡桌子上的早餐碟子还没有洗，一本书中夹了一小片干咸肉当书签。他把这种情况说破时，她会嚷嚷说，她这样做是为了让他开心；但是他也观察到，她的内衣不总是那么清洁。

她不肯让安杰拉温和的反驳这样轻易过去，于是坐直身子，把怀里熟睡的婴儿晃了几下，争辩说：“我是在恭维呢。我认为这是一种美德。我永远做不到这点，一个明智的睁一只眼闭一只眼的妻子。我从心里羡慕。在很多晚宴上，看见你走来走去都是那种甜美的笑容，带着皮特回家上床，我恨不得把自己杀了。”

皮特哆嗦了一下。关键是不能让肯觉得太真实了。换一换话题吧。如同一个好脾气的男人单纯地打听情况，他问另一个男人道：“你是怎么发现的?”

“有人告诉他了，”福克茜插话说。“一个女人。一个吃醋的女人。”

“乔治妮吧，”皮特说。

“没错，”福克茜说。

肯说：“不是，是马西娅·小史密斯。前几天在镇上，她碰巧问起我家里还有什么活儿没有干完，因为皮特的货车经常停在门前。”

“多么可笑吧，这是他们两个一起瞎编的，”福克茜跟皮特说。“当然是乔治妮干的。我知道她上星期看见我们在一起，她就要干些可恶的事情了。她生活中没有爱情，她看见别人有爱情就受不了。”

皮特不喜欢她这种激烈的样子；他觉得他们已经冤枉了那对夫妇，他们应该对人家摆出更纯洁的姿态。他谴责她说：“然后你就把一切都告诉他了。”

她脸上的宝石从网眼儿里挤出来了。“是的。是的。我一旦说开了，就停不下来了。我感到遗憾，为你，随后就不觉遗憾了。你让我在地狱走了一回，男人。”

安杰拉端着白兰地，冲肯莞尔一笑：“他们打起架来了。”

他回答说：“那是他们的麻烦，”而皮特，听见这不服气的口气，意识到肯不像他一样，把这桩麻烦视为一个平均分担的问题，四方同时进入，同时撤出。他看出来，肯要竭力为自己开脱，统统推卸干净。

安杰拉站在皮特一边，害怕这另一对夫妇得寸进尺，便委婉地问，她那橄榄形的脑袋也没有完全倾向福克茜：“乔治妮一个星期以前还看见你们在一起吗？可皮特告诉我一切都结束了。”

福克茜说：“他向你撒谎，亲爱的。”

“我没有撒谎。”皮特的脸憋得通红。“我到这里来，是因为你很痛苦。我们没有做爱，我们连话都没有多说。我们达成协议，流产结束我们早已应该结束的一切。清清楚楚。”

“这么清楚吗？”眼睛垂了下来。光滑的嘴不再争辩了。他记起来她的嘴唇那种特有的细腻的光滑。她的态度既有服软的东西，也有挑衅的东西。皮特感觉到，她那柔美的身体在他的眼睛的逼视下，像是在祈求别让彼得①受辱的那种情况再发生了。

肯向安杰拉再次转过身来。“你知道多少呢？你知道肯尼迪遇刺那天的晚宴上，他们在楼上的卫生间里交颈取乐吗？你知道他在一段时间里曾经跟乔治妮和福克茜同时来往，而现在又与另一个女人作乐吗？”

“谁？”

安杰拉问得猝不及防，让惠特曼夫妇同时吃惊；他们两个彼此对视，看看对方有没有什么信号。皮特看见福克茜没有什么表示。肯对着安杰拉的

---

① 福克茜的初恋，前文有一些交代。

脸说:“比阿。”

“亲爱的比阿呀,”安杰拉说,两根手指不停地抓挠沙发椅左边皮扶手外沿头上的黄铜饰钉。痛苦如此冷漠地承受了。女同性恋的诡计。身着长内衣,聆听诗歌。触摸我的手。曲棍球。

皮特插话道:“闲言碎语。你们两个有什么证据吗?”

“别在意,皮特,”安杰拉旁白道。

肯继续充当大学讲师的角色;他向安杰拉倾过身去时,灯光照出了两鬓的教授们惯有的灰白色。“你知道流产的事儿吗?”他的脸上出现了他的嘴里恨不得喷出来的充血。一个课间一直被嘲弄的胖胖的用功的男孩儿。可别取笑,皮特,千万别嘲弄我。

皮特问福克茜:“他为什么不理会我的老婆?”

安杰拉点头表示同意,并且优雅地摆了摆手,对肯补充说:“在我看来,他们做流产,是为了你也是为了他们自己。一个玩世不恭的女人一准会把孩子生下来,当你的孩子养活。”

“除非我瞎透了眼。我知道惠特曼家的人长什么样子。”

“你凭听力就能辨别出来,”皮特说。“他们在孩子出生时就开始品头论足了。”

肯向他转过身来。“在多项起诉中,我考虑控告索恩谋杀罪。你是胁从罪。”

“老天爷,为什么?”皮特问道。“这也许是弗雷迪·索恩做过的最人道的事情了。他不是非做不可,他是出于怜悯才做的。甚至是出于爱。”

“爱谁呢?”

“他的朋友们啊。”皮特说这话时觉得他的心都绷起了爱的弦,仿佛他和弗雷迪两个人之间的隔膜统统摧毁了,最终彼此理解了,完成了充分的长久的心愿,如同一天晚上在康斯坦丁夫妇家阴湿的门厅眼看就要发生的情形一样。恨和爱都在寻求理解。

肯说，却见某种奇怪的东西，一种可恶的喘息，一种年轻气盛的嘲笑，在折磨他的上嘴唇："他干这事儿，是因为他喜欢搅和。但是搅和和干事是一回事儿。事情已经干了，我看挽回这事儿是没门儿了。"

安杰拉首先听懂了他话中的意思。她问道："没门儿吗？"

肯领悟了她问话的言外之意。"我受够了。用技术术语讲：有些反应是可以产生逆反应的，而有些则不行。这件事对我来说是没有逆反应的。仅仅是不忠行为，事情还有挽回的余地，哪怕是长期勾搭成奸，然而我的孩子还在她的肚子里时——"

"哦，别这么迷信，"福克茜打断他的话。

"——后来又和索恩共谋这种可怕的手术……"

安杰拉问他："你是怎么判断的呢？像皮特说的，按照当时的情况，那样做是最人道的事情。"

皮特跟他说："她给我写了许多长信，整个夏季，说她是多么爱你。"然而，就在他恳求之际，他也知道是在白费口舌，明白了这点也就满足了，因为他对上帝是忠诚的，上帝听到祈求慈悲地原谅了我们，他把自己的审判的托梁牢牢地钉住，依靠秩序覆盖苍穹。

肯依然像一个老师一样站在那里，说话的当儿，他的声音带出了一种年轻气盛的犹豫："请让我再说几句。很显然，我在你们所有人眼里算不上什么。然而，这对我来说是一个不寻常的夜晚，我想把话说出来。"

"听，听，"皮特说。他高兴地等待被数落一通，然后被赶走。

"在某种意义上讲，"肯接着说，"我非常感激，非常仁善，因为作为一个科学家，我应该寻求真理，而今天晚上我得到了真理，我想对得起它。我不想在它面前羞羞答答。"

皮特又给自己倒了一些杜松子酒。福克茜冲婴儿眨了眨眼睛，用力搂了几下；安杰拉喝了一口白兰地，仍旧坐在那个大皮扶手椅里。

"就化学而言，"肯和在场的人说，"分子包含了键；一些化合物包含强壮的键，有些只有比较弱的键，而且尽管现在借助原子的价能够解释清楚了，但是早先却只是从实际出发而已。今晚现场领教一番我的妻子，不只她说些什么——那些令人惊讶的冷血的欺骗话——还有她一吐为快的那种喜悦劲头，我不得不结论说：我们没有多少键的成分。我想，我们应该有的。我们来自同一类人，我们都是有头脑的人，我们能坚守一个计划，她和我一起度过了许多她现在告诉我是非常难捱的年头。皮特，她告诉我她直到你到来早已经忘记了什么是爱情了。什么话也别说。也许就是我没有爱的能力。我一直以为我很爱她，感觉到了你现在所应该感觉到的。我想让她怀上我的孩子，当我们为孩子找到地方时，我给了她这所房子——"

福克茜插话说："你给了你自己这所房子。"

皮特说："福克茜。"

安杰拉已经和肯交谈过了，随后皮特和福克茜说话。福克茜点了点头，宝石又返回到了她桃红色的脸上，掩盖了试图和皮特重归于好的眼神，那种没有希望的忏悔的表情。他想起南希很清楚她要哭时那种瞬间的平静，紧接着她的脸一下子面目全非，像一个花瓶，露出来那个悲苦地在下颚拱起来的哭泣的舌头。

"如果你和她离婚，那我就娶了她。"皮特感觉这句话是从嘴里溜出来的，而不是说出来的。这是威胁、诉苦还是承诺？

福克茜干巴巴地说："这是我听见过的最优雅的求婚。"不过，她已经定名为：求婚。

"哦，我的天哪，我的天哪，"安杰拉叫道。"我觉得恶心，恶心。"

"别把话啰嗦两遍好吧，"皮特对她说。

"他不爱她，他不爱，"安杰拉对肯说。"夏天以来，他一直试图摆脱她。"

肯对皮特说："我不知道你应该干什么。我只知道我应该干什么。"

皮特祈求道："你不能因为一件已经过去的事情和她离婚。看看她。她悔恨了。她忏悔了。她怀里抱着你的孩子。带她走吧，揍她，离开塔博科斯,带着她回到坎布里奇,怎么办都行。但是,但凡有理智的男人——"

肯说:"我什么都没有,只有理智。我离婚的合法根据六倍都多了。"

"别再次充当一个律师的儿子好吧。争取做一个有情义的人。法律是死的。"

"关键在于,"肯终于坐了下来,说,"她没有悔过。"

"当然她悔过了,"皮特说。"看看她那样子。问问她。"

肯悄声地问她,仿佛从睡梦中唤醒她:"福克茜,你呢?悔恨吗?"

她睁着两只胆大的棕色眼睛审视肯,然后说:"我每天晚上给你洗脚,还要把洗脚水喝下去。"

肯向皮特转过身去,他的实验很成功:"看见了吗?她嘲笑我呢。"

福克茜高高地站起来,把婴儿放在肩上,轻快地拍拍婴儿的背。"我受不了了,"她宣布说,"把我当一样东西对待。对不起,安杰拉。我对你的痛苦从心里感到抱歉,可是这些男人啊。就知道这样抢着争着心疼自己。"她站在门边停下来,从一把椅子上拿起一条毯子,在她弯腰取东西、随后一声不响地离去的当儿,托拜厄斯打了一个嗝儿。

这一小小的有益健康的打嗝儿声,那么惊天动地地响亮,安杰拉听了笑得两肩直晃悠。她把脸埋在两只手里。这时把脸露出来,仿佛,她自己的助手,她虔诚地把三折宗教画的侧板一一展开了。那是她的脸,皮特看到,失去了自我意识,一溜反应迅速的小窟窿,如同一只海葵,海水漫过留下什么吃什么。"我想回家去,"她对肯说。"我累了,我想洗个澡。一切都解决了吗?你要和福克茜离婚,而皮特要和我离婚。你想娶我吗,肯?"

肯回答得很有绅士风度,让皮特看明白,他小时候怀疑居住在这个世界的人,确实都比他更硕大,更明智,更优雅却更不贪婪。肯说:"你让我心仪。我们要是多年前就认识该多好啊。"

"多年前,"安杰拉说,"我们也许还在争着做好孩子呢。"她问皮特道:"我们该怎么办呢?你今天夜里还想走出这里吗?"

皮特对她说："别来劲。什么事情也没有解决。我认为我们都需要对这事儿开诚布公地谈谈。"

肯问道："那么，你已经打算把你的报价往下砍吗？"

"什么报价？"

肯说："皮特，你我之间的一些东西你应该清楚，出于某种原因，我想是现代人的样子吧，我似乎难以说出口来，而瞧你坐在那里笑眯眯的样子，我认为这次讨论还是没有让你明白过来。我恨透你啦。"这话听起来很假；他补充说："我恨你对我所做的一切，恨你对福克茜所做的一切。"

皮特以为安杰拉会为他说几句，至少含糊其辞地抗议几句；但是，她一言不发地静观局面发展。

肯接着说："在不到一年中，你和这个病态的小镇，把我和妻子七年间苦心经营的一切都毁掉了。在这种嘻嘻哈哈的表面下，你以破坏为乐。你喜欢这一套把戏。你这个一头红发的复仇魔王。你干得津津有味；你很享受那个姑娘的痛苦。"

皮特听烦了这通数落，奋起反抗了。他站起来对肯说："她是你的老婆，把她拴在你的床上嘛。你从一开始就没有拴住她。一个男人但凡有点自尊，都不会像你一样，在她对爱情心灰意懒之际与她结婚。如果花朵没有在这个试管里盛开，别拿我出气——"跟随安杰拉往外走，到了过厅门口，他回过身来，挥动两臂，示意肯的房子，坎布里奇家具，空空的童车，照得见东西的窗户，结婚加起来的年头——加起来就是"这个试管"。他对这一通反驳深感得意，他等待安杰拉表示赞同，但是安杰拉已经把纱门砰然关上了。出得门来，置身突如其来的潮湿的空气中，他一脚踩进路旁修剪过的紫丁香树丛，一只眼睛下面被扎了一下，不禁嘀咕他是不是喝醉了，竟然如此得意忘形。

汽车在夜雾中奔驰。安杰拉问道："她在床上真的比我强很多吗？"

皮特回答道："她很不一样。她干的一些事情，你不会干的，我认为她比你更看重男人的价值。要我说，没有你这么让人放心，也许还有几分男人气。肉体上呢，无论哪里都比你更足；她有些发紧，她的敏感劲儿还没有完全发展。她很年轻，正如你曾经说过的。”

皮特的回答面面俱到，仿佛不这样不足以让安杰拉相信他对另一个女人真的了解透了，安杰拉听了受不了了；她尖叫一声，一下子跪在车里的橡胶底垫上，胳膊和脑袋在这个到处是凸出物和铁楞的空间里乱舞，试图在多尘的汽车垫子里闷住自己的哭喊。他赶紧把标致车刹闸停下，绕过汽车噗噗响的车头，来到她这边，给她打开门。他把她拉出车外时，她觉得散架子了，像一个醉汉或者木偶一样软塌塌的。“深呼吸，”他说。沙滩路在这里向下俯冲，通往盐沼地，雾气很浓，弥漫着一股永远闻得见的咸味儿。安杰拉恢复了平静，表示道歉，拔了几根春天的嫩草，把它们压在眼睑上。两盏车灯在雾中慢慢地向他们接近，随即停下来。

车门打开了。哈罗德·小史密斯穿透力很强的尖嗓子喊道：“没有什么事儿吧？”

“我们很好，谢谢。只是在海风中享受一下。”

“哦，皮特。是你吧。谁和你在一起？”

“安杰拉。”

“喂，”安杰拉喊道，证明她在场。

皮特隔着闪烁的汽车顶和别的人打招呼，“晚宴怎么样啊？”

哈罗德内疚地回答道：“那不是晚宴，一杯啤酒的事儿。Un peu de biére[1]. 卡罗尔找你了，可是你早从另一个出口走掉了。”

“我们本不应该去的，不管怎样都谢谢啦，”皮特说，接着问道：“谁和你在一块儿？”

“当然是马西娅了。”

---

① 法语：一点啤酒。

“为什么说当然?”

马西娅的声音穿过雾气传过来。“住口吧,皮特。你是一个下流的老家伙。”

“你正好是一个姑娘。晚安,大伙儿。”

“晚安,哈尼马夫妇。”两只红红的尾灯越来越小,最终消失了。在静默中,只有大海的叹息在盐沼地渠道里往上涨,导致盐水草竖直秆子,飒飒作响,吮吸。她的尖叫声很像动物的,或者不大像动物,只是一架乱套的机械装置发出的噪音。皮特很难相信,这个世界——午夜一点钟的雾气,那熟悉的塔博科斯的地理——经受一次碎裂后还能重建自身。不过梅里萨在安杰拉对她表示感谢并撒谎解释他们为什么再出去时(“他们的婴儿得了腹绞痛,他们吓坏了;婴儿是他们的第一胎,你知道。”),只是把一直借电视的光亮读过的书一本接一本收了起来。皮特开车送她回家时,她身上散发着柑橘的芳香,谈论安克雷奇发生的可怕的地震。返回后,他发现楼下的灯关掉了,安杰拉在楼上浴盆里洗澡。她奶子上的静脉呈青绿色,她的肩膀和大腿有清晰的太阳晒出来的奇形怪状的瘢痕,她全身都泡在水里,懒洋洋地在外阴上打肥皂。她绕着圈儿抹肥皂,然后把湿漉漉的阴毛捋成了无序的峰尖儿,然后转动身子,热水漫过身子,把肥皂洗掉了。她的奶子随着沫子如珠的水漂动和滑动;她的头发扎成了一个后髻发式,露出来温婉的脖子后颈。

皮特说:“多包涵,我必须用一下恭桶。我的肚子成一个酸球了。”

“尊便。别在乎我。”

他把自己交给了恭桶,一阵热辣辣的急泻后顿觉轻松,混合着她那好玩的脚趾头的影子——热水烫过的、粉嘟噜噜的,小猫咪一样;福克茜长了长长的脚拇指;一天夜晚,在康斯坦丁夫妇家他曾看见她用脚夹着一根铅笔,在墙上写下了“伊丽莎白”几个字。他问安杰拉:“你感觉怎么样?”

“没救了。如果你把剃刀片给我,我马上割腕。”

“别说这样的话。”又一阵猛烈的急泻,搞得他张开了嘴巴,让他的回答拉长了时间。怎么中了这么大的毒呢？是杜松子酒把酶都杀死了吗？

“为什么不能？”安杰拉翻了一个九十度的身。热水猛烈地涌动起来。“那样正好省得你离婚的麻烦了。我认为我的父亲不会让我慷慨答应的。”

“你认为——”第三阵急泻来了，不那么猛烈了——“事情会发展到那一步吗？我对那个女人害怕死了。”

“我听见你向他求婚了。”

“她专门弄成那样一种局面。坦诚地说，我宁愿和你白头到老。”

“也许我还不愿意和你白头到老呢。”

“可是，你总得嫁给谁吧？”

“谁都不嫁。我自己过。在某种程度上，你没有让我成为我自己。所有的宴会你都带着我去，其实这样一来，你就可以勾引所有那些肮脏的男人的妻子了。”

他喜欢听她这样漫不经心地说话，甚至一针见血；他喜欢附和她，给她当学生。“他们都很无聊。我琢磨一下，这个镇子上有两种半吊子，中上层阶级半吊子和中下层阶级半吊子。中上层阶级半吊子上了大学。我的麻烦是，我属于不上不下的那种。”

她问道：“你认为肯这个人怎么样？”

“我不喜欢他。一个真实的计算机。输进去一些数据，出来的就是定论。”

“我不知道，”安杰拉说，一边在水里把腿稳稳地分开，又稳稳地并起来。“我认为他表现出来比你我都更强的勇气。”

“是说他谈到了离婚吗？可是他并不真想和她离婚。他所在意的是把她、我和你都唬住，保住他那好孩子的面子。”

“我看，她似乎并不害怕。离婚是她求之不得的呢。要不然，整个晚上她告诉他那么多干什么？”

这时，一股冷气窜进了他泻空的肚子。他擦过屁股，冲刷恭桶；小小卫生间立时一股恶臭，腐烂的桂皮味儿，这下他在老婆面前备感窘迫。她用一块浴巾把脸捂上，透过浴巾直呻吟："哇，天哪，哦，我的天。"

他追问她道："亲爱的，怎么啦？"

"我以后孤单一人了，"她说。"你是唯一寻找途径，试图进入我体内的人。"

"翻过身去，我来给你擦一擦背。"她的屁股蛋子在热水里浸泡出了一片片小疙瘩儿。屁股缝里一溜水。她的背呈动物一样的棕色，乳罩带子勒出了一道横向的印子，三颗黑痣割去后留下三个疤痕。"不会发生的，"他跟她说，一边滑溜溜地打肥皂。

"我甚至不应该让你在这里过夜了。"

"什么事情都不会发生的，"他要对她说，围绕着那些疤痕一圈又一圈地打肥皂。

"可是，有些事情也许就要发生了，"她告诉他，话音在她听任他轻柔地擦洗中变小了。然而，当他停下后，安杰拉一下子站在浴缸里，巨人般高大：成桶成桶的水顺了她的奶子和四肢的沟壑往下流淌，而后刷刷地落进了浴缸里。她那蓝色的眼睛似乎野气十足，她赤裸的胳膊很不协调地挥动着。眼泪在她的脸颊闪动，因为小小的卫生间寒气很重的，热气在她的皮肤上缭绕。"一些事情应该发生，皮特。你虐待我太狠了。没错，是我自找的，可那是我的弱点，我一直沉溺于我的弱点。"

"你说话的口气，开始像你自己的心理医生了。"

"他说我缺乏自尊，这是真的。你也没有自尊。我们今夜和两个有些自尊的人在一起，他们从我们身上碾过去了。"

"轮到他牛鼻了嘛。可我也牛鼻了啊。"

"哦，当你的脸拉长的时候，我真受不了。你当然不知道你当时的德行。瞧瞧你今天夜里的那张脸。当你说你要娶她时，你脸上出现了令人难以置信的幸福神色，我吓坏了，仿佛所有的问题对你来说都迎刃而解了。"

“那不是真的。我不想娶她。我还不如娶了比阿·格林呢。我还不如娶了贝尔纳黛特·安呢。”

“你和贝尔纳黛特睡过觉了。”

“没有的事儿。不过她往我怀里撞过，她的丈夫快不行了。”他大笑起来。“别闹了，小天使。这太荒唐了。我没有打算娶福克茜，我爱你。和你相比，她不过是一只调腚的狗儿。”

她的脖子伸得老长；尽管她身高就那样，但是他感觉自己在仰视她——她心思很重，嘴撅得老高，把鼻孔都拉长了，她那两条胳膊挥舞着，像是保护她的奶子。“你喜欢调腚的狗儿，”她说。另一个念头又触动了她：“我们认识的所有人，都会认为我是一个十足的傻子。”

他盘算一番，觉得自己必须做一些杂要动作。他把所有的衣服都脱了，只剩下佩斯利牌裤头，皮特一下子跪下来，两条胳膊紧紧抱住了她的大腿。壁炉的砖冷冰冰的，她的身体还在冒热气儿；她扎挣着推他的脑袋，阻止他欲火上蹿。她的外阴是玫瑰般棕色。羊皮纸。古埃及。莲花瓣。“别让我离开你，”他乞求道。“你是我灵魂的守护神。我将会永世受到惩罚。”

“那样对你有好处，”她说，仍然在推他的脑袋。“那样对福克茜也有好处。你是对的，肯没有一点性魅力。我今天夜里试图吊起他的欲火，可是毫无动静，连一点火星都没有。”

“天哪，别开玩笑，”他说。“想一想那两个姑娘吧。”

“她们跟着我没事儿。”

“她们会痛苦的。”

“你过去常说她们应该懂得痛苦。不吃苦中苦，怎么知道好歹呢？别用嘴啃我。”

无地自容了，他只好站起来。站离她两英尺远，他脱下来他的裤头。他的鸟儿硕大无比。“天哪，”他说，“我恨不得揍瘪你啊。”

她把胳膊放下来；她的奶子来回颤动，像伤口一样逼真，娇嫩。“你当然可以，”她说，在鼓励他。

他的拳头猛地向后抽去；她向后哆嗦一下，不动声色地等待着。

那个夜晚之后，整个四月份，皮特接受了多次谈话，仿佛这个小镇，感觉他的厄运来临了，在迫不及待地把最后的话倾吐给他听。弗雷迪·索恩在一个下雨的日子，在神力街拦住了皮特，因为他正拿着锤子和水平仪离开塔博科斯行业公寓，这里曾经是格特鲁德·塔博科斯与世隔绝的隐居处。“喂，”弗雷迪喊道，“你对我干了些什么啊？我刚刚收到肯·惠特曼写来的一封多疑的信，说到了我们做的那个小小骨盆矫正手术。他说他已经决定暂时不采取什么法律行动了，不过，咔咔，咔咔，还保留采取法律行动的权利。一大张信都是精神变态的口气。他援引了四条我违犯的法律条文，列出了最高判罚年限，全部打印出来了。他真是个不折不扣的屁眼儿。究竟发生了什么事情，你这霉头？”

且说这皮特现在没日没夜地生活在担惊受怕的玻璃墙后面，每天夜里都祈望电话默不作声，担心安杰拉冷冰的痛苦，而他的姑娘们瞪起眼睛观察，睡觉时还在呜咽，这下自然很高兴终于从弗雷迪·索恩的魔咒下解放出来了；昔日的厌恶和迷恋终于烟消云散了。弗雷迪的无神论观、福音教的人道主义，不再威胁皮特了；在霏霏细雨中，这位牙医有模有样了，像一个脑子糊涂、身子饱满的男人，只是喜欢斜眼看人，长了一张老太太的嘴巴。雨衣下面，一件后倾式夹克衫白生生地露出来。如果算得上感情，皮特这时觉得一种喜爱感，那种女人喜爱她的牧师或者妇科医生或者情人的感受——对接受了她最糟糕一面的人的喜爱。皮特决定不告诉他，是乔治妮把他们出卖给了肯；他欠索恩夫妇的情很多。因此他说：“福克茜高压下承受不了了，镇委会开会那天晚上把事情全都告诉他了。”

他简单地把两对夫妇事后见面的情况说了说。

“老一套猫捉老鼠的把戏，”弗雷迪说。“她想你想得发疯，伙计。”

“得了吧，她歇斯底里。她无法停止哭泣。”

弗雷迪明智地把嘴唇向里咬着。“那个满头金发的浪娘们儿发作歇斯底里，”他说，“那是因为她自己解开了那个祸水纽扣。你赶上了，朋友。祝你好运。”

“你担心惠特曼到什么程度呢？”

“没什么大不了的。他不会有多大动静，不该那位狐狸精小姐在背后操纵呢。”

“弗雷迪，”皮特说，“你生活在一个女强人的美妙世界里。我后来一直没有听到她的任何情况。事实上，我放心不下。你能让乔治妮去看看情况怎么样了吗？”

“我想，乔治妮担当使命的日子结束了，”弗雷迪说。“她发现你还和福克西搞在一起时，她真的动了肝火；接下来的几天，我在应付一个恶毒妇。你和她见面越少，我们的日子越好过。对吗？”

“这就是我们为什么不再被人邀请参加宴会的原因吗？”

“什么宴会？”

星期五下午，乔治妮给他打来电话，当时他在浏览《美妙的轻型建筑目录》，寻找凸棱覆材。印第安山上两座房子去年冬天抱怨漏水，皮特想在新修的房子上有所改进，因为新房子的地基已经铲平了。加拉格尔坐在自己的小天地里聆听，不过皮特还是让乔治妮把话讲完了。她讲话连珠炮似的，还是俱乐部人士的口气，室外的气候暗示网球和日光浴可以开始了，这让他伤感，让他遗憾。他能看见倾斜的落叶松，不由得记起来乔治妮大腿内侧隆起来的样子、她的眼睫毛张开时绷紧的瞳孔，以及事毕后她告诉他给与她的形状。“皮特，”她说，一字一顿的，听得出来爱与暗讽的一切狠劲儿都在里面了，真是一个光溜溜的尖刻的妹妹。“我今天开车去看惠特曼夫妇了，弗雷迪说你着急上火，可那里人去楼空。看上去仿佛目前没有人住那儿了。暴风门里层塞了四份报纸。”

“马西娅不知道任何消息吗?”

“她说自打星期二以来,车道上没有停过车辆。”

“你向窗户里边看了吗?”敞开的火炉。散乱的安眠药。过道里一个灯泡灭了,下面伸出两个脚脖子。

“一切看上去都很整洁,仿佛他们离去前收拾整洁了。我没有看见那个摇篮式童车。”

“你和卡罗尔或者特丽交谈过吗?一定有人知道情况。大活人怎么能不见踪影呢。”

“很容易,乖乖,别吓着了,你不是上帝。你不能阻止惠特曼夫妇互相干他们所想干的事情。”

“谢谢。谢谢你这番鼓气的话。谢谢你先向惠特曼透了点底儿。”

“我跟他差不多什么都没有说。我承认我是透了点儿底儿,多少还有点不怀好意,问他你的卡车怎么还停在他家附近,但是他一下子问了我很多问题,他真的渴望知道一切。显然,他已经猜到多半事情了。不过,我还是深感抱歉。可是,皮特——你在听吗?——那个星期一我进去多么想成为苏·巴顿[1],可莫名其妙地却成了不请自来用茶的清洁妇,彼时彼刻让我发疯啊。”

他叹了口气。“行了,过去就让它过去吧。真的假不了,假的真不了,也许这就是最好的结果。你是一个好女人。一个忠诚的妻子和尽职的母亲。”

“皮特——我对你不合适,是吗?我原来以为我们是天生一对,可是我们不是,对吗?”

“你是一个无可挑剔的好姑娘,”他耐着性子跟她说。“你让我无地自容。对我这种狗屎本性,你一点也不权衡,让事情变得唾手可得,顺理成章。

① 苏·巴顿(Sue Barton),是女作家海伦·伯依尔斯顿创作于1936至1952年间的一套七本系列小说的女主人公。从她就读护士学校一直写到她的职业生涯

如果我曾伤害了你的话，请原谅我吧，”他又找补说：“我从来没有想伤害你。”

所有人群中，竟然是加拉格尔了解到了情况。他听到了这番对话，把皮特叫到了他的套间办公室，由于向晚的光线在逐渐暗淡，又没有开灯，他那宽下巴的国字脸变得模糊不清，向皮特讲述了一个奇怪的场面。星期二一大早，送牛奶的还没来，肯·惠特曼却出现在了他们家门前。肯浑身湿透，衣衫不整，沾了沙子；他在夜雾里在沙滩上走了一整夜，只在他的 MG 小车里打了一个盹儿，皮特听了没有吭声，罪过地记起来那个星期一夜里他在安杰拉身边睡得暖融融的，理所当然地酣甜，不相干的梦一个接一个，全都是关于飞行的。肯解释了自己的处境。他来找加拉格尔夫妇，是因为马特是塔博科斯镇他可以尊重的人，是唯一“洁身自好”的人。他还说，特丽也许能够理解福克茜。他这话什么意思？她们是一路人吗？她们两个倒是都很“傲气”。说到这里，马特犹豫一下，私下里盘算一番，或者在跟自己争辩，皮特到底应该知道多少为好。然而，话已经开头，他的爱尔兰血气就要求他索性和盘托出。皮特想象一大早他家厨房里的情景，丢勒祈祷之手的明信片印刷品画框悬挂在不锈钢下水槽上，特丽粗糙的艳丽的桌布以及笨笨地摆上餐桌的碗，三张打哈欠的嘴在喝咖啡，听见他自己被人提起，追问究竟，遭到指责。肯问他们他应该怎么办。他们夫妇当然劝他回到福克茜身边；他爱她，他们现在有了牵肠挂肚的儿子，他们本来就是才子佳人的一对儿。特丽说，大家都会犯错误——或者经受诱惑。皮特怀疑马特把他自己脑子里想到的有利因素都添加上了。然而，他们看出来肯没有回头的意思。不是要寻求报复。他讲到相关的人，跟讲述化学成分一样，没有一点感情。他已经在海边把事情想透了，除了离婚没有别的出路。特丽开始哭泣。肯没有理睬她。他从他们夫妇这里很想了解的是皮特会不会与安杰拉离婚，而与福克茜结婚。如果他们夫妇认为可能，那么这种事情是越早越好。如果他们夫妇认为皮特“根本就是一个狗杂种”——马特识趣地停了一下才把这样的骂人话说出来——那就“让她烂炖去吧”,也许他们至少应该等一等,分居着再说。他要回坎布里奇,她呆在那座房子里。他们夫妇能照看她一下吗?当然他们夫妇可以照看一下。特丽随后对肯费了很多口舌。她说肯和福克茜跟其他那些人不一样,因为他们没有孩子,因为没有孩子,所以更加自由。不管教会有什么说法,她认为婚姻是在产生了第三个灵魂,也就是孩子,才显得神圣和不可或缺。不到这一步,婚姻和亲吻你的第一个孩子一样常见;婚姻只是一种尝试而已。但是,当孩子创造出来了,婚姻就不再是尝试了,成了一个事实;如同教皇永无谬误论或者色彩学的比例。你必须利用这样的事实建立一个世界,哪怕那些事实不近人情。现在,肯也许感到很自由,似乎迟迟认识不到他已经有了一个儿子——

皮特问道:“她告诉他这点了吗?”

“说了。她一向不大喜欢惠特曼。”

“特丽真了不起。”

特丽当时继续说下去,肯也许认为他很自由,随便可以作出决定,但是皮特当然不行。他爱他的孩子,他需要安杰拉,肯要是出于一些早已为世人唾弃的荒谬的面子,逼迫皮特放弃一切而娶了福克茜,那是非常错误的。皮特很不自由。

“肯是怎么回答这一番说教的?”

“反映还不错。他点了点头,谢过我们,离去了。既然肯信得过我们,那天上午晚些时候,特丽便过去看望福克茜,见她正在打点行装。她十分平静,连头发都一丝儿不乱。她要带上小宝宝去华盛顿投靠母亲去,我估计她现在就在那里。”

“谢天谢地。我是说,她相安无事,总算一块石头落地了。她离开这个镇子也好。”

“你说实话,真的没有听到她的消息吗?”

“流言都没有。”

“你没有努力和她联系吗?”

“我应该吗?不管我说过什么,都等于白说,她会认为我仍在游戏人生,把事情搅乱。你有什么好建议吗?”

马特出言谨慎,字斟句酌,皮特听了觉得不够朋友;一个人给朋友建议,是不需要字斟句酌的。马特已经不喜欢他了,为什么不呢?——自从第一次看见马特,一身熨烫整洁的列兵服装,那双黑黑的圆眼睛像他的皮鞋一样锃亮,活脱一只忙碌的水獭,他不是也渐渐地不喜欢马特了吗?“特丽和我当然一直在讨论这事儿,皮特,有一件事情我们看法很一致。和肯摊牌吧。让惠特曼夫妇明白,给肯打电话也行,给福克茜写信也行,你怎么也找得到她母亲家的地址,告诉他们你无论如何不会和福克茜结婚。我想,如果他们知道这点,那么他们会重归于好的。”

“不过这样做真的是上策吗?他们重归于好,能让你和特丽以及教皇舒服吗?乔治妮跟我说,我不应该在惠特曼夫妇面前玩弄上帝。”

加拉格尔的头骨若隐若现,在暗中抬起来,一个耳朵紧紧折叠在一起,下巴尖上隆起一个肌肉疙瘩,苍白的鬓角塌陷下去,因为办公室窗户外有一道希望大街的碳弧光街灯照了进来。皮特知道已经发生了什么,还会发生什么:马特错误估计了他道德优势的强制力量,在皮特难以驯服的倔强劲儿威胁下,很快会缩回他自己固守的正义操守。马特把一个铁抽屉砰然关上。“我不喜欢参与你的好事儿。我已经说出了我的建议。如果你想让这个烂摊子有一个体面的结局,那就接受好了。你以后真有什么打算,我不是非要弄个明白不可。”

皮特竭力息事宁人;这个男人是他的合作伙伴,已经给他传递了珍贵的信息。“马特,坦率说,我想我不会再作什么尝试了。我所能做的是顺其自然,祈祷上帝。”

“你一贯都是这样做的。”马特毫不犹豫地说,如同一种反射;如同在服装店三面镜子里一下子看见了你的侧影,十分怪异,虽然只是一瞥,却看见了别人对你尊容的评价。那个红头发的复仇鬼。

家中，安杰拉已经接到了一个电话。他们晚餐后喝咖啡，姑娘们在看《炮火硝烟》，她告诉皮特电话的情况。“我今天接到了一个长途电话，是从华盛顿打来的。”她开口说。

“福克茜吗？”

“是的，你怎么知道的？”她自问自答道。“她一直在给你打电话吧，尽管她跟我说她没有打过。”

“她没有打过。是加拉格尔今天告诉我他们两个的情况的。肯星期二显然去找过他，把他的可悲情况都讲了。”

“我还以为你知道呢。特丽几天前就告诉我了。”

“你为什么不告诉我呢？我都着急上火了。”

“我们一直没有说话啊。”这话倒是实情。

“那位可爱的伊丽莎白为自己辩解什么了？”

安杰拉冷冰冰的脸，这些日子都消瘦了一圈儿，黑沉起来，皮特知道他说话的口气错了。她正在变成一个横挑鼻子竖挑眼的人。她说：“她非常镇静。她说她和她母亲住在一起，一直在反思，她越想——”安杰拉把手交叉放在餐桌上，不让它们发抖——“越觉得她和肯现在应该离婚，趁着孩子还很小。她不想让托比在一种压抑的不幸福的环境里长大成人，因为她小时候有过这样的经历。”

“老天帮助我们吧，”皮特说。和缓地，在各种一动不动的制造品中，他在下沉。

安杰拉从樱桃木餐桌油光发亮的面上伸出一根指头。“不。等等。她说打电话来不是要告诉我这个，是要告诉我，然后让我转告你，她绝对不指望你离开我。她”——那个指头缩了回去，减弱了下面要说的词儿的分量——“她爱你，但是离婚仍然是她和肯两个人之间的事情，并不是真正因为你，不让你承担什么责任。她把这话至少说了两遍。”

“你说什么了?”

“我能说什么呢?‘是的,是的,不是的,谢谢你,’然后挂断了电话。我问她那座房子有没有我们可以做的事情,锁上或者是不是去看一下,她说不需要,肯周末会回来看看的。”

皮特把手掌放在餐桌面上,扶着桌子站起来,唉声叹气。“老天爷啊,”他说。“这是一场噩梦。”

“你对他们离婚感到愧疚吗?”

“有点。不多。他们两个早已毫无感觉了,可是根本不知道。我只是在某种程度上带来了福音,给他们开一个头而已。”

“别胡扯了,皮特。我对福克茜没有什么要说的,但是我和你倒是真有话要说。我们来点白兰地好吗?”

“你没有吃饱吗?要我说,晚上的晚餐很好啊。我不知道为什么我这么喜欢利马豆。我喜欢吃味道清淡的食物。”

“我们来点白兰地吧。求求你,快点。《炮火硝烟》快放完了。我本来想等孩子们上床睡觉后再说的,可是情绪激动起来了,我等不得了。我必须喝点白兰地。”

他取来了白兰地,就在他给她杯子里倒酒的当儿,她便开口说起来:“我想福克茜面对她的婚姻状况了,我们也应该面对我们的了。我认为你应该搬出去,皮特。今天晚上就搬出去。我再也不想和你生活在一起了。”

“真的吗?”

“真的。”

“那么,这事儿也用不着喝白兰地啊。现在告诉我为什么吧。你知道我和福克茜的事情都结束了。”

“我不是很有把握,但是结束不结束无关紧要。我认为你还在爱着她,不过即使你不爱了,人家还提到了比阿呢,而且就是没有比阿,也还会有别的什么女人;我认为我们的婚姻不值得维持下去了。”

“姑娘们怎么办？对她们来说也不值得维持下去吗？”

“别拿姑娘们作幌子。不要，实际上，我认为对她们来说也不值得维持。她们很敏感，知道我们什么时候在打架，或者，我以为更糟糕的是，我们连架也懒得打了。可怜的南希显然已经受到了干扰，而且我敢肯定，露丝尽管继承了我的平静面貌，可是内心平静不到哪里去。”

“我听见你的精神病医生在说话。”

“不是那么回事儿。他不赞成也不反对。我只是在说我想说的话，能讲出来对我来说并不容易，因为我的父亲总是知道我应该想些什么，如果我想说的话遭遇了另一个男人的沉默——我几乎不知道他什么长相，我很怕，不敢看他——可是如果我的话听起来真实，那我宁愿坚守自己的心里话。”

“该死的，这都是因为那个笨蛋弗雷迪·索恩。”

“让我把话说完。我所想的是真实的，你不爱我，皮特·哈尼马。你不爱我。你不爱我。”

“可我爱你。明摆着，我爱你。”

“别说了，你不爱我。你甚至不给我购买那所我想要的房子。你却去为她装修那座房子。”

“我是为了挣钱才去的。我敬重你。”

“是的，正是这话。你敬重我，一种不爱我的表达方式。哦，你倒是真爱我的胸脯和屁股，你认为我是教授的侄女，这点很清楚，教会了你那条岔道不妨走走，每次寻花问柳完了让你返回来，你喜欢让我觉得我性冷淡，这样一来你就会自由了——”

“我敬重你。我需要你。”

“啊，那么你需要一件错误的东西。我想出去。我厌烦一直被人欺负。”

白兰地热辣辣的，仿佛他的五脏六腑在温和地含苞待放。他问道：“我欺负你了吗？我想在某方面也许欺负了。不过也只是最近的事儿。我想走进你的内心世界，亲爱的，可你不向我敞开啊。”

“你不知道如何打开心扉。”

“也许我现在知道了。”

“太晚了。你知道我在想什么吗？我认为她才是你的一杯热茶[1]呢。”

“净说些没用的话。迷信，迷信，迷住就信。”然而，说这话就是在反问自己，他自己相信什么，而他相信在夫妇、住房和日子的屏幕背后，有一个卡尔文教上帝，能把我们提起来并摔在地上，极其自由，根本不听我们的祈祷和表达我们意愿的商量。安杰拉成了这个上帝的信使。他和她斗争，把她当成了一个也许挣扎的被强奸的女人，加强了强奸的行为。他对她说：“我是你的老公，永远都是。我保证，我再也不拈花惹草了，尽管过去也没有拈过多大花，惹过多少草。你以为大家都在背后议论，所以你一直表现出一种受伤的高傲；高傲，还有自私，这些他妈的精神病医生净给那些他们玩于股掌上的人们灌输这两种东西。他在乎那些孩子们吗？在乎我一旦离开你所面临的孤独吗？你的痛苦越大，他就会摆布你越狠。这是骗人的把戏，安杰拉，这是巫术，一百多年后人们会惊讶我们竟然把这当真。这会像用水蛭给人放血一样贻笑大方的。”

她说：“别再对我暴露你的无知了。我宁愿回想起你时还怀有一些尊重。”

“我不走。”

“那我走。明天上午，露丝有舞蹈课，她要和贝茜·索尔兹一块儿吃午餐。南希的蓝衣服应该洗一洗，熨烫了去参加玛莎·索恩的生日宴会穿。也许你能请乔治妮过来帮你一把。”

“你能到哪里去呢？”

“哦，很多地方。我可以回娘家，和老爹下下棋。我能去纽约看看马蒂斯[2]的画展。我能飞往阿斯彭去滑雪，连带和教练睡睡觉。我能干的事情

---

① 原文是... a cup of tea，意为“合胃口”之意；此处按字面意思译出。

② 马蒂斯（Henri Matisse，1869—1954），法国画家、雕刻家和版画家，野兽派领袖，作品以线条流畅、色彩明亮、不讲究明暗与透视法为特点，代表作有油画《戴帽子的女人》等。

很多，皮特，只要我离开你就不愁没事儿干。”她激动了，站了起来，她那成熟的身体不住地晃动。

黑黢黢的起居室传来渐趋响亮的音乐，表明节目就要结束了。仙人掌。落日。凯旋。他说：“如果你是当真的，当然，应该离去的是我。不过只是尝试而已。如果我被逼无奈是客客气气的话。”

于是，客客气气便成了最后的氛围。他们一起把姑娘们安置在床上，为皮特打好了一个箱子，在厨房里共享了最后的白兰地。为了不惊醒睡觉的姑娘们，他把那辆小货车慢慢地倒出沙砾车道，这时安杰拉在门道里发出了响声，他以为是要喊他回去。他刹住了车闸，安杰拉跑到了他的货车旁，拿来一个银色的叮叮响的小瓶子，一品脱杜松子酒。“以防你失眠用，”她解释说，把那个湿漉漉的小瓶子塞进了他的手里，在他的脸颊上冷冰冰地吻了吻，留下一丝银色的沿线，一定是她的泪水了。他要打开车门，但是她从外面握住了门把。“亲爱的皮特，勇敢起来吧，”她说过，迅即跑开，脚步在沙砾车道上砰砰作响，很快回到了房子里，关掉了金黄的过道灯。

他在加拉格尔＆哈尼马公司的办公室里打发了第一个星期，睡在一张仿皮沙发上，盖了一条旧军用毯子，用杜松子酒兑水驱赶心中的恐惧，水是从他们狭窄的盥洗室的水龙头接来的。滴水声、放在有回声的木头写字台上的手表的滴答声、他心脏的沉闷跳动声、卡车随时穿过塔博科斯城换挡时震动窗户发出的响声，以及电话里一种无情的无处不在的嗡嗡声，都让他不能入眠。星期天，他身穿内衣蜷缩在沙发上，听见上教堂的人的脚步声在人行道上走动。他的脑壳如同一个热水瓶，里面套了一个易碎的玻璃胆，感觉自我嘲讽地躺在自己的坟墓里偷听。他偷听到的日常问候带有一种灾难性意味，好像赤裸的躯体一般亲密而自尊。星期一早上，尽管皮特收拾利落了，但是加拉格尔发现办公室有人居住的味道，还是吓了一跳。熬过去一个星期，看起来安杰拉无意要他回去，他只好搬到了行业公寓楼的三层，这还是他亲手把塔博科斯最后一栋大厦翻新改造过来的。第三层和原来的样子相差无几,部分是阁楼,部分是仆人的住所。他房间的地板没有打光,斑斑点点的,像铺过漆布后留下的湿叶子和旧破片儿;墙壁是燕麦色,由于外面倾斜屋顶的斜度而走了样子,上面还有格特鲁德·塔博科斯用水彩笔精心绘制的野花儿,如同第一次世界大战前一位年轻的"才艺"淑女。下雨了,一面墙纸早已翘起来的墙壁会变湿,早上起来供热迟迟不来,因为只有一个像蕾丝装饰又像盔甲的暖气。到达皮特的房间,他需穿过一个铺了紫红色地毯的门廊,两边是保险公司代理和按摩师的毛玻璃门,走上镶了铝条边的款款的台阶,绕过新来到镇子的眼科医生和律师的门,然后再上那段僻静的楼梯,进入一个单门闩的无门号的屋门,就是他的窝了。住在楼梯平台对面的是一个上夜班的男子,结巴得厉害,碰见皮特时连"早安"二字都很难利利落落地说出来;在这两个房间之间,还有一个很大的空阁子间,加拉格尔还希望改造一下,租给舞蹈学校当舞厅用,只是舞蹈学校现在还租用着圣公会教区的会所,露丝星期六就是在那里上早班舞蹈课的。

虽然印第安山上的工程又开始了,打算劳动节左右完成六栋房子,但是贾津斯基现在独当一面,几乎能对付得了所有的问题。"一切都在按计划进行,"皮特一次又一次听到贾津斯基说,有一两次他打电话给木料场或者地基承包商,却发现加拉格尔或者莱昂已经和他们打过招呼了。这样,皮特经常在镇里无所事事。受难节[①]那天,股市停业了,哈罗德·小史密斯在博爱大街一家理发店门前拦住了他。

"皮特,太可怕了。C'est terrible[②]. 惠特曼夫妇把你搞惨了吧?"

"惠特曼夫妇?没有的事儿。我净身出户是安杰拉的主意。"

"La belle ange[③]?我不买这个账。你们一向是无可挑剔的一对儿。要说惠特曼夫妇啊,我第一次看见他们就看出来他们不是善碴儿。硬邦邦的

---

① 复活节前的星期五。

② 法语:多可怕。

③ 法语:那位美丽的天使吗。

像木板，他们两个都一个德性。可是，他们把你日弄到这个地步，我和马西娅都吓傻了。人们为什么总是干涉别人的事情呢？”

“嗯，要不是因为我总是拈花惹草——”

“哦，我知道，我知道，不过那种事儿从来就算不上什么事儿，不是吗？人们需要了，就借事儿说事儿，还都是因为我们那些愚弄人的清教徒的清规戒律。”

“就我的情况来说，你认为谁利用了谁呢？”

“嘿，Clairement①，福克茜利用了你啊。要不然，她怎么摆脱得了那个呆头呆脑的家伙？别让人家当冤大头使了，皮特。回到你的孩子身边，把那个骚娘们儿忘了吧。”

“别叫她骚娘们儿啊。你不知道究竟是怎么回事儿。”

“听着，皮特，仅仅出于我自己的看法，仅仅出于我自己不值一文的新法西斯观点，我也不会跟你讲这种话。但是，马西娅和我、还有阿普尔比夫妇昨天夜里一直聊到三点钟，我们一直认为：我们不能眼睁睁看着我们喜欢的一对好夫妇受到伤害。如果我不是太上心的话，我也许把话说得婉转好听些。Pas d'offense②，当然。”

“珍妮特也认为福克茜是骚货，我就一直受她摆布吗？”

“珍妮特有一阵子非说福克茜好，不过我们把她说服了。再说了，我们怎么认为屁用不管。关键是你打算怎么办？来来，我是你的朋友。Ton frère③. 你打算怎么办？”

“我没有什么打算。安杰拉不打电话来，好像真的不需要我回去了。”

“你还在等她打电话吗？别等呀，回到她那里好了。女人你就得往上凑，你明白这个。我原来以为你是一个爱情至上的主儿呢。”

---

① 法语：很清楚。

② 法语：不是有意冒犯。

③ 法语：你的兄弟。

“谁告诉你的？马西娅吗？”哈罗德的双鼻尖鼻子抬了抬，嗅了嗅遥不可及的可能性。皮特大笑，接着说：“要么是珍妮特？一个非凡的女人。嘿，我还记得她在圣路易斯做妓女的样儿，嫖客的长队一直从过厅排到了弹子房。你注意到了吗？真谛到来的那一刻，她的整个内部器官成了一种吸人的窟窿吗？我记得有一次——”

哈罗德打断了他的话。“好啊，我很高兴看见你的精神没有垮掉。没有什么事情是神圣的，是吧，皮特？”

“没有什么事情是神圣的。Pas d'offense①.”

“马西娅和我早想有时间请你过来喝一杯，一本正经地改变一下。她对这事儿一直很上心。她去过你家，安杰拉非常客气，一点不乱阵脚，看样子她不会走回头路的。”

“劝人走回头路，是马西娅的所好吗？”

“听着，我觉得我表达自己不怎么样。我们只是关心这事儿。皮特，我们关心你。”

“Je comprends. Merci. Bonjour②.”

“好吧，我们就此打住吧，”哈罗德说，有点生气，哼了哼鼻子。“我去理发。”皮特看见他的头发一丝不乱，打理得很好。

到小史密斯夫妇家喝酒的事儿杳无音信。他和安杰拉的朋友们很少来找他。也许是安杰拉的敦促，索尔兹夫妇邀请他一个人前去用晚餐，但是他们的家具都打点好准备搬走，那个夜晚让皮特备感压抑。因为他们要搬走了，索尔兹夫妇便没完没了地谈论他们作为犹太人的身份，仿佛他们在塔博科斯生活的这些年，他们犹太人只能低调做人，现在终于熬到头了。艾琳把和学校当局就圣诞节盛大演出进行的斗争从头到尾说了个够，两条眉毛不

---

① 法语：不是有意冒犯。

② 法语：我明白。谢谢。再见。

停地挑上挑下。她还对皮特很知己地吐露，当地排斥犹太人的情绪很厉害，就是他们这个高素质的夫妇们组成的小小圈子里，也一样蔑视犹太人。康斯坦丁夫妇最敢欺负人了。卡罗尔，你知道，是在一个非常有长老会气氛的小镇上长大的，而艾迪当然是一个什么都不懂的粗人。夜复一夜，他们夫妇坐在那里蛊惑些荒诞不经的事情，比如犹太人共产党人渐成势力啦，犹太人心理分析师啦，犹太人小提琴家啦，等等，仿佛这一切都是一种阴谋的组成部分。几轮酒落肚，他们便毫无愧色地承认，他们坐在一起总会拿犹太人开心；当然，索尔兹夫妇知道的远比艾迪和卡罗尔多，知道得多了反倒会为他们的种族感到羞耻，她艾琳当然，当然不会有这样的行径。皮特试图告诉他们，他觉得，尤其在塔博科斯的社交界，他内心感觉就是一个犹太人；但是，仿佛他只是在偷偷摸摸祈求成为这个上帝挑选的民族一员似的，艾琳不容他开口，一味滔滔不绝地倾诉，分析弗兰克·阿普尔比这只大胡蜂①，总是和她作对狡辩，却总是说不过她，于是在一个个晚宴上让她难堪。公道地说，他们的“朋友”中有两个人，她从来没有感觉出有什么种族偏见；一个是安杰拉。一个是弗雷迪·索恩。“那个窝囊的狗杂种啊，”皮特出于习惯，顺口说了出来，感到好玩儿；人们都以为他很不喜欢弗雷迪。索尔兹夫妇知道他脱口而出这样的话，是表明弗雷迪和安杰拉很久以来都是情人关系，如同所有夫妇们都怀疑的。

皮特早早就离去；他想念他那寒酸的房间的安静，家徒四壁而别无烦恼。本把他的手放在皮特的肩上，露出来他那缓慢的陈旧的微笑。“你现在倒霉了，”他对皮特说，“可惜你不是一个犹太人，因为事实上，每个犹太人都期望自己一生中有时倒霉，他对倒霉有辩证的看法。上帝在考验他。用希伯来语说是：Nisay on Elobim.”

---

① 原文 Wasp，White Anglo-Saxon Protestant 四个英文词的第一个字母组成，指祖先是英国新教徒的美国人，也指美国社会中最有权势的白种人，前文多处提及；这个英文词的小写是黄蜂、胡蜂之意，这里作此解：仗势乱蜇人。

“不过我是自找倒霉，”皮特说。

“谁说的？如果你相信全能的上帝，这算不了什么。重要的是你尝到了你自己的倒霉。咀嚼倒霉吧。腾达也好，倒霉也罢，都不重要；只有普世的人都变善了或者都变恶了，大卫王的儿子才会降临人世。用希伯来语说：Ain ben David ba elle bador shekulo zakkai oh kulo chayyav.”

皮特很想告诉他们，他是多么喜欢他们夫妇，安杰拉有一次如何说索尔兹夫妇是他们所认识的夫妇中最，嗯，不爱说废话的一对，而他对此也很赞同。

本一直咧嘴作笑，坚持他的忠告：“听之任之好了，皮特。你会好起来的。认识你的确给我们的生活带来无穷的快活。”

艾琳凑上来，亲吻告别，她苍白的脸上暗红的嘴唇发出了又快又热烈的吻声，撩拨起来他对女人的欲望。

这个星期晚些时候，皮特在比阿家周围转悠了几次，终于给她打通了电话。他曾在镇上看见她一次，她在街的对面招手示意，随后便消失在那家珠宝店里，仍然佩戴着一个点头的兔子，尽管复活节已经过了。她的声音在电话上听起来惊悸，负疚。

“哦，皮特，你好吗？你什么时候回到安杰拉身边呢？”

“我回去吗？她好像没有我更自在。”

“哦，可是在夜里她一定很害怕啊。”

“你夜里又怎么样呢？”

“哦，一样啊。没有人再出来参加晚宴了。大家谈论的都是他们的孩子。”

“那么你——你还喜欢见见我吗？就喝喝茶，抽个下午时间行吗？”

“哦，亲爱的，我想不行吧。是实话。我认为你操心的女人多了去了。”

“我没有任何女人要操心。”

“这对你是好事儿，不是吗？”

“不像我想的那么糟糕吧。不过我们的事儿呢？在麻烦来临之前，我和你爱过，你知道。”

“你很可爱，很有活力。但是，我认为你把我理想化了。我在床上太懒，迎合不了你。再说，亲爱的，突然间，罗杰离不开我了，这让我好感动。”

“他怎么离不开你了？”

“你不会到处乱说吧？大家都以为你在身边招惹了一大堆姑娘。”

“大家都错了。我就喜欢结过婚的女人。她们让我想起我的母亲。”

“别不尽情理。我是在告诉你罗杰的情况。他损失了很多钱，波士顿他的一个投资很有能耐的朋友不见了，他回到家中真的对着我哭了，我喜爱这样。”

“这么说，因为他破产，我和你就不能上床睡觉了。”

“没有破产，你总是对什么事情都想当然。不过是吓坏了，吓破了胆——哦，我一定要找个人说说，我憋坏了！——他同意领养一个孩子。我们已经去过一次领养所了，回答了很多涉及我们私生活的问题。奇怪的事情是，他们那里白孩子很少，黑人的小孩子却多得不得了。”

“这就是你过去想要的吗？领养一个孩子？”

“哦，多年来的愿望。自从我知道我生不了孩子，就有这个念头了。不是罗杰有问题，是我不能生养，你知道。人们总拿罗杰开玩笑，实际上问题在我。哦，皮特，原谅我吧，我让你有了负担。”

“不，没有负担。”浮动起来，他记起来，她漂浮起来了，楼下孩子们在玩雪球，黄昏早早地到来，孩子们的声音在薰衣草间回响。

她哭泣起来，听得很清楚，她的声音残破，潮湿，如同她过去的肌肤一样。“可是这太不近人情了，你需要我时我却必须说不，可过去我需要你时，你怎么着最后都会赶来。”

“最后赶来了。比阿，领养孩子很可取，罗杰就要到救济院了。”

她破涕为笑了。“我不能放手，”她说，“我所祈求的，我如愿以偿了。有趣的事儿是，你帮了忙。罗杰对你和安杰拉分手害怕得要死。他这下变得很认真了。”

“他一向都很认真。”

“亲爱的皮特，告诉我，我对你来说，从来都不真实，是吗？不真实，难道不好吗？我一直害怕你打电话来，我以为你会早早打电话来呢。”

“应该早早打电话给你，”他说，随后赶紧说了句让她放心的话：“不，你从来不是非常真实，”又找补说：“吻。”

“吻，”比阿无力地说。“吻吻吻吻吻。”

星期天，皮特带女儿们去波士顿科学博物馆回来，看见空空如也的篮球场，心里非常酸楚。这个季节是一年中塔博科斯结婚的年轻夫妇们会凑在一起打篮球的时候。惠特曼走了，索尔兹迁移了，康斯坦丁驾机飞往利马和里约热内卢，索恩和小史密斯总是把打篮球看作老百姓的运动。野草从柏油球场的缝隙里钻出来，篮圈没有篮网，向下倾斜，需要用长改锥好好固定一下了。安杰拉在门口迎接他们；她正在草坪上捡冬天掉落的小树枝，给裸露的地方补上草籽。看见皮特正在看篮球场，她说：“你应该把那个篮圈卸下来。要么，你喜欢邀请你的那些爷们朋友来打打篮球？我受不了这个篮球场。”

“我没有爷们朋友了，明摆着的事儿。他们都是你的朋友。不管怎么样，现在请人来打篮球，做作，不舒服，你认为不是吗？”

“我看也是。”

“露丝难道也不想利用这篮圈了吗？”

“她现在正在刻意表现得像个女孩子。也许以后用得上，那时她们学校会有校队；不过目前看来这球场令人厌烦。”

“你也太矫情了。”他说。

“你们出趟远门还好吗？不会又做作又不舒服吧？”

“不，很有趣。南希在天象馆看见机器把星星带动着转圈儿，哭叫起来，不过出于某些原因,她很喜欢那个'透明的女人'。"

"那个人体像让她想起了我吧。"

皮特不清楚,这种拿自己开心的话是不是再次接纳他的前奏。他内心希望不是这样。他感觉彻夜难熬的阶段总算对付过去了。在孤独中他获得了一些东西,一种对所有事物起码的惊奇感,那是他童年失去的东西。即使重访安杰拉的尴尬,也有了一种令人愉快的新鲜感。她柔和的笨笨的举止和远处调整姿势的数不清的间隔,似乎成了一种他生殖器官形成的羞怯的实在的生物,现在正学着单独地蓬勃地生长。他问她道:"你过得怎么样?"

"够忙的。我自己不得不重新和我的父母沟通。我母亲说我十多年来不把他们放在眼里。我从来没有这么想过,不过她也许是对的。"

"姑娘们呢? 她们不那么想我了吧?"

"少点了。一旦遇到什么东西坏了,我又修理不了,那是最糟糕的。露丝前几天特别烦我,对我说我因为在床上推推搡搡的,把她们的老爸推走了,是非常愚蠢的。我猜测,乔纳森和弗兰基在学校告诉过她,我在床上表现很坏,她以为这话一定是指我在床上没有给你留出足够的地方。哦,我们娘俩后来高高兴兴地讨论了一次。女人对女人的讨论。"

"可怜的圣人。两个可怜的圣人。"

"你看去好多了。"

"我一直在调整。大家都让我独处,这在某种程度上也算一种垂怜吧,因为我不必玩弄政治了。有些日子,我可以说说话的人,只有亚当斯和科莫;我们正在雷斯敦那边为一对新夫妇做橱柜。"

"我以为你在印第安山上干活呢。"

"贾津斯基和加拉格尔好像在处理那摊事儿。他们按照刻板的计划直接施工,可这样干根本不适合在山坡作业。"

"哦。他们请我去过那边,还有几个我不喜欢的北马瑟的人。掉进钱眼儿里那种人。爱马的那拨人。"

“马特热衷于这个。”

“特丽似乎非常烦。”

“她以后还会一直烦下去呢。你呢？烦吗？高兴？和我的爷们朋友的求婚作斗争了吗？”

“有几个来试探的。”安杰拉承认说。“但是都没有当真。这是一个截然不同的浑鱼缸①，一个分居的女人。对他们来说是稀罕物件。”

“你认为我们是在分居吗？”

安杰拉没有作答，跳过他的肩膀，向树林远处看去，那里棉枣儿正在盛开，他在那里把露丝的仓鼠埋葬了，姑娘们也是在那里从她们父亲寒酸作响的、没有冲洗的小货车里跳下来，如获大赦，连她们星期天出远门的衣服也没有换，便去寻找她们攀爬的树，一棵生在槭树丛中的枝杈低垂的苹果树。安杰拉的脸因为想起了好消息，又有了喜色。“哦，皮特，我一定要告诉你。一件再奇怪不过的好事情。我开始做梦了。那些个我能记住的梦。很多年了，我都没有做过这样的梦了。”

“什么样的梦？”

“哦，没有什么令人兴奋的东西。我在一个电梯里，按了电钮，电梯不动。于是我想，倒也不着急：‘我一定到了要去的楼层了。’或者，也许还是同一个梦，我在一家百货店里，很想给南希买一个皮毛兜帽，她可以戴着滑雪。我知道具体尺寸，里子是什么，从一个柜台到另一个柜台，他们让我看露指手套、护耳套、套鞋，凡是我不想要的他们都让我看，可是我一直很平静，很客气，因为我知道在什么地方有毛兜帽，我在那里给露丝买过一个的。”

“多么甜美的梦啊。”

“是的，他们都很害羞，很平和。他不同意，或者不赞同，不过我的意思

---

① 原文...a different kettle of fish，从...a pretty kettle of fish套用而来，意为“混乱、乱七八糟、尴尬、困境”。这里借用意义和字面意思。

是我潜意识试图死掉，现在潜意识赶回来，把我想要的东西表达出来。不只是为我自己，还为了别人。”

“他。你在为他做梦。如同一个孩子为了她爸爸撒尿一样。”

如同他渴望的，她返回了这种陶醉的安静状态，这个四四方方的院子，这个整洁的没有男人的房子，他喜欢来探望。“你这个人很霸道，”她跟他说。“一个吃醋的霸王。你总是沾枕头就睡，我相信，躺在你身边我就做不成梦了。”

“我们还能分享那些梦吗?”

“不行，你一个人都把梦做了。我这才发现你一个人把一切都做了。你知道我过去什么时候感到最孤独吗？我们一起做爱的时候。”接下来的沉默性质要求她把态度缓和一下。她问道：“你听说福克茜的消息了吗?”

“没有。就连华盛顿纪念碑名片都没有寄来一张。”他看见，他那块和井以及仓房相邻的草坪，成片的冰曾经连在一起的地方，成片的草都死掉了。难捱的冬季啊。极地的冠岩又在变大。那些长毛猛犸要回来了吧。“好歹是一种解脱吧。”他对安杰拉说。

姑娘们从树林里返回来了，她们春季的衣服在树皮上蹭得没有样子了。“就要走吧，”南希对皮特说。

露丝拍了一下自己的妹妹。“南希！这样说话很不好。”

“我想她本意是向着你说话的。”安杰拉解释说，“她是要告诉她爸爸现在走很是时候了。”

“妈妈，”南希对她说，她那只胖乎乎的小手随着她迷瞪仰视的目光甩圈子，“星星都在转啊，转啊，转啊。”

“这个小娃娃就哭叫起来了，”露丝说。

南希想了想，仿佛在弄清楚姐姐的话对不对，随后跑到姐姐的跟前，在露丝的胸部捶打起来。“撒谎！撒谎!”

露丝咬住下嘴唇，用拳头用力往一边挡去，利落地就打在了南希身上。

“小娃娃哭闹，”她又说道，“伤害了爸爸的感情，让他早早地就带我们出来了。”

南希依偎在安杰拉的腿上抽泣。她的脸依偎的地方，皮特再也不能乱插萝卜了。繁复的裂缝，毛毛烘烘的，豚草杯状花儿，种子可以在那里生根结果。“我相信那是因为非常令人激动的原因，”安杰拉说。“因为激动，大家就都累了，脾气也不好了。我们进去吃晚饭吧。”她向上望了望，眼睛瞪了瞪，这时本来轻而易举地可以随口邀请皮特进去一起吃饭，却一狠心拒绝了。

贝尔纳黛特·安在街上一家主要卖杂志的书店门口碰见了皮特。他正要进去买一本《生活》杂志，她买了一本《科学美国人》正要离去。她的身体蹭了他一下，他感觉她的身体扁平、生硬而失去了力量；她脸色灰黄，那种东方人上眼皮折叠的样子凹陷了很多，眼睫毛都看不见了。她和皮特站在书店的遮阳篷下面；他们身边的四月天如同炎热的夏天一样，春天的第一个热天，海滩气候终于到来了，中学生们放下了他们的敞篷车的皱巴巴的汽车顶篷，闹闹哄哄地开向海滩垒沙丘玩耍。塔博科斯城里的希腊庙屹立在红岩山上，显得白刷刷的，像一只金色的雄鸡在蓝天的映照下金闪闪的。贝尔纳黛特已经把外衣脱掉了。脖子上一条精致的十字架项链在闪动，丝绸衬衫脏兮兮的。她已经向死亡之神走去，样子变得邋遢，如同一名矿工。

皮特感到有愧，马上问约翰怎么样了，她说：“我看就如同我们所期待的样子。”听她的话音，她的种种期待已经下降了很多。“医生们一直在给他用药，他很少用英语讲话了。他过去总问我为什么没有人看望他，不过现在已经不再问了。”

“我很对不起，我想着看望他来着，可是我自己也麻烦不断。我想你已经听说我和安杰拉分居了。”

“没有，我没有听说。那样可很糟糕啊。”她把“糟糕”说得很糟糕；元音在她那张扁平的宽嘴里都发成了扁平的了。她那次问“我什么时候才能和你跳上舞呢”时，就是这种发音。“我怎么也想不到你们夫妇会分居。约翰，你也许猜测到了，一直对安杰拉还有爱恋之情。”

皮特从来没有猜测到这样的事情。冲动之下，皮特主动问道：“我现在难道不能去看望他吗？我有时间，你这是回医院去不是？”

塔博科斯退伍军人纪念医院距离镇中心两英里，位于靠陆地的这边。一色黑缸砖修成，新开辟了一个一点也不协调的玫瑰色的妇产科，这所医院修建在一个小山上，一边是废弃的铁轨线，一边是一排暖房（亨德里克·沃斯父子公司——鲜花、球茎和灌木）。医院后面是一个相当规模的花园，不论是病人还是护士都从不在里面散步。约翰·安房间的落地窗户面向一棵修剪过的女贞树和一棵粉色的沙果树，还有一个绿锈斑斑的铜制鸟浴池，形如扇贝壳，无水。风把沙果树的花瓣吹落下来，又把窗户的白色帘布吹得鼓鼓的，床边氧气袋的粗糙透明的反面在风中一下子起伏不平，噼啪发响。约翰很消瘦，除了颧骨上如同五十美分硬币大小的潮红块儿，面无血色。他瘦得厉害，看上去比皮特记忆中的人高了一些。他说话很困难，仿佛声音是从喉咙底下高悬在胸腔里的一个泄气的气袋里发出来的。唯一没有改变的是见人就笑的笑容，以此来遮掩难以掩藏的焦虑。“Harya pee? Wam weller mane waller pray terrace, heh?”贝尔纳黛特悲哀地把他的话翻译出来：“他说你好皮特？他说天气暖和了，他多想去打网球啊。”

“你很快就会出院的，”皮特说，然后做了个抛球的姿势，把想象中的网球发了出去。

“Is emerybonny?”

“他问大伙儿都好吧？”

“好啊。不错。这是一个漫长的冬季。”

“安杰拉可好？孩子们好吗？弗雷迪的社交集会呢？”

“安杰拉想来看你，”皮特说，声音很大，仿佛在喊叫一辆远去的汽车。“弗雷迪·索恩的社交集会最近不怎么热闹了。比晚宴大不到哪里去。我们的孩子都在长大。”

这话说得不大合适；只是没有什么话题好说。随着这次探望变得东拉西扯起来，约翰·安的眼睛暗淡了。他的两只手像虫子，骨头把皮顶出来，翻动着贝尔纳黛特给他买回来的那本杂志。有一会儿，他咳嗽起来，咳了又咳，没完没了，仿佛要把一棵扎根很深的大树连根拔起来似的。皮特把头扭开了，一只知更鸟落到了那个无水的鸟浴池边上。显然，约翰在靠药品支撑；他欢迎皮特到来，只是一时来神，刚刚从昏昏沉沉的平静状态中摆脱出来。有一阵子，睿智会出现在他那张消瘦的脸上，如同一种食肉动物的力量；接着他便会变得有气无力，呜呜哝哝的，而且两次还讲起来朝鲜语。他祈求贝尔纳黛特把话翻译出来，但是贝尔纳黛特耸了耸肩，朝皮特挤了挤眼睛。“我只听得懂很少几句话。有时会，他以为我是他的妹妹。”皮特站起来要走，但是她强烈祈求道：“别走啊。”于是，他又多坐了十五分钟，与此同时贝尔纳黛特在她的膝盖上不停地摆弄什么，而约翰已经忘记了他的客人，向后翻阅那本《科学美国人》，浏览得很不耐心，寻找某些没有的内容。穿胶鞋的护士们在过道里走来走去，医生们在外面大声地打情骂俏。暖气附近的地板上堆满了奇特的花篮和花盆，皮特嘀咕是谁送来的。麦克纳马拉①。蜡斯克②。下午飘来的第一块云彩把沙果树遮住了，仿佛被阳光钉在树上的花瓣儿，这时纷纷落下来。房间里开始失去温暖。皮特第二次站起来准备离去，拉住了约翰的那几根软弱无力的手指，玩笑过分地大声说：“网球场上见，”这时，约翰那两只靠药品支撑的眼睛抬起来，眼神已经看出了地上各种物品混杂在一起的景象，让皮特也明白了其中的博大含义；他如同扎猛子，一下子看见人死是多么貌似有理，死神一点不像彗星撞向地球的东西，而是在同一平面上发生的必然现象，如同出生、婚姻和每天到来的邮件。

---

① 曾任美国国防部长，见前注。

② 蜡斯克（David Dean Rusk，1909—1994），美国国务卿（1961—1969），曾任远东事物的助理国务卿，洛克菲勒基金会主席（1952—1960）等职，退休后在佐治亚大学任国际法教授。

贝尔纳黛特陪着他走下地板打蜡的大厅，来到了医院的门口。室外，一阵轻风把她的一缕头发吹到了她的眼睛上，暖房上一个太阳形状的光点在他们下面闪烁。她脖子上的十字架闪动起来。他感觉她扁平胸部的身体、宽宽的肩膀和胯部，冒出来一股性欲的搅动；她已经熬过来，无需支持了。她靠近了一点点，仿佛要问一个问题，几根啃咬过指甲的手指抬起了，把那缕黑色的头发整理一下，那缕头发被风吹下来时触碰了眼睛，她眨眼的样子似乎有些抱歉地表明她活下去的愿望。她的微笑带了苦涩。皮特对她说："什么奇迹都会发生。"

"他拒绝奇迹啊，"她说，回答得很简单，令他大为惊讶，仿佛他方才的话只是向她证实她每天管理的那些药片的存在。一个念珠已经咔哒一声拨过去了。

探望这个垂死之人的经历，让皮特看见了他自己还拥有很多时光，他可以自由自在地支配。他在海滩上走了很长时间。在这多彩的四月里，这个巨大的海湾气象万千，从来不会重样。一些日子里，大潮来临，炽白的太阳普照，澎湃的大浪蓝得胜过钨钢，把沙子冲向坑坑洼洼的海崖，把浮木和残骸冲上了沙丘，潮水在这些沙丘间变成了蓝天映照的分隔的水洼。低潮时，光滑的成片的海滩呈现出来，把落日时分的绛红色、浅橙色和瞬间的深绿色一一折射出来。有时候，大海艳紫艳紫的；有时候，在低沉的温暖的阴雨天空下，大海则是脏兮兮的洗刷的无色状态；地平线滚滚浪涛急匆匆卷来，在海岸的边缘斜坡上冲刷和消退。皮特弯腰捡起些天使鱼翅、竹蛏壳儿以及准确地酸蚀出来的星状以及为皮特叫不出名字的寄居生物留出来的周到的气孔的海胆。木片儿冲刷得如同小溪里的鹅卵石，各种铁利器在氧化的橙色泡沫里像木乃伊一般保存着，深深踩踏下去的马蹄印、奔跑的小狗蹄子留下的四点爪子印、不见踪影的一对夫妇留下的浅浅的脚印（女人的赤脚印，大脚拇指和细细的脚弓把脚跟和前脚掌连在一起；而男人呆板的鞋印，帆布胶底运动鞋底的宽凹纹，显然还拖着一根拐杖）和软体动物爬行的依稀可辨的痕迹，如同在海潮的洗盘中浸泡过多的一张照片的轮廓，也就是那种海草叶子在自己周围得意地画出来的无可挑剔的圆圈儿——这些在皮特看来都非同寻常，目不暇接。海滩如梦，奇奇怪怪，层出不穷。一天，下午向晚时分乌云未散，西边雨云飞渡的上空布满了银闪闪的流云，他从停放在空旷的停车场的小货车里钻出来，听见了一种不绝于耳的音乐般的咆哮声。然而，当他走近大海，他看见大海平静如湖泊，一片阴沉的土绿色水面展现在眼前。潮水落下去很多，皮特走在刚刚退去的平滑如洗的滩地上，忽然看出来——不如说是观察出来的，仿佛时隐时现的吼声是他体内的征兆——那些凶猛的大浪在半英里远的地方一个沙坝上纷纷溃退，尽管海浪的涌动已经难见踪影，但是它们汇聚起来的声音沿着弥漫的水面向他传来，仿佛在紧绷绷的鼓面上撞击。这种效果，蕴藏了为城市提供电力的能量，只有他一个人目睹了；他身边响起的宏大音节似乎是他自己的音符，是他出生以来就有的，现在从他身上喷涌出来，在空气里回响。这天的空气很暖和，闻起来一股草灰味儿。

在他的孤独中，他在海浪的运动中寻找就伴的东西，尤其那些远处的海浪在沙滩一带激起的水沫臂膊在向他打招呼。这世界比他怀疑的更富于空想。他发现他怀念友谊甚于怀念朋友；想起福克茜，他所感觉到的是一种对偷情本身的怀旧情绪——它的历险、它的种种欺骗所要求的杂技表演、它的暗藏的线弦的张力以及它让我们成为主人的新的风景。

有时，他穿过那些沙丘返回停车场。他能看见位于草坡上的惠特曼夫妇的房子，草坡上还有挖掘的坑洼以及重新铺上沙子的灰白小碎块儿。那座房子看不见他。他当时又兴奋又焦虑地经常往外张望的那些窗户泛着白茫茫的光亮。有一次，他开车路过这所罗宾逊老宅时，他想到幸亏他和安杰拉当初没有买下它，因为最终证明这是一座不吉利的房子；随后他意识到他们在某种程度上也分担了这房子的霉运。他独处时，他会变得心不在焉。他注意到镇里出现了一个新来的女人——那种轻快的自尊的步子让人看出来受过教育——一种摆脱了农夫步履如夯的精神，胳膊甩来甩去，扭摆的臀部，利落的脚腕子。皮特赶紧沿着博爱街另一边追去，从她前面瞭望了一眼，赶在她转身走进储蓄银行之前，看清了那个女人原来是安杰拉。她把头发散披下来，穿了一件她父母为了安慰她送给她的蓝色披肩。

多么奇怪，她竟然嫉妒他的梦，指责他沾枕头就做梦！也许，只是因为每天晚上他喝下大量杜松子酒麻醉自己，他的那些梦现在很少能记得起来——混淆而乱套的朦朦胧胧的反复出现的形象，在修建什么难以合拢、难以直立的建筑物。他是一个小男孩，事实上是他自己的父亲，走在他父亲的身边，事实上是他自己的祖父，一个他从来没有遇见的没有脸相的男人，几百个从荷兰移民到大拉皮兹家具厂工作的工人之一。他的大拇指长满了硬茧子；男孩感到害怕，挺着。要么，他在出席约翰·安的葬礼，可一下子棺材裂开了，约翰拱出来，躲到祭坛后面，像一只虫子一样沾满灰尘，害羞地畏畏缩缩。这样的梦，皮特连同口中的酸腐味儿一同冲洗掉，因为在黎明前他总会醒来起夜，喝一杯白水，发誓第二天定要少喝些杜松子酒。两个梦比较清晰。在一个梦里，他和一个儿子，一个是南希又是露丝还是男性的孩子，在暴风雪中从他第一个家的附近的棒球场那边走过来。在操场和他父亲的低矮暖房之间，有一片稀薄的树林，长了七叶树和樱桃树，孩子们经常在下午晚些时候在里面聚集和爬树，一个万圣节孩子们从树林里对暖房发起了一次砸石头袭击，结果上了治安法庭了结这事儿，于是整个十一月皮特都在用拳头打架。在这个梦中，那是冬季。凛冽的寒风在稀疏的树干间肆虐，雪下得小路结了冰，因此皮特不得不牵着他孩子的胳膊，拉住他不让他滑倒。皮特自己沿了结冰的绷索，蹚着更深的雪走路；因为如果两个人都一下子摔倒在地，那就都没有命了。他们到达了山谷，跨过去，来到了黑黢黢的暖房旁边的他们家院子前面，皮特的祖母在等候他们，弯腰驼背地站在一个没有雪的立方体内，十分焦急。看不见的墙壁把她围了起来。她只穿了一件棉装，她破旧的黑毛衣没有扣上扣子。在梦中，皮特弄不清她等待了多长时间，她只是连连感谢上帝保佑他们一路平安，而他一心想进入她那个透明的立方体中，和她呆在一起，他分明看见立方体中长了绿草，叶子摇曳生风。醒来后，他纳闷他终于梦见了他的祖母，因为她在他九岁时就去世了，死于肺痨，他当时一点没有伤感。她几乎不懂英语，却对家里的卫生要求苛刻，不仅不让皮特和朱普到前厅去，也不准他们到楼下的房间去，只能到厨房去。

第二个梦是静止的。他站在星星下面，试图通过他的意志力改变它们星座的图案。皮特用力让自己升腾，为了混杂的星座咬牙祈求，为了夜间那张金属的面具咬牙祈求，为的是改变它们的位置；可它们岿然不动，星光闪烁，依然故我。他想，我也许应该把我的心绷紧些，醒来则感到他的胸部一阵剧烈的疼痛。

福克茜回到了镇上。传言是马西娅·小史密斯传出来的，她看见福克茜开着肯的 MG 汽车在修女湾路上行驶，随即从哈罗德到弗兰克到珍妮特到公平住房委员会的比阿和特丽，然后又传到了卡罗尔和索恩夫妇那里，碰巧弗雷迪从他的诊所窗户看见福克茜那天下午从科格斯维尔药店走出来，证实了传言的确切。好事传遍天下，这一传言便开始有了口头禅："我知道了"；特丽因为一个月前的凌晨肯闯进加拉格尔夫妇家倾诉衷肠，有了知心朋友身份，认为责任在身，于是给安杰拉打过去电话，小心翼翼地告诉了安杰拉，安杰拉则客客气气地接受了这个消息，仿佛这个消息与她几乎毫不相干似的。也许，真的是毫不相干了。哈尼马夫妇在其他夫妇眼里已经难以捉摸，已经背叛了相互心照不宣的密谋。只有皮特，虽然是传言交织的三要素之一，却浑然不觉；没有人告诉他。然而，也没有必要告诉了。他早已经知道了。星期二，他在加拉格尔 & 哈尼马公司处理事情，收到了一封来自华盛顿的信：

亲爱的皮特——

我必须回新英格兰呆几天，四月二十四日将到塔博科斯，把家具处理一下。你愿意和我见面聊一聊吗？别紧张——我没有意思强加你什么。

爱，

福。

“强加”一词后面的“但是”被涂掉了。他们第一次相遇纯属偶然，竟是在镇子停车场上，一处不规则的柏油铺成的鹅卵石空旷地，铁围栏，通着博爱街上多家商店的后门——公平住房委员会、波伊利厄酒市、贝斯书及明信片店、卫理公会二手店，还有，隔着一条碎玻璃闪烁的小巷，就是塔博科斯职业公寓。他一点没有想到会在这里看见她的身影——远远看去，她的行为节奏、她斜着高高的身子把购物袋放进低车身的样子、扎起来的金色秀发、她腹部肌肉使劲的那种风度感，一阵炫目后看清楚，在这个世界的芸芸众生中，那身影就是她。他的身侧感到疼痛；他的左手掌痒痒起来。他喊叫一声；她站住表示作答，走近了一些，她看上去比他记忆中更年轻，更水灵，身姿更妖冶——丝绸般细腻的皮肤透明得看得见她的血液，挺直的鼻子的鼻梁处更加苍白，棕色的眼膜在太阳光下透出暖意，眼睑俏皮地向上挑起，敏捷的眼珠比行云还灵巧，瞬间转动几下后才开口说话。她的声音无处没有熟悉的影子，张开、呼吸、说话和思考的嘴唇出现了数不清的弯曲：她活生生的。与她那些冰冻的消融的碎片相处过，皮特对她如此生气勃勃、如此有条不紊、如此机智，一点准备都没有。

“皮特，你看上去很吓人啊。”

“哪像你呢。”

“为什么连头发都不再梳理一下了？”

“你还有了点太阳晒黑的肤色。”

“我的继父有一个游泳池。那边已经是夏天了。”

“这里冷冷热热的。还是老样子。我在海滩散很多步呢。”

“你为什么不和安杰拉一起生活了?”

“谁说我没有?”

“安杰拉说的。她在电话里告诉我的。我给你写信前,给你家打了电话;我要跟你们两个道别呢。”

“她一直没有告诉我你打电话了。”

“她也许认为说不说都无关紧要吧。”

“一个神秘的女人,我的老婆。”

“她说我应该到这里来把你弄到手。”

皮特大笑。“如果她说这种话,那你为什么不问问我怎么不和她一起生活了?”

“为什么不在一起了?”

“她不要我了。”

“这只是,”福克茜说,“一半原因吧。”

这句评判的话说过,他们的谈话变了调子;他们交谈得更自在,更琐碎,仿佛一项决定已经在他们身后达成了。皮特问她道:“你带这些杂七杂八的东西上哪里去?”

“为我自己买的。这个周末我住在那个家里。肯说好会住在坎布里奇。”

“你和肯不会重归于好了吗?”

“他很幸福。他说他现在晚上干活儿,认为他在攻克一些很有意义的东西。他又在研究海星了。”

“你呢?”

她耸了耸肩。像一个浅黄头发的女学生在寻求一个足以掩盖自己心中无数的答案。“我在对付。”

“一个人住在这里,你不会觉得压抑吗?或许你把孩子带过来了?”

“我把托比交给母亲了。他们祖孙两个处得很带劲儿,他们都认为我这人不牢靠，他们还都对农家鲜奶酪喜爱有加。"

他单刀直入地问她道："我们应该怎么办呢？"随后补充解释一句："一对儿孤儿。"

他提着那袋子东西上到他的房间，他们就在这里过周末了。星期六他帮助她清点了一下盐沼地边上的那座房子，把她自己想留用的桌子和椅子打点起来。没有人来阻止他们。这座古老的镇子迎合了他们的纯真。福克茜向皮特坦诚，她事先想到要和他睡觉，已经带来了子宫帽，并且去科格斯维尔药店买了一管新的阴道润滑剂。在他觉得自己在情爱的安慰剂中变得孩子气、有些放肆时，她却在变老；他最初看见她肌肤滑腻，质感透明，取而代之的却是她屁股上那种鸡皮疙瘩般的粗糙、她胳肢窝刮过后的那种灰色青皮、她膝盖的背面以及生过孩子后腰部的厚实。她的平脚在皮特脏兮兮的米灰色墙壁的屋子的光地板上带着她走动，一个懒散的笨笨的女人，与安杰拉那种随意的有弹性的步子大不一样，在蛋壳儿一样简洁的长方形农舍里走动，安杰拉的小脚趾头不触动地板。福克茜睡着了，气息呼呼作响，还不停地翻动，把他挤向床边，有时还和梦魇较量。第一天早上醒来，她的手在抚摸他的鸟儿，把他弄醒了，觉得她在轻轻地捋摸他的包皮，她的脸由于性欲而收紧了，变白了。她大喊大叫说跟他在这里搞在一起是错误的，错误的，在他进入她的身体时极力挣扎；事毕，她却打趣地问他，她假装抗拒他进入，是不是让他更加带劲儿。她问了他一些没头没脑的问题，比如，他还认为他自己是一个基督教徒吗？他回答说他不知道，他表示怀疑。福克茜说她自己认为还是一个基督教徒，尽管是一个生活在罪孽状态中的基督教徒；挑衅地，更确切地说是傲慢地——他得到了这样的印象——同时娇柔地，把枕头上乱成一片的潮湿的头发甩了甩，向后理了理。她撒娇说她饿了。他真打算就这样一直在这里和她交欢，直到她饿死吗？她的肚子咕咕作响了。

他们在马斯科诺米尼便餐店用餐，坐在一个远离窗户的雅座里，在这里他们看见弗兰克·阿普尔比和小弗兰基从那家五金商店拖出一些石灰袋子和苔泥灰袋子，装上了阿普尔比家那辆旧紫红色墨丘利小轿车。他们看得见他们，他们却看不见他们，仿佛呆在一面单面反射镜子后面一样。他们讨论安杰拉和肯和流产，却从来不在一个话题上谈论许久，把话说透，连深入说说都不屑，重新呆在一起的状态妨碍深入探讨，仿佛，到了最后，什么事情都没有什么大不了的，也没有什么小不了的。皮特觉得，即使是他们一动不动地呆在一起，他们也在跳跃，急促地穿过空间，轻轻地交织在一起，却没有实质上的混合。他在她身边睡得不踏实。她和他性交很难和他一起到达性高潮。她对自己不能达到性高潮感到失望，于是自己主动摆出听任他摆布的种种姿势，仿佛在她嘴里或者奶子之间他射精的那种轻快的散状的冲击声是她自己促成的。她还戴着她的结婚戒指和订婚戒指，而且，注视着她的手引导他转向她那丝绸般滑腻的脸，她的下颚被迫张开时她的脸颊下陷了，他还注意到她的钻戒那晶莹的八角形，心里很难受地体会到如果他们结婚了，他是没有能力给她购买这么大的钻戒的。

她似乎并非出卖自己；恰恰相反，她是一个随和的坦率的陪伴。对付过去打点家具的那件不舒服的事情（他在这所房子里尽量抑制住不去触动她，因为他们是在这里偷吃禁果的；她清风般地一个屋子一个屋子走动，身影如同幽灵，来去无踪；而且他们已经失去了情人的独有特权，不再觉得所有的地方都可以供他们自己支配），星期六她陪他在公共场地尽头一带的沙滩散步，这样他们便不可能碰见朋友。她指出来一个地点，她曾经在那里给他写了一封长信，他毫无疑问已经忘掉了。他说他没有忘记那封信，尽管一些部分记不清楚了。她突然跟他说，他那种冷酷的行为，那种乱交的劲头，她很受用；和他在一起，她想怎么浪就怎么浪，和多数男人不一样，他真的不说三道四。皮特回答说，这是因为他信奉加尔文教精神。只有上帝可以说三道四。不管怎样，他发现她美貌绝伦。零零总总都包括：隆块儿、小脓包、平板脚、沉沉的鼾声，等等。听见如此描述自己，她大笑起来，她笑声的声质告诉他，她是爱听好听话的，不管别人怎么横挑鼻子竖挑眼，她认为自己完美无缺。皮特相信她，相信她嘎嘎大笑的内涵，那好比春天大海刮来的咸风带走的一声喊叫，她宣称她真的完美无缺，他如饥似渴地再次享用她那修长的肌体，厮守在他这间幽静的寒酸的屋子里。

她懒懒地亲吻他，而他则梳理她一头秀美的头发。哦，她那珊瑚般的小逼儿也很可爱，紫红的珊瑚，三色堇形状的M，或者说W，长了一层毛毛：亲吻她这里，她又开了通向幽室的缶模①，从幽室通向宇宙，是一种盲目的品尝无限的快活，快活得他咬她，而她紧紧抓住他的背，高潮来了。能够弄断他的脖子。完全忘掉了他自己。整个是原生的自我。一架在大海底上制造咸盐的机器啊。

皮特想到，嘴是高贵的。它们在脑海里的宫廷里活动。我们让我们的生殖系统在下身像农夫一样紧密配合，而在嘴屈尊俯就时，脑子和身体就结婚了。彼此吞咽是神圣的。我爱你，伊丽莎白，你的花瓣般的序列，你的排满滑溜溜的花骨朵儿的宝贝般的小匣子。在那个星期日的早上，教堂的钟声叮叮当当响彻天空，他们完美的性事儿就这样发生了。

"哦，皮特，"福克茜对他感叹说，"我从来没有感受到这般抓心挠肺。谁都没有这样深入过我。"

缺觉，一个多月来一直在和恐惧作斗争而疲惫不堪，他莞尔一笑，很想说她的好话表示对她的赞美的回应，却禁不住睡着了，他那张宽阔的脸红扑扑的，仿佛还夹在她的大腿之间。

星期天下午是他和孩子们在一起的时间；听从福克茜的建议，他们四个人到北马瑟烛形小柱谷打保龄球。露丝和南希对惠特曼太太的闯入惊奇得大睁眼睛，但是福克茜用心纯正，一心为自己打出高分，还向两个小姑娘表演如何抓住不好控制的大球，把球抛得不出球道。等球滚出球道时，露丝

① 原文 fom，目前未查到出处，根据上下文译为音译的"缶模"；如果作者是指女性生殖器，倒也很形象。

说:“臭粪。”

皮特问露丝道:“你从哪里学到这个词儿的?”

“乔纳森·小史密斯说的,为了避免开口骂人。”

“你喜欢乔纳森吗?”

“他是个讨厌鬼,”露丝说,如同安杰拉有一次说弗雷迪·索恩:他是一个半吊子。

在第二盘投掷时,皮特只投出了八十一分,而福克茜是九十三分。她胜出。这次外出活动结束时,他们在一家重新开张的冰淇淋小卖铺吃了冰淇淋和苏打水,摊主一年一度在佛罗里达住了五个月刚刚回来,像渔人那样喜欢眯缝眼,脑门儿光溜溜的。他把手放在露丝头上,对皮特说:“这姑娘像你呢,可是这个小妞妞嘛”——他棕色的手张开放在南希的金发头上——“和你的妻子一模一样。”

福克茜本来计划星期日晚些时候飞回华盛顿,但是她留下来过夜了。“肯不会猜测你在哪里睡觉吗?”

“哎,让他猜吧。他根本就不费那个心。他现在掌握的证据够多的,再说了,分手的事儿差不多是板上钉钉了。肯对钱倒是不小气,谢天谢地。我得承认,他是我遇见过的男人中最稳重的人。他决定下来的事情,他就义无反顾。”

“你的话听起来充满钦佩嘛。”

“我一直很钦佩他。我只是从来和他没有性欲。”

“和我呢?”

“那还用说。我和你性欲满满。我老远来这一趟,你以为为了什么?”

“来分家具啊。”

“哦,谁在乎那些家具呢?我现在到哪里去住都不知道呢。”

“嘿,这么说我还是抢手货。”

“我不大清楚。安杰拉也许只是给你放个假。”

“我——”

“什么都别说了。如果你在那里，你在那里好了；如果你不在，那就不在吧。我必须让自己先自由起来。我现在要离开很长一段时间，皮特。六个星期，两个月。我还应该回来吗？”

“你要到哪里去？”

“我也不知道。肯的爸爸认为我应该去西部一个州生活，但是我们坎布里奇的一个朋友去了维尔京群岛，这地儿听起来特好玩，可不像某个不长庄稼的大农场，里面都是康涅狄格州更年期的病人，因为她们的老公都在和小秘书鬼混呢。”

“你真的要把这件事儿了结了吗？”

“哦，”她说，在黑暗中好奇地抚摸着他的脸颊，仿佛估摸一个孩子的脸的轮廓，或者在感觉她买来的一个花瓶光滑不光滑，“毋庸置疑。我是一个堕落的女人了。”

更晚的时候，在这不知时间的夜里，他在疲乏驱使下膨胀起来，他体内的而非他的某些东西周期性地上升，让他感觉到了间隔，在黑暗中，他身后一股浪潮从前边喷薄而出，冲进了福克茜那奇妙的叉开的白色领域，福克茜叹道：“享受够了真是好，不是吗？真的享受够了。”

他说：“性事如同金钱；多多益善。”

“这像弗雷迪·索恩的话。”

“我的良师和救星。”

她用退潮气息的手指捂住了他的嘴唇。“唉，不出声。我不能忍受别人，连名字都受不了。我们不妨假装就只有我们两个。我们难道没有组成一个世界吗？”

“没的说。我是一个蹭痒的问题，你是一个被蹭的答案。”

“哦，亲爱的，我真的疼了。”

“你认为我不疼吗？哎哎哎呦呦呦呼。”

“皮特。”

“哎哎哎啊啊呦呦呦。”

“别叫了。这叫声太可怕了。”

“可我管不住呀,亲爱的。我掉进火坑里了。再来再来,我随时准备死去。吸紧点我。哎嗷咦咦咦呀啊啊。啊呀啊啊。”

每次喊叫都觉得在把他的胸腔挖空,创造出一个内在的空洞,与星星下面的空洞相呼应。

她威胁他说:“我要离开你了。”

“你做不到。你自己试试看。叫唤。那感觉妙极了。”

“不。你在给我定条条框框。你没有责任和我结婚。我还没有想清楚我是不是想嫁给你。”

“哦,再来。再来。呜呜哦哦哦咦咦啊啊啊呜呼。哇,天爷。你到了顶点,福克茜。”

“呣呣呣呣哦哦呼。你是对的。喊叫确实可以放松。”

他又感叹道:“哇,天爷;”随着福克茜赤裸裸的汗津津的被操过的身子那种耗损的奇妙感觉渐渐过去,他用无精打采的信心说:“啊,你是我的了。”福克茜把模糊的脸颊贴在他的脸颊上。她的鼻尖儿凉丝丝的。一种健康的标志。我们都是被流放的人,需要在非理性的状态中洗浴。

星期一早上,他们悄悄走下楼梯,还是碰上了三楼另一个房客回来了,一个戴眼镜的矮小的男人,穿了一身灰色的工作服。他在狭窄的楼梯上冰冻一般,让他们两个过去,说:“早——早——早——早——上——好——好——”

来到室外,进入停车场,站立在明闪闪的 MG 小车旁边,福克茜格格儿笑道:“你领了一个女人,把那个可怜的男人吓得半死。”皮特对她说,不是的,那个男人说话就那个样子。他接着说,这个世界不像我们想象的那样操心情妇情夫的事儿。他看了看她,向她道别,眼前的太阳在跳跃,一片无处不在的头痛的迷津；她那苍白的脸消失了，阳光晃眼。他模模糊糊看见她的眼睛在他们夜里留下的柔软的蓝色空洞上方，如同沃土里绽放的花朵。他们欢快地大笑，率直地流泪，正经地对这三天百依百顺的日子表示感谢，甚至做出一副好玩的淡泊人生的样子，除了利用这些情况，他别无所能，甚至不会彬彬有礼一番。她递给他手握，可他接过来抬到了嘴边，把舌头伸进了她的手掌里，祝愿她一路顺风。他斜倚在车子窗户上，轻轻吹她的耳朵，告诉她在飞机上好好睡一觉。什么事情都没有说定；什么事情也不想说。她把手含糊地挥了一下，说了一个从电影里学来的悲哀的词儿“再会”，随后把MG车拐出了那家自动洗车房，绝尘而去，他没有感觉怦然心痛，这个后出口的沙砾的停车场看上去像纸铺出来的，如同白日光下的一个舞台。

只是在下午更晚的时候，失落感才变得实实在在，无比沉重。走在神力街上，脑袋空空如也，生殖器的肌肉隐隐作痛，他不期碰上了艾迪·康斯坦丁，刚刚从世界的端头飞回来。艾迪很少在镇上露面了，也许卡罗尔早把一个月来的有价值的闲言碎语给他灌输够了，因为他眉飞色舞地打招呼说：“喂，皮特！我听说你的手卡在蜜罐里了。”

五月中旬的一个星期天，皮特带了他的女儿们到海滩玩耍；海滩人满为患，细嫩的斑斑点点的皮肤还没有晒黑，一群一群的，在热乎乎的沙滩和冷冽的海水之间扎堆，墨镜和铝制椅子自成一景，在海浪频频袭来的边缘组成了一条平行的活泼的彩带。南希和安家的三个男孩在海浪里拍水嬉戏，组成一组，一个面色严峻的带孩子的人在一旁监管这三个男孩；贝尔纳黛特最后的管教开始了。露丝不高兴地躺在皮特身边，不大情愿沐浴太阳光，自己正逢花季少女，不过在沙堡里戏耍又年龄大了些。她的脸瘦下来了；眼睛里那种如烟的神色愈发明显了；不像她的母亲，她也许会出落成一个阴沉的美人，某些阴暗的遗憾的东西会过滤她真正善良的本性。皮特，有些不自然，深爱着自己的女儿，可除了给她时间，没有什么舒服东西给她，只好闭上眼睛,挡开太阳光照在眼睫毛上形成的那种弯曲的毛茸茸的冠状影子。远处的音乐在扩大,在他周围隆隆作响;他瞥得见人们的脚脖子,一台青绿色的收音机,年轻人的大腿,比基尼泳衣暴露出来的圆球体。一个男人要走多少英里才能……民歌。摇滚乐响起……请回答,我的朋友……爱与和平尽在歌词儿里。随着乐声渐渐远去,他闭上了眼睛,他眼睑映出的红色幻化出来的球状体叉开,接纳了他。他渴了。风从远处陆地的西边刮来,品尝得出一股炎热的沙丘味儿。

不久,超自然的力量兴风作怪了。一片阴沉的紫色在北边趁人不注意发展起来。一股厚实的冷空气在海滩南面掠过;风的变化十分明显,十分突然,一片不约而同的感叹声,哎呦,从人堆儿里响起来。一个接一个的大雨点沉甸甸地落下,冰雹下起来,可太阳还在普照,热辣辣的。然后,太阳被吞没了。人群赶忙收起来五彩的衣物和享乐的器械,懒洋洋地向木板路涌去。粗暴的雷声一下接一下,惊天动地,好像宇宙的板条箱炸成了碎片,追打着撤退的人群。乌青的天空已经把人们团团围起来;低矮的山形成的青色地平线藏在塔博科斯镇中心的后面,看上去比压下来的浓密的大气更加苍白。一道炽白的裂缝跳出来,多叉多尖,在北面东马瑟上空瞬间消失;震耳欲聋的霹雳声接踵而至。人们在木板路上纷纷向前拥挤;一个女人尖叫起来,一个孩子大笑起来。毛巾紧紧地包裹在收缩的肩膀上。五分钟内,温度下降到了二十度。皮特和孩子们身后的沙滩阒无一人,只有几个人懒懒地躺在毯子上嘲笑众人。海平面在发光,如同闪光灯泡里的灯丝。

皮特和他的女儿们刚刚到达小货车的驾驶室前,倾盆大雨浇下来,把他们淋得精湿;大雨打在驾驶室的窗子上,把金属框子砸得砰砰作响。洗洗我。挡风玻璃已经变成了一道瀑布,雨刷无法把水刷掉。星星点点的颜色在玻璃上匆匆而过,喊叫声穿透了暴风雨呼啸的单调鸣响。在他们避雨的空间里,他的女儿们湿漉漉的头发发出了一种活跃的狗狗的味道。南希又惊又喜,露丝表现淡泊,对天气突变感到有趣。天气的愤怒刚刚出现一点点缓和，皮特便发动起小货车，从积水的停车场设法开出来，来到了掉落的树枝横七竖八阻挡的马路上，穿过一段下水道泛起污水的黑莓巷，向安杰拉家刷拉刷拉作响的车道开去。在危急时刻，他脑子里只希望赶紧把他的女儿们送到她们的母亲身边，然后他爱死爱活怎么都行：他必须把自己的身体挪得远远的，躲开他们的视野。他谢绝了安杰拉送过来的茶，又钻进了塔博科斯的心脏，一点没有意识到这年年度重大事件已经开始在暗中燃烧起来了。

大暴雨转变成了一场持续稳定的雨。房屋、车库、榆树和沥青路都归隐到了这场灰蒙蒙的雨幕中。炸雷被击退了，轰轰隆隆地渐渐远去。皮特把车停在他那所公寓的后面，突然传来一阵汽笛声。塔博科斯火警器吃力地空虚地呜呜呜响起来。编码信号在低沉的数字中报了出来；大火在镇子的中心。皮特满以为他嗅到了刺激的味道。他迅速地跑上楼去，把游泳衣换掉，下楼来到了前出口。神力大街上人们在奔跑。救火车呼啸而过，旋转的红光一路闪烁，救火队员攀附在转过科格斯维尔街角的救火车上，紧张地穿消防衣。火警器在出事地点附近不停地鸣叫。印第安山背风一带的镇子部分，笼罩在黄色的烟雾里。皮特开始随着人群跑起来。

到了山上，人群拥挤，烟雾浓厚了。灭火水龙带有的松垮，缠在一起；有的鼓鼓的，喷出来优雅的水柱子，在草坪一带的街道上处处可见。公理会教堂正在燃烧。上帝自己的闪电击中了它。冰凉的雨密集起来，成群的人，老老少少，倾镇而出，在冷气袭人的静默中看热闹。

烟雾，一股刺鼻的黄色烟雾，如同一层层迅速卷起来的烧焦的羊毛，正从左边山花的檐口往上冒，也从竖起并衬托出一百二十五英尺高的风向标的穹顶的下沿往上冒。救火队员们正在陶立克式圆柱下驱赶教堂人员，因为他们冲进教堂，已经抢救出了圣餐餐具、沉重的胡桃木祭坛和讲坛、铜十字架、古圣人的肖像、正在被风吹散并在无情的雨中泡湿洇黑的旧布道文纸以及几个上次翻修讲堂新做的长椅坐垫。皮特一度是教堂人员，很想冲过去帮助他们，但是救火队员和警察已经挡起了一道障碍，只有镇上的狗可以穿过，汪汪叫个不停，从中添乱。他以建筑家的眼光估算了一下，霹雳击中了教堂塔尖，顺着那根纤细的避雷线一直传到了加固穹顶的那些钢钉，把屋顶轮廓线和塔楼的直基相交处的干木头点燃了。这些地方，比如墙与墙之间、屋顶和灰泥殿内悬垂天花板之间、破旧弧面和雕带后面的死角之间、古典门面的框缘之间、废弃的唱诗班楼座后面一架梯子通着的落满灰尘的储物间里，过去的建筑师为了隔音都留出了空隙，火势乘隙蔓延开来。扑火龙头冲向冒烟的外墙上，根本无济于事。唯一的解决办法是用斧头，掀去屋顶，毫不怜惜地把手工雕刻的旧槽饰和壁饰统统砍掉。然而，那些圆柱本身从门廊到柱头就四十英尺，救火车隔着石柱无法把云梯架到屋顶更近的地方实施劈砍，而且风从燃烧的那边吹来，把有毒的猛烈的烟雾直接吹到了救火队员的喉咙里。

镇民围观的人群里发出了一阵嘲弄的起哄声。布兹·卡皮奥蒂斯，他那臃肿的侧影只有他才会有，已经把防毒面罩戴上，手提斧头，正在向那延伸到尽头的云梯爬去，那里够得着大教堂的羽状雨水管道。攀爬越来越缓慢，他缩头缩脑的样子说明他很害怕，在一股浓烈的烟雾前终于停下了，人也看不见了，再出现时退下来一点点。皮特身后几个十几岁的孩子开始起哄，但是人群深感焦虑，也不好意思，没有敢随着喊叫。另一个救火队员身穿如同煤炭一样闪亮的雨衣，爬到了梯子端头，挥动斧头劈下，一股窝藏许久的猛烈的火苗蹿出来，他那戴面罩的侧影闪烁着孔雀蓝，在火势的逼迫下也只好往下退。

这时，一股股火苗，橘黄色的向上频频蹿动的火苗，十分强烈，烧烤着穹顶的基部，沿着释放钟声的那些气窗的内沿一路燃烧。钟本身，形状笨拙而悲伤，如同一个披纱的寡妇，被下面蹿上来的光亮映照出来了。喷射的水柱构成弧度喷向高处，跌落下来，交叉在一起。盘旋升腾的发白的烟雾围绕在穹顶彩绘的天蓝色圆顶周围，但是还没有遮挡住在风中旋转的风向标。

火警信号第三次响起来，救火车从周边地区，近到雷斯敦和马瑟，远至昆西和普利茅斯，都开始赶到，他们的高压龙头加强了压力，把水送到了火焰烧烤的教堂塔尖；但是这时教堂侧面的那些高高的干净的窗户开始燃烧，屋顶的沥青木椽出现了浓黑的烟缕。大火在教堂屋顶下面蔓延，穿透了双墙，即使外面赶来的救火队员打碎了上百块钻石花纹的玻璃窗格，但是教堂大殿本身已经大火弥漫，火光熊熊。不大一会儿，唱诗坛那些哥特式尖尖就露了出来，上面还有这天早上的数字；唱台栏杆的陶立克式槽饰映照出琥珀色光；遮挡唱诗班的膝盖的那条长毛绒垂帘被大火烧着，向上掀起，在空荡荡的殿堂内如同一只金凤凰。布道坛灰飞烟灭，牧师佩德里克曾在这里对《圣经》孜孜以求，熬弯了脊柱。皮特身后的那些起哄的青少年们已经离去，取而代之的是一伙流泪的女人。一开始人们毫无防范、两手空空地赶到这灾难现场，这时已经撑起了雨伞，穿上了雨衣和油布衣。一股马戏团的气味。孩子们穿了黄色雨衣和带帽舌的雨帽，紧紧地依偎在他们父母亲的腿边。年轻情侣们坐在车里观看，打开收音机，享尽舒适。人们把纪念亭挤得满满的，棒球场的网子上也挂满了人。聚集起来的人群现在拉得很长，每条街道上都有人，神力街、节俭街和节制街，一直拖拉到了草坪，连霓虹灯比比皆是的购物区都挤满了灰色的脸庞。雨把黄昏早早招来了。救火车的探照灯照亮了一群人，他们的影子似乎没有肢体，他们的沉寂随着大火吞没每一个部分而更为寂静。钟楼扑灭的火焰已经蹿上更高处，这时在支撑那只大公鸡风向标的细尖塔燃烧，火苗如同小旗帜在飘动。救火龙头吐着长长的抛物线，喷射得更高了。讲堂顶的一部分坍塌了，飞旋的火星冲天而起。最左边的那根柱子开始冒烟，如同一根生日蜡烛刚刚吹灭。庞大的人群很难相信大雨和大火能够一直并存，大自然能够和自己如此交战：仿佛上帝心中的冲突袒露在他们眼前，让他们目睹。皮特对自己心中那种轻松感感到惊讶，感激某些超越他的东西就在眼前发生了，一点责任也无需承担。

他捡起一本湿透的小册子，一份一七九五年的布道词儿。这地球的所有民族都责无旁贷，应该知道主就是上帝，应该向他奉献衷心的虔诚的谢意和赞美。但是,如果天下真有哪个民族比别的民族拥有更特殊更有力的理由,用一颗心和一个声音对上帝奉献其感激的牺牲,那就是美国这个民族了。

镇民中开始出现那些熟悉的脸庞。皮特看见了阿普尔比夫妇、小史密斯夫妇和索恩夫妇站在图书馆附近一棵枝繁叶茂的梓树下。男人们在哈哈大笑;弗雷迪带来了啤酒。安杰拉也在人群里。她也把姑娘们带来了,他们和他搭话时,不是南希而是露丝在哭泣,心疼耶稣那个男人竟然把自己的教堂摧毁了,她过去在这里总是会擦干净她的脚,对这位神灵满心虔敬,并且为了让她的父亲高兴,身置并非自己的朋友的孩子们中间对基督唱赞美诗。皮特把露丝宽宽的脸庞搂在自己的胸间表示歉意;但是他的风雨衣已经湿透了,冷冰冰的,露丝从这种不舒服的接触中挣脱出来。“这对孩子们来说太难受了,”安杰拉说,“我们回去吧。”南希请求留下时,说:“大火快烧完了,最好玩的部分过去了,”这话没错,看得见的火苗已经被赶进了烧焦的教堂架子的角落里了。

南希用手指着,说:“快看那只鸡!”那个风向标公鸡,亮闪闪的,仿佛烟熏和雨淋都奈何不了它,一动不动地站在窄窄的尖顶上。小草尖尖般的火苗伸向支撑风向标支点的铁球的小尖塔;它似乎必倒无疑的样子;然后,一股水喷射上去,在探照灯照耀下,越喷越高,火苗立即熄灭了。尽管喷上去的水把细细的小尖塔冲得摇摇晃晃,但是依然屹立未倒。渐渐积聚起来的照相机的闪光灯闪烁不停,好像一道二次划过的闪电。闪光灯频频闪动,探照灯乱晃,皮特看见他的妻子离去,又回头一望,脸色煞白,而后继续前进,牵着他们的纯洁的姑娘们。

佩德里克,他那硬刷刷的老发乱七八糟,堆成了一个半透明的冠状,在人群里认出了皮特,尽管他参加集体礼拜好几个月过去了。他的声音听来像伸出来的爪子。“你是一个闯荡世界的人。你估计,重建这座可悲的建筑物,需要花多少钱?”

皮特说:“哦,如果外面的架子能够利用的话,应该在二三十万块吧。如果彻底修建,也许需要五十来万。最起码这个数。建筑业每年成本上涨百分之八。”这些数目像不堪重负的担子压在这位牧师的背上,一下子压弯了他;皮特同情地补充说:“悲剧呀。教堂原来的木工活儿再也没有人能做出来了。”

佩德里克挺直了身子;他的眼睛闪亮了。他责怪皮特道:“基督教不是金钱。这座教堂不只是那座老朽的建筑物。教堂是人,我的朋友,是人。是人类。”他晃动着一根骨楞楞的指头,皮特看出来佩德里克也知道他是从家里被赶出来了的人,他需要被人带回正规生活。

皮特回答说:“可是,如果人们保住了架子,那些墙却是不堪重负的,你得把它们推倒。”仿佛是要验证他的话,另一侧沿墙的新火苗蹿起来,高高上扬,这时救火龙头转向别处不久,一棵小枫树因为距离教堂太近而引火烧身,烧焦的枝条跌落在了看热闹的人身上。

人群激烈起来,观看这最后的摧毁的力量再次蔓延,而皮特因此和卡罗尔·康斯坦丁站在一起。她打着雨伞,邀请他一起使用雨伞,还有她的两个孩子,劳拉和帕特莉斯。她脸上的哀愁触动了他。“哦,皮特,”她说,“太可怕了,不是吗?我爱这座教堂。”

“我从来没有见你进去过。”

“当然没有。我是长老会教友。不过我一天中只要在我们的院子里,便会看它二十次。我真的是很信奉宗教的,如果艾迪不那么什么东西都反对的话。”

“艾迪去哪里了?在路上吗?”

“在天上。他回来跟我说,那些和他睡觉的波多黎各姑娘如何如何的美。看见他不在家,倒是很高兴的。我为什么要和你说这些呢?”

“因为你看见教堂烧掉了,心里难受啊。”

那些夹墙终于保住了。圆柱支撑住了山花,屋顶的大梁支撑住了穹顶,但是礼拜神灵的地方乱糟糟一团，掉下的木头、坍塌的灰泥和焦炭一般的长座椅，外镇赶来的救火员在盘消防带，布兹·卡皮奥蒂斯正在开动脑子打报告，看热闹的人群渐渐散去。卡罗尔邀请皮特去喝杯茶。茶变成了晚餐，与她的孩子们共享意大利面条。他把湿衣服换成了艾迪的套头衫和裤子，穿在身上很紧。孩子们上床睡下后，事情发展到他竟然留下来过夜了。他从来没有和一个瘦骨嶙嶙、顺从无比的女人睡过觉。感觉很好，毕竟和福克茜天昏地暗地来过一场，再和一个高潮来得很快的女人颠鸾倒凤，听她感激的叫唤并且百转千回地配合，还把一个枕头垫在了她的屁股下面，将她的头悬垂在床侧，头发散落下去，脖子拱起来，用两条腿把他夹住，仿佛他的身躯是一架结实的高秋千，她在上面高高荡起，越过了这个世界的深渊。这间卧室如同塔博科斯那个夜晚的许多卧室一样，闻得见潮湿的木炭味儿以及难闻的烟熏味儿。在荡秋千的当儿，她在诉说，把她和艾迪的生活告诉了他，说艾迪多么放荡，自己多么痛苦，她对上帝和永生的希冀，还谈及了她和艾迪没有迁来塔博科斯之前那段很长的美好时光。皮特问她，他们和索尔兹夫妇在一起的奸情怎样，她是不是还很怀念他们。卡罗尔似乎需要提醒，最后才说："那只是别人凭空说出来的。坦率地说，那女人还是有趣的，可男的却令人厌烦。"

拉里＆琳达家客房
夏洛特·阿梅利亚，托马斯大街，V.1.
五月十五号

最亲爱的皮特——

仅仅写出你的名字，就让我觉得柔情万端，内心酥软。远离我的丈夫，远离我的情人，远离我的父亲，我在这里干什么呢？我只有托比了，可他，可怜的小家伙，被他白痴一样的母亲在太阳下晒坏了，因为我习惯了塔博科斯夏天那种日复一日的阳光，母子两个都在这热带的阳光

下暴晒,太阳直射在头顶,还没有豆粒那么大。他整夜在哭叫,稍一翻身就受不了。还有,这个地方,广告上说的"一家以朗姆酒和太阳著称的海岛催眠的传统旅馆"(我房间的写字台上就放着这个宣传页子,华盛顿旅游代理也送给了我同样的东西),事实上距离一家钢鼓乐队①夜总会只有两个门,这条倾斜的小街上蓝色的污水在流淌,夜间差不多通宵吵闹,没有消音器的德国大众汽车轰轰隆隆的,黑人青年吼叫得像叫春的猫儿。因此,我夜里辗转反侧,白天无精打采。

巧了,一个穿了光溜溜蜡纸拖鞋的女仆来了,脚步轻飘而活泼,我简直看不出来是一个英国人。看她打量托比的样子,托比好像一个赤裸的大男人躺在床上。我估计,带着娃娃出来旅行的人总归不多吧。也许,他们以为小宝宝们是在一个洗衣篮子里来到我们身边的,满身爽身粉,蓝眼睛,随时会发出命令。

又安静了。我要那个女孩抱着托比哄他,铺开床,把这里那里的灰尘抹了抹,离去了,然后托比又睡着了。麻烦在于,托比的母亲也困了。外面的大街一片炽白,只是这里的太阳照下来,像黄黄的蜡笔插在沙粒的绿草地上——皮特,我认为我要爱上这里了,只要我止得住伤害。从机场来的一路上,我多想让你和我分享这番景色——看看他们修建房子的方法,瓦楞铁和平铺的橄榄油铁罐和碎木头全都用开花的叶子花连接在一起,在圣胡安下了飞机,拂面的空气扑来,如同性交后的亲吻——哦,亲爱的,原谅我,我要睡下了。

从恢复精神的午睡中醒来,这个很快就要离婚的碧眼金发的年轻女子,立即翻身起来,穿戴上,小心翼翼地避免蹭痛了她那太阳晒坏的小臂、大腿和(尤其不能乱碰)腹部,换掉了她那小娃娃弄脏的小裤子,

① 源自于西印度群岛等地区的一种乐队,敲击用空油桶制成的鼓。

拖着她那疲劳的身子走进这热带城市盲目的嘈杂中,英雄般地(女英雄般地?)努力寻找食物。塔博科斯 A&P 或者雷斯敦综合商场之类的大商场,这里都难以找到——尽管我能买到很多免税的瑞士手表和照相机。不在山上的那些餐馆依附于讨厌的同性恋旅馆,要么是本地人经营的凳子上撒满干辣椒的牛肉饼铺,要么是晚上六点钟才开张的"同性恋"夜总会。一年的这个时候,多数非黑人人群似乎都会成为男性同性恋者。他们的声音不会听错,到处可闻。我最后找到了一家海斯-比克福德风格的自助餐馆,吓人的海岛价格,位于农贸市场附近的那条街上,倒还符合我的明显要求(亲爱的,我堕落成了这样一个老女人了!)的卫生标准,他们用一个令人放心的蜡纸盒给我托比的牛奶瓶。拉里和琳达帮不了什么忙。他们是纽约来的难民,有几分演员样,而我怀疑她从同性恋的边缘把他拉了回来。他不断给我他的侧面看,而她一定认为她的正面才是最好看的,因为她不停地面对着我走来,她硕大的棕色波儿很吓人,如同湿滑的夜晚迎面开来的车灯。我很惊讶地得知,她比我还年轻五岁,我能看见她的舌头稍稍有力地一跳就把我的姓氏说出来了。他们似乎根本就是流浪者。他们总是在谈论纽约,说纽约多么可怕,等等,用弗雷迪的话说是爱恨交加,还动不动就给人迷瞪的、躲闪的、难懂的帮助。在晚餐期间,琳达上的饭菜都不错,清淡,法国风味。美国式的计划——他们供应早餐和晚餐,早晚中间这顿需要自己找食儿吃。每天花销十八块。

然而,我心心念念想的是你,着急的是你,猜测的也是你。我们曾经多么风流,我如同应召女郎,而你是个留守的匪徒。我让你感到压抑了吗?你在最后那个早上看上去有些迷茫,巴不得我赶快走人,我一路上哭泣不止,一直到波士顿大学还在哭,让肯领着我去教工俱乐部吃午饭,还是忍不住在哭,因此我们身边餐桌上用餐的人都一起严肃起来了。我想他以为我是在为他哭,在某种程度上也是在为他哭,而且我能看出来他在很绅士地斗争，避免一时冲动取消一切，带我回家。他没有我拖累，已经混得声名鹊起，风度儒雅——他的女学生一定很崇敬他。他购置了一身春装，细呢斜纹料，他很吃惊我注意到了他的服装，仿佛我又在向他求婚，或者逮住他正在向别人求婚，可与此同时你就在我的两腿之间开花儿，而我神经兮兮地在着急，因为我们把托比留在肯的实验室里，交给了他的技术助手，等我坐电梯回来，会发现托比被大卸八块了。太可怕了！太不真实了！！肯对宝宝非常用心，还用毫克天平给他称了体重。

数日过去了。我给你的信似乎都文不对题，啰啰嗦嗦，过分"有趣"，如吹轻风。再读，我因乱写可怜的琳达那可爱的乳房大笑不已——她和拉里真的是极为可爱的、浮夸而脆弱的一对儿，尽力表现得如父母，如姐妹，如兄弟，不由分说地呵护我，互相之间也很在乎，很操心，简直不厌其烦那种感官享受，又基本上是懒散成性。我怀疑我们这代人是不是就是最后还有"雄心"的一代人了。这两个人似乎一百个放心，这个世界是再也不会让他们挨饿了，活在这个世上就要好好"享受"——没有文化的观念啊。然而，和我们塔博科斯只会谈论自己的朋友们交往之后，再和关心艺术和戏剧（他们单纯而得意，统称之为"舞台"）以及国际事务的人们交谈，倒是很新鲜，如果他们就是这样的人群的话。我忘记了"事务"二字还有别的含义。他们认为约翰逊总统是个粗人，但是觉得在他的领导下比肯尼迪时代更好些，因为肯尼迪与我们这些后冷战时代的半半拉拉教育的可爱人儿，相像甚多，也许会由于某种错误的玩酷而把整个游戏玩砸了。如同林肯，他活着就成了殉道者，成为一种记忆。一个殉道者为了什么呢？为了玛丽娜·奥斯瓦尔德拒绝与丈夫的性交吗？原谅我，我在利用我给你写信的机会，和拉里争辩。不过，这令我悲伤，因为他说与我们相像的人（如果就是肯尼迪的

话)不适合统治我们,也就是说,我们不适合统治我们自己,因此就产生了皇帝、半人半神、巨人机器人,等等。顺便说一句,拉里在“隆隆猫”舞厅跳默朗格舞[①]时告诉我,他的性矛盾情绪(他称之为交流电或者直流电)肯定在矫正,但是我拒绝参与矫正,尽管他的舞跳得妙极了。他接受了拒绝,仿佛他的心对拒绝没有感觉似的。

哪种力量把我们带到你那里?你是谁?你软弱吗?这个主题,关于你“软弱”的主题,经常从我们共同的朋友嘴里突然冒出来,因为我们都生活在一个魔幻的圈子里。但是,我认为他们的意思是说,你的力量没有得到充分的利用。你的道德是过时的。我能想象你充当某个人的跟班儿的情形,也许就是古板而狂热的可怜的马特的跟班儿,一个华丽的红头发跟班儿,有谋略,讲忠诚,远离故土,用旧发卡修理盔甲,靠手段混进城堡和酒店,实现不可能的理想,可又需要理想的不可能性使自己有所依附。远在我了解你之前,比阿·格林向我描述你,说你是一个老派人物。在某种意义上,如果我离开肯而跟了你,那将会是一个大退步。和肯相比,你是很原始的。未来属于他或者混沌的状态。然而,我的生命现在属于我了,我一定采取一种短暂的眼光。尽管我马马虎虎也算知识层次的人(如同弗雷迪那样马马虎虎,他心中有数的),可我哪方面都不行——但是我知道我能做你的女人。作为一种志向,这很谦卑,却一目了然。即便我们从来没有相遇,那我也因为感觉有点用处而高兴,高兴被利用。谢谢你。

问题是,我应该(或者下一个女人,或者下下一个女人)让你屈从于婚姻吗?让你流浪,让你吃苦,究竟在多大程度算得上更加慷慨了?因为流浪汉如今已经寥寥无几了。我们现在几乎都是女人,家庭型的和搭伙过日子的。你和安杰拉结婚,是因为你的本能告诉你,她不会占有

① 起源于海地和多米尼加的一种舞。

你。我却会占有你的。我被你的肉体掌控了，可我会用脑子驯化你。然而，我内心喜爱那种人的潜意识的火花想给你自由，给你劫掠、逃跑和消耗你自己的自由，因为建筑的艺术完全属于会计师了。自从你开始开着你那辆小货车蹦蹦跳跳来到我的空巢，砰砰地忙碌了一个小时，我便在你身上有了感觉，我便对你有了爱，一种孤独的才能，一种把自己看作脱离这个世界的某种东西。当你渴望成为这个世界的丈夫时，我有什么权利让你成为我自己的丈夫呢？

托比在哭，琳达在这里。我们要到麦根湾去野餐。

夜。钢鼓乐队的下面的街道，让我想到室外去走走。我今天下午所写的内容，请阅读时理解，内容混乱是在探讨，在求真。我不害怕对我们求真。和肯在一起，我害怕求真。害怕看见我们俩共有的冷淡。

你也许喜欢知道我们去哪里了。珊瑚沙滩和硅石沙滩不一样；珊瑚沙滩发白，多孔，有呼吸，能印下明显的脚印。我的脚看上去很大很平，多么糟糕啊。贝壳儿很小，花样多，对珊瑚来说像娃娃的小指甲。记得那个夜晚吗？我嫉妒死安杰拉了。麦根海湾有海葡萄架躲避炎热。我给晒得皮肤黑了。琳达已经说服我穿上了比基尼。我们用蚊帐给托比的摇篮遮挡阴凉，可他把蚊帐当成了焦糖。我学会在左边公路开车上路了，而且也在处理我的一套程序。律师们很可怕。你也许讨厌这一程序。婚姻一事应在中午的明亮光线下进行，香槟酒在太阳下喷溅，而离婚却在光线昏暗中履行，地点偏僻，虫子飞舞，由眉头紧锁的律师们操办。不过，在主街截止的端头，还在出售手表，这里有一个四四方方的旧路德教堂，到处有雪松的味道，丹麦文匾额，我星期天来做礼拜。会众是肥胖的有色女士，唱起赞美诗时都喜欢音调悲凉。一个严格的白人青年在讲经，非常有才气——在我头上盘旋。我喜欢。黑人都很可爱，比起华盛顿那些我小时候害怕的黑人，也温和得多，没有美国黑人那么难对付，厚颜无耻。我甚至喜欢那些同性恋了——至少他们稳定下来，不去折磨某个被俘的女人了。海港里的船只很有吸引力。琳达翻腾出来一个童车，我推了托比在码头的每条路上走了半英里路。我父亲也许同我讲过船只，我发现我还能分别双桅船和小帆船。我对更为原始岛屿的古老渔船上那个手工雕刻的滑车，惊叹不已。没有一点铁件，它们紧紧地咬合在一起。云彩飞渡，透亮，仿佛自然没有怎么在意它们似的。人们说，太阳当空下雨，魔鬼在打他的妻子呢。

你还好吗？你还在那里吗？如果你已经回到了安杰拉身边，你可以把这封信给她看。想到我时心情愉快些，别害怕。你的命运不需要是我的命运。我还会写信，但是不会经常。即便在这里，也还有事情可做。琳达让我负责上午的事情，这样可以减少费用，而且琳达已经开始向我吐露她的爱情生活了。

你的

福克茜

又及：拉里说，男人是动物中最具性行为的，也是唯一预见死亡的种类。我应该把这种说法编成一个谜语。

再及：在“隆隆猫”舞厅那条街上，我现在和黑人们跳舞了，对一个南方姑娘来说，够胆大的吧——最后一个和我跳舞的是一个牙医所的护士。他们是非常肌肤光滑的人种，而且非常天真地以为，我想和他们睡觉。真是可悲，竟然本能地相信你的身体是某种有价值的东西。度过几个星期清心寡欲的日子，我记起来，做爱是一种对深藏内心的悲哀的探索，因此人们必须成双成对地深入虎穴，一个人是不能单独进行的。

又再及：我似乎不能把这封信放手邮寄走。一个糟糕的征兆吗？

约翰·安去世的当天,法国为了恢复老挝和平,提议再次举行会议,而且共产党中国向肯尼亚提供一千五百万贷款。皮特深感惊讶,《环球》报上竟然登出来很长的讣告:生于平壤,政治避难者,一九五一年寻求避难,一九五七年与一位芬兰人共同发现基本粒子,其生命以百万分之一秒计算,曾在众多学术机构、和科学协会任职,身后留下一个妻子和三个儿子,现居塔博科斯,马萨诸塞州。葬礼一切从简。没有鲜花。他们的朋友。皮特那天走在镇上深感轻松,为这种消亡感到激动,约翰竟然绝口不提自己的非凡,想象他和约翰曾经认识的那些夫妇们的电话线嗡嗡响个不停。三点以后,科格斯维尔街角处聚集起来的仍是那伙长发男孩,烧毁的教堂上那个焦黑的风向标架子上空还是那片蓝天,尖顶上还是那只没有触动过的金色雄鸡。

同一个星期,皮特因生意上的事儿,想去找一找贾津斯基,因为贾津斯基现在似乎掌握了加拉格尔所有的计划,摸清了他脑子里的种种打算。他来到这个小伙子的家,艾尔姆克雷斯特大道上的一座扩充过的农舍,看见莱昂放在车库里的新高尔夫球袋。不光球棒上有亮闪闪的新霍根牌标,每支球棒的握柄都套了白色塑料管,这是十分讲究的装备中最时髦的精良制品:好似灰白的加农炮直指天空。那个黑色的多兜的袋子,附了一张南马瑟一家三十六洞新俱乐部的球票,皮特还从来没有在这种球场上打过高尔夫球。皮特打高尔夫球,使用一种很原始的奇数装备,里面装满了随意购买的铁制球杆,重量和手柄各不相同,需要像朋友一样熟悉起来,这时他意识到他眼前这个气度不凡的球袋显露的那种力量,他不得不暗自称奇,放在一辆车轮和赛车轮子不差上下的汽车上确实提气。莱昂的漂亮妻子,她的黑发因为剪短而散披着,听到门铃打开了侧门,他一看就知道他又要倒霉了,瞧瞧她那整洁的鲜红宽松长裤,她那松垂的样式艺术的衬衫,她迎接她丈夫的雇主的那种大胆而平等的微笑,她那眼睛里某些过分专注的东西掂量他的神色,她舌尖表达出来的一种奇怪的压制的思考的姿势,仿佛她过去经常听人家对皮特说三道四了。她身后(她没有邀请他进屋;因为他的名声吗?),她的厨房装了仿胡桃木的镶板,悬挂了铜制馅饼模子,似乎是一艘驶向暖水域的船只上的一间舒适的厨房。

五月还没有过完,加拉格尔便把皮特叫出来,进行了一次严肃的谈话。马特问皮特是否想到莱昂随时准备接手监管建筑工程,皮特回答说他想到了。马特问皮特是否感觉到过去的一年来他们两个努力的方向——出售和修建——已经分道扬镳了,皮特回答说印第安山上最早修建的三处房子销售一空,他感到很自豪。马特承认这点,不过坦承对那种不伦不类、顾客不定的房子已经不感兴趣,他转而经营更大的地皮——他在雷斯敦已经瞄上了一处地方,地势比较低,不过只是在春季才湿软——而且尝试预制构件,坦率地说,这对皮特是一种浪费。他个人认为,皮特的拿手好戏是改造房子,而塔博科斯到处都是老旧房子,他很乐意看见皮特自己独立经营这桩生意,低价买进,经过整修,高价出手。皮特感谢他的主意,不过说他认为自己生来是个跟班的,不是骑士的料。马特不自然地大笑起来,听见皮特令人不安地腾出的空位上传来了另一个声音或者脑子。伙伴关系到了解体的地步,那就散伙好了。考虑到他享有一半实物资产——包括几件办公室用具、照明设备、木匠工具和那辆小货车、信誉抵押品、听起来像杂耍队的公司名(说到这里马特嘲讽地大笑起来,仿佛他们一直以来就是一个笑话)——他提出给皮特五千块钱,实话说这个数目够慷慨的。皮特面对老一套解决方案,总是逆着来,便开口要了两万,最后谈妥了七千。他没有想到自己能得到什么东西,他觉得和福克茜度过那个周末,已经丧失了他的所有权利了。为了减轻他的过错,他自我安慰说,加拉格尔很清楚他们两个合伙要比他个人强得多,也许会出高于七千的钱。他们握手成交。加拉格尔的下巴尖儿点了几下。他诚实地、失望地说,他想让皮特明白,两个人分手与皮特的个人困难没有关系,他和特丽仍然相信,他和安杰拉会重归于好的。皮特被这种骗人的担保所感动，尽管马特沉湎重利的买卖，可他对自己的看法不容许一般情况下张口说谎。

与此同时，在镇子那边的比阿·格林很高兴她领养了一个宝宝，对小东西的紫色脚趾甲和无所畏惧的灰色凝视看了一看。“罗杰和我让塔博科斯取消种族隔离了！”比阿在电话上对卡罗尔大声宣布说。“你知道，我们是这个世界的最后十字军，只是因为我们等下去受不了了！”贝尔纳黛特·安醒来寡居在床，仿佛她一直睡觉的这边床被撕开了，出了她身体那么长的一个裂口，她的教堂香膏像盐一样在伤口上灼痛；她尊重约翰的要求，没有按宗教仪式安葬，沉浸在一股反复涌动的罪过感之中，孩子们的手牵扯的发问让她的悲痛愈发混乱。“爸爸走了。去了一个我们无法想象的地方。是的，他们在那里讲他的语言。是的，教皇知道那个地方在哪里。你们的生命结束时会看见他的。是的，他会认出你们的，不管你们老成了什么样子。”约翰死的时候，她一直守在他病榻旁。霎那间，他气息微弱；他的嘴还是人嘴的模样。转瞬间，那张嘴便成了一个黑窟窿——又黑又深。这种巨大的差异令她难忘，给弥撒的闪光一种燔祭品的灿烂。马西娅·小史密斯深感吃惊；她两次邀请莱因哈特夫妇共聚晚宴，却两次均被谢绝，于是她去拜访德波·莱因哈特，一个烫头的薄嘴唇的瓦萨大学毕业生，她告诉马西娅，她和艾尔，虽然他们夫妇喜欢哈罗德和马西娅夫妇，但是不希望和他们的朋友搅在一起，和整个——她的语言在这里说得令人不可容忍——“没有档次的群体”搅在一起。于是，莱因哈特夫妇、那个年轻的被选举为镇主席的社会学家、一位迷人而冷漠的来自布里克街的波希米亚语儿童书籍插图家、塔博科斯新来的唯一神教牧师以及他们性情都很安静的妻子们，组成了一个显赫的社交圈子，自己裁制衣服，一起阅读剧本，恪守性的所在，试用 LSD①，支持解放运动的武力倾向甚至超过了艾琳·索尔兹。阿普尔-史密斯夫妇们把他们

① 麦角酸酰二乙胺，一种致幻药。

怒斥为“震颤派”。

乔治妮·索恩遭受了短暂的幻觉折磨。皮特的一蹶不振，她最终失去了他，自己还想方设法挽救局面，这些都让她伤透了心，她于是转向了孩子们，在周末天气舒服的时候，便带了惠特尼、玛莎和朱迪进行超出要求的长途奔波，到内陆城市里参观博物馆和野生动物保护区，并且也到沿海很远的不熟悉的沙滩去。在一个沙滩时，她和孩子们正在停车区行走，一对在淹住膝盖的冰冷的海水里的夫妇的笑声传来，听来有些耳熟。那个男人上了年纪，蓄着胡子，色迷迷的样子，青筋毕露的黄色的腿，一条节俭的欧洲风格的洗浴裤，桶状胸膛上穿了一件灰皮服；粗声撒野地吼叫着，贪得无厌的样子，正在冲着一个尖叫的高高的条顺的女人泼溅海水，那女人甩动黑发，黑色的比基尼姑娘家的模样，原来是特丽·加拉格尔。那个男的一定是她的鲁特琴老师的丈夫，一名陶器制作者。乔治妮开车拉着她的孩子们绕过那片沙滩，穿过一些沙化的岩石，对任何人都没有把这次看到的一切吐露出去，连弗雷迪都不曾说过一个字，甚至对珍妮特·阿普尔比也守口如瓶，尽管自从那次发现珍妮特写给弗雷迪的短信后，她们两个已经好得无话不说了。

珍妮特也有自己的秘密。五月里一天下午晚些时候，从小史密斯家开车回家，她发现肯的 MG 小车停放在惠特曼夫妇家的车道上，一时心血来潮，把车停下来。她绕过育儿室这边，看见福克茜的玫瑰花含苞待放，发现肯就在房子的前面，正在烧灌木丛。在潮水滔滔的盐沼地光亮的映照下，他的头发发白。开始时，她开开心心地聊天，但是肯由于一贯喜欢她，感觉她由于天气的美丽而失衡，透出一种紧张的拖延的亢奋状态。她把谈话转向他的心情，谈及她自以为他的孤独以及孤独背后的羞耻；然后，她主动提出，话虽不多但是相当清楚，要和他睡上一觉，此时此刻，就在这空荡荡的房子里。考虑过后，肯又婉转又清楚地谢绝了。这可能是最好的结果。“我被烧过，你知道；我不能被烧坏了，”这是她主动委身的基础；他的拒绝也恰到好处，对她的价值观念只有提升而没有贬低：“我想我们两个需要时间培养更多的自尊。”盐沼地上有一个悬钩子小岛，还长了黑莓和山楂，小岛小得容不下一个小棚子，他们观看的当儿，从北方迁徙过来的一群欧椋鸟在小岛上栖息；在最后一拨鸟儿没有降落之前，打头的鸟儿已经飞走了。于是，在这样快捷的转换中，在青草的烟雾中，在虫子的鸣叫中，在潮水满溢到直线的水道时，他们的相遇足够完美，是各自的自由的一种锻炼。通奸的最初呼吸是最自由的；此后，模仿婚姻的种种束缚发展出来。珍妮特和肯俯视着浩荡的青色的盐沼地，被提升到了这一层面，适合生活在这样一种延展的光线之中。他们的脸在对方看来，具有皮肤和张力的巨大行星般的表面，在眼睛和嘴唇上光彩地流动。她放低了她的凝视；风把他的头发吹乱了。她主动委身对他来说颇具教益；他拒绝她的提议对她来说也颇具教益。很多年中，他们都很珍惜来自他们的谨慎态度所有比例的这几分钟。

夫妇们，尽管他们很快躲藏起来，避免皮特的作陪，不让他的失败污染，然而却心中有鬼，收敛了很多，仿佛皮特的堕落是用于献祭的。安杰拉现在名花无主，对每桩婚姻都是威胁，而且，尽管各家各户的妻子们都不断客客气气地拜访她，却都被她的冷淡和疏远挡了驾，回到家来理所当然地深恶痛绝，安杰拉便很少应邀参加聚会了。聚会确实也有减无增。孩子们都在长大，情况因此渐渐复杂起来，首先要满足他们的要求。格林夫妇、索恩夫妇、阿普尔比夫妇和小史密斯夫妇仍然在搞聚会，但是庄重多了；一天夜里，本来是弗雷迪应该组织一次美好的尖锐的心理字谜游戏，让大伙儿“具有人情味儿”，但是他们却把两张桌子并起来，开始打桥牌了；这变成了他们的习惯。加拉格尔夫妇和哈尼马夫妇不再来往，另辟蹊径，和附近镇子的房地产经纪人和有钱人走动起来，并且开始骑马活动。索尔兹夫妇圣诞节给每个人都寄了圣诞卡。贾津斯基夫妇搬进了草坪附近一栋老房子里，成了唯一神教派教徒。最新鲜的事情是，艾伦医生学会了安放宫内避孕环。佩德里克牧师喜出望外，被诸多捐款搞得晕头转向，天主教教徒的、公理会教友的、雷斯敦的、马瑟的、塔博科斯的，都是为了修建他的教堂。那场大火广泛见诸于报端。那个星期一，一个全国基金会的理事在里茨豪华酒店用早餐,碰巧看到了《先驱报》上的这条消息,主动提出捐一笔与私人捐款相当的款项,而且有报道说,只要某个历史和美学的标准达到要求,联邦基金会还会提供修复名胜古迹的用款。然而,镇上传言说,新建筑物将不再是恢复烧毁的教堂,而是一座现代的大堂,一座抛物线的灌注水泥的帐篷形状的带尖顶的建筑物,如同一道冲击的波浪。

那座旧教堂看来不仅夹墙糟透了,结构也严重损伤了:早十年间它居然没有倒塌,真是一个奇迹了。在推土机和挖掘机没有把这个建筑物推倒之前,一个年轻人站在一架大型起重机顶上的钢球斗里,把那只金雄鸡救了下来。早早放学的小学孩子们看见了这一幕。向上,向上,那个年轻的攀高能手升了上去,他在太阳光下如同一只金光闪闪的鸟儿,而处于失业状态的皮特·哈尼马在现场看热闹,知道起重机驾驶员一旦有误便会酿成大祸,不由得屏住呼吸,胆战心惊。缓缓地,那个钢球斗被举起来,渐渐落位;那个被举起的年轻人从底座上把那个镀金的雄鸡侧面卸下来,紧紧抱在怀里,镇定自若,令人惊奇,很快便下到了地上,小学生们顿时欢声雷动。这个风向雄鸡从喙到尾,全长五英尺;它的眼睛的铜币很小。那个年轻的工人穿过草坪,把它呈送给佩德里克,身边还有两名副主祭,成群的孩子们排成了行,他们挤啊跳啊,争相目睹他们父母过去告诉他们的存在物,草坪一下子成了色彩闪烁的跳跃的田野。皮特在远处听到他们杂七杂八的叫喊,似乎成了一种欢声笑语的嘲笑。拱起的草坪的青草洋溢着春天的翠绿。那三个僵直的教堂代表接受了这个古老的标志,可笑地摆好姿势照相,把那个铁家伙在他们中间晃来晃去;佩德里克右边的那个人长了一对毛烘烘的耳朵,他左边的那个人是一个珠宝商。聚集在一起的孩子们把他们团团围起来,纷纷触摸那个铁疙瘩。上面的天空十分空旷,只有两道喷气飞机的平行白烟。

皮特受到这个欢乐的场面的感染,看出来自己的生命在某种意义上已经结束了,转过身来,才知道他就站在第一次看见福克茜从教堂出来钻进她的小车的地方,而且后来还在这个地方在她母亲到来的阴影里幽会,她高挑的身体肚子鼓鼓的，戴着她那浅灰的无边女帽；他很高兴他将要娶她为妻，又担心他娶不到手。

戴了帽子太过严肃了吗？要不是夹在一起，我会脱掉它的。

帽子很棒。帽子正好把你脸上那种娇养的红润衬托出来了。

天哪，你跟我作对。

也许在和你作对，但是我敬畏你。我们上床去吧。

那样可以缓解一下吗？你知道我们做爱后过去了多少日子吗？

很多日子了。

现在，尽管没有过去多少年，这个镇子几乎记不得皮特了，当初他开着装了碎杂木头的哗啦作响的小货车到处走动，一头红发，灯芯绒帽子，扎眼的杏黄色风衣，总是心满意足地坐在科格斯维尔大街的那家药店，品尝一杯咖啡，一截儿铅笔从帽子汗渍圈下杵出来，他的风衣没有拉上，露出来一件高档开司米毛衣，被木屑和刨花糟蹋得不成样子，他那两只溜溜转动的眼睛看上去仿佛前一天夜里揉得太狠了，眼睛下面的皮肤折起来一点如同眼袋，仿佛他的造物主在最后时刻在那里补了一小块泥土似的。安杰拉在布伦特里一所女子学校教书，镇子上还看得见她的身影，有时在街角和弗雷迪·索恩交谈，有时和一个衣服剪裁得当、笑容充满智慧的男子在沙滩上漫步，那是她的父亲。七月间一天，她飞往华雷斯办理了离婚。皮特和福克茜在九月间结婚。福克茜的父亲，从圣地亚哥操纵了一切，为他的新女婿谋得一个政府差事，为联邦工作做一名建筑督察员，多数是在波士顿和伍斯特地区修建军事营房。皮特喜欢这个官方身份，上下班定时定点。哈尼马夫妇住在莱克星顿，生活在像他们一样的居民中间，渐渐地被接受了，成了另一对夫妇。

ISBN 978-7-5327-7526-2

9 787532 775262 >